HEYNE

DAS BUCH

Seit einem Unfall kann Amos Decker, der Memory Man, nichts mehr vergessen. Fast wäre er an den unlöschbaren Bildern seiner traumatischen Vergangenheit zerbrochen. Aber nun hat er ein neues Lebensziel gefunden: Innerhalb einer Spezialeinheit des FBI klärt er ungelöste Schwerverbrechen. In seinem ersten Fall geht es um Melvin Mars, der seit zwanzig Jahren in der Todeszelle sitzt. Er soll die eigenen Eltern ermordet haben. Doch Stunden bevor er endgültig die »Last Mile« antreten soll, den Weg zur Exekution, wendet sich das Blatt. Ein Mann ist aufgetaucht und behauptet, der Schuldige zu sein. Kann Amos Decker ihm glauben? Ist Melvin Mars wirklich unschuldig und muss vor der Todesstrafe bewahrt werden? Oder wird ein hochgefährlicher Mörder freigelassen? Als ein Mitglied aus Deckers Team plötzlich spurlos verschwindet, zeigt sich bald, dass der Fall größte gesellschaftliche Sprengkraft birgt.

DER AUTOR

David Baldacci, geboren 1960 in Virginia, arbeitete lange Jahre als Strafverteidiger und Wirtschaftsjurist in Washington, bevor er sich ganz dem Schreiben widmete. Sämtliche Thriller von ihm landeten auf der *New-York-Times*-Bestsellerliste. Mit über 110 Millionen verkauften Büchern in 80 Ländern zählt er zu den weltweit beliebtesten Autoren. *Last Mile* ist der zweite Band in seiner neuen Bestsellerserie um den Memory Man Amos Decker.

LIEFERBARE TITEL

Zero Day
Am Limit
Escape
Memory Man

DAVID BALDACCI

LAST MILE

THRILLER

Aus dem Amerikanischen von Uwe Anton
und Norbert Jakober

WILHELM HEYNE VERLAG
MÜNCHEN

Die Originalausgabe LAST MILE erschien 2016 bei Grand Central Publishing / Hachette Book Group Inc., New York

FSC
www.fsc.org
MIX
Papier | Fördert gute Waldnutzung
FSC® C014496

Penguin Random House Verlagsgruppe FSC® N001967

2. Auflage
Vollständige deutsche Taschenbuchausgabe 03/2019

Übersetzung: Uwe Anton Kapitel 1–10, Norbert Jakober Kapitel 11–Danksagung
Umschlaggestaltung: Nele Schütz Design, München, unter Verwendung der Motive von shutterstock (Stokkete, Mizzick)
Redaktion: Claudia Alt
Satz: Christine Roithner Verlagsservice, Breitenaich
Druck: GGP Media GmbH, Pößneck
ISBN 978-3-453-43949-8

www.heyne-verlag.de

Im Andenken an Alison Parker und Adam Ward,
zwei brillante Lichter, die viel zu früh
von uns genommen wurden.

Und für Vicki Gardner, deren Mut und Anstand
beflügelnde Belege für die Biegsamkeit
des menschlichen Geistes sind.

1

Mars, Melvin.

Hier drinnen rief man einen überall und jederzeit, indem man den Nachnamen zuerst nannte, und er antwortete stets prompt, wenn er den seinen hörte.

Selbst auf der Toilette. Als wäre er beim Militär, nur dass er da nie gewesen war. Hierher hatte man ihn auch gegen seinen ausdrücklichen Willen gebracht.

»Mars, Melvin?«

»Jawohl, Sir. Hier, Sir. Bin gerade beim Scheißen, Sir.«

Denn wo sollte ich sonst sein, Sir?

Er wusste nicht, warum sie das so handhabten, und hatte sich nie die Mühe gemacht, danach zu fragen. Die Antwort wäre für ihn von keinerlei Bedeutung gewesen. Und sie hätte dazu führen können, dass der Schlagstock eines Wachmanns gegen seine Schläfe donnerte.

Hier im Staatsgefängnis von Texas in Huntsville musste er sich mit anderen Dingen befassen. Es wurde wegen der roten Backsteine des Gebäudes die Walls Unit genannt. Eröffnet hatte man es 1849, es war damit das älteste Gefängnis im Lone Star State.

Und es beherbergte den Hinrichtungsraum.

Offiziell war Mars der Häftling 7-4-7, wie das Flugzeug. Die Wärter im Todeszellentrakt, aus dem er hergebracht worden war, nannten ihn deshalb »Jumbo«. An die Größe eines Jumbojets kam er zwar nicht heran, aber klein war er bestimmt nicht. Die meisten Leute sahen zu ihm auf, wenn auch nur, weil sie es mussten. Knapp eins neunzig, und morgens vielleicht noch mal zwei Zentimeter obendrauf.

Er kannte seine genaue Größe nur, weil sie sie in der National Football League penibel gemessen hatten. Dort hatten sie alles an ihm präzise gemessen. Als er das über sich ergehen ließ, hatte er im Geiste Vergleiche mit Sklaven auf dem Marktplatz gezogen. Bei denen hatten die potenziellen Besitzer die Ware auch immer methodisch abgetastet. Na ja, im Gegensatz zu seinen Sklavenvorfahren hätte er zumindest jede Menge Schotter gehabt, um sich mit dem Trümmerhaufen seines Körpers zu befassen, nachdem seine Tage als aktiver Spieler vorbei waren.

Er wog immer noch gut hundert Kilo. Kein Fett, nur Muskeln. Das war nicht leicht bei dem Scheißfraß, den sie ihm hier vorsetzten, hergestellt in großen Fabriken, voller Fett und Salz und auch voller Chemikalien, mit denen sie wahrscheinlich einfach alles von Beton bis Teppichen herstellten.

Ihr bringt mich langsam um mit eurem Scheißfraß.

Er war schon fast genauso lange hier drinnen, wie er draußen gelebt hatte.

Die Zeit war nicht schnell verstrichen. Es fühlte sich nicht wie zwanzig Jahre an. Eher wie zweihundert.

Aber das spielte keine Rolle mehr. Es würde bald vorbei sein. Das war der Tag.

Seine letzte, allerletzte Berufung.

Abgelehnt.

Er war tot.

Er war von den Todeszellen in der Haftanstalt Polunsky in Livingstone, sechzig Meilen weiter östlich, zum Gefängnis von Huntsville gebracht worden, in der Erwartung, dass der Staat ihn jetzt nach zwanzigjähriger Wartezeit kriegen würde. Das bleiche Gesicht seiner Anwältin war freudlos gewesen, als sie ihm die Nachricht überbracht hatte. Aber sie würde am nächsten Tag aufwachen.

Ich nicht.

Bald würde er auf das Geräusch der Schritte lauschen, die in seine Richtung kamen.

Dann auf das Keuchen der stämmigen Wärter, die die glänzenden Fußfesseln hielten.

Die ernsten Wärter, die einen Tag später seinen Namen vergessen haben würden.

Der fromme Mann Gottes, der seine Bibel festhielt und laut seine Verse las, weil man sich auf dem Weg hier heraus an etwas Geistliches klammern sollte. Nicht heraus aus dem Gefängnis, sondern aus dem Leben.

Texas richtete mehr Häftlinge als jeder andere Bundesstaat hin, über fünfhundert nur in den letzten dreißig Jahren. Fast hundert Jahre lang, seit 1819, hatte man die Delinquenten gehängt. Dann hatten sie den elektrischen Stuhl namens »Old Sparky« benutzt, und im Verlauf von vier Jahrzehnten waren 361 Häftlinge durch einen Stromschlag zu Tode gebracht worden. Nun benutzte Texas die Todesspritze, um einen ins Jenseits zu befördern.

So oder so, tot war tot.

Das Gesetz sah vor, dass Hinrichtungen nicht vor achtzehn Uhr beginnen konnten. Man hatte Mars gesagt, dass man ihn um Mitternacht holen würde. War doch toll, wenn man es hinauszögerte. Das passende Ende eines wirklich langen und wirklich beschissenen Tages.

Den lebenden Toten, so hatte man ihn genannt.

»Auf Nimmerwiedersehen!«, hatte er öfter von den Wärtern gehört, als er zählen konnte.

Er wollte nicht zurückschauen. Nicht zum Epizentrum der ganzen Sache.

Aber wie hätte er das vermeiden können?

Als die letzte Stunde also näher rückte, dachte er an sie.

An die Morde an Roy und Lucinda Mars, an seinen weißen Vater und seine schwarze Mutter.

Damals war diese Kombination seltsam gewesen, anders, sogar exotisch, ganz bestimmt im westlichen Texas. Jetzt war sie normal. Jeder Junge, der hier rein kam, sah aus wie Mischmasch aus fünfzig unterschiedlichen Menschentypen.

Ein gerade erst inhaftierter Pisser war das Produkt von gemischtrassigen Eltern, die wiederum ebenfalls Kinder nicht traditioneller Verbindungen gewesen waren. Also war der neue Junge – ein Idiot, der einen Ladenbesitzer wegen einer Tüte Twizzlers weggepustet hatte, die er hatte mitgehen lassen – eine Mischung aus Schwarz, Braun und Weiß, mit einem Sprenkel Asiat drin. Außerdem war er Muslim, obwohl Mars nie gesehen hatte, dass der Mann auf die Knie ging und fünfmal am Tag betete, wie einige hier es taten. Sein Name war Anwar. Er kam ursprünglich aus Colorado.

Und er hatte allen erzählt, dass er unbedingt Alexis werden wollte.

Mars setzte sich in der Schlafkoje in seiner Zelle auf und sah auf die Uhr. Es war an der Zeit für sein Programm. Zum allerletzten Mal.

Sein Overall war weiß, und auf dem Rücken standen die schwarzen Buchstaben D und R. Das bedeutete Death Row – Todestrakt. Mars setzte es mit dem Klappern einer Schlange gleich, das die anderen Insassen warnte, sich verdammt noch mal von ihm fernzuhalten.

Er ließ sich auf dem kühlen Betonboden nieder und machte

zweihundert Liegestütze, zuerst auf den Fäusten, dann auf den Fingerspitzen und schließlich aus der Herabschauender-Hund-Stellung, wobei der Scheitel seines kahl geschorenen Kopfes bei jedem Durchlauf den Boden berührte. Danach machte er dreihundert Kniebeugen, immer in Einheiten von sechs Stück, wobei er versuchte, jede Wiederholung etwas energischer durchzuführen. Dann folgte Yoga und Pilates für die Kraft, das Gleichgewicht, den Bewegungsradius und, am wichtigsten, die Gelenkigkeit. Er konnte bei durchgestreckten Beinen die Stirn mit den Zehen berühren, keine geringe Leistung bei einem groß gewachsenen Mann mit sehnigen Muskeln.

Dann kamen die tausend Wiederholungen des Bauchmuskeltrainings, die seine Muskulatur wie mit Säure versengten. Sie waren der Grund, wieso er einen steinharten Waschbrettbauch und Sixpacks hatte. Sein Bauchnabel war so straff, dass er eher wie ein Leberfleck aussah als wie die Stelle, an der einst seine Nabelschnur befestigt gewesen war. Danach kam das Sprungtraining, bei dem er sich in einer Reihe von Übungen, von denen er viele selbst entworfen hatte, von allen vier Wänden und dem Fußboden abstieß.

Er war wie Spider-Man oder wie Fred Astaire, der an der Decke tanzte. Im Gefängnis hatte er viel Zeit, solche Einheiten zu planen. Sein Leben war sehr strukturiert, bot aber auch jede Menge Freizeit. Die meisten Häftlinge saßen einfach herum und taten nichts. Es gab keinen Unterricht, nicht die geringste Rehabilitation.

Das inoffizielle Gefängnismotto war eindeutig: Rehab ist was für Weicheier.

Schließlich lief Mars mit hochgezogenen Knien so lange auf der Stelle, dass er jedes Zeitgefühl verlor. Es war verrückt, dass er dieses Programm auch an diesem Tag absolvierte. Aber er hatte es so ziemlich jeden Tag durchgezogen, seit er im Knast war, und glaubte fest, dass es sein letzter Akt des Trotzes war. Das würden sie ihm nicht nehmen. Zumindest würde er nicht die traditionelle Henkersmahlzeit verweigern müssen, denn Texas bot schon lange keine mehr an. Er wollte am Ende nicht ihren Scheißfraß in sich haben. Er zog es vor, mit leerem Magen zu sterben.

Niemand hatte ihn besucht, denn es gab keinen, der ihn besuchen wollte. Er war allein, wie schon in den letzten zwanzig Jahren. Er fragte sich, was die Zeitungen am nächsten Tag schreiben würden. Wahrscheinlich würde es nur eine kleine Meldung geben. Es war keine große Nachricht, dass ein weiterer Schwarzer die Todesspritze erhielt. Verdammt, es war kaum ein Foto wert. Aber sie würden die Verbrechen aufzählen, wegen denen er verurteilt worden war. Das würden sie ganz bestimmt. Und das würde für viele das Einzige sein, weshalb sie sich an ihn erinnern würden.

Melvin Mars, der Mörder.

Er kühlte ab. Der Schweiß strömte aus seinen Poren und hinterließ Flecken auf dem Beton, der schon von viel Schlimmerem als Schweiß gezeichnet war. Man wusste von zum Tode Verurteilten, dass sie den Darm auf den Boden entleerten, bevor sie zu ihrer Hinrichtung geführt wurden.

Während seine Atmung sich normalisierte, setzte er sich auf die Pritsche und lehnte den Kopf gegen die Wand. In seiner alten Zelle hatte er die Wände Reed, Sue, Johnny und Ben genannt, nach dem Superhelden-Team *Fantastic Four*. So etwas tat man manchmal an einem Ort, an dem man nichts zu tun hatte. Jeden Tag füllte man mit dem aus, was einem gerade einfiel.

Mars hatte oft Fantasien über die sexy Sue Storm, doch er sah sich eher mit Ben Grimm verwandt, dem Ding, dem Außenseiter. Als Sportler war Mars in gewisser Hinsicht ebenfalls ein Außenseiter gewesen.

Doch er konnte auch nachdenklich sein, wie der kluge Reed.

Er fühlte sich auch zu der menschlichen Fackel Johnny Storm hingezogen, Sues jüngerem Bruder, weil er den Eindruck hatte, jede Sekunde an jedem Tag in Flammen zu stehen. Vorwiegend deshalb, weil die Tage hier alle gleich waren. Eigentlich die Hölle auf Erden, deshalb die Flammen.

Das war für ihn Tag 7342. Sein letzter Tag.

Er sah wieder auf die Uhr.

Noch fünf Zeigerumdrehungen bis zum Jüngsten Gericht.

Kurz nachdem er ins Gefängnis gekommen war, hatte er ein Jahr in Einzelhaft verbracht. Der Grund dafür war einfach. Sein Leben war vorbei, seine Träume lagen in Trümmern, die ganze Schufterei war vergebens gewesen, und er war so unendlich angepisst gewesen.

Seine Strafe dafür, drei Mithäftlingen die Scheiße aus dem Leib geprügelt und sich dann ein halbes Dutzend Wärter vorgenommen und ihnen standgehalten zu haben, bis sie ihn schließlich mit einem Taser bearbeiteten und fast totschlugen? Ein Jahr lang vierundzwanzig Stunden am Tag in einer fünf Quadratmeter großen Zelle mit einem Schlitz als Fenster. Niemand sprach mit ihm. Er sah nie ein anderes Gesicht. Spürte nie die Berührung der Haut eines anderen. Sein Essen wurde ihm durch den Türschlitz hereingeschoben, zusammen mit Toilettenpapier, gelegentlich einem Waschlappen und Seife und noch gelegentlicher sauberer Gefängniskleidung.

Er duschte in einer Ecke, und das Wasser war entweder eiskalt oder sengend heiß. Er schlief auf dem Boden, murmelte vor sich hin, schrie, fluchte und schluchzte schließlich. Ihm wurde klar, dass Menschen auf Gedeih und Verderb soziale Wesen waren. Ohne Kontakt zu anderen wurden sie wahnsinnig.

Und Mars *wäre* in dieser Zelle fast wahnsinnig geworden. Es war am Tag 169 gewesen. Er erinnerte sich ganz genau daran, hatte sogar die Zahlen mit blutigen Fingernägeln in die Wand gekratzt. Sein Verstand war so gut wie verschwunden, nur ein Fetzen war davon geblieben. Und er hatte diesen Fetzen benutzt wie eine Schwimmweste in einem Tsunami; er war sein Hafen im Sturm. Er hatte sich auf eine imaginäre alte Freundin konzentriert, Tatiana. In seiner Vorstellung war sie jetzt verheiratet und hatte sechs Kinder, breite Hüften und war aufgegangen, verdrossen und unglücklich und vermisste ihn deshalb gewaltig. Aber damals war diese imaginäre Person perfekt gewesen. Ihr Gesicht, ihr Körper, ihre grenzenlose Liebe für ihn ermöglichten es ihm, Tag 169 zu überleben und weitere 196 durchzustehen.

Als sich die Tür öffnete, war das erste Gesicht, das er sah, Tatianas, das den Körper eines hundertdreißig Kilo schweren rassistischen Albtraums von einem jungen Wärter überlagerte, der passenderweise Big Dick genannt wurde und Mars sagte, er solle seinen Mulattenarsch hochschaffen, sonst würde er den Rest seines Lebens nur mit einem Strohhalm essen können.

Und als es vorüber war, war Melvin Mars ein anderer Mensch geworden. Er hatte nie wieder etwas getan, das ihn dorthin zurückbringen würde. Er wusste, sollte er so etwas tun, würde er sich damit umbringen. Dann würde er nicht mehr auf den Hinrichtungsraum warten müssen.

Hinrichtungsraum.

Er lag am Ende des Ganges. Die letzte Meile, nannten sie ihn. Doch es war keine Meile. In Wirklichkeit waren es nur zehn Meter, was gut war, weil die meisten Verurteilten zusammenbrachen, bevor sie dort ankamen. Aber sie hatten kräftige Wärter, die einen hochhoben und den Rest des Weges trugen.

Texas brachte einen um, ob man es nun tapfer hinnahm oder nicht.

Das oberste Bundesgericht hatte über die grausamen und ungewöhnlichen Aspekte des Tods durch eine Injektion verhandelt, weil es ziemlich viele Beispiele gegeben hatte, bei denen die Häftlinge schreckliche Qualen gelitten hatten, bevor sie starben. Das Gericht war zu dem Schluss gekommen, mit den Hinrichtungen weiterzumachen, die Qualen aber zu vermeiden. Schließlich hatten die Opfer der Verurteilten auch schreckliche Schmerzen und Furcht erlitten. Wer konnte also behaupten, dass das falsch war? Er hoffte einfach, dass sie es bei ihm nicht vermasselten.

Der Hinrichtungsraum war nicht groß, drei mal vier Meter, mit heiteren türkisfarben gestrichenen Ziegelmauern und einer Metalltür, was einem angesichts des Zwecks der Kammer ziemlich unpassend vorkam. Dort trat man keinen Karibikurlaub an, sondern wurde hingerichtet.

Die mobile Krankenliege verfügte über ein bequemes Kissen und robuste Lederriemen und befand sich in der Mitte des Raums. Es gab zwei Nachbarräume, aus denen man durch Einwegscheiben in die Kammer sehen konnte. Der eine war für die Familie des Opfers, der andere für die des Delinquenten.

Mars wusste, dass die Gruppen in seinem Fall ein und dieselbe waren. Und er wusste auch, dass beide Räume leer bleiben würden.

Er lehnte sich auf seiner Pritsche zurück und sog den Gestank seines eigenen Schweißes ein, und sein Geist trieb zurück zu den einzigen guten Erinnerungen, die ihm noch geblieben waren.

Er hatte in der Welt des College-Footballs nicht zu den schwersten Brocken gehört, doch für einen Runningback war er recht stattlich gebaut. Noch wichtiger war, dass er Talent hatte. Die NFL war eine sichere Sache für jemanden wie ihn. Er gehörte in seinem letzten Jahr auf dem College zu den Finalisten der Heisman Trophy, als einziger Halfback in der Gruppe. Die anderen waren alle Quarterbacks gewesen. Er konnte quer laufen, um Gegenspieler herum oder einfach durch alle hindurch. Er konnte blocken, und seine weichen Hände konnten den Ball fangen, der aus dem Rückfeld kam. Und fast immer ließ er den ersten Gegenspieler mit einer instinktiven seitlichen Bewegung ins Leere laufen, eine seltene Begabung, die bei den NFL-Gurus sehr begehrt war.

Wenn er den Turbo einschalten musste, ließ er ihn aufflammen und war weg. Nachdem er dann die Punkte gemacht hatte, musste er dem Schiedsrichter nur noch den Ball geben und sich vom Trainer an der Seitenlinie den Hintern tätscheln lassen.

Seine offiziell gemessene Zeit auf vierzig Yard lag bei 4,31 Sekunden. Vor zwanzig Jahren war das eine ausgezeichnete Geschwindigkeit gewesen, selbst für einen Cornerback oder Receiver, ganz zu schweigen von einem Ungeheuer von Runningback mit Schultern so breit wie der Himmel, dessen Job es war, den gegnerischen Verteidigungsriegel zu knacken. Und das galt selbst heute noch als außergewöhnlich gute Zeit.

Ein Gottesgeschenk war es. Er war das Gesamtpaket. Ein Freak der Natur, so hatten sie ihn genannt.

Er spürte, wie sich ein Lächeln auf seinem verschwitzten Gesicht ausbreitete.

Ja, das war seine Chance gewesen, sein Leben. Ein Leben mit einem fetten Gehalt. Das war lange gewesen, bevor die Verdienstobergrenzen für Neulinge eingeführt worden waren. Er hätte vom ersten Tag an gutes Geld machen können, Millionen von Dollar. Eine Villa, Autos, Frauen, Respekt.

Er würde garantiert seinen Weg von Anfang an machen, sagten alle. Zählte wahrscheinlich zu den fünf besten des Jahres. Er würde wahrscheinlich noch vor den Quarterbacks verpflichtet werden, die ebenso wie er Anwärter auf die Heisman Trophy gewesen waren. Es gingen die Gerüchte, dass die New York Giants, die ein paar beschissene Jahre hinter sich hatten, und die Tampa Bay Bucs, die viele beschissene Jahre hinter sich hatten, und die beide auf die Verpflichtung von neuen Talenten setzten, liebend gern die Brieftaschen ihrer wohlhabenden Besitzer geöffnet und ihn auf der Stelle verpflichtet hätten. Verdammt, vielleicht hätte er eines Tages sogar den Superbowl gewonnen. Alles sah prima aus. Er hatte sich den Arsch dafür aufgerissen. Ihm war nichts geschenkt worden. Die Hürden waren gewaltig gewesen. Er hatte sie alle genommen.

Und dann hatten die Geschworenen gesprochen. »*Wir befinden den Angeklagten für schuldig.*« Und niemand in der Welt des professionellen Football gab noch einen Dreck auf Mars, Melvin, der die vierzig Yard in 4,31 Sekunden lief.

Der Jumbo hatte eine Bruchlandung hingelegt.

Es gab keine Überlebenden.

Und in ein paar Minuten würde es auch von ihm nichts mehr geben. Man würde ihn auf einem Armenfriedhof beisetzen, weil er niemanden mehr hatte, der ihn anständig unter die Erde bringen konnte.

In zwei Monaten wäre er zweiundvierzig geworden. Wie sich herausstellte, war sein einundvierzigster Geburtstag sein letzter gewesen.

Er sah wieder auf die Uhr. Die Zeit war abgelaufen. Seine Uhr verriet ihm das, und auch der Klang der Schritte, die sich auf dem Gang näherten.

Er hatte schon längst seinen Frieden gemacht. Er würde wie ein Mann sterben. Aufrecht, erhobenen Hauptes.

Plötzlich hatte er einen Kloß im Hals, und seine Augen wurden feucht. Er versuchte, normal zu atmen, sich zusammenzureißen. Das war's. Er schaute sich in der Zelle um und sah die Mauern seiner Todeszelle in der Haftanstalt Polunsky.

Bis dann, Sue, du tolle Frau. Adios, Johnny. Viel Glück, Ben. Pass auf dich auf, Reed.

Er stand auf und lehnte den Kopf gegen die Wand, vielleicht um sich aufrechter zu halten.

Als würdest du einschlafen, Mann. Du wachst nur nicht mehr auf, das ist alles. Als würdest du einschlafen.

Die Zellentür wurde geöffnet, und er sah die Männer, die dort standen. Drei in Anzügen und vier in Uniform. Die in den Anzügen wirkten entsetzt, die in Uniform angefressen.

Mars bemerkte das sofort, und auch, dass keiner der Typen in den Anzügen eine Bibel dabeihatte.

Irgendetwas stimmte eindeutig nicht.

Der Mann mit der schmalen Brille und einem entsprechenden Körperbau trat behutsam in die Zelle, als rechnete er damit, dass die Tür hinter ihm ins Schloss fiel und er auf ewig hier gefangen sein würde.

Mars konnte das Gefühl durchaus nachempfinden.

Die Mienen der anderen Männer in Anzügen waren jetzt wachsam, als wüssten sie, dass hier irgendwo eine Bombe tickte, hätten aber keine Ahnung, wann sie hochgehen würde.

Der mit der schmalen Brille räusperte sich. Er schaute auf den Boden, zur Wand, zur Decke, zu der Lampe hoch oben unter der Decke, überallhin, nur nicht zu Mars. Es war, als wäre der große, verschwitzte, dunkelhäutige Typ, der anderthalb Meter vor ihm stand, unsichtbar.

Er räusperte sich erneut. Für Mars klang es, als würde der ganze Schlamm in der größten Kläranlage der Welt hin und her geschoben werden.

Der mit der schmalen Brille sah wieder zu Boden. »Es hat in Ihrem Fall eine unerwartete Entwicklung gegeben«, sagte er. »Ihre Hinrichtung wurde abgesagt.«

Mars, Melvin erwiderte nichts darauf.

2

Er trug immer noch den weißen Overall mit der Warnung auf dem Rücken, doch irgendetwas fehlte. Man hatte ihn von seiner Zelle in diesen Raum gebracht, ohne ihm die Fußketten anzulegen, das erste Mal in diesem Gefängnis. Trotzdem säumten für den Fall, dass er widerspenstig wurde, ein halbes Dutzend Wärter die Wand.

Vier Männer saßen ihm gegenüber. Er kannte keinen von ihnen. Alle waren weiß und trugen ausgebeulte Anzüge. Der jüngste war etwa in seinem Alter. Sie machten den Eindruck, als wären sie lieber überall sonst, nur nicht hier.

Sie musterten Mars. Und er erwiderte ihre Blicke genauso durchdringend.

Er würde nichts sagen. Sie hatten ihn zu der Party eingeladen, und sie würden mit der Musik anfangen müssen.

Der Mann in der Mitte schob ein paar Papiere auf dem Tisch vor ihm hin und her. »Sie fragen sich bestimmt, was hier vor sich geht, Mr. Mars.«

Mars neigte leicht den Kopf, sagte aber immer noch nichts. Er hatte nicht mehr gehört, dass ein Weißer ihn »Mister« nannte, seit … Verdammt, er konnte sich nicht daran erinnern, dass ein Weißer ihn je so genannt hatte. Bei der NFL hatten sie ihn einfach »Holy Shit« genannt. Im Gefängnis hatten sie ihn genannt, wie sie wollten.

»Tatsache ist«, fuhr der Mann fort, »dass jemand gestanden

hat, die Morde begangen zu haben, für die Sie verurteilt wurden.«

Mars blinzelte ein paarmal und setzte sich aufrechter. Er legte die großen Hände, die weiche Ziele für viele Quarterbacks gewesen waren, auf den Tisch.

»Wer?« Seine Stimme klang seltsam unvertraut, als würde jemand anders für ihn sprechen.

Der Mann schaute zu einem seiner Kollegen, der älter war als die anderen und aussah, als hätte er hier das Sagen. Dieser Mann nickte dem Jüngeren zu.

»Sein Name ist Charles Montgomery«, sagte der erste Mann.

»Wo ist er?«

»In einem Staatsgefängnis in Alabama. Ihn erwartet ebenfalls die Hinrichtung. Wegen anderer Verbrechen, die nichts damit zu tun haben.«

»Glauben Sie, dass er es getan hat?«, fragte Mars.

»Wir ermitteln noch.«

»Was weiß er? Über die Morde?«

Der Mann sah wieder den Älteren an. Diesmal wirkte der Bursche unentschlossen.

Mars spürte das und sah ihn an. »Warum sonst hätten Sie meine Hinrichtung gestoppt? Weil irgendein Sträfling in Alabama gesagt hat, er sei's gewesen? Das glaube ich nicht. Er muss etwas *gewusst* haben. Das nur der wahre Mörder wissen konnte.«

Der ältere Mann nickte und schien Mars in einem neuen und günstigeren Licht zu sehen. »Das hat er«, sagte er. »Gewisse Dinge, die nur der Mörder gewusst haben konnte. Da haben Sie völlig recht.«

»Na schön, das ergibt Sinn.« Mars atmete tief ein. Trotz seiner Worte konnte er nicht ganz verarbeiten, was die Männer ihm sagten.

»Kennen Sie Mr. Montgomery?«, fragte der erste Mann.

Mars richtete seine Aufmerksamkeit wieder auf ihn. »Nie von ihm gehört, bis Sie gerade seinen Namen genannt haben. Warum?«

»Wir versuchen nur, gewisse Fakten zu bestätigen.«

Mars nickte wieder. Er wusste genau, auf welche »Fakten« dieser Bursche hinauswollte. Hatte Mars Montgomery angeheuert, um seine Eltern zu töten?

»Ich kenne ihn nicht«, sagte er nachdrücklich und ließ den Blick durch den Raum schweifen. »Und was jetzt?«

»Sie werden in Haft bleiben, bis gewisse Dinge … bestätigt wurden.«

»Und was, wenn Sie sie nicht bestätigen können?«

»Sie sind rechtskräftig wegen Mordes verurteilt worden, Mr. Mars«, sagte der ältere Mann. »Dieses Urteil hat gegen Berufungen im Lauf vieler Jahre Bestand gehabt. Sie sollten heute Abend hingerichtet werden. Das alles kann nicht in ein paar Stunden rückgängig gemacht werden. Man muss dem Verfahren Zeit geben, in die Gänge zu kommen.«

»Wie lange wird es dauern, bevor dieses Verfahren seine Wunderkraft bewirkt?«

Der Mann schüttelte den Kopf. »Ich kann Ihnen jetzt keinen genauen Zeitplan nennen. Ich wünschte, ich könnte es, aber das ist unmöglich. Ich kann Ihnen sagen, dass wir Leute nach Alabama geschickt haben, damit sie Mr. Montgomery eingehender befragen. Was das betrifft, haben die texanischen Behörden die Ermittlungen wiederaufgenommen. Ich kann Ihnen versichern, wir tun alles in unserer Macht Stehende, um der Gerechtigkeit Genüge zu tun.«

»Tja, wenn er sagt, dass er meine Eltern ermordet hat und ich trotzdem noch im Gefängnis bin und auf den Tod warte, würde ich sagen, dass der Gerechtigkeit *nicht* Genüge getan wird.«

»Sie müssen Geduld haben, Mr. Mars.«

»Ich habe zwanzig Jahre lang genug Geduld gehabt.«

»Dann wird etwas mehr Zeit Ihnen keine Unannehmlichkeiten bereiten.«

»Weiß meine Anwältin davon?«

»Sie wurde informiert und ist in diesem Moment bereits auf dem Weg zu Ihnen.«

»Sie sollte an dieser Ermittlung beteiligt sein.«

»Das wird sie auch. Wir wollen hier komplette und vollständige Transparenz. Nicht weniger. Noch einmal, unser Ziel ist es, die Wahrheit herauszufinden.«

»Ich bin fast zweiundvierzig. Was ist mit all den verlorenen Jahren meines Lebens? Wer wird dafür bezahlen?«

Das Gesicht des Mannes versteinerte, sein Tonfall dienstfertiger. »Wir müssen uns auf professionelle Weise mit einer Sache nach der anderen befassen. So wird es ablaufen.«

Mars wandte den Blick ab, blinzelte schnell. Er bezweifelte, dass diese Typen, wären sie an seiner Stelle, die Sache so ruhig und professionell angehen würden. Sie würden Zeter und Mordio schreien und drohen, jeden zu verklagen, der auch nur im Entferntesten damit zu tun hatte. Aber er sollte eins nach dem anderen in Angriff nehmen. Geduldig sein. Das sollte ihm keine Unannehmlichkeiten bereiten.

Zum Teufel mit euch!

Er wollte in seine Zelle zurück, dem einzigen Ort, in dem er sich wirklich sicher fühlte. Er stand auf.

Die Männer wirkten überrascht.

»Geben Sie mir Bescheid, wenn Sie das alles geklärt haben, okay?«, sagte Mars. »Sie wissen ja, wo Sie mich finden.«

»Wir haben eigentlich noch ein paar Fragen an Sie, Mr. Mars«, sagte der erste Mann.

»Die können Sie mir in Anwesenheit meiner Anwältin stellen«, sagte er. »Schluss mit dem Gequatsche. Wie ich es sehe, sind Sie jetzt am Zug. Sie wissen alles über mich und die Anklage gegen mich. Jetzt müssen Sie das über diesen Montgomery in Erfahrung bringen. Wenn er meine Eltern ermordet hat, will ich hier raus. Je schneller, desto besser.«

Die Wärter brachten ihn in seine Zelle zurück. Später an diesem Morgen wurde er mit einem Gefangenentransporter zurück in den Todestrakt im Staatsgefängnis Polunsky gebracht.

Als er zu seiner alten Zelle geführt wurde, flüsterte einer der Wärter ihm zu: »Du glaubst, du kommst hier raus, Boy? Da irrst du dich gewaltig, ganz egal, was die hohen Tiere sagen. Du bist ein Mörder, Jumbo. Und du wirst für deine Verbrechen bezahlen.«

Mars ging weiter. Er drehte nicht einmal den Kopf, um den Mann anzusehen, einen dürren Mistkerl mit einem großen Adamsapfel. Er hatte Mars schon öfter ohne jeden Grund mit seinem Schlagstock einen harten Hieb in den Rücken verpasst. Oder ihm ins Gesicht gespuckt, wenn niemand hinsah. Doch wenn Mars sich zur Wehr setzen sollte, würde er auf ewig hier versauern, ganz gleich, was aus diesem Montgomery in Alabama werden würde.

Die Zellentür schlug zu, und Mars fiel mit seltsam wackligen Beinen eher auf seine Pritsche, als dass er sich setzte.

Sofort raffte er sich wieder auf, lehnte sich aus Macht der Gewohnheit mit dem Rücken an die Betonwand und sah zur Tür. Niemand konnte ihn durch Beton angreifen, aber mit der Tür war es eine andere Sache.

Im Geiste ließ er alles, was in den letzten zehn Stunden geschehen war, noch einmal Revue passieren.

Seine Hinrichtung sollte stattfinden. Er war darauf vorbereitet, zumindest so sehr, wie man es sein konnte.

Und dann war sie abgeblasen worden. Doch konnten sie ihn trotzdem noch hinrichten, wenn sie nicht überzeugt waren, dass dieser Kerl in Alabama der Mörder war? Er wusste, dass die Antwort auf diese Frage verdammt noch mal wahrscheinlich Ja lautete.

Leg dich nicht mit Texas an.

Er schloss die Augen. Er war sich nicht ganz sicher, welche Gefühle er jetzt haben sollte. Sollte er glücklich, nervös, erleichtert, besorgt sein?

Tja, er empfand das alles zugleich. In erster Linie fühlte er jedoch, dass er diesen Ort irgendwie niemals verlassen würde, ganz gleich, was die »Ermittlung« ergab.

Er war nicht fatalistisch, einfach nur realistisch.

Er fing an, leise zu singen, sodass die Wärter es nicht hören konnten. Vielleicht war das unter diesen Umständen dumm, doch es fühlte sich trotzdem richtig an.

Oh when the saints, oh when the saints, oh when the saints go marching in, oh Lord I want to be in that number, when the saints go marching in.

3

Am letzten Tag des Jahres saß Amos Decker in seinem Mietwagen in der Schlange am Drive-in-Schalter eines Burger King in der Nähe der Grenze von Ohio und Pennsylvania und überlegte, was er bestellen sollte.

Die meisten seiner Besitztümer lagen auf dem Rücksitz und im Kofferraum des Wagens. Ein paar Habseligkeiten hatte er noch in einem Lagerraum in Burlington. Er konnte sich nicht von ihnen trennen, hatte aber auch nicht genug Platz, um sie mitzunehmen.

Er war ein groß gewachsener Mann, eins fünfundneunzig und irgendwo um die hundertfünfzig Kilo – die genaue Zahl hing davon ab, wie viel er bei einer Mahlzeit verdrückte. Er war ein ehemaliger College-Footballspieler mit einem kurzen Auftritt in der NFL. Dort hatte ein heftiger Zusammenstoß seine Karriere beendet, seinen Verstand verändert und ihm ein fast perfektes Gedächtnis verliehen. Hyperthymesie lautete der Fachausdruck dafür.

Das klang cool.

War es aber nicht.

Doch es war nichts im Vergleich dazu gewesen, eines Abends sein Haus zu betreten und seine Frau, seine Tochter und seinen Schwager brutal ermordet vorzufinden. Der Mörder weilte nicht mehr unter den Lebenden. Dafür hatte Decker gesorgt. Aber der Abschluss dieses Falls hatte ihn auch dazu gebracht, von Burlington, Ohio, nach Virginia zu ziehen und einen einzigartigen Job beim FBI anzunehmen.

Er wusste immer noch nicht, was er davon halten sollte. Also bestellte er zwei Whopper, zwei große Portionen Pommes und eine so große Cola, dass er sie kaum mit seiner riesigen Pranke halten konnte. Wenn er besorgt war, aß er.

Er fuhr auf den Parkplatz und schlang die Mahlzeit hinunter. Das Salz auf den Pommes klebte an seinen Fingern und rieselte auf seinen Schoß. Draußen schneite es leicht. Er hatte die Reise spät angetreten und war müde, also würde er heute nicht viel weiter fahren. Er würde sich im Keystone State ein Motelzimmer nehmen und die Fahrt am nächsten Tag beenden.

Special Agent Ross Bogart, für den er beim FBI arbeiten würde, hatte ihm gesagt, dass das Bureau seine Reisekosten innerhalb eines vernünftigen Rahmens übernehmen würde. Er hatte Decker sogar angeboten, ihn nach Virginia fliegen zu lassen, doch Decker hatte abgelehnt. Er wollte fahren. Wollte etwas Zeit für sich haben. Beim FBI würde er mit einer Frau zusammenarbeiten, die er in Burlington kennengelernt hatte, einer Journalistin namens Alexandra Jamison. Sie hatte sich während der Ermittlungen in der Mordsache an seiner Familie als ziemlich clever erwiesen, woraufhin Bogart sie als Angehörige seines ungewöhnlichen Teams haben wollte.

Bogart hatte Decker schon in Burlington die Einzelheiten erläutert, wie er sich dieses Team vorstellte. Es würde in der FBI-Niederlassung in Quantico seinen Sitz haben und FBI-Agenten und Zivilisten mit besonderen Fähigkeiten zusammenbringen, um kalte Fälle wieder zu öffnen und hoffentlich aufzuklären.

Vielleicht werden wir ein Team von Sonderlingen sein, dachte Decker.

Er wusste nicht genau, was er davon halten sollte, zur Ostküste zu ziehen und praktisch neu anzufangen. Aber in Burlington war ihm nichts mehr geblieben. Warum also nicht? Zumindest hatte er letzte Woche so gedacht. Jetzt war er nicht mehr so zuversichtlich.

Weihnachten war gekommen und gegangen. Heute war Silvester. Die Leute feierten und begrüßten das neue Jahr. Decker gehörte nicht zu ihnen. Er hatte nichts zu feiern, trotz des neuen Jobs und des neuen Lebens. Er hatte seine Familie verloren. Nichts konnte sie ersetzen, also würde er nie wieder etwas zu feiern haben.

Er warf die Papiertüte mit dem Abfall in einen Mülleimer auf dem Parkplatz, stieg wieder in den Wagen und fuhr weiter. Er schaltete das Radio ein. Als er den örtlichen Sender gefunden hatte, kam gerade die stündliche Nachrichtensendung. Die erste Meldung beschäftigte sich mit einem zum Tode verurteilten Häftling, dessen Leben, so melodramatisch es auch klang, in allerletzter Minute verschont worden war.

Ein Weihnachtsgeschenk in letzter Sekunde, sagte der Nachrichtensprecher.

Der Name des Mannes war Melvin Mars. Er war vor mehr als zwanzig Jahren wegen des Mordes an seinen Eltern verurteilt worden. All seine Berufungen waren abgewiesen worden, und der Staat Texas war bereit, den Mann als Strafe für seine Verbrechen vom Leben zum Tode zu befördern.

Aber verblüffende neue Beweise seien ans Licht gekommen, sagte der Sprecher.

Ein Häftling in Alabama hatte die Verbrechen gestanden und angeblich Einzelheiten genannt, die nur der wirkliche Mörder kennen konnte. Mars, ein ehemaliger College-Footballer, Finalist der Heisman Trophy und Top-Kandidat für die National

Football League, war zurzeit noch hinter Gittern und wartete die Ergebnisse der gerade in die Wege geleiteten Ermittlung ab. Doch sollte diese Ermittlung das Geständnis bestätigen, fuhr der Sprecher fort, würde man Melvin Mars nach zwei Jahrzehnten Haftzeit freilassen. Sein Traum von der NFL war natürlich vorbei, doch vielleicht würde ihm endlich Gerechtigkeit widerfahren, wenn auch ein wenig spät.

Verdammt, dachte Decker, als er das Radio wieder ausschaltete. *Tolle Gerechtigkeit für Melvin Mars.*

Dann begann sein Verstand zu surren, und seine Erinnerungen blitzten in ordentlicher chronologischer Ordnung auf, obwohl Decker seine Hyperthymesie eigentlich gar nicht brauchte, um sich an diese Sache zu erinnern.

Melvin Mars war damals der Star unter den Runningbacks der University of Texas gewesen. Die Longhorns waren in der letzten Woche der regulären Spielzeit gegen Deckers Team angetreten, die Buckeyes von der Ohio State. Das Spiel war bundesweit im Fernsehen übertragen worden. Decker war der Linebacker seiner Mannschaft gewesen. Er war groß für einen Linebacker und ein guter, aber kein herausragender Spieler gewesen. Er hatte die Größe, Kraft und Zähigkeit, aber nicht die Schnelligkeit und die Athletik der wirklich überdurchschnittlichen Spieler.

Mars hatte an diesem Nachmittag Decker und den Buckeyes das Leben vermiest. Texas hatte mit einem Mordsvorsprung von fünf Touchdowns gewonnen und der Ohio State jede Chance auf die Teilnahme an der nationalen Meisterschaft genommen.

Mars selbst hatte viermal gepunktet. Dreimal, indem er durchgelaufen war, und einmal mit einem eleganten Catch-and-Run, der seinen Ausgangspunkt an der 35-Yard-Linie der Buckeyes nahm. Decker erinnerte sich gut daran. Wenn Mars aus dem Rückfeld gekommen war, hatte er ihn attackieren müssen.

Er hatte Mars mit allem getroffen, was er hatte, sobald der den Ball gefangen hatte. Doch Mars war es irgendwie gelungen, auf den Beinen zu bleiben. Er hatte mit zwei Finten zuerst den Corner und dann den Safety aus dem Spiel genommen und dann einen weiteren Safety überlaufen, der fast aus dem Toraus kam, während Decker dreißig Yard auf dem Feld hinter ihm war. Mars schien ihn zum fünften Mal an diesem Tag überlistet zu haben. Wie sein Coach später klarstellte, als sie die Aufzeichnung des Spiels analysierten, war es das zehnte Mal gewesen.

Decker war nach diesem Fehlversuch auf die Bank geschickt worden. Die Longhorns führten bei kaum noch sechs Minuten Spielzeit mit 28 Punkten. Sie machten noch einen weiteren Punkt, als sie den Ball bei einem Angriff der Buckeyes abfingen. Es war erneut Mars, der ihren losrennenden Linebacker traf, einen Felsbrocken namens Eddie Keyes, der später zwölf Jahre bei den Forty-Niners spielte – und zwar so hart, dass der Mann zurück in die Endzone geworfen wurde, als Mars den letzten Punkt des Tages machte.

Melvin Mars.

Decker hatte ebenfalls gedacht, der Bursche wäre ein sicherer Kandidat für die NFL. Es hatte Schlagzeilen gemacht, als er dann verhaftet worden war. Aber Decker hatte hart an seiner eigenen Karriere gearbeitet, und die Verhaftung und Verurteilung von Melvin Mars war schließlich in Vergessenheit geraten.

Zwanzig Jahre im Gefängnis. Für ein Verbrechen, das er womöglich nicht begangen hatte.

Ein anderer hatte gestanden. Kannte Einzelheiten, die nur der wahre Mörder wissen konnte.

Das ähnelte den Morden an Deckers Familie so sehr, dass nicht einmal sein einzigartiger Verstand sich mit der Möglichkeit befassen konnte, wie unwahrscheinlich dieser Zufall war.

Er fuhr durch Pennsylvania und dann in südliche Richtung nach Maryland und schließlich Virginia. Er legte keine Pause ein, um zu schlafen. Sein Verstand war aufmerksam und wach und arbeitete.

Er dachte an Melvin Mars.

Ein Name aus der Vergangenheit.

Decker glaubte nicht an das Schicksal, nicht einmal an seinen kleinen Vetter, den glücklichen Zufall.

Und doch hatte er das Radio genau in diesem Moment eingeschaltet. Wenn er für seine Mahlzeit ein paar Minuten länger gebraucht hätte oder noch pinkeln gegangen wäre, hätte er die Story nie gehört.

Aber er *hatte* sie gehört.

Was hatte das also zu bedeuten?

Er war sich nicht sicher. Und er war sich auch nicht sicher, dass er den Namen Melvin Mars je vergessen werden würde.

Stunden später erreichte er die Adresse, die man ihm gegeben hatte. Sie befand sich in der Marine Corps Base Quantico, einem der größten Stützpunkte der U.S. Marine auf der Welt und gleichzeitig Heimat für eine Handvoll bundesstaatlicher Strafverfolgungsbehörden.

Die Einrichtung wurde von hohen Zäunen mit einem bewachten Tor umgeben, an dem ernst aussehende Männer in Uniform mit Automatikwaffen Wache schoben.

Amos Decker hielt vor dem Tor an, fuhr die Seitenscheibe hinunter, atmete tief ein und bereitete sich darauf vor, mit seinem neuen Leben anzufangen.

4

Drei Zimmer.

Ein Schlafzimmer von der Größe einer Gefängniszelle. Ein Bad, das etwa ein Viertel so groß war. Und ein dritter Raum für alles andere, einschließlich zum Kochen.

Die Wohnung bot viel mehr Platz, als Amos Decker es in den letzten anderthalb Jahren jemals gewohnt gewesen war.

Er setzte die Reisetaschen ab und sah sich in seinem neuen Domizil um. Er hätte eine Mütze Schlaf nehmen sollen, war aber nicht müde.

Manchmal konnte er den ganzen Tag lang schlafen, doch bei anderen Gelegenheiten, wie dieser, erlaubte sein Verstand ihm nicht, zur Ruhe zu kommen. Sein Gehirn stand in Flammen.

Vor der Küchenzeile stand ein kleiner Tisch. Auf dem Tisch lag ein Laptop, daran klebte ein Zettel. Die Nachricht stammte von Agent Bogart. Der Laptop stand ihm zur Verfügung. Hier gab es sicheres WLAN. Bogart würde später vorbeischauen.

Decker sah auf die Uhr. Es war kurz vor fünf Uhr morgens. Bogart hatte damit gerechnet, dass er eine Pause machen und schlafen würde, also erwartete er seine Ankunft wahrscheinlich für den Nachmittag oder Abend.

Decker machte sich eine Tasse Kaffee, schwarz, mit einem Haufen Zucker, und trug sie zum Tisch hinüber. Er setzte sich und klappte den Laptop auf. Dann ging er online und suchte den Namen Melvin Mars.

In den letzten paar Tagen waren ziemlich viele Artikel über Mars veröffentlicht worden. Decker las sie alle, und sein perfektes Gedächtnis speicherte jeden unauslöschlich in sein Gehirn.

Aber er wollte auch mehr über die Vergangenheit des Mannes wissen. Ein paar Minuten später fand er, was er suchte.

Melvin Mars hatte auf der Liste der Verpflichtungen für die NFL, die im April eines jeden Jahres stattfanden, ganz oben gestanden. Man ging davon aus, dass er zu den fünf besten Nachwuchsspielern gehörte, bis er verhaftet und des Mordes an seinen Eltern angeklagt wurde, Roy und Lucinda Mars.

Decker betrachtete die körnigen Bilder der beiden auf dem Monitor. Roy war weiß, mit starken Gesichtszügen, und selbst auf dem verschwommenen Foto erkannte man, wie stechend sein Blick war. Lucinda war schwarz und von außergewöhnlicher Schönheit, mit üppigem Haar, das ihr bis auf die Schultern fiel. Ihr Gesicht kräuselte sich zu einem ansteckenden Lächeln.

Klare Gegensätze, zumindest an der Oberfläche. Interessant.

Decker nippte an seinem Kaffee und scrollte weiter.

Die Morde hatten am zweiten April stattgefunden. Die Leichen waren in einem Schlafzimmer im ersten Stock gefunden worden. Tödliche Schüsse aus einer Schrotflinte hatten ihre Gesichter unkenntlich gemacht, dann waren ihre Leichen in Brand gesetzt worden. Das Haus stand ein gutes Stück von der Straße entfernt. Sie hatten im ländlichen Texas gewohnt, und es war niemand in der Nähe gewesen, der sie hätte sterben hören können.

Die Leichen wurden von Feuerwehrleuten gefunden, die auf einen Notruf reagiert hatten. Die Flammen waren gelöscht worden, das Haus hatte man zum Tatort erklärt.

Die Leute in der Gegend kannten die Familie Mars. Tja, sie hatten Melvin wegen seines Talents auf dem Footballfeld gekannt. Er war in Texas eine Highschool-Footballlegende und hatte diesen Ruhm als Longhorn auf dem College vermehrt.

Wo war Melvin also, als seine Eltern starben?

Er hatte im vergangenen Semester den College-Abschluss gemacht, nachdem er in den drei Jahren zuvor jedes Mal auf die Sommerschule gegangen war, um den Abschluss früher zu bekommen. Er hatte Pläne für sein Leben, hieß es damals. Und mit dem anstehenden Engagement wollte er sich von akademischen Verpflichtungen befreien. Er war ein Mann, der weit voraus dachte, hieß es. Er entsprach nicht der Vorstellung einiger Menschen von einem Footballspieler, der Leute umrennen, aber kein Gespräch führen konnte. Es hieß, er habe keinen Berater, weil er seinen Vertrag mit einem NFL-Verein selbst aushandeln wolle. Er habe sich informiert, mit aktuellen und ehemaligen Spielern gesprochen.

Also, noch einmal, wo war Melvin gewesen?

Die Polizei fand ihn schlafend und allein in einem Motel. Er hatte mit seiner Kreditkarte bezahlt. So hatten sie ihn aufgespürt.

Seine Geschichte war relativ einfach gewesen. Er hatte eine Freundin besucht. Er hatte das Haus der Freundin mit der Absicht verlassen, nach Hause zu fahren. Er hatte jedoch Probleme mit dem Wagen gehabt und am einzigen Motel an der Strecke angehalten, um dort zu schlafen. Er hatte nichts von dem Mord an seinen Eltern gewusst, bis die Polizei an seine Tür geklopft hatte.

Das war, bevor jeder ein Handy oder eine E-Mail-Adresse, eine Facebook-Seite oder einen Twitter-Account hatte. Man konnte einfach durchs Raster fallen, und keiner konnte mit einem Kontakt aufnehmen, heutzutage ein unvorstellbarer Gedanke.

Mars galt nicht sofort als Verdächtiger. Er hatte sich abgeschottet, noch während eine Belohnung für jegliche Information über das Verbrechen ausgelobt wurde. Eine ganze Weile verging, und die Polizei ermittelte.

Decker konzentrierte sich auf eine Story, die genau nachzeichnete, wie Mars zum Verdächtigen geworden war.

Die Freundin, die er besucht hatte, erinnerte sich daran, dass Mars früher aufgebrochen war, als er es der Polizei gesagt hatte. Das Motel war nicht einmal eine Stunde von seinem Zuhause entfernt. Warum war er an diesem Abend also nicht einfach nach Hause gefahren? Mars wiederholte, dass er Probleme mit dem Wagen gehabt und deshalb bei dem Motel angehalten habe. Er hatte seinen Vater am nächsten Morgen anrufen und bitten wollen, zu ihm zu fahren und sich den Wagen anzusehen.

Das einzige Problem damit war nur, dass der Wagen sofort ansprang, als die Polizei ihn bat, ihn anzulassen. Mars hatte keine Erklärung dafür; er beharrte darauf, dass der Motor gestottert habe und dann, als er das Motel erreichte, ganz abgesoffen sei. Er habe ihn sogar auf den Parkplatz schieben müssen. Hinzu kam, dass ein Wagen, der dem von Mars ähnelte, später in dieser Nacht in der Nähe seines Elternhauses gesehen worden war.

Der Portier sagte der Polizei gegenüber aus, Mars habe gegen ein Uhr fünfzehn morgens eingecheckt. Die Freundin sagte aus, er sei gegen zehn Uhr abends von ihr losgefahren. Die Fahrt zum Haus seiner Eltern dauerte nur eine Stunde und vierzig Minuten. Das hätte ihm die Zeit gegeben, nach Hause zu fahren, seine Eltern zu töten, dann zurückzufahren und in dem Motel einzuchecken.

Der Portier sagte aus, dass Mars derangiert und aufgeregt gewirkt habe. Er bezeugte ebenfalls, dass sich auf der Kleidung, die Mars trug, irgendwelche Flecken befunden hätten. Die Kleidung, die Mars ihm zufolge getragen hatte, war nicht diejenige, die er trug, als die Polizei auftauchte. Man vermutete daher, dass Mars die blutige Kleidung irgendwo entsorgt und sich dann im Motel frische angezogen hatte.

Der andere belastende Umstand war, dass das Schrotgewehr Mars gehörte. Er benutzte es zur Jagd und hatte damit tatsächlich schon Wildvögel erlegt. Also waren seine Fingerabdrücke auf der Waffe.

Das Benzin schließlich, mit dem die Leichen von Mr. und Mrs. Mars angezündet worden waren, stammte aus ihrer Garage. Es war reines Glück gewesen, dass das Haus nicht abgebrannt war. Der einzige Schaden entstand in dem Schlafzimmer, in dem sie gefunden worden waren.

Und schließlich war Blut, das Lucinda Mars zugeordnet werden konnte, im Wagen gefunden worden. Das war ein vernichtender forensischer Beweis.

Decker stand auf und schenkte sich noch eine Tasse Kaffee ein. Draußen wurde es schon hell. Er achtete nicht darauf, setzte sich wieder und las weiter.

Aber weshalb hatte Mars seine Eltern getötet? Was war sein Motiv?

Nachdem Mars verhaftet und des Mordes angeklagt worden war, gab die Polizei ihre Theorie bekannt. Bei der anstehenden NFL-Verpflichtung würde Mars einen großen Vertrag unterzeichnen und eine Menge Geld verdienen. Seine Eltern wollten einen größeren Anteil davon abhaben, als Mars ihnen zukommen lassen wollte. Es hatte Streit gegeben, Mars fühlte sich in die Enge getrieben. Er wollte keine negative Publicity. Er hatte sorgfältige Imagepflege betrieben, in der Hoffnung, zusätzlich zu seinem Footballvertrag lukrative Werbeaufträge einzuheimsen. Er hatte sein gesamtes Leben durchgeplant. Seine Eltern standen dem vielleicht im Weg, jedenfalls der Staatsanwaltschaft zufolge.

Um sich dieses Problem also vom Hals zu schaffen, hatte Mars den Mord an ihnen geplant und dann durchgeführt. Er hatte seine Freundin besucht, um sich ein Alibi zu verschaffen, war nach Hause gefahren, hatte seine Eltern umgebracht und war dann zu dem Motel gefahren. Doch wie so viele Mörder war er über die kleinen Details gestolpert. In Wirklichkeit hatte ihm jedoch der zeitliche Ablauf alles verdorben. Ganz gleich, wie gut man etwas plante, wenn man an einem Ort war und jemanden umbrachte, während man behauptete, an einem anderen zu sein und geschlafen zu haben, konnte man den zeitlichen Ablauf niemals narrensicher machen. Dann würde es immer Risse geben, wenn auch nur kleine. Doch wenn die Polizei sich auf sie konzentrierte und zu graben anfing, würden diese Risse größer werden und schließlich das gesamte Lügengebäude zum Einsturz bringen.

Und genau das war offensichtlich Melvin Mars zugestoßen.

Also konnte die Anklage ein Motiv und die Gelegenheit aufzeigen. Und die Morde waren mit Mars' eigener Waffe begangen worden, womit ihm auch die nötigen Mittel zur Verfügung gestanden hatten. Somit hatte die Anklage alle drei grundlegenden Bestandteile, um seine Schuld zu beweisen. Und sie schickte sich an, sie überzeugend über jeden Zweifel hinaus zu beweisen.

Ein Zeuge nach dem anderen marschierte vor den Geschworenen auf und machte seine Aussage. Langsam formte sich ein Bild. Der Staatsanwalt, der in Tennessee seinen Abschluss gemacht hatte und deshalb kein Fan von texanischen Footballspielern war, leistete erstklassige Arbeit, um die Beweise zusammenzufügen.

Die Verteidigung versuchte, Löcher aufzuzeigen, richtete damit aber nicht genug Schaden an. Und als Mars nicht in den Zeugenstand trat, war sie erledigt.

Die Geschworenen waren kaum lange genug weg, um auf die Toilette zu gehen, bis sie mit ihrem Schuldspruch zurückkamen.

Mars hatte einen fairen Prozess bekommen. Die Indizien genügten der Beweispflicht.

Roy und Lucinda Mars waren von ihrem einzigen Kind ermordet worden. Von Melvin.

Mars wurde zum Tode verurteilt. Seine Laufbahn in der NFL war zu Ende, bevor sie überhaupt angefangen hatte. Genau wie der Rest seines Lebens.

Ende der Geschichte.

Der Termin für seine Hinrichtung war bereits festgesetzt, als ein anderer sich gemeldet und das Verbrechen gestanden hatte.

Charles Montgomery.

Decker betrachtete das Foto des Mannes auf dem Bildschirm.

Ein Weißer jenseits der siebzig. Muskulös, hart und fies aussehend. Armeeveteran mit einem langen Vorstrafenregister. Er war von kleineren Betrügereien zu ernsteren Sachen übergegangen, zu sehr ernsten Sachen. Er saß in einem Gefängnis in Alabama ein und erwartete seine eigene Hinrichtung wegen mehrerer anderer Morde, die er vor Jahren begangen hatte.

Wie hatte der Fall gegen Melvin Mars so schlimm aus dem Ruder laufen können, falls Montgomery die Wahrheit sagte?

Die Meldungen behaupteten, er würde Einzelheiten des Falles kennen, die die Polizei all die Jahre zurückgehalten hatte, was der Standardprozedur entsprach. Montgomery kannte sich offensichtlich aus. Aber warum hatte er gerade jetzt ausgepackt? Weil er schon im Gefängnis war? Weil er Bedauern verspürte? Weil er sowieso sterben würde? Für Decker, der jede Menge Erfahrung mit hartgesottenen Verbrechern hatte, sah er einfach nicht aus wie jemand, der Bedauern verspürte. Er sah aus wie der Mörder, der er war.

Decker trank den Kaffee aus und lehnte sich zurück.

Jemand klopfte an seine Tür. Er sah auf die Uhr. Halb acht.

Er machte auf.

Special Agent Bogart erwiderte seinen Blick. Er hatte eine große Aktentasche in der Hand. Er war über vierzig, groß und fit und hatte dunkles Haar, das auf attraktive Weise von Silbergrau gesprenkelt wurde. Eine Art von stiller Autorität ging von ihm aus, die man erwarb, indem man Menschen bei schwierigen Aufträgen befehligte. Er hatte keine Kinder, lebte von seiner Frau getrennt, die Scheidung lief bereits.

Hinter ihm stand Alex Jamison. Sie war groß und hübsch, mit braunem Haar, und der Blick ihrer ausdrucksvollen Augen hellte sich auf, als sie Decker sah. Sie hielt eine Imbisstüte in der Hand.

»Überraschung!«, sagte Jamison fröhlich. »Glückliches neues Jahr!«

»Ich habe die Nachricht erhalten, dass Sie schon eingetroffen sind«, sagte ein strahlender Bogart. »Willkommen beim FBI.«

»Ich habe einen Fall«, sagte Amos Decker, »in dem ich ermitteln will.«

5

Decker mampfte sein Rührei mit Schinken und den Käsetoast, während Jamison und Bogart auf dem Laptop die Artikel über Melvin Mars lasen.

Schließlich schaute Bogart auf. »Ein faszinierender Fall, aber er fällt wirklich nicht in unsere Zuständigkeit, Amos.«

Decker beendete sein Frühstück, trank einen letzten Schluck Kaffee, knüllte die Verpackung zusammen und erzielte einen Dreier, als er sie in den Mülleimer neben der Küchentheke warf.

»Was genau ist denn Ihre *Zuständigkeit?*«

Als Antwort öffnete Bogart die Aktentasche, holte einen dicken Ordner hervor und gab ihn Decker. »Alex hat ihr Exemplar bereits erhalten. Das sind die Fälle, die wir in Erwägung ziehen. Lesen Sie die Akte. Wir sprechen später bei unserem Meeting darüber.«

»Wir sind jetzt hier. Das ist ein Meeting.«

»Es gibt noch zwei weitere Mitglieder des Teams«, sagte Bogart.

»Ich habe eine von ihnen kennengelernt, Amos«, sagte Jamison. »Sie werden sie mögen.«

Decker hielt den Blick auf Bogart gerichtet. »Sie kennen diesen Melvin Mars?«, fragte der Special Agent.

»Ich habe am College gegen ihn gespielt. Aber ich kann mich nur erinnern, zu ihm gesagt zu haben: ›Scheiße, wie hast du das gemacht?‹«

»So gut war er?«

»Er war der Beste, den ich je gesehen habe.«

»Vielleicht kommt er ja aus dem Gefängnis«, sagte Jamison. »Das ist doch gut.«

»Falls er unschuldig ist«, berichtigte Decker.

»Ja, natürlich.«

»Ich bezweifle, dass sie ihn entlassen werden, bevor sie sich absolut sicher sind«, stellte Bogart klar.

Decker zeigte auf den Laptop. »Haben Sie gewusst, dass Jahr für Jahr Hunderte von Menschen aus dem Gefängnis entlassen werden, weil man herausgefunden hat, dass sie unschuldig sind?«

»Ein kleiner Prozentsatz angesichts der Zahl der Menschen, die inhaftiert wurden«, erwiderte Bogart. Er wirkte ein wenig ungeduldig.

»Man schätzt, dass zweieinhalb bis fünf Prozent aller Häftlinge in amerikanischen Gefängnissen unschuldig sind«, sagte Decker. »Das sind etwa zwanzigtausend Menschen. DNS-Proben wurden erstmals 1985 vor Gericht zugelassen. Seitdem sind 330 Gefangene durch DNS-Proben entlastet worden. Aber DNS-Proben sind nur in etwa sieben Prozent aller Fälle möglich. Und bei 25 Prozent der Fälle, bei denen sie benutzt wurden, konnte das FBI den Verdächtigen ausschließen, sodass der Prozentsatz der unschuldigen Häftlinge höher sein könnte. Vielleicht *viel* höher.«

»Wie ich sehe, haben Sie in dieser Sache einige Nachforschungen betrieben«, sagte Bogart trocken.

Ein langes Schweigen folgte.

»Decker«, sagte Bogart. »Das ist nicht das, womit wir uns befassen. Wir ermitteln in kalten Fällen und versuchen, einen Mörder zu finden.«

»Was, wenn Mars nicht der Mörder ist?«

»Dann ist es dieser Montgomery.«

»Und wenn er es auch nicht ist?«

»Warum sollte jemand ein Verbrechen gestehen und …« Bogart hielt inne und schaute ein wenig verlegen drein. »Na schön, da genau das in Ihrem Fall passiert ist, verstehe ich, worauf Sie hinauswollen. Aber trotzdem …«

»Kann das … Team den Fall wenigstens in Betracht ziehen?«, fragte Decker.

Bogart dachte einen Moment lang darüber nach. »Ich hatte vor, das Team eine Reihe von möglichen Fällen überprüfen und dann abstimmen zu lassen, welchen es in Angriff nehmen will. So flexibel bin ich.«

»Und wir können uns für bestimmte Fälle verwenden?«, fragte Jamison.

»Ich wüsste nicht, was dagegenspräche«, sagte Bogart. »Ich mag demokratische Abstimmungen genau wie jeder andere«, fügte er mit einem Lächeln hinzu.

»Ich glaube, wir sollten diesen Fall übernehmen«, sagte Decker starrsinnig.

»Und wir können die anderen dazu bringen, uns zuzustimmen, Amos«, sagte Jamison schnell. »Wie Agent Bogart eben gesagt hat.«

Decker sah auf den Laptop. Sowohl Bogart als auch Jamison beobachteten ihn.

Sie wussten, dass Decker sich nicht beirren ließ, wenn er einmal einen Entschluss gefasst hatte. Sie wussten auch, dass er nichts dafür konnte. Er war eben, wer er war.

»Da Sie so früh hier eingetroffen sind«, sagte Bogart, »habe ich unser Meeting auf vierzehn Uhr statt auf morgen verlegt.« Er ließ den Blick über Deckers zerknitterte Kleidung und ungekämmtes Haar gleiten. »Wir lassen Ihnen etwas Zeit, um sich frisch zu machen, holen Sie dann gegen Viertel vor zwei ab und fahren mit Ihnen rüber. So weit ist es nicht.«

Decker schaute an seiner mitgenommenen Kleidung hinab. Er wollte etwas sagen, nickte dann aber nur verdrossen und sah wieder auf seinen Laptop.

Bogart stand auf, doch Jamison blieb sitzen. Als er sie fragend ansah, sagte sie: »Ich treffe Sie dann hier.«

Er warf einen Blick auf Decker und nickte knapp. »Amos, es ist schön, Sie an Bord zu haben.«

Decker sah weiterhin den Laptop an.

Bogart drehte sich um und ging.

Jamison schaute zu Decker. »Ziemlich viele Veränderungen«, sagte sie. »In kurzer Zeit.«

Er zuckte die Achseln.

»Was fasziniert Sie an dem Mars-Fall wirklich?«, fragte sie. »Dass Sie Football gegen ihn gespielt haben?«

»Ich mag keine Leute, die aus heiterem Himmel auftauchen und ein Verbrechen gestehen.«

»Wie es im Fall Ihrer Familie passiert ist?«

Decker schloss den Laptop und lehnte sich auf seinem Stuhl zurück. »Erzählen Sie mir von den anderen ›Team‹-Mitgliedern.«

»Ich habe nur eine von ihnen kennengelernt. Lisa Davenport. Eine klinische Psychologin aus Chicago. Sie ist Ende dreißig und sehr nett. Sehr professionell.«

»Wie soll das alles funktionieren?«, fragte Decker.

»Wie Bogart sagte, wir stimmen ab, welchen Fall wir übernehmen.«

»Aber jemand muss die Fälle zusammenstellen, über die wir gemeinsam abstimmen. Also trifft jemand doch eine Vorauswahl.«

»Ja, das stimmt.« Sie zeigte auf die Aktenmappe. »Da drinnen. Faszinierendes Zeug. Aber Sie können diesen Mars-Fall hinzufügen. Das hat Bogart ja gesagt.«

»Das hat er eigentlich nicht gesagt. Er hat gesagt, der Fall wäre außerhalb seiner Zuständigkeit. Er hat gesagt, wir könnten die anderen überzeugen, ihn zu nehmen. Aber wenn ich überstimmt werde, nehmen wir ihn nicht.« Er sah sie an. »Habe ich Ihre Stimme?«

»Natürlich haben Sie die, Amos.«

Er wandte den Blick ab. »Das weiß ich zu schätzen.«

Jamison schaute überrascht drein. Decker gestand so etwas normalerweise nicht ein.

»Wollen Sie sich frisch machen? Es war eine lange Fahrt«, fügte sie diplomatisch hinzu. »Und Sie scheinen durchgefahren zu sein.«

»Bin ich. Und, ja, ich sollte mich frisch machen. Aber ich habe nicht viel Kleidung dabei.«

»Wenn Sie wollen, können wir ja vor dem Meeting einkaufen gehen.«

»Vielleicht danach.«

»Jederzeit, Amos. Ich will nur helfen.«

»Sie müssen nicht so nett zu mir sein.«

Jamison wusste, dass Decker im Gegensatz zu anderen Menschen ziemlich direkt sein konnte.

»Ich denke, wir beide haben große Veränderungen in unserem Leben hinter uns, und wir müssen zusammenhalten. Vielleicht kommt auch mal ein Fall, den ich übernehmen will. Und dann brauche ich Ihre Hilfe, nicht wahr?«

Decker sah sie nachdenklich an und nickte. »Sie sind komplizierter, als Sie sich geben.«

»Das will ich doch hoffen«, sagte sie und lächelte schwach.

6

»Wie bekomme ich zwanzig Jahre meines Lebens zurück? Können Sie mir das sagen? Wie?«

Melvin Mars saß im Besuchsraum des Gefängnisses seiner Anwältin gegenüber.

Mary Oliver war Mitte dreißig, hatte kurz geschnittenes kastanienbraunes Haar und trug eine viereckige Brille über ihren funkelnden grünen Augen. Ihr kantiges, hübsches Gesicht war mit Sommersprossen gesprenkelt.

»Die bekommen Sie nicht zurück, Melvin«, sagte sie. »Das ist unmöglich. Doch Montgomerys Geschichte ist noch nicht bestätigt. Wir sollten also einen Schritt nach dem anderen machen.«

»Ich kenne diesen Kerl nicht. Ich bin ihm nie begegnet. Ich habe nicht mal gewusst, dass es ihn gibt, bis sie kamen und mir von ihm erzählten. Also können sie nicht behaupten, ich hätte ihn bezahlt, damit er meine Eltern tötet. Und wenn sie das nicht beweisen können, bin ich hier raus, oder?«

Oliver blätterte in einigen Papieren, die vor ihr lagen. »Hören Sie, so einfach ist das nicht. Wir müssen die Dinge ihren regulären Lauf nehmen lassen, okay?«

Mars stand auf und schlug gegen die Wand hinter ihm, was ihm einen Blick des untersetzten Wärters einbrachte, der in der Mitte des Raums stand. Er war weit genug entfernt, dass er ihr Gespräch, das unter die Vertraulichkeitsverordnung fiel, nicht verstehen konnte – zumindest nicht, wenn sie mit normaler

Lautstärke sprachen. Aber er war nah genug, um notfalls eingreifen zu können.

»Den regulären Lauf? Ich habe das Verfahren schon einmal seinen Lauf nehmen lassen, und Sie sehen ja, was es mir eingebracht hat. Sie haben mir mein verdammtes Leben gestohlen, Mary.«

»Es ist ganz normal, dass Sie sich verraten und ausgenutzt fühlen, Melvin. Alles, was Sie empfinden, ist ganz normal.«

Mars sah aus, als wolle er auf etwas einschlagen, auf irgendetwas, so hart, wie er konnte. Aber dann sah er, dass die Hand des Wärters sich dem Griff seines Schlagstocks näherte. Und er sah, wie der Mund des Mannes vor Vorfreude zuckte, einem Häftling in den Arsch treten zu können.

Gib mir nur einen Grund, du Wichser! Bitte!

Mars beruhigte sich und setzte sich wieder. »Wie lange wird es dauern, bis die Dinge ihren normalen Verlauf genommen haben?«, sagte er mit gemäßigter Stimme.

»Es gibt keinen feststehenden Zeitplan dafür, weil die Sache so ungewöhnlich ist«, erklärte Oliver. Sie wirkte erleichtert, dass er wieder vernünftig war. »Aber ich bleibe ununterbrochen am Ball, Melvin. Das verspreche ich Ihnen. Und wenn ich mitbekomme, dass sie die Sache schleifen lassen, mache ich denen Feuer unterm Hintern. Das schwöre ich. Ich werde Anträge einreichen.«

Er nickte. »Das weiß ich.«

»Das muss sehr schwer für Sie sein«, fuhr sie fort. »Als man mich informierte, war ich völlig perplex. Ich weiß immer noch nicht, in welcher Verbindung Ihre Eltern und dieser Charles Montgomery standen.«

»Tja, wenn es eine Verbindung gibt, haben sie mir nichts davon erzählt. Vielleicht gab es gar keine. Er bricht in das Haus ein und ermordet sie.«

»Aber es gab keine Anzeichen für einen Einbruch. Und nichts wurde gestohlen. Deshalb hat die Polizei ja Sie ins Visier genommen.«

»Aber Sie glauben mir, oder?«, sagte er schnell.

»Ja, natürlich glaube ich Ihnen.«

Melvin sah sie an. *Natürlich glauben Sie mir,* dachte er.

»In unserer Gegend hat damals niemand seine Tür abgeschlossen. Außerdem war es ja nicht so, dass meine Eltern viel gehabt hätten, das man hätte stehlen können. Sie wissen, wie wir gelebt haben. Mein Vater arbeitete in einer Pfandleihe. Meine Mom verdiente etwas Geld dazu, indem sie Kleider nähte und Spanisch unterrichtete und anderen Leuten den Dreck wegräumte.« Er schüttelte den Kopf. »Ich wollte das alles ändern, wenn ich in die NFL ging. Wollte ihnen ein Haus kaufen, Geld beiseitelegen. Sie hätten ihre Jobs aufgeben können. Ich hatte Pläne.« Er schlug mit der Handfläche auf den Tisch. »Ich hatte Pläne.«

»Das weiß ich, Melvin«, sagte sie beruhigend.

»Ich dachte immer, das alles wäre ein großer Fehler, der sich irgendwie klären würde. Dass ich in ein paar Monaten aus dem Gefängnis kommen und Football spielen würde. Dann verging ein Jahr, und noch eins, und noch eins. Dann waren fünf vergangen. Dann zehn. Und dann … Scheiße!«

Er verstummte, sah nach unten, schüttelte heftig den Kopf. Eine Träne tropfte auf das Laminat. Mars wischte sie mit der Hand weg.

»Was, wenn ich hier rauskomme? Ich habe keine Familie. Ich habe keinen Job. Ich habe nichts.«

»Der Staat Texas wird eine Ausgleichszahlung leisten.«

»Wie viel?«

»Der Höchstbetrag ist fünfundzwanzigtausend Dollar.«

Mars sah sie ungläubig an. »Fünfundzwanzigtausend Dollar? Für zwanzig Jahre meines Lebens?«

»Ich weiß, das ist unfair, aber so sind die gesetzlichen Vorschriften.«

»Wissen Sie, wie viel ich in der NFL hätte verdienen können?«

»Viel mehr. Ich weiß.«

»Also gehe ich hier mit meinen fünfundzwanzigtausend Dollar raus, vielleicht auch mit weniger, weil das ja der ›Höchstbetrag‹ ist, und was dann?«

»Wir werden Ihnen dabei helfen. Wir werden eine Unterkunft für Sie finden. Und einen Job.«

»Was soll ich denn tun? Den Besen schwingen? Vielleicht bekomme ich den alten Job meines Vaters in dieser Pfandleihe. In diesem Teil von Texas geht es Pfandleihen gut, Mann. Da hat niemand Geld.«

»Wie ich schon sagte, ein Schritt nach dem anderen.« Oliver versuchte, ruhig zu klingen.

»Selbst wenn sie mich gehen lassen, bekomme ich vielleicht keinen Freispruch. Was heißt, dass ich eine Verurteilung wegen zweifachen Mordes in meinem Vorstrafenregister habe. Wer wird mich dann einstellen? Sagen Sie mir das! Sagen Sie es mir!«

Mars sah, dass sie von Sekunde zu Sekunde nervöser wurde.

Kleine weiße Frau, großer wütender schwarzer Mann. Das sieht sie. Das ist alles, was sie sieht. Und sie ist auf meiner Seite.

Er wandte den Blick ab, und sein Tonfall veränderte sich wieder. »Verdammt, ich weiß nicht mal, warum wir überhaupt darüber sprechen. Sie werden mich nie hier rauslassen, Mary.«

»Melvin, das müssen sie, wenn Sie unschuldig sind.«

»Ich war zwanzig verdammte Jahre lang unschuldig«, fauchte er. »Was für einen Unterschied hat das gemacht?«

»Ich meine, wenn es definitive Beweise für Ihre Unschuld gibt, können sie Sie nicht in Haft halten.«

»Ach was? Es gibt etwa ein Dutzend Typen im ganzen Land, deren Unschuld bewiesen wurde, wie Sie gesagt haben. Schon vor Jahren. Und jetzt raten Sie mal. Sie sitzen alle noch hinter Gittern. Bei einem behaupten sie, es sei zu spät, um in Berufung zu gehen, also ist er am Arsch, obwohl sie wissen, dass er es nicht getan hat. Ein anderer hat seine Zeit für Verbrechen abgesessen, die er nicht mal begangen hat, und wegen irgendwelcher beschissenen rechtlicher Vorschriften heißt es, er müsse vier weitere Jahre absitzen, und dann würden sie ihn vielleicht rauslassen. Ein anderer hat einen Wärter geschlagen, und er muss jetzt noch länger sitzen, obwohl er nie ins Gefängnis hätte kommen sollen. Also erzählen Sie mir nicht, dass die irgendetwas tun müssen. Die können tun und lassen, was sie wollen. So ist das nun mal.«

»Wir werden dafür sorgen, dass das in Ihrem Fall nicht so kommt.« Sie packte ihre Sachen zusammen. »Ich muss jetzt gehen. Aber ich melde mich wieder bei Ihnen, sobald ich mehr weiß.«

Als sie aufstand, sah er zu ihr hoch. »Ich bin nicht böse auf Sie, Mary. Ich bin einfach böse auf … alles. Sie wissen schon.«

»Ich verstehe«, sagte sie ernst. »Glauben Sie mir, ich wäre nicht mal ansatzweise so ruhig wie Sie.«

Im nächsten Moment war sie verschwunden.

Mars blieb sitzen, bis der Wärter kam und ihm sagte, er solle seinen Hintern hochschaffen.

Sie legten ihm wieder Ketten an.

Reedy tauchte auf und schlug ihm so hart mit dem Schlagstock in den Rücken, dass er vor Schmerz zusammenzuckte. »Was hat deine ›Anwältin‹ gesagt, Jumbo?«, fragte er.

Mars schwieg aus langer Macht der Gewohnheit.

»Ach ja, das war ja ein vertrauliches Gespräch. Nur zwischen dir und ihr. Willst du sie vögeln, Jumbo? Willst du einen weißen Arsch haben? Sie bespringen? Das war mal gegen das Gesetz, dass ein Schwarzer so was mit einer Weißen macht. Sollte noch immer so sein. Ein weißes Mädel will doch nicht, dass ein Tier sie bespringt. Oder?«

Er schlug Mars erneut auf den Hintern.

Mars drehte sich zu ihm um und sah ihn an. »Wenn ich hier raus bin, gehen wir einen trinken, ja? Dann besuche ich Sie, und wir hängen ein bisschen zusammen ab.«

Reedy schnaubte und blieb dann stehen, als die volle Bedeutung von Mars' Worten ihn wie ein Sattelschlepper überrollte.

Auf dem Weg zu seiner Zelle gab es keine Hiebe mit dem Schlagstock mehr.

7

Als Bogart und Jamison gegen halb zwei an diesem Mittag vorbeikamen, hatte Decker geduscht, sich rasiert und seine Kleidung zum Wechseln angezogen: Jeans, ein Flanellhemd unter einem Pulli und ungeputzte Stiefel. Er hatte ein paar bessere Kleidungsstücke, die er in Burlington gekauft hatte, als er vorgab, Anwalt zu sein, aber die waren schmutzig und lagen ganz unten in seinem Koffer.

Bogart trug einen gebügelten Anzug, ein weißes Oberhemd und eine Krawatte mit Paisleymuster. Jamison hatte Hosen, Jacke und eine cremefarbige Bluse an und – zumindest hatte Decker den Eindruck – nagelneue modische Riemchensandalen an den Füßen. Verglichen mit Deckers legerer Aufmachung schienen die beiden passend für eine Hochzeit gekleidet zu sein. Aber das war das Beste, das er aufzubieten hatte, und beide schienen seine Mühe zu schätzen zu wissen.

»Fertig?«, sagte Bogart lächelnd.

Decker nickte. Er hielt die Aktenmappe in der Hand, deren Inhalt er gelesen und sich eingeprägt hatte. Als sie zu Bogarts Wagen gingen, spürte er, dass sein Magen sich ein wenig regte. Nicht vor Hunger, sondern vor Aufregung.

Der Haken bei diesem ganzen Arrangement war, dass Decker sich in der Gegenwart anderer Menschen nicht sonderlich wohlfühlte. Seine Hyperthymesie ließ ihn oft distanziert und unbeholfen wirken. Darüber hatte er keine Kontrolle. Sein Verstand hatte seine Persönlichkeit seinem Willen unterworfen. Die Vorstellung, dass das Gehirn vom Rest des Körpers getrennt war, kam einem seltsam vor, doch bei einem Verstand wie dem Deckers war sie einfach nur realistisch.

Er hatte gewusst, dass die Zugehörigkeit zu einem Team verlangte, mit anderen Menschen zusammenzuarbeiten, doch als nun die Zeit dafür gekommen war, stellte er seine Entscheidung wieder infrage.

Habe ich mir gerade ein prachtvolles Eigentor geschossen?

Er nahm auf dem Beifahrersitz von Bogarts Limousine Platz, den er fast bis ganz nach hinten zurückschieben musste, damit seine langen Beine hineinpassten. Er brauchte die volle Länge des Sicherheitsgurts, um ihn über seine Wampe zu ziehen. Jamison saß hinten hinter Bogart, um Decker so viel Platz wie möglich zu lassen.

»Können Sie mir etwas über die anderen Teammitglieder sagen?«, fragte Decker. »Alex hat mir schon ein wenig über Davenport erzählt.«

»Lisa haben wir wegen ihrer Erfahrungen mit Psycho- und Soziopathen an Bord geholt. Sie ist auf ihrem Fachgebiet sehr bekannt und hat mehrere Bücher über das Thema veröffentlicht. Sie kann für uns die Persönlichkeiten und Neigungen der Menschen analysieren, die im Mittelpunkt unserer Ermittlungen stehen. Uns sagen, wie sie ticken. Wir haben im FBI natürlich Leute, die genau das schon tun. Aber ich halte es für eine gute Idee, einen frischen Blick auf einen Fall zu werfen, unabhängig von der Perspektive der offiziellen Strafbehörden.«

»Klingt nach einer tragfähigen Theorie«, stellte Jamison fest.

»Dann ist da ein weiterer FBI-Agent, Todd Milligan. Todd ist Mitte dreißig. Er hat sich als Agent im Außeneinsatz bewährt und sich für die freie Stelle in diesem Team beworben. Jetzt kann er es kaum erwarten, mit der Arbeit loszulegen.«

»Und was hält er davon, mit Leuten zusammenzuarbeiten, die nicht dem FBI angehören?«, fragte Decker.

»Da gibt es keine Probleme«, erwiderte Bogart. »Sonst hätte er die Prüfung nicht bestanden.«

Decker sah im Rückspiegel, dass Jamison sich vorbeugte. Ihr Gesichtsausdruck verriet, dass sie Bogarts Zuversicht in dieser Sache nicht unbedingt teilte.

Zwanzig Minuten später hielten sie vor einem Backsteinhaus auf dem Gelände der Marine Corps Base Quantico an, die unter anderem auch die FBI-Akademie, das Labor und ViCAP beherbergte.

Sie stiegen aus, und Bogart knöpfte seine Jacke zu. »ViCAP hat uns Räume in seiner Einrichtung zur Verfügung gestellt«, sagte er. »Wir werden auch operativ von ihnen unterstützt.«

»ViCAP«, sagte Jamison. »Violent Criminal Apprehension Program, der zentralen Datenbank zur Verfolgung von Gewaltverbrechen.«

Bogart nickte und hielt ihnen die Tür auf. »Gegründet 1985. Das ist eine Einheit, die sich mit Serienmorden und anderen Gewaltverbrechen normalerweise sexueller Natur befasst. Sie sind Bestandteil der Critical Incident Response Group, der zentralen Kriseninterventionsabteilung des FBI.«

»Was wiederum Bestandteil des National Center for the Analysis of Violent Crimes ist, dem Nationalen Zentrum für die Analyse von Gewaltverbrechen«, versetzte Decker.

Bogart nickte erneut. »Wir haben jede Menge organisatorische Ebenen.«

»Vielleicht zu viele«, sagte Decker.

»Vielleicht«, gab Bogart knapp zurück.

Sie gingen einen hell erleuchteten Korridor entlang.

»Wie unterscheidet sich unsere Aufgabe von der des ViCAP?«, wollte Jamison wissen.

»ViCAP ist eigentlich eine zentrale Datenbank, die andere Behörden, sowohl staatliche als auch bundesstaatliche, für Ermittlungen bei Fällen in ihrem Zuständigkeitsbereich nutzen. Es gibt natürlich auch Teams von FBI-Agenten, die von hier aus ermitteln. Aber unser Team wird eins der ersten sein, das Personen einsetzt, die nicht vom FBI kommen. Dafür waren einige Mogeleien und Verhandlungen nötig. Ich muss eingestehen, dass es einige Leute im Bureau gibt, die uns nicht unterstützen und der Ansicht sind, es sei ein Fehler, Außenstehende hinzuzuziehen. Hoffentlich kann ich ihnen beweisen, dass sie falsch liegen.«

»Ich spiele mal den Advocatus Diaboli«, sagte Decker. »Was, wenn wir beweisen, dass sie *richtig* liegen?«

Bogart zuckte die Achseln. »Dann wird unsere Finanzierung gestrichen, und wir müssen aufgeben und irgendwas anderes machen. Und mit meiner Karriere war's das dann.«

»Dann sorgen wir dafür, dass das nicht passiert«, sagte Jamison nachdrücklich.

Sie gingen durch einen Sicherheits-Checkpoint, und dann benutzte Bogart seinen Ausweis, um eine Tür zu öffnen.

»Da wären wir«, sagte er und winkte sie hinein.

Bevor Decker durch die Tür trat, spürte er das Bauchkribbeln, das er oft empfunden hatte, sobald er aufs Footballfeld getreten war. Es war eine schwer zu fassende Kombination aus Nervosität, Adrenalin und Erwartung.

Er hatte gedacht, diese Tage wären längst vorbei.

Offensichtlich nicht.

Da wären wir.

Er betrat den Raum.

8

Deckers Blick glitt durch das Zimmer und nahm alles in sich auf.

Zwei Personen waren anwesend.

Lisa Davenport saß rechts von ihm. Sie hatte hellblondes, kurz geschnittenes Haar, ein schmales, attraktives Gesicht, volle Lippen und funkelnde blaue Augen. Ihr Körper war lang und athletisch, die Hüften schmal, die Schultern symmetrisch breit.

Sie lächelte, als sie Deckers Blick bemerkte.

Todd Milligan saß ihr gegenüber am Tisch. Er war etwa eins achtzig groß und kräftig gebaut. Wie Bogart war er sehr fit und sah aus, als könne er ewig rennen, ohne aus der Puste zu kommen. Sein dunkles Haar war militärisch kurz geschnitten, seine Stirn natürlich gefurcht, seine hellbraunen Augen leuchteten intensiv, und sein Rücken war so gerade wie seine gestreifte Krawatte. Der Mann hatte nichts Einladendes oder Freundliches an sich. Er sah aus, als könnte er gar nicht anders als ernst sein.

Vor beiden lagen dicke Aktenordner. Decker bemerkte die zahlreichen Merkzettel, die aus der Seite der Ordner hervorsahen. Sowohl Davenport als auch Milligan hatten sich offensichtlich gut vorbereitet.

Bogart stellte sie einander vor, und sie setzten sich.

An der Wand hing ein großer Fernsehschirm, der sie fast völlig ausfüllte. Bogart schaltete einen Laptop ein, der vor ihm auf dem Tisch lag, und drückte auf ein paar Knöpfe. Der Bildschirm erwachte zum Leben, und sie alle konzentrierten sich auf ihn.

»Wir haben zurzeit zwanzig Fälle, die wir uns ansehen sollten«, sagte Bogart. »Realistisch gesehen können wir uns immer nur auf einen Fall gleichzeitig konzentrieren. Ich ziele auf Qualität und nicht Quantität ab. Die zwanzig Fälle, die Ihnen vorliegen, wurden mithilfe verschiedener interner Filter aus einer viel größeren Anzahl ausgewählt.«

»Ich habe den Eindruck«, sagte Milligan mit klarer, fester Stimme, »dass der Morillo-Fall großes Potenzial hat. Ich habe einige Ansätze zur Annäherung ausgearbeitet, die ich für grundsolide halte.«

»Schön zu hören«, sagte Bogart. »Aber ich möchte für jeden Fall einen kurzen Überblick geben, sodass wir alle mit den gleichen Voraussetzungen anfangen.«

Milligans Gesichtszüge spannten sich ganz leicht an. Decker erkannte, dass er nicht erfreut über diese Bemerkung war, die er für einen Tadel hielt, obwohl Bogart eigentlich völlig vernünftig vorging.

Bogart nahm sich methodisch Fall für Fall vor und zeigte die wichtigsten Punkte auf dem Bildschirm.

Decker bemerkte, dass die anderen bei jedem neuen Fall Seiten in ihren Aktenordnern umblätterten. Er sah, dass Milligan mit leichter Verwunderung zu ihm hinüberschaute, weil Decker seinen Ordner nicht einmal aufgeschlagen hatte. Vielleicht hatte Bogart ihnen nichts von Deckers Hyperthymesie erzählt. Er folgte jedem Fall im Geiste und blätterte die Seiten in seinem Kopf im Einklang mit dem um, was Bogart gerade auf dem Bildschirm zeigte.

Als Bogart fertig war, sah er sich im Raum um. »Kommentare?«

»Ich glaube nach wie vor, dass wir uns den Morillo-Fall vornehmen sollten, Ross«, sagte Milligan. »Er bietet die beste Gelegenheit für eine erfolgreiche Intervention. Die Anklage wirkt nicht hieb- und stichfest, ein Beweisstück von kritischer Bedeutung wurde faktisch ignoriert. Ich habe den Eindruck, dass da draußen vielversprechendere Verdächtige sind. Und es wäre gut für Ihr Programm, wenn Sie direkt am Anfang einen Erfolg vorweisen könnten.«

Bogart sah die anderen an. »Ihre Meinung dazu?«

»Ich glaube, wir sollten den Morillo-Fall fallen lassen«, sagte Decker.

»Warum?«, fragte Milligan scharf.

»Weil es extrem wahrscheinlich ist, dass er schuldig ist.«

Als Milligan ihn ansah, schien sein dicker Hals sich aufzublähen wie der einer Kobra. »Beruhend worauf?«, fragte er.

»Widersprüche.«

»Zum Beispiel?«

»Morillo war ziviler Bauunternehmer für die Navy. Auf Seite zwei seiner Aussage hat er der Polizei gesagt, dass er um neun Uhr zu seiner Arbeit auf der Crane Naval Base im Martin County, Indiana, losgefahren ist. Er sagt, er sei um acht Uhr fünfzehn an der Basis eingetroffen.«

»Das liegt daran, weil …«, begann Milligan triumphierend, doch Decker ignorierte ihn und machte einfach weiter.

»Das liegt daran, weil zu dieser Zeit das Martin County und der Marinestützpunkt von der Eastern-Time-Zone auf die Central-Time-Zone umgeschaltet wurden, beginnend mit dem zweiten April 2006. Daher war es neun Uhr Eastern-Standard-Zeit, als Morillo sein Haus verließ, aber acht Uhr Central-Standard-Zeit.«

»Genau«, gestand Milligan knirschend ein. »Und worin besteht der Widerspruch?«

»Morillo hatte ein Motiv, die Opfer zu töten. Aber es gab einen Zeugen für Morillo, Bahiti Sadat. Er hat ausgesagt, dass er Morillo um achtzehn Uhr fünfzehn auf der Straße vor seinem Laden gesehen hat. Die Morde geschahen, wie die forensischen und andere Beweise ergaben, um achtzehn Uhr neunzehn. Da die Morde etwa zehn Meilen von Sadats Laden entfernt geschahen und Morillo zu dieser Zeit zu Fuß unterwegs war, war das ein bombensicheres Alibi für ihn.«

»Aber die Polizei hat es zum größten Teil ignoriert, weil Sadat Muslim ist«, warf Milligan ein. »Das war während der Kriege im Nahen Osten, und es gab jede Menge Vorurteile. Sadats Aussage war eindeutig. Er hat Morillo ein Alibi gegeben, doch die Geschworenen kauften es ihm nicht ab.« Er hielt inne und musterte Decker. »Ich hoffe, Sie haben keine solchen Vorurteile?«

Decker ignorierte auch das. »Sadat hat ausgesagt, er habe gerade sein Abendgebet beendet«, fuhr er fort. »Danach will er Morillo gesehen haben. Er erinnerte sich genau daran, weil er gerade von seinem Gebetsteppich aufgesehen und durch die Scheibe seiner Ladenfront geschaut habe. Er hat Morillo positiv identifiziert.«

»Genau«, sagte ein zunehmend ungeduldiger Milligan. »Sie entwickeln meinen Fall für mich.«

»Das Gebet, das Sadat gerade beendet hatte«, sagte Decker, »war ihm zufolge das *Maghrib*, das vierte Gebet des Tages.«

»Genau. Gläubige Muslime beten fünfmal am Tag«, stellte Milligan klar. »Das wissen wir alle.«

»Nun ja, eigentlich wissen viele Leute das *nicht*, und damals wussten es wahrscheinlich noch viel mehr Menschen nicht«, erwiderte Decker. »Aber wichtig ist, dass man mit dem *Maghrib*-Gebet nicht *vor* Sonnenuntergang anfangen darf. Die religiösen Vorschriften sind da sehr strikt. Und an diesem Tag war der Sonnenuntergang in Indiana um neunzehn Uhr zwölf, fast eine Stunde später, als Sadat gesehen haben will, wie Morillo an seinem Laden vorbeiging, als er aufschaute. Sadat ist auch nur ein Mensch, und wenn er sich um ein paar Minuten geirrt hätte, könnte ihm das wohl niemand zum Vorwurf machen. Aber zu dieser Tageszeit muss die Sonne noch deutlich am Himmel gestanden haben. Kein Muslim hätte sein Sonnenuntergangsgebet begonnen, wenn die Sonne eindeutig noch nicht unterging. Und ganz bestimmt hätte kein Muslim das Gebet zum Sonnenuntergang fast eine Stunde beendet, bevor die Sonne untergegangen war.«

Milligans Mund klaffte leicht auf.

Bogart und Jamison wechselten einen Blick.

Davenport hielt die Augen auf Decker gerichtet.

»Und darüber hinaus«, fügte Decker hinzu, »geht der Zeichnung zufolge, die die Polizei angefertigt hat und die in der Akte war, die Front von Sadats Laden nach *Westen* hinaus zu der Straße, auf der Morillo zu dieser Zeit angeblich gegangen ist.«

»Und Muslime wenden sich beim Beten nach *Osten*«, sagte Jamison. »Nach Mekka.«

»Sadat hätte Morillo den Rücken zugedreht«, fügte Bogart hinzu. »Als er von seinem Gebetsteppich aufschaute, hätte er ihn gar nicht sehen können. Es überrascht mich, dass das vor Gericht nicht zur Sprache gekommen ist.«

»Viele Amerikaner wissen kaum etwas über muslimische Gebräuche«, sagte Decker, »und damals haben sie noch viel weniger gewusst. Die meisten kannten sicher nicht einmal den Unterschied zwischen einem Sunniten und einem Schiiten. Ich vermute, Sie werden herausfinden, dass Morillo und Sadat sich kannten und dieses Alibi abgesprochen haben, auch wenn es nicht funktioniert hat. Man könnte daraus schließen, dass Morillo schuldig ist. Da er im Gefängnis ist, wo er hingehört, wollen Sie wahrscheinlich nicht Ihre Zeit verschwenden.«

Milligan lehnte sich zurück. Er sah äußerst verschnupft aus.

Decker sah Bogart an. »Können wir jetzt über den Fall Melvin Mars sprechen?«

»Augenblick mal«, blaffte Milligan. »Sie sind doch erst heute hier eingetroffen. Hat man Ihnen die Unterlagen schon vorher geschickt?«

»Nein«, antwortete Bogart, »er hat sie heute Morgen bekommen. Ich habe sie ihm selbst gebracht.«

Milligan drehte sich wieder zu Decker um. »Und bei all diesen Fällen haben Sie so detaillierte Informationen über den Morillo-Fall ausgegraben? In ein paar Stunden?«

»Ich musste nichts ausgraben. Ich habe die Aussagen und Berichte gelesen. Es stand alles dort.«

»Und Sie kennen die Details der muslimischen Gebete?«, fragte Milligan.

Decker zuckte die Achseln. »Ich lese viel.«

»Und der genaue Zeitpunkt des Sonnenuntergangs?«, beharrte Milligan.

»Ich komme aus diesem Teil des Landes. Den kenne ich auswendig.«

»Den Zeitpunkt des Sonnenuntergangs an einem bestimmten Tages im Jahr 2006?«, hakte Milligan nach.

»Ja«, antwortete Decker ungerührt.

»Haben Sie vorab gewusst, dass ich mich für den Morillo-Fall interessiere?«, fragte Milligan vorwurfsvoll.

»Nein, warum sollte ich?«, erwiderte Decker sachlich. Er wandte sich wieder an Bogart. »Können wir jetzt über den Mars-Fall sprechen? Denn ich glaube nicht, dass irgendeiner der Fälle in dem Ordner auch nur annähernd so verlockend ist. Und da Sadat gelogen und Morillo diese Leute ermordet hat und wir nicht hier sind, um die Schuldigen freizubekommen, sollten wir wirklich weitermachen.«

Davenport musste die Hand vor den Mund legen, um ihr Lächeln zu verbergen, während Milligan Decker giftige Blicke zuwarf.

»Ich stimme dafür, dass wir den Mars-Fall nehmen«, sagte sie, bevor Bogart etwas sagen konnte.

Decker musterte sie neugierig. »Aber ich habe ihn doch noch gar nicht beschrieben.«

»So, wie ich Sie hier gerade erlebt habe, Mr. Decker, vertraue ich ganz auf Ihr Urteil.« Sie sah Bogart an. »Ross, können wir weitermachen und abstimmen?«

Bogart sah Jamison und Decker an. »Okay«, sagte er dann. »Alle, die dafür sind, den Melvin-Mars-Fall zu nehmen, heben die Hand.«

Vier Hände gingen nach oben. Milligan war der einzige Abweichler.

Decker beugte sich vor. »Gut. Können wir jetzt zur Sache kommen?«

9

Zwei Stunden später endete das Meeting, und man verabredete sich für den kommenden Tag. Als sie das Gebäude verließen, schloss Davenport zu Decker und Jamison auf. Bogart war zurückgeblieben, um noch kurz mit Milligan zu sprechen.

»Haben Sie Zeit für einen Drink?«, fragte Davenport. Ihr Blick wechselte zwischen den beiden hin und her. »Es gibt da eine Bar, mit dem Auto etwa fünf Minuten vom Stützpunkt.«

Jamison schaute unsicher drein. »Wir sind mit Agent Bogart hergefahren.«

»Er kann uns dort treffen. Ich schicke ihm eine SMS. Ich will nur noch etwas über den Fall sprechen, bevor es morgen weitergeht. Dann kann er Sie zurückfahren, oder ich fahre Sie. Ich habe einen Wagen.«

Jamison sah Decker an. »Ist das okay für Sie?«

»Bekommt man dort auch was zu essen?«, fragte Decker. »Ich habe nichts zu Mittag gehabt.«

»Auf jeden Fall.« Davenport ließ den Blick über Deckers Leibesfülle schweifen.

»Worauf warten wir dann?«, sagte Decker.

Der Laden hieß passenderweise The Dive, *die Spelunke*. Ein Treff für Soldaten und Cops und Hinterwäldler und gelegentlich auch ein paar Anzugträger.

Deckers Gruppe nahm einen Tisch ganz hinten, so weit wie

möglich entfernt von der Bar, an der es am Neujahrstag schon voll war und laut herging. Eine digitale Jukebox verstärkte den Krach.

Davenport setzte sich neben Decker, während Jamison ihm gegenüber Platz nahm. Ein vierter Stuhl war für Bogart reserviert, dem Davenport eine SMS geschickt hatte. Er hatte geantwortet, er würde in etwa zwanzig Minuten zu ihnen stoßen.

Sie bestellten Bier und etwas zu essen. Decker bekam einen Teller Chili, Pommes und Käse, Davenport Fladenbrot und Jamison eine französische Zwiebelsuppe.

»Das erste Meeting ist ganz gut gelaufen«, meinte Davenport, »obwohl Milligan mir ein wenig brüsk vorkam.«

»Er will sein Territorium abstecken«, stellte Jamison fest. »Es gefällt ihm wohl nicht, dass Außenstehende zu FBI-Ermittlungen hinzugezogen werden.«

»Nun, daran wird er sich gewöhnen müssen«, erwiderte Davenport. Sie trank einen Schluck Bier und betrachtete Decker, der sich schon den Teller Pommes vorgenommen hatte.

»Es war ziemlich beeindruckend, was Sie da gemacht haben, Amos. Haben Sie etwas dagegen, dass ich Sie Amos nenne?«

Decker kaute auf den Fritten. »Ich wollte keine Zeit an einen Fall verschwenden, der uninteressant ist«, antwortete er, ohne sie anzusehen. »Und Sie dürfen mich Amos nennen.«

»Aber der Melvin-Mars-Fall interessiert Sie eindeutig.«

»Ja.«

»Als Sie über den Fall gesprochen haben, erwähnten Sie, Sie hätten auf dem College Football gegen ihn gespielt. Ruft das Ihr Interesse hervor? Oder liegt es daran, dass dieser Fall gewisse Parallelen zu dem zeigt, was in Burlington passiert ist? Das haben Sie bei dem Meeting nicht erwähnt.«

Decker hob langsam den Blick von seinem Teller und sah Davenport an, während Jamison sie argwöhnisch musterte.

»Ich habe es nicht erwähnt, weil es keine echte Bedeutung dafür hat, ob wir diesen Fall übernehmen oder nicht«, erwiderte er.

»Kommen Sie schon, Amos«, entgegnete Davenport. »Ein Verstand wie der Ihre. Hyperthymesie gepaart mit Synästhesie aufgrund einer traumatischen Gehirnverletzung, die Sie auf dem Footballfeld erlitten haben? Sie sind viel zu klug, um diesen Zusammenhang nicht selbst zu sehen.«

»Bogart hat Ihnen das erzählt?«, fragte er.

Sie nickte. »Ich bin vor einer Woche hier eingetroffen. Da hatte ich Zeit, mich zu akklimatisieren und ein paar schöne Gespräche mit Ross zu führen. Er hatte gerade den Fall mit Ihnen abgeschlossen und mir einiges an Einzelheiten verraten. Schließlich würde ich ja dem Team beitreten.«

»Ich bin mir nicht sicher, ob er Ihnen davon hätte erzählen sollen«, meinte Jamison abwehrend.

Davenport hob in gespielter Kapitulation die Hände. »Bitte verstehen Sie das nicht falsch. Ross hat mir nicht alles erzählt. Aber genug, um zu wissen, dass es Parallelen zwischen den Morden an Amos' Familie und Melvin Mars' Eltern gibt. Ich glaube, das könnte eine faszinierende Fallstudie ergeben.«

»Aber er hat Ihnen von meinem Zustand berichtet?«, fragte Decker.

»Ja, sicher. Ich bin klinische Psychologin, die sich auf das Gebiet der kognitiven Anomalien spezialisiert hat, Amos. Und ich kenne sogar einige Leute am Institut zur Erforschung kognitiver Fähigkeiten in Chicago, auch wenn ich sie erst lange kennengelernt habe, nachdem Sie dort waren.«

Decker wischte sich den Mund mit einer Serviette ab. »Aber

unser Ziel beim Fall Mars muss es sein, Schuld oder Unschuld festzustellen. Nichts weiter. Und das hat nichts mit meinen *kognitiven Anomalien* zu tun. Denn ich habe kein Interesse daran, eine ›Fallstudie‹ zu sein.«

Davenport drehte ihr Bierglas. »Wenn Sie das so wollen. Ehrlich gesagt bin ich der Meinung, dass das eine verpasste Gelegenheit wäre. Falls ich in ein Fettnäpfchen getreten bin, bitte ich um Entschuldigung. Ich wollte Sie auf keinen Fall beleidigen. Das war nicht meine Absicht.«

Decker zuckte die Achseln, sagte aber nichts.

Kurz darauf kam Bogart herein und gesellte sich zu ihnen. Er setzte sich, und eine Kellnerin kam und nahm seine Bestellung auf.

»Ich möchte mich für das Meeting heute entschuldigen«, sagte Bogart, nachdem sie gegangen war. »Milligan hat sich schlecht benommen, und das habe ich ihm gesagt. Wir sind nicht hier, um uns gegenseitig zu bekämpfen. Wir sind ein Team. Und die, die im Team bleiben wollen, müssen sich dementsprechend verhalten.«

»Er hat einen Standpunkt und ist dafür eingetreten«, sagte Decker. »Ich nehme es ihm nicht übel.«

»Aber er hätte seine Argumente etwas professioneller vorbringen können. Die Unterstellung, dass Sie es irgendwie darauf abgesehen haben, seinen Fall zu torpedieren, war lächerlich.«

Bogarts Glas Wein kam, und er trank einen Schluck. »Lisa hat Ihnen vielleicht gesagt, dass ich Sie über einen Teil der Geschehnisse in Burlington ins Bild gesetzt habe.«

»Das hat sie«, bestätigte Jamison. »Und sie weiß von Amos' Situation«, fügte sie etwas verärgert hinzu.

Falls Bogart ihre Verstimmung bemerkte, ignorierte er sie.

»Ich habe Amos auch gesagt, dass ich mit den Leuten vom Institut in Chicago zu tun hatte«, erklärte Davenport.

»Aber Ms. Davenport hat mir versichert, dass meine *Anomalien* nichts mit den Ermittlungen im Fall Melvin Mars zu tun haben«, fügte Decker hinzu.

Davenport hob ihr Bierglas. »Touché. Und bitte sagen Sie Lisa zu mir.«

»Mars sitzt in Texas noch im Gefängnis«, wechselte Bogart das Thema. »Wir sollten zuerst dorthin fahren und mit ihm sprechen. Der Ort, wo seine Familie ermordet wurde, liegt ein paar Hundert Meilen westlich vom Gefängnis.«

»Und dann haben wir Charles Montgomery in Alabama«, sagte Decker.

»Genau.«

»Können wir etwas über diesen Typen in Erfahrung bringen, bevor wir ihn aufsuchen?«, fragte Davenport. »Gibt es eine mögliche Verbindung zwischen Mars und diesem Montgomery?«

»Tja, das wird die Polizei im Augenblick zweifellos herausfinden wollen«, erwiderte Bogart. »Und lassen Sie sich gesagt sein, dass das eine sehr heikle Ermittlung werden wird. Der Staat von Texas wird im Augenblick eine Ermittlung von Bundesbehörden keineswegs wohlwollend betrachten. Offen gesagt werden die Behörden uns fragen, warum wir uns überhaupt einmischen. Und ich kann Ihnen nicht versprechen, dass wir so einen Widerstand einfach aussitzen können, falls er denn kommt.« Er sah Decker an. »Bei allen Fällen in dem Ordner haben die zuständigen Behörden unsere Ermittlung vorab gebilligt. Beim Fall Mars ist das offensichtlich nicht der Fall.«

»Aber wir können ihn uns trotzdem vornehmen«, entgegnete Decker.

»Ja. Doch ich habe herausgefunden, dass Texaner es im Allgemeinen nicht mögen, wenn jemand aus Washington sich in ihre Ermittlungen einmischt.«

»Bekommen Sie Zugang zu allen Akten über den Fall?«, fragte Jamison. »Die sollten wir zuerst durchgehen. Wir haben bislang nur das, was Amos im Internet gefunden hat.«

»Ich kann zumindest ein paar Anrufe machen und herausfinden, was möglich ist«, erwiderte Bogart.

»Und dann müssen wir mit Mars sprechen«, fügte Davenport hinzu. »Erst nach einem persönlichen Gespräch kann ich Ihnen einen besseren Einblick in seine psychologische Verfassung geben.«

»Einverstanden.« Bogart sah Decker an. »Das war gute Arbeit bei dem Morillo-Fall, Amos. Sie haben wieder mal entdeckt, was alle anderen übersehen haben.«

Decker hatte ins Leere gestarrt und war dem Gespräch kaum gefolgt. Er tauchte aus seinen Überlegungen auf und sagte: »Wir müssen herausfinden, ob Charles Montgomery Familie hat.«

»Was?«, fragte Davenport. »Warum?«

Decker antwortete nicht. Er starrte wieder ins Leere und dachte nach.

Nachdem sie die Bar verlassen hatten, setzte Bogart Jamison und Decker bei seiner Wohnung ab, wo Jamison ihren Wagen abgestellt hatte.

»Das lief ja einigermaßen gut, auch wenn Milligan sich ziemlich beschissen benommen hat.« Sie sah ihn an. »Was denken Sie?«

»Ich weiß, worum es ihm gegangen ist.«

»Und Davenport?«

»Ich bin sicher, dass sie sehr kompetent ist.«

»Aber?«

»Aber sie hat ihre eigenen Pläne.«

»In Bezug auf Sie?«

»Vielleicht.«

Sie ließ den Blick über ihn gleiten. »Etwa eine Meile von hier gibt es einen Herrenausstatter. Er hat bis zehn geöffnet. Ich hab mich erkundigt.«

Decker erwiderte ihren Blick. »Sehe ich wirklich *so* beschissen aus?«

»Kleider machen Leute.«

»Wer auch immer das gesagt hat, hatte bestimmt nicht mich im Sinn.«

»Beim Shoppen kann ich immer viel besser denken«, sagte sie hoffnungsvoll.

»Und wie genau soll ich die neuen Sachen bezahlen?«

Sie hielt eine Kreditkarte hoch. »Die hat Bogart mir gegeben. Für lebensnotwendige Dinge. Ich habe nachgefragt. Das schließt auch Kleidung für Sie ein«, fügte sie schnell hinzu. »Außerdem haben Sie Ihr Gehalt.«

»Gehalt?«

»Ich weiß nicht, wie es mit Ihnen ist, aber ich kann das nicht für lau tun. Haben Sie mit Bogart nicht über Geld gesprochen?«

Decker seufzte.

»Also nicht. Aber ich kann Ihnen sagen, dass es viel mehr ist, als wir in Burlington verdient haben.«

»Wirklich?«, fragte Decker.

»Wirklich. Und wenn diese Sache klappt, müssen wir uns um Wohnungen kümmern. Wir können nicht ewig auf dem Stützpunkt bleiben. Außerdem brauchen Sie ein Auto als Ersatz für den Mietwagen.«

»Darüber habe ich nicht groß nachgedacht.«

»Glauben Sie mir, das war mir klar.«

Drei Stunden später verließen sie den Herrenausstatter mit zahlreichen Kleidungsstücken für Decker. Nichts musste geändert werden. Sie hatten einfach die größten Größen gekauft, die der Laden anbot – Hosen, Schuhe, Socken, Unterwäsche und ein paar Jacketts, die man notfalls auch als Segel verwenden konnte.

Jamison hatte die Farben und Accessoires zusammengestellt und gab Kommentare zu allen Stücken ab, die Decker anprobierte. Als er vor dem Dreifachspiegel stand, hatte er gesagt: »Ich sehe aus wie ein Wal in einem Anzug.«

»Daran können Sie arbeiten. Zwei Fußminuten von Ihrer Wohnung ist ein Fitnessstudio. Und direkt daneben eine 400-Meter-Laufbahn.«

Als er in seinen alten Sachen aus der Umkleidekabine kam, hielt sie ein paar Trainingsklamotten hoch, die sie für ihn ausgewählt hatte, darunter ein Paar Tennisschuhe der Größe 14. »Passt Ihnen XXX?«, fragte sie.

»Ja, wenn die Sachen dehnbar sind.«

Sie fuhr Decker zu seiner Wohnung zurück und half ihm, die Tüten ins Haus zu tragen.

»Ich weiß Ihre Hilfe zu schätzen«, sagte er.

»Und ich weiß zu schätzen, dass Sie mir die Möglichkeit dazu geboten haben.«

»Wozu? Meine persönliche Kleidungsberaterin zu sein?«

»Nein, beim FBI arbeiten zu können. Bogart hätte niemals einfach nur mich angeworben. Er lässt mich nur mitmachen, damit Sie auch zum Team kommen.«

»Stellen Sie Ihr Licht nicht unter den Scheffel.«

»Oh, ich werde mir den Arsch aufreißen, um mich zu beweisen. Aber Sie haben mir die Tür geöffnet.«

»Glauben Sie wirklich, dass das funktionieren wird?«

»Wer weiß? Das macht es ja so aufregend.«

»Ich habe genug Aufregung für mein Leben gehabt.«

»Dann sind Sie hier wohl am falschen Ort.«

10

Sechs Uhr morgens.

Decker blinzelte, bis er ganz wach war, und setzte sich im Bett auf. Er sah sich um, wusste einen Moment lang nicht, wo er war.

Virginia.

Quantico.

Das FBI.

Genau. Er stand auf und tapste zum Badezimmer.

Danach ging er in die Küche und sah zum Fenster hinaus. Draußen war es noch ziemlich dunkel.

Er holte die Kaffeekanne hervor, um sich eine Kanne zu machen und Kaffee zu trinken, während er die Akten durchging. Dann sah er auf seine gewaltige Wampe hinab und erinnerte sich an das leise Pfeifen, das offensichtlich lediglich daher stammte, dass er aus dem Bett gestiegen und pinkeln gegangen war. Er seufzte.

»Scheiße«, murmelte er.

Er ging ins Schlafzimmer zurück und griff nach der Sportkleidung, die Jamison für ihn gekauft hatte. Er zog sie an – zum Glück hatte sie etwas Spiel – und bückte sich dann und zwängte sich in die Tennisschuhe, für die der Begriff Kindersärge durchaus passend war.

Er ging hinaus und die Treppe des Apartmentgebäudes hinunter, in dem er untergebracht war. Er schaute nach links und sah das Fitnessstudio, das Jamison erwähnt hatte. Es war hell erleuchtet, und er hörte im Inneren Geräusche.

Natürlich. Die Überflieger sind schon bei der Sache. Und diese Einrichtung ist voller Überflieger.

Er trottete langsam zu dem Gebäude und ging hinein. Zum Glück hatte er daran gedacht, seinen Ausweis mitzunehmen. Der junge Angestellte an der Theke gab ihm ein Handtuch und den Schlüssel für einen Spind. Den Schlüssel gab Decker zurück, das Handtuch behielt er.

»Sie sehen aus, als könnten Sie es vertragen, ein paar Gewichte zu stemmen«, sagte der junge Mann mit einem Blick auf Deckers gewaltige Leibesfülle.

»Das tue ich jedes Mal, wenn ich aufstehe«, erwiderte Decker und stieß einen weiteren Seufzer aus, als er den großen Übungsraum betrat, in dem sich erstaunlich fitte Menschen beiderlei Geschlechts mit beneidenswerter Leichtigkeit abplagten.

Decker fand eine Ecke, legte das Handtuch auf den Boden, sah wieder in den Spiegel und beschloss, in Zukunft darauf zu verzichten. Er machte ein paar Aufwärmübungen, um Herz und Kreislauf in Schwung zu bringen, dann einige Dehnübungen, und schon war er aus der Puste. Er zwang sich, mit den Dehnübungen weiterzumachen. Seine Jahre als Footballspieler hatten ihn geschmeidiger gemacht, als er aussah, aber im Moment war er noch ziemlich steif. Stellen an seinem Rückgrat, die er lange nicht mehr gespürt hatte, meldeten sich. Aber er wurde langsam warm.

Eine junge Frau kam vorbei. Sie hatte einen FBI-Ausweis an ihren Lycra-Shorts befestigt. Sie war hübsch und extrem fit; es hatte den Anschein, als würde Fett es ganz einfach nicht wagen, sich an ihren Körper zu heften.

»Beeindruckend«, sagte sie, als sie sah, wie Decker sich bückte und seine Zehen berührte und dann die Handflächen flach auf den Boden legte.

»Tja, dann schlage ich vor, dass Sie nicht mehr hinsehen. Von jetzt an kann es nur noch schlechter werden.«

Sie lachte und ging weiter.

Nach den Auflockerungsübungen wandte Decker sich den Gewichten zu, tat, was er konnte, bis seine Muskeln ihn anschrien, nahm dann einen Medizinball und machte ein paar Würfe. Er fing allmählich an zu schwitzen, und es fühlte sich wirklich gut an.

»Okay, ich bin so was von beeindruckt.«

Er drehte sich um und sah, dass Jamison in ihren Trainingsklamotten vor ihm stand.

»Kommen Sie oder gehen Sie?«, fragte er.

»Ich gehe gerade. Ich bin hier, seit sie aufgemacht haben, und war in einem anderen Teil des Studios. Ich war gerade auf dem Weg hinaus, als ich Sie sah.« Sie gab ihm einen Klaps auf den Arm. »Weiter so, Decker!«

Er hob den Medizinball auf und zuckte die Achseln. »Stück für Stück, nicht wahr?«

»Wollen Sie mit mir zurückgehen? Meine Wohnung ist nur einen Katzensprung von Ihrer entfernt.«

»Ich dachte, ich drehe ein paar Runden auf der Laufbahn und kühle mich etwas ab.«

»Klingt gut. Wir sehen uns dann im Büro. Und, Amos, haben Sie schon mal in den Kühlschrank und den Vorratsschrank gesehen?«

»Ich habe bemerkt, dass sie gefüllt sind.«

Sie schaute ein wenig verlegen drein. »Ich habe Lebensmittel für Sie eingekauft, bevor Sie hier ankamen. Bringen Sie mich nicht um, aber das sind hauptsächlich gesunde Sachen. Deshalb habe ich Ihnen auch dieses abscheuliche Frühstückssandwich mitgebracht, eine Art Schwanengesang, bevor Sie sich gesundheitsbewusst ernähren.«

»Wie gesund?«, wollte er wissen.

Sie lächelte unbehaglich. »Ich überlasse Ihnen das Vergnügen, das selbst herauszufinden. Ich hole Sie dann gegen Viertel vor ab.«

Sie ging hinaus.

Ein paar Minuten später war Decker fertig. Er wischte sich das Gesicht ab und trottete zu der Laufbahn, die hinter dem Fitnessstudio lag und von einem hüfthohen Zaun umschlossen wurde.

Er ging etwas schneller als normal über die 400-Meter-Bahn, bis er fürchtete, seine Knie würden unter ihm nachgeben. Dann wurde er langsamer. Sein Herz schlug schnell, und er schwitzte immer noch. Er fühlte sich gleichzeitig gut und erschöpft. Es war kalt, und jeder seiner Atemzüge bildete eine kleine Wolke vor seinem Mund.

Dann jagte etwas so schnell an ihm vorbei, dass er fast gestürzt wäre. Er hatte die Person gar nicht kommen sehen.

Todd Milligan drehte sich um und joggte rückwärts, während er Decker musterte. Er trug Sportbekleidung von Under Armour, und sein Körperbau war beeindruckend. Seine Muskeln zeichneten sich deutlich unter dem eng anliegenden Trikot ab.

»He, Decker, Sie sollten vielleicht Tempo aufnehmen, sonst rennt man Sie noch über den Haufen.«

Er drehte sich um und spurtete weiter. Der Kerl war schnell und sportlich.

Und ein Arschloch.

Eine Minute später hörte Decker, dass wieder jemand hinter ihm näher kam, und fragte sich, ob es Milligan war, der sich einen Heidenspaß daraus machte, ihn zu überrunden. Er lief zur Seite und aus dem Weg, als er die Stimme hörte. »Guten Morgen.«

Lisa Davenport joggte zu ihm und blieb dann stehen. Sie trug einen Trainingsanzug. Sie legte die Hände auf die Knie und atmete in mehreren langen Zügen aus und ein.

»Guten Morgen«, sagte Decker.

Sie streckte die Arme und Beine. »Ich war gerade fertig mit meinem Lauf, als ich Sie sah.«

»Ich bin kaum zu übersehen, obwohl Agent Milligan fast in mich hineingelaufen wäre. Irgendwie passend.«

»Da bin ich mir sicher«, sagte sie trocken.

»Ich sehe mir gerade die Laufbahn an. Im Studio war ich zuerst.«

»Sport gibt mir so viel Energie. Ich liebe das.«

»Ich auch. Wie Sie sehen können.«

Sie zeigte ein Lächeln. »Aber Sie haben auf dem College und dann als Profi Football gespielt. Sie müssen fantastisch in Form gewesen sein.«

»Das war ich, vor langer Zeit.«

»Aber auch vor kürzerer Zeit.«

»Warum sagen Sie das?«

»Sie waren Streifenbeamter und dann Detective. Da müssen Sie eine vernünftige Kondition gehabt haben.«

Decker ging weiter, und sie passte sich seinen Schritten an, oder versuchte es zumindest.

»Auch das scheint schon eine ganze Weile her zu sein.«

»Aber in Wirklichkeit ist es das nicht. Es ist … wie lange her? Gut anderthalb Jahre?«

»Sie scheinen ja bestens über mich Bescheid zu wissen.«

»Ich bin ein neugieriger Mensch, Amos, und Sie sind ein faszinierendes Studienobjekt.«

»Warum? Weil mein Gehirn so aufgeblasen ist, dass ich nichts vergessen kann, und ich Dinge in Farbe sehe, die die Menschen normalerweise nicht mit Rot, Gelb und Blau in Verbindung bringen?«

»Das ist mein Tätigkeitsbereich. Ich kann nicht so tun, als wäre ich nicht interessiert. Wissen Sie, wie selten Sie sind?«

»Ich habe eigentlich nie darüber nachgedacht.«

Sie schien etwas sagen zu wollen, überlegte es sich dann aber anders. »Na ja, war nett, Sie getroffen zu haben. Ich gehe jetzt duschen. Wir sehen uns im Büro.«

Sie drehte sich um und joggte in die entgegengesetzte Richtung davon.

Decker sah ihr lange nach, und dann watschelte er zu einer Bank neben der Laufbahn und setzte sich.

Er wartete, bis sein Herzschlag sich wieder normalisiert hatte, und stand auf, einigermaßen sicher, dass er keinen Schlaganfall erleiden würde. Langsam ging er zu seiner Wohnung zurück, duschte und zog ein paar seiner neuen Sachen an. Er hatte sie am vergangenen Abend anprobiert, aber jetzt schienen sie schon eine Spur lockerer zu sitzen.

Muss Einbildung sein.

Er schaute in den Kühlschrank: Sojamilch, Orangensaft, Joghurt, Äpfel und ein Karton Eier von frei laufenden Hühnern. Mehrkornbrot. Das Hähnchen war extra mager. Der Brotbelag war Truthahn. Die »Butter« war aus Rapsöl gemacht. Im Gemüsefach lag frisches Grünzeug.

Er sah in den Vorratsschrank. Vollkornmüsli, salzarme Erdnussbutter, Honig, salzarme Suppen, Vollkornnudeln, etwas namens Orzo, Flaschen mit Vitaminkapseln, Leinöl, Energieriegel, Bananen, ein Energy-Drink, den man mit Wasser mischen musste, und zwei Dutzend Sportdrinks in unterschiedlichen Geschmacksrichtungen. Eine Tüte Chips, eine Tafel Schokolade oder ein Becher Eiscreme waren nicht in Sicht.

Er füllte eine Schüssel mit Müsli, das wie Hasenköttel aussah, goss Sojamilch darüber und gab, als absolutes Highlight, Bananenscheiben dazu.

Jamison war gnädig gewesen, denn es gab Kaffee. Aber die Dosenmilch war fettfrei, und der Zucker war brauner Rohzucker, den Decker schon mal gesehen, aber noch nie probiert hatte. Jamison hatte den weißen Zucker, den er am Vortag genommen hatte, offensichtlich konfisziert.

Er machte Kaffee und trug die Tasse und die Schüssel mit dem Müsli zu dem Esstisch im kleinen Wohnbereich, setzte sich und aß sein Frühstück.

Na, immerhin macht es satt, dachte er, als er die Tasse, die Schüssel und den Löffel abspülte.

Er sah auf die Uhr. Das Team sollte sich in einer halben Stunde treffen. Er musste noch etwas Zeit totschlagen, bevor Jamison ihn abholte. Er setzte sich auf einen Stuhl und sah aus dem Fenster auf eine Straße hinaus, auf der hektische Betriebsamkeit herrschte.

In Quantico kamen und gingen jede Menge Leute zu jeder Tageszeit. Und jetzt war Decker ein kleines Rädchen in diesem riesigen Getriebe. Aber wollte er das wirklich?

Er schloss die Augen, und entgegen seiner Absicht surrte sein unfehlbares Gedächtnis zum Tod seiner Familie in ihrem Haus zurück. Zu den qualvollen Monaten, die darauf folgten, bis er dann schließlich die Mörder aufgespürt und bestraft hatte. Und dann zu der Erkenntnis, selbst nach diesem Abschluss nie das Gefühl gehabt zu haben, dass die Sache auch nur ansatzweise ein Ende genommen hatte.

Als er die Augen wieder öffnete, waren sie feucht, und er zitterte.

Die Zeit heilte für ihn keine Wunden. Nicht für jemanden, der niemals vergessen konnte. Für ihn waren die Morde noch genauso frisch wie damals, als man sie begangen hatte. Nicht nur die Bilder, sondern auch der Schmerz, der mit ihnen einherging. Und so würde es bis zu dem Tag bleiben, an dem er starb.

Er schaute gerade noch rechtzeitig aus dem Fenster, um zu sehen, wie Jamisons winziger Wagen vor dem Haus anhielt. Er wischte sich über die Augen, stand auf und schlug sich mehrmals ins Gesicht.

Er konnte entweder in der Vergangenheit leben oder sich hinauswagen und feststellen, ob er eine Zukunft haben konnte.

Und an manchen Tagen war diese Entscheidung einfacher als an anderen.

Er ging zur Tür.

11

Das Klopfen ließ Mars hochschrecken. Im nächsten Moment öffnete sich die Klappe unten in der Zellentür.

»Schwing deinen Arsch rüber«, befahl eine Stimme.

Mars erhob sich gehorsam von seiner Pritsche, drehte sich mit dem Rücken zur Tür und setzte sich auf den Boden, sodass sich seine Hände auf der Höhe der Klappe befanden. Handschellen wurden ihm angelegt. Er richtete sich auf und trat von der Tür weg, die sogleich geöffnet wurde.

Es war Big Dick. Er war schon genauso lange hier wie Mars und mit den Jahren immer bösartiger geworden.

Big Dick war so breit, dass er beinahe die ganze Zellentür ausfüllte. Seine Lippen verzerrten sich zu einem Grinsen, das sich in dem finsteren Gesicht nicht recht durchsetzen konnte.

»Was gibt's?«, fragte Mars.

»Halt's Maul! Du redest nur, wenn du gefragt wirst, verstanden?«

Zwei weitere Wärter traten hinter Big Dick hervor und legten Mars Fußketten an. Sie führten ihn den Gang entlang, die Ketten klirrten dabei wie die von Marleys Geist in Dickens' Weihnachtsgeschichte.

Während er an den Zellen vorbeiging, lugten Gesichter aus den mit Maschendraht vergitterten Fenstern hervor. Big Dicks schlechter Atem schlug ihm ins Gesicht, eine Mischung aus Zigarettenrauch und Whiskey.

»Du bist ein echter Glückspilz.« Big Dick beugte mit jeder Silbe den Kopf nach vorn, um seinen Worten Nachdruck zu verleihen. »Du wirst vom Todestrakt in eine reguläre Zelle verlegt … vorläufig. Die Jungs werden sich freuen, deinen süßen Hintern zu sehen, Jumbo.«

Mars fühlte sich nicht als Glückspilz. Die Verlegung in eine reguläre Zelle konnte für ihn nur eines bedeuten.

Er war unterwegs zu einer inoffiziellen Hinrichtung.

Seiner eigenen.

Um im Gefängnis zu überleben, gab es bestimmte Strategien.

Wenn man jemanden umbringen wollte, gab es dafür ebenfalls bestimmte Strategien. Dass er aus der Sicherheit des Todestrakts verlegt wurde, war die Strategie.

Nach welcher Strategie seine geplante Ermordung vonstattengehen sollte, würde sich zeigen.

Er wurde in ein anderes Gebäude gebracht. Als die zweite Tür mit einem hydraulischen Quietschen ins Schloss fiel, brachte ihn Big Dicks fleischige Hand auf seiner Schulter zum Stehen.

»*Letzte* Station, Jumbo.«

Sie nahmen ihm die Handschellen ab, nicht aber die Fußketten. Die Wärter drehten sich um und gingen.

Der Todestrakt war in einem eigenen Gebäude untergebracht. Nun befand er sich im offenen Bereich mit vielen anderen Häftlingen, manche in Hemd und Hose, andere mit nacktem Oberkörper und Shorts, die sie aus ihren Gefängnishosen zurechtgeschnitten hatten. Selbst jetzt im Winter war es hier drin drückend heiß. Die Ventilatoren kamen nicht gegen die stickige, feuchte, stinkende Luft an, die wie Giftgas über dem Raum lag.

Einige Häftlinge saßen an den Tischen, die mit Bolzen im Boden verankert waren. Andere machten Liegestütze oder

Klimmzüge an den Stangen, die an den Wänden befestigt waren. Der Gestank von Schweiß und Zigarettenrauch und der muffige Geruch der im Gefängnis fabrizierten Drogen schlug ihm wie eine Welle entgegen. Die Wärter beobachteten das Geschehen und ließen ihre Schlagstöcke lässig in ihre schwieligen Hände klatschen. Ihre Blicke sprangen hin und her, während sie nach irgendwelchen Anzeichen von Ärger Ausschau hielten. Doch sie schweiften immer wieder zu Mars zurück.

Wie es aussah, war er heute der Ehrengast.

Die Show konnte beginnen. Alle hatten gute Plätze, um das Schauspiel zu beobachten. Fehlte nur noch das Popcorn.

Die Häftlinge wandten ihre Aufmerksamkeit ebenfalls Mars zu. Diejenigen, die mit Liegestützen oder Klimmzügen beschäftigt waren, hörten auf. Sie wischten sich die Hände ab und traten zurück zur Wand.

Und warteten. Ihre Gesichter sagten alles.

Gott sei Dank trifft es nicht mich.

Die Nachricht hatte sich schnell verbreitet. *Mars kommt vielleicht frei, nachdem er kurz vor der Hinrichtung gestanden hat.*

Er kommt frei.

Tja. Es sollte wohl nicht sein. Jedenfalls nicht lebend.

Mars rieb sich die Handgelenke, wo die Handschellen in die Haut geschnitten hatten. Der Schmerz war ihm in diesem Moment sogar willkommen. Wer Schmerz empfand, der war am Leben. Letzteres konnte sich natürlich ändern. Aber im Moment lebte und atmete er.

Er hob den Blick zu dem Laufgang, der den offenen Bereich umgab. Big Dick schaute zu ihm herunter, immer noch dieses höhnische Grinsen im Gesicht. Der kleine Reedy neben ihm wirkte ebenfalls erwartungsvoll – die Mächtigen oben, die Gladiatoren unten in der Arena.

Mars schaute in die Runde der Häftlinge, deren Blicke auf ihn gerichtet waren. Zwei Männer beobachteten ihn mit besonderer Aufmerksamkeit. Beide weiß, größer und kräftiger gebaut als er, die Muskeln vom Hanteltraining im Gefängnis gestählt. Bärtige Gesichter und faulige Zähne. Der irre Blick in ihren Augen deutete darauf hin, dass sie einiges von dem Stoff intus hatten, den sie hereinschmuggelten oder hier drin herstellten.

Zwiddeldum und Zwiddeldei.

Mars kannte sie nicht und hatte keine Ahnung, warum sie einsaßen. Aber es war ihnen anzusehen, dass sie nicht zu Unrecht hier waren. Alles Menschliche war ihnen abhandengekommen. Sie wirkten wie Tiere im Käfig. Nur dass sie im Moment nicht im Käfig waren, sondern frei herumliefen.

Zusammen mit mir, dachte Mars. *Und im Gegensatz zu mir ohne Fußketten.*

Er dehnte den Hals und spürte ein wohltuendes Knacken, als sich eine Verspannung löste.

Dann überblickte er den Raum, wie er es einst als aufstrebender Runningback getan hatte. Damals hatte er sich beinharte Duelle mit körperlich stärkeren Spielern geliefert und fast immer die Oberhand behalten. Er hatte es sich angewöhnt, das Feld in Abschnitte zu unterteilen, durch die er sich seinen Weg bahnen musste. Dank seiner außergewöhnlichen Übersicht entging ihm kein noch so kleines Detail. Eine äußerst seltene Gabe im Sport. Und er hatte sie über all die Jahre nicht verloren.

Seine Atmung wurde langsamer, seine Nerven ruhiger, die Muskeln entspannten sich. Es fühlte sich gut an.

Zwanzig Jahre meines Lebens. Zwanzig verdammte Jahre.

Der Zorn, der plötzlich in ihm aufwallte, war überwältigend. Zorn und Frustration.

Jemand musste dafür bezahlen. Hier und jetzt.

Der Jumbo war im Anflug. Und es würde eine harte Landung werden.

Er schlurfte mit kleinen Schritten auf zwei Häftlinge zu, wie um sich ihnen anzuschließen.

Mars hatte sich einen guten Überblick über die Situation verschafft. Die beiden reagierten so, wie er es erwartet hatte. Sie drehten sich um und gingen. Niemand wollte mit dem Aussätzigen zu tun haben. Als hätten sie Angst, sich anzustecken.

Er schaute erneut zum Laufgang hinauf. Zu Big Dick und Reedy.

Er wusste, was sie in seinem Gesicht sehen wollten: Angst.

Stattdessen lächelte er.

Und auf ihren Gesichtern erschien, was er sehen wollte: Überraschung.

Er wandte sich zu Dum und Dei um, die sich aus dem Rudel entfernten und ihn umkreisten wie zwei Hunde auf der Jagd. In Texas gab es viele verwilderte Hunde, und sie jagten immer im Rudel. Sie hatten es auf verletzte Tiere abgesehen und hetzten sie bis zur Erschöpfung, ehe sie ihre Beute rissen.

Nun, Mars war nicht verletzt und kein bisschen erschöpft.

Er fragte sich, was den beiden als Belohnung winkte. Drogen oder Zigaretten? Vielleicht eine Stunde mit einer hereingeschmuggelten Frau?

Okay, das alles würden sie sich erst einmal verdienen müssen.

Dum und Dei waren beide etwa Mitte dreißig, also um einige Jahre jünger als er selbst. Harte Burschen, die sich im Kampf behauptet hatten.

Bis zu einem gewissen Grad.

Alles war relativ.

Jetzt würde sich zeigen, wie hart sie wirklich waren. Ob sie auch mit einem starken Gegner fertigwurden.

Mars schlurfte auf Dum zu, während er Dei aus dem Augenwinkel beobachtete. Dum war der Linebacker, der von seiner Statur her prädestiniert war, ihn frontal anzugreifen. Es schien ihn ein wenig zu überraschen, dass Mars auf ihn zuging. Doch dann zeigte sein Gesichtsausdruck, dass er das als positives Zeichen ansah. Er dachte sich, dass Mars ihm den Job noch leichter machte.

Vielleicht war er nicht Dum, sondern Dei.

Der zweite war wohl zur Absicherung da. Falls Dum scheiterte, war es an Dei, die Sache zu Ende zu bringen und Mars ins Jenseits zu befördern.

Aus dem Augenwinkel beobachtete er, wie sich Dei ebenfalls bereitmachte. Fast schien er sich zu wünschen, dass sein Kumpel es vermasselte, damit er selbst sich beweisen konnte. Damit würde er sich im ganzen Knast unangreifbar machen.

Mars konnte sich lebhaft vorstellen, wie der Kerl damit angeben würde. *Ich hab Melvin Mars fertiggemacht. Der Typ war ein Kandidat für die NFL. Der größte, fieseste Schwanzlutscher, den du dir vorstellen kannst. Und ich hab mit seinem Arsch den Boden aufgewischt.*

Er würde die Geschichte in den nächsten vierzig Jahren immer wieder erzählen.

Die Sache hatte nur einen Haken: Es würde nicht so laufen, wie er sich das vorstellte. Mars ging davon aus, dass Dum und Dei keine vierzig Sekunden mehr zu leben hatten. Geschweige denn, vierzig Jahre.

Macht euch bereit, Jungs, hier kommt Jumbo.

»Wie läuft's, Kumpel?«, sagte Mars zu Dum.

»Ich bin nicht dein Kumpel«, knurrte Dum.

»Alles klar, war nur so dahingesagt. Ist doch kein Problem, oder?«

Statt einer Antwort erschien ein Klappmesser in Dums Hand, mit dem er sich blitzschnell auf Mars stürzte. Mit der Absicht, ihm die Klinge in den Bauch zu rammen, bis hinauf in den Brustkorb. Ein schnelles, sauberes Manöver, bei dem das Opfer äußerst schmerzvoll verblutete.

Die Häftlinge und Wärter waren zurückgewichen, um Dum genügend Raum für seinen Angriff zu geben.

Und um Mars Platz zum Fallen zu lassen.

Aber es kam anders.

Mars ging in die Knie, duckte sich und spannte seine enormen Oberschenkel an, dann schnellte er trotz der Fußketten hoch wie eine Kanonenkugel. Mit der linken Hand packte er Dums Handgelenk mit dem Messer und knallte ihm die Rechte unterhalb des Kinns in die Kehle.

Dums Kopf wurde zurückgerissen, und die Halswirbelsäule gab mit einem lauten Knacken nach. Das war's.

Aus dem Mund blutend, sackte Dum zu Boden, das Messer fiel ihm aus der Hand.

Der Linebacker war aus dem Spiel.

Mars deutete auf die Klinge auf dem Boden. »He, der Mann hat ein Messer«, sagte er zum nächststehenden Wärter. »Nicht dass sich noch jemand verletzt.«

Aus dem Augenwinkel beobachtete er genau das, was er erwartet hatte.

Dei zögerte, schließlich war sein größerer Zwillingsbruder im Handumdrehen fertiggemacht worden. Aber gab es denn ein Zurück für ihn? Alle sahen ihn erwartungsvoll an, allen voran Big Dick.

Er musste es tun. Hatte keine Wahl. Wenn er kniff, würde er selbst mit einer Klinge im Bauch enden. So lief das nun mal.

In Amerika gab es keine Gefängnisse mit geordneten Verhältnissen. Hier herrschte das blanke Chaos, mit Zuständen wie vor zweitausend Jahren. Der Starke überlebte, bis er auf einen traf, der stärker war. Und die Schwachen gingen unter.

Dei stürmte mit einem lauten Schrei auf Mars zu.

Es war fast zu einfach. Dei war ein Muskelpaket, aber langsam wie eine Schnecke. Mächtiger Bizeps, aber nichts in den Beinen. Der Mann würde einen hohen Preis für dieses Ungleichgewicht bezahlen.

Mars duckte sich erneut, drehte sich zur Seite und blockierte Deis Hand mit dem Messer. Mit der Schulter unter Deis Bauch schnellte er nach oben. Mit diesem Manöver hatte er hundertvierzig Kilo schwere Linemen von den Beinen geholt.

Der hundertzwanzig Kilo schwere Dei flog über Mars hinweg durch die Luft. Die Leute wichen hastig zur Seite, und Dei landete hart auf dem Betonboden und schlitterte mit dem Kopf voraus gegen die Ziegelwand.

Knochen knirschten, als seine Wirbelsäule zusammengestaucht wurde, und er war mit einem Schlag zwei Zentimeter kleiner. Er rührte sich nicht mehr. Er war in einen Autounfall ohne Auto geraten. Blut lief ihm aus dem Mund. Das Messer landete klappernd auf dem Boden.

Dum und Dei waren außer Gefecht.

Ihr Blut bildete kleine Pfützen auf dem dreckigen Boden.

Auch ein Weg, sich aus dem Strafvollzug von Texas zu verabschieden.

Obwohl Mars nicht wissen konnte, ob sie tatsächlich tot waren. Es war ihm aber auch egal. Sein Mitleid mit den Kerlen hielt sich in Grenzen.

Er sah zu Big Dick auf und rief: »Der Mann ist auch bewaffnet, Sir. Verdammt viele Messer hier drin. Sie sollten den Direktor verständigen.«

Im nächsten Moment waren die Wärter bei ihm und prügelten mit ihren Schlagstöcken auf ihn ein.

Und er lächelte so lange, bis er auf dem Boden zusammenbrach.

12

»Wer zum Teufel sind Sie?«

Melvin Mars war gerade aufgewacht und schaute von seinem Krankenhausbett auf.

Amos Decker blickte zu ihm hinunter. »Sie sind vielleicht der größte Glückspilz der Welt, Mr. Mars.«

»Soll das ein Witz sein?«

Mars wollte sich aufsetzen, doch sein Arm war mit einer Handschelle ans Bett gefesselt. Es war mühsam, weil ihm jeder Knochen im Leib wehtat. Sein Gesicht war völlig verschwollen und mit Blutergüssen übersät.

Decker schob seine große Hand unter Mars' Taille und hob ihn in die Sitzposition. Er nahm sich einen Stuhl und setzte sich ans Bett.

Mars musterte ihn einen Moment lang. »Kennen wir uns?«

»Nur wenn Sie sich an einen Linebacker von der Ohio State erinnern, den Sie vor ungefähr zweiundzwanzig Jahren wie einen Schulbuben haben stehen lassen.«

Mars kniff die Augen zusammen und musterte Decker von oben bis unten. »Auf dem Spielfeld habe ich einige schlecht aussehen lassen. Sie sind ganz schön schwer für einen Linebacker. Haben Sie zugenommen?«

»Ungefähr fünfzig Kilo. Dafür sehen Sie genauso aus wie damals.«

»Wer sind Sie?«

»Ich komme vom FBI.«

»Ein Agent?«

»Nein, ich arbeite nur für das Bureau.«

»Hab ich noch nie gehört.«

»Es ist mehr inoffiziell.«

»Warum sind Sie hier?«, fragte Mars.

»Wegen Ihres Falls. Die jüngsten Entwicklungen.«

»Warum interessiert sich das FBI dafür?«

»Eigentlich nur, weil ich mich dafür interessiere«, erklärte Decker.

»Das bringt mich zu meiner ersten verdammten Frage zurück. Wer *sind* Sie?«

Decker hielt seinen Ausweis hoch. »Amos Decker.«

»Warum haben Sie gesagt, ich sei ein Glückspilz? Es fühlt sich nämlich nicht so an.«

»Aus drei Gründen: Jemand hat sich gemeldet und die Morde gestanden, für die man Sie verurteilt hat. Das heißt, Sie könnten bald freikommen. Und trotz der Prügel, die Sie einstecken mussten, ist nichts gebrochen, und Sie werden keine bleibenden Schäden davontragen. Laut den Ärzten ist die Gehirnerschütterung nicht allzu schwer. Sie müssen einen ziemlich harten Schädel haben.«

»Und der dritte Grund?«

»Zwei Wärter haben ihren Kollegen verpfiffen und ausgesagt, dass er den Angriff auf Sie im Gefängnis geplant hat. Deshalb wird man Sie auch nicht für das, was geschehen ist, zur Verantwortung ziehen.«

»Was *ist* geschehen?«

»Ein Mann ist tot, der zweite gelähmt.«

»Und der Kollege, Big Dick?«

»Der sitzt in einem Gefängnis in Texas und wartet auf seinen Prozess.«

Mars lächelte und lachte schließlich laut auf, bis seine aufgeplatzte Lippe zu bluten begann. »Verdammt, Mann. Big Dick hinter Gittern? Ein Wunder, ein verdammtes Wunder.«

»Vergessen Sie Big Dick. Sie müssen sich auf sich selbst konzentrieren.«

Mars musterte erneut Deckers Gesicht. »Haben wir wirklich Football gegeneinander gespielt?«

»Erinnern Sie sich zufällig an das Spiel, bei dem Ihre Longhorns meine Buckeyes mit fünf Touchdowns vom Platz gefegt haben? In Columbus?«

Mars lächelte. »Mann, waren Sie der, der mich gefragt hat, wie ich das gemacht habe?«

Decker nickte. »Das war nach Ihrem dritten Touchdown.«

Mars schüttelte den Kopf. »Was soll ich sagen? Ich hab mich wirklich schwer reingehängt, aber ein guter Teil davon ist einfach ein Geschenk Gottes.«

»Bei mir war er nicht so großzügig.«

Mars sah sich im Raum um. »Wo bin ich?«

»Nachdem wir gehört hatten, was vorgefallen war, haben wir Sie in ein Krankenhaus nahe Ihrer alten Heimat verlegen lassen.«

»Seit wann sind Sie hier?«

»Wir sind vor etwa sechs Stunden gelandet.«

»Sie sagen immer ›wir‹.«

»Ich bin mit einem Team hier.«

»Ein Team von FBI-Agenten interessiert sich für meinen Fall? Warum? Nur weil irgendein Typ ein Geständnis abgelegt hat? Ist das so was Besonderes?«

»Es kommt nicht so oft vor. Und es gibt da eine Parallele zu einem anderen Fall.«

»Zu welchem?«

»Zu einem Fall, der mit meiner Familie zu tun hat. Sie müssen keine Einzelheiten kennen, aber die Ähnlichkeit ist auffällig.«

»Und deshalb sind Sie hier?«

Decker musterte ihn einen Moment lang. Er konnte Leute normalerweise gut einschätzen, aber Mars war eine harte Nuss.

»Erzählen Sie mir von Ihren Eltern.«

»Wo sind die anderen von Ihrem Team?«

»Sie glauben mir nicht?«

»Ich glaube niemandem mehr irgendwas.«

»Sie können ihm glauben, Melvin«, warf eine Stimme ein.

Mars schaute zur Tür, in der seine Anwältin Mary Oliver stand. Sie trat ans Bett und nahm seine freie Hand, während er sich noch etwas aufrechter setzte.

»Gott sei Dank ist nicht mehr passiert«, sagte sie mit feuchten Augen.

»Ja, alles okay, Mary. Kennen Sie diesen Kerl?« Mars deutete auf Decker.

»Ich habe gerade mit Special Agent Bogart gesprochen«, erklärte sie. »Mr. Decker arbeitet wirklich für sein Team, Melvin.«

»Wir sind hier, um die Wahrheit herauszufinden«, fügte Decker hinzu.

Mars lehnte sich ins Kissen zurück. »Die Wahrheit? Nach so langer Zeit? Viel Glück, kann ich nur sagen.«

»Mit ein bisschen Glück kommen Sie vielleicht bald frei«, bemerkte Decker.

»Muss ich vorher zurück ins Gefängnis?«, fragte Mars.

Decker schüttelte den Kopf. »Nach diesem Vorfall lassen wir Sie verlegen.«

»Wohin?«

»In Bundesgewahrsam.«

»Was heißt das?«

»Das heißt, wir übernehmen die Verantwortung für Sie. Ab sofort werden Sie rund um die Uhr von zwei Feds bewacht, während Sie sich hier erholen. Danach bleiben Sie in unserer Obhut, bis Ihr Fall geklärt ist.«

»Und der Staat Texas ist damit einverstanden?«

»Der Staat Texas hat im Moment andere Sorgen«, bemerkte Oliver. »Sie können ihn nämlich verklagen für das, was im Gefängnis passiert ist.«

»Im Ernst?«

»Ein Wärter hat zusammen mit mehreren Komplizen einen Mordanschlag auf Sie verübt. Und danach haben die Sie beinahe zu Tode geprügelt. Das genügt für eine Zivilklage und ein Strafverfahren gegen den Wärter und alle Beteiligten.«

»Dafür wünsche ich Ihnen alles Gute, aber deswegen bin ich nicht hier«, sagte Decker und wandte sich wieder an Mars. »Mein Job ist es, den Mord an Ihren Eltern aufzuklären.«

Mars wandte sich Decker zu. »Was wollen Sie wissen?«

»Alles.«

»Haben Sie was zu schreiben dabei? Es ist nämlich nicht wenig.«

»Ich habe ein gutes Gedächtnis«, entgegnete Decker. »Ich vergesse nicht viel.«

Die Tür öffnete sich, und Alex Jamison trat ein. Sie hatte offenbar gehört, was Decker gesagt hatte, und hielt ein Aufnahmegerät in der Hand.

»Mein Gedächtnis ist nicht ganz so gut«, sagte sie. »Ich verwende lieber das hier.«

»Alex Jamison. Melvin Mars«, stellte Decker sie einander vor. »Sie gehört auch zum Team.«

Sie gaben sich die Hand.

»Mein Kollege wollte diesen Fall unbedingt übernehmen, Mr. Mars«, erklärte Jamison. »Sonst wären wir gar nicht hier.«

»Das hat er mir schon gesagt.« Mars wandte den Blick nicht von Decker.

»Erzählen Sie mir von der Nacht, als Ihre Eltern ermordet wurden«, forderte Decker ihn auf, und Jamison schaltete den Rekorder ein.

»Aber nur, wenn Sie sich dazu in der Lage fühlen«, warf Oliver rasch ein und legte beschützend ihre Hand auf Mars' Schulter. »Sie haben einiges abbekommen.«

»Ist schon in Ordnung«, versicherte Mars. »Soll ich ganz von vorn anfangen?«

»Ja.«

Und Mars erzählte über eine Stunde. Decker unterbrach ihn des Öfteren, um genauer nachzufragen. Als Mars fertig war, schwieg Decker einige Augenblicke.

»Sie haben in der Nacht eine Freundin besucht?«

»Ja, wie ich gesagt habe. Ellen Tanner.«

»Wann und wo haben Sie Ellen Tanner kennengelernt?«, hakte Decker nach.

Mars sah ihn skeptisch an. »Was hat das mit dem Fall zu tun?«

»Wir stehen noch ganz am Anfang, da kann alles irgendwie relevant sein«, stellte Decker klar.

Mars holte tief Luft und leckte sich die geschwollenen Lippen. »Ich habe Ellen bei einem Absolvententreffen der Universität kennengelernt, an dem unser Team teilgenommen hat. Das war ein paar Wochen, bevor es passierte. Sie war ein großer Footballfan. Eine gut aussehende Frau. Witzig. Klug. Wir haben uns danach oft gesehen und uns auch für diesen Abend verabredet.«

»Sie sind zu ihr gefahren?«

»Ja.«

»Und was haben Sie getan?«

»Wir haben ein paar Bier getrunken. Sie hat etwas geraucht,

aber ich hab das Zeug nicht angerührt, weil es vielleicht meine Aussichten auf eine Profikarriere in der NFL ruiniert hätte.«

»Haben Sie mit ihr geschlafen?«

»Sie hat ausgesagt, dass wir es getan haben.«

»Woran erinnern Sie sich?«, hakte Jamison nach.

»Wir hatten Sex, na und?«

»Und dann sind Sie gefahren?«

»Ja. Ich hatte für nächsten Morgen eine Trainingseinheit mit meinem Coach vereinbart, also wollte ich nach Hause und eine Runde schlafen. Aber dann hat mein Wagen angefangen zu spinnen. Ich kam gerade noch bis zum nächsten Motel und nahm mir ein Zimmer.«

»Die Sache hat nur einen Haken«, entgegnete Decker. »Die Zeitangaben von Tanner und dem Portier des Motels stimmen nicht mit Ihrer Geschichte überein.«

Mars rieb sich die Augen. »Ich weiß. Ich habe ihre Aussagen gehört. Trotzdem kann ich Ihnen nur sagen, was ich weiß. Und ich weiß, wann ich von Ellen weggefahren bin. Und ich weiß auch, wann ich im Motel eingecheckt habe.«

Decker lehnte sich auf dem Stuhl zurück. »Ihre Kreditkarte wurde zu einem Zeitpunkt belastet, der mit der Angabe des Portiers übereinstimmt, nicht mit Ihrer Aussage.«

»Glauben Sie, das weiß ich nicht?«, fuhr Mars ihn an.

»Ich will nur auf die Ungereimtheiten hinweisen, die es im Moment noch gibt. Das Letzte, was wir jetzt brauchen können, ist, dass Sie uns die Unwahrheit sagen.«

Mars zerrte wütend an der Handschelle, mit der er ans Bett gefesselt war. Jamison und Oliver sprangen erschrocken zurück, nur Decker rührte sich nicht von der Stelle.

Mars lehnte sich schwer atmend in sein Kissen zurück. »Ich lüge nicht.«

»Okay«, sagte Decker gelassen.

»Vielleicht sind Sie ja gar nicht hier, um mir zu helfen. Vielleicht wollen Sie nur dafür sorgen, dass ich für den Rest meines Lebens im Knast sitze. Oder dass sie mir die Giftspritze verpassen. Wer weiß, ob Sie nicht in Wahrheit für den Staat Texas arbeiten.«

»Warum sollte er?«, warf Jamison ein.

»Woher soll ich das wissen?«, konterte Mars. »Vielleicht haben die Sie engagiert, nachdem dieser Montgomery den Mord an meinen Eltern gestanden hat. Und Ihr Job ist es jetzt, mir etwas anzuhängen, damit ich nie mehr aus dem Knast komme.«

Alle schwiegen einen Moment, bis Decker fragte: »Haben Sie eine Erklärung für die unterschiedlichen Zeitangaben?«

»Wenn es so wäre, hätte ich es verdammt noch mal schon vor zwanzig Jahren dem Richter erzählt. Also nein, ich kann mir das nicht erklären.«

»Okay«, hakte Decker nach. »Ihnen fällt also nichts ein, was uns in diesem Punkt weiterhelfen könnte?«

Mars warf ihm einen wütenden Blick zu. »Hören Sie, wenn Sie mir nicht glauben, dann gehen Sie besser. Ich habe keine Zeit für diesen Scheiß, wenn Sie mich nicht aus dem Gefängnis rausholen wollen.«

Decker erhob sich. »Vielleicht haben Sie mich falsch verstanden, Mr. Mars. Ich habe nicht gesagt, dass ich Sie für unschuldig halte und Sie aus dem Gefängnis rausholen will. Ich habe gesagt, dass ich die Wahrheit herausfinden will. Falls sich herausstellt, dass Sie schuldig sind, können die Ihnen gern die Spritze verpassen, weil Sie es nicht anders verdient hätten. Aber bis dahin werden wir einfach nur ermitteln und schauen, wohin uns das führt. Habe ich mich klar ausgedrückt?«

Jamison und Oliver wechselten einen nervösen Blick.

Mars und Decker starrten einander schweigend an. Mars versuchte anscheinend, Decker einzuschätzen. Der jedoch schien mit seinen Gedanken bereits woanders zu sein.

»Ich glaube, wir haben uns verstanden, ja«, sagte Mars schließlich.

Doch Decker ging bereits zur Tür.

Nachdem er das Zimmer verlassen hatte, wandte sich Mars an Jamison.

»Ist der Typ immer so?«

»Eigentlich schon«, sagte Jamison.

13

Decker ging den Korridor entlang und nahm mit jedem Schritt etwas mehr Fahrt auf, wie eine Welle, die auf den Strand zurollt. Er hörte Jamisons eilige Schritte hinter sich. Weiter vorn warteten Bogart und Davenport.

Milligan kümmerte sich zwanzig Autominuten entfernt darum, das Büro einzurichten, das sie für ihre Arbeit angemietet hatten. Sie hatten sich alle in einem Motel in der Nähe einquartiert, das die besten Unterkünfte in der Gegend anbot.

Jamison holte ihn ein. »Ich fände es gut, wenn Sie damit aufhören würden«, sagte sie sichtlich verärgert.

Decker schaute zu ihr hinunter. »Womit aufhören?«

»Einfach rauszugehen, ohne ein Wort zu sagen.«

»Ich war fertig. Also bin ich gegangen.« Er hielt einen Moment inne. »Und Sie haben für mich Quinoa gekauft? Echt jetzt? Kann man das überhaupt essen?«

Sie grinste. »Sie werden bald so dünn sein, dass ich Sie von der Seite kaum noch sehen kann.«

»Ja, ungefähr so dünn wie ein Mack Truck, der auf Sie zukommt.«

Als sie zu den beiden Kollegen gelangten, sagte Bogart: »Welchen Eindruck haben Sie bislang von Mars?«

Decker zuckte die Achseln. »Dafür ist es noch zu früh. Es gibt ein paar offene Fragen in seiner Version. Wir müssen herausfinden, ob es dafür irgendeine Erklärung gibt.«

»Also, nach zwei Jahrzehnten sind definitiv alle Spuren kalt.«

»Ich spreche später mit ihm«, warf Davenport ein. »Dann kann ich etwas über seine psychische Verfassung sagen.«

Bogart sah zwischen Decker und Jamison hin und her. »Ich erwarte nicht, dass Sie sich festlegen, aber haben Sie den Eindruck, dass er lügt?«

Die Frage war Jamison sichtlich unangenehm. »Wir haben jetzt zum ersten Mal mit ihm gesprochen. Aber wenn Sie unbedingt eine Antwort wollen – nein, ich glaube nicht, dass er lügt.«

»Aus einem bestimmten Grund?«

»Er hat zu Decker gesagt, er soll verschwinden, wenn er ihm nicht glaubt. Das würde man nicht unbedingt erwarten von einem Mann, der immer noch hingerichtet werden könnte. Ein Schuldiger würde nach jedem Strohhalm greifen.«

Bogart sah Decker an. »Haben Sie dem etwas hinzuzufügen?«

»Nein.«

Decker drehte sich um und ging.

Jamison atmete einmal tief durch.

Bogart wirkte amüsiert.

Davenport schien Deckers Verhalten neugierig zu machen. »Wo geht er hin?«

»An die Arbeit«, antwortete Bogart. »Und wir werden uns ranhalten müssen, wenn wir mit ihm Schritt halten wollen.«

Sie hatten sich in ihrem neuen Büro eingerichtet und inzwischen so manche Stunde damit zugebracht, auf Unterlagen und Bildschirme zu starren.

Die Männer des Teams waren unter sich. Jamison und Davenport waren im Krankenhaus geblieben, um das Gespräch mit Mars fortzusetzen.

Decker trug seine neuen Klamotten. In der Woche davor, die

er in Quantico verbracht hatte, war er immer früh aufgestanden, ins Fitnessstudio gegangen und hatte sogar angefangen, ein wenig zu joggen. Und er hatte ausschließlich gegessen, was Jamison für ihn besorgt hatte. Sie hatte ihm zu kleinen Mahlzeiten geraten. Vier oder fünf am Tag.

Er war so stark übergewichtig, dass er schon mit dem bisschen Training und der gesunden Ernährung zehn Kilo abgenommen hatte.

Er schloss seinen Gürtel bereits im dritten Loch, nachdem er noch vor einer Woche das erste Loch benötigt hatte. Seine Hose war ihm mittlerweile zu weit.

Aber er war immer noch ein Fettsack.

Milligan warf ihm einen prüfenden Blick zu. »Sie sehen besser aus, Decker«, brummte er.

»Ja, aber passen Sie trotzdem auf, wenn Sie mir beim Joggen begegnen. Ein Zusammenstoß mit mir kann immer noch böse ausgehen. Das will ich wirklich nicht.«

Die Bemerkung entlockte dem FBI-Agenten ein seltenes Lächeln. »Sie bemühen sich wenigstens. Das ist schon mal was.«

»Na schön, dann beschäftigen wir uns mal mit möglichen Spuren, die wir verfolgen können«, verkündete Bogart.

»Ellen Tanner lebt nicht mehr in der Gegend«, begann Milligan. »Anscheinend weiß niemand, wo sie steckt. Wir haben an der University of Texas nachgefragt, aber dort können sie uns auch nicht weiterhelfen. Nach zwanzig Jahren dürfte es so gut wie unmöglich sein, sie aufzuspüren. Sie könnte geheiratet und einen anderen Namen angenommen haben.«

»Und der Portier des Motels … wie hieß er noch gleich?«, fragte Bogart.

»Willis Simone. Ihn haben wir zwar aufgespürt, aber er ist 2001 in Florida an einem Herzinfarkt gestorben.«

»Sehen Sie irgendeine Verbindung zwischen Tanner und Simone?«, fragte Bogart.

»Nein«, berichtete Milligan. »Sie haben sich nicht in den gleichen Kreisen bewegt. Und auch altersmäßig waren sie weit auseinander. Ich kann jedenfalls keine Verbindung erkennen.«

»Nehmen wir einmal an, dass jemand sie dafür bezahlt hat zu lügen. Gäbe es eine Möglichkeit, die Zahlungen aufzuspüren?«, fragte Decker.

Milligan sah ihn ungläubig an. »Nach zwanzig Jahren? Gut möglich, dass es die Banken, über die das gelaufen ist, gar nicht mehr gibt. Außerdem, warum sollten sie lügen? Und wer soll sie bezahlt haben?«

»Vorläufig gehe ich davon aus, dass Mars die Wahrheit sagt. Wenn es so ist, müssen wir eine Erklärung für die abweichenden Aussagen von Tanner und Simone finden.«

Milligan schüttelte den Kopf. »Ich halte es für viel wahrscheinlicher, dass Mars lügt. Andernfalls hätten wir es mit einer riesigen Verschwörung gegen einen College-Footballspieler zu tun, für die ich einfach kein Motiv sehe.«

Bogart mischte sich ein. »Aber es ist unser Job, alle Möglichkeiten zu prüfen. Wirklich *alle*.«

Milligan schaute missmutig auf seine Unterlagen hinunter. »Ich habe bei der örtlichen Polizei nachgefragt. Die meisten Beamten von damals sind heute in Rente, aber ich habe mit einem gesprochen, der damals schon dabei war.«

»Was hat er gesagt?«, fragte Bogart.

»Dass sie nie zuvor einen Mordfall in der Gegend hatten. Es gab Einbrüche, Vermisstenmeldungen, Schlägereien, hin und wieder haben ein paar Jungs ein Auto für eine Spritztour geklaut, einmal sogar eine Kuh, um einem Bauern einen Streich zu spielen. Dieser Doppelmord war ein ziemlicher Schock für die Stadt.«

»Sie haben sich damals sehr schnell auf Melvin Mars als Täter festgelegt.«

Milligan warf Decker einen kurzen Blick zu. »Na ja, die Beweise waren geradezu erdrückend.«

»Was wissen wir über die Eltern?«, fragte Decker. »Woher stammte Lucinda?«

Milligan sah in seinen Unterlagen nach. »Das habe ich nicht herausgefunden. Es gibt nicht viel über sie und ihren Mann.«

»Wo hat sie nähen gelernt? Im Polizeibericht steht, dass sie unter anderem damit ihren Lebensunterhalt verdient hat. Mars hat das bestätigt.«

Milligan hatte Mühe, seinen neutralen Gesichtsausdruck beizubehalten. »Wo sie nähen gelernt hat? Das kann ich Ihnen wirklich nicht sagen.«

»Außerdem hat sie Spanisch unterrichtet«, fügte Decker hinzu.

»In Texas sprechen viele Spanisch«, stellte Bogart fest.

»Aber wir wissen nicht, ob sie aus Texas war«, betonte Decker. »Wäre sie eine Latina gewesen, hätte ich das mit der Sprache verstanden. Aber sie war schwarz.«

»Also, soweit mir bekannt ist, können Schwarze auch Spanisch lernen, Decker«, konterte Milligan. »Sogar nähen.«

Diesmal ignorierte Decker seine spitze Bemerkung nicht. »Im Moment sind das alles nur Spekulationen. Deshalb müssen wir alle Möglichkeiten in Betracht ziehen, die einigermaßen realistisch sind. Natürlich kann Lucinda nähen und Spanisch gelernt haben. Ich würde nur gern wissen, wo und wie.«

»Okay, wenn Sie das für so wichtig halten, können Sie es gern überprüfen«, erwiderte Milligan.

»Das habe ich auch vor«, sagte Decker. »Sie hat auch bei einer Reinigungsfirma gearbeitet?«

»Ja. Sie haben Aufträge in der gesamten Stadt übernommen.«

»Fleißige Frau. Gibt es irgendwelche Angehörigen?«

»Ich habe keine gefunden. Das Gleiche gilt für ihren Mann.«

»Kommt Ihnen das nicht merkwürdig vor?«, fragte Decker. »Okay, dass einer der beiden keine Angehörigen in der Gegend hat, so was kommt vor. Aber beide?«

Milligan schüttelte den Kopf. »Das ist alles lange her. Vielleicht sind sie umgezogen. Nicht jeder stammt aus einer großen Familie. Oft verlieren sich die Angehörigen aus den Augen. Wie es aussieht, war das einzig Bemerkenswerte an ihnen ihr Sohn. Er war ziemlich bekannt, schon vor den Morden. Der Typ war ein Riesensportler. Jammerschade um ihn.«

»Versuchen Sie noch mehr über die Familie rauszukriegen«, trug ihm Bogart auf.

Milligan nickte wenig begeistert.

»Sie wurden mit einer Schrotflinte erschossen und anschließend verbrannt«, warf Decker ein. »Warum beide?«

»Falls Sie damit andeuten wollen, der Täter könnte beabsichtigt haben, sie unkenntlich zu machen – das kann ich mir nicht vorstellen. Sie wurden aufgrund des Zahnstatus eindeutig identifiziert.«

»Warum dann?«, hakte Decker nach.

»Ein symbolischer Akt?«, mutmaßte Bogart. »Wenn es Mars war, könnte hinter dem Verbrennen die Absicht stehen, sie aus seinem Leben auszulöschen.«

»Aber jetzt haben wir eben Charles Montgomery und sein Geständnis«, warf Decker ein. »Ich muss mit ihm sprechen.«

»Das habe ich bereits arrangiert«, sagte Bogart.

»Das Haus von Mars' Eltern ist nicht weit von hier«, stellte Decker fest.

»Stimmt. Es steht leer. Wahrscheinlich wollte niemand mehr da wohnen, nach dem, was passiert ist.«

»Und das Motel, in dem Mars abgestiegen ist?«, fragte Decker.

»Gibt's nicht mehr«, erklärte Milligan. »Heute steht dort ein Einkaufszentrum.«

»Und das Haus, in dem Ellen Tanner gewohnt hat?«

»Das steht noch, aber sie wohnt schon lange nicht mehr dort. Ich wüsste auch nicht, was wir dort noch finden könnten.«

»Deshalb machen wir uns selbst ein Bild, weil wir's eben nicht wissen«, entgegnete Decker. »Okay, fangen wir an.«

Nachdem er gegangen war, wandte sich Milligan an Bogart und legte ihm die Hand auf den Arm. »Sir, der Morillo-Fall war vielleicht nicht der allerbeste, aber wir haben einen dicken Ordner voller Fälle, die weitaus vielversprechender sind als dieser.«

»Wir stehen ja noch ganz am Anfang«, gab Bogart zu bedenken.

Milligan zog die Hand zurück. »Sie setzen viel Vertrauen in den Kerl.«

»Weil er sich dieses Vertrauen verdient hat.«

Bogart verließ den Raum.

Milligan folgte ihm widerstrebend.

14

Das Haus wirkte ziemlich verloren inmitten von dichtem Buschwerk und weit ausladenden Bäumen. Man hätte eine Machete gebraucht, um sich durch das Gestrüpp zu kämpfen.

Decker hingegen bahnte sich mit den Händen und seiner Körperfülle einen Weg zum Haus. Bogart und Milligan folgten dicht hinter ihm.

Vor der teilweise eingebrochenen Veranda blickten sie zur Fassade des Hauses auf. An einem der oberen, mit Sperrholz vernagelten Fenster waren noch Brandspuren zu erkennen.

»Dort oben hat man die Toten gefunden«, erklärte Decker, und Bogart nickte zustimmend.

»Wir müssen aufpassen, wenn wir reingehen«, warnte Milligan. »Ich weiß nicht, wie stabil die Hütte noch ist.«

Decker trat vorsichtig auf die Veranda und umging die Stellen, die besonders brüchig aussahen. Er gelangte zur Haustür und drückte dagegen. Sie gab nicht nach.

Er stemmte sich mit seiner mächtigen Schulter dagegen, das Holz splitterte, und die Tür schwang nach innen auf. Natürlich gab es keinen Strom, weshalb die Männer Taschenlampen mitgebracht hatten.

Drinnen sah es überraschend aufgeräumt aus, obwohl es überall nach Schimmel und Moder roch.

Bogart hielt sich die Nase zu. »Verdammt, ich weiß nicht, ob wir die Luft hier einatmen sollten.«

Decker schaute nach oben. »Das Dach und die Fenster sind intakt. Darum sieht es hier drin gar nicht so schlimm aus.«

Er schwenkte den Strahl der Taschenlampe langsam von einem Ende des Raumes zum anderen und prägte sich jedes Detail ein, während er weiterging.

Es war ein kleines Haus, deshalb hatten sie das Erdgeschoss und die angrenzende Garage schnell erkundet. Es gab keinen Keller. Somit blieb nur noch das Obergeschoss.

Sobald Decker die erste Stufe betrat, blitzte die Farbe Blau in seinem Kopf auf – so plötzlich, dass er die nächste Stufe falsch einschätzte und stolperte. Milligan hielt ihn am Arm fest.

»Alles in Ordnung?«

Decker nickte, obwohl er sich gar nicht wohlfühlte.

Ein solches Blau war ihm zum ersten Mal untergekommen, als er seine Frau, seine Tochter und seinen Schwager tot in ihrem Haus vorgefunden hatte. Und danach jedes Mal, wenn er in das Haus zurückgekehrt war.

Ein stechendes Blau, das alle Sinne zu überfluten schien. Beunruhigend und durchdringend.

Ich muss es verdrängen.

Er blinzelte, doch das Blau war wieder da, sobald er die Augen öffnete.

Synästhesie ist nicht immer das reine Vergnügen.

Vorsichtig stieg er die klapprige Treppe hinauf.

Im ersten Stock gab es nur zwei Zimmer: das von Mars sowie das Schlafzimmer seiner Eltern. Dazu ein gemeinsames Badezimmer.

Decker betrat das erste Zimmer, das vermutlich Mars bewohnt hatte. Das Bett war noch da, ebenso zwei Poster der R&B-Sänger Luther Vandross und Keith Sweat. An einer anderen Wand fand sich die endgültige Bestätigung, dass es sich nicht um das Zimmer der Eltern handeln konnte: zwei Poster der Supermodels Naomi Campbell und Claudia Schiffer.

»Ein typisches Zimmer eines jungen Amerikaners der Neunzigerjahre«, kommentierte Milligan. »O Gott, es ist, als würde man eine Zeitkapsel öffnen.«

»Wo war der Gewehrständer?«, fragte Decker.

Milligan deutete auf die gegenüberliegende Wand. »Da drüben. Ein Ständer, darunter eine kleine Schublade für die Munition.«

Sie gingen ins Schlafzimmer der Eltern.

Decker rief sich die Skizzen in den alten Polizeiberichten in Erinnerung. Die Leichen hatten nebeneinander vor dem Fenster gelegen. Roy auf der Fensterseite, Lucinda näher beim Bett. Das Glas war in der Hitze geborsten. Danach hatte man das offene Fenster mit Sperrholz vernagelt.

Im Gegensatz zum Zimmer des Sohnes war dieser Raum völlig leer.

»Was ist mit den Möbeln geschehen?«, fragte Decker.

»Die wurden wahrscheinlich als Beweismittel mitgenommen«, erklärte Bogart. »Und die Feuerwehrleute haben während der Löscharbeiten wahrscheinlich alle brennbaren Gegenstände hinausgeschafft.«

Decker nickte. »Vielleicht können wir das überprüfen. Und diese dunklen Ränder an den Wänden, da haben Bilder gehangen. Ich frage mich, wo die gelandet sind.«

»Ich kann anrufen und nachfragen«, bot Milligan an.

Decker öffnete die Tür des Wandschranks und leuchtete mit der Taschenlampe hinein. Als er die Tür schließen wollte, hielt er inne und beugte sich tiefer in den Schrank.

»Sehen Sie sich das an.«

Bogart und Milligan traten zu ihm und betrachteten die Stelle, die Deckers Lampe erhellte.

»›AC + RB‹?«, las Bogart die verblassten Buchstaben vor, die jemand an die Seitenwand des Schranks geschrieben hatte. »Was bedeutet das?«

Decker fotografierte die Initialen mit seiner Handykamera. »Ich weiß es nicht. Das kann schon da gewesen sein, bevor die Familie das Haus gekauft hat.«

»Möglich.«

»Oder Mars' Eltern haben es hingeschrieben. In diesem Fall könnte es wichtig sein.« Decker sah sich um. »Wer hat damals die Feuerwehr gerufen?«

»Ich glaube, das ist nicht mehr bekannt«, antwortete Milligan. »Damals hatte noch kaum jemand ein Handy. Außerdem kann der Empfang in dieser Gegend nicht sehr gut gewesen sein. Also kam der Anruf wahrscheinlich nicht von einem Autofahrer, der hier vorbeikam.«

»Vielleicht doch. Der Fahrer könnte nach Hause gefahren sein und von dort angerufen haben.«

»In diesem Fall müssten sie wissen, woher der Anruf kam. Das könnte man zurückverfolgen.«

Milligan nickte. »Das stimmt. Ich werde es überprüfen.«

Sie gingen wieder nach unten.

Hier sah Decker, was er schon zuvor gesehen hatte. Ein verblichenes Foto des jungen Melvin Mars in seiner Highschool-Footballausrüstung. Das Bild hing an der Wand. Auf einem schmalen Regal fanden sich noch mehr Bilder von Mars in verschiedenen Altersstufen.

»Wundert mich, dass die immer noch da sind«, bemerkte Bogart.

»Wie Sie gesagt haben, niemand betritt gern ein Haus, in dem Leute umgebracht wurden. Hier draußen leben ohnehin nicht sehr viele. Und die Fremden, die vorbeifahren, können das Haus von der Straße aus kaum sehen, jetzt, wo alles überwuchert ist.«

Decker schaute sich weiter um.

»Interessant ist aber, was wir *nicht* sehen.«

»Und das wäre?«, fragte Milligan.

»Bilder von Roy und Lucinda Mars.« Er wandte sich Milligan zu. »Fast so, als hätten sie nie existiert.«

15

Decker sah auf die Uhr.

Sie waren zu dem Haus gefahren, in dem Ellen Tanner in jener Nacht mit Melvin Mars zusammen gewesen war. Es war ein kleines, altes Haus, das völlig einsam lag. Das nächste Haus war zwanzig Meilen entfernt. Damals war es womöglich noch abgeschiedener gewesen.

»Warum lebt eine junge Frau so ganz allein hier draußen?«, überlegte Decker laut.

Weder Bogart noch Milligan wussten eine Antwort darauf.

Danach waren sie zu dem Einkaufszentrum weitergefahren, das an der Stelle des damaligen Motels stand, und von dort zurück zum Haus der Familie Mars. Alle drei Orte waren über dieselbe Hauptstraße erreichbar.

»Von Ellen Tanners Haus bis zum Motel braucht man eine Stunde. Und ungefähr vierzig Minuten vom Motel zum Haus von Mars' Eltern.«

Milligan, der am Steuer saß, nickte. »Er ist um zehn Uhr abends von Tanner weggefahren. Nach seinen Angaben ist er etwa eine Stunde später im Motel angekommen, also um elf, was theoretisch möglich wäre. Nur hat der Portier des Motels ausgesagt, dass Mars bei ihm um ein Uhr fünfzehn eingecheckt hat. Tatsächlich wäre es leicht möglich gewesen, dass er nach Hause gefahren ist, seine Eltern getötet hat und um eins oder kurz danach beim Motel angekommen ist. So hat es auch die Anklage gesehen.«

»So leicht auch wieder nicht«, hielt Decker dagegen. »Er musste nach Hause, seine Eltern erschießen, das Benzin holen und die Leichen anzünden. Das würde einige Zeit in Anspruch nehmen.«

»Aber möglich wäre es, das lässt sich nicht bestreiten.«

»Und laut Polizeibericht hat jemand ein Auto wie das von Mars etwa zu der Zeit vom Haus wegfahren gesehen, die der Gerichtsmediziner als Todeszeitpunkt festgestellt hat«, fügte Bogart hinzu.

»Das stimmt«, warf Milligan ein. »Der Zeuge war ein Fernfahrer, der hier gewohnt hat und die Familie kannte.«

Bogart nickte. »Er ist vor fünf Jahren gestorben, also können wir nicht mehr mit ihm sprechen.«

»Aber wir haben Charles Montgomery«, betonte Decker. »Mit ihm können wir sprechen.«

»Ich habe eine Mail aus Alabama bekommen. Es geht in Ordnung. Wir können uns übermorgen mit ihm unterhalten.«

Deckers Handy summte. Es war Jamison.

»Wir haben noch mal mit Mars gesprochen«, meldete sie. »Davenport schreibt gerade ihren Bericht.«

»Was hält sie von ihm?«

»Schwer zu sagen. Sie gibt sich noch bedeckt.«

»Und was denken Sie?«

»Er macht einen ehrlichen Eindruck, Amos. Aber vielleicht ist er einfach nur ein verdammt guter Schauspieler. Ich bin mir noch nicht sicher.«

»Hat er Ihnen etwas Neues erzählt?«

»Eigentlich nicht. Er hat seine Unschuld beteuert. Wir sind noch einmal alles durchgegangen, was er in der Nacht getan hat, in der seine Eltern ermordet wurden. Die abweichenden Zeitangaben kann er sich nicht erklären. Er behauptet, dass er kurz nach dem Einchecken im Motel zu Bett gegangen und erst wieder aufgewacht ist, als die Polizei an seine Tür klopfte.«

»Okay, er hatte zwanzig Jahre Zeit, um die Geschichte zu perfektionieren. Aber eins verstehe ich nicht.«

»Was?«

»Wenn er das alles geplant hat, warum hat er dann keine plausible Erklärung für die fragliche Zeit? Er musste doch wissen, dass das ein Problem sein wird.«

Bogart hatte ihm aufmerksam zugehört. »Täter stolpern oft über widersprüchliche Zeitangaben, Amos. Sie können eben nicht an zwei Orten gleichzeitig sein. Das wissen Sie genauso gut wie ich.«

»Das stimmt, sie verheddern sich in Widersprüchen, aber nicht so offenkundig«, erwiderte Decker. »Meistens geht es um fünfzehn Minuten, vielleicht eine halbe Stunde, aber nicht um mehrere Stunden. In seinem Fall klafft da eine riesige Lücke. Wenn er alles andere so minutiös geplant hat, warum dann nicht auch das? Ich will damit nur sagen, wir sollten das im Auge behalten.«

»Wann sind Sie zurück?«, fragte Jamison.

»In ungefähr einer Stunde.«

Er beendete das Gespräch und schaute hinaus auf den Highway und die weite texanische Landschaft, die sich ohne jede Abwechslung bis zum Horizont erstreckte. Er schloss die Augen und ließ seine Gedanken zu einer Frage zurückkehren, die ihn schon seit einiger Zeit beschäftigte.

Bogart bemerkte es. Er kannte diesen Gesichtsausdruck aus der Zeit in Burlington.

»Was gibt's?«, fragte er.

»Zuerst die Schrotflinte, dann noch Feuer«, sagte Decker, ohne die Augen zu öffnen.

»Wie bitte?«

»Sie wurden mit der Schrotflinte erschossen und dann angezündet.«

»So steht es im Polizeibericht. Warum?«

Decker rief sich die Fotos mit den verkohlten Leichen in Erinnerung. Das Gute an Hyperthymesie war, dass er die Dinge genau so sah, wie sie waren. Ihm entging nicht die geringste Kleinigkeit. Er dachte sich nichts hinzu und übersah nichts. Das Bild war so klar wie in einem Spiegel.

»Boxhaltung.«

»Was?«

»Die Toten hatten die Boxhaltung eingenommen.«

Milligan schaute zu ihm. »Stimmt. Das Feuer bewirkt, dass sich die Muskeln und Sehnen versteifen und zusammenziehen, egal ob das Opfer schon tot ist oder noch lebt, wenn es Feuer fängt. Die Fäuste ballen sich, die Arme beugen sich, es sieht aus wie bei einem Boxkämpfer mit erhobenen Fäusten.«

»Genau«, bestätigte Decker, die Augen immer noch geschlossen. »Dabei haben die Schüsse aus der Schrotflinte sie mit Sicherheit schon getötet.«

Milligan zuckte die Achseln. »Eine Schrotladung aus nächster Nähe ins Gesicht ist immer tödlich. Das hat das Ding so an sich.«

Decker öffnete die Augen. »Aber warum die Leichen auch noch verbrennen? Wenn die beiden sowieso schon tot waren. Ich glaube nämlich nicht, dass es symbolisch gemeint war.«

»Im Polizeibericht wird die Frage auch aufgeworfen«, fügte Bogart hinzu, »aber die damaligen Ermittler haben keine Antwort gefunden. Falls der Täter die Identifizierung der Opfer erschweren wollte, hat es jedenfalls nicht funktioniert. Sie wurden anhand des Zahnbilds eindeutig identifiziert. Zudem kann man auch einem verkohlten Leichnam noch die DNS entnehmen.«

»Vielleicht hat der Täter das nicht gewusst.«

»Sie meinen, vielleicht hat *Melvin Mars* das nicht gewusst?«, erwiderte Milligan.

Decker ignorierte die Bemerkung. »Sie wurden eindeutig als Roy und Lucinda Mars identifiziert?«

»Ja. Es gab keinen Zweifel. Die Leichen waren stark verkohlt, aber trotz der Schusswunden waren die Zähne ausreichend intakt für eine Identifizierung. Es waren Mars' Eltern.«

»Das beantwortet trotzdem nicht meine Frage. Warum hat der Täter sie angezündet, obwohl sie bereits tot waren?«

Sie fuhren eine Weile schweigend, bis Bogart die Frage wieder aufgriff.

»Vielleicht ist der Täter in Panik geraten. So was kommt vor. Er wollte mögliche Spuren vernichten und hat vielleicht gedacht, die Opfer würden vollständig verbrennen.«

»So ist es aber nicht gekommen. Vielmehr hat jemand den Rauch gesehen und die Feuerwehr gerufen. Hätte der Täter die Toten einfach liegen lassen, nachdem er sie erschossen hat, wären sie vielleicht lange nicht gefunden worden.«

»Na ja, falls es Mars nicht getan hat«, warf Milligan ein, »dann hätte er die Toten gefunden, wenn er am nächsten Morgen nach Hause gekommen wäre. In diesem Fall wäre das Haus aber wahrscheinlich schon abgebrannt gewesen.«

»Konnte der Todeszeitpunkt denn nicht zuverlässig ermittelt werden?«

»Bei verkohlten Leichen im Freien kann man einen Insektenkundler hinzuziehen. Fliegen legen Eier auf der Leiche ab, solche Sachen. Manchmal kommt das auch drinnen vor. Aber nicht in diesem Fall. Fliegen legen keine Eier auf einer brennenden Leiche ab. Die besten Rückschlüsse auf den Todeszeitpunkt kann man bei einer verkohlten Leiche aus den Knochen gewinnen. Eine chemische und mikroskopische Analyse. Aber so etwas geht nur mit Mikroradiografie und einem Elektronenmikroskop.«

Decker nickte. »Ich glaube nicht, dass sie diese Hilfsmittel in einer ländlichen Gegend in Texas damals zur Verfügung hatten.«

»Ich bezweifle, dass sie diese Ausrüstung *heute* zur Verfügung haben«, meinte Bogart. »Also wurde der Todeszeitpunkt hauptsächlich aufgrund des Anrufs bei der Feuerwehr um zehn Minuten nach Mitternacht ermittelt. Die Feuerwehr war elf Minuten später vor Ort. Nach weiteren fünf Minuten wurden die Leichen entdeckt.«

»Also sechsundzwanzig Minuten nach zwölf?«

»Korrekt.«

»Dann gehen wir mal davon aus, dass die Toten um Mitternacht herum angezündet wurden.«

»Das heißt, Mars hätte genug Zeit gehabt für den Mord«, stellte Milligan fest. »Er fährt von Ellen Tanner nach Hause, erschießt seine Eltern, setzt sich ins Auto und fährt ins Motel.«

»Wenn der Täter die Toten schon um einiges früher angezündet hätte«, warf Bogart ein, »dann hätten die Flammen stärker auf das Haus übergegriffen, und der Schaden wäre deutlich größer ausgefallen. Also, er tötet sie, legt das Feuer und ist kurz nach Mitternacht schon wieder weg. Somit hätte es höchstens eine halbe Stunde gebrannt, als die Feuerwehr kam.«

Decker schüttelte den Kopf. »Aber es sind nur vierzig Minuten von hier zum Motel. Der Portier hat angegeben, Mars habe um Viertel nach eins eingecheckt. Das ergibt eine Lücke von fünfunddreißig Minuten.«

»Vielleicht ist er noch eine Weile herumgefahren«, gab Bogart zu bedenken. »Oder er hat auf irgendeinem Parkplatz angehalten, um erst mal runterzukommen. Immerhin hat er gerade seine Eltern ermordet, Amos.«

»Er hätte ja die vierzigminütige Fahrt gehabt, um sich zu beruhigen. Wenn er auf einem Parkplatz wartet, vermasselt er sich damit sein Alibi, das laut den Aussagen von Ellen Tanner und dem Portier ohnehin keines war. Es ergibt einfach keinen Sinn.«

»Aber es ist das plausibelste Szenario, das wir haben.«

»Es gibt nur ein großes Problem dabei.«

»Welches?«, fragte Milligan.

»Vor über zwanzig Jahren gab es in einem Motel irgendwo auf dem Land wahrscheinlich noch keine Möglichkeit, eine Kreditkarte elektronisch zu belasten. Es gibt keinen elektronischen Zeitstempel. Also steht Melvins Aussage gegen die des Portiers.«

Milligan schüttelte den Kopf. »Nein, das habe ich überprüft. Der Besitzer des Motels hat die Kreditkartendaten um sechzehn Minuten nach eins telefonisch übermittelt. Das ist bei der Verhandlung herausgekommen.«

»Das beweist noch gar nichts.«

»Wie kommen Sie darauf?«, stöhnte Milligan frustriert. »Außerdem dürfen Sie nicht vergessen, dass das Blut seiner Mutter in seinem Wagen gefunden wurde. Wie soll das möglich sein, wenn er sie nicht umgebracht hat?«

»Ich muss noch einmal mit Mars sprechen.«

»Weswegen?«, wollte Bogart wissen.

»Mich würde zum Beispiel interessieren, warum er nicht bar bezahlt hat.«

16

»Warum zum Teufel soll das wichtig sein?«

Mars sah von seinem Krankenhausbett zu Decker auf, der den Blick ausdruckslos erwiderte. Bogart, der ebenfalls an Mars' Bett stand, schien nicht so recht zu wissen, worauf Decker hinauswollte. Milligan hatte es vorgezogen, im Auto zu warten und ein paar Anrufe zu tätigen.

Decker räusperte sich. »Ich habe Ihnen schon mal gesagt, dass jedes Detail wichtig sein kann. Das Zimmer hat fünfundzwanzig Dollar gekostet. Warum haben Sie nicht einfach bar bezahlt? Warum die Kreditkarte?«

»Wo ist meine Anwältin? Wo ist Mary?«

»Ich schätze, sie ist weggefahren«, antwortete Decker. »Wir können sie anrufen und warten, bis sie da ist, aber es ginge schneller, wenn Sie einfach meine Fragen beantworten.« Er hielt einen Moment inne. »Also, warum die Kreditkarte?«

»Es ist über zwanzig Jahre her. Ich kann mich nicht mehr erinnern.«

»Denken Sie in Ruhe nach. Mehr verlange ich nicht.«

Zuerst wirkte Mars verärgert, doch als er den Ausdruck von ehrlicher Neugier in Deckers Gesicht sah, lehnte er sich im Bett zurück und dachte nach.

»Na gut«, begann er nach einer Minute, »ich wollte eigentlich bar bezahlen, nur hatte ich nicht genug bei mir. Überhaupt nichts, genau genommen.«

»Sie sind ohne einen Cent in der Tasche zu einem Date gefahren? Waren Sie zusammen essen oder im Kino? Haben Sie so Ihr Bargeld ausgegeben?«

»Nein, wir waren nur bei ihr zu Hause. Sie hat gekocht, und dazu haben wir Bier getrunken.«

»Aber keine Drogen. Sie hatte Gras zu Hause, haben Sie gesagt?«

»Ja, Ellen hat einen Joint geraucht, aber ich nicht.«

»Haben Sie sie mal gefragt, warum sie so abgelegen wohnt?«

»Nein, ich hab mir gedacht, sie wird ihre Gründe haben. Wahrscheinlich war es billig.«

»Ist sie aufs College gegangen? Oder hatte sie einen Job?«

»Ich glaube, sie hat irgendwas mit PR gemacht. Auf einem Absolvententreffen hat sie so etwas erwähnt. Sie war auch der Typ dafür. Richtig hübsch, sehr offen und kommunikativ.«

»Als Sie im Motel bezahlen wollten, sind Sie also draufgekommen, dass Sie kein Geld bei sich haben?«

»Ich glaube, ja.«

»Wissen Sie noch, ob Sie Geld bei sich hatten, als Sie zu Ellen Tanner gefahren sind?«

»Da ich keins hatte, als ich ins Motel kam, ist die Antwort auf Ihre Frage wohl Nein.«

»Nicht unbedingt. Haben Sie einen Blick in Ihre Brieftasche geworfen, bevor Sie zu ihr gefahren sind? Und wenn ja, war Geld drin?«

Mars schaute Bogart fragend an. »Haben Sie eine Ahnung, worauf er hinauswill?«

Bogart schwieg, und Mars wandte sich wieder Decker zu. »Ich kann mich nicht erinnern, okay? Ich weiß es einfach nicht mehr.«

»Woher hatten Sie die Kreditkarte?«

»Die war jedenfalls ganz legal, falls Sie das meinen.«

»Darum geht es mir nicht. Ich will nur wissen, wie Sie zu der Karte gekommen sind.«

»Meine Eltern haben sie mir zum College-Abschluss geschenkt. Die Karte hatte ein niedriges Limit, aber es war trotzdem cool, sie zu haben. Es war meine erste Kreditkarte überhaupt.« Er hielt einen Moment inne und fügte trocken hinzu: »Und meine einzige.«

»Mit der Karte haben Sie dann das Zimmer bezahlt?«

»Ja, zum Glück. Ich hatte ja kein Bargeld dabei.«

»Hat er die Karte selbst eingelesen?«

»Ja. In so ein Gerät, mit dem man das manuell macht.«

»Der Portier hat ausgesagt, dass er die Daten telefonisch durchgegeben hat, um sich zu vergewissern, dass das Geld auch wirklich von der Karte abgebucht werden kann. Haben Sie ihm dabei zugesehen?«

»Ja. Es hat mich aber nicht überrascht. So ist es nun mal, wenn ein junger Schwarzer spätabends ein Hotelzimmer will. Wahrscheinlich hat er gedacht, ich hätte die Karte gestohlen. Er war wohl kein College-Footballfan.«

»Sie haben danebengestanden, während er angerufen hat?«

»Ja.«

»Was hat er genau ins Telefon gesagt?«

»Das weiß ich wirklich nicht mehr, okay? Was man halt so sagt, wenn man klären will, ob das Geld abgebucht werden kann. Ich hab gar nicht richtig zugehört.«

Decker nickte langsam. »Er hat behauptet, das sei um ein Uhr fünfzehn gewesen.«

»Also, das ist Bullshit. Es war so gegen elf. Es war nur eine Stunde von Ellens Haus bis zum Motel. Das weiß ich hundertprozentig. Ich bin die Strecke oft genug gefahren.«

»Das war für Sie der kürzeste Nachhauseweg?«

»Es ist der *einzig mögliche* Weg, Mann.«

»Und dann hat Ihr Auto den Geist aufgegeben?«

»Ja. Ich hab's gerade noch bis zum Motel geschafft. Zum Glück.«

»Das ist die Frage, ob es wirklich so ein Glück war. Haben Sie daraufhin beschlossen, sich ein Zimmer zu nehmen?«

»Nein. Zuerst habe ich versucht, den Wagen wieder in Gang zu kriegen. Zwecklos. Ich habe es vielleicht fünf Minuten versucht, aber da war nichts zu machen. Erst dann bin ich reingegangen. Dieser Typ ist aus einem kleinen Zimmer gekommen, und ich hab gesagt, dass ich mit dem Wagen liegen geblieben bin und einen Abschleppdienst brauche.«

»Was hat er erwidert?«, fragte Decker gespannt.

»Er hat gesagt, der einzige Abschleppdienst sei zwei Stunden entfernt. Und dass ich um diese Zeit niemanden erreichen würde.«

»Das haben Sie akzeptiert?«, hakte Decker nach.

»Ja. Ich hatte noch nie so eine Panne. Mein Dad hat sich gut mit Autos ausgekannt. Er hat alles selbst repariert, ich habe nie eine Werkstatt gebraucht. Wo der nächste Abschleppdienst ist, hätte ich nicht gewusst. Sie sagen, Sie waren bei meinem Elternhaus?«

»Ja.«

»Das ist eine abgelegene Gegend. Damals war dieses Motel das einzige weit und breit.«

»Als klar war, dass Sie keinen Abschleppdienst kriegen, haben Sie also beschlossen, sich ein Zimmer zu nehmen?«

»Ja. Ich wollte gleich am nächsten Morgen den Abschleppdienst anrufen. Oder vielleicht meinen Dad. Aber dann ist die Polizei aufgetaucht, und ich habe erfahren, was geschehen ist.«

»Die Polizei hat Sie durch die Abbuchung von Ihrer Kreditkarte gefunden?«

»Wahrscheinlich, ja.«

Bogart mischte sich ins Gespräch ein. »Warum haben Sie nicht schon in der Nacht Ihre Eltern angerufen? Ihr Vater hätte Sie abholen können.«

Decker warf ihm einen zustimmenden Blick zu und wandte sich wieder Mars zu.

»Ich hatte kein Handy. Sicher, ich hätte das Telefon im Motel benutzen können, aber es war spät, und ich wollte sie nicht wecken.«

»Aber hätten sich Ihre Eltern nicht Sorgen gemacht, wenn sie am nächsten Morgen bemerkt hätten, dass Sie nicht da sind?«, fragte Bogart.

»Ich war erwachsen und öfter mal die ganze Nacht weg. Außerdem habe ich ihnen beim Wegfahren gesagt, dass es spät werden kann oder dass ich vielleicht direkt zum Training fahren würde. Ich hatte meine Sachen im Auto. Es hätte sie nicht überrascht, dass ich nicht zu Hause übernachtete.«

»Aber warum sind Sie nicht bei Ellen geblieben?«, fragte Decker.

Mars sah auf seine mit einer Handschelle fixierte Hand hinunter. »Wir haben miteinander geschlafen, sie war echt scharf. Für zwanzig Jahre die letzte Frau, mit der ich Sex hatte. Aber …«

»Aber was?«, hakte Bogart nach.

»Ich hatte gute Aussichten, mit dem Football viel Geld zu verdienen. Ich glaube, das hat sie irgendwie gereizt.«

»Sie meinen, Ellen wollte Sie heiraten? Wie lange waren Sie schon zusammen?«

»Sehen Sie, genau das ist es. Nicht lange. Ein paar Wochen vielleicht. Ans Heiraten habe ich keinen Gedanken verschwendet. Verdammt, ich hatte ja keine Ahnung, wo ich später einmal leben würde. Je nachdem, welcher Verein mich engagiert hätte.«

»Hatten Sie deswegen Streit?«

»Streit würde ich nicht sagen. Wir haben darüber diskutiert.«

»Und was ist bei der Diskussion herausgekommen?«, fragte Decker.

»Sie hat mich höflich gebeten zu verschwinden. Und das habe ich getan.«

Decker holte tief Luft. »Als ich Sie zum ersten Mal danach fragte, haben Sie gesagt, Sie wären nach Hause gefahren, um zu schlafen, weil Sie am nächsten Morgen eine Trainingseinheit hätten.«

»Warum zum Teufel ist das so wichtig?«, polterte Mars los. »Dieser Kerl in Alabama hat ausgesagt, dass er meine Eltern umgebracht hat. Warum fragen Sie nicht ihn aus und lassen mich in Ruhe?«

»Wir werden ihm Fragen stellen«, versicherte Bogart. »Aber es gibt daneben auch ein paar Dinge, die wir von Ihnen wissen wollen.«

Mars zeigte vorwurfsvoll auf Decker. »Dieser Typ hier glaubt, dass ich lüge. Er hat was gegen mich, weil ich ihn damals in Columbus über den Haufen gerannt habe. Er kann beim besten Willen nicht objektiv sein. So wie dieser Staatsanwalt damals. Haben Sie gewusst, dass der Kerl von der University of Tennessee war und stark im Football engagiert? Das ist doch gequirlte Scheiße, oder?«

»Es wird Sie vielleicht überraschen«, erwiderte Decker gelassen, »aber das Leben der meisten Leute dreht sich nicht um Football. Ich habe kein Spiel der Buckeyes mehr gesehen, seit ich das College abgeschlossen habe. Es ist mir scheißegal, dass Sie irgendwann für die Longhorns gespielt und mich vor über zwanzig Jahren auf dem Platz aus den Schuhen gehauen haben. Mich interessiert nur, was mit Ihren Eltern passiert ist.«

»Gut für Sie. Ich habe Ihnen jedenfalls alles gesagt, was ich weiß. Wenn das nicht genügt, tut's mir leid.«

Mars drehte sich in seinem Bett zur Wand.

Bogart schaute zu Decker, dessen Blick immer noch auf Mars gerichtet war.

»Das Blut Ihrer Mutter wurde in Ihrem Wagen gefunden. Haben Sie dafür irgendeine andere Erklärung, als dass es durch Sie hineingekommen ist?«

»Nein.«

»Kann es sein, dass sie einmal im Auto war? Dass sie sich vielleicht geschnitten hat oder Nasenbluten hatte?«

»Nein, sicher nicht. Sie hat nie in meinem Wagen gesessen.«

»Haben Sie sich mit Ihren Eltern gut verstanden?«, fragte Decker.

»Warum ist das wichtig?«, entgegnete Mars mit einem Blick über die Schulter.

»Na ja, der Staatsanwalt hat argumentiert, dass Ihr Motiv ...«

»Ich weiß, was der Mann gesagt hat«, fiel ihm Mars ins Wort und drehte sich wieder zu ihnen. Sein Gesicht wirkte ruhiger, vielleicht auch nur resigniert. »Meine Eltern haben nie irgendwelche Forderungen gestellt, seit sie wussten, dass ich Profi werden will. Ich hätte mich um sie gekümmert. Ihnen ein Haus gekauft, ein neues Auto. Ich hatte alles geplant.«

Decker neigte den Kopf zur Seite. »Sie sind gut im Planen, stimmt's?«

»Na und, ist das ein Fehler?«

»Nein, gar nicht. Aber der Staatsanwalt hat Zeugen aufgerufen, die etwas anderes über Ihre Eltern ausgesagt haben. Dass sie mehr Geld von Ihnen verlangt haben, als Sie ihnen geben wollten.«

»Nicht beide«, erwiderte Mars.

»Also hat einer der beiden etwas in der Art gesagt? Die Zeugenaussage war also korrekt? Sie haben nämlich gerade behauptet, Ihre Eltern hätten keine Forderungen gestellt. Sie haben uns also belogen?«

Mars fuhr sich nervös mit der Zunge über die Lippen. »Mein Vater. Er hatte sich in den letzten Monaten irgendwie verändert. War launisch und hat Mom und mich wegen jeder Kleinigkeit angeschnauzt. Vielleicht ist ihm das Geld zu Kopf gestiegen. Er hat sich Gedanken gemacht, wie viel mir mein erster Profivertrag einbringen würde. Das war, bevor sie die Verdienstobergrenzen für die Neulinge gesetzlich festgesetzt haben. Ich hatte meine Hausaufgaben gemacht und hätte mit einem Unterschriftsbonus von sieben Millionen Dollar rechnen können. Das war vor zwanzig Jahren. Haben Sie eine Ahnung, wie viel das heute wäre?«

»Über zehneinhalb Millionen«, antwortete Decker.

Mars sah ihn ungläubig an. »Das stimmt. Woher wissen Sie das?«

»Zufallstreffer. Und das war nur der Bonus?«

»Genau. Der Vertrag selbst bringt noch mehr ein, aber allein der Unterschriftsbonus wäre ein Riesending gewesen. Ich hätte einen Siebenjahresvertrag angestrebt, mit einer Ausstiegsklausel nach dem dritten Jahr. Wenn alles nach Plan verlaufen wäre, hätte ich mit meinem nächsten Vertrag noch viel mehr gemacht.«

»Aber die Chance dazu haben Sie nicht bekommen«, stellte Decker fest.

»Sieht nicht so aus, oder?«, schnaubte Mars.

»Was hat Ihr Vater zu dem Thema gesagt?«

»Er wollte, dass ich ihn finanziell unterstütze. Ich habe ihm gesagt, dass ich das vorhabe.«

»Aber?«

»Er wollte was Schriftliches. Damit es rechtlich bindend wäre.«

Bogart schaute zu Decker. »Das taucht nicht im Prozessprotokoll auf.«

Decker sah Mars unverwandt an. »Warum nicht, Melvin?«

Mars setzte sich auf. »Das war einer der Gründe, warum ich bei der Verhandlung nicht ausgesagt habe. Mein Anwalt hat befürchtet, dass sie mich danach fragen könnten und ich es sagen würde.«

»Was sagen?«

»Dass ich einen Vertrag unterschrieben habe, in dem ich meinen Eltern dreißig Prozent des Betrags vermache, den mir mein erster Vertrag einbringen würde.«

»Was ist mit diesem Vertrag passiert?«, wollte Bogart wissen.

»Das ist jetzt wohl nicht mehr wichtig.« Mars atmete langsam aus. »Ich habe ihn verschwinden lassen.«

»Wie … vielleicht verbrannt?«, fragte Bogart scharf.

»He, ich weiß selbst, dass das nicht gut für mich aussieht.«

»Das ist stark untertrieben«, entgegnete Bogart.

17

»Agent Bogart«, sagte Decker, ohne den Blick von Mars zu wenden, »würden Sie uns eine Minute allein lassen?«

Bogart machte ein Gesicht, als wollte er Nein sagen, doch Decker fügte hinzu: »Sie wissen ja, wenn sich zwei alte Footballkumpel begegnen, haben sie sich einiges zu erzählen. Einverstanden?«

Zögernd stand Bogart auf. »Ich warte draußen.«

Als er die Tür geschlossen hatte, rückte Decker seinen Stuhl ein bisschen näher ans Bett. Er legte seine großen Hände auf das Seitengitter.

»Okay, ich verstehe, wie Sie sich das denken«, sagte Mars. »Sie wollen mir eine Falle stellen, damit ich wieder im Gefängnis lande. Aber ich sage erst wieder was, wenn meine Anwältin da ist.«

»Ich habe Ihnen schon gesagt, Melvin, mich interessiert nichts anderes als die Wahrheit. Wenn Sie Ihre Eltern nicht umgebracht haben, werde ich tun, was ich kann, um es zu beweisen und dafür zu sorgen, dass Sie bald wieder ein freier Mann sind.«

»Ich *habe* meine Eltern nicht umgebracht. Trotzdem habe ich zwanzig Jahre in einer Zelle verbracht, mit der Aussicht auf die Giftspritze. Und jetzt muss ich weiter warten … vielleicht auf die Spritze, wenn ich Pech habe. Können Sie sich vorstellen, wie das ist?«

»Nicht annähernd«, räumte Decker ein.

Mars schaute ihn einen Moment lang erstaunt an. Dann warf er einen Blick zur Tür. »Warum wollten Sie, dass Ihr Partner rausgeht?«

»Ich dachte mir, vielleicht sprechen Sie lieber mit mir allein als mit dem FBI.«

»Aber Sie arbeiten doch fürs FBI.«

»Bis vor zwei Wochen habe ich in einem Hotelzimmer irgendwo in Ohio gewohnt, mit sechzig Dollar in der Tasche und keinen besonderen Aussichten, außer hin und wieder einem lausigen Job als Privatdetektiv.« Er hielt einen Moment lang inne. »Wenn Sie immer noch auf Ihre Anwältin bestehen, gehe ich sofort.« Er stand auf.

»Warten Sie. Sie … Sie haben gesagt, mein Fall hat eine gewisse Ähnlichkeit mit einem Fall in Ihrer Familie?«

»Eine gewisse, ja.«

»Was ist mit Ihrer Familie geschehen?«

Decker setzte sich wieder. »Jemand hat meine Frau, meine Tochter und meinen Schwager ermordet. Ich habe sie tot aufgefunden, als ich abends nach Hause kam.«

Jegliche Feindseligkeit verschwand aus Mars' Gesicht. »Verdammt, Mann, das tut mir leid.«

»Sechzehn Monate sind vergangen, ohne dass jemand festgenommen wurde. Plötzlich spaziert so ein Typ in ein Polizeirevier und gesteht die Morde.«

»Scheiße. War er es wirklich?«

Decker sah ihn einen Moment lang an. »Es war ein bisschen komplizierter.«

»Okay.« Mars wirkte plötzlich unsicher.

»Aber wir haben die Täter gefunden. Und sie wurden zur Rechenschaft gezogen.«

»Sitzen sie hinter Gittern?«

»Nein, sie liegen unter der Erde.«

Mars' Augen weiteten sich.

»Aber das gehört der Vergangenheit an«, fügte Decker hinzu. »Sprechen wir über die Gegenwart. *Ihre* Gegenwart.«

Mars zuckte die Achseln. »Was soll ich Ihnen sagen, Decker? Ich war ein junger Schwarzer, der des Mordes an seinen Eltern beschuldigt wurde. Mein Vater war weiß, und wir sind hier im Süden. In Texas. Als Footballspieler war ich überall beliebt, aber als ich angeklagt wurde, hatte ich keinen einzigen Freund mehr. Ich war ein junger schwarzer Kerl, der um sein Leben kämpft. Verdammt, in Texas werden mehr Leute hingerichtet als überall sonst, und viele davon sind schwarz.«

»Der Vertrag mit Ihren Eltern?«

»Ich habe nichts Unrechtes getan, aber ich habe trotzdem auf meinen Anwalt gehört und es verschwiegen. Wie man auf dem Footballfeld einen Touchdown erzielt, davon habe ich etwas verstanden, aber von den Gesetzen und den Gerichten hatte ich keinen blassen Schimmer.«

»Ihr Anwalt hat also von dem Vertrag gewusst?«

»Ja, ich hab ihm davon erzählt. Er war der Ansicht, wir sollten dem Staatsanwalt nichts davon sagen. Es sei sein Job, es herauszufinden.«

»Sicher, man kann es so sehen.«

»Ich weiß, moralisch ist es nicht in Ordnung. Ich wollte eigentlich hingehen und meine Geschichte erzählen. Die Leute sollten die Dinge aus meiner Sicht hören. Aber er hat mich überredet, es nicht zu tun. Also habe ich es gelassen. Verloren haben wir trotzdem, und ich war geliefert.«

»Was haben Sie mit dem Vertrag gemacht?«

»Ich hab ihn zerrissen und im Klo runtergespült. Aber ich hätte wirklich kein Problem damit gehabt, meinen Eltern das

Geld zu geben. Ich hätte mehr als genug verdient. Allein die Werbeverträge hätten mir mehr eingebracht als der Footballvertrag.«

»Und dann ging alles den Bach runter.«

Mars schüttelte schwach den Kopf. »Schneller, als ich die vierzig Yard laufen konnte.«

»Erzählen Sie mir von Ihren Eltern.«

»Was wollen Sie wissen?«

»Zum Beispiel, wo sie herkamen. Sind sie in Texas geboren oder irgendwann zugezogen?«

Mars sah ihn verdutzt an. »Ich fürchte, da kann ich Ihnen nicht viel sagen. Über solche Dinge haben sie nie gesprochen.«

»Gab es Verwandte, die Sie besucht haben oder die manchmal zu Besuch gekommen sind?«

»Nein, überhaupt nicht.«

»Also keine Verwandten?«

»Nein. Wir sind nie irgendwohin gefahren, und besucht hat uns auch niemand.«

»Das ist ziemlich ungewöhnlich.«

»Mag sein, jetzt, wo Sie's sagen. Aber damals war es einfach so. Und meine Eltern haben sich immer um mich gekümmert. Sie haben mich verwöhnt, also war ich zufrieden. Mir hat es an nichts gefehlt.«

»Erzählen Sie mir von Ihrem Vater.«

»Er war groß und kräftig. Von ihm habe ich meine Statur. Er war stark wie ein Stier. Meine Mom war groß für eine Frau, ungefähr eins achtzig. Und laufen konnte sie, das würden Sie nicht glauben. Sie konnte sprinten und hatte Ausdauer. Bis zur Highschool hatte ich keine Chance gegen sie.«

»Dann haben Sie Ihre Schnelligkeit von ihr?«

»Wahrscheinlich, ja.«

»Vielleicht war sie auch Sportlerin, als sie jung war. Und Ihr Vater auch.«

»Ich weiß es nicht, sie haben nie darüber gesprochen.«

»In Ihrem Haus waren nirgends Fotos von Ihren Eltern. Gab es überhaupt keine?«

Mars lehnte sich ins Kissen zurück. »Sie haben sich nicht gern fotografieren lassen. Ich erinnere mich an ein Bild von ihnen auf einem Regal im Wohnzimmer. Es stammt aus meiner Highschool-Zeit. Mehr hat es nicht gegeben.«

Decker musterte ihn eindringlich.

»Ich weiß, das klingt ziemlich verrückt«, rechtfertigte sich Mars. »Aber damals war es einfach so, verstehen Sie? Ich hab mir nichts dabei gedacht.«

»Ich habe ein körniges, altes Foto von Ihren Eltern gesehen. Aber beschreiben Sie doch, wie Ihre Mutter für Sie ausgesehen hat.«

Ein Lächeln breitete sich auf Mars' Gesicht aus. »Sie war so schön. Das haben alle gefunden. Sie hätte Model werden können. Mein Dad hat manchmal gemeint, dass er über seine Verhältnisse geheiratet hat.«

Decker hielt sein Handy hoch. »Ich habe ein Foto von etwas gemacht, das ich im Wandschrank Ihrer Eltern gefunden habe. Sagt Ihnen das was?«

Mars betrachtete das Foto. »AC und RB? Ich habe keine Ahnung, was das bedeuten soll. Das steht im Wandschrank?«

»Ja.«

»Ich weiß wirklich nicht, was es bedeutet. Ich habe nie in ihren Schrank geschaut.«

»Okay. Ihr Vater hat in einer Pfandleihe gearbeitet, und Ihre Mutter hat Spanisch unterrichtet und Näharbeiten übernommen?«

»Ja.«

»Für wen hat sie genäht?«

»Für eine Firma in der Gegend. Die haben nicht viel gezahlt, aber sie konnte zu Hause arbeiten.«

»Und mit Spanisch? Hat sie an einer Schule unterrichtet?«

»Nein, keine Kinder. Sie hat Kurse für Erwachsene gehalten. Hauptsächlich Weiße. Bei den vielen Arbeitern, die über die Grenze herüberkommen, müssen die Leute, die sie einstellen, auch Spanisch können, damit sie ihnen sagen können, was sie zu tun haben. Meine Mom hat ihnen Unterricht gegeben.«

»Wo hat sie Spanisch gelernt? War es ihre Muttersprache?«

»Nein. Zumindest glaube ich es nicht. Sie war keine Latina, falls Sie das meinen. Sie war schwarz, viel dunkler als ich. Ich bin mir ziemlich sicher, dass sie eine gebürtige Amerikanerin war.«

»Warum sind Sie sich so sicher?«

»Wie sie gesprochen hat. Sie hatte keinen ausländischen Akzent.«

»Haben Sie Spanisch von ihr gelernt?«

»Ein bisschen, ja, aber wir haben sonst nur Englisch gesprochen. Meinem Vater war das sehr wichtig. Wir sind keine Latinos, sondern Amerikaner, hat er gesagt. Er mochte es nicht, wenn sie zu Hause Spanisch gesprochen hat.«

»Und sie hatte noch einen dritten Job?«

»Ja. Mit dem Nähen und den Spanischstunden hat sie nicht viel verdient. Sie hat für eine Putzfirma gearbeitet. Und gebügelt. Die Frau konnte echt bügeln wie ein Profi, das kann ich Ihnen sagen. Ich bin nie mit einer ungebügelten Jeans in die Schule gegangen.«

»Haben Sie sie nie nach ihrer Vergangenheit gefragt?«

»Einmal habe ich mich nach meinen Großeltern erkundigt. Wir hatten in der Schule mal einen Großelterntag. Die anderen haben ihre Großeltern regelmäßig gesehen. Also habe ich meinen Dad nach ihnen gefragt. Er hat nur gesagt, sie seien tot, mehr nicht.«

»Hat er gesagt, wie sie gestorben sind?«

Mars schlug mit seiner freien Hand auf das Seitengitter des Betts. »Scheiße, wieso soll das wichtig sein? Glauben Sie vielleicht, mein Dad hat seine Eltern umgebracht? Und ich hab meine umgebracht?«

»Nein, ich glaube nicht, dass Sie Ihre Eltern umgebracht haben. Aber ich habe keine Ahnung, ob Ihr Vater seine Eltern getötet hat. Vielleicht hat er's getan.«

Mars setzte zu einer Antwort an, doch dann schaute er Decker einen Moment lang an. »Was zum Teufel wollen Sie damit sagen?«

»Sie wissen nichts über Ihre Eltern, Melvin. Sie wissen nichts über Ihre Verwandten. Bei Ihnen zu Hause gab es ein einziges Bild von Ihren Eltern. Die beiden haben nie über sich gesprochen. Was glauben Sie, warum das so war?«

»Sie meinen, sie hatten was zu verbergen?«, sagte Mars nachdenklich.

»Dieser Frage sollte man nachgehen. Wenn es nämlich so war, dann hatte vielleicht jemand gute Gründe, sie zu töten.«

18

»Okay, was haben wir sonst noch über Roy und Lucinda Mars herausgefunden?«, fragte Bogart. Das ganze Team hatte sich um einen Konferenztisch in dem neuen Büro versammelt.

Milligan warf Decker einen kurzen Blick zu, ehe er antwortete. »Okay, ich muss zugeben, das ist ein bisschen seltsam. Es ist einfach nichts über sie zu finden. Es gibt Sozialversicherungsnummern, aber sonst praktisch nichts.«

»Nichts?«, fragte Bogart nach. »Glauben Sie, die zwei könnten die Nummern gestohlen haben?«

»Möglich wäre es. Führerscheine hatten sie auch, aber damit hat es sich schon.«

»Roy Mars hatte einen Job«, warf Jamison ein. »Und Lucinda ebenso. Sie müssen also Sozialversicherungsbeiträge und Steuern gezahlt haben.«

»Wir haben jedenfalls nichts darüber gefunden«, beteuerte Milligan. »Die Pfandleihe, in der er gearbeitet hat, gibt es schon lange nicht mehr, aber es kann sein, dass sie ihm sein Gehalt in bar ausgezahlt haben. Und bei seiner Frau genauso. Außerdem kommt es nicht so selten vor, dass jemand keine Steuern zahlt, weil er zu wenig verdient.«

»Eine Steuererklärung muss man trotzdem abgeben«, betonte Jamison. »Man macht sich strafbar, wenn man's nicht tut.«

»Viele ignorieren das«, erwiderte Milligan. »Mars' Eltern haben es wohl so gehalten. Sie waren jedenfalls nicht beim Finanzamt gemeldet. Und in Texas gibt es keine eigene Einkommenssteuer.«

»Was ist mit dem Haus?«, fragte Bogart. »Hatten sie eine Hypothek darauf?«

»Ich habe nichts dergleichen gefunden«, sagte Milligan. »Roy und Lucinda Mars sind im Grundbuch als Eigentümer des Hauses eingetragen.«

»Okay«, stöhnte Bogart. »Das ist nicht gerade viel, auf dem wir aufbauen können.«

Milligan schaute zu Decker. »Bei der Polizei konnte man mir nicht sagen, wer damals die Feuerwehr gerufen hat. Falls es je bekannt war, sind die Aufzeichnungen nicht mehr vorhanden. Ich habe mich auch nach den Möbeln aus dem Haus erkundigt, nach den fehlenden Bildern und allem. Wie es aussieht, wurden keine Fotos vom Tatort gemacht. Nur von den Toten.«

»Ziemlich schlampig«, stellte Bogart fest.

»Halten Sie ihn für unschuldig?«, fragte Milligan.

»Es deutet einiges darauf hin«, meinte Decker.

»Was?«, wollte Bogart wissen.

»Das Blut im Auto. Ich habe Mars zwei plausible Möglichkeiten angeboten, wie das Blut in seinen Wagen gekommen sein könnte. Nasenbluten oder eine Schnittwunde. Er hat beides ausgeschlossen und gesagt, sie habe nie in seinem Auto gesessen. Wäre er schuldig, würde er eine solche Erklärung sofort dankend annehmen. Nicht Melvin.«

Die anderen sahen einander an. Deckers Argument klang überzeugend.

»Das war also ein Test für Mars?«, fragte Davenport.

»Er hat ihn bestanden«, bestätigte Decker. »Jedenfalls in meinen Augen.«

Er hielt einen Stoß Papiere hoch. »Das ist der Rest des Autopsieberichts. Ich habe ihn gerade vom Büro des Gerichtsmediziners reinbekommen. Sie hatten ihn verlegt.«

»Woher haben Sie gewusst, dass er nicht vollständig war?«, fragte Bogart.

»Auf der ersten Seite steht, dass der Bericht sechsunddreißig Seiten umfasst. Es waren aber nur vierunddreißig. Also hab ich angerufen.«

»Und gibt es irgendwas Interessantes auf den restlichen zwei Seiten?«, wollte Jamison wissen.

»Eine Sache. Lucinda Mars hatte ein Glioblastom.«

Sie starrten ihn ungläubig an.

»Hirntumor?«, sagte Davenport.

»Laut Bericht im Endstadium.«

»Melvin hat davon nichts erwähnt«, sagte Jamison.

»Vielleicht hat er es nicht gewusst«, mutmaßte Decker.

»Aber was hat das mit dem Fall zu tun?«, warf Milligan ein.

»Das können wir im Moment nicht sagen«, sagte Decker. »Sie hatte jedenfalls nicht mehr lange zu leben, als sie ermordet wurde.« Er wandte sich an Davenport. »Lassen wir das fürs Erste beiseite, und konzentrieren wir uns auf den Sohn. Wie schätzen Sie ihn aus psychologischer Sicht ein?«

Davenport zog ihre Notizen hervor.

»Er ist überdurchschnittlich intelligent, mit einer Mischung aus Bildung und Straßenschläue. Er hat das College ohne Probleme absolviert und sich auf Betriebswirtschaft spezialisiert. Der Mann ist kein Dummkopf. Er spricht sehr überlegt, kann aber auch impulsiv werden, vor allem wenn es darum geht, seine Unschuld zu beteuern.«

»Nicht ungewöhnlich für einen Mann, der zwanzig Jahre im Knast gesessen hat«, meinte Bogart. »Er hat gelernt, wie man sich in dem System verhalten muss.«

»Mag sein«, räumte Davenport ein. »Was Sie meinen, ist mir auch schon untergekommen, aber Mars scheint mir trotzdem irgendwie anders zu sein. Ich kann es nicht genau einordnen. Er möchte unbedingt mehr über diesen Charles Montgomery erfahren. Vor allem interessiert ihn, wie viel Montgomery wirklich über die Morde weiß. Er fürchtet, dass die Behörden versuchen könnten, eine Verbindung zwischen ihm und Montgomery herzustellen. Dass sie ihm unterstellen, den Mann als Killer angeheuert zu haben. Er fühlt sich unschuldig, glaubt aber trotzdem nicht, dass er aus dem Gefängnis rauskommen wird. In der Hinsicht ist er geradezu paranoid.«

»Wenn man bedenkt, dass er im Gefängnis beinahe ermordet wurde, kann man wohl kaum von Paranoia sprechen«, entgegnete Decker, worauf ihm Davenport einen scharfen Blick zuwarf.

»Falls Mars den Mann für den Mord an seinen Eltern angeheuert hat, warum sagt Montgomery dann jetzt aus, nach zwanzig Jahren?«, fragte Jamison in die Runde. »Kurz bevor Mars hingerichtet werden soll?«

»Das Timing ist ein bisschen …«, begann Davenport.

»… Merkwürdig«, sprach Decker den Satz für sie zu Ende.

»Sie glauben also, Montgomery hat genau aus dem Grund jetzt das Geständnis abgelegt?«, warf Bogart ein.

Decker schüttelte den Kopf. »Er wartet im Gefängnis von Alabama auf seine eigene Hinrichtung. Konnte er überhaupt wissen, dass Mars ebenfalls hingerichtet werden sollte?«

Die anderen sahen ihn ratlos an.

»Diese Fragen müssen wir Montgomery selbst stellen«, entschied Decker.

»Glauben Sie, er wird Ihnen die Wahrheit sagen?«, erwiderte Davenport. »Die letzten Worte eines Todgeweihten?«

»Sicher nicht«, antwortete Decker.

Die Holman Correctional Facility war 1969 eröffnet worden und längst mit deutlich mehr Häftlingen belegt als ursprünglich vorgesehen. In der Haftanstalt im Süden von Alabama, wo die Temperaturen im Sommer auf vierzig Grad ansteigen konnten, gab es keine Klimaanlage. Man behalf sich mit Ventilatoren, die die heiße Luft hin und her wirbelten.

Das »Schlachthaus des Südens«, wie das Gefängnis aufgrund der dort herrschenden Gewalt genannt wurde, beherbergte einen eigenen Trakt für die zum Tode Verurteilten des Bundesstaates Alabama.

Decker und seine Kollegen waren mit einer Linienmaschine nach Alabama geflogen. Sie trugen ihre Dienstausweise gut sichtbar an den FBI-Windjacken. Bogarts Aktentasche schlug ihm gegen den Oberschenkel, während sie zum Eingang des Gefängnisses gingen.

Bogart, Decker und Milligan mussten ihre Waffen abgeben, worauf ein Wärter sie zu einem Besuchsraum geleitete.

»Erzählen Sie uns etwas über Montgomery«, forderte Decker den Wärter auf.

»Er ist ein Einzelgänger. Macht keinen Ärger. Er tut niemandem was, und die anderen lassen ihn in Ruhe. Trotzdem irgendwie seltsam.«

»Was meinen Sie?«, fragte Bogart nach.

»Na ja, in Alabama können sich die Verurteilten aussuchen, wie sie hingerichtet werden wollen. Montgomery ist, soweit ich weiß, der Einzige, der jemals den elektrischen Stuhl der Giftspritze vorgezogen hat. Warum will jemand lieber gegrillt werden, als sich durch eine Spritze einschläfern zu lassen?«

Bogart und Decker wechselten einen Blick und gingen weiter. Wenig später betraten sie den Besuchsraum und setzten sich dem mit Handschellen gefesselten Charles Montgomery gegenüber. Zwei stämmige Wärter beobachteten das Geschehen im Hintergrund.

Montgomery war weiß, etwa eins fünfundachtzig groß und gerade zweiundsiebzig Jahre alt geworden. Sein kahl rasierter Schädel wies links oben eine beträchtliche Delle auf. Seine Augen waren braun, die Zähne ebenmäßig, aber vom Nikotin verfärbt. Die kräftigen Unterarme waren stark tätowiert, und man sah ihm noch an, wie muskulös er früher gewesen sein musste.

Er hob leicht den Kopf und musterte die Besucher einen nach dem anderen. Dann senkte er den Blick zu seinen gefesselten Händen.

»Mr. Montgomery«, begann Bogart, »ich bin Special Agent Bogart vom FBI. Das sind meine Kolleginnen und Kollegen. Wir möchten mit Ihnen über Ihr Geständnis der Morde an Roy und Lucinda Mars in Texas sprechen.«

Montgomery schaute nicht zu ihm hoch.

Bogart warf Decker einen kurzen Blick zu, ehe er fortfuhr.

»Mr. Montgomery, wir würden gern von Ihnen hören, was genau in der Nacht vorgefallen ist, in der Sie angeblich das Ehepaar in Texas ermordet haben.«

»Nicht *angeblich*«, brummte Montgomery. »Außerdem habe ich denen schon alles erzählt.«

Sein Ton war nicht feindselig, sondern nüchtern und sachlich.

»Verstehe, aber wir müssen es trotzdem von Ihnen persönlich hören.«

»Warum?«, erwiderte Montgomery, den Blick immer noch gesenkt.

Decker beobachtete den Mann aufmerksam und achtete auf jedes kleinste Detail seiner Haltung und seines Auftretens.

»Haben Sie das von einer Schlägerei hier drin?«, fragte er. »Oder wurden Sie in Vietnam verwundet?«

Nun schaute Montgomery auf. Sein emotionsloser Blick ließ erahnen, wie gefährlich dieser Mann war.

»Was?«, fragte er leise.

Decker tippte sich an den Kopf. »Sie müssen eine riesige Wunde am Kopf gehabt haben. War es eine Schlägerei hier im Gefängnis? Oder eine Kriegsverletzung? Sie haben in Vietnam gedient.«

»Eine Mörsergranate ist ein paar Meter neben mir explodiert. Mein Kumpel war sofort tot. Ich hatte ein Loch im Kopf.«

»Laut Ihrer Akte waren Sie bei der Army«, warf Bogart ein.

»Achtzehnte Infanterie, Erstes Bataillon, Fort Riley«, erklärte Montgomery mechanisch.

»Wann sind Sie aus dem Krieg zurückgekehrt?«

»Siebenundsechzig, und einen Monat später hab ich meinen Abschied genommen.«

»Sie wollten keine Laufbahn bei der Army?«, fragte Decker.

Montgomery warf ihm einen säuerlichen Blick zu. »Na klar, hat ja auch solchen Spaß gemacht.«

Bogart zog einen Ordner aus seiner Tasche. »Sie waren also in Texas, als Roy und Lucinda Mars ermordet wurden?«

»Muss ich ja wohl, wenn ich sie umgebracht habe.«

»Schildern Sie uns, wie es sich zugetragen hat.«

Montgomery warf ihm einen ungeduldigen Blick zu. »Wozu? Steht doch alles in Ihrer Akte.«

»Nur zur Sicherheit, damit wirklich alles geklärt ist. Wie gesagt, außerdem würden wir es gern von Ihnen persönlich hören. Darum sind wir hier.«

»Und wenn ich keine Lust habe?«

»Wir können Sie nicht zwingen«, räumte Decker ein. »Aber wir fragen uns, warum Sie überhaupt dieses Geständnis abgelegt haben.«

»Sie wissen, was mich hier erwartet?«

»Ja.«

»Also, was soll's? Ich wollte es halt noch loswerden. Vielleicht hilft es mir beim Großen Boss im Jenseits.«

»Das verstehe ich. Aber damit Mr. Mars als Täter ausscheidet, muss Ihre Aussage überprüft und bestätigt werden. Das FBI kann das schneller erledigen als die Kollegen hier in Alabama. Also, wenn wir das Gleiche wollen, warum arbeiten Sie dann nicht einfach mit uns zusammen?«

»Fürs FBI sehen Sie mir aber zu fett aus.«

»Die haben für mich eine Ausnahme gemacht.«

»Warum das?«

»Weil ich immer der Wahrheit auf den Grund gehe. Wollen Sie mir dabei helfen?«

Montgomery stieß einen Seufzer aus. »Verdammt, was soll's. Okay.« Er rieb sich das Gesicht mit seinen gefesselten Händen und lehnte sich auf seinem Stuhl zurück.

»Schon mal von posttraumatischer Belastungsstörung gehört?«, fragte er.

Decker nickte. »Ja.«

»Also, sie haben mich zwar nie getestet oder so, aber ich hab sie. Haben Sie eine Ahnung, was dort los war? Chemische Waffen, Agent Orange und dazu die ganze Scheiße, die der Vietcong auf uns abgefeuert hat. Wir haben das alles eingeatmet, jeden Tag. Es hat mich fertiggemacht. Ein Wunder, dass ich nicht längst an Krebs gestorben bin. Irgendwann hat mich dann diese Mörsergranate erwischt.« Er deutete auf seinen Kopf, und seine Handschellen klirrten. »Sie mussten mir ein Stück von meinem Schädel rausschneiden. Verdammt, vielleicht auch einen Teil von meinem Gehirn, das haben sie mir nicht so genau verraten. Dann haben die Kopfschmerzen angefangen.«

»Ihnen wurde das Purple Heart verliehen«, stellte Bogart fest.

»Ja, ja, ein Riesending. Das ist aber auch schon alles, was ich gekriegt hab.«

»Dann haben die Kopfschmerzen angefangen?«, griff Decker den Faden wieder auf.

»Ja. Aber im Kriegsveteranenministerium hat das keinen interessiert. Ich hab keine Behandlung bekommen und trotzdem versucht, mein Leben in den Griff zu kriegen. Ich habe geheiratet und mir einen Job gesucht, aber es hat einfach nicht geklappt. Die Schmerzen haben nicht aufgehört. Und als mir die Ärzte keine Medikamente mehr verschreiben wollten, hab ich die Sache selbst in die Hand genommen.«

»Damit Sie sich Medikamente besorgen konnten?«, fragte Davenport. »Gegen die Schmerzen?«

»Ja. Ich habe zuerst nur kleine Sachen gemacht, um das Geld für Medikamente aufzutreiben. Dann hab ich angefangen, mir die Drogen von den Leuten zu holen, die genug davon hatten. Ich bin direkt zur Quelle gegangen.« Er lächelte düster. »Bei der Army habe ich gelernt, wie man effizient vorgeht.«

»Die Drogen, die Sie wahrscheinlich genommen haben, machen extrem abhängig«, stellte Davenport fest. »Sie wurden süchtig und konnten nicht mehr aufhören?«

»Ja. Ich war ein totaler Junkie. Hab alles getan, um mir das Zeug zu verschaffen.«

»Wie ging es weiter?«, fragte Decker.

»Es kam eins zum anderen. Ich war einfach nicht mehr ich selbst. Hab Dinge getan, die ich normalerweise nie getan hätte. Sie haben mich ein paarmal wegen kleiner Sachen hopsgenommen, aber ich habe nie lange gesessen. Meine erste Ehe ist in die Brüche gegangen, ich habe meinen Job verloren, mein Haus, alles. Dann bin ich kreuz und quer durchs Land gezogen und hab versucht, die Kopfschmerzen loszuwerden.«

»Wie sind Sie zu der Familie in Texas gekommen?«

Montgomery senkte erneut den Blick, drückte die Daumen aneinander und zog die Stirn in Falten.

»Wissen Sie, ich hab zuerst gar nicht gewusst, wie sie heißen.«

»Erzählen Sie uns doch, was in dieser Nacht genau vorgefallen ist«, drängte Decker.

»Ich bin am Abend davor in das Kaff gekommen, auf der Durchreise. Hab dort niemanden gekannt, und mich kannte auch keiner.«

»Sie sagen, am Abend davor. Haben Sie sich ein Zimmer genommen?«, wollte Bogart wissen.

Montgomery sah ihn mürrisch an. »Womit hätte ich das bezahlen sollen? Ich hatte keinen Cent in der Tasche. Ich hatte Hunger, konnte mir aber nicht mal was zu essen kaufen. Wie hätte ich mir da ein Zimmer leisten können? Nein, ich hab im Auto geschlafen.«

»Erzählen Sie weiter«, forderte ihn Decker auf.

»Am nächsten Tag kam ich bei dieser Pfandleihe vorbei. Zuerst hab ich mir nichts gedacht, aber dann ist mir eine Idee gekommen. Ich bin reingegangen, um ein paar Sachen zu versetzen. Ich hatte meine Orden dabei und eine alte Dienstpistole. Ich hab dringend Geld für Essen und Benzin gebraucht, um am nächsten Tag in das nächste Drecksloch weiterzufahren. Jedenfalls war da dieser Typ im Laden. Ein großer weißer Kerl.«

»Das war Roy Mars«, warf Jamison ein. »Er hat dort gearbeitet.«

Montgomery nickte. »Aber da hab ich noch nicht gewusst, wie er heißt. Ich hab ihm meine Sachen gezeigt. Er hat gemeint, sie hätten kein Interesse an so einem Plunder. In Texas gibt's jede

Menge ehemalige Soldaten, hat er gesagt und mir einen Schrank mit Pistolen und alten Orden gezeigt. Die Leute seien nie wiedergekommen, um die Sachen auszulösen.«

Wieder wechselten Bogart und Decker einen kurzen Blick.

»Egal, ich war jedenfalls ziemlich angefressen. Hab den Kerl gefragt, ob er auch mal bei der Army war, und er hat gemeint, das geht mich nichts an, und wenn ich auf Almosen aus wäre, wäre ich an der falschen Adresse, weil sie nämlich selber grad so über die Runden kämen. Dann kam ein anderer Kunde rein. Ich bin in eine Ecke gegangen und hab die zwei beobachtet. Da macht der Kerl die Kasse auf, und ich seh das ganze Geld. Der Kerl hat mich angelogen. Er hatte Geld, und nicht mal wenig. Das hat mich richtig angepisst.«

»Was haben Sie dann getan?«, hakte Bogart nach.

»Ich hab mich ins Auto gesetzt und gewartet. In der Army lernt man Geduld. Ich hatte es auf den Kerl abgesehen, und es war mir egal, wie lange es dauern würde. Er hat den Laden um neun abgeschlossen, ist in seinen Wagen gestiegen und losgefahren. Ich hinterher. Sein Haus war irgendwo am Arsch der Welt. Keine anderen Häuser weit und breit. Das konnte mir nur recht sein. Er ist ins Haus gegangen. Ich hab den Wagen abgestellt und bin ausgestiegen.«

»Was für ein Auto haben Sie gefahren?«, fragte Decker.

Montgomery zögerte keine Sekunde. »Einen alten Rostkübel, einen Siebenundsiebziger Pontiac Grand Prix, dunkelblau, so groß wie ein Haus. Auf der Motorhaube hätte ein Hubschrauber landen können.«

»Sie können sich erstaunlich gut daran erinnern.«

»Ich hab ein ganzes Jahr in dem Auto gewohnt.«

»Hat er Ihnen gehört?«, fragte Decker.

Montgomery hob den Blick zu ihm. »Ich habe ihn irgendwo

gestohlen und mir auf einem Abschlepphof in Tennessee Nummernschilder besorgt. Ich weiß nicht mehr genau, wo das war.«

»Sie haben also vor dem Haus gewartet?«, lenkte Decker ihn auf das Thema zurück.

»Genau. Ich habe das Haus observiert, so wie ich's in der Army gelernt hatte. Ich konnte durch zwei Fenster reinschauen, ohne gesehen zu werden. Sie waren zu zweit. Er und vermutlich seine Frau. Ich weiß noch, dass sie schwarz war. Das hat mich ein bisschen gewundert, weil er ja weiß war.«

»Okay«, sagte Decker. »Wie ging es weiter?«

»Ich habe bis ungefähr halb zwölf gewartet, oder kurz danach.«

»Sind Sie ganz sicher?«, fragte Decker.

Montgomery schaute ihn überrascht an. »Ja, warum?«

»Ich will nur sichergehen. Erzählen Sie weiter.«

»Ich bin durch die Hintertür rein. Sie war nicht abgeschlossen. Ich hatte die Pistole gezogen.«

»Was war das für eine Waffe?«, fragte Bogart.

»Meine alte Dienstwaffe, die ich versetzen wollte.«

Decker nickte. »Und dann?«

»Sie waren nicht unten. Ich hatte noch gesehen, wie es im Erdgeschoss dunkel wurde und oben die Lichter eingeschaltet wurden. Vermutlich wollten sie ins Bett gehen. Ich hab mich nach oben geschlichen, hab dann aber das falsche Zimmer erwischt. Es war leer, mit Sportausrüstung und Postern von Models an der Wand, also hab ich angenommen, dass es das Zimmer ihres Sohnes sein muss. Einen Moment lang hab ich befürchtet, dass er in seinem Bett liegt und schläft, aber es war leer.«

»Und da haben Sie die Waffe gesehen?«, fragte Decker. Jamison und Davenport warfen ihm einen angespannten Blick zu.

Montgomery leckte sich über die Lippen und nickte. »Ja. Die

Schrotflinte war in einem Gewehrständer. Ich hab mir gedacht, wenn ich es wirklich durchziehe, sollte ich nicht meine eigene Waffe benutzen. Dadurch hätten sie mich aufspüren können. Sie wissen schon, die Ballistik.«

»Nicht wenn man Ihre Pistole nicht gefunden hätte«, wandte Bogart ein.

»Ja, aber sie hätten mich festnehmen können, dann hätten sie meine Waffe gehabt«, erwiderte Montgomery.

»Erzählen Sie weiter«, forderte ihn Decker auf.

»Ich hab mir die Schrotflinte genommen und die Munition in einer Schublade gefunden. Hab das Ding geladen und bin rüber ins Schlafzimmer. Sie haben im Bett gelegen und geschlafen. Ich hab sie geweckt, sie hatten eine Heidenangst. Der Typ hat sich an mich erinnert. Ich hab ihm klargemacht, dass ich das Geld aus der Kasse in seinem Pfandhaus will. Wenn er es mir gibt, lasse ich sie am Leben. Er hat gesagt, das geht nicht, weil der Besitzer die Kasse jeden Abend mitnimmt und im Nachttresor der Bank deponiert. Mann, war ich sauer. Wissen Sie, ich war fest davon ausgegangen, dass er der Besitzer ist, dabei war er nur ein beschissener kleiner Angestellter. Aber vorher hat er mit mir gesprochen, als würde ihm der Laden gehören. Ich mag es nicht, wenn mich jemand verarscht. Ich wette, der Hurensohn hat nicht mal gedient. Und der behandelt mich wie den letzten Dreck?« Montgomery schüttelte entschieden den Kopf. »Was glaubt der, wer er ist? Aber nicht mit mir. Da hab ich ihn umgenietet. Seine Frau hat geschrien. Ich konnte sie nicht am Leben lassen, verstehen Sie? Also hab ich sie auch erschossen.«

Montgomery hielt abrupt inne und schaute zu Jamison und Davenport.

»Was ist?«, fragte Decker.

»Wissen Sie, es hat mir leidgetan, dass ich die Frau kaltgemacht habe, aber es ging nicht anders.« Er zuckte die Achseln. »Ich habe genug Leute um die Ecke gebracht, nicht nur im Krieg. Aber nie eine Frau. Es war ja seine Schuld, nicht ihre.«

»Was haben Sie danach getan?« Decker verbarg seine Abscheu darüber, dass Montgomery die Schuld an Lucinda Mars' Tod ihrem Mann zuschob.

Milligan war damit beschäftigt, das Gespräch auf seinem Tablet festzuhalten, doch auch er war sichtlich angewidert von der Kaltblütigkeit, mit der der Mann offenbar vorgegangen war.

»Ich hab die Panik gekriegt. Solange man mittendrin ist, treibt einen das Adrenalin an. Aber danach ist es wie nach einem Crack-Rausch. Man stürzt richtig ab. Mein erster Gedanke war abhauen. Aber dann hab ich die Leichen angeschaut und hatte eine Idee. Bevor ich ins Haus reinging, hatte ich einen Blick in die Garage geworfen. Da war ein Benzinkanister. Ich lauf also runter, hole das Benzin, übergieße sie damit und zünde sie an.«

»Aber warum?«, fragte Bogart.

»Ich hab mir gedacht …« Er zögerte. »Ich hab mir gedacht, vielleicht brennt das ganze Haus ab, dann würden alle denken, sie wären durch das Feuer gestorben.«

»Was haben Sie mit der Schrotflinte gemacht?«, fragte Decker.

»Die hab ich zurück auf den Ständer gestellt.«

»Dann sind Sie gegangen?«

»Ja. Ich bin in den Wagen gesprungen und hab mich aus dem Staub gemacht.«

»Haben Sie ein anderes Fahrzeug gesehen, während Sie weggefahren sind?«

Montgomery schüttelte den Kopf. »Ich war so durch den Wind, ich hätte an einem Armeekonvoi vorbeifahren können und hätte es nicht gemerkt.«

»Haben Sie Handschuhe getragen?«, fragte Decker.

»Handschuhe?«

»Als Sie die Schrotflinte nahmen?«

»Oh, ja, ich hatte Handschuhe an. Ich wollte keine Fingerabdrücke hinterlassen. Ich war in der Army, also waren meine Abdrücke registriert.« Er hielt inne und schaute Decker an. »Das ist … alles.«

»Nicht ganz. Wie haben Sie von Melvin Mars erfahren?«

»Oh, das«, sagte Montgomery beiläufig. »Das war erst voriges Jahr. Ein Typ hier im Gefängnis hat mir von Mars erzählt. Er hatte es von einem Kerl in Texas gehört.«

»Hat der Typ einen Namen?«, hakte Bogart nach.

»Donny Crockett«, antwortete Montgomery prompt.

»Und wo ist er jetzt?«

»In einem Sarg. Er war auch im Todestrakt. Sie haben ihn vor vier Monaten hingerichtet.«

Bogart und Decker warfen sich erneut einen Blick zu, während Davenport Montgomery unverwandt fixierte.

»Warum hat er Ihnen von Melvin Mars erzählt?«, wollte sie wissen.

»Haben Sie das nicht gewusst?«, fragte Montgomery mit einem kurzen Grinsen. »Ich hab früher auch mal Football gespielt, an der Ole Miss. Ich war Fullback, das heißt, ich hab die Gegner gerammt, damit der Halfback brillieren kann. Ich habe zwar nie gegen Mars gespielt, weil ich viel älter bin, aber später hab ich von ihm gehört. Ich hatte aber keine Ahnung, dass er mit den beiden Leuten in Texas verwandt war. Als mir mein Kumpel mehr erzählte, hat meine Frau für mich gegoogelt. So bin ich draufgekommen, dass es seine Eltern waren, die ich erschossen hatte.«

»Und warum haben Sie es jetzt plötzlich gestanden?«, fragte

Decker. »Weil Sie hoffen, dass Gott dann nachsichtiger mit Ihnen ist?«

Montgomery zuckte die Achseln. »Sterben werde ich sowieso. Ich hab mein Leben verpfuscht. Dieser Mars hat eine Menge verloren wegen mir. Vielleicht will ich es irgendwie wiedergutmachen. Wenigstens einmal was Gutes tun, bevor ich abtrete.« Er hielt inne und musterte Decker einen Moment lang. »Sie lassen ihn doch raus, oder? Er hat seine Eltern nicht umgebracht. Ich war's.«

»Das wird sich zeigen«, sagte Decker ausweichend. »Deshalb sind wir hier.«

»Ich habe den Cops alle Einzelheiten erzählt, über das Haus und alles. Dinge, die nicht an die Öffentlichkeit gelangt sind. Ich war's. Was soll ich Ihnen noch sagen?«

»Sie haben eine Menge gesagt«, bestätigte Decker.

»Aber Sie sind Melvin Mars nie begegnet?«, hakte Bogart nach.

Montgomery schüttelte den Kopf. »Nein, Sir, ich hab den Mann nie gesehen. Wäre er an dem Abend zu Hause gewesen, hätte ich ihn auch erschossen.«

Sie schwiegen einige Augenblicke. Decker musterte Montgomery eingehend, während Bogart durch seine Unterlagen blätterte. Jamison und Davenport beobachteten Decker.

»Sie haben also wieder geheiratet?«, begann Decker erneut.

Montgomery nickte. »Zwei Jahre später. Ich war schon in den Fünfzigern, aber Regina ist zwanzig Jahre jünger. Wir haben einen Jungen. Ich wollte noch mal neu anfangen, aber es hat nicht geklappt.« Er deutete wieder auf seinen Kopf. »Die Schmerzen sind wiedergekommen und haben nicht mehr aufgehört. Es hat mich verrückt gemacht. Ich hab Mist gebaut. Regina ist mit unserem Sohn auf und davon. Ich hab angefangen, Banken auszurauben und Drogen zu verticken. Hab ein paar Leute umgebracht, mit denen ich Geschäfte gemacht hab. Irgendwann habe ich einen State Trooper erschossen. Deswegen bin ich hier.«

»Wo lebt Ihre zweite Frau?«, fragte Decker.

Montgomerys Augenbraue sprang nach oben. »Warum?«

»Wir müssen mit ihr sprechen.«

»Warum?«, fragte er erneut.

»Wir müssen die Sache von allen Seiten betrachten und jedes Detail überprüfen.«

Montgomery überlegte einen langen Augenblick. »Sie lebt etwa zwanzig Minuten von hier. Das Gefängnis hat ihre Adresse. Sie ist umgezogen, als ich hierher verlegt wurde.«

»Sie sind wie lange verheiratet?«

»Fast achtzehn Jahre. Obwohl ich die letzten neun Jahre im Gefängnis war. Wie gesagt, sie hat mich verlassen, als bei mir alles aus dem Ruder gelaufen ist. Verdammt, Tommy war damals noch ein kleiner Junge. Aber als ich zum Tod verurteilt wurde, hat sie mich hier besucht. Sie hat sich nicht mal scheiden lassen. Wahrscheinlich tu ich ihr leid.«

»Wie viele Kinder haben Sie?«

»Nur Tommy. Er lebt bei seiner Mom, aber er kommt nie her. Ich kann's ihm nicht verdenken. Ich war nie für ihn da – warum soll er sich jetzt um mich kümmern? Er ist ein guter Footballspieler, hat sie mir erzählt.«

»Besucht Ihre Frau Sie oft?«, wollte Davenport wissen.

Montgomery wandte sich ihr zu. »Jede Woche, ohne Ausnahme.«

»Das ist nett«, bemerkte Davenport, worauf Montgomery sie argwöhnisch beäugte.

»Hat Sie sonst irgendjemand hier besucht?«, fragte Decker.

»Ich hab sonst niemanden.«

»Keine Anwälte oder so?«

»Sie haben's versucht. Aber ich wollte nicht, also haben sie's gelassen.«

»Für wann ist Ihre Hinrichtung angesetzt?«, fragte Decker.

»Gestern in drei Wochen.«

Wieder schaltete sich Davenport ein. »Warum haben Sie sich für den elektrischen Stuhl entschieden?«

Alle schauten sie an.

Montgomery grinste. »Ich schätze, dort, wo ich hingehe, wird es auch heiß sein. So kann ich mich schon mal dran gewöhnen. Außerdem trete ich lieber mit einem Knalleffekt ab.«

»Was hat Ihre Frau vor, wenn Sie nicht mehr da sind?«, fragte Decker.

»Sie wird irgendwo neu anfangen.«

»Verstehe«, sagte Decker. »Wir grüßen sie von Ihnen, wenn wir sie sehen.«

»Ich tu doch das Richtige, oder?« Montgomery wirkte plötzlich nervös.

»Das kann ich nicht beurteilen«, entgegnete Decker. »Eines noch. Haben Sie Geld oder sonst etwas aus dem Haus gestohlen, nachdem Sie die beiden Leute erschossen hatten?«

Montgomery schaute argwöhnisch auf. »Nein, haben die Cops das behauptet?«

»Haben Sie in der Stadt noch irgendein Verbrechen begangen, bevor Sie weitergefahren sind?«, fragte Decker.

»Nein. Ich habe Ihnen ja gesagt, dass ich mich gleich aus dem Staub gemacht habe.«

»Sie sind also nicht geblieben, um vielleicht einen Tagesjob anzunehmen?«

Montgomery starrte Decker an, als wäre er nicht ganz bei Trost.

»Nachdem ich zwei Leute ermordet habe?«

»Also nein?«

»Verdammt, nein.«

»Und wie weit sind Sie danach gefahren?«

»Das weiß ich nicht mehr.«

»Erinnern Sie sich an eine Stadt?«

Montgomery überlegte einen Augenblick. »Vielleicht Abilene. Ja, genau. Ich bin auf der Interstate 20 nach Osten gefahren, bis Abilene.«

»Das sind so an die hundertachtzig Meilen, oder? Da müssen Sie ungefähr drei Stunden unterwegs gewesen sein?«

»So in etwa, ja.«

»Okay, danke.«

Als sie aufstanden und sich zum Gehen wandten, rief ihnen Montgomery nach. »Können Sie Mr. Mars ausrichten, dass es mir leidtut?«

Decker drehte sich zu ihm um. »Ich glaube nicht, dass das eine gute Idee ist.«

19

Sie fuhren direkt zu Regina Montgomerys Haus, das tatsächlich nur etwa zwanzig Minuten vom Gefängnis entfernt lag.

Der Himmel sah nach Regen aus. Wenn es noch ein bisschen kälter wurde, konnte es sogar Schnee geben, obwohl es in diesem Teil von Alabama nur selten schneite.

Bogart lenkte den Wagen, Decker saß auf dem Beifahrersitz. Davenport machte sich auf der Rückbank Notizen auf ihrem Tablet. Milligan neben ihr tat das Gleiche auf seinem Gerät.

Jamison saß links von Milligan. »Der Kerl kann einem echt Angst machen«, stellte sie fest.

»Wenigstens kann er keinen Schaden mehr anrichten«, meinte Bogart.

»Glauben Sie, dass seine Kopfverletzung daran schuld ist, dass er all diese Verbrechen begangen hat?«, fragte Jamison.

»Ich weiß es nicht«, sagte Bogart. »Für das Gericht war die Frage jedenfalls nicht von Bedeutung.«

»Wahrscheinlich nicht«, sagte sie zweifelnd.

»Lisa, welchen Eindruck haben Sie von ihm?«, fragte Bogart mit einem Blick in den Rückspiegel.

Davenport sah von ihrem Tablet auf. »Mein erster Eindruck ist, dass er die Wahrheit sagt. Natürlich ist er ein verschlagener Mistkerl, aber seine Reue scheint mir echt zu sein. Und falls er wirklich an einer PTBS leidet und die Kopfverletzung wichtige Teile seines Gehirns beschädigt hat, könnte das zumindest einiges erklären.«

Sie sah, dass Decker auf dem Beifahrersitz aus dem Seitenfenster schaute, anscheinend ohne auf das Gespräch zu achten.

»Was halten Sie von ihm, Amos?«, fragte sie ihn.

Als er nicht reagierte, tippte sie ihm auf die Schulter. Er zuckte zusammen und drehte sich zu ihr um.

»Sorry«, sagte sie. »Ich hätte gern gewusst, was Sie von Montgomery halten.«

»Ich glaube, es ist wichtiger, was wir von Regina Montgomery halten«, entgegnete er.

»Wie das?«, fragte sie etwas verwirrt. »Ich weiß, Sie haben schon früher gesagt, dass wir herausfinden müssen, ob Montgomery Verwandte hat.«

»Und ich hoffe, dass wir auf diesem Weg ein paar Antworten bekommen.«

Regina Montgomery wohnte in einem alten Doppelhaus, das aussah, als würde es nur noch von ein paar rostigen Nägeln zusammengehalten und als hätten die Termiten bereits ganze Arbeit geleistet. Sie parkten vor dem Haus, neben einem cremefarbenen Buick mit zerschlissenem Kunstlederdach. In dem kleinen Vorgarten war kein einziger Grashalm zu sehen. Das ganze Gelände wirkte öde und verwahrlost. In der Ferne war das Pfeifen eines Güterzugs zu hören.

Es begann leicht zu regnen, während sie zur Haustür gingen. Die dreieckige Glasscheibe in der Tür wies etwa in Augenhöhe einen deutlichen Sprung auf.

Bogart klopfte an die Tür.

»Die andere Haushälfte scheint leer zu stehen«, bemerkte Davenport.

»Das gilt vermutlich für die meisten Häuser hier«, sagte Bogart.

Von der anderen Seite näherten sich Schritte, und die Tür wurde geöffnet.

Regina Montgomery war mittelgroß, dünn, und ihre Haare waren bereits mehr weiß als braun. Sie trug eine verblichene Jeans, flache Schuhe und einen Pulli mit Schmutzflecken an der Taille.

Sie stellten sich vor, und Regina ließ sie eintreten.

Das Wohnzimmer war klein und mit billigen, abgenutzten Möbeln eingerichtet. Regina führte sie in die Küche, räumte ein paar Schachteln und Papiere von den Stühlen und forderte sie auf, sich an den kleinen Tisch zu setzen. Es gab nur vier Stühle, sodass Milligan und Davenport stehen mussten.

Regina betrachtete sie nervös und wandte sich schließlich Bogart zu, der ihr an der Haustür seinen FBI-Ausweis gezeigt hatte.

»Was wollen Sie von mir?«, fragte sie rundheraus.

»Wir möchten Ihnen nur ein paar Fragen stellen. Wir haben mit Ihrem Mann gesprochen.«

»Nur damit das klar ist: Wir sind zwar nicht geschieden, das stimmt, aber wir haben nur kurz zusammengelebt. Er ist schon lange im Gefängnis.«

»Aber rechtlich ist er immer noch Ihr Mann?«

»Ja.«

»Wann haben Sie erfahren, dass er möglicherweise Roy und Lucinda Mars ermordet hat?«

Sie lehnte sich auf ihrem Stuhl zurück. »Als ich Chuck im Gefängnis besucht habe.«

»Erinnern Sie sich, wann das war?«

»Nicht genau, nein. Ich gehe jede Woche hin. Lassen Sie mich nachdenken.« Sie griff sich die Zigarettenpackung vom Tisch, zündete sich eine an, blies den Rauch durch die Nase aus und schwieg einen Moment. »Vielleicht vor zwei Monaten, aber sicher bin ich mir nicht.«

»Waren Sie überrascht?«, fragte Bogart.

»Was meinen Sie … dass er jemanden umgebracht hat? O nein. Ich hab gewusst, dass er gewalttätig sein kann. Er hatte schon vorher Leute umgebracht. Deswegen wird er ja auch hingerichtet. In Alabama hat er einen State Trooper erschossen. Das reicht für die Todesstrafe.«

»Er hat gesagt, Sie haben für ihn den Mars-Mordfall im Internet recherchiert«, hakte Bogart nach.

»Ja, ich bin rüber in die Bibliothek gegangen. Ich habe keinen Computer. Ich habe ein Foto und ein paar Informationen ausgedruckt und sie ihm ins Gefängnis gebracht. Er hat sie sofort erkannt.«

»Haben Sie vorgeschlagen, dass er es den Behörden sagen soll?«

Sie schüttelte den Kopf. »Das war Chucks Idee. Aber ich habe auch gefunden, dass es das Richtige ist. Als kleine Wiedergutmachung für das, was er getan hat.«

Decker sah sich in der Küche um und speicherte jedes Detail in seinem Gedächtnis. »Ihr Mann wird bald hingerichtet. Was haben Sie danach vor?«

Sie schnaubte. »Nicht viel. Ich wohne hier und kann kaum die Miete bezahlen. Ich arbeite im Gemischtwarenladen und habe einen zweiten Job im McDonald's hier in der Straße.«

»Wohnt Ihr Sohn bei Ihnen?«, fragte Decker.

Sie nickte. »Tommy ist ein guter Junge. Um ihn mache ich mir keine Sorgen.«

»Sein Vater hat gesagt, er ist ein guter Footballspieler.«

Sie nickte. »Ja, das stimmt.«

»Er besucht seinen Vater nicht im Gefängnis?«

»Nein«, entgegnete sie gereizt. »Warum sollte er?«

»Es war sehr freundlich von Ihnen, dass Sie Ihren Mann nach alldem weiter besucht haben«, stellte Jamison fest.

»Wir hatten auch gute Zeiten zusammen. Nicht oft, aber immerhin. Und er ist nun mal Tommys Vater. Die Hauptschuld gebe ich der Regierung. Chuck hat für sein Land gekämpft, sie haben ihm ein Stück von seinem Kopf weggeschossen, und was kriegt er dafür? Nichts. Das ist ein verdammtes Verbrechen, wenn Sie mich fragen.«

»Ich denke, da werden Ihnen viele recht geben«, bemerkte Davenport.

»Können Sie uns sonst noch etwas sagen?«, fragte Bogart.

»Mir fällt nichts mehr ein.« Sie schaute auf die Uhr. »Ich muss jetzt zur Arbeit. Meine Schicht fängt in zwanzig Minuten an.«

Sie geleitete sie zur Haustür und schloss sie mit Nachdruck.

Bogart schaute Decker an. »Okay, was nun?«

»Jetzt besuchen wir die Howling Cougars.«

Der Regen war stärker geworden, während sie sich der Highschool näherten, deren Adresse Decker mit dem Handy ermittelt hatte.

»Was tun wir dort?«, fragte Bogart.

»Sie haben die Howling Cougars erwähnt?«, fügte Davenport hinzu.

Decker nickte. »Die Fotos in Regina Montgomerys Haus. Ihr Sohn hat ein Footballtrikot der Howling Cougars getragen.«

»Okay, Sie wollen mit ihm sprechen, aber er hat seinen Vater nie besucht«, gab Jamison zu bedenken.

»Ich will ihn auch nicht nach seinem Vater fragen.«

Bogart hielt auf dem Besucherparkplatz, und sie gingen ins

Büro. Einige Minuten später führte sie der stellvertretende Direktor zur Sporthalle.

»Tommy hat heute keinen Unterricht mehr«, erklärte der Mann, während sie den Korridor entlanggingen. »Aber das Team trainiert noch in der Sporthalle.«

»Ist die Footballsaison nicht schon vorbei?«, fragte Bogart.

Der Mann lächelte. »Wir sind hier in Alabama. Die Footballsaison ist nie wirklich vorbei. Wir haben in dieser Saison die Meisterschaft gewonnen. Die Jungs wollen das im nächsten Jahr wiederholen. Deshalb legen sie gern ein Sondertraining ein.«

Er ließ sie in der Sporthalle allein, nachdem er kurz mit dem Coach gesprochen hatte, der eine Minute später mit Tommy Montgomery zu ihnen kam.

Tommy war ein gut aussehender Junge, größer als sein Vater, mit breiten Schultern, stämmigen Armen und noch stämmigeren Beinen.

Er musterte sie mit abweisendem Blick. »Der Coach hat gesagt, Sie sind wegen meines Vaters hier.«

»Das stimmt«, bestätigte Bogart.

»Ich habe über ihn nichts zu sagen, weil ich ihn nicht kenne. Er war nie da. Und jetzt ist er ja bald ganz aus meinem Leben verschwunden. Umso besser.«

Decker schaute zu den anderen Spielern hinüber, die Spielzüge einstudierten.

»Welche Position spielen Sie?«, fragte Decker.

Tommy wandte sich ihm zu. »Wieso? Verstehen Sie was von Football?«

»Ein wenig. Für die Offensive oder Defensive Line sind Sie nicht groß genug. Für einen Linebacker ebenso. Aber Ihre Arme und Beine sind relativ lang, Ihre Waden sind wie Felsblöcke und Ihre Finger schwielig. Sie haben oft den Ball und kommen über die Anspiellinie hinaus. Sie sind entweder ein Safety, ein Halfback oder ein Receiver.«

Tommy betrachtete ihn plötzlich in einem anderen Licht. »Sie haben auch Football gespielt. Ich bin Halfback.«

»Decker hat für die Ohio State gespielt«, erklärte Jamison stolz. »Und danach bei den Cleveland Browns.«

Tommys Kinnlade sackte nach unten. »Verdammt, wirklich?«

»Was ist Ihr bester Laufspielzug?«

»Wir nennen es den ›Firecracker‹. Wir täuschen einen Blast am A-Gap an, ich krieg den Ball auf der linken Seite, sprinte zum B-Gap, mach einen Stutter Step, der Tight End blockt den Linebacker, und ich bin auf und davon. Ist immer gut für zehn Yard, bis der Safety tackelt. Wir machen den Spielzug oft im Third and Long, wenn wir noch ein großes Stück zu schaffen haben. Der Gegner rechnet mit einem Passspielzug und spielt die Cover-2-Zonenverteidigung.«

»Ich habe kein Wort verstanden«, sagte Davenport verwirrt.

»Falls es Sie tröstet, ich auch nicht«, bemerkte Bogart.

Decker schaute zu den Spielern in der Formation hinüber. »Der Tight End spielt also auf dieser Seite, wenn es sein Job ist, den Linebacker zu blocken.«

»Ja«, bestätigte Tommy. »Als zusätzlicher Blocker.«

»Okay, aber den Tight End kann man in diesem Spielzug besser einsetzen.« Er wandte sich wieder Tommy zu. »Sagen Sie Ihrem Coach, er soll den Stutter Step weglassen, weil das Täuschungsmanöver den inneren Lineman sowieso bindet, also verschwenden Sie damit nur wertvolle Zeit. Außerdem haben Sie so ein höheres Tempo für das B-Gap. Der linke Tackle macht die Seite zu, und der Guard blockt den Linebacker. So kann Ihnen der Tight End den Weg frei machen. Wenn der Safety angreift, drängt ihn der Tight End mit der linken Schulter nach außen, und Sie ziehen nach innen. Der Gegner spielt, wie Sie sagen, eine Cover-2-Verteidigung, also wird sich der Cornerback nach außen orientieren und Sie kaum noch aufhalten können. Wenn Sie gut drauf sind, schaffen Sie viel mehr als zehn Yard. Vielleicht kommen Sie bis in die Endzone, wenn Sie schnell genug sind, um dem anderen Safety zu entwischen.«

Tommy sah ihn mit einem breiten Grinsen an. »Verdammt, Mann, danke.«

»Gern geschehen. Haben Sie schon Angebote für ein Stipendium?«

»Ich habe mein letztes Jahr hier vor mir und hab schon drei Angebote, zwei für die Division I und eins für die Division II.«

»Das ist toll. Hören Sie, wir haben mit Ihrer Mom gesprochen. Über Ihre Zukunft. Nachdem Ihr Vater …« Decker ließ den Satz in der Luft hängen und schaute Tommy abwartend an.

»Ja.«

»In einem Jahr werden Sie ja nicht mehr hier sein. Ich hoffe, Ihre Mom wird irgendwie zurechtkommen.«

»Oh, da mache ich mir keine Sorgen. Geld hat sie ja jetzt.«

Bogart wollte etwas sagen, doch Decker kam ihm zuvor. »Ja, stimmt, das Geld. Sie hat es noch erwähnt, aber dann musste sie zur Arbeit.«

»Ja, es ist genug, damit sie sich keine Sorgen mehr machen muss.«

»Das hat sie auch gesagt. Wissen Sie, woher es kommt?«

»Von einer Versicherung. Mein Vater, der Mistkerl, hatte eine Lebensversicherung. Das muss man sich mal vorstellen.«

»Und die wird ausgezahlt, obwohl er hingerichtet wird?«, fragte Bogart.

»Ja. Hat Mom jedenfalls gesagt.«

»Wissen Sie, wie viel es ist?«, hakte Decker nach.

»Nicht genau, nein. Aber sie hat gesagt, sie geht von hier weg, wenn ich die Highschool abgeschlossen habe, und zieht dorthin, wo ich aufs College gehe. Sie will sich ein Haus kaufen und braucht nicht mehr zu arbeiten.« Er hielt einen Moment lang inne. »Sie war immer für mich da, wissen Sie. Die meisten Jungs hätten ihre Mom wahrscheinlich nicht so gern in der Nähe, wenn sie aufs College gehen, aber … es war eine harte Zeit für sie und … Verstehen Sie, was ich meine?«, schloss er ein wenig verlegen.

»Ich verstehe Sie sehr gut«, versicherte Decker. »Viel Glück auf dem Platz.« Er klopfte sich an die Schläfe. »Und gehen Sie nicht mit dem Kopf voran. Das bringt nichts.«

Sie verabschiedeten sich und gingen zurück zum Auto.

»Woher haben Sie das gewusst, Decker?«, fragte Davenport.

»Was?«

»Dass Regina Montgomery zu Geld kommt.«

»Ich habe es nicht gewusst, bis er es mir erzählt hat. Aber ich habe so etwas vermutet.«

»Warum?«, wollte Bogart wissen.

»Weil Tote mit Geld nicht viel anfangen können.«

20

»Charles Montgomery hat heute vor einem Gericht in Alabama wiederholt, dass er Ihre Eltern ermordet hat.«

Decker tippte mit den Fingern auf die Armlehne seines Stuhls und musterte Melvin Mars, der eine Woche Reha in einem zum Krankenhaus gehörenden Zentrum hinter sich hatte.

Die Verletzungen hatten kaum Spuren hinterlassen. Die Schwellungen waren zurückgegangen, die Blutergüsse verschwunden. Er würde schon morgen aus der ärztlichen Betreuung entlassen werden.

Mars legte die Gewichte weg, mit denen er trainiert hatte, und wischte sich das Gesicht mit einem Handtuch ab.

»Was heißt das genau?«

»Er hat unter Eid ausgesagt, dass er es getan hat, und Einzelheiten des Mordes geschildert.«

»Und das Gericht hat seine Aussage akzeptiert?«

Decker nickte.

Er war heute allein gekommen, weil er unter vier Augen mit Mars sprechen wollte.

»Wie geht es jetzt weiter?«, fragte Mars.

»Die Aussage wird an das zuständige Gericht hier in Texas weitergeleitet. Dort wird sie begutachtet, und danach wird über Ihren Fall entschieden.«

»Was ist mit den Leuten, die damals die Anklage gegen mich vertreten haben?«

»Die sind längst in Rente. Aber wenn die zuständigen Staatsanwälte Montgomerys Aussage Glauben schenken, wird dem Gericht nichts anderes übrig bleiben, als Sie freizulassen. Und zwar sofort.«

Mars schlang sich das Handtuch um den Hals, und seine Muskeln wölbten sich unter dem engen T-Shirt, während er sich Decker gegenübersetzte.

»Was glauben Sie, wie lange das dauern wird?«

»Wahrscheinlich nicht sehr lange.«

»Wie war er so?«, fragte Mars leise.

»Wer, Montgomery?«

Mars nickte, den Blick zu Boden gerichtet.

»Wahrscheinlich wie viele andere, denen Sie im Gefängnis begegnet sind.«

»Also ein krankes Arschloch? Ein Typ, für den Gewalt ganz normal ist?«

»Er hat in Vietnam gekämpft. Angeblich hat er durch eine Kriegsverletzung chronische Kopfschmerzen. Niemand hat ihm geholfen, also wurde er kriminell, um sich die Medikamente leisten zu können. So hat er es jedenfalls dargestellt.«

»Aber warum hat er meine Eltern umgebracht?«

»Wollen Sie das wirklich hören? Es ändert doch auch nichts mehr.«

Mars sah zu ihm auf. »Ich will es wissen.«

»Zur falschen Zeit am falschen Ort. Montgomery wollte im Pfandhaus Ihres Vaters etwas versetzen. Ihr Vater wollte die Sachen angeblich nicht haben und hat ihn vielleicht nicht sehr nett behandelt. Montgomery war so sauer, dass er ihm nach Hause gefolgt und ins Haus eingedrungen ist. Er hat Geld verlangt, aber Ihr Vater hat gesagt, dass ihm der Laden nicht gehört und der Besitzer das Geld jeden Abend zur Bank bringt. Also …

ist Montgomery ausgerastet und hat sie beide mit der Schrotflinte aus Ihrem Zimmer erschossen. Mit dem Benzin aus der Garage hat er dann Feuer gelegt.«

Mars wandte den Blick ab. »Und Sie glauben ihm?«

»Er hat Einzelheiten erwähnt, die nur der Täter kennen kann.«

Mars blickte auf. »Aber sind Sie persönlich überzeugt, dass er es getan hat?«

Decker schwieg.

»Sie glauben ihm also nicht, stimmt's?«

»Es ist nicht wichtig, was ich glaube. Was zählt, ist die Wahrheit.«

»Das beantwortet nicht meine Frage«, erwiderte Mars gereizt. »Warum machen Sie es einem immer so verdammt schwer, Decker?«

»Mein Job ist es, die Wahrheit herauszufinden, Melvin. Das habe ich Ihnen von Anfang an gesagt. Im Moment glaube ich überhaupt niemandem.«

»Einschließlich mir?«

»Bei Ihnen bin ich auf dem Weg dahin. Schneller als sonst. Liegt wohl daran, dass Sie so ungemein sympathisch sind«, fügte er hinzu.

Mars lachte auf. »Hätte nicht gedacht, dass Sie auch Humor haben.«

»Hab ich eigentlich auch nicht. Wahrscheinlich färbt der Umgang mit Ihnen auf mich ab.«

»Wo komme ich hin, bis die Sache entschieden ist?«

»In ein sicheres Haus des FBI in Austin.«

»In Austin war ich das letzte Mal wegen eines Footballspiels.«

»Hab ich mir gedacht.« Decker zögerte einen Moment. »Es gibt da eine Frage, die mich beschäftigt.«

»Okay, schießen Sie los.«

»Ich habe den Autopsiebericht Ihrer Mutter gelesen.«

Mars versteifte sich und sah Decker argwöhnisch an. »Und? Ist Ihnen etwas aufgefallen?«

»Der Gerichtsmediziner hat festgestellt, dass Ihre Mutter einen extrem bösartigen Gehirntumor hatte.«

Mars kippte beinahe vom Stuhl. Er stützte sich mit der Hand auf dem Boden ab, um nicht das Gleichgewicht zu verlieren, und richtete sich wieder auf.

»Ich sehe an Ihrer Reaktion, dass Sie es nicht gewusst haben.«

»Das ist doch alles Bullshit!«, rief Mars aus.

»So steht es jedenfalls im Bericht. Es waren außerdem Aufnahmen des Tumors dabei. Ich zeige sie Ihnen lieber nicht, weil die Schrotflinte großen Schaden angerichtet hat. Ein Glioblastom Grad vier, so gut wie immer tödlich. Ted Kennedy ist daran gestorben.«

Mars schüttelte ungläubig den Kopf. »Sie hat nie etwas gesagt. Keine Silbe.«

»Hat man von der Krankheit überhaupt nichts gemerkt?«

Mars drückte sich das Handtuch ans Gesicht und begann zu schluchzen.

Decker, der damit nicht gerechnet hatte, lehnte sich zurück und wartete.

Als sich Mars wieder fing, rieb er sich das Gesicht trocken und richtete sich langsam auf.

»Sie hat stark abgenommen, hatte keinen großen Appetit. Und sie hatte oft Kopfschmerzen. Migräne, hat sie gesagt.«

»Ist sie nie ins Krankenhaus gegangen, um sich behandeln zu lassen?«

»Ich kann es einfach nicht fassen. Sie hatte einen Gehirntumor, hatte vielleicht nur noch kurze Zeit zu leben und hat mir kein Wort davon gesagt.«

»Ich weiß, das ist ein Schock, Melvin. Aber wenn sie in Behandlung gewesen wäre, hätten Sie es doch mitbekommen, oder?«

»Ich weiß es nicht. Ich war nicht viel zu Hause. Aber ihr sind nicht die Haare ausgefallen oder so was. Das wäre mir aufgefallen.«

»Hat sie bis zuletzt gearbeitet?«

Mars sah auf. »Nein. Dad hat gesagt, sie soll sich eine Auszeit nehmen. Ich hab mir gedacht, sie gönnt sich die Pause, weil ich sie sowieso bald unterstützt hätte. Ich habe nie …« Seine Stimme verebbte.

»Kann es sein, dass sie zu einem Arzt in der Stadt gegangen sind?«

»Wahrscheinlich. Sie hatten da ihren Zahnarzt. Und Mom ist manchmal zu einem Chiropraktiker gegangen. Durch die viele Arbeit hatte sie Probleme mit den Gelenken.«

»Wissen Sie, bei welchem Arzt sie war?«

»Nein.« Er zögerte einen Moment. »Wissen Sie, Decker, damals war ich nur mit mir beschäftigt. Ich hatte mit meinen Eltern nicht so viel zu tun. Es hat sich alles um Football gedreht. Aber … ich hatte sie schon gern. Ich wollte mich um sie kümmern. Aber … Scheiße.«

Er senkte den Blick, von Schuldgefühlen gepeinigt.

»Sie hatten damals viel um die Ohren für einen so jungen Menschen, Melvin. Sie sollten mit sich nicht allzu hart ins Gericht gehen.«

»Dieser Gehirntumor. Glauben Sie, dass er etwas mit ihrem Tod zu tun haben könnte?«

»Ich kann mir nicht vorstellen, wie. Aber im Moment verstehe ich vieles nicht.«

Mars richtete sich auf und wischte sich das Gesicht mit dem

Handtuch ab. »Was soll ich machen, wenn sie mich freilassen, Decker?« Seine Stimme klang hohl. Er sah Decker an wie ein kleiner Junge, der sich in eine Welt verirrt hatte, von der er nicht einmal gewusst hatte, dass sie existierte.

Decker wusste nicht, wie er auf die Frage reagieren sollte, und schwieg.

»Ich war fast zweiundzwanzig, als ich die Welt verlassen habe«, fuhr Mars fort. »Jetzt bin ich fast zweiundvierzig. Damals war ich ein Junge, jetzt bin ich ein Mann. Aber damals hatte ich große Pläne. Heute habe ich … keine Ahnung, was ich anfangen soll.«

Er sah Deckers ratloses Gesicht und blickte zur Seite. »Vergessen Sie's. Es wird sich schon finden. Ich habe immer einen Weg gefunden.«

»Gehen Sie es langsam an, einen Schritt nach dem anderen, Melvin.«

»Ja, genau«, sagte Mars gedankenverloren.

Decker beugte sich vor. Es war Zeit, zu dem Thema zu kommen, das er eigentlich mit Mars besprechen wollte.

»Was ist, wenn Sie es nicht getan haben, aber Charles Montgomery genauso wenig?«

Mars richtete sich verdutzt auf. »Was?«

»Was wäre die dritte Möglichkeit, Melvin? Das ist eine Frage, die mich beschäftigt.«

»Eine dritte Möglichkeit?«

»Die Vergangenheit Ihrer Eltern liegt im Dunkeln. Damals hat sich niemand damit beschäftigt, weil man Sie als Mörder verurteilt hat. Aber ich sehe jede Menge offene Fragen. Vielleicht gibt es da etwas, das erklären würde, warum sie ermordet wurden.«

»Was zum Beispiel?«

»Ich weiß es nicht.«

»Aber warum glauben Sie Montgomery nicht? Er hat doch alle Einzelheiten aus unserem Haus gekannt.«

»Das könnte ihm der wahre Täter erzählt haben.«

»Aber warum sollte er ein Verbrechen gestehen, das er nicht begangen hat?«

»Weil er ohnehin ein toter Mann ist. Was machen da zwei Morde mehr schon aus? Sie können ihn nicht zweimal hinrichten. Könnte es nicht sein, dass der Täter ihm für sein Geständnis angeboten hat, seiner Frau und seinem Sohn ein sorgenfreies Leben zu ermöglichen?«

Mars sank auf seinem Stuhl zusammen. »Ein sorgenfreies Leben? Dazu wäre ein Batzen Geld nötig. Meine Eltern … Was sollte jemand, der so reich ist, mit meinen Eltern zu tun gehabt haben? Und warum sollte der Kerl ein Interesse daran haben, mich nach so langer Zeit aus dem Gefängnis zu holen?«

»Darauf habe ich auch keine Antwort. Ich habe nur die Fragen.«

Mars rieb sich mit der schweißnassen Hand übers Gesicht. »Das haut mich um, was Sie da sagen, Mann. Zuerst erzählen Sie mir, meine Mutter hatte Krebs, und jetzt das«, fügte er zornig hinzu.

»Ich dachte mir, Sie wollen vielleicht die Wahrheit erfahren. Die *echte* Wahrheit. Wenn ich zwanzig Jahre unschuldig im Knast gesessen hätte, würde ich wissen wollen, wem ich das verdanke. Und warum.«

Mars schaute ihn an und nickte schließlich. »Ja, geht mir auch so. Aber was kann ich dafür tun?«

»Sie helfen mir mit allem, an das Sie sich erinnern. Vielleicht fallen Ihnen noch ein paar Dinge ein, die Ihnen an Ihren Eltern merkwürdig vorgekommen sind. Briefe, Telefongespräche, die irgendwie eigenartig waren. Besucher. Irgendetwas, das uns Hinweise auf ihre Herkunft und ihre Vergangenheit geben könnte.«

»Da muss ich erst mal nachdenken.«

»Okay, ich laufe nicht weg. Und Sie auch nicht.«

21

Milligan stellte seine Kaffeetasse ab und schaute über den Tisch hinweg zu Decker.

Sie saßen beim Abendessen in einem Applebee's-Restaurant in Austin, wohin sie mit Mars nach seiner Entlassung aus dem Reha-Zentrum gefahren waren. Draußen regnete es in Strömen. Sie hatten den ganzen Tag über versucht, mehr über Charles Montgomery herauszufinden.

»Es gibt tatsächlich eine Lebensversicherung«, berichtete Milligan. »Und sie wird ausgezahlt, wenn Montgomery stirbt.«

»Aber sie macht nur dreißigtausend Dollar aus«, warf Jamison ein, die neben Decker saß.

»Für sie ist das eine Menge Geld«, erwiderte Milligan.

»Trotzdem nicht genug, um sich ein Haus zu kaufen und nicht mehr arbeiten zu müssen«, stellte Davenport fest.

»Dann hat Tommy Montgomery wohl übertrieben«, meinte Milligan.

»Das glaube ich nicht.«

»Warum verraten Sie uns nicht einfach, wie Sie darauf kommen, dass Montgomery gelogen haben soll? Los, Decker, wir sind ein Team, oder? Wir müssen unsere Informationen austauschen«, drängte Milligan.

Decker legte die Gabel weg und wischte sich den Mund mit der Serviette ab.

»Es ist eine Frage des Geldes.«

»Wie bitte?«, schnaubte Milligan. »Sie sprechen von Montgomerys Frau?«

»Nein, von ihm selbst.« Decker hatte einen Salat bestellt, obwohl er Lust auf etwas anderes gehabt hätte. Als er laut daran gedacht hatte, Rippchen zu bestellen, hatte ihm Jamison einen Blick zugeworfen, mit dem sie ihm ein schlechtes Gewissen gemacht und ihn bewogen hatte, sich mit dem Salat zu begnügen. Inzwischen hatte er weitere sieben Kilo abgenommen, und seine Knieschmerzen hatten spürbar nachgelassen. Immerhin hatte er aus Trotz ein Amstel light bestellt.

Er trank sein Bier aus und sah Milligan mit einem Ausdruck an, als sähe er sich gezwungen, etwas zu tun, das er gern vermieden hätte.

»Montgomery hat gesagt, er sei damals völlig pleite gewesen und deshalb in die Pfandleihe gegangen. Er sei praktisch mit leerem Tank angekommen und nach dem Mord sofort aufgebrochen, ohne sich vorher etwas Geld zu besorgen. Danach sei er ohne Zwischenstopp bis Abilene gefahren, also etwa drei Stunden.«

»Okay, na und?«

»Er hat damals einen Siebenundsiebziger Grand Prix gefahren. Ich hab nachgesehen. Mit einem neuen Modell hat eine Galone für achtzehn Meilen auf dem Highway gereicht. Nach zwanzig Jahren glaube ich kaum, dass die Karre mehr als zwölf geschafft hat. Er hätte mindestens fünfzehn Galonen für die Strecke benötigt. Damals hat das Benzin etwas über einen Dollar die Galone gekostet. Wenn er also mit leerem Tank und ohne Geld angekommen und genauso wieder weggefahren ist – wie hat er es dann bis Abilene geschafft, ohne dass ihm das Benzin ausging? Zudem ist er auch noch zum Haus der Familie rausgefahren. Erklären Sie mir, wie das möglich sein soll.«

Davenport und Jamison wechselten einen kurzen Blick.

Bogart räusperte sich. »Das ist unmöglich. Was wiederum bedeutet, dass er entweder gelogen oder sich geirrt hat.«

»Dass er sich geirrt hat, glaube ich nicht«, erwiderte Decker. »Dafür kann er sich zu gut an alle Einzelheiten erinnern. Es ist nur ein kleines Detail, das diejenigen, die sich das alles ausgedacht haben, übersehen haben dürften.«

»Das erscheint mir aber ziemlich weit hergeholt«, bemerkte Milligan.

»Na ja, das ist wahrscheinlich der Unterschied zwischen Ihrem Denken und meinem.«

Milligan verzog das Gesicht und griff zu seiner Kaffeetasse. »Dann würde mich interessieren, wie Ihrer Meinung nach Lucindas Blut in Melvins Wagen gekommen ist. Sie hat das Auto nie benutzt. Und Montgomery kann ihr Blut ja wohl kaum in Melvins Wagen geschmuggelt haben.«

Bogarts Handy klingelte. Er ging dran, hörte einige Sekunden zu und beendete das Gespräch.

Er sah in die Runde. »Das Gericht in Texas hat Mars soeben freigesprochen. Er ist ab sofort ein freier Mann.«

»Das ist eine tolle Nachricht«, meinte Jamison.

»Falls er unschuldig ist«, brummte Milligan. »Nicht so toll, falls er's doch getan hat.«

»Ich frage mich, ob er nach Alabama fährt«, sagte Bogart.

»Alabama?«, fragte Davenport. »Warum sollte er?«

»Angehörige eines Opfers dürfen die Hinrichtung des Mörders mitverfolgen. Und Montgomery wurde zwar nicht deswegen verurteilt, aber er hat die Morde gestanden, und Mars bekommt ja wohl keine zweite Chance, seiner Hinrichtung beizuwohnen.«

»Fragen wir ihn einfach«, schlug Decker vor.

Mars saß in einem Zimmer des angemieteten Hauses, das von drei FBI-Agenten aus Austin bewacht wurde. Seine Anwältin Mary Oliver musste soeben eingetroffen sein, denn sie umarmte Mars gerade, als Decker, Bogart und der Rest des Teams eintraten.

»Ich hab gewusst, dass es so ausgehen kann«, meinte Mars. »Aber es ist trotzdem schwer zu glauben.«

»Der Eintrag im Strafregister wird gelöscht«, erläuterte die Anwältin, »und ich bin sehr zuversichtlich, dass wir die maximale Entschädigung herausholen werden.«

Nachdem sie ihn alle beglückwünscht hatten, berichtete ihm Bogart von Montgomerys bevorstehender Hinrichtung. »Ich habe beim Gericht angerufen. Sie dürfen bei der Hinrichtung dabei sein, wenn Sie es wünschen.«

Mars schaute zu Decker. »Was meinen Sie? Soll ich?«

Decker überlegte kurz. »Wenn es Ihnen hilft, damit abzuschließen, dann ja.«

»Aber Sie glauben nicht, dass er es wirklich getan hat.«

»Ich kann mich irren.« Decker zögerte einen Moment. »Außerdem gibt es noch einen anderen Grund, nach Alabama zu fliegen.«

»Welchen?«

»Mrs. Montgomery.«

Am nächsten Tag stand Mars in einem billigen Anzug vor dem Richter, der sich für das, was Mars widerfahren war, entschuldigte und ihn von allen Anklagepunkten freisprach.

»Ich kann nur hoffen, Mr. Mars, dass Ihnen die Zukunft viel Positives bringen möge«, schloss der Richter, ehe er mit seinem Hammer aufs Pult schlug und die Sitzung für beendet erklärte.

Vor dem Gerichtssaal wartete eine stattliche Anzahl von Medienleuten, die über die aufsehenerregende Geschichte berichten würden. Bogart, Decker und Milligan waren ebenfalls zugegen, und Decker nutzte seine Körperfülle, um dem Freigesprochenen einen Weg zwischen den mit Mikrofonen wedelnden Journalisten zu bahnen.

»Die Medien im ganzen Land werden heute über Sie berichten«, stellte Decker fest, während sie mit einem SUV wegfuhren.

»Es wundert mich, dass es überhaupt noch jemanden interessiert«, meinte Mars.

»Doch, aber nur einen Tag.«

Bogart überreichte ihm etwas. Mars betrachtete es verwundert.

»Ein Handy?«

»Genau genommen, ein Smartphone«, erklärte Jamison. »Damit können Sie ins Internet, E-Mails schreiben und so weiter. Twitter, Instagram, Snapchat, was Sie wollen. Außerdem können Sie damit fotografieren, fernsehen und Filme ansehen. Oh, und telefonieren können Sie natürlich auch.« Mit einem Lächeln fügte sie hinzu: »Nur von Sexting würde ich abraten, das bringt nur Ärger, also lassen Sie's lieber.«

Mars rieb über das Handydisplay. »Da habe ich wohl viel nachzuholen.«

»Das ist immer noch besser als die Alternative«, stellte Decker fest.

Da Mars ab sofort ein freier Mann war, konnte er endlich ohne Bewachung und ohne Handschellen reisen. Er saß in einem Flugzeug der United Airlines neben Decker. Bogart saß auf der anderen Seite des Mittelgangs. Milligan war in Texas geblieben, um den dortigen Spuren nachzugehen.

Mars schaute aus dem Fenster. »Ist lange her, seit ich zum

letzten Mal geflogen bin. Sieht aber alles noch genauso aus wie früher.«

Decker klappte seine Rückenlehne die wenigen erlaubten Millimeter zurück. »Einen Unterschied gibt es. Die Sitze sind kleiner geworden. Oder ich bin breiter geworden.«

Mars wandte den Blick nicht vom Fenster ab. »Ich hätte nicht gedacht, dass ich noch mal aus Texas rauskomme.«

»Wahrscheinlich gibt es viele Dinge, die Sie für sich bereits abgehakt hatten.«

»Ich war noch nie bei einer Hinrichtung dabei.«

»Nur damit Sie's wissen, Montgomery hat sich für den elektrischen Stuhl und gegen die Giftspritze entschieden.«

Mars schaute ihn ungläubig an. »Warum das denn?«

»Das kann ich Ihnen auch nicht sagen. In Alabama hat der Verurteilte die Wahl, und er hat sich so entschieden.«

»Wird seine Frau auch da sein?«

»Das Recht hätte sie jedenfalls. Ich weiß nicht, ob sie kommen wird. Ihren Sohn wird sie jedenfalls nicht mitnehmen.«

»Und wenn er meine Eltern nicht umgebracht hat?«

»Dann hat er immer noch ein paar andere Morde begangen. Die Strafe ist nach geltendem Recht auf jeden Fall gerechtfertigt.«

Mars nickte. »Was glauben Sie, wie viele schon unschuldig verurteilt worden sind?«

»Einer wäre schon zu viel. Und ich bin mir ziemlich sicher, dass es mehr als einer war.«

»Ich war nur noch ein paar Minuten davon entfernt – dann wäre ich einer von ihnen gewesen.«

»Ich habe Ihnen ja gesagt, dass Sie ein Glückspilz sind … nachdem Sie zuvor verdammtes Pech gehabt haben.«

»Na ja, dann hoffe ich mal, dass mir das Glück treu bleibt.«

Mars blickte nach vorn, wo die Flugbegleiterin den Getränkewagen wie eine Barriere vor dem Cockpit platzierte, nachdem einer der Piloten herausgekommen war, um auf die Toilette zu gehen.

»Seit wann machen sie das?«, fragte Mars.

»Seit 9/11«, erklärte Decker.

»Ah, ja.«

Mars wandte sich Decker zu. »Sie haben gesagt, wir fliegen auch wegen Mrs. Montgomery nach Alabama.«

»Genau.«

»Warum?«

»Sie war die Einzige, die ihren Mann in den letzten Jahren besucht hat.«

»Na gut, aber warum ist das so wichtig?«, wollte Mars wissen.

»Falls hinter der Sache ein raffinierter Plan steckt, kann man so etwas nicht übers Telefon umsetzen, sondern nur von Angesicht zu Angesicht. Ihr Gesicht war das einzige, das er von draußen zu sehen bekommen hat. Sie ist ins Gefängnis gegangen und hat ihrem Mann gesagt, was er zu tun hat. Bis ins kleinste Detail, damit er die Geschichte glaubwürdig wiedergeben kann.«

»Das heißt, sie hatte Kontakt mit dem wahren Mörder meiner Eltern? Die Initiative ist also von ihr ausgegangen, nicht von ihrem Mann?«

»Das nehme ich an, ja.«

»Aber sie wird uns nicht sagen, wer sie kontaktiert hat.«

»Nein, das wird sie nicht«, stimmte Decker zu.

»Was sollen wir dann tun?«

»Wir finden so viel wie möglich heraus und konfrontieren sie damit.«

»In der Hoffnung, dass sie es zugibt?«

»Ja. Ist Ihnen schon etwas zu den Dingen eingefallen, nach denen ich Sie gefragt habe?«

Mars schaute wieder aus dem Fenster, während das Flugzeug über Alabama in den Sinkflug ging. »Ich habe viel nachgedacht. Um genau zu sein, habe ich an nichts anderes gedacht.«

»Und?«

Mars deutete hinter sein rechtes Ohr. »Mein Dad hatte hier eine Narbe. Ich habe sie gesehen, als ich klein war und auf ihm reiten durfte. Ich habe sie berührt und ihn gefragt, woher er sie hat. Er ist richtig ausgerastet. Ich hatte schon Angst, dass er mir den Hintern versohlt. Zum Glück ist meine Mom dazugekommen und hat ihn beruhigt. Danach war er irgendwie anders zu mir. Und er hat seine Haare länger getragen.«

»Um die Narbe zu bedecken?«

»Ja. Zumindest kommt es mir so vor.«

»Haben Sie Ihre Mutter danach gefragt?«

»Nein, ich hatte zu viel Schiss. Ich hatte meinen Dad noch nie so gesehen. Er konnte einem schon Angst machen.«

Decker starrte auf den Sitz vor ihm. »Hat es ausgesehen wie eine Wunde? Wie von einer Pistole oder einem Messer?«

»Von einer Pistole sicher nicht. Mehr wie ein langer Schnitt.«

»Also von einem Messer?«

»Ja, könnte sein. Hören Sie, ich weiß, das ist nicht gerade viel.«

»Es ist immerhin mehr, als wir vorher hatten, Melvin. Wir müssen nur noch herausfinden, was es zu bedeuten hat.«

22

Dienstag, 17.30 Uhr.

Charles Montgomery hatte noch eine halbe Stunde zu leben.

Seine letzte Mahlzeit hatte er aus dem Automaten bekommen.

Ein Barbecue-Sandwich und eine Dose Coke.

Sein Magen würde das Essen nicht mehr verdauen müssen.

Bogart, Decker und Mars saßen in der ersten Reihe in einem der Beobachtungsräume. Jamison hatte darauf verzichtet, sie zu begleiten. Davenport saß direkt hinter Decker. Außer ihnen waren noch drei Personen anwesend: zwei Journalisten und ein Mann vom Gericht des Bundesstaats Alabama. Von den Angehörigen der Opfer war nur Mars gekommen.

Die Journalisten hatten ihn erkannt und versucht, ihn zu interviewen, doch Bogart hatte seine Dienstmarke gezückt und ihren Bemühungen ein Ende bereitet.

Die Vorhänge waren zugezogen, sodass der Blick in den Hinrichtungsraum im Moment versperrt war. In einem Nebenzimmer durften die Angehörigen des Verurteilten Platz nehmen. Die Vorhänge zu diesem Raum waren ebenfalls zugezogen, sodass sie nicht wussten, ob Regina Montgomery anwesend war.

Mars wirkte nervös und hatte Schweißperlen im Gesicht, obwohl es eher kühl war.

Decker bemerkte es und legte ihm seine große Hand auf die Schulter. »Wollen Sie vielleicht doch lieber rausgehen?«

Mars beugte sich vor und atmete einige Male durch. »Mir ist nur gerade bewusst geworden, wie nah dran ich selber war.«

Decker zog seine Hand zurück. »Aber es sind nicht Sie, den es trifft, Melvin. Es ist der andere. Wir können aber rausgehen, wenn Sie wollen.«

Mars richtete sich auf. »Nein, es geht schon wieder.«

»Sicher?«

»Ja.«

Bogart beugte sich zu ihnen. »Sie kommen.«

Ein Dutzend Vollzugsbeamte führten Montgomery aus der Zelle, in die er vergangenen Dienstag verlegt worden war. Ein Geistlicher mit der Bibel in der Hand sprach ein Gebet, während er die Gruppe zum Hinrichtungsraum führte. Aus den Lautsprechern tönte ein Kirchenlied.

Die Bahre war aus dem Raum entfernt worden; stattdessen hatte man den elektrischen Stuhl aus dem Lager geholt. Die Maschine, die wegen ihres gelben Anstrichs »Yellow Mama« genannt wurde, war in den 1920er-Jahren von einem britischen Häftling gebaut worden. Sie sah wuchtig und imposant aus.

Mit gebeugtem Kopf entfernte sich der Geistliche von der Gruppe und trat in den Beobachtungsraum zu Decker und den anderen. Er setzte sich ans Ende der Reihe und begann in seiner Bibel zu lesen.

Die Vollzugsbeamten führten Montgomery herein. Die Vorhänge wurden zurückgezogen, sodass er in die Besucherräume sehen konnte.

Decker und die anderen sahen nun, dass Regina Montgomery tatsächlich anwesend war. Ihr Sohn war, wie erwartet, nicht mitgekommen.

Montgomerys Blick schweifte für einige Momente zu seiner

Frau, doch es wurden keine Worte oder Gesten gewechselt. Schließlich blickte Regina zur Seite.

Der Gefängnisdirektor las laut und deutlich den Hinrichtungsbefehl vor, und Montgomery wurde gefragt, ob er letzte Worte sprechen wolle.

Erneut schaute er zu seiner Frau. Er öffnete den Mund, wie um etwas zu sagen, schüttelte dann aber den Kopf und wandte sich von ihr ab. Dann schweifte sein Blick zu Melvin Mars. Die beiden Männer schauten einander einen quälend langen Moment an.

Wieder wandte sich Montgomery ab, ohne etwas zu sagen. Sein Gesicht zeigte keine Reue. Auf Decker wirkte er eher angewidert.

Der Gefängnisdirektor ging in einen angrenzenden Raum, in dem sich ein Mann telefonisch vergewisserte, dass der Gouverneur nicht im letzten Moment einen Aufschub der Hinrichtung angeordnet hatte.

Dies war nicht der Fall, und der Direktor gab das Signal zum Vollzug.

Zehn Beamte verließen den Raum, die beiden verbliebenen nahmen Montgomery die Handschellen und Fußketten ab, setzten ihn auf den Stuhl und fixierten Arme, Beine und Kopf an »Yellow Mama«.

Eine mit Elektroden versehene Schädelkappe aus Metall wurde ihm auf den Kopf gesetzt, darüber eine Ledermaske, die das Gesicht bedeckte. An den Armen und Beinen wurden ebenfalls Elektroden angelegt. Die Stromversorgung des Stuhls wurde eingeschaltet.

Der Direktor ging in den Generatorraum und legte mehrere Hebel um.

Mars umklammerte schwer atmend die Armlehnen seines Stuhls.

Decker legte ihm wieder die Hand auf die Schulter. »Fast vorbei«, murmelte er. Er schaute zu Regina Montgomery hinüber. Sie blickte zu Boden.

Decker wandte sich wieder Montgomery zu. Das Gesicht des Mannes war unter der Maske verborgen, doch sein ganzer Körper war angespannt. Er sah aus wie eine steinerne Figur auf einem Thron.

Ein Beamter griff nach einem Schild mit der Aufschrift »Bereit« und hielt es ans Glasfenster zum Generatorraum.

Die beiden Beamten verließen den Hinrichtungsraum, die Tür fiel ins Schloss.

Ein Beamter gab das Signal, indem er zweimal an die Tür klopfte. Der Direktor schickte den ersten von zwei 1850-Volt-Stromstößen zum Stuhl, mit einer Dauer von je vierunddreißig Sekunden.

Decker beobachtete, wie Montgomery gegen den Stuhl gedrückt wurde, als ihn der erste Stromschlag wie eine Panzerfaust traf. Sein Körper bäumte sich auf und riss an den Riemen. Eine Elektrode löste sich von seinem Bein. Von seinem Kopf stieg Rauch auf. Der Geruch von verbranntem Fleisch war selbst im Besucherraum wahrnehmbar.

Ein Schrei ertönte, und sie schauten in den Nebenraum, wo Regina Montgomery ohnmächtig zu Boden sank. Sofort eilten Gefängnisangestellte zu ihr.

Der zweite Stromstoß traf Montgomery, und er begann unkontrolliert zu zucken. Sie hörten ihn schreien, keuchen, wieder schreien, dann sackte er nach vorne, nur noch von den Riemen im Stuhl gehalten.

Der Geruch von verbranntem Fleisch wurde penetranter und schien selbst in ihre Poren einzudringen.

Eine kleine Flamme stieg von der Ledermaske auf, dann erlosch sie ebenso wie der Mann auf dem elektrischen Stuhl.

»O mein Gott«, stieß Davenport hervor, sprang auf und eilte hinaus. Die anderen hörten, wie sie sich draußen auf dem Gang übergab.

Im nächsten Augenblick wurde der Generator abgeschaltet, und es wurde still ringsum.

Die Vorhänge wurden zugezogen, und das Bild des toten Mannes, von dem immer noch Rauch aufstieg, verschwand. Sie hörten Schritte nebenan, dann das Zischen eines Feuerlöschers.

Es war vorbei.

23

»Das waren die längsten fünf Minuten meines Lebens«, sagte Davenport, immer noch grau im Gesicht.

Sie saßen an einem Tisch in der Lobby ihres Hotels unweit des Gefängnisses.

Decker warf ihr einen missbilligenden Blick zu. »Stellen Sie sich vor, wie es für Montgomery gewesen sein muss.«

Davenports Gesicht nahm ein kleines bisschen Farbe an. »Ich weiß. So habe ich es nicht gemeint. Es war einfach nur … schrecklich.«

Obwohl Jamison die Hinrichtung nicht miterlebt hatte, wirkte sie genauso bedrückt wie die anderen. »Haben sie überprüft, ob er auch wirklich tot ist?«

Bogart nickte schwach. »Das ist vom Gesetz her vorgeschrieben. Ein Arzt hat ihn untersucht und den Tod bestätigt. Montgomery wurde offiziell für tot erklärt. Ein anderer Arzt hat sich um Regina Montgomery gekümmert, danach hat sie ein State Trooper nach Hause gefahren.«

Decker wandte sich Mars zu, der kein Wort gesprochen hatte, seit sie das Gefängnis verlassen hatten. Er wirkte so abwesend, als wüsste er gar nicht, wo er war.

»Alles in Ordnung?«, fragte Decker.

Mars schüttelte den Kopf. »Der Typ hat gebrannt«, murmelte er.

»Darum setzen sie den Stuhl normalerweise gar nicht mehr

ein«, sagte Decker. »Da kann zu viel schiefgehen. Der Staat Alabama sollte den Verurteilten nicht mehr die Entscheidung überlassen.«

»Noch besser wäre es, die Todesstrafe ganz abzuschaffen«, sagte Davenport mit Nachdruck und wandte sich an Mars. »Sie wären um ein Haar ebenfalls hingerichtet worden, völlig unschuldig. Das ist Grund genug, damit Schluss zu machen. Man kann einen Justizirrtum dann nicht mehr korrigieren.«

Mars nickte kurz und blickte zur Seite.

»Also, das ist eine Entscheidung, die nicht wir zu treffen haben«, warf Bogart ein. »Damit sollten wir uns heute Abend auch nicht auseinandersetzen. Ich glaube, wir können alle ein bisschen Schlaf brauchen. Morgen arbeiten wir dann weiter.« Er schaute zu Decker. »Was wollten Sie noch machen, solange wir hier sind?«

»Ich möchte noch einmal mit Regina Montgomery sprechen. Wir müssen herausfinden, woher sie das Geld hat.«

»Das wird sie uns nicht freiwillig erzählen«, wandte Jamison ein. »Sie hat uns schon beim letzten Mal fast rausgeworfen.«

»Aber es könnte sein, dass sie sich verplappert oder sich damit verrät, dass sie bestimmte Fragen nicht beantwortet.«

Bogart erhob sich. »Na schön, wie gesagt, für heute ist es genug. Ich glaube nicht, dass ich noch für irgendwas zu gebrauchen bin. Eine Hinrichtung mitzuerleben macht einen echt fertig, zumindest geht es mir so.«

Bogart ging hinaus, und Davenport folgte ihm mit zittrigen Beinen.

Als Jamison ebenfalls gehen wollte, hielt Decker sie am Arm zurück.

»Einen Moment noch, Alex.«

»Was gibt's?«

Decker sah zuerst sie an, dann Mars. »Sind Sie beide in der Lage, noch wegzufahren? Jetzt gleich? Ich glaube nämlich, wir sollten nicht warten.«

Sie klopften lange, und erst als klar war, dass sie nicht gehen würden, öffnete Regina Montgomery die Tür. Sie stand abweisend auf der Schwelle, noch in der Kleidung, die sie bei der Hinrichtung getragen hatte.

»Was wollen Sie?«, blaffte sie.

»Wir haben noch ein paar Fragen an Sie«, sagte Decker.

»Mein Mann ist heute Abend hingerichtet worden. Können Sie mich nicht einfach in Ruhe lassen?«, erwiderte sie schrill.

»Ich kann verstehen, wie Sie sich fühlen, Mrs. Montgomery, aber wir wären nicht gekommen, wenn es nicht wirklich wichtig wäre. Können wir kurz reinkommen? Es dauert sicher nur ein paar Minuten.«

Sie sah Jamison an, dann fiel ihr Blick auf Mars, und sie verzog angewidert das Gesicht.

»Was … er auch?«

»Besonders er«, bestätigte Decker. »Er ist …«

»Ich weiß verdammt noch mal, wer er ist! Aber ich … ich habe nicht …«

»Es dauert wirklich nur ein paar Minuten«, versicherte Decker. »Und da es Mr. Mars betrifft, muss er auch dabei sein. Bitte, Mrs. Montgomery.«

Jamison trat vor und nahm die Frau an der Hand. »Gehen wir rein und setzen uns. Haben Sie schon gegessen? Vielleicht hilft eine Tasse Tee zur Beruhigung. Es muss schlimm für Sie gewesen sein. Es tut mir so leid.«

»Ich … das wäre … Ich kann jetzt nichts essen, aber ein heißer Tee. Ja.«

»Sagen Sie mir einfach, wo er ist, dann mache ich Ihnen eine Tasse.«

Jamison führte die Frau ins Haus, Decker und Mars folgten ihnen. Als Jamison sich umdrehte, warf Decker ihr einen anerkennenden Blick zu.

Nachdem Regina Montgomery Jamison gezeigt hatte, wo sich Tee und Geschirr in der Küche befanden, setzte sie sich an einen Couchtisch in dem kleinen, vollgeräumten Wohnzimmer. Mars und Decker nahmen ihr gegenüber Platz. In der Küche stellte Jamison den Wasserkessel auf die Herdplatte und schloss sich den anderen im Wohnzimmer an.

Während sie sich an den Tisch setzte, schweifte Jamisons Blick zu Montgomery und blieb mit einem überraschten Ausdruck an ihrem Handgelenk hängen.

Montgomery starrte Decker ungeduldig an. »Und?«, begann sie gereizt.

»Ist Ihr Sohn da?«, fragte Decker.

»Nein«, erwiderte sie schroff. »Er übernachtet bei einem Freund. Ich wollte ihn nicht belasten mit … alldem.«

»Das war eine gute Idee.«

Sie schaute kurz zu Mars, der neben Decker saß, und ihre Mundwinkel bogen sich nach unten.

Mars erwiderte ihren Blick. Er schien etwas sagen zu wollen, doch Decker kam ihm zuvor.

»Tommy hat uns von dem Geld aus der Versicherung erzählt.«

Sie erschrak sichtlich. »Was? Wann haben Sie … woher haben Sie gewusst, wo Sie ihn finden?«

»Howling Cougars.« Decker deutete auf das Foto auf dem Tisch gegenüber.

»Na und? Chuck hatte eine Lebensversicherung. Jetzt, wo er tot ist, habe ich Anspruch darauf. Das ist ganz normal.«

»Dreißigtausend Dollar?«

Erneut zuckte sie zusammen. »Wer hat Ihnen das erzählt?«

»Wir sind vom FBI, Mrs. Montgomery, wir können so etwas herausfinden.«

Der Teekessel pfiff. Jamison stand auf und ging in die Küche, um den Tee zuzubereiten. Sie goss heißes Wasser in die Tasse mit dem Teebeutel und sah sich nach etwas zum Knabbern um. Sie zog einen Vorhang zurück, der eine kleine Nische bedeckte. Was sie darin sah, ließ sie staunen. Sie schnappte sich eine Schachtel Cracker und Erdnussbutter von einem Regal und ging zurück zum Spülbecken.

»He, Decker«, rief sie. »Können Sie mir kurz helfen? Mrs. Montgomery ist bestimmt froh, wenn wir schnell fertig sind.«

Etwas missmutig erhob sich Decker und ging zu ihr in die Küche. Während Jamison Erdnussbutter auf ein paar Cracker strich, deutete sie mit dem Kopf auf die Nische. »Schauen Sie mal da rein«, flüsterte sie.

Decker drehte sich um und sah sofort, was sie meinte. Er wandte sich wieder Jamison zu, die vielsagend die Augenbrauen hob. »Ich habe noch was gesehen«, fügte sie hinzu.

Augenblicke später kamen sie ins Wohnzimmer zurück, Jamison mit dem Tee und Decker mit einem Teller Cracker. Sie stellten beides vor Montgomery ab, die Mars mit steinerner Miene anstarrte.

»Danke«, sagte sie, nahm einen Schluck Tee und knabberte an einem Cracker, den Blick zu Boden gerichtet.

Während Montgomery aß, sah Jamison sich aufmerksam um, bis ihr ein Kleiderständer bei der Tür auffiel. Diesmal war sie nicht mehr überrascht.

Montgomery stellte die Teetasse ab. »Warum interessiert Sie das Geld aus der Versicherung?«

»Tommy hat mir auch erzählt, dass Sie vorhaben, von hier wegzuziehen, dorthin, wo er aufs College gehen wird. Dass Sie sich ein Haus kaufen werden und nicht mehr arbeiten müssen.«

Montgomery schwieg eine ganze Weile. Schließlich machte sie eine wegwerfende Handbewegung. »Er ist noch ein Junge und weiß nicht, was er redet. Ich habe wirklich vor, umzuziehen, wenn er aufs College geht. Aber arbeiten werde ich weiter müssen. Und ein Haus kann ich mir bestimmt nicht leisten. Dreißigtausend Dollar reichen bei Weitem nicht, damit ich zu Hause sitzen und Däumchen drehen kann.«

»Also werden Sie sich wieder eine Arbeit suchen?«

»Haben Sie nicht zugehört? Ja, das werde ich. Sehe ich vielleicht aus, als wäre ich reich? Ich habe mir mein Leben lang den Arsch abgearbeitet. Ich werde schuften müssen, bis ich umfalle, außer Tommy schafft es in die NFL und kümmert sich um mich.«

»Darauf würde ich mich nicht verlassen«, warf Mars ein. »Die Chance ist eins zu einer Million.«

Sie musterte ihn einen Moment lang. »Sie haben auch Football gespielt, hab ich gehört.«

»Es ist ein harter Sport. Sagen Sie Tommy, er soll lieber Arzt oder Anwalt werden. Das ist bei Weitem gesünder.«

»Sie sind sicher sehr wütend auf meinen Mann, aber er hat es wenigstens gestanden. Nur deswegen sind Sie aus dem Gefängnis rausgekommen.«

»Wegen ihm bin ich überhaupt erst reingekommen«, konterte Mars. »Er hat meine Eltern ermordet. Sie müssen schon entschuldigen, dass ich nicht übermäßig dankbar bin.«

Sie schüttelte den Kopf und murmelte etwas wie: »Diese Leute …«

Decker spürte Mars' Zorn und legte ihm beschwichtigend die

Hand auf die Schulter. »Wann bekommen Sie das Geld von der Versicherung?«, fragte er.

»Was geht Sie das an?«

»Ich habe Ihnen gesagt, ich möchte Ihnen nur ein paar Fragen stellen, Mrs. Montgomery. Je schneller Sie sie beantworten, desto früher sind wir wieder weg. Umgekehrt dauert es umso länger.«

Sie griff nach ihrer Teetasse, nahm einen Schluck und knabberte an einem Cracker. »Ich muss einen Antrag stellen. Es wird ein paar Tage dauern, vielleicht eine Woche. Es wird ja nicht schwer nachzuweisen sein, dass er tot ist.«

»Stimmt.« Decker schaute zu Jamison und nickte.

Jamison deutete auf Montgomerys Handgelenk. »Das ist eine schöne Uhr. Cartier, stimmt's?«

Montgomery bedeckte sie augenblicklich mit der anderen Hand. »Nein, die war billig.«

»Da steht aber Cartier drauf«, beharrte Jamison.

Montgomery schaute auf ihre Hand hinunter. »Ich hab sie für zehn Dollar gekauft.«

»Wo?«

»Hab ich vergessen.«

»Der Handel mit Billigkopien ist illegal«, stellte Decker fest.

»Dann finden Sie denjenigen, der sie mir verkauft hat, und nehmen Sie ihn fest.«

Decker stand auf und ging in die Küche. Er zog den Vorhang zurück, hob die Schachteln auf, die in der Nische gestapelt waren, und kam damit ins Wohnzimmer zurück. Er stellte sie auf den Boden.

Montgomery sprang auf. »Was soll das? Das können Sie nicht machen! Die gehören mir.«

»Chanel. Neiman Marcus. Saks. Bergdorf Goodman. Jimmy Choo. Lauter hübsche Sachen. Sehr teuer.«

Jamison deutete auf eine Handtasche, die am Kleiderständer bei der Haustür hing. »Das da ist eine Hermès-Handtasche. Ich wäre froh, wenn ich mir so eine leisten könnte.«

Montgomery wurde blass. »Das sind alles billige Imitate. Die echten könnte ich mir nie leisten.«

»Ich habe gar nicht gewusst, dass diese Betrüger ihre Waren in Schachteln mit der Markenaufschrift liefern«, erwiderte Decker. »Normalerweise verkaufen sie sie einfach auf der Straße.«

Montgomery schwieg, nahm einen Schluck Tee und aß noch einen Cracker.

»Kann ich in die Kartons reinschauen?«, fragte Decker.

»Nein!«

»Warum nicht?«

»Haben Sie einen Durchsuchungsbeschluss?«

»Den brauche ich gar nicht.«

Sie starrte ihn mit großen Augen an. »Warum nicht?«

»Ich war einmal Polizist, aber ich habe den Dienst quittiert.«

»Sie haben gesagt, Sie sind vom FBI!«

»Als Zivilist, nicht als Beamter. Ich bin nicht vereidigt und habe keine Dienstmarke.«

Trotz ihrer Proteste öffnete Decker die Kartons und fotografierte den Inhalt mit seiner Handykamera. Dann beugte er sich über den Tisch, sodass sein Gesicht nur wenige Zentimeter von ihrem entfernt war. »Wir können leicht herausfinden, woher Sie diese Sachen haben. Und da die Lebensversicherung noch nicht ausbezahlt wurde, muss das Geld dafür aus einer anderen Quelle stammen. Warum sagen Sie uns nicht einfach die Wahrheit, Mrs. Montgomery? Wie sind Sie zu dem Geld gekommen?«

»Ich weiß nicht, wovon Sie reden!«

»Wollen Sie es wirklich auf diese Tour haben?«

»Verschwinden Sie aus meinem Haus.«

Mars schaltete sich in den Wortwechsel ein. »Jemand hat Ihnen Geld gegeben, damit Ihr Mann lügt und behauptet, er habe meine Eltern ermordet. Wer war es?«

Sie funkelte ihn wütend an. »Verdammt, wie kommen Sie dazu, so mit mir zu reden? Sie sind nichts als ein …«

»Ein *was?*«, fiel ihr Mars ins Wort. »Ein Schwarzer, der seinen Mund halten soll, wenn er anständigen weißen Leuten wie Ihnen gegenübersitzt?«

»Verschwinden Sie!«, schrie sie.

»Ich habe zwanzig Jahre meines Lebens verloren!«, schrie Mars zurück.

Montgomery wandte sich Decker zu. »Gehen Sie, sonst rufe ich die Polizei.«

»Die können Sie gern rufen«, erwiderte Decker. »Dann sagen wir den Kollegen alles, was wir wissen. Wir werden herausfinden, woher Sie das Geld für diese Sachen haben. Und dann kriegen Sie richtig Ärger. Dafür wandern Sie ins Gefängnis.«

Sie wirkte plötzlich wie erstarrt. »Ich habe nichts verbrochen.«

»Wie wär's mit Behinderung der Justiz? Oder Beihilfe zum Mord.«

»Das hab ich nicht getan!«

»Doch. Sie haben den Leuten geholfen, die die zwei Morde tatsächlich begangen haben. Sie wollen in die Stadt ziehen, in der Ihr Sohn aufs College geht? Das können Sie vergessen, wenn Sie uns nicht alles erzählen. Dann wird Ihnen der Staat eine Wohnung zur Verfügung stellen.« Er hielt einen Moment inne. »Für den Rest Ihres Lebens.«

Regina Montgomery schien erneut drauf und dran, in Ohnmacht zu fallen. Sie atmete einige Male durch. »Verlassen Sie mein Haus«, zischte sie.

»Wie Sie wollen«, sagte Decker. »Aber wir kommen morgen wieder. Mit der Polizei.« Er zog sein Handy hervor. »Bitte lächeln.« Er schoss ein Foto von ihrer Cartier-Uhr.

»Raus!«, schrie sie außer sich. Sie griff nach der Teetasse, um sie nach ihm zu werfen, doch Jamison hielt sie am Arm zurück, und die Tasse glitt ihr aus der Hand und zersprang klirrend auf dem Boden. Beim Hinausgehen fotografierte Decker noch die Hermès-Tasche.

Draußen blieb Jamison stehen und wandte sich Decker zu.

»Sie steckt bis über beide Ohren drin.«

»Keine Frage. Übrigens, das war wirklich gute Arbeit da drin, Alex«, fügte Decker anerkennend hinzu.

Sie lächelte. »Ich habe eben auch meine hellen Momente, vor allem, wenn's um Mode geht.«

»Sie hatten recht, Decker«, stellte Mars fest. »Irgendjemand hat sie für ihre Mithilfe bezahlt.«

»Jetzt müssen wir nur noch herausfinden, wer.«

24

Decker träumte in Farbe. Es war eine Kombination aus Zimmern, Zahlen und Wochentagen, alles in unterschiedlichen Farbschattierungen. Es war ein relativ neues Phänomen für ihn. Die Ärzte am Institut zur Erforschung kognitiver Fähigkeiten hatten ihm erklärt, dass sich das Gehirn ständig weiterentwickelte und er von Zeit zu Zeit neue Erfahrungen machen würde.

Was ihn störte, waren diese Geräusche. Er hatte den Raum beinahe verlassen und ging weiter zu etwas Neuem, Dunklem, Geheimnisvollem, zu einem Rätsel, das es zu lösen galt. Doch die Geräusche kamen immer wieder, summten in seinen Ohren wie Stechmücken. Sie behinderten ihn bei dem, was er zu tun hatte.

Schließlich tauchte Decker aus den Farben auf, wie ein Schwimmer an die Wasseroberfläche, und sog die Luft ein. Er öffnete die Augen und sah eine andere Farbe.

Ein grelles weißes Licht leuchtete ihm von seinem Handy entgegen, das auf dem Nachttisch lag. Das Handy summte.

Er stemmte sich hoch, schnappte sich den Hörer, sah, dass es drei Uhr nachts war und der Anruf von Bogart kam.

»Hallo?«

»Decker, können wir uns in zehn Minuten unten in der Lobby treffen?«

»Was gibt's?«

»Es geht um Regina Montgomery.«

»Was ist mit ihr?«

»Sie ist tot.«

Fünf Minuten später war Decker in der Lobby und sah Davenport und wenig später auch Jamison herunterkommen. Kurz danach trat auch Bogart in die Lobby.

»Ich habe den Wagen draußen.«

»Wo ist Melvin?«, fragte Decker.

»Ich will ihn da nicht reinziehen.«

»Sie ist tot? Wie ist es passiert?«, fragte Decker.

»Gehen wir zum Auto.«

»Was ist mit ihrem Sohn, Tommy? Ist er okay?«

»Ja. Er war nicht zu Hause, hat bei Freunden übernachtet. Und jetzt hat ihn sein Footballtrainer bei sich aufgenommen.«

Sie gingen nach draußen und stiegen in den SUV. Bogart setzte sich ans Steuer, Decker auf den Beifahrersitz. Die zwei Frauen saßen auf der Rückbank.

Sobald sie das Hotelgelände verlassen und sich in den Verkehr eingefädelt hatten, wandte sich Decker erneut an Bogart. »Wie ist sie gestorben?«

»Sie sind sich nicht sicher.«

»Wie kann das sein?«

»Das Haus ist in die Luft geflogen. Sie suchen immer noch in den Trümmern.«

»O mein Gott«, murmelte Davenport.

»Aber sie haben Regina gefunden?«, fragte Decker.

»Ja. Sie haben sie eindeutig identifiziert. Sie war zwar etwas entstellt, aber bei Weitem nicht so wie die Leichen von Mars' Eltern. Sie haben sie noch an Ort und Stelle identifiziert.«

»Also eine Explosion. Gas?«

»Es gibt dort einen unterirdischen Gastank, also wäre das durchaus möglich.«

»Könnte es auch etwas anderes gewesen sein?«

Bogart warf ihm einen fragenden Blick zu. »Wie kommen Sie darauf?«

Decker sah kurz zu Jamison und wandte sich wieder Bogart zu. »Wir haben Regina gestern Abend noch besucht.«

»Was?«, rief Bogart aus. »Sie und wer noch?«

»Jamison, Melvin und ich. Es war meine Idee.«

»Warum?«

»Ich hatte eine Theorie.«

»Über die Sie nicht mit mir sprechen wollten?«

»Sie wollten gestern Abend nichts mehr unternehmen, aber ich habe mir gedacht, dass es nicht warten kann.«

Bogart wirkte verärgert und enttäuscht.

»Wir hätten Ihnen gleich heute Morgen berichtet, was wir herausgefunden haben, Agent Bogart.«

»Na, da bin ich aber beruhigt«, bemerkte er sarkastisch.

»Wir sind tatsächlich fündig geworden«, fügte Decker hinzu.

»Gut, schießen Sie los.«

Decker berichtete, was am Vorabend in Regina Montgomerys Haus vorgefallen war.

Bogart hörte aufmerksam zu. »Decker«, sagte er schließlich, »hätten Sie mir das gestern Abend erzählt, dann hätte ich ihr Haus überwachen lassen. Ich hätte sie in Gewahrsam genommen, um sie zu befragen, dann wäre sie jetzt noch am Leben.«

Decker lehnte sich zurück und starrte aus dem Fenster. »Ja, das ist mir jetzt auch klar.«

»Nur weil Ihr Gehirn besser funktioniert als unseres, heißt das noch lange nicht, dass Sie unfehlbar sind.«

Decker seufzte. »Es tut mir leid. Ich hab's vermasselt.«

»Mehr als das. Ihr Vorgehen hat vielleicht dazu geführt, dass Regina Montgomery ermordet wurde.«

Decker schwieg.

»Dieses Team habe ich zusammengestellt, damit wir auch als Team agieren. Ich kann Ihre ständigen Alleingänge nicht tolerieren, Decker. Immerhin bin ich letztlich für unsere Arbeit verantwortlich. Auch für das, was mit Montgomery geschehen ist.«

»Ich … ich weiß nicht, was ich sagen soll«, erwiderte Decker unsicher.

Bogart sah ihn eindringlich an. »Darüber unterhalten wir uns noch. Verstanden?«

Decker nickte, während Jamison und Davenport betreten dreinsahen.

»Und jetzt sagen Sie mir, was Ihrer Meinung nach passiert ist.«

Decker nahm sich zusammen. »Entweder hat uns gestern Abend jemand beobachtet, oder Regina hat jemanden angerufen, nachdem wir weg waren. Derjenige, dem sie von uns erzählt hat, dürfte sie getötet haben. Sie haben also recht, wenn Sie sagen, dass unser Besuch bei ihr zu ihrem Tod geführt hat.« Er hielt einen Moment inne. »Obwohl ich glaube, dass es in jedem Fall so ausgegangen wäre.«

Bogart fuhr auf den Highway auf und trat aufs Gas. »Wie kommen Sie darauf?«

»Sie war ein Risikofaktor. Die Täter hatten wahrscheinlich vor, sie bis zur Hinrichtung ihres Mannes am Leben zu lassen, damit Montgomery sein Geständnis nicht widerrufen kann. Sie gaben ihr einen Teil der versprochenen Summe – damit hat sie die ganzen Sachen gekauft. Aber warum sollten sie sie am Leben lassen, wenn ihr Mann tot ist? Sie hat zu viel gewusst. Ich glaube zwar nicht, dass sie den eigentlichen Täter gekannt hat, aber jemanden, der mit ihr Kontakt aufgenommen hat. Und wenn sie uns die Kontaktperson verraten hätte, wären wir wahrscheinlich auch dem Täter auf die Spur gekommen. Allein deshalb hätte sie diesen Leuten gefährlich werden können.«

Bogart nickte. »Klingt logisch.«

»Aber da sie sie getötet haben, ist diese Tür jetzt verschlossen«, stellte Decker fest. Er schlug mit der Hand so heftig auf das Armaturenbrett, dass die anderen zusammenzuckten. »Ich hätte sie nicht alleinlassen dürfen. Ich hätte wissen müssen, was passieren wird.« Er wandte sich Bogart zu. »Es war ein schwerer Fehler.«

»Na ja, immerhin waren Sie der Einzige, der sie im Verdacht hatte«, räumte der FBI-Mann ein. »Aber fahren wir erst mal zum Haus und sehen wir, was wir dort finden.«

Decker nickte geistesabwesend, doch sein Gesicht drückte wenig Hoffnung aus.

Ich bin ein Idiot. Die Frau ist tot, weil ich ein Idiot bin.

Die Explosion und das darauffolgende Feuer hatten kaum etwas übrig gelassen. Zum Glück war die andere Haushälfte unbewohnt gewesen. Es gab beträchtliche Schäden an den benachbarten Häusern, doch außer Regina Montgomery war niemand ums Leben gekommen.

Decker sah sich am Ort des Anschlags um. Das Feuer war gelöscht. Montgomerys Haus lag in Trümmern. Ein Wunder, dass überhaupt noch etwas von ihr übrig war, das identifiziert werden konnte. Die Explosion hatte sie aus dem Haus geschleudert, sodass die Leiche nicht im Feuer verbrannt war. Die Feuerwehrleute hatten sie im Vorgarten gefunden.

Bogart hatte den SUV in einiger Entfernung geparkt; den Rest waren sie zu Fuß gegangen. Es hatte leicht zu regnen begonnen, und in dem Rauch, der immer noch aus den glimmenden Trümmern aufstieg, sah es so aus, als würden sie einen Spaziergang im Nebel machen.

Sie traten zu einem Krankenwagen, wo ein Cop das Tuch hob, mit dem der Leichnam im Wagen bedeckt war.

Es war eindeutig Regina Montgomery. Ihr Gesicht wies Verbrennungen auf, war aber gut erkennbar. Wahrscheinlich war sie bereits durch die Explosion ums Leben gekommen. Ein Bein war abgetrennt worden, ebenso der rechte Unterarm.

»Sie trägt noch die Cartier-Uhr«, bemerkte Jamison.

Decker betrachtete sie einige Augenblicke und wandte sich dann den Überresten des Doppelhauses zu. Überall in der kurzen Straße standen die Leute vor ihren Häusern und fragten sich, was geschehen war. Einige trugen zerschlissene Morgenmäntel, andere waren einfach in der Unterwäsche herausgekommen.

Da die Doppelhäuser über eigene Gastanks verfügten, hatten es die Behörden nicht für notwendig erachtet, die ganze Siedlung zu evakuieren, wie sie es wohl getan hätten, wäre die Explosion auf einen Schaden an einer Hauptleitung zurückzuführen gewesen.

Bogart erklärte den Polizisten vor Ort, wie es möglicherweise zu der Explosion gekommen war.

»Wir verständigen die Brandermittler«, entschied ein Cop. »Die können feststellen, ob da jemand seine Finger im Spiel hatte. In diesem Fall müssten irgendwelche Spuren zu finden sein.«

Der Polizist ging weg, um sich bei seiner Dienststelle zu melden, und die vier Angehörigen des FBI-Teams sahen sich bestürzt um.

»Selbst wenn sie herausfinden, wie es zur Explosion kam, heißt das noch lange nicht, dass es irgendwelche Hinweise auf die Täter gibt«, stellte Davenport fest.

Bogart und Jamison nickten zustimmend, während Decker gedankenverloren die Überreste des Hauses betrachtete.

»Was ist?«, fragte Bogart, als er Deckers abwesenden Blick bemerkte.

»Es gibt nur eine Straße hierher. Und nicht die geringste Deckung, um das Haus unbemerkt zu observieren. Der Täter muss das Auto an der Hauptstraße geparkt haben und zu Fuß hergekommen sein. Andernfalls hätte jemand etwas gehört oder gesehen.« Er drehte sich zu Bogart um. »Hat jemand etwas gesehen oder gehört?«

»Das lässt sich herausfinden.«

Bogart ging eilig zu einer Gruppe von Polizisten, die beim niedergebrannten Haus den Feuerwehrleuten bei den letzten Löscharbeiten zusahen. Er sprach eine Weile mit ihnen und kam dann zu Decker zurück.

»Sie sind von Haus zu Haus gegangen und haben die Aussagen aller Bewohner aufgenommen. Niemand hat vor der Explosion was gesehen oder gehört.«

Decker schaute zu den Leuten, die entlang der Straße vor ihren Häusern standen. »Die benachbarte Haushälfte hat leer gestanden?«

Bogart nickte.

Decker blickte die Reihe von Doppelhäusern hinauf und hinunter. »Stehen noch mehr Häuser leer?«

»Ich weiß es nicht.«

»Jedenfalls sieht man überall Leute vor den Häusern, nur bei einem nicht.«

Er deutete auf das vierte Doppelhaus zur Linken. Drinnen brannte kein Licht, und tatsächlich stand niemand davor.

»Es ist auch kein Auto davor geparkt, was natürlich noch nichts heißt. Nicht jeder, der hier wohnt, hat ein Auto«, bemerkte Bogart. »Aber vielleicht steht es wirklich leer.«

Deckers Gedanken schweiften zu ihren beiden Besuchen bei

Regina Montgomery zurück. Er hatte nichts gesehen, als er mit Bogart hier gewesen war. Aber beim zweiten Mal hatte er in dem Haus Licht bemerkt und ein geparktes Auto davor.

Er teilte seine Beobachtung Bogart mit. »Es war ein viertüriger brauner Toyota Avalon. Das Nummernschild war aus dem Blickwinkel nicht zu erkennen, aber man sieht noch die frischen Reifenspuren vor dem Haus.«

»Gut, das ist ein Anhaltspunkt«, stimmte Bogart zu. »Vielleicht ist jemand drin.«

»Sehen wir nach«, schlug Decker vor. »Es wäre vielleicht sinnvoll, Verstärkung mitzunehmen.«

Er zog seine Pistole, während Bogart einem Uniformierten ein Zeichen gab, der sofort herbeigeeilt kam. Nach einigen geflüsterten Anweisungen zogen der Cop und seine Kollegen ihre Waffen und näherten sich dem dunklen Haus. Sie umstellten es, während Decker und Bogart zusammen mit drei Polizisten zur Haustür gingen. Der erste Cop klopfte an die Tür, gab sich als Polizist zu erkennen und verlangte, eingelassen zu werden. Nichts rührte sich.

Er wiederholte die Aufforderung, dann trat er die Tür ein. Das dünne Holz gab beim ersten Versuch nach. Im nächsten Augenblick wurde auch die Hintertür aufgebrochen, und eine zweite Gruppe von Polizisten drang in das kleine Haus ein.

Eine Minute später kam die Bestätigung, dass niemand hier war.

Decker und die anderen traten ebenfalls ein.

Es gab nicht viel zu sehen. Das Haus war leer. Kein Möbelstück und auch sonst nichts.

»Sieht so aus, als wäre nie jemand hier gewesen«, bemerkte Davenport.

»Es war aber jemand hier«, versicherte Decker.

25

Mars schüttelte ungläubig den Kopf.

»Jemand hat sie umgebracht? Ihr Haus in die Luft gejagt?«

Decker nickte.

Sie saßen zusammen mit Jamison und Davenport in der Lobby des Hotels.

»Aber ihrem Sohn ist nichts passiert, oder?«, fragte Mars.

»Es geht ihm gut, abgesehen davon, dass er am selben Tag Vater und Mutter verloren hat.«

»Und Sie glauben wirklich, dass jemand sie ermordet hat?«

»Wenn nicht, ist das der unglaublichste Zufall, der mir je untergekommen ist. Und ich glaube nicht einmal an kleine Zufälle.«

»Haben Sie eine Ahnung, wer das getan haben könnte?«

»Diejenigen, die ihr Cartier-Uhren und teure Kleider verschafft haben. Die ihr ein besseres Leben mit ihrem Sohn versprochen haben.«

»Glauben Sie, dass Tommy auch in Gefahr ist?«, fragte Jamison.

»Bogart lässt ihn von State Troopers bewachen«, sagte Decker. »Ich glaube nicht, dass seine Mutter ihm etwas erzählt hat, aber ihr Mörder kann sich nicht sicher sein. Wir haben mit Tommy gesprochen; er glaubt wirklich, dass das ganze Geld aus einer Versicherung stammt.«

Mars schaute ihn ratlos an. »Und was jetzt?«

In diesem Augenblick trat Bogart sichtlich bestürzt zu ihnen.

»Was ist passiert?«, fragte Jamison beunruhigt. »Doch nicht noch ein Mord?«

Bogart schüttelte den Kopf und ließ sich in einen leeren Stuhl sinken, ohne einen von ihnen anzusehen. »Es ist um einiges komplizierter.«

Decker sah ihn fragend an. »Wollen Sie es uns erzählen?«

Bogart hob seinen Blick zu Decker. »Ich habe gerade einen Anruf aus D.C. erhalten. Die haben uns den Fall entzogen.«

»*Was?*«, riefen Jamison und Davenport wie aus einem Mund.

»Genauer gesagt, gibt es für die Zentrale keinen Fall mehr. Jedenfalls keinen offenen. Mr. Mars ist freigesprochen. Der wahre Täter hat gestanden und ist hingerichtet worden. Das war's. Sie wollen, dass wir zurückkommen.«

»Aber was ist mit Regina Montgomerys Tod?«, fragte Decker.

»Für sie nicht relevant. Ein Unfall. Jedenfalls nichts, womit sich das FBI zu befassen hat.«

Mars schaute zwischen ihnen hin und her, bevor sein Blick an Bogart hängen blieb. »Was heißt das genau, Agent Bogart?«

»Das heißt, wir packen unsere Sachen und fliegen zurück nach Quantico. Schade, dass es so gekommen ist. Ich hätte es mir auch anders vorgestellt. Ich werde Milligan benachrichtigen. Er kann sofort aus Texas aufbrechen.«

»Er wird außer sich sein vor Freude«, bemerkte Decker trocken.

Bogart erhob sich und hielt Mars die Hand hin; der stand ebenfalls auf und schüttelte dem FBI-Beamten die Hand.

»Tut mir leid, dass es so endet, Mr. Mars. Wenn es nach mir ginge, würden wir die Sache weiterverfolgen. Ich wünsche Ihnen trotzdem viel Glück.«

»Okay«, sagte Mars betreten. »Danke.«

»Ich wünsche Ihnen eine gute Reise, Agent Bogart«, sagte Decker.

Bogart wirkte nicht allzu überrascht. »Sie kommen nicht mit?«

»Wenn ich einen Fall übernehme, höre ich nicht mittendrin auf. Also bleibe ich hier, bis er gelöst ist.«

»Decker, seien Sie vernünftig, das können Sie nicht machen«, versuchte Bogart ihn umzustimmen.

»Doch, ich kann. Und ich werde es tun.«

»Aber Sie arbeiten für ...«

»Ich kündige«, fiel ihm Decker ins Wort.

Bogart holte tief Luft. »Haben Sie sich das gut überlegt?«

»Ja, obwohl es da nicht viel zu überlegen gibt.«

Bogart wandte sich den beiden Frauen zu. »Und Sie?«, fragte er.

»Ich bleibe bei Decker«, stellte Jamison unmissverständlich klar.

Bogarts fragender Blick schweifte zu Davenport.

Die Psychologin schien sich bei Weitem nicht so sicher zu sein, doch nach einem kurzen Seitenblick zu Decker sagte sie: »Ich bleibe auch.«

Der FBI-Agent nickte langsam. »Dann ist mein Team und mein Projekt wohl aus dem Geschäft.«

»Tut uns leid, Agent Bogart«, beteuerte Jamison.

Bogart lächelte. »Ihnen vielleicht. Aber ihm bestimmt nicht«, fügte er, zu Decker gewandt, hinzu.

»Es ist nichts Persönliches«, versicherte Decker. »Aber Charles Montgomery hat Roy und Lucinca Mars nicht getötet. Ich werde herausfinden, wer es war.«

»Ich wünsche Ihnen viel Glück. Ich hätte Ihnen gern dabei geholfen. Aber im Gegensatz zu Ihnen habe ich keine Wahl.«

Bogart drehte sich um und ging.

Mars wandte sich an Decker. »He, Mann, Sie müssen das

nicht tun. Ich will nicht, dass Sie alle wegen mir Ihren Job verlieren.«

»Im Moment ist es mein Job herauszufinden, wer Ihre Eltern ermordet hat, Melvin«, erwiderte Decker. »Ob ich es im Namen des FBI tue oder nicht, ist mir scheißegal.«

»Wollen Sie sich deswegen gegen Agent Bogart stellen?«

»Ich habe überhaupt nichts gegen ihn. Ich tue einfach nur, was ich für richtig halte. Agent Bogart muss eben seine Anweisungen befolgen.«

»Aber Sie können vielleicht nicht mehr mit ihm zusammenarbeiten, wenn das hier vorbei ist.«

Decker warf Jamison einen kurzen Blick zu, bevor er antwortete: »Das ist unser Problem, Melvin, nicht Ihres.«

»Wie geht es jetzt weiter?«, fragte Davenport.

»Da wir nicht mehr fürs Bureau arbeiten, muss die Polizei nicht mehr mit uns kooperieren«, stellte Decker fest.

»Das macht es um einiges schwerer«, meinte Davenport.

»Deswegen werden wir es den Cops auch nicht sagen«, fuhr Decker fort.

»Wir sollen die Polizei belügen?«, rief Davenport entrüstet. »Hören Sie, ich bin zwar bereit hierzubleiben, aber ich will deswegen keinen Ärger.«

»Wir werden nicht lügen. Wir erwähnen es bloß nicht. Wir machen einfach mit den Ermittlungen weiter, als wäre nichts geschehen. Wenn die Polizei denkt, dass wir immer noch fürs FBI arbeiten, ist das ihr Fehler.«

»Aber Decker«, warf Davenport ein, »Bogart wird der örtlichen Polizei doch sicher mitteilen, dass das FBI sich zurückzieht.«

Decker warf einen Blick zu Bogart, der auf den Aufzug wartete und verstohlen zu ihnen zurückschaute.

»Nein, ich glaube nicht, dass er das tun wird.«

»Na dann«, sagte Jamison, »wie Lisa schon gesagt hat: Wie geht es jetzt weiter?«

»Wir fangen einen Mörder«, erwiderte Decker.

»Aber wie?«

»Wir haben einige Anhaltspunkte, denen wir folgen müssen.«

»Welche?«, fragte Davenport.

»Ein Haus, das in die Luft gesprengt wurde. Einen braunen Toyota Avalon. Und eventuelle Informationen, die uns die Nachbarn über die Personen geben können, die sich in dem leer stehenden Haus aufgehalten haben. Und wir folgen der Spur des Geldes, das Regina bekommen hat.«

»Glauben Sie wirklich, dass Sie auf diesem Weg etwas herausfinden werden?«, fragte Mars.

Decker erhob sich. »Was ist der Schlüssel zum Sieg auf dem Footballfeld?«

»Vorbereitung«, sagte Mars automatisch.

»Genau. Und auf dem Feld der Ermittlungsarbeit bedeutet Vorbereitung, sich die vielen kleinen Details anzusehen, in der Hoffnung, dass eines davon eine große Antwort liefert. Nach meiner Erfahrung muss man bei der Jagd nach Verbrechern tief in der Scheiße wühlen. Denn dort findet man sie. Gehen wir.«

Er verließ die Lobby.

Mars schaute zu Jamison. »Verdammt, er ist *wirklich* immer so.«

26

Der heftige, stundenlange Regen hatte den Schauplatz der Explosion in einen einzigen Morast verwandelt.

Mit Regenjacken und Gummistiefeln stapften Decker, Jamison und Davenport durch den Matsch und suchten – unterstützt von der örtlichen Polizei – nach Spuren. Da er weder dem FBI noch der Polizei angehörte, musste Mars aus dem Mietwagen zusehen, in dem sie hergefahren waren.

»Wir haben keine Hinweise auf einen Brandbeschleuniger oder eine Bombe gefunden, Agent Decker«, meldete der Cop, der sie über das Gelände geführt hatte.

Decker klärte den Mann nicht darüber auf, dass er weder »Agent« noch sonst irgendein Mitarbeiter des Federal Bureau of Investigation war. Vielmehr trug er seinen FBI-Ausweis gut sichtbar an der Jacke, ebenso Jamison und Davenport.

Decker ließ den Blick über das Trümmerfeld wandern. »Glauben Sie, Sie können noch irgendwas finden?«

»Wenn es etwas gäbe, hätten wir es normalerweise schon entdeckt. Bei Brandstiftung und Bomben wissen wir genau, wonach wir suchen müssen. In diesem Fall zeigt die Explosion bestimmte Merkmale. Im Moment deutet alles auf einen Unfall hin. Das Haus war alt und in schlechtem Zustand. Das gilt natürlich auch für die Leitungen und Ventile des Gastanks. So etwas haben wir schon öfter erlebt. Je älter diese Anlagen sind, desto leichter können sie hochgehen.«

Decker nickte. »Da haben Sie sicher recht. Trotzdem macht mich der Zeitpunkt stutzig.«

Der Cop nickte. »Sie meinen, nachdem ihr Mann gerade hingerichtet wurde?«

»Genau.«

»Sie glauben aber nicht, dass sie Selbstmord begangen hat, oder?«

»Indem sie sich in die Luft jagt?«, erwiderte Decker skeptisch.

»Nein, aber sie wollte vielleicht den Kopf in den Backofen stecken oder so, und dabei ist das Haus in die Luft geflogen. Sie sagen, die Frau war Raucherin. Vielleicht hat sie im falschen Moment ein Streichholz angezündet.«

»Das ist eine mögliche Theorie, aber ich glaube, nicht die richtige.«

Decker ging zu Davenport und Jamison zurück.

»Was nun?«, fragte die durchnässte und sichtlich gereizte Davenport.

»Da sie die Ursache der Explosion nicht finden, sprechen wir mit den Nachbarn.«

»Können wir nicht wenigstens warten, bis der Regen aufhört?«, fragte Davenport.

»*Sie* können ja warten«, erwiderte Decker.

Er drehte sich um und stapfte zum nächsten Haus.

Jamison schaute zu Davenport. »Kommen Sie mit?«

Davenport sah Decker missmutig nach. »Ich glaube, ich warte mit Melvin im Auto. Das ist vielleicht produktiver.«

Sie ging zum Auto, während sich Jamison beeilte, Decker einzuholen.

Die Bewohner von sechs Doppelhäusern hatten den Toyota Avalon nicht bemerkt. Die siebte Tür wurde von einer gebrechlichen, weißhaarigen Frau geöffnet, die an die hundert Jahre alt zu sein schien. Sie trug einen zerschlissenen Bademantel und stützte sich auf einen Rollator. Mit zurückgeneigtem Kopf schaute sie zu dem um vieles größeren Decker auf. In Anbetracht ihrer dicken Brille hatte Decker wenig Hoffnung, dass sie etwas gesehen haben könnte.

Die Frau bat sie herein. Sie schien es spannend zu finden, mit einem »G-Man« zu sprechen, wie sie es ausdrückte.

»Und mit einer G-Lady«, fügte sie mit einem Blick zu Jamison lächelnd hinzu, während sie sich an einen kleinen, zerkratzten Couchtisch setzten. »Anscheinend hat sogar das FBI gemerkt, dass Frauen die Dinge einfach besser hinkriegen als Männer.«

»Wahrscheinlich«, sagte Jamison mit einem schnippischen Blick zu Decker.

»Ich heiße Patricia Bray, aber Sie können mich Patti nennen. Meine Familie und meine Freundinnen, alle nennen mich Patti … oder haben es getan, als sie noch lebten. Ich bin die Einzige, die noch übrig ist. Die Letzte von neun Geschwistern.«

»Das tut mir leid, Patti«, sagte Jamison.

Eine fette getigerte Katze sprang in Pattis Schoß, und die alte Frau streichelte sie. »Aber ich bin ja nicht allein. Das ist Teddy. Er ist sechzehn, und keiner weiß, wer den anderen überleben wird.«

»Haben Sie gehört, was mit Ihrer Nachbarin passiert ist?«

Bray nickte betroffen. »Ich habe Regina gekannt. Was für ein Leben diese Frau hatte. Aber Tommy ist nichts passiert, Gott sei Dank. Er ist ein netter junger Mann. Hat mir oft hier im Haus geholfen. Ich hab ihn aufwachsen sehen. Sie sind eingezogen, als ihr Mann hier in der Stadt ins Gefängnis kam.«

»Das wissen wir.«

»Sie haben ihn gerade hingerichtet«, fügte Bray hinzu. »Und

jetzt auch noch das.« Sie zuckte zusammen. »Mein Gott, jetzt hat Tommy niemanden mehr. Wer kümmert sich jetzt um ihn? Er geht noch auf die Highschool.«

»Da findet sich schon etwas«, versicherte Decker. »Im Moment wohnt er bei seinem Footballcoach.«

»Oh, das ist nett. Er ist ein guter Footballspieler. Regina war so stolz auf ihn.«

»Sie hatten öfter miteinander zu tun?«, fragte Decker.

»O ja. Früher habe ich oft Kuchen gebacken und ihr etwas rübergebracht. Jetzt bin ich schon zu alt dafür. Regina ist für mich einkaufen gegangen und hat mir bei der Hausarbeit geholfen. Sie hat oft Tommy zu mir rübergeschickt. Eine richtig nette Frau.«

Decker warf Jamison einen schuldbewussten Blick zu. »Das habe ich nicht gewusst.«

»O ja. Sie hatte ein hartes Leben. Aber in letzter Zeit hat sie glücklicher gewirkt. Vielleicht, weil sie irgendwie ein Licht am Ende des Tunnels gesehen hat. Mit ihrem Mann und allem. Und sie hatte ja Tommy. Ich glaube, das hat ihr Halt gegeben. Sie wollte, dass er auf ein gutes College geht. Wollte für ihn da sein.«

»Hat sie Ihnen von ihren Zukunftsplänen erzählt?«, fragte Jamison.

»Ja, sicher. Sie wollte von hier wegziehen, was ich natürlich ein bisschen traurig gefunden hätte. Aber sie hatte noch einiges vor sich, und ich ja nicht mehr so viel. Sie wollte mit Tommy aufs College … Ich meine, sie wollte nicht selbst aufs College gehen, sondern in seiner Nähe leben, wissen Sie. Er war ihr Ein und Alles.«

»Hat sie erwähnt, wie sie das finanziell schaffen wollte?«, hakte Decker nach.

»Sie hat gesagt, sie würde Geld von einer Versicherung kriegen. Dann war ihr Mann anscheinend doch noch für etwas gut.«

»Haben Sie gestern Nacht irgendetwas bemerkt, das Ihnen seltsam vorkam?«, fragte Decker.

»Wie meinen Sie das? War es nicht einfach eine Gasexplosion?«

»Die Polizei untersucht die Sache noch. Sie muss jede Möglichkeit überprüfen.«

»Oh, sicher, das verstehe ich. Na ja, ich bin früh zu Bett gegangen. Irgendetwas, das ich gegessen habe, ist mir nicht so gut bekommen. Auf einmal habe ich einen lauten Knall gehört, wie eine Bombe. Ich hab mir den Bademantel geschnappt und bin zur Haustür und …« Ihre Stimme verebbte, und die Hand, mit der sie Teddy streichelte, begann zu zittern.

Jamison legte rasch ihre Hand auf die der alten Frau. »Ist schon gut. Sie müssen uns das nicht erzählen. Wir wissen ja, was geschehen ist.«

»Sie haben also nichts Ungewöhnliches bemerkt?«, fragte Decker.

»Nein, nicht dass ich wüsste.« Plötzlich sah sie sich um. »Wo sind nur meine Manieren? Möchten Sie etwas trinken? Kaffee vielleicht? Ist ziemlich kalt heute.«

»Nein, danke«, sagte Decker. »Wirklich nicht.« Er hielt einen Moment inne, um sich die nächste Frage zu überlegen. »Okay, also …«

»Soll ich Ihnen vielleicht einen Kaffee machen?«, fragte Jamison. »Wie Sie gesagt haben, ist recht ungemütlich heute.«

Decker wirkte wenig erfreut über die Unterbrechung, doch die alte Frau sah sie dankbar an. »Also, Liebes, das wäre wirklich nett. Ich hab gerade Wasser aufgesetzt, als Sie an die Tür geklopft haben.«

»Soll ich irgendwas hineingeben?«

»Ja, schwarzen Kaffee.« Bray kicherte, und Jamison lachte, während Decker ungeduldig dasaß.

Jamison bereitete den Kaffee zu und brachte ihn der alten Frau. Die nahm einen Schluck und stellte die Tasse neben sich auf einen Beistelltisch. Sie wandte sich wieder Decker zu. »Also, was wollten Sie mich fragen, junger Mann?«

»Haben Sie irgendwann mal einen Toyota Avalon zwei Häuser weiter stehen sehen?«

»Avalon?«

»Ja.«

»Meinen Sie so einen braunen viertürigen Wagen?«

Decker horchte auf. »Ja.«

»Ich hab nicht gewusst, dass es ein Avalon ist. Der war gestern hier.«

»Um welche Zeit?«

Bray nahm ihre Brille ab und wischte mit dem Ärmel einen Fleck auf dem Glas ab. »Ich würde sagen, so gegen sechs Uhr. Die Abendnachrichten hatten gerade angefangen. Ich weiß, niemand schaut heute noch Nachrichten im Fernsehen. Alle machen das am Computer oder sogar am Telefon! Aber ich hab Walter Cronkite immer gern gesehen, und ich schau auch heute noch, obwohl es niemanden mehr wie Onkel Walt im Fernsehen gibt. Es muss also um sechs gewesen sein. Ich habe Teddy hinausgelassen, damit er seine Runde dreht, da hab ich den Wagen gesehen. War direkt vor dem Haus geparkt.«

»Sie haben sich aber nicht das Kennzeichen gemerkt?«, fragte Decker mit einem Blick auf die dicken Brillengläser der Frau, die sie wieder aufsetzte.

»Da war ein ›A‹ und ein ›R‹ und eine 4. Oh, und es war ein Kennzeichen aus Georgia.«

Decker war überrascht. »Ein Kennzeichen aus Georgia, sind Sie sicher?«

»Ja doch. Ich hab oft genug dieses Autospiel mit meinen Kindern gespielt. Sie wissen schon, wo es um die Nummernschilder der Bundesstaaten geht. Damals sind die Leute noch lange Strecken gefahren, mit Betten für die Kleinen, damit sie schlafen konnten, und Gurte hat man nur benutzt, damit die Lebensmittel nicht durchs ganze Auto fliegen. Ich habe genug Kennzeichen aus Georgia gesehen. Es hatte den Pfirsich in der Mitte. Kein anderes Nummernschild hat einen Pfirsich, stimmt's?«

»Das stimmt«, bestätigte Decker mit einem Blick zu Jamison. »Haben Sie auch gesehen, wer den Wagen gefahren hat?«

»Wissen Sie, das Haus steht normalerweise leer. Der Besitzer vermietet es zwar, aber hier in der Siedlung wohnen nur Leute, die sich nichts Besseres leisten können. So wie ich. Ich hab nur eine kleine Rente. Das Auto ist mir aufgefallen, weil es ziemlich neu war. Die meisten Leute hier haben gar kein Auto. Sie nehmen den Bus an der Hauptstraße oder fahren mit dem Fahrrad zur Arbeit. Regina hatte einen Wagen, aber der hatte fünfundzwanzig Jahre auf dem Buckel und war kurz vor dem Auseinanderfallen. Sie sagen, das war ein *Avalon*, der da vor dem Haus geparkt war?« Decker nickte. »Also, der hat recht neu ausgesehen.«

»Und der Fahrer?«, hakte Decker nach.

»Oh, ja. Den hab ich auch gesehen.«

»Es war also ein Mann?«

Sie sah zu ihm auf. »Hab ich das nicht grad gesagt?«

Jamison verkniff sich ein Lächeln. »Können Sie uns sagen, wie er ausgesehen hat?«

»Er war groß und kräftig. Aber nicht so füllig wie Sie«, fügte sie hinzu und musterte Decker eingehend. »Aber fast, jedenfalls fast so groß wie Sie.«

»Sein Alter?«, fragte Decker.

»Nicht so jung wie Sie, aber nicht so alt wie ich. Vielleicht siebzig. Er hatte eine Glatze, oder fast. Einen weißen Haarkranz. Keinen Bart. Ein hartes Gesicht.«

»Dick, dünn?«

»Weder noch. Er war kräftig gebaut. Hatte keinen Bauch oder so.« Sie schlug sich mit der Hand aufs Knie. »Wenn Sie heute einen alten Menschen sehen, der nicht dick ist, was denken Sie dann? Hm? Dass er Krebs hat, das denken Sie. Hab ich nicht recht? Ich hab jedenfalls immer drauf geachtet, keine zu großen Portionen zu essen. Unsere Essteller früher wären für die meisten Leute heutzutage nicht mehr als ein Kuchenteller. Und da wundern sie sich, wenn sie dick werden. Also, wirklich.« Ihr Blick fiel erneut auf Decker, der immer noch deutlich übergewichtig war, obwohl er bereits fünfzehn Kilo abgenommen hatte. »Oh, tut mir leid, junger Mann, aber vielleicht sollten Sie ein bisschen aufpassen mit den Kohlenhydraten.«

Decker ignorierte den Rat. »Sie sagen, er hatte ein hartes Gesicht. Wie nahe waren Sie dran, als Sie ihn gesehen haben? Um sechs Uhr abends muss es schon ziemlich dunkel gewesen sein.«

Sie deutete auf ihre Brille. »Damit sehe ich wie ein Adler, sagt auch der Arzt, falls Sie denken, ich wäre stockblind und könnte nichts mehr sehen, sobald es dunkel wird. Ich hatte nie einen grauen Star. Der Mann stand draußen auf der Veranda, und das Licht war an, deshalb konnte ich ihn gut sehen. Oh, und er hat ein bisschen gehinkt.« Sie überlegte einen Augenblick. »Ich glaube, es war das rechte Bein.«

»Haben Sie mal gesehen, dass er Besuch bekam?«

Sie schüttelte den Kopf. »Ehrlich gesagt, hab ich mir gedacht, dass er das Haus vielleicht gar nicht richtig gemietet hat. So was ist schon vorgekommen. Die Leute sehen ein Haus leer stehen und ziehen einfach ein. Kein Respekt mehr vor fremder Leute Eigentum.«

»Patti«, sagte Jamison beunruhigt, »hat der Mann bemerkt, dass Sie ihn beobachten? Dann müssten wir uns nämlich Sorgen machen.«

Statt einer Antwort zog die alte Frau eine Neun-Millimeter-Beretta aus der Bademanteltasche.

»Ich sehe vielleicht blind und gebrechlich aus, Liebes, aber ich treffe auf drei Meter immer noch alles mit diesem Baby. Gute Durchschlagskraft. Haut den stärksten Mann um, besonders mit einer Kugel in die Eier.«

»Da wird Ihnen niemand widersprechen«, bemerkte Decker.

27

»Wir geben eine Fahndung nach dem Avalon und diesem Kerl raus«, sagte der Polizist am Tatort, nachdem ihm Decker von seinem Gespräch mit der alten Frau berichtet hatte. »Viel ist es nicht, aber einen Versuch könnte es wert sein. Mehr haben wir ja auch nicht, dem wir nachgehen könnten.«

Decker hegte keine große Hoffnung, dass sich der Mann überhaupt noch in Alabama aufhielt. Selbst wenn er noch vor Ort gewesen sein mochte, als Regina Montgomerys Haus in die Luft geflogen war, hatte er einen Riesenvorsprung.

Er stieg zu Davenport, Mars und Jamison in den SUV, den Bogart gemietet hatte. »Für uns gibt es hier nichts mehr zu tun«, stellte er fest. »Fahren wir zurück zum Hotel.«

»Erzählen Sie mir mehr über Reginas Sohn Tommy«, bat Mars unterwegs.

»Er geht auf die örtliche Highschool. Das nächste Jahr ist sein letztes. Er hat schon einige Angebote fürs College. Er ist Runningback, wie Sie.«

»Wie geht es für ihn weiter, wenn das alles hier vorbei ist?«

»Falls er irgendwo Verwandte hat, wird er wahrscheinlich bei ihnen leben. Oder sein Footballcoach lässt ihn bei sich wohnen, bis er die Schule abgeschlossen hat.«

Mars nickte und schaute aus dem Fenster auf den strömenden Regen hinaus. Es wurde immer kälter.

»Warum?«, fragte Decker und musterte Mars neugierig.

»Nur so. Ich wollte es einfach wissen. Ist hart für einen Jungen, seine Eltern zu verlieren.«

»Für einen Erwachsenen ist es auch nicht einfach«, entgegnete Decker.

Im Hotel erfuhren sie, dass Bogart ihre Zimmer noch für mehrere Tage bezahlt hatte. Ihren Mietwagen ebenso.

»Ich hoffe, dass er deswegen keinen Ärger bekommt«, meinte Davenport. »Er geht damit ein großes Risiko ein, jetzt, da sie ihn von dem Fall abgezogen haben.«

»Sie haben uns alle abgezogen«, erwiderte Jamison.

»Schade, dass das Team nicht weitermachen kann«, fügte Davenport hinzu. »Wäre vielleicht eine interessante Zusammenarbeit geworden.«

»Wenn Sie jetzt zurückfahren, können Sie immer noch im Team bleiben«, stellte Decker fest. »Vorausgesetzt, die haben beim FBI noch Verwendung dafür.«

Sie sah ihn herausfordernd an. »Wollen Sie, dass ich gehe?«

»Ich will, dass alle, die hierbleiben, sich hundertprozentig dafür einsetzen, diesen Fall zu lösen.«

»Sie spielen wohl darauf an, dass ich mich im strömenden Regen nicht an der Ermittlung beteiligt habe?«, sagte Davenport schroff.

»Ich spiele damit auf genau das an, was ich gesagt habe«, erwiderte Decker gleichmütig.

Davenport sah einen Moment lang aus, als würde sie ihm eine gepfefferte Antwort entgegenschleudern, doch dann änderte sich ihr Ausdruck. »Sie haben recht. Sorry.« Sie sah nervös auf ihre Hände hinunter. »Ich kriege diese Hinrichtung einfach nicht aus dem Kopf. Das hat bei mir … einiges verändert. Auf einmal war ich mir nicht mehr sicher, ob ich das überhaupt will.«

Jamison legte ihr die Hand auf die Schulter. »Das kann ich verstehen, Lisa. Ich hatte gar nicht erst den Mumm hinzugehen.«

Davenport lachte bitter. »Wäre ich bloß auch so klug gewesen.« Sie schaute Decker an. »Sie haben wahrscheinlich keine so gute Meinung von mir, weil ich rausgelaufen bin.«

Decker schüttelte den Kopf. »Ich kenne einige sogenannte harte Burschen, die sich so etwas nie anschauen würden.«

»Aber ich habe es auch nicht ausgehalten.«

»Ich würde mir an Ihrer Stelle keinen Vorwurf machen. Wir brauchen Ihre Fähigkeiten, um den Fall zu lösen.«

Davenport blickte zu Jamison, die ihr aufmunternd zulächelte, und wandte sich dann wieder Decker zu. »Das tut gut zu hören. Ich werde mein Bestmögliches geben. Wie sieht unser nächster Schritt aus?«

»Wir müssen sehen, dass wir zumindest mit einer Spur weiterkommen. Entweder hier oder in Texas. Dass Regina ermordet wurde, zeigt, dass wir auf der richtigen Fährte sind. Sie hat Geld dafür bekommen, dass ihr Mann gelogen und den Mord an Melvins Eltern gestanden hat. Das zeigt, dass nach zwanzig Jahren immer noch Leute unterwegs sind, die irgendwie in das Verbrechen von damals verwickelt sind. Vielleicht auch der Täter selbst.«

Mars drehte sich zu ihm. »Trotzdem will es mir nicht in den Kopf, warum sich jemand so große Mühe gibt, um mich nach so vielen Jahren zu retten.«

»Das könnte uns einiges über das Motiv verraten«, sagte Decker.

Davenport nickte zustimmend. »Das ist in der Tat ein wichtiger Punkt.« Sie wandte sich Mars zu. »Sie haben vielleicht einen Verbündeten, von dem Sie nichts wissen.«

»Wie ist das möglich?«, erwiderte Mars. »Und warum jetzt?«

»Das Timing ist tatsächlich eine Frage, der wir nachgehen müssen.«

Es war schon spät, doch sie waren hungrig und beschlossen, in einem Restaurant nahe dem Hotel noch eine Kleinigkeit zu essen. Im Hotel sagten sie einander Gute Nacht, nachdem Decker sie aufgefordert hatte, sich über den Fall Gedanken zu machen und am nächsten Morgen Ideen zu präsentieren, wie sie weiter vorgehen sollten.

Decker fuhr mit dem Aufzug zu seinem Zimmer hinauf, wusch sich und wollte sich gerade ausziehen, um ins Bett zu gehen, da klopfte es an der Tür.

Er stand auf. »Ja?«

»Haben Sie ein paar Minuten Zeit, Amos? Ich würde gern mit Ihnen über etwas sprechen.«

Es war Davenport.

Er überlegte einen Moment.

Sie schien sein Zögern zu spüren. »Es dauert wirklich nicht lange.«

Er öffnete die Tür. Sie stand mit einer Flasche Bier in jeder Hand vor ihm.

Er betrachtete die Flaschen einen Moment lang. »Ich bin auf Diät.«

»Deswegen habe ich Light-Bier genommen. Nur neunzig Kalorien. Und nach dem Tag heute können Sie vielleicht noch ein paar Kohlenhydrate gebrauchen.«

Sie setzten sich und tranken einen Schluck.

»Und?«, fragte Decker.

»Wir hatten keinen guten Start.«

Er zuckte die Achseln. »Kein Problem.«

»Ich finde, es ist am besten, offen und ehrlich zu sein.«

»Okay.«

»Deswegen möchte ich Ihnen etwas sagen. Ich habe meine Entscheidung, mich dem Team anzuschließen, erst getroffen, nachdem mir Bogart von Ihnen erzählt hatte.«

Decker nahm noch einen Schluck Bier, lehnte sich auf seinem Stuhl zurück und lauschte dem leisen Trommeln des Regens draußen. »Inwiefern war das ein entscheidender Faktor?«

»Verstehen Sie mich nicht falsch. Das Angebot, das mir Ross gemacht hat, war für sich schon sehr interessant. Ich habe auf meinem Gebiet schon so gut wie alles gemacht, und Herausforderungen reizen mich immer. Ich bin so etwas wie die klassische Streberin. Ein Einzelkind, die Eltern Akademiker, sehr fürsorglich. Ich war in allem, was ich gemacht habe, herausragend. Auf dem College in Stanford war ich sogar Langstreckenläuferin, bevor ich auf die Columbia ging.«

»Beeindruckend. Aber es beantwortet nicht meine Frage.«

»Ich wollte damit nicht angeben. Tatsache ist, dass Sie der Hauptgrund waren, warum ich mich dem Team angeschlossen habe.«

»Sie haben so etwas erwähnt, als wir uns zum ersten Mal begegnet sind.«

»Ich weiß.«

»Dass die Parallelen in meinem und Melvins Fall eine faszinierende Fallstudie ergeben würden.«

»Genau.«

»Und ich habe darauf hingewiesen, dass es hier nicht um meine *kognitiven Anomalien* geht. Dass wir uns allein darauf konzentrieren, festzustellen, ob Melvin schuldig oder unschuldig ist.«

Davenport nahm einen Schluck Bier. »Und ich habe darauf erwidert, das wäre eine verpasste Gelegenheit.«

»Ich weiß, aber wie haben Sie das genau gemeint?«

»Ich wollte sehen, ob ich Sie für eine professionelle Studie gewinnen kann. Die Tatsache, dass Sie Ihre einzigartigen geistigen Fähigkeiten zur Bekämpfung von Verbrechen einsetzen, macht Sie nur noch interessanter. Ich hab mir gedacht, da ließe sich eine spannende wissenschaftliche Arbeit oder gar ein Buch daraus machen. Vielleicht sogar ein Bestseller.« Sie schien den Gedanken immer noch reizvoll zu finden.

Decker trank sein Bier aus. »Daran habe ich absolut kein Interesse.«

Sie sah ihn resigniert an. »Das war mir fünf Minuten nach unserer ersten Begegnung klar.«

»Und was heißt das jetzt für Sie?«

»Wie ich gesagt habe: Ich bleibe, bis der Fall gelöst ist. Und dafür werde ich alles tun.«

»Warum?«

Sie wollte etwas sagen, hielt dann aber inne und zupfte ein Stück vom Flaschenetikett ab. »Ich könnte Ihnen jetzt eine Standardantwort in professionellem Fachchinesisch geben. Oder Ihnen einfach die Wahrheit sagen.«

»Letzteres wäre mir lieber.«

Sie beugte sich vor und sah ihm zum ersten Mal direkt in die Augen. »Es war die Hinrichtung. Wie der Mann gestorben ist. Vielleicht hat er es verdient. Ich will mich nicht auf eine Debatte pro und kontra Todesstrafe einlassen. Aber Melvin ist unschuldig und wäre beinahe hingerichtet worden. Wie viele andere wurden schon unschuldig exekutiert?«

»Wie gesagt, einer wäre schon zu viel«, antwortete Decker. »Also gut, warum sind Sie zu mir gekommen?«

»Wie gesagt, wir hatten keinen guten Start. Nicht dass Sie mich falsch verstehen – es war meine Schuld. Ich wollte es einfach aus der Welt schaffen, bevor wir versuchen, den Fall zu lösen.«

»Okay, dann betrachten Sie es als aus der Welt geschafft.«

Sie lächelte schwach. »Einfach so?«

»Einfach so. Aber morgen ist ein neuer Tag.«

Davenport nickte, als sie verstand, was er meinte. »Wir alle müssen uns immer wieder beweisen. Jeden Tag.«

»So habe ich es immer schon gesehen.« Er hob seine Flasche. »Danke für das Bier.«

Sie stand auf. »Danke fürs Zuhören.« Sie wandte sich zum Gehen, schaute aber noch einmal zu ihm zurück. »Ross hat mir erzählt, was mit Ihrer Familie passiert ist. Es tut mir so leid, Amos.«

Er erwiderte ihren Blick, ohne etwas zu sagen.

»Wie schwer ist es, nie vergessen zu können?« Ihr Gesicht wirkte genauso traurig wie ihre Stimme.

»Schwerer, als Sie glauben.«

Sie ging.

Decker stellte die Bierflasche ab, trat ans Fenster und schaute hinaus in den strömenden Regen.

Er aktivierte die Festplatte seines perfekten Gedächtnisses und rief seine Begegnung mit Regina Montgomery auf.

Eine Cartier-Uhr.

Drei Kartons von Neiman Marcus.

Zwei Kartons von Chanel.

Zwei von Saks.

Einer von Bergdorf Goodman.

Einer von Jimmy Choo.

Und die Hermès-Handtasche.

Er holte seinen Computer hervor, ging online und recherchierte die Preise der einzelnen Produkte.

Er rechnete im Kopf aus, wie viel alles zusammen gekostet hatte.

Vierundfünfzigtausend Dollar und ein paar Zerquetschte.

Die Hermès-Handtasche allein hatte über neunzehntausend gekostet. Die Uhr vierzehntausend. Die Jimmy-Choo-Schuhe einen schlappen Tausender.

Decker schüttelte den Kopf.

Vierunddreißigtausend Dollar, damit man ein paar Dinge mit sich herumtragen konnte, die Uhrzeit wusste und nicht barfuß laufen musste.

Das bewies eindeutig, dass derjenige, der dahintersteckte, kein Armer war. Regina Montgomery hatte allem Anschein nach noch viel mehr Geld erwartet.

Die große Entschädigung für ein elendes Leben mit Charles Montgomery.

Nur konnte sie es nicht mehr genießen. Sobald Charles tot war, wurde Regina von der willkommenen Helferin zu einem Sicherheitsrisiko. Es war grausam. Herzlos.

Decker hätte von Leuten, die einen Unschuldigen zwanzig Jahre im Gefängnis schmoren ließen, auch nichts anderes erwartet.

Er zog sich aus und legte sich ins Bett.

Sie arbeiteten nun schon eine ganze Weile an dem Fall, und ihn beschlich das ungute Gefühl, dass die geringen Fortschritte, die sie erzielt hatten, vielleicht schon alles waren, was sie erreichen würden.

28

Der Fitnessraum war klein und nur mit einem Laufband, ein paar staubigen Hanteln, einem alten Heimtrainer und einem einzigen Medizinball ausgestattet.

Decker marschierte auf dem Laufband vor sich hin und steigerte sein Tempo alle paar Minuten. Dabei schaute er auf den an der Wand befestigten Fernseher.

Es liefen die Nachrichten, die sich hauptsächlich mit der Hinrichtung von Charles Montgomery und dem Tod seiner Frau bei der Explosion ihres Hauses beschäftigten.

»Wie groß ist die Wahrscheinlichkeit, dass so etwas passiert?«, fragte der Nachrichtensprecher. »Dass beide unabhängig voneinander am selben Tag sterben.«

Sie waren nicht am selben Tag gestorben, dachte Decker. Regina war *nach* Mitternacht ums Leben gekommen, also streng genommen am nächsten Tag.

Dennoch konnte er dem Mann nicht widersprechen. Wie wahrscheinlich war so etwas?

Nun, es war sogar sehr wahrscheinlich, falls Regina ermordet worden war, sobald ihr Mann tot war und sein Geständnis nicht mehr zurücknehmen konnte.

Die Tür zum Fitnessraum öffnete sich, und Melvin Mars kam in Sportkleidung herein. Er nickte Decker zu und machte zuerst ein paar Dehnungsübungen.

Dann begann er mit seinem Programm, und Decker beobachtete ihn fasziniert. Er konnte nicht glauben, mit welcher Intensität der Mann sein Pensum abspulte. Einmal fiel er beinahe vom Laufband, weil er so gebannt verfolgte, was der zweiundvierzigjährige Mars leistete.

Schließlich stoppte Decker das Laufband und sah nur noch zu.

Als Mars mit seinem Programm fertig war, schnappte er sich ein frisches Handtuch von einem Tisch und wischte sich den Schweiß ab.

»Wie oft machen Sie das?«, fragte Decker.

»Jeden Tag. Seit zwanzig Jahren.«

»Beeindruckend. Ich krieg schon vom Zuschauen fast einen Herzinfarkt.«

Mars zuckte mit den Schultern. »Das hat mich aufrecht gehalten. Sonst wäre ich verrückt geworden, verstehen Sie?«

Decker nickte. »Das kann ich mir vorstellen.«

Mars setzte sich auf einen Hocker und sah mit einem argwöhnischen Ausdruck zu Decker auf. »Was glauben Sie, worum geht es wirklich bei der ganzen Sache?«

»Jemand hat Sie gehasst. Und dann haben Sie jemandem leidgetan.«

Mars schaute ihn überrascht an. »Was?«

»Der Täter hat Ihnen die Morde angehängt und Sie zu Unrecht ins Gefängnis gehen lassen. Kurz vor der Hinrichtung hat er die Montgomerys mit viel Geld dazu gebracht, für ihn zu lügen und Sie mit einem falschen Geständnis rauszuholen.«

»Sie glauben also, es war derselbe?«

»Es sind zwar zwanzig Jahre vergangen, aber möglich ist es.«

»Warum der plötzliche Sinneswandel? Jemand ermordet meine Eltern, lässt mich dafür in den Knast gehen und holt mich im letzten Moment wieder raus? Das ergibt doch keinen Sinn.«

»Da haben Sie recht. Wahrscheinlich hat er Ihnen das Verbrechen angehängt, weil es sich angeboten hat. Weil Sie als möglicher Täter infrage kamen.«

»Aber warum hat er meine Eltern ermordet?«

»Weil sie etwas Brisantes wussten. Weil sie irgendetwas gesehen, gehört oder getan haben.«

»Sie waren ganz normale Leute in einer kleinen Stadt in Westtexas, Decker.«

»Das waren sie in der Zeit, als Sie sie gekannt haben. Davor könnten sie ein ganz anderes Leben geführt haben, Melvin. Vielleicht kamen sie nach Westtexas, um ihre Vergangenheit hinter sich zu lassen.«

Mars nickte. »Das klingt einigermaßen plausibel. Glauben Sie, dass sie in irgendwas Übles verwickelt waren?«

»Es spricht jedenfalls einiges dafür. Wäre es etwas *Gutes* gewesen, hätte man sie dafür kaum ermordet.«

»Es fällt mir schwer, mir meine Eltern so vorzustellen.«

»Was ist mit der Narbe, die Ihnen an Ihrem Vater aufgefallen ist?«

»Ja, ich weiß. Darüber habe ich auch nachgedacht. Er ist richtig ausgerastet deswegen. Ich hatte ihn noch nie so wütend gesehen.«

»Vielleicht war er früher öfter so, als er jünger war.«

»Glauben Sie, jemand hat ihn verletzt? Irgendwelche Verbrecher, die ihn Jahre später gefunden und getötet haben?«

»Nicht unbedingt.«

»Was dann?«

»Die Narbe könnte auch von einer schlampig durchgeführten Operation stammen, mit der er sein Gesicht verändern ließ.«

Mars sah ihn wie vom Donner gerührt an. »Was?«

»Falls Ihr Vater vor diesen Leuten auf der Flucht war, wollte er vielleicht sein Aussehen verändern. Die plastische Chirurgie kann dabei hilfreich sein. Vielleicht hatte er nicht das Geld oder die Gelegenheit, um es von einem versierten Chirurgen machen zu lassen. Also geht er zu irgendeinem zwielichtigen Pfuscher. Daher die Narbe.«

»Aber was ist mit meiner Mom? Sie hatte keine Narben.«

»Es könnte sein, dass er sie erst später kennengelernt hat. Dass sie mit seinem Leben vorher nichts zu tun hatte.«

»Okay. Ich kann sie mir auch nicht als Kriminelle vorstellen. Sie war wirklich eine nette Lady. Ich habe nie ein lautes Wort von ihr zu hören bekommen. Sie war immer ruhig und geduldig.«

»Die Frage ist: Wie spüren wir diese Leute auf?«

Mars wischte sich noch etwas Schweiß vom Gesicht. »Müssen wir das?«

Decker sah ihn verdutzt an. »Müssen wir *was*?«

»Müssen wir die Sache weiterverfolgen? Meine Eltern sind tot. Und ich bin frei.«

»Wollen Sie nicht die Wahrheit wissen?«

»Nicht unbedingt, wenn …«

»Wenn Ihr Vater tatsächlich eine dunkle Seite hatte?«

»Würden Sie so was über Ihren Vater herausfinden wollen?«, erwiderte Mars abwehrend.

»Sie waren zwanzig Jahre eingesperrt, Melvin. Diese Leute haben Ihre Eltern ermordet. Sollen sie dafür nicht zur Rechenschaft gezogen werden? Wollen Sie die Mörder Ihrer Eltern nicht vor Gericht sehen?«

»Ich weiß, ich weiß.« Mars wirkte ratlos. »Natürlich will ich nicht, dass jemand mit so was davonkommt. Es ist nur …«

»Was?«, fragte Decker. »Gibt es in Ihrem Leben wichtigere Dinge als *das* hier?«

»Warum beißen Sie sich so daran fest?«, erwiderte Mars. »Es betrifft schließlich nicht Ihre verdammte Familie.«

»Aber es *hat* meine verdammte Familie betroffen«, erwiderte Decker. »Jemand hat sie ermordet. Ich hätte es auf sich beruhen lassen und irgendwie weiterleben können. Aber eines sage ich Ihnen, Melvin. Sie können es versuchen, aber das Leben, das Sie dann führen, ist nicht lebenswert.«

Decker schnappte sich sein Handtuch, stieg vom Laufband und wandte sich zur Tür. Bevor er hinausging, drehte er sich noch einmal zu Mars um.

»Alles was recht ist, Sie hätten in dem Jahr damals die Heisman Trophy gewinnen müssen. Der Kerl, der sie bekam, hat nur ein paar Jahre als Profi durchgehalten und nicht viel erreicht. Außerdem wären Sie im ersten Jahr in der NFL als bester Jungprofi ausgezeichnet worden. Mit links. Nur weil Sie nie die Chance bekamen, heißt das noch lange nicht, dass Sie kein Superstar waren. Sie waren nämlich einer.«

Er ging und schloss die Tür hinter sich.

Mars blieb mit hängendem Kopf auf dem Hocker sitzen.

29

»Agent Bogart?«, sprach Decker in sein Handy.

»Decker. Wie sieht's bei Ihnen aus? Ich nehme an, Sie sind noch in Alabama.«

»Ja. Es geht voran, aber langsam. Wir haben möglicherweise eine Spur zum Mörder von Regina Montgomery. Es könnte sein, dass ihn jemand gesehen hat. Die Cops hier gehen der Sache nach.«

»Das freut mich für Sie.«

»Ich weiß es zu schätzen, dass Sie das Hotel noch für ein paar Tage bezahlt haben. Und den Mietwagen.«

»Gern geschehen. Ich wollte Sie nicht so abrupt im Stich lassen.«

»Sind Sie in Quantico?«

»Ja.«

»Woran arbeiten Sie im Moment?«

»Ach, nichts Großartiges. Eigentlich gar nichts.«

»Warum das?«

»Darüber kann ich nicht sprechen.«

»Hat es damit zu tun, dass der Großteil Ihres Teams die Ermittlungen fortsetzt?«

»Und wenn es so wäre?«

»Ich will nicht, dass die Sache Ihrer Karriere schadet.«

»Ich glaube, der Zug ist abgefahren.«

»Das tut mir leid.«

»So geht es eben manchmal. Vielleicht war es sowieso eine bescheuerte Idee von mir, ein Team mit Leuten aus verschiedenen Gebieten zusammenzustellen.«

»Das finde ich nicht.«

»Sehen wir den Dingen ins Auge, Decker: Sie brauchen niemanden, mit dem Sie zusammenarbeiten. Sie finden so ziemlich alles allein heraus.«

»Ich habe damals in Burlington Hilfe gebraucht. Um die Mörder meiner Familie zu finden.«

»Sie hätten es auch ohne uns geschafft.«

»Vielleicht. Vielleicht aber auch nicht. Ist sonst alles in Ordnung?«

»Was, Sie meinen meine Ehe? Zufällig habe ich heute früh die Scheidungspapiere bekommen. Komisch, irgendwie hab ich gedacht, wir kriegen es vielleicht noch mal hin.«

»Dann ist es überraschend gekommen?«

»Ja, kann man so sagen. Und meine zukünftige Exfrau hat schon einen neuen Freund, einen nicht sehr erfolgreichen Künstler, also kann ich mich auf eine satte Unterhaltszahlung einstellen.«

»Sie brauchen einen guten Anwalt.«

»Ich *habe* einen guten Anwalt. Das Problem ist, sie auch. Hören Sie, was kann ich für Sie tun? Ich kenne Sie gut genug, um zu wissen, dass Sie nicht angerufen haben, um zu plaudern.«

»Ich weiß, es klingt verrückt, aber können Sie etwas für mich überprüfen?«

Er hörte Bogart seufzen, doch dann klickte ein Kugelschreiber. »Was?«

»Ob Roy und Lucinda Mars im Zeugenschutzprogramm waren.«

»Was?«, rief Bogart aus.

»Niemand weiß etwas über ihre Vergangenheit. Ich glaube, sie sind umgezogen und haben versucht, alles hinter sich zu lassen.«

»Aber warum Zeugenschutz?«

»Damit hätte jemand anderes als ihr Sohn ein Motiv, sie umzubringen.«

»Und Charles Montgomery?«

»Seine Frau wurde bestochen, damit sie ihn zu dem Geständnis überredet. Die Sachen, die ich in ihrem kleinen Haus gefunden habe, müssen über fünfzig Riesen gekostet haben. Und das war nur die Anzahlung. Aber die Täter haben sie umgebracht und sich dadurch weitere Unkosten erspart. Außerdem war sie ein Risikofaktor. Wir haben sie unter Druck gesetzt, möglicherweise hätte sie uns alles erzählt. Also musste sie sterben.«

Bogart schwieg einen Moment. »Sie wissen, dass die U.S. Marshals noch nie einen ihrer Schützlinge verloren haben?«

»Vielleicht sollte niemand wissen, dass sie Melvins Eltern verloren haben.«

»Das ist eine schwere Anschuldigung.«

»Mag sein, aber es ist ja auch kein unbedeutender Fall.«

»Falls Melvins Eltern wirklich im Zeugenschutz waren – warum wurden die U.S. Marshals dann in dem Prozess damals nicht befragt?«

»Wenn es niemand gewusst hat, konnte auch niemand auf die Idee kommen, sie zu befragen. Und von sich aus wollten sie vielleicht nicht an die Öffentlichkeit gehen.«

»Aber sie müssen von dem Prozess gewusst haben. Das heißt, sie hätten mit angesehen, wie ein Unschuldiger ins Gefängnis geht.«

»Es hat tatsächlich einiges gegen Melvin gesprochen. Vielleicht waren sie überzeugt, dass er seine Eltern ermordet hat.

Somit hätte der Fall nichts mit dem Zeugenschutzprogramm zu tun gehabt.«

»In Ordnung, angenommen, ich checke das für Sie – und ich verspreche gar nichts. Damit würde ich bei den Marshals in ein großes Wespennest stechen.«

»Das ist mir klar.«

»Aber wenn ich es überprüfe und sich herausstellt, dass Melvins Eltern tatsächlich von jemandem aus ihrer Vergangenheit ermordet wurden – wie erklären Sie sich dann, dass Montgomery für ein falsches Geständnis bezahlt wurde, um Mars aus dem Gefängnis zu holen?«

»Dafür habe ich noch keine Erklärung.«

»Kommt der Vorschlag von Mars?«

»Nein, das war meine Idee. Er weiß nichts über die Vergangenheit seiner Eltern.«

»Da können Sie sich nicht sicher sein. Vielleicht haben es ihm seine Eltern doch erzählt.«

»Möglich«, räumte Decker ein. »Aber wenn sie wirklich im Zeugenschutz waren, könnte uns das zu ihren Mördern führen.«

»Das stimmt. Ich melde mich, falls ich etwas in Erfahrung bringen kann.«

»Bogart, es tut mir leid. Ich wollte wirklich nicht, dass es so kommt.«

Er hörte den FBI-Mann seufzen. »Ich weiß. Für Sie zählt nur der Fall.«

»Ich will, dass die Wahrheit ans Licht kommt.«

»Schon gut. Viel Glück dabei.«

Bogart beendete das Gespräch, und Decker legte das Handy weg.

Die Sache mit dem Zeugenschutz war ihm schon vor einigen Tagen in den Sinn gekommen, doch erst in der Dusche nach seinem Besuch im Fitnessraum hatte er beschlossen, Bogart um seine Mithilfe zu bitten.

Falls Roy und Lucinda Mars unter Zeugenschutz gestanden hatten, würde das einiges erklären: ihre fehlende Vergangenheit, ihren Umzug in eine kleine Stadt in Westtexas, Roy Mars' Narbe, die seinem kleinen Sohn beim Spielen aufgefallen war, bis hin zu ihrer Ermordung.

Nur die jüngsten Ereignisse ließen sich damit nicht erklären. Dass jemand die Montgomerys für ein falsches Geständnis bezahlt hatte, um Melvin Mars aus dem Gefängnis zu holen.

Wer würde so etwas tun? Dieselben Leute, die seine Eltern getötet und ihm die Morde angehängt hatten?

Nein, das konnte nicht sein.

Aber wer dann?

Wenn er darauf keine Antwort fand, würde er diesen Fall nie richtig abschließen können.

Er ging die Treppe zur Lobby hinunter, wo Jamison bereits auf ihn wartete.

»Haben Sie schon gefrühstückt?«, fragte sie.

Er schüttelte den Kopf. Sie gingen ins Restaurant, das an die Lobby angrenzte.

Als sich Decker anschickte, ein typisch amerikanisches Frühstück zu bestellen, komplett mit Spiegeleiern, Pfannkuchen, Wurst und Speck, Grits und Toast, sah ihn Jamison durchdringend an.

Er entschied sich für Orangensaft, Toast und ein Eiweißomelett.

Während des Essens erzählte er ihr von seiner Vermutung.

»Zeugenschutz?«, sagte sie. »Das ist interessant. Es würde jedenfalls einiges erklären.«

»Aber nicht die Hauptsache. Warum Melvin freigekommen ist.«

»Nein, das wohl nicht.«

Er berichtete ihr von seiner Begegnung mit Mars im Fitnessraum des Hotels und von dessen plötzlichen Bedenken, den Fall weiterzuverfolgen. Für Decker spielte es keine Rolle, was Mars dachte. Wenn der Mann nichts mehr damit zu tun haben wollte, war das in Ordnung. Decker würde, wenn es sein musste, auch allein weitermachen.

Er erzählte Jamison von seinem Gespräch mit Davenport.

»Wenigstens hat sie Light-Bier mitgebracht«, bemerkte Jamison. »Ein Buch wollte sie also schreiben. Ich muss sagen, das wundert mich nicht.«

Decker sah sie erstaunt an. »Warum?«

Die Frage war ihr sichtlich unangenehm.

»Warum?«, hakte er nach.

»Weil ich in Burlington auch so einen Gedanken hatte, als wir die Morde an Ihrer Familie untersucht haben.«

»Dass Sie ein Buch darüber schreiben könnten?«

»Über den Fall, über Sie. Sie sind faszinierend, Amos, das können Sie nicht leugnen.«

»Wenn ich faszinierend bin, dann ist daran eine Gehirnverletzung beim Football schuld. Niemand sollte auf die Idee kommen, es mir nachzumachen.«

»Aber die Art, wie Ihr Gedächtnis funktioniert.«

Er legte die Gabel beiseite. »Und? Wollen Sie immer noch ein Buch über mich schreiben?«

Sie schaute ihn an, ihr Gesichtsausdruck zunächst verärgert, dann zunehmend schuldbewusst.

»Nein, nicht mehr.«

»Gut, denn wenn es so wäre, könnten Sie nicht auf meine Mithilfe zählen, Jamison.«

»Das ist mir klar. Ich meine, so gut kenne ich Sie inzwischen.«

Sie sah sich im Raum um. »Also, was tun wir jetzt? Bleiben wir in Alabama und warten ab, was die Polizei erreicht?«

Decker schüttelte den Kopf. »Die Ereignisse in Alabama sind nur die jüngsten Konsequenzen der ganzen Sache. Charles Montgomerys Hinrichtung, der Mord an seiner Frau Regina. Der Schlüssel zu dem allem aber liegt in Texas. Dort müssen wir suchen.«

»Hat das Ganze nicht lange vor Texas begonnen? Falls Mars' Eltern wirklich unter Zeugenschutz standen?«

»Richtig, Jamison. Aber um dorthin zu kommen, müssen wir in Texas ansetzen. Denn für Melvin hat alles dort angefangen.«

Im nächsten Augenblick erstarrte Decker.

»Was ist, Amos?«

»Heisman«, murmelte Decker.

»Heisman? Was meinen Sie damit – die Auszeichnung im College-Football?«

Decker stand von seinem Stuhl auf. »Der ganze Rummel, der damit verbunden ist.«

»Was hat das mit dem Fall zu tun?«

»Ich glaube, es könnte der Auslöser für das alles sein.«

30

»Ich weiß es nicht«, sagte Mars.

Decker, Davenport und Jamison saßen ihm an einem Tisch in Mars' Hotelzimmer gegenüber. Wie Decker hatte er nach seiner Trainingseinheit geduscht und frische Kleidung angezogen.

»Sie müssen doch *irgendetwas* wissen«, drängte Decker hartnäckig. »Sie waren in der engeren Auswahl für die Heisman Trophy. Sie sind nach New York zur Verleihung gefahren. Sind Ihre Eltern nicht mitgekommen?«

»Nein«, antwortete Mars, ohne zu zögern. »Ich hätte es mir gewünscht, aber sie waren nicht dabei. Dad musste arbeiten, und Mom wollte ohne ihn nicht fahren.«

»Ihr Vater konnte sich im Pfandhaus nicht einmal einen Tag freinehmen, um zu sehen, ob sein Sohn die Heisman Trophy gewinnt?«, fragte Davenport skeptisch.

Mars sah sie an. »Ich weiß, das klingt komisch. Aber damals war es für mich okay. Ich bin eben allein zur Preisverleihung gefahren. Klar wollte ich sie dabeihaben, aber ich hätte dort sowieso kaum Zeit für sie gehabt. Ständig musste ich irgendwo in eine Kamera schauen oder ein paar Worte in ein Mikrofon quatschen.«

Decker lehnte sich zurück. »Hat jemand versucht, Ihre Eltern zu interviewen? Die Medien bringen gern Geschichten über den Hintergrund und die Familien der Finalisten.«

Mars nickte. »Ja, es gab schon Anfragen. Der Fernsehsender ESPN und einige andere wollten was über meine Eltern machen.

Eine Zeitung in Austin und sogar die *New York Times* haben angerufen.«

»Und?«, hakte Decker nach.

»Meine Eltern haben alle Anfragen abgelehnt. Sie wollten mit niemandem sprechen.«

»Haben Sie das nicht seltsam gefunden?«

»Jetzt schon. Aber Sie müssen das verstehen, Mann. Damals ist alles so schnell für mich gegangen. Ich hatte kaum Zeit zum Durchatmen. Stand dauernd im Mittelpunkt. Sogar meine alte Grundschule hat einen Melvin-Mars-Tag veranstaltet. Ich hatte nicht viel Zeit, um mich mit meinen Eltern zu beschäftigen. Ich hab gewusst, dass sie stolz auf mich sind. Also war alles cool.«

»Das waren sie sicher«, pflichtete ihm Jamison bei, »aber es könnte etwas zu bedeuten haben, dass sie sich dermaßen von der Öffentlichkeit ferngehalten haben.« Sie warf Decker einen kurzen Blick zu. Der nickte.

Mit leiserer Stimme fügte sie hinzu: »Decker glaubt, dass Ihre Eltern unter Zeugenschutz gestanden haben.«

Mars' Augen weiteten sich, und er starrte Decker ungläubig an.

»Klingt plausibel«, stimmte Davenport zu. »Wenn man bedenkt, wie sie sich verhalten haben.« Sie wandte sich Decker zu. »Lässt sich das überprüfen?«

»Wir arbeiten daran«, antwortete Decker, während er Mars musterte.

»Warum sollen meine Eltern unter Zeugenschutz gestanden haben?«, fragte Mars schließlich. »Ist das nicht was für Kriminelle, die ihre Kumpel verpfeifen?«

»Nicht immer. Auch völlig Unschuldige kommen in den Zeugenschutz, wenn sie mithelfen, Verbrecher zur Strecke zu bringen, und ihr Leben dadurch in Gefahr ist.«

Mars dachte einen Moment darüber nach. »Okay, es klingt gar nicht so absurd. Sie haben aber nie etwas dergleichen erwähnt.«

»Aus gutem Grund«, meinte Davenport. »Das wäre gefährlich gewesen. Sie hätten sich verplappern können. Bestimmt ist es eine Bedingung der U.S. Marshals, so wenigen wie möglich davon zu erzählen.«

Mars nickte, wirkte aber immer noch betroffen angesichts der Möglichkeit, die plötzlich im Raum stand.

»Sind Ihre Eltern zu der Feier an der Grundschule gegangen?«, fragte Decker.

Mars fing sich wieder. »Ja. Ich glaube, es war die einzige Veranstaltung, bei der sie dabei waren. Es war nur eine kleine Feier. Ich habe kurz vor den Kindern und Lehrern gesprochen. Ein paar Schüler haben mir eine Plakette überreicht. Sie haben mich zusammen mit dem Direktor und einigen meiner alten Lehrer fotografiert.«

»Und Ihre Eltern?«

»Die saßen unter den Zuschauern.«

»Sind sie nicht auf die Bühne gekommen?«

»Nein, das hätten sie nie getan. So etwas haben sie gehasst. Sie haben sich lieber im Hintergrund gehalten.«

»Sind Sie zusammen weggegangen?«

Mars runzelte nachdenklich die Stirn. »Ja, das schon.« Er zuckte kurz zusammen und sah Decker an. »Als wir aus der Schule kamen, war da ein lokales Fernsehteam. Wir haben nicht gewusst, dass auch Medien dort sein würden. Ich habe ihnen ein kurzes Interview gegeben. Über meine Zeit in der Schule und die Ehrung. Eine nette Geschichte halt.«

»Und Ihre Eltern?«

»Die haben hinter mir gestanden.«

»Also waren sie wahrscheinlich auf der Aufnahme drauf.«

»Gut möglich.«

»Haben Sie Ihre Eltern damals erwähnt?«

»Ja. Ich hab mich umgedreht und auf sie gedeutet …« Mars stoppte abrupt.

»Haben die das im Fernsehen gesendet?«

Mars nickte betreten. »Einiges davon war in den nächsten Tagen auf ESPN zu sehen. Ich kann mich noch gut erinnern.«

Decker lehnte sich zurück. »Damit hat alles angefangen.«

»Was meinen Sie?«

»Dass Ihre Eltern im landesweiten Fernsehen zu sehen waren.«

»Aber Sie haben gesagt, mein Vater hat sich wahrscheinlich das Gesicht verändern lassen.«

»Vielleicht nicht genug.«

»Decker«, warf Davenport ein, »wollen Sie damit sagen, jemand hat die beiden im Fernsehen gesehen und ist daraufhin nach Texas gekommen, um sie zu töten?«

»Es ist eine Theorie, ja.«

»Und die Leute, die das getan haben, waren der Grund, warum die beiden im Zeugenschutz waren?«, fügte Jamison hinzu.

Decker nickte.

»Aber selbst wenn das mit dem Zeugenschutz stimmt, wären dazwischen viele Jahre vergangen«, gab Mars zu bedenken.

»Manche Leute geben die Suche nie auf«, erwiderte Decker. »Ich spreche aus Erfahrung. Die vielen Jahre sagen gar nichts.«

Jamison warf ihm einen kurzen Blick zu, schwieg jedoch.

»Wir können also herausfinden, ob meine Eltern tatsächlich im Zeugenschutz waren?«

»Agent Bogart checkt das für uns.«

»Bogart?«, rief Davenport überrascht aus.

»Es kann aber eine Weile dauern«, bremste Decker die Erwartungen.

»Was tun wir bis dahin?«, fragte Jamison.

»Wie ich schon sagte, wir fahren nach Texas.«

»Was ist mit dem Kerl, der möglicherweise Regina Montgomery ermordet hat?«, warf Davenport ein.

»Der könnte schon in Texas sein.«

»Warum?«

»Weil es da etwas gibt, das mir einfach nicht in den Kopf will.«

»Und das wäre?«, fragte Jamison.

»Dass ein Mann Menschen ermordet und gleichzeitig jemanden rettet.«

31

Decker und Mars konnten sich den Flug nicht leisten, im Gegensatz zu Jamison und Davenport, die sofort anboten, die Tickets für die beiden mit ihren Kreditkarten zu bezahlen. Beide lehnten dankend ab.

Mars meinte, er fühle sich nicht wohl dabei, etwas anzunehmen, egal von wem.

»Wir fahren mit dem Mietwagen, den das FBI bezahlt hat, nach Texas«, entschied Decker. »Sie beide nehmen das Flugzeug, und wir treffen uns dann im Motel.«

»Sind Sie sicher?«, fragte Davenport noch einmal. »Wir können auch mit Ihnen fahren.«

»So haben Melvin und ich Gelegenheit, uns zu unterhalten. Und Sie wollen sicher nicht so lange mit uns im Auto sitzen. Wenn Sie ankommen, können Sie schon mal Zimmer für uns buchen. Bogart hat mir gemailt. Wir alle können noch mal fünf Tage auf Regierungskosten übernachten. Sobald Sie eingecheckt haben, können Sie bei der örtlichen Polizei nachfragen, ob sich in der Zeit, als wir weg waren, etwas getan hat.«

»Was da wäre?«, fragte Jamison.

»Etwas Unerklärliches vielleicht.«

»Soweit ich weiß, mögen Sie unerklärliche Dinge nicht besonders.«

»Stimmt. Die kann ich nicht ausstehen.«

Die Frauen buchten den Flug, während Decker den Wagen volltankte und seine wenigen Habseligkeiten packte. Mars packte ebenfalls. Er hatte vom Staat Texas etwas Geld erhalten, um sich Kleidung, Schuhe und andere notwendige Dinge zu besorgen, auch eine Sporttasche, in der er alles verstaute.

Decker hatte mit Mary Oliver gesprochen, bevor sie nach Texas aufbrachen. Sie bereitete den Papierkram vor, um die offizielle Entschädigung für Mars zu erwirken. Sie hatte angedeutet, dass sie noch eine andere Strategie verfolge und ihn später darüber informieren werde.

»Welche Strategie?«, hatte er gefragt.

»Melvin soll bekommen, was ihm zusteht, nachdem er zwanzig Jahre im Gefängnis saß. Fünfundzwanzig Riesen sind nicht annähernd genug.«

»Wie lange werden wir unterwegs sein?«, fragte Mars, als er und Decker abfuhren.

»Mindestens siebzehn Stunden. Es sind über tausend Meilen.«

»Fahren wir durch?«, fragte Mars.

»Das weiß ich noch nicht. Wir wechseln uns ab. Mal sehen, wie es geht.«

»Decker, ich habe über zwanzig Jahre kein Auto mehr gelenkt. Ich hab nicht mal einen Führerschein.«

Decker warf ihm einen Seitenblick zu. »Fürchten Sie, wir könnten angehalten werden?«

»Ja, schon. Wahrscheinlich würden sie mich gleich wieder einlochen.«

»Machen Sie sich deswegen keine Sorgen. Wenn es wirklich passieren sollte, sage ich, ich hätte Sie mit vorgehaltener Pistole gezwungen zu fahren, weil ich ein Arschloch bin.«

»Trotzdem eine lange Fahrt, auch wenn wir uns abwechseln.«

»Ich fahre gern. Ich kann gut dabei nachdenken.«

»Okay, dann sollte ich ein wenig schlafen, während Sie fahren. Und umgekehrt.«

»Vorher würde ich gern noch reden.«

»Haben Sie noch mal darüber nachgedacht, was ich Ihnen im Fitnessraum gesagt habe?«

»Natürlich.«

»Sie müssen es aus meiner Perspektive sehen. Ich war es, der all die Jahre im Knast versauert ist. Klar würde ich gern die Wahrheit erfahren. Aber vor allem muss ich mir überlegen, was ich mit meinem Leben anfangen soll. Ich habe eine Scheißangst, dass irgendwas schiefläuft und ich wieder hinter Gittern lande.«

Decker tippte mit den Fingern aufs Lenkrad und schaute durch die Windschutzscheibe. Sie fuhren auf der Interstate 20 Richtung Westen, und er trat ordentlich aufs Gaspedal. Er schaltete den Tempomat ein und lehnte sich zurück.

»Sie können beides miteinander verbinden.«

»Glauben Sie?«

»Als meine Familie ermordet wurde, habe ich jede wache Minute herauszufinden versucht, wer sie umgebracht hat. Nicht einmal im Schlaf konnte ich mich so richtig davon lösen. Ich war besessen.«

»Und Sie glauben, das war gut für Sie?«

»Nein, war es nicht. Ich habe deswegen alles verloren. Meinen Job, mein Haus, so gut wie alles. Aber es war mir egal.«

»Warum?«

»Weil ich bereits das Einzige verloren hatte, das mir wirklich etwas bedeutet hat.«

Mars seufzte und schaute aus dem Fenster. »Wie haben sie geheißen?«

»Meine Frau Cassandra hab ich Cassie genannt. Wir hatten

eine Tochter, Molly. Meinen Schwager Johnny haben sie umgebracht, weil er zufällig da war.«

»Sie haben alle drei tot aufgefunden?«

»Ja.«

»Das muss das Schlimmste sein, das einem passieren kann.«

»Ich habe sie in Blau gesehen.«

Mars warf ihm einen verständnislosen Blick zu. »Was? Wie meinen Sie das?«

»Ich gehöre zu den Leuten mit Synästhesie.«

»Synäs… was?«

»Synästhesie. Man hat immer wieder wahllos verknüpfte Sinneswahrnehmungen. Ich sehe zum Beispiel manche Zahlen in Farbe. Den Mord an meiner Familie habe ich in Blau gesehen. Mit dem Tod geht es mir immer so. Ich habe außerdem Hyperthymesie.«

»Was ist das?«

»Ein nahezu perfektes Gedächtnis.«

»Verdammt, da haben Sie echt Glück. Sind Sie damit zur Welt gekommen?«

»Nein. Ich habe es erst seit einem Spiel in der NFL.«

Mars beäugte ihn skeptisch. »*Sie* haben es in die NFL geschafft? Ich hab gedacht, Sie hätten nach dem College aufgehört.«

»Ich war bei den Cleveland Browns im Einsatz. Leider nur für ein Spiel.«

»Ein Spiel? Was ist dann passiert?«

»Ein Typ hat mich gerammt. Ich bin praktisch zweimal auf dem Feld gestorben. Als ich aus dem Koma aufgewacht bin, war mein Gehirn verändert. Ich war ein anderer Mensch.«

Mars schwieg. Als sich Decker ihm zuwandte, starrte Mars ihn ungläubig an.

»So sind Sie dazu gekommen, zu diesem Hyperdings … dem perfekten Gedächtnis?«

Decker nickte.

»Sie verscheißern mich, oder?«, platzte Mars heraus.

Decker schüttelte den Kopf. »Käme mir gar nicht in den Sinn. Diese Art von Humor ist aus meinem Repertoire gestrichen. Das mit dem Gedächtnis ist nämlich nicht alles. Meine ganze Persönlichkeit hat sich verändert.«

»Das muss ziemlich selten sein, was Ihnen passiert ist.«

»Extrem selten.«

»Aber in Ihrer Arbeit als Ermittler ist es doch sicher praktisch, sich alles merken zu können.«

»Das schon. Aber sonst ist es nicht so lustig.«

Sie fuhren einige Minuten schweigend.

»Warum erzählen Sie mir das alles?«, fragte Mars schließlich. »Sie scheinen mir nicht unbedingt der Typ zu sein, der sein Herz auf der Zunge trägt. Und wir sind ja keine alten Kumpel oder so. Wir kennen uns eigentlich kaum.«

»Ich wollte Ihnen damit nur sagen, dass es für Ihre Situation keine richtige oder falsche Antwort gibt. Ich weiß, was ich will. Ich will herausfinden, was mit Ihren Eltern geschehen ist und wer Ihnen das Verbrechen angehängt hat. Aber das ist es, was *mich* antreibt. Aus Ihrer Perspektive sieht es vielleicht anders aus. Sie haben andere Prioritäten. Ich möchte Ihnen aber auch sagen, dass ich wirklich gut bin in dem, was ich tue. Ich kann sonst nichts besonders gut, aber das schon. Wenn Sie also mit mir zusammenarbeiten wollen, haben wir gute Aussichten, der Sache auf den Grund zu gehen.«

Mars musterte ihn nachdenklich. »Wissen Sie, jetzt erinnere ich mich ganz gut an Sie. An dieses eine Spiel, in dem wir uns begegnet sind. Sie haben taktisch alles richtig gemacht.

Haben mich genau so attackiert, wie es einem die Trainer vorgeben.«

»Aber es gibt kein Rezept gegen Schnelligkeit, Geschicklichkeit, Übersicht oder die Fähigkeit, blitzartig die Richtung zu ändern. Und Sie hatten das alles.«

»Es war kein faires Duell«, stellte Mars fest. »Und ich hatte zusätzlich noch die Motivation, es unbedingt nach oben zu schaffen, weil es für Jungs wie mich keinen anderen Weg gibt. Sie hatten noch andere Möglichkeiten.«

»Zum Glück, weil ich in der NFL keine Zukunft gehabt hätte, auch ohne diesen Zusammenstoß.«

»Ich will wirklich wissen, was mit meinen Eltern geschehen ist. Und ich weiß, dass Sie mir dabei helfen können.«

»Heißt das, Sie sind dabei?«

»Ja, ich denke schon.«

»Eins noch, Melvin.«

»Ja?«

»Manchmal ist es schmerzhafter, die Wahrheit zu kennen, als sie nicht zu kennen.«

Mars verzog das Gesicht. »Danke, dass Sie mir das sagen, *nachdem* ich mich entschlossen habe weiterzumachen.«

Er klappte den Sitz zurück und schloss die Augen, um zu schlafen.

32

Sie waren bereits in Texas.

Dennoch hatten sie noch über fünfhundert Meilen und mindestens acht Stunden Fahrt vor sich.

In Texas waren die Entfernungen groß.

Es war längst Zeit fürs Abendessen, sie waren beide am Verhungern. Und mussten dringend auf die Toilette.

Decker bog vom Highway zu einer großen Raststätte ab, in der es ein Grillrestaurant, ein Lebensmittelgeschäft und einen Geschenkartikelladen gab. Auf dem gut gefüllten Parkplatz sah man hauptsächlich massige Pick-ups mit Gewehrständern und Sattelschlepper mit langen Aufliegern.

Von drinnen dröhnte Musik auf den Parkplatz heraus.

Sie traten ein, gingen auf die Toilette und suchten sich dann einen Tisch ganz hinten, möglichst weit weg von der Livemusik. Sie bestellten etwas zu trinken und zu essen.

Mars schaute sich in dem gut besuchten Restaurant um. Viele der Männer und Frauen trugen Cowboyhüte und Stiefel und tanzten zur Countrymusic der Band.

Zur Rechten gelangte man in einen Billardraum, zur Linken in eine Videospielhalle.

Als die Band eine Pause einlegte, hörten sie das Knallen der Billardkugeln und das Gequassel der Spieler. Decker bemerkte, dass sie von ein paar jungen Männern beobachtet wurden, die mit dem Queue in einer Hand und der Bierflasche in der anderen am

Billardtisch standen. Als er den Blick abwandte, sah er, wie Mars einen Schluck Bier nahm und lächelte.

»Was ist?«, fragte Decker.

»Das ist mein erstes Bier seit zwanzig Jahren, Mann.«

»Stimmt.«

Decker trank einen Schluck Wasser.

Mars musterte ihn amüsiert. »Wie geht's mit der Diät?«

»Es geht.«

»Wollen Sie Ihre Footballerfigur wiederhaben?«

»Nein, nur den nächsten Geburtstag noch erleben.«

Mars' Lächeln schwand. »Ja, ich auch.« Er sah auf seine Uhr. »Jamison und Davenport werden schon angekommen sein.«

»Sie sind vor sechs Stunden gelandet. Ich habe ihren Flug auf dem Handy verfolgt.«

»Das können Sie?«, staunte Mars. »Auf dem Handy?«

»Sie haben einiges nachzuholen.«

»Ja. Glauben Sie, die zwei werden dort etwas erreichen?«

»Sie können schon mal checken, was die örtliche Polizei weiß. Die nimmt ja immer noch an, dass wir vom FBI sind. Also arbeiten wir mit ihr zusammen.«

»Was wollen *Sie* unternehmen?«

»Ich möchte mit Ihnen zu Ihrem Elternhaus fahren. Vielleicht fällt Ihnen etwas ein, wenn Sie sich dort umsehen.«

»Und wenn ich nicht will?«

»Dann nicht. Ich werde Sie nicht zwingen.«

»Was noch?«

»Bogart geht der Sache mit dem Zeugenschutz nach. Und wir versuchen immer noch herauszufinden, woher Regina das Geld für das ganze Zeug hatte.«

»Okay.«

»Fällt Ihnen noch irgendetwas über Ihre Eltern ein?«

»Ich habe nachgedacht, aber im Moment kann ich Ihnen nichts Neues erzählen.«

»Dann hilft uns vielleicht ein Besuch in Ihrem alten Zuhause weiter.«

»Kann sein.«

»Es war ein raffinierter Plan. Der Täter hat das Mädchen und den Motelportier bestochen.«

»Wie bitte?«

»Ellen Tanner. Sie hat dabei mitgemacht. Es war ja ihr Vorschlag, dass Sie sie an dem Abend besuchen, stimmt's?«

»Also … ja.«

»Sie hat dafür gesorgt, dass Sie eine Weile bleiben. Dann kam der Streit, und Sie sind gefahren. Und was die Uhrzeit betrifft, hat sie gelogen. Sie hat auch das Geld aus Ihrer Brieftasche genommen, damit Sie die Kreditkarte benutzen mussten.«

»Warum sollte sie das tun?«

»Aus dem gleichen Grund, warum Regina ihren Mann zu dem Geständnis überredet hat. Sie hat Geld dafür bekommen.«

»Und der Motelportier?«

»Der hat schon auf Sie gewartet.«

»Wie konnte er wissen, dass mein Wagen genau vor seinem Motel den Geist aufgeben wird?«

»Der Wagen, der am nächsten Morgen, als die Polizei kam, wieder einwandfrei gelaufen ist.«

»Wollen Sie damit sagen, jemand hat an meinem Auto rumgemacht?«

»Vielleicht, als Sie bei Ellen Tanner waren.«

»Moment, ich habe selbst gehört, wie der Portier die Kreditkartendaten durchgegeben hat.«

»Ja, gegen elf Uhr, als Sie tatsächlich dort waren. Nur hatte er gar nicht die Kreditkartenfirma am Telefon. Vielleicht hat er nur mit dem Freizeichen gesprochen. Egal. Wahrscheinlich hat er sich die Daten notiert und später tatsächlich angerufen, um ein Uhr fünfzehn, sodass es mit seinen Angaben übereinstimmte. Das Gerät, in das er die Karte eingelesen hat, zeigt keine Uhrzeit an. Er hat nur das Datum eingegeben. Die Firma hat er später wirklich angerufen, und dort wurde der Anruf mit der genauen Zeit registriert. Voilà, schon löst sich Ihr Alibi in Luft auf.«

Mars stellte die Bierflasche ab. »Dieser Scheißkerl!«

»Ja, hab ich mir auch gedacht. Scheißkerl.«

»Die haben das bis ins Kleinste geplant. Mit enormem Aufwand.«

»Das heißt, sie müssen einen wirklich guten Grund dafür gehabt haben.«

Decker nahm einen Bissen von seinem Salat ohne Dressing.

»Wie schmeckt's?«, fragte Mars mit einem Blick auf die grünen Salatblätter, Gurkenscheiben und Karottenstreifen.

»Pferdeäpfel schmecken wahrscheinlich besser.«

Mars schnaubte und wartete, bis er den Bissen hinuntergeschluckt hatte.

»Zuerst haben die Sie mit einem ausgeklügelten Plan ins Gefängnis gebracht«, fuhr Decker fort, »und zwanzig Jahre später holen sie Sie wieder raus. Warum?«

»Falls es wirklich dieselben Leute waren.«

»Ich bin mir ziemlich sicher, dass es so ist.«

»Dann stellt sich tatsächlich die Frage, warum.«

»Tja, das ist das große Rätsel, die Eine-Million-Dollar-Frage.«

Sie aßen fertig, bezahlten und gingen hinaus auf den Parkplatz.

»Scheiße«, murmelte Decker.

Mars sah ihn überrascht an. »Was ist los?«

Ehe Decker antworten konnte, traten die Männer, die sie im

Lokal beobachtet hatten, zwischen zwei geparkten Autos hervor und umringten sie. Fünf gegen zwei – alles junge, kräftige Männer in den Zwanzigern.

Decker musterte den Kerl, der der Anführer der Gruppe zu sein schien. »Kann ich euch irgendwie helfen?«

Der Größte der fünf deutete auf Mars. »Du bist der Typ, den sie aus der Todeszelle rausgelassen haben, oder? Hab dich im Fernsehen gesehen.«

Mars schwieg.

»He, ich rede mit dir.«

Decker wollte sich nicht mit diesen Typen abgeben, doch er wollte auch nicht, dass Mars richtig sauer wurde und den Kerl umbrachte. »Warum geht ihr nicht wieder rein und spielt Billard, okay?«

Der Mann ignorierte ihn und starrte Mars eindringlich an. »Du hast deine Eltern um die Ecke gebracht, und jetzt lassen sie dich raus? Wie kann das sein, du Arschloch?«

Decker sah, dass sich Mars' Gesichtsausdruck bedrohlich veränderte.

Der Anführer ließ nicht locker. »Du hast Football gespielt, stimmt's? Scheiße, ich wette, mein kleiner Bruder rennt dich über den Haufen.«

»Geh wieder rein«, forderte Decker den Mann auf. »Sofort!«

Der Mann sah ihn an. »Wer zum Teufel bist du, dass du mir sagst, was ich tun soll?«

Decker zeigte ihm den FBI-Ausweis. »Das bin ich.« Er schlug seine Jacke zurück und ließ seine Waffe sehen. »Und das gibt mir das Recht, dir zu sagen, dass du verschwinden sollst.«

Der Mann beäugte den FBI-Ausweis, dann die Pistole, und verzog angewidert das Gesicht. »He, Kleiner, ist er dein Babysitter oder was?«

Decker sah, dass sich Mars anspannte, und legte ihm die Hand auf die Schulter, während er den Mann unverwandt ansah. »Geht wieder rein.«

Der Mann wandte sich seinen Kumpeln zu. »Was glaubt ihr, ob sich das Weichei schon in die Hose pisst?« Alle lachten.

»Ich hab gesagt, ihr sollt reingehen.«

Decker wandte sich Mars zu. »Gehen Sie zum Wagen, ich regle das.«

Mars schaute Decker an, als hätte der komplett den Verstand verloren.

»Gehen Sie, Melvin!«

Mars wandte sich widerstrebend zum Gehen.

Der Anführer trat vor und schlug Mars auf den Hinterkopf. Mars drehte sich langsam um, während sich Decker an den Angreifer wandte. »Bist du lebensmüde oder was?«

»Ich glaube, *er* will sterben«, erwiderte der Mann. »Jedenfalls wird er sich wünschen, er wäre tot, wenn wir mit ihm fertig sind.«

Decker holte tief Luft und sah Mars an, der wie ein wilder Stier wirkte, der es nicht erwarten konnte, aus dem Pferch zu kommen.

Decker fluchte innerlich und wandte sich dem Anführer der Bande zu. »Wie heißt du?«

Der Mann sah Decker herablassend an. »Wieso? Willst du mir einen Strafzettel verpassen?«

»Nein, ich will nur wissen, mit wem ich es zu tun habe.«

»Ich heiße Kyle, du Penner. Und es interessiert uns einen Dreck, dass du von den Feds bist. Hier bei uns hast du nichts zu melden.« Er schlug seine Jacke zurück und zeigte seine Waffe. »Nur damit du's weißt: Eine Knarre haben wir auch. Jeder von uns.«

»Okay, Kyle, du willst dich mit diesem Mann anlegen? Dann setzen wir ein paar Regeln fest.«

Kyle schnaubte verächtlich. »Regeln, was zum …«

»Halt die Schnauze!«, brüllte Decker, dessen Geduld mit diesen Kerlen sich dem Ende zuneigte.

Kyle erstarrte.

Decker atmete tief durch und stellte sich vor, er wäre allein und nicht von all diesen Leuten umgeben. Er zog seine Pistole. »Regel Nummer eins: Wenn einer eine Waffe zieht, jage ich ihm eine Kugel in die Eier. Regel zwei: Ihr stimmt ausdrücklich den Bedingungen zu, die ich jetzt nenne.« Er zog sein Handy hervor und aktivierte die Videofunktion. Er hielt es hoch, um sich aufzunehmen, und sagte: »Egal, wie der Kampf ausgeht, keiner von euch wird Mr. Mars verklagen. Falls einer oder mehrere von euch ums Leben kommen sollten, wird keiner der Überlebenden zivil- oder strafrechtliche Schritte gegen Mr. Mars einleiten.«

»Willst du mich verscheißern?«, schnaubte Kyle.

»Ihr werdet doch kein Problem damit haben, oder?«

»Wie kommst du darauf?«

»Wie du gesagt hast – er ist bloß ein Weichei.« Decker richtete das Handy auf Kyle. »Du musst sagen: ›Ich stimme zu‹.«

Die vier anderen sahen Kyle an. »Ich stimme zu«, knurrte er.

Die anderen schauten einander einen Moment lang an, worauf einer nach dem anderen seine Zustimmung gab, wenn auch nicht gerade begeistert.

»Gut«, sagte Decker. »Und jetzt gib mir eine Telefonnummer deiner engsten Angehörigen.«

»Was?«, brummte Kyle argwöhnisch. »Warum?«

Decker sah zu Mars und wieder zu Kyle. »Weil er dich umbringen wird, Blödmann.«

Decker drehte sich um und nickte Mars zu. Der trat auf Kyle zu. »Schlag zu.«

»Was?«, fuhr ihn Kyle an.

»Niemand soll sagen, dass ich angefangen habe.«

Kyle drehte sich zu seinen Kumpeln um und murmelte ihnen eine Anweisung zu. Dann wirbelte er herum und zielte mit einem mächtigen Schwinger auf Mars' Kinn. Der Schlag hätte Mars vielleicht von den Beinen geholt, hätte der ihn nicht spielerisch mit dem Arm blockiert.

Kyle schrie auf und wich einen Schritt zurück. »Verdammt, du hast mir den Arm ge…«

Er sprach den Satz nicht zu Ende, denn Mars knallte ihm die Faust mit solcher Wucht ins Gesicht, dass Kyle hochgerissen wurde und bewusstlos auf dem Asphalt landete.

Kyles Kumpel sprangen zurück und starrten auf ihn hinunter. Blut strömte ihm aus dem Mund, seine Nase war gebrochen, und drei Zähne lagen neben ihm auf dem Asphalt.

»Der Nächste«, sagte Decker und sah die Männer erwartungsvoll an.

Die vier hoben Kyle rasch auf und machten, dass sie wegkamen.

Decker steckte die Pistole ins Halfter. »Gehen wir«, sagte er leise zu Mars. Sie eilten zum Auto, stiegen ein und fuhren los.

Mars rieb sich die Fingerknöchel und schaute aus dem Fenster.

Decker warf ihm einen kurzen Blick zu. »Hilft auch nicht so richtig, oder?«

Mars schüttelte den Kopf. »Das tut es nie.«

33

Mars stand einige Augenblicke da und betrachtete das Haus.

Es war ein trockener, wolkenloser Tag und für Januar sehr warm.

Er blickte zu Decker hinüber. Neben ihm standen Jamison und Davenport.

»Alles okay?«, fragte Decker.

Mars nickte langsam, ohne den Blick von seinem Elternhaus zu wenden. Sie standen direkt vor der Veranda.

»Sie haben gesagt, Sie waren drin?«, sagte Mars.

Decker nickte.

»Wie sieht es aus?«

»Es gibt nicht viel. Aber das ist nicht so wichtig. Worauf es ankommt, ist, dass Sie hier sind und sich vielleicht an irgendwas erinnern.«

Sie hatten sich kurz nach ihrer Ankunft mit Jamison und Davenport in dem Motel getroffen, in dem diese eingecheckt hatten. Die Frauen hatten außerdem mit der örtlichen Polizei gesprochen und erfahren, dass es keine großen Fortschritte in der Sache gab.

Nun, da Mars freigesprochen war, schien der Fall für die Behörden in Texas abgeschlossen zu sein.

»Wir haben uns auch mit Mary Oliver getroffen«, berichtete Jamison. »Melvin, sie hat einen Antrag auf Haftentschädigung für Sie gestellt.«

»Wie lange wird die Bearbeitung dauern?«, fragte Mars. »Ich habe kein Geld und keinen Job.«

»Sie drängt auf eine besonders zügige Bearbeitung und ist optimistisch, dass Sie die maximale Entschädigung erhalten werden.«

»Ja, fünfundzwanzig Riesen«, murmelte er und ging auf das Haus zu.

Decker führte sie nach drinnen. Die alten Türangeln quietschten, nachdem Decker zuvor gewaltsam eingedrungen war. Mars zuckte leicht zusammen, als er nach Decker eintrat. Die beiden Frauen folgten ihnen.

Sie standen einige Augenblicke im Wohnzimmer. Jamison und Davenport sahen sich um, während Deckers Blick auf Mars ruhte.

Der Mann wirkte wie erstarrt, als wäre er schlagartig in die Neunzigerjahre zurückversetzt worden.

»Lassen Sie sich Zeit«, riet Decker.

Mars trat zu den Bildern auf dem Regal. Er nahm eines zur Hand, das ihn in Footballausrüstung zeigte, und betrachtete es eingehend.

»Folgen Sie dem Pfad der Erinnerung«, fügte Decker hinzu.

»Es kommt mir vor, als wär das gar nicht ich.« Mars sah sich die Fotos eins nach dem anderen an. »Auf keinem hier. Als wär's ein anderer.«

»Weil sich Ihr Leben so dramatisch geändert hat, Melvin«, warf Davenport ein. »Deshalb erscheint Ihnen Ihre Vergangenheit so weit entfernt und so fremd.«

»Gibt es wirklich keine Bilder von Ihren Eltern?«, fragte Decker. »Außer dem einen, das Sie erwähnt haben. Das aus der Highschoolzeit?«

»Ja, wie gesagt, sie wollten das nicht. Es war das einzige Foto von ihnen, das ich kenne.«

»Wer hat Ihre Eltern fotografiert?«

»Ich.«

»Und wer hat die ganzen Fotos von Ihnen gemacht? Ihr Vater oder Ihre Mutter?«

»Meine Mom.«

»Okay.«

»Warum?«

»Ach, nur so.«

Sie sahen sich im Erdgeschoss um, und Mars blieb einige Male stehen, um eine Stelle zu betrachten.

»Sie hatten diese Schrotflinte«, sagte Decker. »Hatten Ihre Eltern noch andere Waffen?«

Mars nickte dumpf. »Mein Dad hatte zwei Pistolen. Eine Neun-Millimeter und eine Fünfundvierziger. Hübsche Dinger. Er hat sie immer verschlossen aufbewahrt. Aber in der Nacht hatte er eine bei sich am Bett.«

»Wo sind die hingekommen?«, fragte Jamison.

»Ich weiß es nicht.«

Davenport sah Decker an. »Außer der Schrotflinte wurden im Polizeibericht keine Waffen aufgeführt.«

»Und Charles Montgomery hat nicht erwähnt, dass er irgendwas mitgenommen hat«, fügte Jamison hinzu.

Decker nickte. »Falls Ihr Vater von einem Angreifer im Bett überrascht worden wäre, hätte er also eine Pistole bei sich gehabt, um sich zu verteidigen.«

»Was sagt uns das?«, fragte Davenport gespannt.

»Dass sie diesen Teil der Geschichte vergessen haben«, sagte Decker. »Melvin, haben Sie irgendwem von den Pistolen erzählt?«

»Nein, es hat mich niemand danach gefragt.«

»Und im Prozess haben Sie nicht ausgesagt«, fügte Decker hinzu. »Wo sind die Waffen also hingekommen?«

Davenport schaute sich um. »Es könnte sein, dass später jemand vorbeigekommen ist und sie mitgenommen hat.«

Decker schüttelte den Kopf. »Die Polizei hat das Haus mit Sicherheit von oben bis unten durchkämmt, lange bevor irgendein Souvenirjäger etwas hätte mitnehmen können. Und wenn sie die zwei Pistolen gefunden hätten, wäre das im Bericht vermerkt worden. Aber das war nicht der Fall, also haben sie die Waffen nicht gefunden.« Er schaute Mars an. »Sie sagen, er hat sie verschlossen aufbewahrt. Wo?«

»In einem Waffenkoffer im Flurschrank.«

»Wie groß?«

»Etwa sechzig mal sechzig Zentimeter.«

»Zeigen Sie mir, wo der Koffer war.«

Sie gingen zu dem Schrank, und Mars deutete auf ein Fach über der Kleiderstange. Decker wusste bereits, dass er keinen Waffenkoffer finden würde, weil er schon bei seinem ersten Besuch einen Blick in den Schrank geworfen hatte.

»Ihre Eltern wurden mit der Schrotflinte erschossen und ihre Leichen danach in Brand gesetzt. Die Polizei hat keinen Grund gesehen, nach weiteren Waffen zu suchen.« Er warf Mars einen kurzen Blick zu. »Wer kann von dem Waffenkoffer gewusst haben?«

Mars zuckte die Achseln. »Eigentlich nur ich und meine Mom. Besucher hatten wir nie da. Also kann auch niemand davon gewusst haben.«

»Trotzdem hat ihn jemand mitgenommen«, stellte Decker fest. »Warum hatte er zwei Pistolen?«

»In Texas ist es ganz normal, mehrere Waffen zu besitzen.«

»Schrotflinten, Gewehre, okay, aber warum zwei Pistolen?«

»Wir haben hier sehr abgelegen gewohnt. Zum Schutz, nehme ich an.«

»Haben Sie die Pistolen öfter gesehen, oder nur, wenn Ihr Vater sie am Abend mit ins Bett genommen hat?«

»Einmal hat mein Dad sie gereinigt.«

»Das haben Sie ihn nur ein Mal machen sehen?«, fragte Decker.

Mars nickte.

»Wann war das?«

»Warum ist das so wichtig?«, fuhr Mars ihn an, beruhigte sich aber gleich wieder. »Ich weiß nicht. Ungefähr …«

»Ungefähr zu der Zeit, als Sie zu der Feier in Ihrer alten Grundschule gingen? Vielleicht ein paar Tage danach?«

Mars sah ihn überrascht an. »Ja. Woher wissen Sie das?«

Es war Jamison, die seine Frage beantwortete. »Weil Ihr Vater befürchtet hat, dass ihn jemand im Fernsehen gesehen und erkannt haben könnte.«

»Ihr Vater hat sich darauf vorbereitet, dass jemand aus seiner Vergangenheit auftauchen könnte«, fügte Davenport hinzu.

»Und so war es dann ja auch«, brachte Decker den Gedanken zu Ende.

Jamison sah Decker fragend an. »Na schön, jemand hat sich anscheinend an den Eltern gerächt. Aber warum haben sie es Melvin angehängt?«

»Vielleicht waren ihnen die zwei Morde noch nicht genug. Vielleicht wollten sie die ganze Familie auslöschen.«

»Aber warum haben sie mich dann nicht auch umgebracht?«, fragte Mars. »Warum dieser ganze aufwendige Plan, um mich hinter Gitter zu bringen?«

»Tja, das kann ich Ihnen leider auch nicht sagen«, musste Decker zugeben. »Aber aus irgendeinem Grund wollte der Täter, dass Sie die Strafe für sein Verbrechen verbüßen.«

Davenport räusperte sich, und die anderen wandten sich ihr

zu. Sie warf Mars einen nervösen Blick zu. »Ich sage nicht, dass es so ist, Melvin.«

»Was?«, fragte er abrupt. »Dass *was* nicht so ist?«

»Diejenigen, die Ihre Eltern ermordet haben, wollten ihnen damit vielleicht mit gleicher Münze heimzahlen, was man ihnen angetan hat – ob tatsächlich oder *vermeintlich*«, fügte sie rasch hinzu.

»Moment mal, wollen Sie damit sagen, meine Eltern hätten selbst solche Verbrechen begangen? Sie sollen jemanden umgebracht haben – und was man ihnen angetan hat, war bloß ein Racheakt?«

»Es ist nur eine Möglichkeit«, sagte Davenport beschwichtigend. »Und nicht einmal eine sehr plausible.«

»Ich kann mir nicht vorstellen, dass meine Eltern Verbrecher waren!«

»Wie gesagt, im Zeugenschutz sind nicht nur Kriminelle, sondern oft ganz normale, unbescholtene Menschen«, betonte Decker. »Ihre Eltern können durchaus zu dieser Gruppe gehört haben.«

»Okay, wann werden wir es genau wissen?«

»Ich hoffe, bald. Möchten Sie jetzt nach oben gehen?«

»Nein.« Mars wandte sich dennoch zur Treppe.

34

»Nicht zu fassen, dass die Sachen immer noch da sind.«

Sie befanden sich in Melvins Zimmer. Er betrachtete die Poster an den Wänden.

»Sogar mein Bett.« Er legte die Hand auf das Kopfbrett. »Es kommt mir vor wie vor zwanzig Jahren«, sagte er gedankenverloren.

»Ist es aber nicht, Melvin«, entgegnete Decker. »Es ist heute.«

Decker lehnte mit seinem breiten Rücken an einer Wand, um sich abzustützen. Das Blau war ihm entgegengeschlagen, sobald er den Fuß auf die erste Stufe der Treppe gesetzt hatte, so wie bei seinem ersten Besuch hier mit Bogart.

Jamison hatte es bemerkt, ohne zu wissen, was los war. Davenport hatte ihn ebenfalls fragend angesehen und ihm aufmunternd zugelächelt.

Nun, in Melvins Zimmer, hatte sich Decker so weit im Griff, dass er einigermaßen normal funktionierte.

»Fällt Ihnen irgendwas auf?«, fragte er.

Mars schaute sich in dem kleinen Zimmer um. »Wo sind meine anderen Sachen hingekommen?«

»Haben Sie noch eine Zeit lang hier gewohnt, nachdem Ihre Eltern ermordet worden waren?«

»Nein. Sie haben es nicht zugelassen. Es war ein Tatort. Ich habe bei Freunden gewohnt. Und dann haben sie mich festgenommen. Ich bin das erste Mal wieder hier, seit sie tot sind.«

Davenport trat zu ihm. »Vielleicht hilft es, wenn Sie sich aufs Bett setzen, die Augen schließen und Ihre Gedanken zurückwandern lassen in die Zeit, als Sie in diesem Haus gelebt haben. In diesem Zimmer. Vielleicht fällt Ihnen dann etwas ein, das uns weiterhilft.«

»Glauben Sie wirklich, das funktioniert?«

»Ich kann Sie auch hypnotisieren.«

Mars schnaubte abfällig. »Das können Sie nicht.«

»Ach ja?«, erwiderte sie lächelnd. »Wollen wir wetten?«

Sein skeptischer Blick schwand. »Wie soll das gehen?«

»Setzen Sie sich aufs Bett.«

Sein Blick ging von Decker zu Jamison, als fragte er sich, wann jemand einschreiten würde, um dem Unsinn ein Ende zu bereiten. Doch sie schwiegen.

Mars wandte sich wieder Davenport zu.

»Setzen Sie sich aufs Bett«, wiederholte sie. »Es tut nicht weh. Versprochen.«

Er setzte sich hin. Sie stellte sich vor ihn und zog einen Kugelschreiber aus der Tasche. Sie hielt ihn so hoch, dass er den Blick ein wenig heben musste.

»Können Sie immer diesen Kuli im Auge behalten?«

»Ich komme mir ziemlich blöd vor.«

»Melvin«, warf Decker ein, »tun Sie's einfach, okay? Einen Versuch ist es auf jeden Fall wert.«

Mars seufzte und konzentrierte sich auf den Kugelschreiber. »Okay, was nun?«

»Folgen Sie einfach dem Kuli.«

Davenport bewegte den Kugelschreiber langsam auf und ab, dann hin und her. Dabei sprach sie leise und ruhig zu ihm.

Mars folgte mit seinem Blick dem Stift. Ihre Stimme veränderte sich im Rhythmus ihrer langsamen, gleichmäßigen Bewegungen.

Erneut schüttelte Mars den Kopf. »Das ist doch Quatsch.«

Davenport ließ sich nicht beirren. »Denken Sie an Ihre Zeit als Sportler. Sie haben sich doch sicher innerlich auf jedes Spiel vorbereitet, oder?«

»Ja, schon.«

»Stellen Sie sich vor, heute ist Ihr großes Spiel. Sie sind entspannt, aber voll konzentriert.« Sie warf einen Seitenblick zu Decker. »Sie spielen gegen die Ohio State, gegen Decker.« Sie deutete auf ihren Kugelschreiber. »Das ist die Goalline, Melvin. Konzentrieren Sie sich. Heute geht es um sehr viel. Sie können etwas Großes schaffen.«

Mars lehnte sich leicht zurück und schaute zum Kugelschreiber auf, den Davenport etwas erhöht hielt.

Zu Decker gewandt, flüsterte sie: »Geben Sie ihm ein paar Footballanweisungen, leise und ruhig.«

Decker sah sie unsicher an.

»Sie können das, Amos«, ermutigte ihn Davenport. »So wie Sie mit Tommy Montgomery gesprochen haben.«

Decker nickte und begann mit stockender Stimme zu sprechen. Er schilderte Mars das Szenario auf dem Feld: Mars kriegt den Ball. Das A-Gap ist zu, das B-Gap bietet eine Chance. Mars liest den Blick des Linebackers, der Strong Safety nähert sich von links, der rechte Guard muss nur noch eine Sekunde blocken, einen Wimpernschlag.

Davenport bedeutete ihm mit einer Geste, still zu sein.

Während Deckers Anweisungen hatte sie ihre Bewegungen verlangsamt, und Mars hatte seinen Blick angepasst. Schließlich hielt sie den Kugelschreiber ruhig hoch, und Mars starrte ihn an, die Augen glasig, das Gesicht entspannt.

»Melvin, hören Sie mich?«, fragte sie.

»Ja«, antwortete er mit fremd klingender Stimme.

Davenport ließ den Kugelschreiber langsam sinken, doch Mars' Blick blieb auf denselben Punkt fixiert.

»Sie gehen aufs College. Erinnern Sie sich daran?«

Er nickte.

»Sie sind jetzt zu Hause bei Ihren Eltern. Okay?«

»Ja.«

»Einen Tag zuvor waren Ihre Eltern kurz im Fernsehen. Die beiden haben davon erfahren, stimmt's?«

»Ja.«

»Wie?«

»In der Pfandleihe hat jemand meinen Vater darauf angesprochen. Er war sauer.«

»Ihre Eltern benehmen sich auf einmal ziemlich merkwürdig, stimmt's?«

»Ja.«

»Können Sie uns sagen, wie?«

»Nervös. Und verärgert. Mein Dad war richtig angepisst.«

»Weil er im Fernsehen zu sehen war?«

»Ja.«

»Hat er gesagt, warum ihn das so stört?«

»Nein.«

»Und Ihre Mutter? Hat sie darüber gesprochen?«

»Sie hat nur gesagt, ich soll Dad in Ruhe lassen, dann beruhigt er sich schon wieder. Sie … sie wollte nicht darüber sprechen.«

»Haben Sie Ihren Vater damals irgendetwas Ungewöhnliches tun sehen?«

»Er hat oft länger gearbeitet. Er hat kaum noch gegessen, aber viel getrunken.«

»Haben er und Ihre Mutter sich gestritten?«

»Ich habe manchmal gehört, wie sie sich angeschrien haben, habe aber nicht viel verstanden.«

»Können Sie sich wenigstens an einzelne Wörter erinnern?«

Mars zog die Stirn in Falten. »Meine Mutter hat etwas gesagt … so ein komisches spanisches Wort.«

»Welches Wort?«

Sein Stirnrunzeln vertiefte sich. »*Ch-chucha.*«

»*Chucha*, sind Sie sicher?«

Mars nickte. »*Chucha*. Ich habe es im Wörterbuch nachgesehen. Es hat verschiedene Bedeutungen. Es kann so viel wie Prostituierte heißen, aber auch« – er wand sich ein bisschen – »die weiblichen Geschlechtsteile. Ich hab mich gefragt, worum es geht.«

»Können Sie sich an irgendwas anderes aus der Zeit erinnern?«

Mars schwieg, und Davenport wartete geduldig.

»Einmal bin ich abends nach Hause gekommen, und er hat auf seinem Stuhl gesessen. Mom war nicht da.«

»Gut, erzählen Sie weiter.«

»Ich hab gefragt, wie es ihm geht. Und er hat mich so eigenartig angeschaut …«

»Ja?«

Tränen traten ihm in die Augen. »So als würde er mich hassen. Ich hatte auf einmal richtig Angst.«

»Haben Sie mit ihm gesprochen?«

Mars schüttelte den Kopf. »Es war mir unheimlich. Ich wollte auf mein Zimmer verschwinden, aber dann hat er etwas gesagt.«

»Was hat er gesagt?«

»Dass … dass es ihm leidtut.«

Davenport drehte sich zu Decker und Jamison um. Ihr Gesicht verriet, dass sie diese Antwort nicht erwartet hatte. Decker hingegen wirkte nicht überrascht.

Sie wandte sich wieder Mars zu. »Hat er gesagt, was ihm leidtut?«

Mars schüttelte den Kopf. »Ich habe am nächsten Tag meine Mutter danach gefragt.«

»Was hat sie gesagt?«

»Sie hat zu weinen angefangen und ist aus dem Zimmer gelaufen.«

»Haben Sie das der Polizei erzählt?«

»Nein. Daran hab ich gar nicht gedacht. Ich habe ja nicht gewusst, was los war. Ich wäre nie auf die Idee gekommen, dass das irgendwie mit dem zu tun hat … was dann passiert ist.«

Davenport sah Decker an. »Sonst noch etwas?«, flüsterte sie ihm zu.

Decker trat vor, aber so, dass Mars ihn nicht sehen konnte. Er flüsterte Davenport etwas ins Ohr. Sie sah ihn verwundert an und wandte sich wieder Mars zu.

»Melvin, hat Ihr Vater … hat Ihr Vater Ihnen je gesagt, dass er Sie lieb hat?«

Jamison warf Decker einen überraschten Blick zu.

Mars blickte starr geradeaus. »Nein. Das hat er nie gesagt.«

»Okay. Ich zähle jetzt bis drei, dann wachen Sie auf. Sie werden sich an nichts erinnern, was wir gesprochen haben. Verstanden?«

Mars nickte.

Sie zählte laut bis drei, und sein Blick löste sich aus seiner Erstarrung. Er schaute zu ihnen auf.

»Ich habe Ihnen ja gesagt, Sie können mich nicht hypnotisieren.«

»*Chucha*«, sagte Decker.

Mars sah ihn verwirrt an. »Was?«

»Sie haben unter Hypnose gestanden. Erinnern Sie sich daran, dass Ihre Mutter das Wort *chucha* benutzt hat, als sie und Ihr Vater einmal Streit hatten?«

Mars sah ihn überrascht an und nickte langsam. »Ja. Jetzt, wo Sie's erwähnen, fällt es mir wieder ein. Halten Sie das denn für wichtig?«

»Es könnte wichtig sein.«

Decker blickte in eine Ecke des Zimmers. »Diese Schrammen im Fußboden. Was war da früher?«

»Ein Bücherregal.«

»Welche Bücher?«

»Verschiedene, von meiner Kindheit angefangen. Später hab ich nicht mehr so viel gelesen.« Er lächelte plötzlich.

»Was ist?«, fragte Decker rasch.

»Ach, nichts.«

»Erzählen Sie es mir.«

»Mein Dad hat mir früher, als ich klein war, oft ein Buch vorgelesen. Es war irgendwie komisch … dieser große, knochenharte Kerl liest einem kleinen Jungen ein Kinderbuch vor.«

»Welche Bücher hat er vorgelesen?«, hakte Decker nach.

»Nur das eine.« Mars lächelte erneut. »Er hat sogar wie ein Schauspieler Grimassen geschnitten und so. Das hat er sonst nie getan.«

»Welches Buch war das?«, fragte Decker ernst.

Mars lachte. »*Die drei kleinen Schweinchen.* Er war immer der große böse Wolf, der die drei Schweinchen fressen wird. Manchmal hat er sich so reingesteigert, dass ich richtig Schiss gekriegt hab.«

Decker sah ihn einen langen Moment an, während Jamison und Davenport ihn beobachteten.

»Decker, was ist denn?«, fragte Jamison.

»Es war nur ein Bilderbuch, Decker«, fügte Mars hinzu. »Ein Märchen.«

»Ja«, sagte Decker in Gedanken versunken.

Sein Handy summte. Er warf einen Blick auf das Display. »Es ist Bogart.« Er ging dran, hörte einige Sekunden zu und stellte ein paar kurze Fragen. »Danke, Bogart, das weiß ich wirklich zu schätzen.« Er beendete das Gespräch und wandte sich den anderen zu.

»Und?«, fragte Jamison. »Machen Sie's nicht so spannend.«

»Bogart hat eine Antwort von den U.S. Marshals erhalten.«

»Meine Eltern waren also im Zeugenschutz«, sagte Mars betreten.

»Nein«, erwiderte Decker. »Waren sie nicht.«

35

Die beiden sahen ihn unverwandt an. Die eine war erwachsen, die andere noch ein Kind – und würde es auch immer bleiben, während die Erstere keinen Tag altern würde.

Weil sie beide tot waren.

Decker saß auf einem Stuhl in seinem Hotelzimmer und starrte das Foto von seiner Frau und seiner Tochter an.

Er holte das Bild immer wieder hervor, wenn er sich traurig oder hoffnungslos fühlte oder einfach ihre Gesichter sehen musste. Er brauchte keine Angst zu haben, sie je zu vergessen. Die Erinnerung an sie würde nie in den dunklen Winkeln seines Gedächtnisses verschwinden.

Sein Gedächtnis hatte keine dunklen Winkel.

Es war jederzeit so hell erleuchtet wie der Times Square.

Er hatte ein klaustrophobisches Gefühl. Als würde sein Inneres zusammengedrückt, ohne dass er etwas dagegen tun konnte.

Die Nachricht, dass weder Roy noch Lucinda Mars je unter Zeugenschutz gestanden hatten, setzte ihm immer noch zu. Er war sich so sicher gewesen, dass er mit seiner Vermutung richtiglag. Doch Bogart hatte es sorgfältig überprüft. Und die U.S. Marshals hatten keinen Grund und keine Möglichkeit, in dem Punkt zu lügen. Hätten sie einen Schützling verloren, so hätten sie es ausführlich dokumentiert.

Er hatte Spuren, er hatte gewisse Entwicklungen, mehr nicht.

Jedenfalls nicht genug, um ihn dorthin zu führen, wo er hinwollte: zur Wahrheit.

Manchmal schien es kaum etwas zu geben, das schwerer fassbar war als die Wahrheit.

Er hatte seinen Gürtel wieder um ein Loch enger geschnallt. Sein Appetit schien schwächer zu werden, je geringer seine Aussichten wurden, den Fall zu lösen. Vor die Wahl gestellt, hätte er gern wieder zwanzig Kilo zugenommen, wenn er dafür herausfinden könnte, wer Melvins Eltern ermordet hatte.

Auch wenn sie nicht unter dem Schutz der U.S. Marshals gestanden hatten, konnte es trotzdem sein, dass sie vor einer dunklen Vergangenheit geflohen waren. Alles deutete darauf hin. Er musste nur herausfinden, was sich in dieser Vergangenheit ereignet hatte. Dafür benötigte er Informationen.

Das war der erste Teil.

Der zweite Teil bestand darin zu ermitteln, wer die Montgomerys bestochen hatte und warum.

Er stand auf und trat ans Fenster. Der Regen hatte wieder zugenommen und die warme Luft verdrängt. Es war ein grauer, kalter, trostloser Tag. Seiner Stimmung durchaus angemessen. In diesem Teil von Texas regnete es normalerweise nicht viel, doch das Wetter wollte im Moment nichts davon wissen.

Aufgrund seines unfehlbaren Gedächtnisses hielten ihn manche für eine Maschine. Seine sozialen Fertigkeiten hatten sich in der Tat zurückgebildet, sodass er manchmal fast wie ein gefühlloser Roboter erscheinen mochte, doch Decker besaß durchaus Gefühle. Er war oft traurig, sogar deprimiert. Daran konnte sein perfektes Gedächtnis nicht das Geringste ändern. Im Gegenteil, es machte alles nur noch schlimmer.

Er war überrascht, als es an seiner Zimmertür klopfte.

»Ja?«

»Ich bin's.«

Er steckte das Foto ein, öffnete die Tür und sah Mars davor stehen.

»Haben Sie eine Minute?«

»Ja.«

Mars trat ein, und sie setzten sich einander gegenüber. Bevor Decker ihn nach dem Grund seines Besuchs fragen konnte, zog Mars ein Foto hervor und reichte es ihm.

Decker betrachtete das Bild.

Der Mann war sehr groß. Seine lockigen braunen Haare waren mit etwas Grau durchsetzt. Sein Gesicht war kantig und rau, doch er sah recht gut aus. Die Nase war nach einem Bruch nicht gerade zusammengewachsen. Die Augen wirkten stumpf, beinahe leblos. Der schmallippige Mund war wie ein Strich in der unteren Gesichtshälfte.

Die Frau bildete einen extremen Kontrast zu ihm. Sie war groß und schlank, ihr üppiges Haar wallte auf ihre breiten Schultern herab. Ihre Haut war dunkelbraun und makellos, das Gesicht vollkommen harmonisch. Ihre Augen sprühten vor Leben, und der Mund war zu einem ansteckenden Lächeln verzogen. Deckers Mundwinkel hoben sich ebenfalls unwillkürlich, während er das Foto betrachtete.

Er schaute Mars an. »Ihre Eltern, nehme ich an. Das ist das Foto, von dem Sie gesprochen haben?«

Mars nickte.

»Woher haben Sie es?«

»Ich hatte es immer schon, auch im Gefängnis.«

»Sie hätten es mir ein bisschen früher zeigen können.«

Mars rieb sich die Augen. »Ja, hätte ich.«

»Warum jetzt?«

»Weil ich wollte, dass Sie sie als reale Menschen sehen, nicht nur als kleine Puzzleteile. Dass Sie das Lächeln meiner Mom sehen. Und die Augen meines Vaters. Sie sollen sehen, dass sie … dass sie wirklich gelebt haben.«

Decker betrachtete das Foto erneut, das Gesicht ein wenig angespannt nach den offenen Worten des Mannes.

»Das verstehe ich, Melvin. Wann wurde das Foto gemacht?«

»Nach meinem Highschool-Abschluss. Sie waren richtig stolz auf mich. Da war schon klar, dass ich an die University of Texas gehen werde. Meine Mom hat viel geweint damals.«

»Und Ihr Vater?«

Mars zögerte. »Eher nicht.«

»So ist das oft mit Vätern.«

»Ja.«

»Ihre Mom war schön. Richtig bezaubernd.«

»Ja, das war sie.«

Einen langen Moment sahen die beiden Männer einander schweigend an.

»Gibt es noch etwas, das Sie beschäftigt?«, fragte Decker.

»Es kommt mir fast vor, als würde ich gar nicht existieren.«

»Wie kommen Sie darauf?«

Mars sah ihn an. »Ich weiß nichts über die beiden Menschen auf dem Foto. Woher sie kommen. Wer sie wirklich waren. Warum sie umgebracht wurden. Nichts. Und da ich von ihnen abstamme, komme ich irgendwie aus dem Nichts. Was ist man dann als Mensch?« Er hob fast verzweifelt die Hände. »Nichts.«

Eine ganze Weile schwiegen sie, während der Regen draußen stärker wurde. Das Trommeln der Tropfen schien sich dem Herzschlag der beiden Männer anzupassen.

Decker zog das Bild von seiner Frau und seiner Tochter hervor und reichte es Mars. Der betrachtete es einen Moment.

»Ihre Familie?«

Decker nickte.

»Ihr kleines Mädchen ist supersüß.«

»*War* supersüß.«

Mars wirkte verlegen. »Ich weiß, sie müssen Ihnen sehr fehlen.«

Decker beugte sich vor. »Wissen Sie, Melvin, ich habe alles über die zwei gewusst. Alles. Es gab keine Rätsel, keine dunklen Flecken.«

»Okay«, sagte Mars langsam und fragte sich, worauf Decker hinauswollte.

»Jetzt sind sie weg. Und ich bin … auch nichts. So wie Sie.«

Mars sah aus, als wollte er auf etwas einschlagen. »Ist es das? Es gibt nichts mehr? Warum machen wir das dann überhaupt?«

»Wir machen es, weil es vielleicht doch etwas gibt. Es liegt an uns.«

»Aber Sie haben gerade gesagt …«

»Ich habe gesagt, ich *bin* nichts. Heute. Morgen könnte es anders aussehen. Vielleicht bin ich dann wieder jemand. Die Möglichkeit besteht. Wir leben in einem großen, freien Land. Jeder hat die Möglichkeit, sein Leben in die Hand zu nehmen.«

»Für mich ist es anders.«

»Warum?«

»Verdammt, was glauben Sie? Ich bin schwarz. Das ist der größte Unterschied, den man sich vorstellen kann.«

»Meinen Sie?«

»Sie etwa nicht? Kennen Sie einen größeren Unterschied als den?«

»Zum Beispiel den zwischen Longhorns und Buckeyes. Die Hautfarbe spielt da keine Rolle – nur dass man gewinnt.«

Mars lächelte bitter. »Netter Versuch. Aber es ändert nichts an der Realität. Ich bin ein schwarzer Exknacki, ob freigesprochen oder nicht. Denken Sie an die Arschlöcher von der Raststätte.«

»Die sollten Sie vergessen. Diese Leute werden immer weniger. Es kann wirklich einiges ändern, wenn wir herausfinden, wer das getan hat, Melvin.«

Mars schüttelte den Kopf, doch Decker ließ nicht locker. »Die Hälfte der Leute glaubt immer noch, dass Sie Ihre Eltern umgebracht haben.«

»Es ist mir scheißegal, was die Leute glauben.«

»Warten Sie, ich bin noch nicht fertig.«

Mars wollte etwas einwenden, ließ es dann aber sein und nickte kurz.

»Es gibt kaum etwas, das so mächtig ist wie die Wahrheit. Sobald Sie die Wahrheit auf Ihrer Seite haben, wendet sich alles zum Besseren, egal ob schwarz, weiß oder irgendwas dazwischen.«

»Aber Sie haben gedacht, meine Eltern wären in diesem Zeugenschutzprogramm gewesen. Nun hat sich herausgestellt, dass es nicht so war. Wir stehen also wieder ganz am Anfang.«

»Wenn in einem Spiel alles gegen Sie lief und es nirgends ein Durchkommen gab, was haben Sie dann getan? Haben Sie sich auf den Rasen geworfen und aufgegeben?«

»Verdammt, was denken Sie?«

»Also, was haben Sie in so einer Situation getan?«

»Ich hab irgendwo eine Lücke gesucht.«

»Und genau das werden wir auch tun, Melvin. Wir suchen uns eine Lücke, durch die wir stoßen können.«

»Wie?«

»Hatte Ihr Vater einen Safe im Haus?«

»Einen Safe? Nein.«

»Gab es in seiner Pfandleihe einen, den er benutzen konnte? Zu dem vielleicht nur er Zugang hatte?«

»Sie hatten einen Tresor dort, aber der Besitzer muss laut meinem Dad ein ziemlicher Scheißkerl gewesen sein. Angeblich hat der Typ ihn ständig überwacht, damit er nichts klaut. Auch nachdem mein Dad schon jahrelang dort gearbeitet hat. Also hatte er sicher nicht allein Zugang zu dem Safe.«

»Dann bleibt nur noch eine Möglichkeit.«

36

Decker und Mars standen vor dem Steingebäude, während am Himmel erneut dichte Regenwolken heraufzogen. Dank des ungewohnten Wetters war es früh dunkel geworden.

»Texas First National Bank?«, sagte Decker. »Sind Sie sicher, dass es die ist?«

»Ich hatte dort ein Konto, als ich auf die Highschool ging und später aufs College. Das hat sich durch meine Eltern so ergeben, weil sie ihr weniges Geld hier angelegt hatten.«

»Vielleicht hatten Ihre Eltern mehr, als Sie denken.«

»Dann hätten sie sich doch wohl mehr geleistet, oder?«

»Ich habe nicht unbedingt Geld gemeint«, erwiderte Decker, während er die breiten Stufen zum Eingang hochstieg.

Drinnen wandte er sich an einen Kassenschalter, wo sie zum Assistenten des Filialleiters weitergeleitet wurden.

Der Mann war klein und bebrillt, etwa Anfang vierzig. Eine beachtliche Wampe ragte unter der Anzugjacke hervor. Als er Mars die Hand hinstreckte, klappte seine Kinnlade nach unten.

»Melvin Mars?«

Mars nickte. »Kennen wir uns?«

»Jerry Bivens. Wir sind zusammen auf die Highschool gegangen.«

Mars musterte ihn genauer.

»Ich hab nicht Football gespielt. Bin nicht wirklich dafür gebaut«, fügte Bivens hinzu.

Mars schüttelte dem Mann die Hand und zwang sich zu einem Lächeln, als ihn Decker leicht mit dem Ellbogen anstieß. »Ja, Jerry, ich erinnere mich. Wie geht's dir?«

»Gut. Bin verheiratet und hab vier Kinder. Ich arbeite mich langsam nach oben. In fünf, sechs Jahren bin ich vielleicht Filialleiter.«

»Klingt gut, Mann.«

Die beiden Männer sahen einander an und wussten nicht recht, was sie sagen sollten.

»Ich hab gehört, du … ähm, bist aus dem Gefängnis rausgekommen«, begann Bivens nervös.

»Ja, so ein Typ hat es gestanden.«

»Was für eine Ungerechtigkeit«, sagte Bivens. Er musterte Mars' imposante Statur. »Du siehst aus, als könntest du immer noch auf dem Footballplatz stehen.«

»Schön wär's.«

Decker räusperte sich, und Bivens wandte sich ihm zu. Decker zückte seinen FBI-Ausweis, der auf Bivens durchaus Eindruck zu machen schien. Er nahm eine aufrechtere Haltung an und knöpfte sich das Jackett zu.

»Ja, Agent … ähm … Decker, was kann ich für Sie tun?«

»Wir brauchen ein paar Informationen.«

Bivens schaute sich kurz um und bemerkte, dass sie von den beiden Kassiererinnen und drei Kunden beobachtet wurden.

»Möchten Sie vielleicht lieber in mein Büro kommen?«, fragte Bivens hastig.

Bivens' »Büro« war eine teilweise verglaste Nische. Er deutete auf zwei Stühle und setzte sich an seinen Schreibtisch.

»Welche Informationen?«, fragte er.

»Wie ich höre, hatten Roy und Lucinda Mars ein Konto bei Ihnen.«

Bivens schwieg, verschränkte die Hände ineinander und legte sie auf den Schreibtisch.

»Ist das ein Ja?«, hakte Decker nach.

»Ich müsste nachsehen.«

Deckers Blick ging zu dem Computer auf dem Schreibtisch. »Nur zu.«

»Ich mach das gern, mit einer entsprechenden Vollmacht. Wir respektieren die Privatsphäre unserer Kunden.«

»Das freut mich, aber Roy und Lucinda Mars sind tot.«

Bivens' Gesichtsfarbe veränderte sich deutlich. Er warf Mars einen kurzen Blick zu, dann nahm er die Hände vom Schreibtisch und legte sie auf die Armlehnen seines Stuhls. »Ja, das ist mir natürlich bekannt. Aber ihr rechtlicher Vertreter …«

»Es gibt keinen«, warf Decker ein.

»Oder der nächste Angehörige.«

Decker tippte Mars auf die Schulter. »Sitzt hier vor Ihnen.«

Bivens sah Mars an. »Stimmt.«

»Ist in Ordnung, Jerry«, sagte Mars. »Sag ihm, was er wissen will.«

Bivens tippte etwas in seinen Computer ein und holte sich die Kontodaten auf den Bildschirm. »Sie hatten ein Konto, aber es wurde vor über zwanzig Jahren geschlossen.«

»Können Sie uns das genaue Datum sagen?«, fragte Decker.

Bivens nannte es ihm.

»Das war zwei Tage vor ihrem Tod«, stellte Mars fest.

Decker nickte. »Können Sie uns sagen, wie viel auf dem Konto war, bevor es geschlossen wurde?«

Bivens drückte auf ein paar Tasten und rief die letzten Transaktionen auf. »Ungefähr fünftausendfünfhundert Dollar.«

Decker und Mars wirkten enttäuscht.

»Tut mir leid, Melvin«, sagte Bivens. »Ich kann mir vorstellen, dass du in deiner Situation etwas Geld …« Er zögerte einen Moment. »Wo du so lange im Gefängnis warst.«

»Keine anderen Konten?«, fragte Decker.

Bivens schaute auf den Bildschirm. »Nein, nur das Girokonto.«

Mars war sichtlich deprimiert, doch Decker schien sich noch längst nicht geschlagen zu geben. »Vielleicht ein Schließfach?«, hakte er nach.

Mars sah ihn überrascht an.

Bivens tippte erneut etwas ein. »Ja, sie hatten ein Schließfach. Woher wussten Sie das?«

»Einfach nur geraten«, sagte Decker. »Was können Sie uns darüber sagen?«

»Es wurde zur selben Zeit aufgelöst wie das Konto. Es ist alles hier dokumentiert. Dein Vater hat es aufgelöst und alle nötigen Papiere unterschrieben.«

»Und Sie können uns nicht sagen, was in dem Schließfach aufbewahrt wurde?«

Bivens schüttelte den Kopf. »Der Inhalt wird nur registriert, wenn der Kunde das ausdrücklich wünscht. Ansonsten ist das streng privat.«

»Er hat es aufgelöst und alles mitgenommen?«, fragte Decker.

»Ja.«

»Wie groß war das Schließfach?«

Bivens tippte auf ein paar Tasten. »Unser größtes. Ein doppeltes. Da passt eine Menge rein.«

»Gibt es irgendeinen Mitarbeiter in Ihrer Bank, der damals schon bei Ihnen war?«, wollte Decker wissen.

»O nein. Ich bin von allen am längsten hier. Vierzehn Jahre. Der Filialleiter ist vor drei Jahren aus El Paso hierher versetzt worden. Die anderen sind alle weniger als fünf Jahre bei uns.«

Bivens blickte kurz über Deckers Schulter hinweg. »Kann ich sonst noch etwas für Sie tun?«

Decker drehte sich um und sah zwei Leute, die darauf warteten, mit Bivens zu sprechen.

»Nein. Danke für Ihre Hilfe.«

Sie verließen die Bank und traten in das triste Wetter hinaus.

»Ich kann's einfach nicht glauben, was da gelaufen ist. Meine Mom hatte Krebs im Endstadium, und keiner sagt mir was. Und jetzt stellt sich heraus, dass mein Vater ein Schließfach mit Gott weiß was drin hatte. Es kommt mir vor, als würde ich das Leben eines anderen führen.«

»Und er hat es zwei Tage vor seinem Tod aufgelöst«, setzte Decker hinzu.

»Glauben Sie, mein Vater hat gewusst, dass sie in Gefahr waren?«

»Davon bin ich überzeugt. Die Frage ist: Was hat er mit den Sachen aus dem Schließfach gemacht?«

37

Nach ihrem Besuch in der Bank trafen sie sich mit Jamison und Davenport in einem abgetrennten Bereich der Hotellobby. Decker berichtete ihnen von ihrem Gespräch mit Jerry Bivens.

»Auch wenn Ihre Eltern nicht unter Zeugenschutz standen, hatten sie wohl trotzdem ihre Geheimnisse«, stellte Jamison fest.

»Und die scheint nicht einmal das FBI lüften zu können«, fügte Davenport mit einem Blick zu Melvin hinzu. »Roy und Lucinda Mars sind wahrscheinlich gar nicht ihre richtigen Namen.«

»AC und RB«, warf Decker ein. »Diese Buchstaben haben wir an einer Wand in ihrem Schrank gefunden. Vielleicht sind das ihre richtigen Initialen.«

»Scheiße«, murmelte Mars wie betäubt. Er wirkte wie ein Mann, der durch einen nicht enden wollenden Albtraum tappte.

»Sie standen also nicht unter Zeugenschutz«, fasste Decker zusammen. »Trotzdem haben sie sich vielleicht vor jemandem versteckt.«

»Oder vor einer Gruppe«, fügte Jamison hinzu. »Wie zum Beispiel der Mafia.«

»Die Mafia!«, platzte Mars heraus. »Jetzt machen Sie aber mal einen Punkt. Meine Eltern waren nicht bei der verdammten Mafia, okay?«

»Keiner von uns weiß, in was sie verwickelt waren, Melvin,

auch Sie nicht«, stellte Decker unmissverständlich klar. »Es kann jedenfalls nicht ganz harmlos gewesen sein, sonst hätten sie sich nicht neue Identitäten zugelegt und wären nicht in einer kleinen Stadt in Texas untergetaucht.«

»In dem Schließfach haben sie möglicherweise etwas aufbewahrt, das diese Leute belastet hat«, warf Jamison ein.

»Leider lässt sich nicht mehr feststellen, was drin war«, fügte Davenport hinzu. »Immerhin ist das alles zwanzig Jahre her. Und die Mörder Ihrer Eltern haben es vielleicht an sich genommen, Melvin.«

»Oder auch nicht«, überlegte Decker laut.

Alle wandten sich ihm zu.

»Könnten Sie das vielleicht näher erläutern?«, drängte Davenport.

»Eine Frage bleibt nach wie vor offen: Warum hat jemand die Montgomerys dafür bezahlt, Melvin aus dem Gefängnis zu holen?« Er schaute fragend in die Runde.

»Ich geb's auf«, sagte Mars. »Warum?«

»Vielleicht haben die Täter das, was in dem Schließfach war, nicht gefunden. Demnach wäre es noch irgendwo versteckt. Und möglicherweise glauben diese Leute, Sie wüssten, wo es ist.«

»Das ist eine gewagte Theorie«, meinte Davenport.

»Aber wenn es so wäre, warum haben sie dann so lange damit gewartet, Melvin rauszuholen?«, wandte Jamison ein.

»Vielleicht ist ihnen plötzlich klar geworden, dass mit Melvins Hinrichtung ihre letzte Chance, es zu finden, dahin wäre.«

Mars sah ihn verwirrt an. »Aber Decker, niemand hat versucht, mich zu kontaktieren. Oder mich zu entführen und zu zwingen, ihnen zu verraten, was ich weiß, nämlich nichts.«

»Vielleicht lassen sie uns erst mal danach suchen.«

»Und kommen aus der Deckung, sobald wir es gefunden

haben. Und was dann? Wollen sie uns alle umbringen?«, fragte Davenport skeptisch.

»Könnte sein«, mutmaßte Decker. »Oder auch nicht.«

»Na, dann bin ich froh, dass wir das geklärt haben«, bemerkte Davenport frustriert.

»Solche Ermittlungen sind nicht immer einfach«, entgegnete Jamison. »Der Fall, mit dem wir es in Burlington zu tun hatten, hat eine ziemlich überraschende Wendung genommen. Allerdings war eine Menge Kleinarbeit notwendig, um so weit zu kommen. Was auf den ersten Blick völlig nebensächlich aussah, hat sich später als entscheidend herausgestellt.«

»Na schön, Decker, Ihre Theorie lässt trotzdem einige Fragen offen«, meinte Davenport.

»Das ist völlig richtig«, räumte Decker ein, was Davenport einigermaßen überraschte. »Deshalb ist es ja nur eine Theorie. Sie könnte sich durchaus als falsch erweisen. Trotzdem müssen wir die Möglichkeit in Betracht ziehen.«

Mars sah ihn unsicher an. »Sie glauben also, jemand könnte es auf mich abgesehen haben?«

Decker überlegte einen Augenblick. »Falls uns diese Leute beobachten, was durchaus der Fall sein kann, werden sie wissen, dass wir auch nach Antworten suchen. Wenn sie uns in der Bank gesehen haben, muss ihnen klar sein, was wir dort wollten. Dann wissen sie aber auch, dass wir mit leeren Händen abgezogen sind.«

»Also lassen sie uns einfach weitersuchen, bis wir etwas finden«, fügte Mars nachdenklich hinzu.

»Genau.«

»Diese Leute müssen ein langes Gedächtnis haben«, fuhr Mars fort. »Falls diese Sache ihren Ursprung irgendwann vor meiner Geburt hat, muss es über vierzig Jahre her sein.«

»Mein Gedächtnis reicht auch weit zurück«, sagte Decker.

»Also, wenn das einer behaupten kann, dann Sie«, stimmte Mars zu. Als er aufblickte, sah er, wie Mary Oliver gerade die Lobby betrat.

»Mary, hier sind wir.« Er winkte Oliver zu, als sie zum Empfangstresen ging. Sie trug einen beigefarbenen Hosenanzug und hatte ein Lächeln im Gesicht.

»Sie sehen aus, als gäbe es gute Neuigkeiten«, begrüßte Davenport sie.

»Der Staat Texas ist bereit, Ihnen die maximalen fünfundzwanzigtausend Dollar auszuzahlen, Melvin.«

»Okay, das ist schon mal was«, sagte Mars.

»Und für das, was im Gefängnis vorgefallen ist, werde ich sie auf fünfzig Millionen Dollar verklagen.«

Mars starrte sie verblüfft an. »Soll das ein Witz sein?«, brachte er schließlich heraus.

»Melvin, Sie wären fast im Gefängnis gestorben. Mehrere Wärter haben sich zusammengetan, um Sie ermorden zu lassen. Nebenbei habe ich herausgefunden, dass es schon mehrere Klagen gegen diese Wärter gegeben hat, aber nie Disziplinarmaßnahmen eingeleitet wurden. Ein Beweis dafür, dass der Staat grob fahrlässig gehandelt hat.«

»Ist das die Strategie, von der Sie gesprochen haben?«, fragte Decker.

Sie nickte. »Genau.«

Decker sah Mars an. »Zumindest finanziell wären fünfzig Millionen eine Wiedergutmachung dafür, dass Sie nicht in der NFL spielen konnten.«

»Aber noch ist es nicht so weit«, mahnte Oliver. »Es gibt keine Garantie, dass wir damit durchkommen, aber ich werde mein Bestmögliches versuchen.«

Mars war für einen Moment sprachlos. Dann schloss er sie in die Arme. »Danke, Mary. Danke.«

Sie setzten sich und gaben Mars einen Moment Zeit, sich zu sammeln.

Sie bemerkten die drei State Troopers und den Detective in Zivil erst, als sie vor ihnen standen.

Decker sah sie als Erster. »Kann ich Ihnen irgendwie helfen, Officers?«

Sie ignorierten ihn und umringten Mars. »Mr. Mars, stehen Sie bitte auf«, forderte ihn der Mann in Zivil auf, nachdem er ihm seine Dienstmarke gezeigt und sich als Ermittler des Morddezernats vorgestellt hatte.

»Was? Warum?«, fragte Mars.

»Bitte, stehen Sie auf«, wiederholte der Mann mit etwas mehr Nachdruck.

»Worum geht es?«, fragte Oliver, die statt ihres Schützlings aufgesprungen war. »Ich bin seine Anwältin.«

»Sie werden Gelegenheit bekommen, mit Ihrem Mandanten zu sprechen. Aber nicht jetzt. Bitte erheben Sie sich, Mr. Mars. Ich sage es nicht noch einmal.«

Mars warf Decker einen kurzen Blick zu. Der nickte. Mars erhob sich und legte automatisch die Hände auf den Rücken. Der Detective gab einem Uniformierten ein Zeichen. Der trat vor und legte Mars Handschellen an.

»Sie sind im Zusammenhang mit dem Mord an Roy und Lucinda Mars festgenommen.« Dann las er ihm seine Rechte vor.

»Er ist freigesprochen worden!«, rief Oliver entrüstet.

»Der Freispruch ist aufgehoben. Deshalb sind wir hier.«

»Das ist unmöglich!«, erwiderte Oliver.

Der Detective reichte ihr mehrere Papiere. »Der Gerichtsbeschluss. Gehen wir, Mr. Mars.«

Während sie Mars abführten, rief ihm Oliver nach: »Melvin, wir sehen uns auf dem Revier.« Sie las die erste Seite des Dokuments.

»Was steht drin?«, fragte Jamison, die ebenfalls aufgesprungen war.

Mary Oliver wurde blass, als sie mit dem Text fertig war, und warf Decker einen kurzen Blick zu.

Er seufzte. »Ich hätte nicht gedacht, dass sie das tun werden«, sagte er leise.

»Dass sie *was* tun?«, fragte Jamison fassungslos.

»Sie haben es gewusst?«, fragte Oliver.

»Ich habe an die Möglichkeit gedacht.«

»Könnte uns irgendjemand erklären, was zum Teufel hier vor sich geht?«, blaffte Davenport erregt.

»Unsere Ermittlungen haben ergeben, dass die Montgomerys mit hoher Wahrscheinlichkeit dafür bezahlt wurden, dass Charles Montgomery ein falsches Geständnis abgelegt hat. Sein Geständnis war der einzige Grund, warum Melvin freigelassen wurde.« Er sah Oliver an. »Habe ich recht?«

Sie nickte wortlos.

»O mein Gott«, murmelte Jamison.

»Das bedeutet …«, begann Davenport.

»Das bedeutet«, setzte Decker den Gedanken fort, »dass für den Staat Texas Melvin seine Eltern doch ermordet hat. Deshalb wurde der Freispruch aufgehoben.«

»Wie haben sie von unseren Erkenntnissen erfahren?«, wollte Jamison wissen.

»Die Behörden in Texas haben ihre eigenen Leute nach Alabama geschickt, um im Fall Montgomery zu ermitteln«, erklärte Decker. »Und wir haben mit der Polizei von Alabama über unseren Verdacht gesprochen. Die müssen das an die Leute aus Texas weitergegeben haben.«

»Aber Melvin hatte nichts damit zu tun, dass die Montgomerys gelogen haben«, protestierte Jamison.

»Rein rechtlich spielt das keine Rolle«, erklärte Oliver. »Es ist, als hätte sich überhaupt nichts geändert. Es gibt kein gültiges Geständnis mehr, also tritt das ursprüngliche Urteil wieder in Kraft. Montgomerys Aussage zählt nicht, wenn er gelogen hat.«

Jamison wandte sich entsetzt Decker zu. »Also haben ihn unsere Ermittlungen wieder ins Gefängnis gebracht, vielleicht sogar in die Todeszelle?«

Decker ignorierte die Frage und ging mit dem Smartphone in der Hand zum Hoteleingang, durch den Mars soeben abgeführt worden war. Während er dem Auto nachsah, mit dem Mars zum Gefängnis gefahren wurde, tippte er eine Nummer ein. Es klingelte zweimal, ehe der Angerufene ranging.

»Agent Bogart, Decker hier. Ich würde es verstehen, wenn Sie mir sagen, ich soll mich zum Teufel scheren, aber ich muss Sie um einen großen Gefallen bitten.«

38

»Bitte erheben Sie sich«, verkündete der stämmige Gerichtsdiener.

Alle Anwesenden im Gerichtssaal standen von ihren Plätzen auf, auch der Mann in Handschellen.

Richter Matthews, ein runzliger Mann mit schütterem Haar und einem ausgeprägten Adamsapfel, trat durch eine Seitentür ein, stieg die Stufen hinauf und nahm auf seinem Stuhl Platz.

»Setzen Sie sich«, forderte der Gerichtsdiener die Anwesenden auf.

Der mit Handschellen gefesselte Mars saß zwischen Mary Oliver und Decker. Letzterer trug den Anzug, den er bei seiner Shoppingtour mit Jamison gekauft hatte.

Auf der anderen Seite des Mittelgangs saß der Staatsanwalt, ein Mann in den Fünfzigern, dessen weißes Haar nicht annähernd ausreichte, um die kahlen Stellen seiner Kopfhaut zu bedecken. Sein Hemdkragen war ebenso steif wie sein Auftreten. Den Aktenordner, den er vor sich liegen hatte, trug die Aufschrift *Mars, Melvin*. Er bewegte lautlos die Lippen, als ginge er noch einmal im Geiste durch, was er sagen würde.

In der zweiten Reihe saßen Davenport und Jamison. Auch eine Gruppe von Reportern war anwesend; Mars' Festnahme hatte sich offensichtlich herumgesprochen. Darüber hinaus waren mehrere Dutzend Zuschauer im Gerichtssaal versammelt.

Der Richter sah zu den Tischen von Anklage und Verteidigung und räusperte sich, ehe er begann. »Der Angeklagte hat den Antrag gestellt, also wollen wir zuerst seine Seite hören.«

Mary Oliver erhob sich und glättete die Jacke ihres Hosenanzugs. »Euer Ehren, die Vorgangsweise des Staates in dieser Angelegenheit lässt sich wie folgt zusammenfassen: Mein Mandant Mr. Mars wurde zu Unrecht verurteilt, musste zwanzig Jahre im Gefängnis verbringen und wäre beinahe hingerichtet worden. Als im letzten Moment der Beweis für seine Unschuld erbracht wurde, erkannte man den Fehler und sprach meinen Mandanten frei. Zudem wurde ihm die maximale Entschädigung für die zu Unrecht erfolgte Inhaftierung zugesprochen, nicht dass fünfundzwanzigtausend Dollar als Wiedergutmachung für zwanzig Jahre im Gefängnis angemessen wären.« Sie holte tief Luft und glühte förmlich vor rechtschaffener Entrüstung. »Und nun, kurz nachdem man ihm die Freiheit wiedergegeben hat, wird er aufs Neue festgenommen und steht in Handschellen vor uns. Das alles ohne Gerichtsverfahren, ohne Vertretung durch einen Anwalt, also ohne ihm die jedem Staatsbürger zustehenden Rechte zu gewähren. Aus diesem Grund habe ich einen Habeas-Corpus-Antrag gestellt, da zweifelsfrei feststeht, dass mein Mandant unrechtmäßig festgehalten wird. Ich beantrage deshalb, dass er unverzüglich freigelassen wird und dass sein Freispruch sowie die ihm zugestandene Entschädigungszahlung in Kraft bleiben und von diesem Gericht bestätigt werden.«

Mary Oliver legte ihrem Mandanten die Hand auf die Schulter. »Alles andere wäre eine Verhöhnung der Justiz und würde einen gefährlichen Präzedenzfall schaffen, wenn es dem Staat gestattet würde, einseitig seine Vereinbarung mit meinem Mandanten zurückzuziehen, denn wir müssen davon ausgehen, dass er das auch in künftigen Fällen versuchen würde.«

»Verstanden«, stellte Richter Matthews fest und wandte sich dem Staatsanwalt zu. »Mr. Jenkins, die Verteidigung hat sehr gute Argumente vorgebracht. Es gefällt mir gar nicht, dass der Staat sein Wort bricht. Es wäre ein großer Schaden für unser Rechtssystem, wenn sich die Verteidigung nicht mehr auf eine Vereinbarung verlassen könnte, die Sie mit ihr eingegangen sind.«

Jenkins erhob sich, knöpfte sein Jackett zu, glättete eine widerspenstige Haarsträhne und warf einen missbilligenden Blick zu Mars und Oliver, ehe er sich dem Richter zuwandte.

»Euer Ehren«, begann er in gedehntem Tonfall. »Die Vorgehensweise des Staates war unter den gegebenen Umständen die einzig mögliche. Ich gebe gern zu, dass die Situation ein wenig ungewöhnlich ist …«

»Das ist eine starke Untertreibung«, warf Richter Matthews ein.

»Mag sein, aber es gab einen bestimmten Grund, warum Mr. Mars aus dem Gefängnis entlassen wurde.« Er hielt inne und hob einen Finger, um sein Argument zu unterstreichen. »Weil ein anderer Mann, Charles Montgomery, der inzwischen wegen mehrerer abscheulicher Verbrechen im Bundesstaat Alabama hingerichtet wurde, die Morde gestanden hatte, deren Mr. Mars schuldig befunden worden war. Alles deutete darauf hin, dass Mr. Montgomery über Informationen und Kenntnisse verfügte, die nur dem wahren Täter bekannt gewesen sein konnten. Aufgrund der Arbeit des FBI erscheint es heute jedoch klar, dass Mr. Montgomery und seine Ehefrau, die mutmaßlich ermordet wurde, um gewisse Vorgänge zu vertuschen, eine beträchtliche Geldsumme erhielten, um das Geständnis abzulegen. Somit dürfte erwiesen sein, dass Mr. Montgomery nicht mehr mit den Morden an Roy und Lucinda Mars zu tun hatte als Sie oder ich, Euer Ehren. Der Staat Texas steht deshalb auf dem Standpunkt, dass die ursprüngliche Verurteilung von Mr. Mars rechtens war und seine Festnahme nicht nur absolut geboten, sondern auch rechtlich einwandfrei ist.«

Jenkins blickte mit einem Ausdruck kalter Verachtung zu Mars hinüber. »Lassen Sie mich hinzufügen, dass der Staat Texas alles tun wird, um herauszufinden, ob Mr. Mars in irgendeiner Weise in diesen dreisten Versuch verwickelt ist, das Rechtssystem von Texas hinters Licht zu führen, denn schließlich ist er es, der am meisten von diesem angeblichen Geständnis Mr. Montgomerys profitiert hat.«

Mary Oliver sprang von ihrem Platz auf. »Es gibt nicht den Funken eines Beweises, dass mein Mandant in irgendeiner Weise damit zu tun hatte, Euer Ehren.«

Jenkins ließ den Einwand keine Sekunde gelten. »Nun, die Tatsache, dass dieses offensichtlich falsche Geständnis kurz vor der bereits festgesetzten Hinrichtung des Angeklagten abgelegt wurde, scheint mir allein vom Zeitpunkt her ein unglaublicher Zufall zu sein.«

Mary Oliver warf ihm einen verständnislosen Blick zu. »Ja«, erwiderte sie voller Sarkasmus, »ich bin sicher, Mr. Mars hat bis wenige Minuten vor seiner bevorstehenden Hinrichtung gewartet, ehe er vom Todestrakt aus für dieses wundersame Geständnis gesorgt hat, das ihn im letzten Moment gerettet hat.«

»Dieser unprofessionelle Ton ist völlig unangebracht«, schnaubte Jenkins.

»Ungeachtet dessen«, fuhr Oliver, zum Richter gewandt, fort, »hatte der Staat ausreichend Zeit, um Mr. Montgomerys Aussage zu überprüfen. Die Ermittlungen haben bekanntlich zum Freispruch meines Mandanten geführt. Wenn der Staat nun diese Entscheidung zurücknimmt, wird sich künftig niemand mehr auf einen Freispruch verlassen können.«

Jenkins antwortete prompt: »Der Staat hat jedenfalls ein berechtigtes Interesse, die Bevölkerung vor verurteilten Mördern zu schützen.«

»Nun«, warf der Richter ein, »wie es aussieht, hat sich der Staat selbst in diese missliche Lage gebracht, Mr. Jenkins. Und Ms. Oliver weist zu Recht darauf hin, dass es das gesamte Rechtssystem untergraben würde, wenn der Staat seine eigenen Zusagen zurücknimmt.«

Jenkins breitete die Hände aus. »Worum es uns geht, Euer Ehren, ist lediglich die Möglichkeit, den Fall noch gründlicher zu untersuchen. Falls der Angeklagte unschuldig sein sollte, wird er baldmöglichst freigelassen. Falls er schuldig ist, was unserer Ansicht nach der Fall ist, hat er keine Möglichkeit zur Flucht. Er ist in keine Gemeinschaft eingebunden, und wir schätzen die Fluchtgefahr als extrem hoch ein.«

»Er hat keinen Pass«, warf Mary Oliver ein, »keine gültigen Ausweispapiere und dank des Bundesstaates Texas keine Arbeit und kein Geld. Ich wüsste nicht, wie er flüchten sollte.«

Richter Matthews wirkte etwas unschlüssig, als er sich an Mary Oliver wandte. »Also, ich kann nicht behaupten, dass ich Mr. Jenkins in allem recht gebe, aber es erscheint mir ebenfalls vertretbar, Mr. Mars vorläufig in Gewahrsam zu nehmen, solange die Ermittlungen laufen.«

In diesem Augenblick erhob sich Decker von seinem Platz, und alle Anwesenden im Gerichtssaal wandten sich seiner stattlichen Erscheinung zu. Decker spürte die Blicke auf sich gerichtet, sein Magen krampfte sich zusammen. Er hatte es noch nie gemocht, im Mittelpunkt zu stehen.

Noch weniger gefiel ihm der Gedanke, nicht ganz ehrlich zu einem Richter zu sein. Doch er hatte nun einmal einen Plan gefasst. Jetzt blieb ihm nichts anderes übrig, als ihn durchzuziehen.

»Euer Ehren, ich bitte um die Erlaubnis, mich dazu zu äußern«, sagte er.

»Und Sie sind?«, fragte Richter Matthews erwartungsvoll.

Decker wischte sich einen Schweißtropfen vom Gesicht. Er spürte die Feuchtigkeit in den Achselhöhlen. Ihm wurde plötzlich übel. Einen Moment lang fürchtete er, hier im Gerichtssaal umzukippen. »Amos Decker«, sagte er mit leicht zittriger Stimme. »Ich bin in Vertretung des FBI hier.«

»Ich kann nicht erkennen, was das FBI mit dem Fall zu tun haben sollte«, warf Jenkins hastig ein. »Hier ist allein der Staat Texas zuständig.«

Decker hielt den Blick auf Matthews gerichtet. »Das FBI ist sehr wohl in den Fall involviert, Euer Ehren. Wie der Herr Staatsanwalt ausgeführt hat, waren es unsere Ermittlungen, durch die Zweifel an Mr. Montgomerys Geständnis aufgekommen sind.«

»Aber …«, begann Jenkins, doch der Richter brachte ihn mit der erhobenen Hand zum Schweigen.

»Das ist ein berechtigter Einwand. Lassen wir Agent Decker erst einmal ausreden.«

Zum ersten Mal in seinem Leben sah Decker alles um sich herum in leuchtendem Blau, obwohl niemand im Saal zu Tode gekommen war. Er schloss die Augen.

»Agent Decker?«, sagte der Richter, während Jenkins mit einem verächtlichen Schnauben zu Decker blickte.

Na los, Decker. Rein ins A-Gap und tackeln. Jetzt.

Decker öffnete die Augen und begann mit fester Stimme: »Das FBI ist der Ansicht, dass dieser Fall um einiges komplizierter ist, als es den Anschein hat. Zudem halten wir Mr. Mars für unschuldig.«

»Worauf stützt sich diese Annahme?«, unterbrach ihn Jenkins gereizt.

»Auf Erkenntnisse, die wir im Laufe der Ermittlungen gewonnen haben. Wir gehen davon aus, dass in diesem Fall Kräfte am Werk sind, die über die Staatsgrenzen hinweg operieren, sodass die Zuständigkeit des FBI gegeben ist.«

»Möchten Sie diese Erkenntnisse dem Gericht vorlegen, Agent Decker?«, fragte der Richter.

»Mein Vorgesetzter, Special Agent Ross Bogart, leitet eine Sondereinheit, Euer Ehren. Ich darf Sie auf die Möglichkeit verweisen, sich direkt an ihn zu wenden. Er wird Sie gern über alle Einzelheiten informieren.«

Jamison und Davenport wechselten einen überraschten Blick.

»Das Gericht darf die Einzelheiten erfahren, nicht aber der Staat Texas?«, blaffte Jenkins empört.

»Gibt es einen triftigen Grund, warum die Informationen nicht öffentlich dargelegt werden können?«, fragte der Richter.

»Agent Bogart wird Ihnen alles erklären, Euer Ehren. Es ist in der Tat eine äußerst heikle Angelegenheit. Wir sind der Ansicht, dass eine öffentliche Bekanntmachung zum jetzigen Zeitpunkt nachteilige Auswirkungen auf unsere Ermittlungen hätte und es den Schuldigen ermöglichen würde, sich der Festnahme und der Anklage zu entziehen.«

»Nichts, was Sie gesagt haben, liefert einen Grund, warum Mr. Mars nicht in Gewahrsam bleiben kann, solange die Ermittlungen laufen«, wies Jenkins hin.

Bevor der Richter etwas dazu sagen konnte, ergriff Decker erneut das Wort. »Es tut mir leid, aber ich bin davon ausgegangen, dass das auf der Hand liegt. Schließlich wurde Mr. Mars von Gefängniswärtern beinahe zu Tode geprügelt. Nachdem zuvor zwei Häftlinge, die von einem anderen Wärter dazu angestiftet worden waren, versucht hatten, ihn zu töten. Hinzu kommt, dass Mr. Mars wegen dieses abscheulichen Vorfalls eine millionenschwere Klage gegen den Staat Texas anstrebt. Ich kann mir vorstellen, dass Mr. Mars im Vollzugsystem nicht gerade hohes Ansehen genießt, zumal an dieser Verschwörung gegen ihn auch andere Wärter beteiligt gewesen sein könnten, die nach wie vor im Dienst sind. Deshalb müssen wir davon ausgehen, dass das Gefängnis für Mr. Mars alles andere als ein sicherer Ort wäre. Im Gegenteil, es könnte sein, dass Sie damit sein Todesurteil unterschreiben.«

Der Richter funkelte Jenkins an. »Ist das wahr?«

Der Staatsanwalt erbleichte unter dem zornigen Blick des Richters. »Euer Ehren, dieser unglückliche Vorfall hat zwar stattgefunden, aber wir sind überzeugt, dass Mr. Mars in staatlichem Gewahrsam keinerlei Gefahr mehr drohen würde.«

»Wir sollten dennoch kein Risiko eingehen«, erwiderte Decker, »und jede Möglichkeit ausschließen, dass es vielleicht anders kommen könnte, als Mr. Jenkins versichert. Falls sich herausstellt, dass Mr. Mars unschuldig ist, und er in einer Gefängniszelle zu Tode kommt, wäre das wohl kaum in seinem Sinn. Aber vielleicht hegt der Staat Texas hier eine andere Auffassung?«

Der Richter nahm die Bemerkung mit einem zustimmenden Schnauben auf, doch Jenkins warf Decker einen wütenden Blick zu.

»Das FBI«, fuhr Decker fort, »hat Mr. Mars bereits zuvor mit Zustimmung des Staates in Gewahrsam genommen, nachdem er im Gefängnis brutal zusammengeschlagen wurde, und wir sind bereit, das auch jetzt zu tun.«

Der Richter wandte sich Decker zu. »Dieser Vorschlag hat die volle Billigung des FBI?«

»Wie gesagt, Agent Bogart wird Ihnen alle diesbezüglichen Zusicherungen und Informationen geben.«

Der Richter wandte sich dem Staatsanwalt zu. »Hiermit verfüge ich, dass der Angeklagte in den Gewahrsam von Agent Decker und dem FBI übergeben wird, bis uns neue Erkenntnisse vorliegen, die eine andere Vorgehensweise erfordern.«

»Aber Euer Ehren …«, begann Jenkins vorwurfsvoll.

»Meine Entscheidung ist gefallen, nehmen Sie das zur Kenntnis, Frank! Mir gefällt es ganz und gar nicht, wie Sie hier vorgegangen sind, also seien Sie froh, dass ich den Angeklagten nicht auf freien Fuß setze. Die Sitzung ist geschlossen.« Matthews schlug mit dem Hammer auf den Richtertisch und verließ den Gerichtssaal.

Jenkins blickte zu Decker, während die Beamten Mars' Handschellen lösten. »Ich hoffe, Sie wissen, was Sie tun«, knurrte er.

Das hoffe ich auch, dachte Decker.

39

Mars saß auf dem Beifahrersitz und rieb sich die Handgelenke, wo noch die Abdrücke der Handschellen zu sehen waren.

»Danke«, sagte er zu Decker, der den Wagen lenkte.

Oliver, Davenport und Jamison saßen auf der Rückbank.

Decker hatte schweigend den Gerichtssaal verlassen und sich an den Journalisten vorbeigedrängt, die ihnen ihre Mikrofone entgegengestreckt hatten, um einen Kommentar zu bekommen.

Jamison und Davenport hatten ihn mit Fragen bombardiert, während sie über den Parkplatz zu ihrem Wagen geeilt waren, doch er hatte beharrlich geschwiegen. Nun tippte ihm Jamison mit Nachdruck auf die Schulter.

»Würden Sie uns freundlicherweise erklären, was da gerade gelaufen ist, oder muss ich erst handgreiflich werden?«

Decker warf ihr einen Blick im Rückspiegel zu und sah ihr an, dass sie es ernst meinte. »Ich habe Agent Bogart um einen Gefallen gebeten, und er hat sich einverstanden erklärt.«

»Das heißt, die Aktion war hundertprozentig astrein und legal?«, fragte Jamison, immer noch skeptisch.

Mary Oliver wirkte nun ebenfalls besorgt. »Decker, bitte sagen Sie mir jetzt nicht, dass Sie das Gericht belogen haben.«

»Es war keine Lüge. Melvin ist in unserem Gewahrsam. Und alles, was ich zum Richter gesagt habe, war zutreffend.«

»Er hat Sie für einen FBI-Agenten gehalten«, hielt ihm Davenport entgegen.

»Das hat *er* gesagt, nicht ich«, konterte Decker.

»Aber Sie haben ihn nicht korrigiert«, beharrte sie.

»Das war nicht meine Aufgabe, aber es ist auch nicht wichtig. Bogart ist schließlich Special Agent, und er wird meine Aussage bestätigen.« Er warf Oliver einen kurzen Blick zu. »Und Sie haben doch die Klage eingereicht?«

»Ja.«

»Dann ist alles in Ordnung.«

»Also«, warf Mars ein, »für mich ist gar nichts in Ordnung, wenn sie mich doch noch in den Knast stecken. Sie haben gehört, was der Richter gesagt hat. Falls es neue Erkenntnisse gibt, kann eine andere Vorgehensweise nötig werden – so hat er es genannt. Und dieser Jenkins war richtig geladen. Ich wette, er knobelt schon was aus, wie er meinen Arsch so schnell wie möglich in ein texanisches Gefängnis befördert.«

»Alles andere würde mich auch überraschen«, stimmte ihm Decker zu. »Wir müssen sichergehen, dass es nicht so weit kommt.«

»Wie?«, wollte Davenport wissen.

»Indem wir den Fall lösen«, beantwortete Jamison ihre Frage.

Deckers Handy summte. Er ging ran und klemmte sich das Handy mit der Schulter ans Ohr, während er dem düsteren Himmel entgegenfuhr, der noch mehr Regen versprach. Das unfreundliche Wetter machte Decker nicht das Geringste aus. Ihn beschäftigten andere Dinge, während er dem Anrufer zuhörte. Nach einer Weile bedankte er sich und steckte das Handy ein.

»Das war die Polizei in Alabama. Sie haben den Mietwagen aufgespürt, den beigefarbenen Toyota Avalon mit dem Kennzeichen aus Georgia, das uns Patricia Bray teilweise nennen konnte. Den Wagen hatte ein gewisser Arthur Crandall gemietet.« Er schaute Mars an. »Sagt Ihnen der Name was?«

»Nein.«

»Hab ich auch nicht erwartet, weil es mit Sicherheit ein falscher Name ist. Die Kreditkarte, mit der er bezahlt hat, war jedenfalls gefälscht. Wahrscheinlich auch der Führerschein.«

»Steht schon fest, dass es der Kerl war, den wir suchen?«, fragte Jamison.

»Das überprüfen sie gerade.«

»Was zum Teufel geht hier vor sich?«, fragte Mars.

»Da wollte jemand seine Spuren verwischen«, sagte Decker.

»Dann handelt es sich bei dem Kerl, der vermutlich Regina Montgomery bestochen und hinterher umgebracht hat, um diesen Arthur Crandall?«, fragte Mars.

»Das ist nicht sein richtiger Name.«

»Ja, schon klar. Aber er ist es, der mich mit seinem Plan aus dem Knast rausgeholt hat.«

»Ja. Aber vielleicht nur deshalb, weil er glaubt, dass Sie etwas besitzen, mit dem Sie ihm schaden können, oder den Leuten, für die er arbeitet.«

»Das ergibt doch keinen Sinn, Decker. Selbst wenn ich etwas wüsste, was nicht der Fall ist, warum haben sie es dann nicht einfach zugelassen, dass ich hingerichtet werde und mein Geheimnis mit ins Grab nehme?«

»Vielleicht brauchen sie das, worum es geht, unbedingt für ihre Zwecke«, mutmaßte Davenport. »Also sorgen sie dafür, dass Sie freikommen, damit Sie diese Leute zu dem gewünschten Etwas führen.«

»Aber warum haben sie mir die Morde dann überhaupt angehängt?«

»Vielleicht haben sie das damals für das Beste gehalten«, schlug Jamison vor. »Ihre Eltern zu töten und Sie für immer hinter Gitter zu bringen. Das ist die einzige Erklärung, die irgendwie Sinn ergibt.«

»Nein«, widersprach Decker.

»Was dann?«, fragte Jamison neugierig.

»Wir sind bisher von der Annahme ausgegangen, dass diejenigen, die Melvins Eltern ermordet und ihn ins Gefängnis gebracht haben, dieselben sind, die jetzt hinter dem Inhalt des Schließfachs her sind. Wir könnten es aber genauso gut mit zwei verschiedenen Gruppen mit völlig unterschiedlichen Zielen zu tun haben.«

»Herrgott«, murmelte Davenport. »War es bislang nicht schon kompliziert genug?«

»Offenbar nicht«, meinte Decker.

Er wandte sich Mars zu. »Wer war der Arzt Ihrer Mutter?«

»Ihr Arzt? Warum?«

»Irgendjemand muss schließlich den Gehirntumor bei ihr diagnostiziert haben.«

»Das weiß ich nicht.«

»Denken Sie nach.«

»Ist es wirklich noch wichtig, wer damals ihr Arzt war?«, fragte Davenport.

»Im Moment gibt es in diesem Fall nichts, das *nicht* wichtig ist.«

40

Decker schlief tief und fest bis fünf Uhr morgens. Draußen regnete es nach wie vor. Er stand auf, trottete zum Fenster und schaute hinaus. Regen, Wind, ein gelegentlicher Blitz und das nachfolgende Donnern. Das Wetter war so übel wie dieser Fall, dachte er.

Er schaute auf seine Füße hinunter und war einen Moment lang überrascht, dass er sie sehen konnte. Sein Bauch war auf eine annehmbare Größe geschrumpft. Das war lange nicht mehr der Fall gewesen.

Er setzte sich auf die Bettkante und streckte die Beine aus. Seine Oberschenkelmuskeln fühlten sich fest an.

Körperlich war er in Ordnung.

Aber wie sah es in ihm aus?

Er schloss die Augen und ließ sein unfehlbares Gedächtnis zurück zu dem Punkt vor fast zwanzig Monaten schweifen, an dem er alles verloren hatte.

Er wusste, dass er die Farbe sehen würde, die diese Erinnerung begleitete wie ein Parasit, der auf einem großen Fisch saß.

Blau.

Seine Erinnerung an den Moment, als er seine Familie ermordet vorgefunden hatte, war untrennbar mit der Farbe Blau verbunden. Es war, als hätte jemand einen Eimer Farbe über das Kostbarste geschüttet, das er im Leben besessen hatte. Oder als hätte ein riesiger Füllhalter verrücktgespielt und alles mit blauer Tinte bespritzt.

Unwiderruflich, endgültig.

Molly und Cassie waren fort. Nichts konnte sie zurückbringen. Er würde sich bis zu seinem letzten Atemzug an sie erinnern, in allen Einzelheiten. Es war zugleich Segen und Fluch.

Er duschte, zog saubere Kleidung an und öffnete die Tür seines Motelzimmers, die direkt ins Freie führte. Sie waren alle im Erdgeschoss untergebracht, mit einer Veranda, die über die ganze Länge des Gebäudes verlief. Decker hatte das Zimmer an einem Ende, Davenport das am anderen Ende, Mars und Jamison die Zimmer dazwischen.

Es regnete immer noch in Strömen, als Decker, an einen Stützpfeiler gelehnt, in die Dunkelheit blickte.

Er konnte Lügen und Betrug nicht leiden. Er hasste es, wenn Verbrechen ohne Konsequenzen blieben. Menschen fügten anderen Schaden zu, das ließ sich kaum vermeiden. Doch es war ihre eigene Entscheidung, und deshalb mussten sie dafür die Verantwortung übernehmen und die Konsequenzen tragen.

Er sah auf seine Uhr. Kurz nach sechs. Die Sonne war noch nicht ganz von der anderen Seite der Erde zurückgekehrt. Und auch nach Sonnenaufgang würde sie hinter einer dicken Wolkendecke verborgen bleiben. Zum Motel gehörte ein Café, das er im Schutz des Vordachs aufsuchen konnte.

Ein paar Minuten später betrat er es. Drei Gäste saßen bereits beim Frühstück. Eine müde aussehende Kellnerin schenkte ihnen Kaffee ein. Als sie Decker hereinkommen sah, forderte sie ihn mit einer ausladenden Geste auf, sich einen Tisch auszusuchen.

Er setzte sich in einigem Abstand zu den anderen Gästen. Ein Blick in die Speisekarte verriet ihm, dass alles, was hier angeboten wurde, für Leute gedacht war, denen Herzinfarktrisiko und Cholesterin egal waren.

Als die Kellnerin zu ihm kam, bestellte er Kaffee, ein Glas Orangensaft und Toast.

»Haben Sie vielleicht Eiweiß?«, fragte er.

Als sie ihn verständnislos ansah, fügte er hinzu: »Vielleicht Obstsalat?«

Sie musterte seine massige Figur, und ein mitfühlendes Lächeln erschien in ihrem Gesicht. »Klar, kein Problem. Nur gesunde Sachen, garantiert.«

Sie zog ab.

Eine Minute später brachte sie den Kaffee. Er nahm einen Schluck. Wunderbar heiß. Der Kaffee wärmte seine Knochen, während der Regen ans Fenster prasselte.

Er lehnte sich auf seinem Stuhl zurück, die Augen halb geschlossen, und konzentrierte sich.

Punkt eins: Roy und Lucinda Mars hatten ein geheimes Leben aus der Zeit, bevor ihr Sohn zur Welt gekommen war. Sie hatten ihre Namen geändert und waren in eine kleine Stadt in Texas gezogen, um ihr altes Leben hinter sich zu lassen. Roy Mars' Narbe konnte von einer gesichtsverändernden Operation stammen.

Punkt zwei: Jemand hatte sie auf einem Sportkanal im Fernsehen gesehen und erkannt, kurz bevor sie ermordet wurden.

Punkt drei: Roy Mars hatte kurz vor seinem Tod ein Bankschließfach geleert. Es war nicht bekannt, was er darin aufbewahrt hatte und wo sich der Inhalt nun befand.

Punkt vier: Lucinda Mars hatte an Krebs im Endstadium gelitten.

Punkt fünf: Sie waren ermordet worden, und ihr Sohn war zu Unrecht wegen Mordes im Gefängnis gelandet.

Punkt sechs: Mars hatte kurz vor der Hinrichtung gestanden, als ihn im letzten Moment das Geständnis von Charles Montgomery rettete.

Punkt sieben: Mars wurde aus dem Gefängnis entlassen.

Punkt acht: Charles Montgomery wurde hingerichtet.

Punkt neun: Charles Montgomery hatte nahezu sicher gelogen.

Punkt zehn: Regina Montgomery war die finanzielle Nutznießerin des von ihrem Mann abgelegten Geständnisses.

Punkt elf: Regina Montgomery war ermordet worden, möglicherweise von dem Mann im Toyota Avalon.

Punkt zwölf: Jemand wollte den Inhalt des Schließfachs.

Punkt dreizehn: Dieser Jemand musste nicht unbedingt derselbe sein, der Mars den Mord angehängt hatte.

Aus alldem ergaben sich mehrere Fragen: Wer hatte Montgomery für das falsche Geständnis bezahlt? Falls es der Mann im Avalon gewesen war – aus welchem Grund hatte er es getan? Um Mars freizubekommen, damit er durch ihn an den Inhalt des Schließfachs herankam? Ein etwas umständlicher Weg. Zumal derjenige nicht wissen konnte, ob Mars von dem Inhalt wusste und das Versteck kannte. Und warum jetzt, zwanzig Jahre später? Warum hatte der Unbekannte es nicht schon damals versucht? Warum hatte er Mars' Eltern nicht gefoltert, damit sie ihm verrieten, wo sich der Inhalt befand?

Vielleicht wurden sie ja gefoltert und haben das Geheimnis mit ins Grab genommen.

Decker sah keine Theorie, die all diese Fragen schlüssig zu beantworten vermochte.

Und das frustrierte ihn maßlos.

Sein Gedächtnis war perfekt, aber das bedeutete nicht, dass ihm die Antworten sofort ins Auge sprangen. Wenn ihm jemand eine Lüge erzählte, speicherte er sie zwar, doch als Lüge konnte er sie nur entlarven, wenn er genügend Fakten zur Verfügung hatte, an denen er sie messen konnte.

In diesem Fall war das Problem jedoch nicht so sehr, dass bestimmte Details im Widerspruch zueinander standen, sondern vielmehr die Tatsache, dass er einfach nicht genug wusste.

»Sie sehen aus, als würde Ihr Gehirn gleich in Flammen aufgehen.«

Er schaute auf und sah Melvin Mars an seinem Tisch stehen.

Decker forderte ihn mit einer Geste auf, sich zu setzen. Mars nahm die Einladung an.

»Haben Sie über die Dinge nachgedacht, nach denen ich Sie gefragt habe?«, wollte Decker wissen.

Mars nickte. »Die ganze Nacht. Aber ich kann Ihnen nichts Brauchbares erzählen, Decker. Ich komme mir vor wie der letzte Idiot. Ich habe meine eigenen Eltern überhaupt nicht gekannt. Mein ganzes Leben hat sich nur um Football gedreht.« Er wollte noch etwas sagen, schien jedoch nicht die richtigen Worte zu finden. Schließlich schüttelte er den Kopf.

»Geben Sie nicht zu schnell auf«, riet Decker. »Vielleicht fällt Ihnen doch noch was ein.« Er schaute zur Kellnerin, die mit seinem Essen anrückte.

»Möchten Sie Kaffee oder etwas essen?«, fragte sie Mars.

»Nur Kaffee.«

Die Kellnerin stellte den Toast und eine Schüssel mit gemischtem Obst vor Decker auf den Tisch. »Ich wette, Sie laufen bald in diesen knallengen Jeans rum.«

Mars warf Decker einen erstaunten Blick zu, schwieg jedoch.

Nachdem die Kellnerin gegangen war, nahm Decker eine Gabel voll Früchte und einen Bissen von dem Toast.

»Ist *Ihnen* etwas eingefallen?«, fragte Mars.

»Ich habe mir so einiges durch den Kopf gehen lassen. Vor allem die Fragen, auf die ich keine Antworten habe.«

»Wissen Sie, an eine Sache habe ich mich doch erinnert.«

»Ja? Woran?«, fragte Decker neugierig.

Die Kellnerin brachte Mars' Kaffee. Als sie weg war, sagte er: »Damals war die einzige Arztpraxis in der Stadt am Scotch Boulevard. Wenn meine Mom wirklich deswegen bei einem Arzt war, dann dort. Sie sind auch zum Zahnarzt dorthin gegangen.«

Decker nickte. »Gut. Das werden wir gleich überprüfen.«

»Trotzdem sehe ich nicht, wie uns das weiterhelfen soll.«

»Ermittlungen sind keine exakte Wissenschaft. Man arbeitet sich weiter, bis irgendetwas einen Sinn ergibt.«

»Ich habe mit Mary gesprochen. Sie ist immer noch sauer wegen dem, was vorgefallen ist. Jetzt ist sie umso wilder entschlossen, den Staat Texas nach allen Regeln der Kunst zu verklagen.«

»Sie ist eine gute Freundin, stimmt's?«

»Als mein letzter Anwalt den Kram hingeschmissen hat, hab ich gedacht, das war's jetzt. Dann ist Mary gekommen und hat meinen Fall übernommen. Wir haben uns oft und lange unterhalten. Sie ist nicht nur meine Anwältin, sondern, wie Sie sagen, auch eine Freundin. Wir haben nicht nur über rechtliche Dinge gesprochen. Sie hat mir einiges über ihre Familie erzählt und sich nach meiner erkundigt. Ich habe ihr zwar nicht viel sagen können, aber es hat sie sehr interessiert. Wissen Sie, sie hat mir zugehört. Sie hat verstanden, wie ich zu meiner Mom und meinem Dad gestanden habe. Und dass ich sie unmöglich umgebracht haben kann.«

»Das weiß sie sicher, Melvin.«

Mars sah sich um. »Wissen Sie, ich habe eigentlich gedacht, dass Sie zusammen mit Jamison frühstücken würden.«

»Warum?«

»Ihr Zimmer ist neben meinem. Ich hab bei ihr angeklopft, weil ich sie fragen wollte, ob sie auch frühstücken möchte. Sie hat sich nicht gemeldet.«

»Haben Sie sie drinnen gehört?«

»Nein, nichts. Warum?«

»Wo kann sie so früh am Morgen sein?« Decker legte ein paar Dollarscheine auf den Tisch und stand auf.

Mars folgte ihm.

»Glauben Sie, dass irgendwas nicht stimmt?«, fragte er.

»Das werden wir gleich wissen.«

Sie eilten hinaus und zu Jamisons Zimmer. Decker klopfte laut an die Tür.

»Alex? Alex, sind Sie da?«

Decker zückte seine Pistole, und Mars trat einen Schritt zurück. »Soll ich die Tür eintreten?«, fragte er.

»Was machen Sie da?«

Sie drehten sich um und sahen Jamison auf sich zukommen.

»Wo zum Teufel waren Sie?«, fragte Decker erleichtert und steckte die Waffe ein.

»Ich hatte kein Shampoo im Zimmer, also bin ich rüber zur Rezeption. Es hat ewig gedauert, weil niemand da war. Danach habe ich mir noch eine Flasche Wasser aus dem kleinen Laden nebenan geholt. Ist alles in Ordnung?«

»Jetzt schon«, sagte Mars. »Wir haben uns nur Sorgen gemacht.«

»Nun, das weiß ich zu schätzen …«

Sie hielt inne, als eine Frau angelaufen kam. Sie war in den Sechzigern, trug die Kleidung eines Zimmermädchens und war völlig außer Atem. »Ich glaube, es ist etwas passiert«, keuchte sie.

»Was meinen Sie damit?«, fragte Decker.

»Kommen Sie schnell.« Sie drehte sich um und lief den Weg zurück, den sie gekommen war.

Sie eilten hinterher, bogen um die Hausecke und erreichten das andere Ende des U-förmigen Gebäudes. Die Frau deutete auf eine halb offen stehende Tür.

»Das ist Davenports Zimmer«, sagte Jamison.

Decker zog erneut seine Waffe, trat zur Tür und drückte sie langsam auf.

Er warf einen Blick hinein. Das Zimmer war ein einziges Schlachtfeld.

Rasch traten sie ein und sahen sich um.

Davenport war fort.

Und sie war nicht freiwillig gegangen.

41

»Bogart und Milligan sind unterwegs nach Texas«, berichtete Decker.

Er saß zusammen mit Mars und Jamison in seinem Zimmer und hatte eben ein Telefongespräch beendet. Die Polizei war gekommen, um im Zusammenhang mit Davenports Verschwinden zu ermitteln, doch sie waren ohne brauchbare Spuren wieder abgezogen. Ganz offensichtlich hatte sie sich heftig gewehrt. Niemand hatte etwas gehört, weil sich in diesem Flügel des Motels zu dem Zeitpunkt kein anderer aufgehalten hatte.

»Nimmt das FBI den Fall wieder auf?«, fragte Jamison und rieb sich müde die Augen.

»Ich glaube, sie sehen die Entführung als Angriff auf das Bureau, obwohl Davenport zu dem Zeitpunkt gar nicht für das FBI gearbeitet hat.«

Decker musterte Jamison. Sie war blass und sichtlich mitgenommen.

»Alex, haben Sie eine Waffe?«

Sie sah ihn entsetzt an. »Eine Waffe? Nein, warum?«

»Ich besorge Ihnen eine und zeige Ihnen, wie man damit umgeht.«

»Halten Sie das wirklich für notwendig?«

»Halten Sie es für überflüssig, nach dem, was gerade passiert ist?«

Jamison wandte den Blick ab, die Hände nervös ineinander verschränkt.

»Ich versteh das nicht«, warf Mars ein. »Warum Davenport? Warum nicht ich? Ich bin's doch, den sie wollen. Glauben die im Ernst, Davenport weiß, was in dem Schließfach war?«

»Anscheinend halten sie es für möglich, Melvin«, erklärte Decker. »Und ehrlich gesagt ist Davenport nun mal ein leichteres Ziel als Sie. Das Zimmer war völlig verwüstet, also hat sie sich gewehrt. Jetzt stellen Sie sich vor, die hätten versucht, Sie zu entführen. Sie hätten diese Kerle vielleicht umgebracht.«

Mars nickte langsam. »Da könnten Sie recht haben.«

Decker wirkte plötzlich nachdenklich. »Vielleicht aber auch nicht.« Er stand auf.

»Wo gehen Sie hin?«, fragte Jamison.

»Ich schau mich noch mal in Davenports Zimmer um.«

»Das hat die Polizei doch schon getan.«

»Und jetzt sind wir an der Reihe.«

Decker betrat das Motelzimmer, lehnte sich mit dem Rücken an eine der Wände und ließ den Blick langsam durch den Raum schweifen.

Jamison stand neben ihm. Mars sah sich von der Tür aus etwas ratlos im Zimmer um.

»Sehen Sie irgendwas Auffälliges?«, fragte er besorgt.

»Davenport wiegt ungefähr fünfzig Kilo, oder?«, mutmaßte Decker.

Jamison war von der Frage überrascht. »Ja, kann sein. Sie hat in etwa meine Größe und ist sehr schlank.«

»Sie ist Läuferin«, fügte Decker nachdenklich hinzu. »Also ist sie sicher sehr schlank.«

Sein Blick ging über den umgekippten Tisch und Stuhl, die

zertrümmerte Lampe, die Gipskartonwand hinter dem Bett und schließlich das zerwühlte Bett.

»Sie hat geschlafen, als es passierte«, stellte Jamison fest. »Der Eindringling hat sie aus dem Schlaf gerissen.«

»Es könnte auch sein, dass sie früh aufgestanden ist, um eine Runde zu laufen«, mutmaßte Mars. »Und als sie zurückkam, wurde sie entführt.«

»Sie irren sich beide«, behauptete Decker.

»Wie können wir *beide* falschliegen?«, erwiderte Jamison.

Decker deutete auf den Boden des offenen Schranks. »Ihre Laufschuhe sind da, die Sportkleidung ebenfalls. Draußen regnet es wie aus Kübeln. Ihre Laufsachen sind überhaupt nicht feucht oder schmutzig. Außerdem wäre sie bei diesem Wetter sowieso nicht joggen gegangen. Es gibt keine Wege hier, und die Straße ist stark befahren. Nicht sehr angenehm.«

»Okay, also wurde sie im Schlaf überfallen«, schloss Jamison. »Das heißt, ich habe mit meiner Vermutung recht.«

Decker deutete zur Tür, dann zum Fenster. »Es ist niemand gewaltsam eingedrungen. Das haben die Cops bestätigt. Also war ein Schlüssel notwendig, um reinzukommen. Das sind altmodische Schlösser mit richtigen Schlüsseln.«

Jamison gab sich nicht so leicht geschlagen. »Vielleicht hat sich der Entführer einen Schlüssel vom Putztrupp besorgt. Die haben bestimmt einen Generalschlüssel.«

Decker ging zum Bett hinüber. »Schaut euch den umgekippten Tisch an.«

Sie traten zu ihm und sahen auf den Tisch hinunter.

»Der Tisch hat neben dem Bett gestanden«, stellte Mars fest. »Als er umgeworfen wurde, ist die Lampe auf den Boden gefallen und zerbrochen. Na und?«

»Seht euch das Tischbein an.«

Sie folgten seinem Hinweis.

»Da steckt ein Stück von der Lampe im Holz«, fügte Decker hinzu.

Jamison untersuchte das Tischbein und nickte, während Mars immer noch verwirrt dreinblickte. »Wäre der Tisch in einem Handgemenge umgekippt, wäre die Lampe in einigem Abstand auf dem Boden gelandet. Sie wäre bestimmt nicht so heftig gegen den Tisch gekracht, dass ein Stück im Holz stecken bleibt.«

»Genau«, stimmte Decker zu und deutete auf die Gipskartonwand. »Und seht euch die Wand an.«

Ihre Blicke folgten seiner ausgestreckten Hand.

»Man sieht gar nichts«, bemerkte Mars.

»Das ist es eben.« Jamison schüttelte den Kopf. »Amos hat recht. Da sind nirgends Spuren an der Wand. Dabei hat der Tisch neben dem Bett gestanden. Hätte es einen Kampf gegeben, wäre der Tisch gegen die Wand gekracht und hätte zumindest einen Kratzer hinterlassen.« Sie wandte sich Decker zu. »Das hat jemand nachträglich inszeniert – den Tisch umgeworfen und die Lampe gegen das Tischbein geknallt. Es muss so gewesen sein, dass jemand bei ihr angeklopft und sie selbst die Tür geöffnet hat. Dann wurde sie entführt und das Zimmer nachträglich verwüstet, um es so aussehen zu lassen, als hätte sie sich heftig zur Wehr gesetzt.«

»So sehe ich es auch«, pflichtete ihr Decker bei.

»Aber warum das Ganze?«, fragte Mars.

»Um davon abzulenken, dass Davenport den Entführer kennt«, erklärte Decker.

Jamison schnippte mit den Fingern. »Zu dieser frühen Tageszeit hätte sie niemanden hereingelassen, den sie nicht kennt. Deshalb ist niemand gewaltsam eingedrungen.«

»Ganz genau.« Decker ließ den Blick weiter durchs Zimmer schweifen.

»Verdammt«, sagte Mars anerkennend. »Kommen Sie auf solche Sachen, weil Sie ein perfektes Gedächtnis haben?«

»Nein, ich sehe so was, weil ich zwanzig Jahre lang Cop gewesen bin und genau weiß, wonach ich suchen muss.«

Mars sah Jamison an. »Sie haben auch ein Auge dafür.«

Sie lächelte. »Amos färbt ein bisschen auf mich ab.«

»Nein«, erwiderte Decker. »Sie haben wirklich einen Blick für diese Dinge, Alex. Manchmal sehen Sie einfach mehr als ich.«

»Aber Decker, Davenport hat niemanden hier in der Stadt gekannt«, wandte Jamison ein.

»Anscheinend doch. Und es muss jemand sein, dem sie vertraut hat.«

»Damit sind wir wieder bei der Frage, warum jemand sie entführen sollte«, sagte Mars.

Jamison lehnte sich an die Wand. »Kann es sein, dass die Täter herausfinden wollen, was wir wissen, indem sie sie …«

Decker sah sie eindringlich an. »Schlagen? Foltern?«

Jamison wurde blass und nickte.

»Ich halte es für wahrscheinlicher, dass sie sie als Druckmittel einsetzen werden«, meinte Decker.

Mars sah ihn beunruhigt an. »Als Druckmittel? Um was zu bekommen?«

»Sie.«

42

»Ich hätte gar nicht erst zurückfahren sollen.«

Bogart sah über den Tisch hinweg zu Decker.

Die Männer saßen in einem Büroraum, in dem sich das FBI eine provisorische Kommandozentrale eingerichtet hatte.

Bogart und Milligan waren mit einem halben Dutzend Agenten nach Texas geflogen. Das Team arbeitete in einem anderen Teil des kleinen Gebäudes daran, Lisa Davenport aufzuspüren.

»Sie hatten keine Wahl«, sagte Decker.

»Man hat immer eine Wahl.« Bogart sah ziemlich mitgenommen aus – die Krawatte gelockert, das Hemd zerknittert, die Haare zerzaust.

»Okay, aber keine *realistische* Wahl«, erwiderte Decker. »Und selbst wenn Sie geblieben wären, hätte das genauso passieren können.«

»Wir finden hier einfach niemanden, den Davenport gut genug gekannt haben könnte, um ihn reinzulassen. Haben Sie irgendeine Ahnung?«

»Sie kann jemanden gekannt haben, ohne dass wir es wissen.«

»Falls die Entführer sie als Druckmittel einsetzen wollen, werden sie wohl Kontakt aufnehmen.«

Decker nickte. »Das Problem ist ein möglicher Austausch. Das ist immer das Problem bei solchen Szenarien.«

»Glauben Sie nicht, dass wir sie lebend zurückholen können?«, fragte Bogart.

»Sie hat denjenigen gesehen, der sie entführt hat. Sie hat die Person *gekannt.*«

Bogart seufzte und ließ sich tiefer in seinen Stuhl sinken. »Und dieser Jemand wird nicht zulassen, dass Davenport uns verrät, wer er ist.«

»Das ist zu befürchten, ja.«

»Was glauben Sie, wer dahintersteckt?«

»Jedenfalls mehr als eine Person.«

»Wie kommen Sie darauf?«

»Die Interessen und die Vorgehensweise verraten uns einiges. Und ich sehe da eindeutig widersprüchliche Interessen. Das bedeutet, wir haben es mit mehr als einer Person zu tun.«

»Irgendetwas hat sich geändert«, stellte Bogart fest. »Mars war zwanzig Jahre im Gefängnis, und nichts ist passiert.«

»Der entscheidende Punkt war vielleicht seine bevorstehende Hinrichtung. Das hat die Leute veranlasst zu handeln.«

»Angefangen damit, dass sie Montgomery zu dem falschen Geständnis bewogen haben?«

»Ja.«

»Welche ›Gruppe‹ war dafür verantwortlich?«

»Das weiß ich nicht. Im Moment kann es die eine ebenso gut wie die andere gewesen sein.«

»Diese Leute sind also hinter dem her, was Mars ihrer Meinung nach weiß oder besitzt. Sie wollen den Inhalt dieses Bankfachs.«

»Das ist der Schlüssel. Sein Vater hat das Schließfach geleert und den Inhalt irgendwo versteckt. Sie gehen wohl davon aus, dass der Sohn darüber Bescheid weiß.«

»Welche widersprüchlichen Interessen sehen Sie hier am Werk?«

»Die eine Gruppe, die hinter der brisanten Information her ist, hätte mit Melvins Hinrichtung gut leben können. Die Information war zwanzig Jahre lang gut verborgen, also hätten sie davon ausgehen können, dass sie auch nicht mehr auftauchen wird. Indem sie Melvin aus dem Gefängnis holen, geben sie ihm Gelegenheit, das Gesuchte aus dem Versteck zu holen, vorausgesetzt, er weiß, wo es sich befindet. Dann müssen sie aber auch noch im richtigen Moment zur Stelle sein, um es ihm abzunehmen.« Decker schüttelte den Kopf. »Da besteht ein hohes Risiko, und ich glaube nicht, dass sich diese Leute darauf eingelassen hätten. Schlafende Hunde soll man nicht wecken, das dürfte eher ihr Motto gewesen sein.«

»Aber wer hat Mars dann aus dem Gefängnis geholt?«

»Die andere Gruppe.«

»Und warum?«

»Das ist die Frage, Ross. Ich hab jedenfalls noch keine Antwort darauf.«

Bogart fuhr sich durch die Haare. »Wir werden die Antwort finden, Amos. Wir müssen. Scheitern ist keine Option.«

Decker sah ihn an. »Ich weiß es zu schätzen, dass Sie gegenüber dem Gericht hinter mir gestanden haben.«

»Jemand vom Gericht hat angerufen. Ich habe ihm gesagt, was nötig war.«

»Und in D.C. ist alles geklärt?«

»Wir haben den Fall wiederaufgenommen, also haben die Herren da oben anscheinend ihren Fehler eingesehen.«

»Und die Scheidung?«

»Da gibt's keinen Silberstreif am Horizont. Aber ich bin langsam so weit, dass es mir egal ist. Ich habe meine Arbeit. Das genügt mir.«

»Sind Sie sicher?«

»Nein, aber ich tu einfach mal so.« Er überflog die Unterlagen auf seinem Schreibtisch. »Wir haben nicht gerade viele Spuren.«

»Das stimmt. Ich besorge Jamison eine Waffe und zeige ihr, wie man damit umgeht.«

Bogart sah ihn erstaunt an. »Sie glauben, die könnten noch eine Entführung vorhaben?«

»Nein, aber ich habe mich schon öfter geirrt.«

»Willkommen im Club.«

Decker stand auf.

»Wo gehen Sie hin?«

»Ich besorge die Pistole, und danach gehe ich zum Arzt.«

»Sind Sie krank?«

»Nein. Passen Sie auf Melvin auf.«

Er ging hinaus, und Bogart sah ihm schweigend nach.

Decker wählte eine kompakte Neun-Millimeter-Pistole für Jamison. In Texas brauchte man eine Erlaubnis zum verdeckten Tragen einer Schusswaffe, doch als Jamison dem Ladenbesitzer ihren FBI-Ausweis zeigte und Bogart ihm ein offizielles Schreiben des Bureaus per Mail zukommen ließ, dass Jamison einer FBI-Spezialeinheit angehöre und zum Tragen einer Waffe berechtigt sei, übersprang der Mann die übliche Prozedur und händigte ihr die Pistole aus.

Als Jamison ihre Kreditkarte zückte, um zu bezahlen, bemerkte der Verkäufer: »Sind die verdammten Regierungsbehörden heute so knapp bei Kasse, dass ihr euch die Waffen jetzt schon selber kaufen müsst?«

»Nein, nur die Munition«, konterte Jamison.

Der Laden war mit einem eigenen Schießstand ausgestattet. Decker zeigte ihr, wie man die Waffe lud, sie hielt und das Ziel anvisierte. Dann ließ er sie etwa hundert Schuss abfeuern, bis er zufrieden war.

Jamison steckte die Pistole ins Halfter, und sie verließen das Geschäft.

»Komisches Gefühl, eine Waffe zu tragen«, bemerkte sie.

»Besser, als *keine* zu tragen, wenn Sie eine brauchen.«

Sie setzten sich in den Mietwagen und fuhren los.

»Wohin?«

»Zum Arzt.«

»Wegen Mars' Eltern?«

»Ja.«

»Decker, wir sollten den anderen helfen, Davenport zu finden.«

»Was wir dafür tun können, ist, den Fall zu lösen. So finden wir am ehesten heraus, wer sie entführt hat und wo sie ist.«

Sie bogen auf einen Parkplatz vor einem Klinkerbau ein. Die Hinweistafel in der Lobby verriet, dass sich hier ausschließlich Arztpraxen befanden. Sie verbrachten fast eine Stunde mit Nachfragen, bis sie die richtige Praxis entdeckt hatten.

Die Schwester, eine Frau Ende sechzig, die beinahe so breit wie groß war, nickte. »Ja, die Familie Mars war bei uns.«

»Können Sie uns etwas über sie sagen?«, fragte Decker.

»Das ist zwanzig Jahre her.«

»Irgendwas?«, drängte er.

Die Frau setzte sich auf den Stuhl hinter ihrem Metallschreibtisch. »Na ja, aufgefallen sind sie schon ein bisschen. Ich hatte vorher noch nie ein gemischtrassiges Paar gesehen. Wahrscheinlich hatte es das hier in der Stadt noch nicht gegeben. Damals hat man das noch nicht so gern gesehen, das kann ich Ihnen sagen.«

»Als Melvin Mars geboren wurde – hat ein Arzt von hier die Entbindung durchgeführt?«

»Ja. Doc Turner. Er ist vor … sieben Jahren gestorben.«

»Ist Mars hier im Krankenhaus zur Welt gekommen?«, fragte Jamison.

»Genau. Ich habe sogar selbst assistiert. Wir sind eine kleine Stadt. Doc Turner war eigentlich nur praktischer Arzt, aber hier bei uns tut man, was eben ansteht. Es leben nicht so viele Leute hier, dass sich eine Praxis als Frauenarzt und Geburtshelfer lohnen würde.« Mit einem fast wehmütigen Ausdruck fügte sie hinzu: »Lucinda Mars war wahrscheinlich die schönste Frau, die ich je gesehen hatte. Ihr Gesicht war makellos, und ihr Körper … also, ich wäre jedenfalls gern so gebaut gewesen wie sie. Ihre Beine waren länger als mein ganzer Körper.«

»Ist die Familie Mars zum ersten Mal zu Ihnen gekommen, als Lucinda schwanger war?«, fragte Decker.

»Oh, sie war schon im fünften Monat, als sie zu uns in die Stadt zogen. Ich erinnere mich noch daran, weil ich selbst erst ein Jahr davor hierhergekommen war. Sie hat mich gefragt, wo ich einkaufe und wo man hier einen Job finden kann.«

Decker warf Jamison einen kurzen Blick zu und wandte sich wieder der Schwester zu. »Sie war also schon schwanger, als sie zu Ihnen kam?«

»Man hat es ihr auch schon angesehen, so schlank wie sie war. Sie hat kaum zugenommen während der Schwangerschaft. Ich selbst habe beim ersten Kind achtzehn Kilo zugelegt, beim zweiten zwölf und beim dritten noch mal zwölf, und es ist nicht wieder weggegangen. Sie brachte Melvin zur Welt, und nach einer Woche sah sie aus, als wäre sie nie schwanger gewesen. Manche Leute haben einfach Glück, was das betrifft. Und Melvin, also das war ein richtiger Brocken. Über vier Kilo bei der Geburt. Da hat man schon gesehen, dass er mal ein stattlicher Bursche wird. Sein Daddy war ja auch nicht gerade klein. Ungefähr Ihre Größe und wahrscheinlich hundert Kilo, aber kein Gramm Fett. Mit dem Mann hätte man sich besser nicht anlegen sollen.«

»War er jähzornig oder aggressiv?«, fragte Jamison.

Die Frau schürzte die Lippen. »Er hat immer irgendwie mürrisch dreingeschaut. Dabei hatte er eine so schöne Frau. Und sein Sohn hatte alle Aussichten, einmal der beste Footballspieler zu werden, den diese Stadt oder sogar ganz Texas je hervorgebracht hatte. Also, ich weiß natürlich, was später passiert ist, aber ich hab ihn immer nur mit einem finsteren Gesicht herumlaufen sehen.«

»Glauben Sie, dass es Probleme in der Ehe gab?«, fragte Jamison.

»Schätzchen, in jeder Ehe gibt es Probleme. Manche verbergen sie besser als andere. Trotzdem muss ich sagen, ich habe nie einen Mann gesehen, der seine Frau mehr geliebt hat als Roy seine Lucinda. Er war so zuvorkommend. Als sie schwanger war, ließ er sie keinen Finger mehr rühren. Ich hab die beiden hin und wieder in der Stadt gesehen. Er hat ihr immer die Autotür geöffnet, hat ihre Hand gehalten, hatte nur Augen für sie. Wirklich glücklich hat er nur ausgesehen, wenn er sie angeschaut hat.« Sie seufzte. »Wenn mich mein Mann nur ein Mal so anschauen würde – mich würde wahrscheinlich der Schlag treffen, ein solcher Schock wäre das.«

»Wann wurde der Gehirntumor bei ihr diagnostiziert?«, fragte Decker.

Die Schwester richtete sich in ihrem Stuhl auf. »Wie bitte?«

»Lucindas Gehirntumor. Wann wurde der festgestellt?«

»Sie hatte keinen Hirntumor.«

»Ihre Autopsie hat ein bösartiges Glioblastom ergeben. Grad vier. Inoperabel. Sie hätte vielleicht noch ein paar Monate zu leben gehabt.«

Die Frau starrte Decker an, als würde er eine andere Sprache sprechen. »Also, hier hat das niemand diagnostiziert, das kann ich Ihnen versichern«, sagte sie schließlich. »Ein Glioblastom. Sind Sie sicher?«

»Das hat jedenfalls der Gerichtsmediziner festgestellt. Ich schätze, dass er sich bei so etwas kaum irren wird.«

»Nein, wahrscheinlich nicht«, sagte sie gedankenverloren. »Das hätte ich nie gedacht. Sie hat so gesund ausgesehen. Und in der Zeitung haben sie auch nichts von Krebs geschrieben.«

»Wahrscheinlich weil die Polizei gewusst hat, dass sie nicht am Krebs gestorben ist. Also hatten sie keinen Grund, es an die Medien weiterzugeben. Und bestimmt haben sie auch nicht eine Mord-Selbstmord-Theorie in Erwägung gezogen. Man kann sich nicht in Brand setzen, nachdem man sich umgebracht hat.«

Als sie gingen, saß die Frau immer noch ganz betroffen auf ihrem Stuhl. Draußen auf dem Gang fand Decker das gesuchte Schild an einer der Türen. Er bog abrupt ab und strebte darauf zu. Jamison folgte ihm.

Decker öffnete die Tür und trat an den Empfangstresen, Jamison an seiner Seite.

Er hielt seinen FBI-Ausweis hoch. »Wir müssen mit jemandem über eine Frau sprechen, die vor zwanzig Jahren als Patientin bei Ihnen war.«

Die Frau starrte Decker mit offenem Mund an und griff zum Telefon. »Einen Moment.«

Eine Minute später kam ein Mann in den Dreißigern im weißen Kittel herein. In einer behandschuhten Hand hielt er ein Zahnarztwerkzeug aus silbernem Stahl.

»Ich muss mich noch kurz um einen Patienten kümmern, danach komme ich gleich zu Ihnen. Sie können in meinem Büro warten.«

Die Sprechstundenhilfe führte sie über einen Gang in sein Büro. Sie setzten sich vor den Schreibtisch.

Jamison zitterte.

Decker sah sie überrascht an. »Gibt's ein Problem?«

»Ich kann Zahnärzte nicht ausstehen. Als Kind hatte ich mehr Löcher als Zähne.«

»Beruhigen Sie sich, wir sind ja nur wegen ein paar Informationen hier, nicht wegen einer Füllung.«

»Ja? Ich wette, er will sich meine Zähne ansehen und holt gleich den Bohrer raus.«

Einige Minuten später trat der Zahnarzt ein. Den weißen Kittel und die Handschuhe hatte er ausgezogen. Er trug ein weißes Hemd und eine gestreifte Krawatte. Jamison rutschte unruhig auf ihrem Stuhl hin und her, als er an ihr vorbeiging und sich an den Schreibtisch setzte.

»Ich bin Lewis Fisher. Was kann ich für das FBI tun?«

Decker erläuterte ihm den Grund ihres Besuchs. »Aus Ihrem Alter schließe ich, dass Sie nicht der Zahnarzt von Roy und Lucinda Mars waren.«

»Nein. Damals war ich ein kleiner Junge, und das hier war die Praxis meines Großvaters. Ich hab sie übernommen, als er sich zur Ruhe setzte.«

»Haben Sie die Unterlagen der Familie noch da?«

»Nein. Nicht nach zwanzig Jahren. Und natürlich auch, weil sie nicht mehr leben. Ich habe gehört, dass Melvin aus dem Gefängnis entlassen wurde«, fügte er hinzu.

»Das stimmt. Haben Sie ihn gekannt?«

»Nein, aber wir gingen auf dieselbe Highschool – natürlich nicht zur selben Zeit. Jeder hat gewusst, wer Melvin ist. Es war ein echter Hammer, als sie ihn wegen Mordes festgenommen haben.«

»Die Identität seiner Eltern wurde durch Zahnunterlagen aus dieser Praxis festgestellt?«

»Das stimmt wohl. Ich kann mich erinnern, dass nicht viel übrig war von ihren … na ja, Sie wissen schon.«

»Ja. Lebt Ihr Großvater noch?«

»Ja. Und immer noch in der Gegend hier.«

»Könnten wir uns mal mit ihm unterhalten?«

»Sie können es versuchen.«

Decker sah ihn fragend an. »Wie meinen Sie das?«

»Er ist dement und lebt in einer Seniorenresidenz.«

»Hat er helle Momente?«

»Manchmal. Früher öfter. In letzter Zeit hat es sich deutlich verschlechtert. Es ist sehr traurig, wenn einen der eigene Großvater nicht mehr erkennt.«

»Kann ich mir vorstellen«, sagte Jamison mitfühlend.

»Können wir es trotzdem versuchen?«, fragte Decker.

»Aus welchem Grund?«, entgegnete Fisher.

»Wir brauchen Informationen«, sagte Decker. »Manchmal können auch Kleinigkeiten die Ermittlungen ein großes Stück voranbringen.«

»Was genau ermitteln Sie?«

»Darüber können wir im Moment leider nicht sprechen«, stellte Decker in förmlichem Ton fest.

»Oh, verstehe.« Fisher notierte die Adresse auf einem Blatt Papier und reichte es ihm über den Tisch hinweg. »Ich rufe an und sage dort Bescheid, dass Sie vorbeikommen.«

Decker las den Namen. »Lewis Fisher Sr.«

»Ich bin Lewis Fisher der Dritte. Mein Vater ist der Junior.«

Decker und Jamison erhoben sich. »Danke für Ihre Hilfe«, sagte er.

Fisher wandte sich Jamison zu, die rasch den Mund schloss, um ihre Zähne zu verbergen.

»Sie sollten öfter lächeln«, meinte Fisher. »Sie haben so schöne Zähne.«

Draußen sagte Jamison: »Hoffen wir, dass Fisher senior uns einen Hinweis geben kann. Wir könnten es jedenfalls gebrauchen.«

»Bei einer solchen Ermittlung muss man tief bohren, Alex.«

»Bitte benutzen Sie dieses Wort nicht in einer Zahnarztpraxis.«

43

Lewis Fisher senior musste ein erfolgreicher Zahnarzt gewesen sein, denn er lebte in einer luxuriösen Seniorenresidenz. Die Anlage war im Stil einer Vorkriegsplantage errichtet, mit breiten Säulen und einer riesigen Veranda mit älteren Menschen, die sich in Schaukelstühlen wiegten. Das Innere war mit hellen Tapeten, breiten Deckenleisten und dicken Teppichen ausgestaltet. Es gab sogar ein Spielzimmer mit Billardtisch und einem altmodischen Getränkespender. Die Anschlagtafel war voll mit Hinweisen auf verschiedenste Aktivitäten. Überall sah man agile Senioren, die zu irgendwelchen Terminen gingen oder rollten. In dem Haus herrschte eine Atmosphäre voller Energie und Enthusiasmus.

Decker und Jamison wurden von einer Mitarbeiterin im blauen Kittel den breiten Gang entlanggeführt, auf ihrem Namensschild stand *Deb*. Im Vorbeigehen winkte sie einzelnen Bewohnern zu.

»Nettes Haus«, bemerkte Jamison. »Die Leute scheinen sich wohlzufühlen.«

»Es ist viel besser als alles, was der Staat anbietet«, bestätigte Deb. »Aber nicht gerade billig. Leider nur etwas für die Wohlhabenderen. Wir haben Leute aus einem Umkreis von zweihundert Meilen hier, weil das Haus wirklich herausragend ist und es in diesem Teil von Texas sonst nicht viel gibt.« Sie seufzte. »Ich werde mir so was nie leisten können, wenn ich in das Alter komme.«

Sie gelangten zu einer Doppeltür, die mit einem Schild mit der Aufschrift *Memory-Abteilung* versehen war. Deb musste ihre Schlüsselkarte benutzen, um eintreten zu können.

»Ist das, damit niemand verloren geht?«, fragte Jamison.

»Genau«, sagte Deb, während sie durch die Tür traten. »Wir wollen nicht, dass sich jemand verirrt und nicht mehr zurückfindet.«

Sie ging Decker und Jamison den Korridor entlang voraus, blieb bei einer Tür etwa auf halber Höhe stehen und klopfte an.

»Dr. Fisher, Sie haben Besuch.«

Sie hörten ein Brummen von drinnen.

Deb drehte sich zu ihnen um. »Er hat gute und weniger gute Tage. Ich weiß nicht, wie es heute ist. Wenn es nicht so gut geht, ist er oft eher ungehalten, wie viele unserer Patienten in der Memory-Abteilung.« Sie warf einen Blick auf den FBI-Ausweis an Deckers Hüfte. »Ist Dr. Fisher irgendwie in Schwierigkeiten?«

»Nein, überhaupt nicht«, versicherte Decker.

»Da bin ich aber froh. Wissen Sie, als er zu uns kam, war sein Gedächtnis noch messerscharf. Wahrscheinlich besser als Ihres.«

»Das bezweifle ich.« Decker drückte die Tür auf und trat ein.

Deb sah Jamison verdutzt an, die ihren Blick etwas verlegen erwiderte. »Das ist eine lange Geschichte«, sagte sie. »Wir melden uns, wenn wir fertig sind. Danke.« Sie folgte Decker ins Zimmer und schloss die Tür.

Fisher saß auf einem Stuhl neben dem Bett. Er trug einen Krankenhauskittel, seine Füße steckten in weißen Schlappen. Er schien Ende achtzig zu sein und wirkte entsprechend gebrechlich. Als er zu ihnen aufschaute, konnte Decker viel von seinem Enkelsohn im Gesicht des alten Mannes erkennen.

»Dr. Fisher?«

»Wer zum Teufel sind Sie?«, blaffte Fisher.

»Vielleicht kein so guter Tag heute«, flüsterte Jamison.

Decker beugte sich zu ihm. »Ich bin ein Freund Ihres Enkels. Wir beide.«

Fisher wandte sich Jamison zu. »Sie ist nicht mein Enkel.«

»Nein, sie ist eine Freundin Ihres Enkelsohns.«

Fisher sah auf seinen Schoß hinunter.

Jamison ging neben ihm in die Hocke. »Ein hübsches Zimmer haben Sie.«

Fisher sah sie an. »Kennen wir uns?«

»Ich bin Alex, und das ist Amos.«

»Amos und Andy. Wie in der Show?«, fragte Fisher.

»Nein, *Alex* und Amos. Er ist Amos. Ich bin Alex.«

Er sah Decker an. »Sie sind ganz schön dick.«

»Stimmt.« Er nahm sich einen Stuhl und setzte sich zu dem alten Mann. »Ihr Enkelsohn hat uns erzählt, dass Sie früher Zahnarzt waren. Sie hatten viele Patienten.«

Fisher sah ihn verwirrt an. »Zahnarzt? Mein Enkel, mein Enkel …«

»Lewis«, half Jamison nach.

»Ich heiße Lewis«, blaffte er. Mit leiser, verzweifelter Stimme fügte er hinzu: »Oder?«

»Ja, und Ihr Enkel wurde nach Ihnen benannt.«

Fisher klopfte sich mit den Fingerknöcheln an den Kopf. »Das ist alles so …«

»Ich weiß«, sagte Jamison beschwichtigend. »Es ist bestimmt frustrierend.«

»Sie waren Zahnarzt, Dr. Fisher«, fuhr Decker fort. »Sie hatten viele Patienten. Erinnern Sie sich an die Familie Mars? Roy und Lucinda? Und Melvin?«

»Mars? Wie der Planet? Meinen Sie den Planeten Mars? Das ist der … der Rote Planet.« Er lächelte zufrieden.

»Nein, nicht der Planet. Eine Familie Mars. Sie wurden umgebracht. Und mit den Aufzeichnungen aus Ihrer Praxis hat man sie identifiziert.«

»Umgebracht? Der Planet wurde umgebracht? Sind Sie … verrückt?«

Jamison legte Decker die Hand auf den Arm. »Lassen Sie es mich versuchen.«

Sie wandte sich Fisher zu und sagte mit ruhiger, leiser Stimme: »Das waren Patienten von Ihnen. Vor zwanzig Jahren. Sie wurden umgebracht. Ihre Leichen wurden verbrannt, deshalb hat man ihre Zahnunterlagen benötigt, um sie zu identifizieren. Die Unterlagen aus Ihrer Praxis.«

Sie sah Fisher hoffnungsvoll an, doch in seinem Gesicht wies nichts darauf hin, dass er sie verstand.

Eine Minute verging, niemand sprach ein Wort.

Decker wollte etwas sagen, doch Jamison hob die Hand.

»Dr. Fisher, ich habe ein Problem mit einem Zahn. Erinnern Sie sich an mich? Ich bin Lucinda Mars. Das ist mein Mann Roy. Er hat auch Zahnschmerzen. Können Sie uns helfen? Wir sind Ihre Patienten. Sie haben unsere Unterlagen.«

Sie warteten eine ganze Weile. Als sie schon nicht mehr mit einer Antwort rechneten, sagte Dr. Fisher etwas.

»Zweiter Prämolar im Oberkiefer.«

»Was haben Sie gesagt, Dr. Fisher?«, fragte Jamison.

»Zweiter Prämolar im Oberkiefer«, wiederholte er kopfschüttelnd.

»Was ist damit?«, hakte Jamison nach.

»Der stimmt nicht.«

»Was stimmt damit nicht?«

»Der zweite Prämolar passt einfach nicht.«

Jamison ging neben ihm in die Hocke. »Bei wem? Roy oder Lucinda?«

»Der passt nicht. Das hätte ich sagen sollen.« Er schaute zu Decker auf. »Wer zum Teufel sind Sie?«

»Ein sehr dankbarer Mann.« Decker stand auf und sagte zu Jamison: »Wäre es okay, wenn Sie hierbleiben und versuchen, mehr zu erfahren? Ich hole Sie dann ab.«

»Wo gehen Sie hin?«

»Ich brauche einen zweiten Prämolar aus dem Oberkiefer.«

44

»Ein Prämolar?«, fragte Bogart. »Im Ernst?«

Er und Decker standen in dem muffigen Lagerraum, in dem die alten Polizeiakten aufbewahrt wurden.

»Das hat er gesagt. Der zweite Prämolar im Oberkiefer. Irgendwas hat damit nicht gestimmt.«

Sie betrachteten die Regale, in denen jede Menge Kartons gestapelt waren.

»Der Sergeant, mit dem ich gesprochen habe, sagt, dass die Akten ein bisschen …«

»Durcheinander sind?«, brachte Decker den Satz zu Ende. »Ich würde sagen, das ist noch sehr optimistisch ausgedrückt.« Er zog die Jacke aus und krempelte die Ärmel auf. »Okay, packen wir's an.«

Die Akten waren tatsächlich ziemlich ungeordnet. Die Jahrgänge waren teilweise durcheinandergeraten und die Kartons nur sehr lückenhaft beschriftet. Mehr als einmal passierte es ihnen, dass sie in einer Schachtel nichts als weißes Papier vorfanden.

Sechs Stunden vergingen ohne den kleinsten Erfolg.

Deckers Handy klingelte. Es war Jamison, und sie klang nicht erfreut.

»Ich bin mit dem Taxi zum Motel zurückgefahren. Als Sie sagten, ich soll noch bleiben und versuchen, mehr zu erfahren, habe ich nicht angenommen, dass Sie *für immer* meinen.«

»Tut mir leid, Alex. Es zieht sich hier ein bisschen in die Länge.«

»Sie Armer!«

»Hat er noch irgendwas gesagt, das uns weiterhelfen könnte?«

»Nur dass etwas nicht gestimmt hat. Das hat er dauernd wiederholt.«

»Und Sie wissen nicht, ob er Roy oder Lucinda gemeint hat?«

»Nein. Irgendwann ist er eingeschlafen. Ich versuche übrigens schon seit drei Stunden, Sie zu erreichen.«

»Das Handy war in der Jacke, und die hatte ich ausgezogen. Jetzt habe ich das Klingeln gehört, weil ich sie wieder angezogen habe.«

»Wo sind Sie?«

Er erzählte ihr, wo er war. »Wir haben aber nichts gefunden.«

»Bis jetzt«, rief ihm Bogart zu. Er hatte einen weiteren Karton vom Regal gehoben und geöffnet.

»Ich muss weitermachen«, sagte Decker und beendete das Gespräch.

Sie nahmen die Unterlagen aus dem Karton und breiteten sie auf einem Tisch aus. Decker sah es als Erster. Er nahm die Röntgenaufnahmen von Roy und Lucinda Mars zur Hand, die mit ihren Namen beschriftet waren.

»Ich habe vorhin ›Prämolar‹ im Internet nachgesehen.« Decker zog sein Handy hervor und rief ein Bild auf, das einen Mund mit einem vollständigen Gebiss zeigte. »Das sind die zweiten Prämolaren.« Er deutete auf die entsprechenden Stellen auf den Röntgenbildern. »Backenzähne, die man zum Kauen braucht. In der Fachsprache der Zahnärzte ist der rechte Nummer vier, der linke dreizehn.«

»Ausgesprochen faszinierend«, bemerkte Bogart mit leichtem Sarkasmus. »Aber was hat damit nicht gestimmt, wie Fisher behauptet hat? Der Zahnstatus der beiden Toten hat mit den Unterlagen aus Fishers Praxis übereingestimmt.«

»Alex hat nicht mehr aus ihm herausbekommen. Der Mann hat Demenz. Aber er hat immer wieder vom zweiten Prämolar im Oberkiefer gesprochen.« Er hielt inne und tippte eine Nummer in sein Handy.

»Alex, hat Fisher die Nummern erwähnt?«

»Nummern?«

»Ja.«

»Nein.«

»Okay«, sagte Decker enttäuscht.

»Aber er hat vier Finger hochgehalten, als er das mit dem Prämolar gesagt hat – zweimal sogar.«

»Vier? Sind Sie sicher?«

»Ja. Und er hat seine Finger angesehen, als hätte es etwas zu bedeuten.«

»Danke.«

»De…«

Decker drückte die rote Taste und wandte sich Bogart zu.

»Okay, es war der rechte Prämolar.«

Sie studierten die Röntgenaufnahmen.

»Auf Lucindas Röntgenbild sehe ich nichts Auffälliges«, stellte Bogart fest. »Aber Roys Nummer vier hat eine Füllung.«

Decker betrachtete den Zahn. »Sie haben recht.«

»Die Frage ist, ob Fisher damit sagen wollte, dass Roy Mars *keine* Füllung in diesem Zahn hatte. Ob es das war, was nicht gestimmt hat. Aber wenn es so wäre, warum hat er dann damals nicht darauf hingewiesen?«

Decker griff erneut zum Handy, rief in Fishers Praxis an und wurde eine Minute später mit dem Zahnarzt verbunden.

»Ihr Großvater hat uns sehr geholfen«, sagte er. »Aber ich habe noch eine Frage an Sie.«

»Okay, schießen Sie los«, erwiderte Fisher.

»Wie läuft es genau ab, wenn die Polizei Ihre Unterlagen anfordert?«

»Sie schicken einen Gerichtsbeschluss, und wir beantworten ihn.«

»Aber wie? Suchen Sie persönlich die Unterlagen heraus?«

»Nicht immer. Wenn ich es nicht selbst mache, dann eine Mitarbeiterin.«

»Wer überprüft, ob es auch wirklich die richtigen Unterlagen sind?«

»Unsere Aufzeichnungen sind sorgfältig geordnet und genau beschriftet. Wir haben auch elektronische Kopien. So läuft das heute in jeder Arztpraxis. Ein Irrtum ist ausgeschlossen.«

»Aber vor zwanzig Jahren?«

»Okay, da war es noch ein bisschen anders. Mein Großvater hatte ausgezeichnete Unterlagen, aber sie wurden von Hand eingeordnet und waren mit den Daten des Patienten versehen. Name, Adresse, Sozialversicherungsnummer und Aktennummer.«

»Gibt es jemanden unter Ihren Mitarbeitern, der schon vor zwanzig Jahren für Ihren Großvater gearbeitet hat?«

»Ja, Melissa Dowd.«

»Kann ich mit ihr sprechen?«

»Worauf wollen Sie eigentlich hinaus?«

»Bitte, es ist wirklich wichtig.«

»Einen Moment, ich hole sie.«

Kurz darauf war eine Frau am Telefon. »Hier spricht Melissa.«

»Amos Decker vom FBI. Melissa, ich habe eine Frage zu Ihren Unterlagen von vor zwanzig Jahren.«

»Ja, Dr. Fisher hat es mir gesagt. Damals hatten viele Praxen schon auf ein Computersystem umgestellt, aber Fisher senior war von der alten Schule, und wir haben alles noch in Handarbeit gemacht. Wir haben Schreibmaschinen benutzt und die Akten mit einem Aufkleber versehen. Es war alles sehr ordentlich. Uns ist nie ein Fehler mit den Unterlagen unterlaufen.«

»Erinnern Sie sich noch an den Gerichtsbeschluss, die Unterlagen von Roy und Lucinda Mars auszuhändigen?«

»Ich habe die Akten damals nicht selbst herausgesucht, aber an die Anfrage erinnere ich mich noch. Wir hatten so einen Fall noch nie, jedenfalls nicht wegen eines Mordes.«

»Musste in dem Prozess jemand die Echtheit der Unterlagen bestätigen?«

»Ja, das war ich, weil ich für die Unterlagen zuständig war.«

»Dr. Fisher hatte damit nichts zu tun?«

»Nein, er war sehr beschäftigt und konnte nicht zur Verhandlung kommen. Es war das einzige Mal, dass ich so etwas machen musste. Es war ziemlich aufregend.«

»Hat Dr. Fisher irgendwann mal erwähnt, dass mit den Aufzeichnungen etwas nicht stimmen könnte?«

»Nein, nicht dass ich wüsste. *Hat* denn etwas nicht gestimmt?«, fragte sie beunruhigt.

Decker überging die Frage. »Erinnern Sie sich noch, wer damals in Ihrer Praxis geputzt hat?«

»In unserer Praxis geputzt?«

»Ja.«

»Ähm, na ja, dieselbe Firma wie heute. Quality Commercial Cleaners. Sie sind hier für alle Praxen zuständig.«

»Also hatten sie den Schlüssel zu Ihrer Praxis?«

»Ja, so wird das gehandhabt. Es hat aber noch nie Probleme gegeben.«

»Danke.«

Decker beendete das Gespräch und sah Bogart an.

Der FBI-Agent musterte ihn gespannt. »Heißt das das, was ich vermute?«

»Ich glaube nicht, dass Roy Mars damals in seinem Schlafzimmer getötet wurde. Eine Assistentin hat die Unterlagen herausgesucht und an die Polizei geschickt, und Dowd hat vor Gericht ihre Echtheit bestätigt. Aber sie hat wahrscheinlich nur auf die Namen und Daten geschaut. Vielleicht hat Dr. Fisher später einen Blick auf die Unterlagen geworfen und an einem Prämolar eine Füllung bemerkt, die er dem Mann nie eingesetzt hatte.«

»Es könnte aber genauso umgekehrt sein, falls Fisher nämlich Lucinda gemeint hat. Sie hatte laut Röntgenbild keine Füllung, aber vielleicht hatte er ihr eine eingesetzt.«

»Stimmt. Trotzdem frage ich mich, warum er sich damals nicht gemeldet hat. Vielleicht hat er schon erste Anzeichen der Demenz gespürt.« Seufzend fügte er hinzu: »Das wirft natürlich neue Fragen auf.«

Bogart nickte. »Die größte aus meiner Sicht: Wenn es nicht Roys oder Lucindas Leiche war – wer war es dann?«

45

»Wie werden Sie es Melvin beibringen?«, fragte Bogart, während sie zum Motel zurückfuhren.

»Es ist noch nicht bestätigt, sondern im Moment nur eine Theorie. Wir haben noch keine Beweise gefunden.«

»Aufgrund der Fakten ist es aber eine ziemlich interessante Theorie«, erwiderte Bogart.

»Wenn wir davon ausgehen, dass Roy Mars seinen Tod vorgetäuscht hat, würde das die Schrotladungen ins Gesicht erklären. Und dass die Leichen in Brand gesetzt wurden. In so einem Fall greift man als Erstes auf die Zahnunterlagen zurück. Die Zähne waren ziemlich unversehrt.«

»Aber er hätte in die Zahnarztpraxis eindringen und die Unterlagen mit denen des Toten vertauschen müssen.«

»Lucinda hat auch für eine Reinigungsfirma gearbeitet. Ich wette, die hieß Quality Commercial Cleaners. Dadurch hätten Roy und sie nach den Sprechzeiten Zugang zur Praxis gehabt.«

»Moment mal. Glauben Sie, dass die andere Leiche Lucinda war?«

»Ich weiß es nicht. Vielleicht war sie es nicht. Falls Roy lebt und die beiden Leute getötet hat, die in ihrem Haus gefunden wurden, kann ich mir schwer vorstellen, dass er seiner Frau eine Schrotladung ins Gesicht gefeuert und sie in Brand gesetzt hat.«

»Und dass er die Tat noch dazu seinem Sohn in die Schuhe schiebt? Denn das würde auch dazugehören.«

»Das wäre absolut unerklärlich.«

»Aber kommen wir noch mal auf die beiden Toten zurück. Das ist eine kleine Stadt. Wie können zwei Leute einfach so verschwinden, und keiner kriegt es mit?«

»Es könnten Landstreicher gewesen sein, die nicht von hier waren«, gab Decker zu bedenken. »Aber …« Er schloss die Augen und durchsuchte seine interne Festplatte im Turbodurchlauf nach den genauen Aussagen, die er von der Polizei und von Melissa Dowd erhalten hatte.

Zwei Dinge förderte sein Gedächtnis zutage.

Einbrüche, Vermisstmeldungen, Schlägereien, lautete die erste Information.

An die Anfrage erinnere ich mich noch. Wir hatten so einen Fall noch nie, jedenfalls nicht wegen eines Mordes, hatte er von Dowd erfahren.

Er tippte eine Nummer in sein Handy. Gleich darauf war er mit Melissa Dowd verbunden. Sie klang ein bisschen gereizt, weil er sie schon wieder in ihrer Arbeit unterbrach, doch Decker ignorierte ihren verärgerten Ton und kam sofort zur Sache. Er hatte sein Handy auf Lautsprecher gestellt, damit Bogart mithören konnte.

»Sie haben gesagt, bei Ihnen seien bis zu diesem Fall noch nie Zahnunterlagen wegen eines Mordes angefordert worden.«

»So ist es.«

»Es hat aber so geklungen, als wären Unterlagen in anderen Fällen angefordert worden.«

»Nur ein Mal. Das war kurz vor den zwei Morden. Eigentlich seltsam.«

»Ging es da vielleicht um eine vermisste Person?«

»Stimmt. Woher wissen Sie das?«

»Nur so eine Vermutung. Können Sie mir etwas darüber erzählen?«

»Na ja, es war ein Patient von uns. Die Polizei hat geglaubt, seine Leiche im Wald gefunden zu haben, aber er war von wilden Tieren entstellt. Sie erfuhren, dass der Mann bei uns in Behandlung war, und haben seine Zahnunterlagen angefordert. Aber es gab keine Übereinstimmung. Er war es nicht.«

»Und das war kurz vor dem Mord an Roy und Lucinda Mars? Sind Sie sicher?«

»Ja. Kurz vorher.«

»Erinnern Sie sich an den Namen des Mannes?«

»Ja. Er hieß Dan Reardon. Soweit ich weiß, haben sie ihn nie gefunden.«

»Haben Sie seine Unterlagen noch?«

»Nein, sicher nicht.«

»Können Sie ihn beschreiben? Hautfarbe, Größe, Gewicht, irgendwas?«

»Na ja, er war ziemlich groß, über eins neunzig. Etwa neunzig Kilo. Dan war damals in den Fünfzigern. Ein kräftiger Bursche.«

»Weiß, schwarz?«

»Weiß.«

»Hatte er Verwandte?«

»Nein. Seine Frau war gestorben, und Kinder hatten sie keine. Er lebte am Stadtrand, hatte kaum Kontakte.«

»Was hat er gearbeitet?«

»Nicht viel. Gelegenheitsjobs, mal hier, mal da. Er war ständig verschuldet. Kaum hatte er mal Geld, war es schon wieder weg. Es ist öfter vorgekommen, dass er die Behandlung bei uns nicht bezahlen konnte.«

»Danke, Melissa. Sie haben uns sehr geholfen.«

Decker beendete das Gespräch und schaute Bogart an. »Ständig verschuldet. Kaum hatte er mal Geld, war es schon wieder weg. Gut möglich, dass er mal in der Pfandleihe war, in der Roy gearbeitet hat. Und dann fand Roy heraus, dass sie denselben Zahnarzt hatten.«

»Von der Statur her waren sie sich jedenfalls ähnlich, darum könnte Roy ihn ausgesucht haben. Und mit den entstellten Gesichtern und den halb verbrannten Leichen wäre ein solches Manöver durchaus denkbar.«

»Also entführt ihn Roy, um seine Leiche später in seinem Haus zurückzulassen. Er tötet Dan und seine Frau oder eine andere und setzt die Leichen in Brand.«

»Und schiebt den Mord seinem Sohn in die Schuhe. Den Portier und Ellen Tanner bezahlt er dafür, dass sie später falsche Aussagen liefern.«

»Und er manipuliert Melvins Auto, damit es nahe dem Motel liegen bleibt. Melvin sagt, dass sein Vater viel von Autos verstanden hat.«

»Aber warum, Decker? Warum dieser ganze Aufwand, um seinen eigenen Sohn ins Gefängnis zu bringen?«

»Ich weiß es nicht«, gestand Decker.

»Kann es sein, dass er Melvin aus irgendeinem Grund gehasst hat?«

»Selbst wenn ein Vater seinen Sohn hasst – wie wahrscheinlich ist es, dass er so weit geht, um ihn hinter Gitter zu bringen?«

»Es sei denn, Roy Mars ist ein Psychopath.«

»Er hat zwanzig Jahre hier gelebt, ohne sich etwas zuschulden kommen zu lassen«, entgegnete Decker. »Das war ein unglaublich raffinierter Plan, für den es ein starkes Motiv gegeben haben muss.«

»Was mich zu meiner anderen Frage zurückführt: Wie wollen Sie es Melvin beibringen?«

Decker schaute aus dem Autofenster auf die dunklen Wolken, die erneut am Himmel heraufzogen. »Keine Ahnung.«

46

Als sie zum Motel zurückkamen, saßen Mary Oliver und Alex Jamison in der kleinen Lobby beisammen. Beide Frauen sprangen auf, als sie eintraten.

»Gibt es etwas Neues von Davenport?«, fragte Oliver atemlos.

Bogart schüttelte den Kopf. »Wir tun, was wir können. Die örtliche Polizei hält mich auf dem Laufenden. Es gibt aber noch keine brauchbaren Hinweise.«

Oliver senkte betroffen den Blick.

»Alles okay?«, fragte Bogart.

Sie ballte die Fäuste. »Gott, das ist so frustrierend. Zuerst kommt dieser Montgomery daher und holt Melvin mit seinem Geständnis aus dem Gefängnis.«

»Na ja, Sie haben auch einiges beigetragen«, sagte Jamison. »Sie haben ihm geholfen, überhaupt so lange durchzuhalten.«

Überraschenderweise schüttelte Oliver den Kopf. »Schön wär's, aber es stimmt so nicht. Ich arbeite noch gar nicht so lange für ihn. Ich habe die Hinrichtung mit einem Gesuch zu verhindern versucht, aber es wurde vom Gericht abgewiesen. Melvins frühere Anwälte haben sich nicht sehr für ihn eingesetzt. Ich glaube, sie hielten ihn für schuldig. Ich habe einiges über den Fall gelesen und Melvin kontaktiert. Da war so ein Gefühl, dass irgendwas an der Sache faul ist. Es war wie ein Wunder, als Montgomery dieses Geständnis abgelegt hat. Und jetzt stellt sich heraus, dass es wahrscheinlich eine Lüge war.«

»Aber Sie glauben trotzdem nicht, dass Melvin schuldig ist, oder?«, fragte Jamison.

»Nein. Da ist noch etwas anderes im Busch, etwas viel Größeres. Jetzt haben sie auch noch Davenport entführt, und wir sehen sie vielleicht nie wieder.«

»Okay, wir haben trotz allem Neuigkeiten«, warf Bogart ein.

Er berichtete ihnen von ihren Entdeckungen anhand der Röntgenbilder und von den möglicherweise vertauschten Zahnunterlagen. Als er fertig war, starrten ihn die beiden Frauen perplex an.

»Ich … ich kann das nicht glauben«, stammelte Oliver. »Warum sollte Roy Mars so etwas tun?«

»Eine gute Frage«, sagte Decker. »Auf die wir keine Antwort haben.«

»Wäre es Ihnen recht, wenn ich mit Ihnen zusammenarbeite? Ich weiß, Sie sind hier die Profis, aber ich glaube nicht, dass irgendjemand der Sache mehr auf den Grund gehen will als Melvin und ich. Und als Anwältin kenne ich mich mit Ermittlungen ganz gut aus.«

Bogart sah Decker und Jamison an, bevor er antwortete. »Ein zusätzliches Augenpaar kann nicht schaden.«

»Wo ist Melvin?«, fragte Decker.

»In seinem Zimmer«, sagte Oliver. »Ich komme gerade von ihm. Wollen … wollen Sie etwa …?«

»Ich versuche es jedenfalls«, sagte Decker und ging.

Kurz daruf klopfte er an die Tür.

»Wer ist da?«, rief Mars.

»Decker.«

Decker hörte, wie sich Schritte näherten, ehe die Tür geöffnet wurde. »Machen wir einen Spaziergang?«

Mars beäugte ihn argwöhnisch. »Warum?«

»Ich möchte mit Ihnen über etwas sprechen.«

»Ist es schlimm?«

»Könnte sein. Wahrscheinlich schon, jedenfalls für Sie.«

»Geht es um Davenport?«

»Nein. Es ist noch persönlicher für Sie. Und ich möchte, dass Sie mir zuhören, bis ich fertig bin, einverstanden? Danach können Sie … na ja, sagen, was Sie wollen.«

»Scheiße, Decker, Sie machen es echt spannend.«

»Gehen wir. Vielleicht sind wir zurück, bevor es wieder zu regnen anfängt. Und ein bisschen frische Luft wird Ihnen vielleicht guttun.«

Sie marschierten eine Weile am Straßenrand entlang. Decker hatte die Hände tief in den Jackentaschen vergraben.

Mars warf ihm einen besorgten Blick zu. »Jetzt reden Sie schon, Mann. Spannen Sie mich nicht so auf die Folter.«

Decker holte tief Luft und erzählte ihm unumwunden, was sie herausgefunden hatten. Mars hörte zu, ohne ihn zu unterbrechen. Auch danach schwieg er, bis Decker schließlich fragte: »Und?«

»Was soll ich dazu sagen?«

»Ich weiß nicht. Irgendwas.«

Mars blieb stehen. Decker ebenfalls. Die beiden Männer sahen einander eindringlich an.

»Mir wird immer klarer, dass ich absolut nichts über meine Eltern gewusst habe. Von daher könnte es tatsächlich so gewesen sein, wie Sie vermuten.«

»Fällt Ihnen irgendein Grund ein, warum Ihr Vater Ihnen den Mord anhängen sollte?«

»Na, so auf die Schnelle nicht, nein«, blaffte Mars gereizt. »Wie würden Sie reagieren, wenn man Ihnen eine solche Frage über Ihren Vater stellt?«

»Ich wäre angepisst, so wie Sie jetzt.«

»Da haben Sie's.«

Mars stapfte weiter, und Decker hielt mit ihm Schritt.

Ein Truck brauste an ihnen vorbei, dann noch ein Auto. Sie entfernten sich ein Stück von der Straße und gingen einen Abflussgraben entlang.

»Wenn der Tote nicht mein Dad war«, begann Mars, den Blick zu Boden gerichtet, »glauben Sie, dass die tote Frau dann meine Mutter war?«

»Wir haben keinen Beweis dafür, andererseits spricht auch nichts dagegen, also würde ich davon ausgehen, dass sie es war. *Eine* vermisste Person in einer so kleinen Stadt ist schon auffällig genug. Zwei hätten bei der Polizei alle Alarmglocken schrillen lassen, wenn kurz darauf zwei verbrannte Leichen auftauchen.«

»Dann hat mein Vater sie einfach so umgebracht und verbrannt? Wie konnte er das tun? Er hat sie doch geliebt. Wenn ich auch sonst nichts über den Mann weiß, aber das weiß ich!«

»Es könnte eine Erklärung geben.«

»Welche?«, schnaubte Mars.

»Sie war todkrank. Und es wäre kein schmerzloser Tod gewesen. Vielleicht ist ihnen das als die bessere Lösung erschienen, keine Ahnung.«

»Okay, aber meine Mom hätte nie dabei mitgemacht, mir den Mord anzuhängen.«

»Vielleicht hat sie nichts davon gewusst.«

Mars dachte einen Moment lang nach. »Scheiße, ich weiß es nicht. Um das zu verstehen, bin ich nicht schlau genug.«

»Ich vielleicht auch nicht.«

»Verdammt, wenn Sie nicht durchblicken, wer dann?«

»Also gut, die Morde und das Verbrennen der Leichen hätten es Ihrem Vater ermöglicht, sich seinen Verfolgern zu entziehen.

Der Tod Ihrer Mutter wäre durch die Krebserkrankung erklärt. Sie hätte ihn nicht begleiten können, also blieb ihnen nichts anderes übrig.«

»Um seiner Vergangenheit zu entkommen?«

Decker nickte. »Vielleicht war das der Grund, warum er einmal zu Ihnen gesagt hat, es tue ihm leid.«

»Was?«

»Als Davenport Sie hypnotisiert hat, haben Sie uns erzählt, dass Ihr Vater eines Abends, als Sie nach Hause kamen, irgendwie merkwürdig gewesen sei und zu Ihnen gesagt habe, es tue ihm leid. Einfach so, ohne Erklärung.«

»Verdammt. Das hatte ich ganz vergessen.«

»Es muss um etwas wirklich Schlimmes gegangen sein, dass Ihr Vater zu so drastischen Mitteln gegriffen hat. Er hat diesen Dan Reardon getötet und seine Leiche benutzt, um seinen eigenen Tod vorzutäuschen. Das müssen Sie wohl akzeptieren.«

»Dass mein alter Herr ein kaltblütiger Mörder war? Ja, ist überhaupt kein Problem, damit klarzukommen. Dauert nur eine Sekunde«, fügte er sarkastisch hinzu.

»Vielleicht hat er in seiner Vergangenheit tatsächlich einiges ausgefressen, aber er hat sich anscheinend geändert, bis irgendwas passierte, das sein neues Leben in sich zusammenbrechen ließ. Ich glaube, dass es sich in etwa so zugetragen hat: Bei Ihrer Mutter wurde Krebs festgestellt. Nicht hier in der Stadt, denn ihre Ärzte hier haben davon nichts gewusst. Die Diagnose müssen sie irgendwo anders erhalten haben.«

»Okay«, sagte Mars. »Was dann?«

»Wahrscheinlich hätten sie es Ihnen erzählt und wären damit umgegangen wie andere Familien in einer solchen Situation. Aber dann wurde die Aufnahme von Ihrer Ehrung an der Grundschule im Fernsehen ausgestrahlt, und jemand hat Ihren

Vater und/oder Ihre Mutter erkannt, und auf einmal war alles anders.«

»Glauben Sie, jemand hat sie bedroht?«

»Vielleicht. Oder Ihre Eltern wollten nicht erst auf die Bedrohung warten und haben sofort gehandelt. Sie vertauschen die Zahnunterlagen, und Ihr Vater entführt Reardon. Sie haben mir ganz am Anfang erzählt, Sie hätten Ellen Tanner noch nicht lange gekannt. Das könnte Ihr Vater eingefädelt haben. Ebenso das mit dem Motelportier. Möglicherweise hat er beide für ihre falschen Aussagen bestochen. Dann ist Ellen Tanner verschwunden, und der Portier hat sich nach Florida abgesetzt. Wahrscheinlich hat Ihr Vater das Geld von seinem Konto benutzt, um sie dafür zu bezahlen.«

»Wollen Sie mir damit sagen, die zwei haben gelogen und mich damit in den Knast geschickt – und das für … wie viel? Drei Riesen für jeden?«

»Ich bin Leuten begegnet, die würden Ihnen für einen Kaffee die Kehle aufschlitzen«, erwiderte Decker trocken.

»Verdammt.«

»Sie haben auch erzählt, Ihr Vater hat sich gut mit Autos ausgekannt.«

»Ja, er hat alles repariert.«

»Also hätte er leicht Ihr Auto manipulieren können, damit es nahe dem Motel liegen bleibt. Wahrscheinlich hat er Ihre Mutter und Reardon betäubt, erschossen und anschließend in Brand gesetzt, bevor er untergetaucht ist. Wahrscheinlich hat er auch das Blut in Ihrem Auto platziert.« Decker hielt einen Moment lang inne. »Vielleicht ist er zum Motel gefahren und hat es dort getan. Bei der Gelegenheit hat er auch Ihren Wagen wieder repariert, sodass er problemlos angesprungen ist, als die Polizei am nächsten Morgen anklopfte. Das erklärt auch das Auto, das ein

Zeuge in jener Nacht bei Ihrem Haus gesehen hat. Nur war es das Auto Ihres Vaters, nicht Ihres.«

»Unsere Autos haben wirklich ziemlich ähnlich ausgesehen. Aber was wäre, wenn ich nach der Panne zu Hause angerufen hätte, damit mich mein Vater abholt?«

»Ich glaube nicht, dass er rangegangen wäre, Melvin. Ihnen wäre trotzdem nichts anderes übrig geblieben, als im Motel zu übernachten.«

»Er hat das alles getan und genau gewusst, dass ich dafür in den Knast gehe? Warum?«

»Bei zwei Leichen, die bis zur Unkenntlichkeit verbrannt waren, hätten die Leute, die hinter ihm her waren, normalerweise Verdacht geschöpft. Aber bestimmt hätten sie nie angenommen, dass Roy die Morde seinem eigenen Sohn in die Schuhe schieben würde. Damit hat er den Verdacht zerstreut und seine Verfolger überzeugt, dass die Toten wirklich er und seine Frau waren. Daraufhin konnte er mit dem Inhalt des Schließfachs untertauchen.«

»Und zwanzig Jahre später plötzlich diese dramatische Wendung. Montgomery wird bestochen, damit er die Morde gesteht. Ich komme frei. Davenport wird entführt. Warum das alles?«

»Diese Leute wollen das, was in dem Schließfach war, Melvin. Und sie wollen es sich von Ihnen holen.«

»Glauben Sie immer noch, dass Davenports Entführer sich bei Ihnen melden werden?«

»Ich hoffe es. Es ist vielleicht unsere einzige Chance, sie lebend zurückzuholen.«

47

Decker saß in seinem Motelzimmer und starrte auf seinen Laptop.

Er hatte ein Wort eingetippt und checkte das Suchergebnis. Die meisten Leute neigten dazu, seitenlange Informationen nur zu überfliegen. Decker überflog nichts. Er las alles gründlich. Und gegen Ende der dritten Seite stieß er auf etwas Interessantes.

Davon ausgehend, startete er eine neue Suche und las das Material, das er erhielt.

Und stieß auf etwas noch Interessanteres.

Er lehnte sich zurück, trank einen Schluck Wasser und lauschte dem Regen, der draußen niederprasselte. Angeblich hatte in Texas eine längere Dürre geherrscht. Nun, das hatten sie wohl überstanden. Er hatte noch nie so viel Regen erlebt, nicht einmal in Ohio, wo man längere Schlechtwetterphasen gewohnt war.

Er stellte das Wasserglas genau auf den Ring, den es auf dem Tisch hinterlassen hatte – mit einer Präzision, die in krassem Gegensatz zu seinen ungeordneten Gedanken stand.

Chucha bedeutete im Spanischen Prostituierte, es war aber auch ein Ausdruck für die »weiblichen Geschlechtsteile«, wie Mars unter Hypnose gesagt hatte. Doch *chucha* konnte in einem bestimmten regionalen Dialekt noch etwas anderes heißen.

Etwas, das für Decker zwar aufschlussreich war, ihm aber gleichzeitig neue Rätsel aufgab.

Zum Beispiel, dass Lucinda das Wort benutzt hatte, nicht Melvins Vater.

Ein paar Minuten später klopfte er an Mars' Tür, nachdem er kurz mit dem FBI-Agenten gesprochen hatte, der davor Wache stand.

»Ich sehe Ihnen an, dass Sie schon wieder neue Fragen haben«, sagte Mars erschöpft, nachdem er die Tür geöffnet hatte.

»Stimmt.«

»Sind Sie eigentlich nie müde?«

»Ständig. Ich bin fett und in einer beschissenen Verfassung.«

»Sie waren schon mal fetter, Decker. Wollen Sie mit mir trainieren?«

»Da wär ich nach fünf Minuten tot.«

»Ich würde es langsam angehen.«

»Vielleicht. Ich möchte Sie etwas fragen.«

Mars seufzte und winkte ihn herein. Sie setzten sich auf zwei Stühle beim Bett.

»Hatte Ihre Mutter vielleicht wertvolle Familienerbstücke?«

Mars lachte laut auf. »Erbstücke? Scheiße, Decker. Glauben Sie vielleicht, sie hatte einen Topf aus Gold oder so? Glauben Sie, wir hätten so bescheiden gelebt, wenn sie kostbare Erbstücke besessen hätte?«

Decker ließ sich nicht beirren. »Nicht unbedingt Gold, aber vielleicht Silber?«

Mars wollte erneut loslachen, hielt aber plötzlich inne. »Verdammt.«

»Was ist?«

»Sie hatte eine silberne Teekanne.«

»Wo hatte sie die her?«

»Ich glaube, von ihrer Urgroßmutter.«

»Wo ist sie hingekommen?«

»Ich weiß es nicht. Sie hat sie in ihrem Schrank im Schlafzimmer aufbewahrt.«

»Wie hat sie sie poliert?«

»Wie meinen Sie das?«

»Mit einem Tuch?«

»Ja.« Er hielt inne und dachte scharf nach. »Und am Schluss hat sie sie noch …«

»Mit den Fingern poliert?«, warf Decker ein.

»Woher wissen Sie das?«

»Weil man das bei feinem Silber so macht. Gut ausgebildetes Dienstpersonal weiß so etwas. Zumindest war es früher so üblich.«

»Dienstpersonal?«

»Frauen, die in reichen Häusern die verschiedensten Arbeiten erledigt haben: putzen, nähen, Silber polieren, bügeln. Vielleicht kommt die Teekanne Ihrer Mutter aus einem solchen Haus.«

»Wo soll meine Mom als Dienstmädchen in einem reichen Haus gearbeitet haben? Was Sie sagen, klingt nach britischem Königshaus oder so was.«

»Warum soll das unmöglich sein? Vielleicht hat sie in einem solchen Haus auch Spanisch gelernt.«

»Und Sie glauben, die reichen Leute hätten ihr einfach so eine silberne Teekanne geschenkt?«

»Nein, ich glaube, sie hat sie einfach mitgenommen.«

Mars stand auf und schaute auf Decker hinunter. »Meine Mutter war keine Diebin.«

»Das habe ich auch nicht gesagt.«

»Was zum Teufel haben Sie dann gesagt?«

»Sie war vielleicht als Sklavin in einem solchen Haus.«

»Als Sklavin? Ist das Ihr Ernst? Wo?«

»Hat Ihre Mutter manchmal geflucht?«

»Nie. Da hat sie sehr darauf geachtet.«

»Aber sie hat das Wort *chucha* verwendet? Was so viel wie ›Hure‹ oder ›Vagina‹ bedeuten kann. Nicht gerade ein netter Ausdruck.«

Mars wirkte einen Moment lang verwirrt. »Ja, aber da war sie aufgebracht. Das habe ich Ihnen ja gesagt.«

»Aber es passt irgendwie gar nicht zu dem Streit, den sie mit Ihrem Vater hatte. Was hätte eine Hure damit zu tun gehabt? Hat sie Ihrem Vater vielleicht vorgeworfen, zu einer Prostituierten zu gehen?«

»Nein, mein Vater hätte sie nie betrogen. Und sie war auch nicht wirklich wütend auf ihn. Es war mehr Angst oder Sorge als Zorn.«

»Dann passt das Wort gar nicht in den Zusammenhang. Wenn Sie es in seiner üblichen spanischen Bedeutung verstehen«, fügte Decker hinzu.

»Gibt es denn noch eine andere Bedeutung?«, fragte Mars argwöhnisch.

»Spanisch wird in vielen Ländern gesprochen. Und in manchen Regionen haben bestimmte Wörter oft eine völlig andere Bedeutung, als man es kennt.«

»Und Sie haben eine andere Bedeutung für *chucha* gefunden?«

»Genau.«

»In welchem Land?«

»Kolumbien. Genauer gesagt, in der Region von Cali. Diese Stadt ist der Ausgangspunkt der Theorie, auf die ich gekommen bin.«

»Wollen Sie damit sagen, meine Mom stammte aus Kolumbien?«

»Ich weiß nicht, ob sie dort geboren ist, aber ich glaube, dass sie irgendwann dort war. Vielleicht gegen ihren Willen. Daher der Gedanke, dass sie einmal Sklavin gewesen sein könnte.«

»Wer zum Teufel betreibt in Kolumbien Menschenhandel?«

»Die Drogenkartelle in Cali. Ich habe ein bisschen recherchiert. In den Zeiten, als Kolumbien das Zentrum des Kokainhandels war, haben Drogenbosse Leute gezwungen, für sie zu arbeiten, indem sie ihre Familien bedrohten. Oder sie haben einfach Frauen entführt und sie als Dienstmädchen in ihren Häusern arbeiten lassen. Sie haben auch Menschen aus anderen Ländern verschleppt, sogar aus den Vereinigten Staaten. Möglicherweise war das das Schicksal Ihrer Mutter, aber sie konnte irgendwann entkommen. Die silberne Teekanne war dann für sie eine Art Entschädigung für das, was man ihr angetan hat. Ich kann mich natürlich irren, aber es erscheint mir plausibel, dass sie etwas mitgenommen hat, um sich an den Leuten zu rächen, die sie wie eine Gefangene behandelt haben.«

»Aber wie können Sie sich so sicher sein, dass sie in Kolumbien war?«

»Wegen der Bedeutung dieses Wortes. Meines Wissens wird es so nur in der Region von Cali verwendet.«

»Aber Sie haben mir immer noch nicht gesagt, was es dort bedeutet.«

»*Chucha* heißt dort ›Opossum‹.«

Mars starrte ihn verständnislos an. »Und warum soll ›Opossum‹ mehr Sinn ergeben als irgendeine andere Bedeutung?«

Decker atmete tief durch, ehe er antwortete.

»Vor allem deshalb, weil sich ein Opossum bei Gefahr tot stellt. Genau das scheint Ihr Vater getan zu haben.«

48

»Sie glauben also, ein Drogenkartell steckt hinter der ganzen Sache?«, fragte Bogart. Sie hatten sich alle, bis auf Mars, in seinem Hotelzimmer eingefunden.

Decker saß Bogart, Milligan und Jamison gegenüber. Er hatte den anderen von seiner Theorie und seinem Gespräch mit Mars erzählt.

»Ich weiß es nicht mit Sicherheit, aber möglich wäre es. Falls Lucinda geflüchtet ist und das Kartell noch dazu bestohlen hat, wäre das ein Grund, warum sie hinter ihr her waren. Vielleicht hat sie wenig später Roy geheiratet, und sie sind zusammen nach Texas geflüchtet.«

Milligan schüttelte den Kopf. »Und zwanzig Jahre später sehen die Leute vom Kartell sie zufällig im Fernsehen und folgen ihrer Spur nach Texas? Warum sollten sie ein einfaches Dienstmädchen verfolgen? Außerdem haben zu der Zeit die Drogenkriege getobt. Drogenbosse wurden umgebracht oder ins Gefängnis gesteckt. Und jetzt, vierzig Jahre später, sollen sie immer noch hinter Mars und seiner Familie her sein?

»Vielleicht hatte Lucinda irgendetwas gegen sie in der Hand«, mutmaßte Jamison. »Etwas, das diesen Leuten schweren Schaden zufügen könnte oder das so wertvoll für sie ist, dass sie es unbedingt zurückhaben wollen. Es könnte sich um den Inhalt des Schließfachs handeln.«

»Trotzdem ziemlich weit hergeholt«, fand Milligan.

»Mag schon sein«, räumte Decker ein. »Trotzdem sollten wir die Möglichkeit nicht außer Acht lassen. Wir müssen der Sache auf jeden Fall nachgehen.«

»Wie?«, fragte Milligan. »Das ist vierzig Jahre her, Decker. Die Beteiligten sind heute entweder tot oder uralt. Und da wir hier von Drogenkartellen sprechen, mit hoher Wahrscheinlichkeit eher tot. Heute sind andere Leute am Werk. Außerdem hat Kolumbien den Drogenhandel in den letzten zwanzig Jahren ziemlich entschlossen bekämpft. Das Geschäft hat sich mehr nach Mexiko verlagert.«

»Das ist alles wahr«, räumte Decker ein. »Aber um der Sache auf den Grund zu gehen, sollten wir Roy Mars finden.«

»Unsere Leute sind bereits damit beschäftigt, aber die Aussichten stehen nicht allzu günstig. Es ist lange her, seit er zum letzten Mal gesehen wurde.«

»Da irren Sie sich«, erwiderte Decker. »Er ist erst kürzlich gesehen worden.«

»Wovon reden Sie?«, fragte Milligan. »Wo soll das gewesen sein?«

»In Alabama.«

»Niemand hat ihn in Alabama gesehen«, konterte Milligan.

»Doch. Patricia Bray. Sie hat den Kerl in dem Wagen gesehen.«

»Moment«, warf Bogart ein. »Wollen Sie damit sagen, der Mann, der Regina Montgomery in die Luft gejagt hat, war Roy Mars?«

»Natürlich. Das Alter stimmt, und die Beschreibung passt ebenso.«

»Haben Sie Melvin von Ihrem Verdacht erzählt, dass das sein Vater gewesen sein könnte?«, wollte Jamison wissen.

»Nein.«

»Haben Sie es vor?«

»Ich weiß es nicht«, sagte Decker. »Was meinen Sie?«

Jamison sah die anderen an. »Ich würde sagen, er hat im Moment schon genug zu knabbern. Solange wir es nicht sicher wissen, würde ich ihm nichts davon erzählen.«

»Das sehe ich auch so«, pflichtete ihr Bogart bei, und Milligan nickte ebenfalls.

»Aber Decker, warum sollte Roy Mars Regina umbringen?«, hakte Jamison nach.

»Sie hat ihm den Plan verdorben, indem sie das ganze Geld ausgegeben hat. Als wir sie ein zweites Mal besucht haben, hat Mars Verdacht geschöpft. Genau aus diesem Grund hat er sich in der Nähe aufgehalten. Er wollte wissen, ob wir uns nach Charles Montgomerys Tod für seine Frau interessieren. Ihr Sohn hat nichts gewusst, aber Regina war ein Risikofaktor für ihn. Vielleicht hatte Roy sowieso vor, sie zu beseitigen. Er hat ja auch nicht gezögert, Reardon zu töten und seine Leiche zu verbrennen. Der Kerl ist ein Killer.«

»Glauben Sie, er könnte für das Kartell gearbeitet haben?«, fragte Milligan. »Vielleicht als Vollstrecker? So könnte er Lucinda kennengelernt haben.«

»Möglich wäre es natürlich, obwohl die Kartelle damals eher Leute aus der eigenen Gegend rekrutiert haben. Dass ein weißer Kerl aus Amerika für sie gearbeitet hat, ist so gesehen nicht sehr wahrscheinlich. Es könnte aber sein, dass er aus irgendeinem Grund in Südamerika war und so Lucinda kennengelernt hat. Vielleicht hat er ihr bei der Flucht geholfen.«

»Aber das ist alles reine Spekulation«, stellte Bogart fest. »Wir haben nicht den geringsten Beweis, dass irgendwas davon zutrifft.«

»Dann hat also Roy Mars Montgomery dafür bezahlt zu lügen,

um Melvin aus dem Gefängnis zu holen«, fasste Jamison zusammen. »Aber wenn Roy die Morde begangen hat, für die Melvin verurteilt wurde, dann hat er die Taten seinem Sohn in die Schuhe geschoben. Warum unternimmt er jetzt plötzlich alles, um ihn wieder freizubekommen?«

»Diese Frage habe ich mir auch schon gestellt«, sagte Bogart. »Das passt irgendwie nicht zusammen.«

Decker blickte schweigend zur Seite.

»Decker?«, drängte Jamison. »Können Sie uns das erklären?«

Er wandte sich ihr zu. »Vielleicht hat es mit einem alten Versprechen zu tun.«

»Einem Versprechen? Wem gegenüber?«, fragte Jamison.

»Lucinda Mars.«

Bogart schüttelte den Kopf. »Wie bitte?«

Decker sah Jamison an. »Als Melvin unter Hypnose war, habe ich ihn gefragt, ob ihm sein Vater je gesagt habe, dass er ihn lieb hat.«

»Ja, die Frage hat mich ziemlich schockiert.«

»Ich wollte es genau wissen.«

»Was?«, warf Milligan verwirrt ein. »Können Sie sich nicht ein bisschen klarer ausdrücken?«

»Ich glaube nicht, dass Roy besonders viel an Melvin gelegen hat, aber Lucinda hat ihn geliebt. Und ich glaube, Lucinda hat gewusst, was Roy vorhatte. Dass er sie umbringen würde, um ihr die Qualen zu ersparen, die durch den Tumor auf sie zugekommen wären. Wahrscheinlich haben sie es sogar zusammen geplant. Das Ganze hat sich vor zwanzig Jahren in einer kleinen Stadt zugetragen. Sie hatten wenig Geld, und Lucindas Ende wäre sicher qualvoll gewesen. Also haben sie sich auf einen Plan geeinigt. Roy würde Reardon töten, deshalb hat Lucinda die Zahnunterlagen vertauscht. Roy räumt das Schließfach aus. In einem Streit wirft ihm Lucinda das Wort *chucha* an den Kopf. Das deutet darauf hin, dass sie sich in Cali aufgehalten und dort Spanisch gelernt hat. Es sagt uns außerdem, dass sie gewusst hat, dass sich Roy tot stellen wird – wie ein Opossum.«

»Aber warum hatten sie Streit, wenn sie in den Plan eingeweiht gewesen ist?«, fragte Bogart.

»Weil es ihr nicht leichtgefallen ist. Sie hat ihren Sohn geliebt. Aber sie war sterbenskrank. Nur weil sie sich auf den Plan eingelassen hat, heißt das noch lange nicht, dass sie es gern getan hat. Eher im Gegenteil.«

»Wie sehr kann sie ihren Sohn geliebt haben, wenn sie zulässt, dass er wegen Mordes verurteilt wird?«, gab Jamison zu bedenken. »Er saß zwanzig Jahre hinter Gittern.«

»Vielleicht hat sie gedacht, dass er im Gefängnis sicherer sein würde.«

Die Bemerkung kam von Milligan. Die anderen sahen ihn erstaunt an.

»Sehen Sie es mal so«, fuhr er fort. »Die beiden haben wahrscheinlich befürchtet, dass das Kartell sie durch den Fernsehbericht gefunden hat. Vielleicht haben sie sogar schon eine Drohung erhalten. Also ist ihnen klar, dass sie untertauchen müssen, wenn sie am Leben bleiben wollen. Aber wie soll Melvin mit ihnen verschwinden? Er ist ein Superstar im College-Football, jeder kennt ihn. Ihm winkt ein Profivertrag in der NFL. Sie beide können untertauchen, aber er nicht. Einfach zurücklassen können sie ihn auch nicht, weil ihn das Kartell töten oder foltern würde, um herauszukriegen, wo sich seine Eltern aufhalten.«

»Aber das Kartell wäre doch auch im Knast an ihn herangekommen«, wandte Bogart ein.

»Ja, aber nicht so leicht wie in Freiheit. Es war sozusagen das kleinere Übel. Vielleicht sind sie davon ausgegangen, dass das

Kartell Melvin im Gefängnis nicht als Bedrohung ansehen würde. Und wenn sie geglaubt haben, dass er seine Eltern umgebracht hat, dann konnten sie davon ausgehen, dass Roy und Lucinda ihm nichts über das Kartell und irgendwelche Geheimnisse erzählt hatten.«

Decker sah ihn anerkennend an. »Agent Milligan, eine bestechende Erklärung.«

Milligan lächelte. »Danke. Und Decker, Sie können mich Todd nennen. Wir sind ein Team.«

»Ich weiß nicht«, warf Jamison skeptisch ein. »Irgendwie will mir das alles nicht so recht in den Kopf.«

Alle Blicke wandten sich ihr zu.

»Dem eigenen Sohn einen Mord in die Schuhe zu schieben, um ihn zu schützen?«, fuhr sie fort. »Und er wird zum Tod verurteilt? Toller Schutz.«

»Ich sage nicht, dass es so gewesen sein muss«, entgegnete Milligan. »Es ist eine Möglichkeit, nicht mehr und nicht weniger.«

»Okay«, meldete sich Bogart zu Wort. »Nehmen wir einmal an, es war so. Warum ist Roy dann zurückgekommen und hat mit großem Aufwand Melvin aus dem Gefängnis geholt?«

»Melvin wäre hingerichtet worden«, sagte Decker prompt. »Ich glaube, Roy hat seiner Frau versprochen, Melvin zu retten, falls ihm die Hinrichtung droht. Und er hat sein Versprechen gehalten.«

»Das haben Sie mit dem ›alten Versprechen‹ gemeint?«, sagte Jamison.

Decker nickte.

»Nach so vielen Jahren?«, erwiderte Bogart skeptisch. »Und wenn Roy irgendwann gestorben wäre? Dann wäre Melvin geliefert gewesen.«

»Aber er ist nicht gestorben. Und er hat sein Versprechen gehalten.«

»Auf seine Weise muss er seine Frau sehr geliebt haben«, sinnierte Jamison.

»Das glaube ich auch«, stimmte Decker zu. »Es muss ihn große Überwindung gekostet haben, abzudrücken und ihr Leben mit der Schrotflinte zu beenden. Auch wenn er gewusst hat, dass er ihr damit monatelange Qualen erspart.«

»Bringt man so etwas wirklich fertig, wenn man jemanden liebt?«, überlegte Milligan laut.

»Ich glaube, so etwas bringt man *nur* fertig, wenn man jemanden wirklich liebt«, sagte Decker. »Es würde einem unendlich schwerfallen, aber man würde es aus Liebe tun. Wahrscheinlich ist in diesem Moment auch ein Teil von Roy mit ihr gestorben. Das einzig Gute in seinem Leben war damit ausgelöscht.«

»Und Melvin?«, fragte Jamison.

»Der Vater hat seinen Sohn nicht geliebt. Immerhin hat es ihm leidgetan, dass er ihn ins Gefängnis bringen würde. Das hat er gegenüber Melvin auch einmal angedeutet. Es hat ihm vor allem deshalb leidgetan, weil er gewusst hat, dass Lucinda ihren Sohn liebt. Trotzdem stimmt irgendwas daran nicht, auch wenn ich nicht weiß, was. Die Frage ist jedenfalls: Wo ist Roy Mars?«

»Moment mal«, warf Jamison ein. »Vielleicht hat dieses Kartell mit der ganzen Sache gar nichts zu tun. Wie Todd gesagt hat, könnten diese Leute nach vierzig Jahren alle tot sein. Roy hat Montgomery mit Geld zu einem falschen Geständnis bewogen, er hat Melvin aus dem Gefängnis geholt und anschließend Regina getötet. Vielleicht steckt er hinter alldem und niemand sonst.«

Decker schüttelte den Kopf. »Aber wer hat dann Davenport entführt?«

»Roy?«, mutmaßte Jamison.

»Warum?«

Sie wollte etwas sagen, hielt dann aber inne. »Ich weiß es nicht.«

»Nein, da ist noch jemand im Spiel. Und Melvins Freilassung hat das Interesse dieser Leute geweckt.«

»Glauben Sie, diese Leute gehen davon aus, dass Roy Mars lebt?«, fragte Milligan.

»Vielleicht. Jedenfalls sehen sie jetzt, da Melvin frei ist, ihre Chance gekommen, den Inhalt dieses Schließfachs an sich zu bringen. Vielleicht hoffen sie, dass Melvin sie hinführt.«

»Und wenn das Kartell Davenport entführt hat?«, fragte Jamison nachdenklich.

Milligan und Bogart wechselten einen Blick.

»Ich will es nicht beschönigen«, stellte Bogart fest. »Die Aussichten, sie lebend zurückzuholen, sind alles andere als überragend.«

»Aber wie finden wir Roy Mars?«, brach Milligan das betretene Schweigen.

»Ich bin mir sicher, dass er irgendwo in der Nähe ist«, sagte Decker. »Vielleicht laufen wir uns schon bald über den Weg.«

»Das ist nicht Ihr Ernst, oder?«, entgegnete Milligan.

Decker schwieg.

49

Decker stapfte im Nieselregen den Weg entlang, den er zuvor mit Mars gegangen war. Seine Gedanken schweiften zu einem anderen Aspekt des Falles. Eine Möglichkeit, Roy Mars aufzuspüren, bestand darin, seine Verbindung zu Charles Montgomery zu durchleuchten. Wenn Mars Regina Geld gegeben hatte, musste er irgendeine Verbindung zu den Montgomerys gehabt haben. Es musste einen Grund geben, dass er sich gerade an sie gewandt hatte. Die Antwort lag möglicherweise in der Vergangenheit des Mannes.

Charles Montgomery hatte ihnen nicht von allen Verbrechen erzählt, die man ihm zur Last gelegt hatte. Verständlich, da es sich um eine längere Liste handelte. Doch Decker hatte Nachforschungen angestellt.

Nachdem Montgomery im März 1967 aus Vietnam heimgekehrt war, hatte er bei der Army den Dienst quittiert. Im Januar 1968 war er in Tuscaloosa, Alabama, wegen Trunkenheit am Steuer und Marihuanabesitzes festgenommen worden. Er war gegen Kaution freigelassen worden und hatte die Stadt verlassen. Einen Monat später war er – erneut betrunken – in Cain, Mississippi, angehalten worden. Zudem war er wegen unerlaubten Besitzes einer gestohlenen Schusswaffe festgenommen worden, aber erneut gegen Kaution freigekommen und verschwunden. Da es sich um relativ geringfügige Vergehen gehandelt hatte, war keine Großfahndung eingeleitet worden, zumal sich Montgomery allem

Anschein nach von diesen Bundesstaaten fernhielt – bis er eines Tages einen State Trooper in Alabama erschoss. Damals hatte den Behörden noch keine zentrale Datenbank über die Staatsgrenzen hinweg zur Verfügung gestanden. Außerdem hatte die Polizei bestimmt Dringenderes zu tun gehabt, als einen flüchtigen Kleinkriminellen zu verfolgen.

Im Geiste ging Decker Montgomerys Straftaten in chronologischer Reihenfolge durch:

Trunkenheit am Steuer und Marihuanabesitz in Alabama.

Besitz einer gestohlenen Waffe in Mississippi.

Beide Male gegen Kaution freigekommen.

Und beide Male hatte er danach die Stadt verlassen.

Allem Anschein nach keine große Sache, doch während Decker durch den Regen lief, erschien es ihm dennoch nicht unwichtig. Auch wenn er nicht hätte sagen können, warum.

Er kehrte in sein Motelzimmer zurück, setzte sich auf den Stuhl und schaute aus dem Fenster auf die düstere Atmosphäre hinaus. Es war nicht einmal fünf Uhr abends, doch es kam ihm vor wie Mitternacht. Er fühlte sich ausgelaugt und leer. Wenn dieses Wetter noch lange anhielt, würden sie noch im Regen ersaufen.

Doch Deckers Drang, die Wahrheit herauszufinden, ließ ihn das Wetter vergessen. Sein Gehirn drückte die Reset-Taste, und erneut drängte sich die Schlüsselfrage auf.

Warum hat sich Roy Mars an Charles Montgomery gewandt?

Montgomerys Erklärung, er habe Melvins Namen gesehen und zwei und zwei zusammengezählt, war offensichtlich eine Lüge gewesen. Mit Sicherheit war es umgekehrt gewesen. Nicht Montgomery war auf Mars gestoßen, sondern Roy Mars hatte Charles Montgomery kontaktiert.

Die einzig denkbare Erklärung war, dass sich die beiden Männer von früher gekannt hatten. Möglicherweise hatte Montgomery Mars aus irgendeinem Grund einen Gefallen geschuldet. Das und das Geld, das Regina und ihr Sohn erhalten würden, bewog den zum Tode Verurteilten Montgomery, ein falsches Geständnis abzulegen.

Blieb die Frage, woher sich die beiden Männer kannten.

Sie waren etwa im gleichen Alter. Roy Mars war nicht der richtige Name des Mannes, also konnte es sein, dass er zusammen mit Montgomery in Vietnam gedient hatte. Es gab keine Fingerabdrücke von Mars, nach denen sie in der Militärdatenbank hätten suchen können.

Denkbar war es jedenfalls, dass sie gemeinsam in der Army gewesen waren. Möglicherweise hatte Mars Montgomery das Leben gerettet.

Vielleicht in Vietnam, vielleicht anderswo.

Hatte Mars ebenfalls eine kriminelle Vergangenheit? Möglicherweise hatte er mit dem Drogenkartell zu tun gehabt, und Montgomery hatte sich ebenfalls in Südamerika aufgehalten. Oder in Mexiko. Oder er war auf irgendeine Weise in den Drogenhandel verwickelt gewesen. Montgomery hatte von seinen Kopfschmerzen erzählt und dass er dringend Geld gebraucht habe, um sich die nötigen Medikamente und Drogen zu beschaffen.

Hatte Montgomery Lucinda gekannt?

War das der Schlüssel zu ihrer Verbindung?

Decker rieb sich die geschlossenen Augen.

In diesem Fall stand er trotz seiner außerordentlichen geistigen Fähigkeiten vor einem schier unlösbaren Rätsel. Er fand einfach nicht den richtigen Zugang. Jedes Mal, wenn er glaubte, einen Ansatz gefunden zu haben, tat sich eine neue, noch schwierigere Frage auf.

Doch irgendetwas in seinem Hinterkopf sagte Decker, dass die Verbindung zwischen den beiden Männern der Schlüssel zur Beantwortung vieler Fragen war.

Er öffnete die Augen und schaute aus dem Fenster. Irgendwo da draußen wurde Lisa Davenport gegen ihren Willen festgehalten und vielleicht gefoltert.

Vielleicht war sie bereits tot.

Decker hatte seine ursprüngliche Annahme mittlerweile als falsch verworfen. Die Täter hatten Davenport nicht entführt, um sie gegen Mars auszutauschen.

Vielleicht auch nicht, um irgendwelche Informationen aus ihr herauszukriegen.

Aber wenn nicht aus diesen Gründen, warum dann? Worum ging es diesen Leuten?

Was war der mögliche dritte Grund?

Er schloss wieder die Augen. Die Antwort wollte sich einfach nicht finden lassen.

Das Abendessen nahm Decker auf seinem Zimmer zu sich, während die anderen in dem kleinen, an die Lobby angrenzenden Restaurant beisammensaßen. Ein Apfel und eine Flasche Wasser. Vor zwei Monaten hätte er über eine solche Mahlzeit gelacht. Es wäre für ihn nicht mal ein kleiner Imbiss gewesen. Inzwischen genügte es ihm als Abendessen. Er wollte nicht mehr.

Er stellte seinen Gürtel ein Loch enger. Wenn er so weitermachte, würde er bald ein zusätzliches Loch bohren oder einen neuen Gürtel kaufen müssen. Er nahm in Riesenschritten ab. Aber nicht auf gesunde Weise. Seine Unfähigkeit, den Fall zu lösen, fraß ihn geradezu von innen auf.

Er trank das Wasser aus, warf die Flasche und den Apfelrest weg, zog sich aus und ging ins Bett. Seine Augen waren geschlossen, doch die Gedanken ließen sich nicht abstellen. Im Gegenteil, sie jagten nur noch schneller durch seinen Kopf. Alle möglichen Erklärungen fielen ihm ein und wurden mit der Begründung »nicht plausibel« wieder verworfen. Manch eine Schlussfolgerung wirkte auf den ersten Blick vielversprechend, bis irgendein Detail auftauchte, das sich nicht erklären ließ.

Immer wieder schien er der Lösung nahe zu sein, doch jedes Mal gab es irgendeinen Punkt, der die Theorie zum Einsturz brachte. Es war, als wäre er kurz davor, einen Zauberwürfel in die Grundstellung zu drehen, doch der letzte Schritt wollte einfach nicht gelingen. In Wahrheit war er der Lösung nicht näher als am ersten Tag ihrer Ermittlungen.

Außerdem hatte er das beunruhigende Gefühl, dass ihm die Zeit davonlief, auch wenn er keine Ahnung hatte, warum das so sein sollte.

Er öffnete und schloss die Augen. Und endlich sah sein Gehirn ein, dass es überarbeitet war, und ließ ihn schlafen.

Er erwachte aus einem ganz bestimmten Grund.

Ein Messer wurde gegen seine Kehle gedrückt.

50

Decker rührte sich nicht.

Das Zimmer war dunkel. Das Mondlicht, das normalerweise durchs Fenster hereinfiel, war hinter der Wolkendecke verborgen. Er hörte den Regen aufs Dach trommeln.

Seine Aufmerksamkeit galt ausschließlich der Messerklinge. Sie drückte gegen seine Halsvene. Wurde sie durchtrennt, würde er innerhalb weniger Minuten verbluten.

Er hörte den Atem des Eindringlings, langsam und gleichmäßig, ohne jegliche Nervosität. Das war immerhin beruhigend. Der Atem roch nach Kaffee, Zigaretten und Knoblauch – eine Mischung, die Decker Übelkeit verursachte.

Er richtete den Blick nach unten und konnte die große Hand mit dem Messer ausmachen.

»Sie vermasseln alles«, knurrte die Stimme leise und ruhig, aber sehr bedrohlich.

Decker dachte blitzschnell über die unverblümte Feststellung des Mannes nach und fragte sich, ob ihm der Eindringling als Nächstes die Kehle aufschlitzen würde. »Das ist nicht meine Absicht«, sagte er.

»Erzählen Sie mir keinen Scheiß. Ich weiß, dass Sie ein Cop sind. Ich weiß auch, dass Sie nicht dumm sind. Aber jetzt lassen Sie es gut sein. Gehen Sie nach Hause.«

»Was ist mit Melvin?«

Decker spürte, wie sich die Klinge fester in die Haut drückte und sie anritzte. Etwas rann an seinem Hals hinunter. Ein Blutstropfen. Die Vene war noch heil.

»Was soll mit ihm sein?«, fragte die Stimme.

»Er hat nichts.«

Das Messer grub sich noch fester in seine Kehle. Decker spürte ein Brennen, und ein weiterer Blutstropfen rollte über seinen Hals und wurde von seinem T-Shirt aufgesaugt.

»Er hat seine Freiheit. Das ist genug.«

»Nach zwanzig Jahren?«

»Er sollte dankbar sein.«

»Vielleicht ist er es ja«, erwiderte Decker ruhig, obwohl sich die Klinge noch tiefer in seine Haut schnitt. Die Halsvene lag frei und ungeschützt. Der Kerl wusste genau, was er tat. Offensichtlich hatte er das schon öfter gemacht. Ein Gedanke, der Decker nicht gerade beruhigte.

»Trotzdem fühlt er sich bedroht.«

»Sagen Sie ihm, er soll sich keine Sorgen machen. Ich passe auf ihn auf.«

»Wegen seiner Mutter?«

Die Klinge ließ eine Spur nach. »Was zum Teufel wissen Sie schon?«, knurrte der Mann.

»Ich weiß nicht viel. Es gibt viel mehr, das ich nicht weiß. Aber eins ist mir klar: Lucinda hat ihren Sohn geliebt. Und Sie haben Lucinda geliebt. Sie hat Ihnen das Versprechen abgenommen, stimmt's?«

Das Messer drückte wieder fester gegen seinen Hals. »Sie bringen sich in große Schwierigkeiten.«

»Ich versuche nur, Melvin zu helfen.«

»Ich habe Ihnen gesagt, ich passe auf ihn auf.«

»Beschützen Sie ihn vor dem Kartell?«

Der Mann schnaubte kopfschüttelnd.

»Also nicht das Kartell?«

Schweigen.

»Warum haben Sie Montgomery dafür ausersehen, Melvin aus dem Gefängnis zu holen? Welche Verbindung hatten Sie zu ihm?«

»Das geht Sie nichts an.«

»Sie haben Davenport nicht entführt, oder?«, fragte Decker.

Der Mann zögerte einen Augenblick. »Wen?«

»Sie gehört zu unserem Team. Jemand hat sie entführt.«

Decker spürte, wie sich die Klinge langsam von seiner Kehle hob. »Wann?« Die Stimme klang nun nicht mehr bedrohlich, sondern argwöhnisch.

»Vor zwei Tagen. Sie muss ihre Entführer gekannt haben. Sie haben sie aus ihrem Zimmer verschleppt und es so aussehen lassen, als hätte ein Kampf stattgefunden. Aber das war nur vorgetäuscht. Sie hat den Täter gekannt.«

»Warum wurde sie entführt?«

»Ich weiß es nicht. Zuerst dachte ich, als Druckmittel. Vielleicht, um sie gegen Melvin einzutauschen, aber bis jetzt hat uns niemand kontaktiert.«

»Vielleicht wollen sie Informationen.«

»Ja, kann sein. Und vielleicht haben sie die auch von ihr bekommen. Aber ich glaube, was sie wirklich wollten, war Melvin.«

»Wieso?«

»Das, was in dem Schließfach war. Sie glauben, er hat es.«

»Woher wissen Sie davon?«

»Ich bin Detective. Das ist mein Job.«

»Mellow weiß nichts davon.«

Decker hätte gern gewusst, warum er seinen Sohn so nannte, doch es war nicht der richtige Zeitpunkt, um danach zu fragen. »Ich weiß, dass er keine Ahnung davon hat, aber *die* wissen das nicht. Sie glauben, dass Melvin sie hinführen wird.«

»Scheiße«, brummte der Mann mehr zu sich selbst als zu Decker. »Ich hätte nicht gedacht, dass … nach so langer Zeit.«

»Das verstehe ich. Aber es ist nun mal so, und das ist das Problem«, fügte Decker hinzu. »Es musste Ihnen doch klar sein, dass das passieren könnte. Sie haben ihn aus dem Gefängnis geholt – das hat einiges ausgelöst. Diese Leute glauben Montgomerys Geschichte nicht. Und sie wissen, dass Sie am Leben sind … *Roy.*«

Decker machte sich darauf gefasst, die Klinge wieder an seiner Kehle zu spüren. »Obwohl das nicht Ihr richtiger Name ist«, fügte er hinzu.

»Ich hab Ihnen gesagt, Sie sollen sich da raushalten.«

»Das haben Sie. Ich sage Ihnen nur, was ich weiß. Lucinda ist tot, und Sie nicht. Sie haben Ihrem eigenen Sohn einen Doppelmord angehängt.«

»Nein, das habe ich nicht.«

»Wie war es dann?«

»Ich muss Ihnen nichts erklären.«

»Stimmt. Sie haben das Messer. Ich sage nur, dass diese Leute hinter Melvin her sind, und ich weiß nicht, ob Sie ihn schützen können.«

»Sie sind vom verdammten FBI. Also, was können *Sie* machen?«

»Wir tun, was wir können. Ich weiß nur nicht, ob es wirklich genug sein wird. Vor allem, weil wir keine Ahnung haben, wer die Leute sind, die Melvin bedrohen. Vielleicht können Sie mir da helfen.«

Decker wartete auf eine Antwort. Er wusste, dass der Mann noch da war. Er hörte ihn atmen, konnte ihn riechen.

Draußen prasselte der Regen unablässig nieder. Decker fragte sich, ob es das letzte Mal war, dass er den verdammten Regen hörte. Ob er auf diesem lausigen Bett irgendwo in Texas verbluten würde.

»Sind Sie noch da?«, fragte er. »Wollen Sie mir etwas sagen?«

»Wenn die Ihre Freundin haben, sind Ihre Sorgen umsonst. Dann kann ihr niemand mehr helfen. Ist nun mal so.«

»Okay. Ich hoffe, Sie irren sich, aber wahrscheinlich haben Sie recht.«

»Sie müssen sich raushalten. Ich kümmere mich darum.«

»In der Art, wie Sie sich um Regina Montgomery gekümmert haben?«

»Wollen Sie, dass ich Sie umbringe?«

»Nein, aber ich will verstehen, was hier vor sich geht.«

»Warum?«

»Ich habe Ihnen gesagt, warum. Ich will Melvin helfen.«

»Niemand kann ihm helfen. Er ist im Arsch. Es ist nicht seine Schuld, aber es ist nun mal so gekommen.«

»Er hatte große Pläne.«

»Die hatte ich auch. Aber so ist das Leben. Pläne zerschlagen sich.«

»Er hat wegen Ihnen zwanzig Jahre im Gefängnis gesessen, Roy.«

»Es war besser als die Alternative. Immerhin ist er am Leben, oder?«

»Ja, im Moment noch.«

»Gehen Sie dahin zurück, wo Sie hergekommen sind, und überlassen Sie den Rest mir. Nehmen Sie Mellow mit. Möglichst weit weg. Ich sage es Ihnen nicht noch mal. Beim nächsten Mal schneide ich Ihnen die Kehle durch, haben Sie mich verstanden?«

»Ja.«

»Nein, ich glaube nicht.«

Decker machte sich auf den Angriff gefasst.

Als der Mann zuschlug, war es nicht das Messer, das Decker spürte, sondern etwas Schweres, Hartes.

Es krachte gegen seinen Schädel, und Decker sah nur noch Dunkelheit.

51

»Jetzt sind Sie es, der Glück gehabt hat.«

Decker öffnete blinzelnd die Augen.

Mars schaut auf ihn herab.

»Es fühlt sich aber nicht so an«, stöhnte er.

»Willkommen im Club.«

Decker sah sich um. »Wo bin ich?«

»Im Krankenhaus. Sie haben eine Gehirnerschütterung. Ihr Kopf sieht aus, als hätten Sie sich auf einen Kampf mit Ray Lewis eingelassen.«

»So fühle ich mich auch.« Er versuchte sich aufzusetzen, doch Mars hielt ihn zurück. »Immer mit der Ruhe, Mann. Sie bleiben erst mal liegen.«

Decker legte sich zurück. »Wo sind die anderen?«

»Bogart und Milligan versuchen gerade herauszufinden, was geschehen ist. Jamison hat stundenlang an Ihrem Bett gesessen. Sie ist nur kurz auf die Toilette gegangen und müsste gleich wieder da sein. Kümmert sich sehr um Sie, diese Lady.«

Decker schaute zu ihm auf. »Ich glaube, solche Dinge sind mir oft nicht bewusst.«

Mars nahm sich einen Stuhl und setzte sich zu ihm. »Ich habe mich ein bisschen über Ihr Phänomen schlaugemacht.« Er tippte sich an den Kopf. »Das hier.«

»Warum?«

»Weil ich Sie besser verstehen wollte. Es ist, wie wenn man

Videoaufnahmen des Gegners studiert und sich eine Strategie zurechtlegt.«

»Und was haben Sie herausgefunden?«

»Es ist kompliziert. Sie sind kompliziert. Es gibt keine zwei Fälle, die völlig gleich sind. Sie könnten morgen schon wieder ganz anders sein, wenn sich Ihr Gehirn neu verdrahtet. Ein Lotteriespiel.«

»Deshalb lebe ich ganz im Augenblick«, witzelte Decker.

Mars lächelte. »Ich auch.« Plötzlich schwand sein Lächeln. »War das er?«

»Wer?«

»Sie wissen, von wem ich spreche, Decker. Mein alter Herr. Hat er Ihnen das verpasst?«

Die Tür öffnete sich, und Jamison trat ein. Als sie sah, dass Decker aufgewacht war, eilte sie zu ihm ans Bett. »*O mein Gott, Amos!* Wie fühlen Sie sich?«

»Ich lebe. Mehr nicht. Aber es wird schon wieder.«

»Decker wollte uns gerade verraten, wer ihn k. o. geschlagen hat.«

Jamison stieß einen erschrockenen Laut aus. »Sie wissen es? Sie haben den Angreifer gesehen?«

»Es war tatsächlich Ihr Vater, Melvin. Zumindest bin ich mir zu neunundneunzig Prozent sicher, dass er es war.«

»Sie haben ihn nicht gesehen?«

»Ich habe ihn gehört. Er hat mir während unseres Gesprächs ein Messer an die Kehle gesetzt. Er weiß genau über unsere Aktivitäten Bescheid.«

»Hat er meinen Namen erwähnt?«, wollte Mars wissen.

»Ja. In gewisser Weise.«

»Wie hat er mich genannt?«

»Mellow.«

Mars blickte zur Seite und rieb sich das Kinn. »Stimmt.«

»Was ist damit gemeint?«

»Das war so ein Scherz von ihm. Weil ich nicht unbedingt dem entspreche, was man sich unter ›mellow‹ vorstellt, also ›sanft‹ und ›lieblich‹ oder so. Er war der Einzige, der mich je so genannt hat.«

»Dann war er es«, stellte Jamison fest.

»Ziemlich sicher, ja«, stimmte Mars zu.

»Er war außerdem Raucher«, fügte Decker hinzu.

»Mein Vater hat geraucht.«

»Was hat er noch gesagt, Amos?«, fragte Jamison.

Decker schilderte ihnen den Inhalt des kurzen Gesprächs, ließ jedoch einige Details aus, vor allem die, wie Roy Mars sich zu der Situation seines Sohnes geäußert hatte.

»Er hat das alles getan, um mich zu schützen?«, sagte Mars nachdenklich. »Und aus dem Gefängnis hat er mich wahrscheinlich rausgeholt, weil er es meiner Mutter versprochen hat, oder?«

»Das hat er nicht ausdrücklich gesagt, aber als ich es erwähnte, hat er nicht widersprochen. Nur eins verstehe ich nicht. Er hat behauptet, er wäre nicht dafür verantwortlich, dass Sie verurteilt wurden. Dabei liegt das doch auf der Hand.«

Mars nickte. »Aber meine Mom hat gewusst, was er vorhatte. Dass er mir die Morde anhängen und sich danach tot stellen würde. *Chucha*, wie Sie gesagt haben.«

Decker und Jamison sahen ihn unsicher an.

»Wahrscheinlich hat Ihre Mutter angenommen, Sie wären im Gefängnis sicherer als draußen«, mutmaßte Jamison.

»Ja, so sicher, dass ich fast umgebracht worden wäre.«

»Sie hatte einen Gehirntumor und konnte wahrscheinlich nicht mehr klar denken. Und der Plan hat ihr bestimmt nicht gefallen, auch wenn sie letztlich einverstanden war. Deshalb hatten die beiden auch Streit.«

»Trotzdem hat er mich ins Gefängnis gebracht, und sie hat es zugelassen.«

Sie schwiegen einen Moment.

»Wir können lange darüber diskutieren, was in ihren Köpfen vorgegangen sein mag, Melvin«, sagte Decker schließlich. »Aber es wird nichts mehr ändern.«

»Ja, ich weiß.«

»Es ist trotzdem keine schöne Vorstellung«, räumte Decker ein.

»Kann man so sagen.«

Jamison sah ihn an und versuchte schnell das Thema zu wechseln. »Aber Sie glauben jetzt nicht mehr, dass das Drogenkartell dahintersteckt?«

»Roy hat nur den Kopf geschüttelt, als wäre ich mit dieser Annahme völlig auf dem Holzweg. Mehr hat er dazu aber nicht gesagt.«

»Und Davenport?«, fragte Jamison mit zittriger Stimme.

»Er hat gemeint, wir sollten uns keine großen Hoffnungen machen.«

»Aber er hat gesagt, er passt auf mich auf?«, hakte Mars nach.

Es schmerzte Decker, den flehenden Ausdruck in Mars' Gesicht zu sehen.

»Das hat er gesagt, Melvin. Dass er tut, was er kann, um Sie zu schützen.«

»Meiner Mutter zuliebe.«

»Ich glaube, nicht nur wegen ihr. Er weiß, dass Ihnen Unrecht geschehen ist. Vielleicht bedauert er, was er getan hat.«

»Das glaube ich nicht«, erwiderte Mars langsam. »Ich weiß nicht, ob der Kerl überhaupt irgendwas empfindet.«

»Was Ihr Vater für Sie empfindet oder nicht, Melvin, hat absolut nichts mit Ihnen zu tun«, betonte Jamison. »Das ist *sein* Problem, nicht Ihres.«

»Der Mann kann jedenfalls gut mit einem Messer umgehen«, berichtete Decker. »Er ist in den Siebzigern, aber immer noch verdammt gut in Schuss. Mich schlägt man nicht so leicht k.o. Er hat es geschafft.«

»Er war schon immer stark wie ein Stier«, sagte Mars gedankenverloren.

»Es muss eine Verbindung zwischen Ihrem Vater und Montgomery geben«, fügte Decker hinzu. »Er hat es indirekt zugegeben. Wenn wir herausfinden, woher sie sich gekannt haben, wissen wir vielleicht, wer hinter allem steckt.«

»Vielleicht sollten wir Roys Rat beherzigen und Melvin in Sicherheit bringen. Weg von hier«, schlug Jamison vor.

Mars wollte davon nichts wissen. »Ich gehe nirgendwohin.«

»Ich halte es auch nicht für sinnvoll«, pflichtete ihm Decker bei. »Wenn ich die Lage richtig einschätze, ist es egal, wohin Melvin geht. Noch etwas hat sich meiner Ansicht nach bestätigt. Nach Roys Reaktion vermutet er auch, dass die Leute, vor denen er sich versteckt, hinter dem Inhalt des Schließfachs her sind.«

»Aber er hat nicht angedeutet, was es ist?«, hakte Jamison nach.

»Nein, aber offensichtlich ist es etwas sehr Wichtiges.«

»Aber wenn es nicht das Drogenkartell ist, wer dann?«, fragte Mars. »In was kann mein Vater verwickelt gewesen sein?«

»Er ist ein gefährlicher Mann, Melvin«, stellte Decker fest. »Das sagt einiges. Er hat Leute umgebracht.«

»Wollen Sie damit sagen, dass er so was wie ein Auftragskiller war?«

»Es würde mich jedenfalls nicht wundern, wenn ihn jemand für solche Jobs engagiert hat.«

Mars stand auf, ging zum Fenster und schaute hinaus. Er wirkte verwirrt, verzweifelt.

Jamison wandte sich Decker zu und sagte leise: »Das alles setzt ihm ziemlich zu. Ich will gar nicht wissen, wie es in ihm aussieht.«

»Ich kann es mir vorstellen«, erwiderte Decker. »Aber wir können ihm nur helfen, wenn wir herausfinden, was da läuft. Ansonsten muss er mit einer ständigen Bedrohung leben.«

»Glauben Sie wirklich, dass wir das schaffen können?«

»Ja. Wenn sie uns nicht vorher umbringen.«

52

»Ich lasse das Motel rund um die Uhr von der örtlichen Polizei bewachen, Amos«, erklärte Bogart. »Das hätte ich gleich machen sollen, nachdem Davenport entführt wurde«, fügte er entschuldigend hinzu. »Ich hatte jemanden vor Melvins und Jamisons Tür postiert, aber nicht vor Ihrer. Ich habe einfach nicht damit gerechnet, dass es jemand auf Sie abgesehen haben könnte.«

Er und Decker schlurften den Krankenhausgang entlang.

»Ist schon okay«, versicherte Decker. »Ich bin schon wieder auf den Beinen.«

»Es war also wirklich Roy Mars?«

Decker nickte. »Davon können wir ausgehen. Obwohl ich gern seinen richtigen Namen wüsste.«

»Da sind Sie nicht der Einzige.«

Sie verließen das Krankenhaus, stiegen in Bogarts Wagen und fuhren los.

Bogart warf Decker einen kurzen Blick zu, als sie in die Hauptstraße einbogen.

»Wie fühlen Sie sich?«

»Dumm und träge. Mein Zustand ist also unverändert, seit wir den Fall übernommen haben.«

»Ich meine, körperlich.«

»Mir brummt der Schädel, aber ich hab mich schon schlimmer gefühlt. Viel schlimmer. Hören Sie, wir müssen uns alle verfügbaren Unterlagen über Charles Montgomery beschaffen.«

»Die über die wichtigsten Delikte haben wir schon. Die zu seiner Hinrichtung geführt haben.«

»Ich will aber die Akten über die kleineren Sachen. Wo er gegen Kaution freigekommen ist. Wir haben zwar ein paar Einzelheiten, aber ich brauche alles darüber.«

»Sie glauben, es könnte wichtig sein?«

»Wir müssen die Verbindung zwischen Roy Mars und Montgomery finden. Das war kein Zufall. Also ist es wichtig. Wenn wir den Zusammenhang aufspüren, finden wir vielleicht heraus, wer hinter allem steckt. Erst dann kommen wir der Sache auf den Grund.«

»Aber vielleicht hat es ja mit den Morden zu tun, für die Montgomery verurteilt wurde.«

»Nein, die liegen nicht so lange zurück. Wenn es eine Verbindung zwischen ihm und Roy Mars gegeben hat, muss sie mindestens vierzig Jahre zurückliegen.«

»Mag sein«, stimmte Bogart zu. »Aber es wird nicht leicht sein, diese Unterlagen auszugraben.«

»Montgomery ist 1967 aus Vietnam zurückgekommen. Wenig später hat er die Army verlassen. Danach wurde er mehrmals wegen kleinerer Straftaten festgenommen.«

»Er hat das mit seinen ständigen Kopfschmerzen gerechtfertigt. Eine Kriegsverletzung. Vielleicht war es eine Art Rebellion. Er war jung und dumm.«

»Ist Ihnen Montgomery dumm vorgekommen?«

»Nein, aber da war er auch viel älter. Damals war er vielleicht ein junger Raufbold, der nur Unsinn im Kopf hatte.«

»Ich glaube nicht, dass er sich seit damals sehr verändert hat. Er hat in Vietnam gekämpft und wurde verwundet. Er war kein hirnloser Raufbold, sondern ein Soldat, der durch die Hölle gegangen ist. Und da ist noch etwas.«

»Was?«, fragte Bogart.

»Das ist eben das Problem – ich komm einfach nicht drauf.«

»Was? Spielt Ihnen Ihr Gehirn etwa einen Streich?«

»Das tut es andauernd.«

»Ich hab gemeint, funktioniert Ihr Gehirn jetzt einfach mal so wie bei uns Normalsterblichen?«

»Da war etwas«, beharrte Decker, ohne auf Bogarts Bemerkung einzugehen. »Etwas, das ich gesehen oder gehört habe.« Er griff sich an die Kopfwunde. »Vielleicht hat mich Roy härter erwischt, als ich gedacht habe.«

»Es wird Ihnen schon wieder einfallen. Bis dahin grabe ich so viel wie möglich über Charles Montgomery aus.«

Sie fuhren schweigend weiter.

An diesem Abend traf sich Mary Oliver mit ihnen zum Essen in einem Restaurant ein paar Straßen vom Motel entfernt.

»Verdammt«, sagte Milligan zu Decker gewandt. »Sie können noch von Glück reden, dass er Ihnen nicht den Schädel eingeschlagen hat.«

»Das wollte er wahrscheinlich«, meinte Decker. »Andererseits hätte er mir auch die Kehle durchschneiden können, wenn er mich hätte umbringen wollen.«

Mars legte das Messer weg, mit dem er seinen Salat schnitt.

»Tut mir leid, Melvin«, sagte Decker.

»Es ist nun mal, wie es ist. Mein alter Herr ist einfach ein Irrer.«

»Nein. Er weiß genau, was er tut und warum. Er weiß, dass diese Leute hinter Ihnen her sind, weil er Sie aus dem Gefängnis geholt hat. Die wollen das, was in dem Bankfach war.«

»Heißt das, er hat das, was drinnen war?«, fragte Mary Oliver.

»Wahrscheinlich«, sagte Decker. »Nicht bei sich, aber irgendwo versteckt. An einem sicheren Ort, den nur er kennt.«

»Wenn wir ihn finden, könnte er uns hinführen«, meinte Oliver. »Dann könnten wir auch die Leute aufspüren, denen das Zeug so wichtig ist. Bestimmt haben sie Lisa entführt.«

»Das ist leichter gesagt als getan«, entgegnete Milligan. »Wir haben Deckers Zimmer abgesucht, aber keinen brauchbaren Finger- oder Schuhabdruck gefunden. Der Kerl ist ein Profi. Niemand hat ihn kommen oder gehen gesehen. Und das Schloss war meisterhaft geknackt.«

»Er ist ein Profi«, bestätigte Decker. »Und er weiß, wer hinter ihm her ist und was diese Leute wollen.«

»Aber wie können wir ihn finden?«, fragte Oliver. »Es muss doch irgendeinen Weg geben.«

»Er beobachtet uns. Er weiß, was wir tun und dass wir vom FBI sind. Bestimmt hält er sich irgendwo in der Nähe auf.«

»Dann sollten wir ihn eigentlich aufspüren können«, meinte Milligan. »Wir wissen, wie er aussieht. Und diese Stadt ist nicht groß.«

»Aber er kennt hier jeden Winkel«, sagte Jamison. »Es gibt bestimmt genug leer stehende Häuser und Farmen, die er als Unterschlupf nutzen kann.«

Decker schaute sie nachdenklich an. »Das stimmt.«

»Dass er viele verlassene Häuser kennt, in denen er sich verstecken kann?«

»Dass er *ein* leer stehendes Haus kennt, in dem er sich verstecken kann.«

»Sie meinen jetzt aber nicht unser altes Haus?«, fragte Mars.

»Warum nicht?«

»Das wäre viel zu offensichtlich.«

»Ja, aber hat ihn dort jemand gesucht?«, erwiderte Decker.

»Sie haben sich doch im Haus umgesehen«, entgegnete Jamison. »Und später waren wir noch mal mit Melvin dort.«

»Aber es wird nicht ständig beobachtet«, beharrte Decker. »Im Moment jedenfalls sicher nicht. Und wäre es nicht auch ein mögliches Versteck für den Inhalt des Schließfachs?«

»Sie glauben, er bewahrt es in seinem eigenen Haus auf?«, fragte Oliver.

»Möglich wäre es.« Decker warf Mars einen Blick zu. »Fällt Ihnen irgendein gutes Versteck in Ihrem Haus ein?«

Oliver zog ihr Handy hervor und schaute auf das Display. »Es geht um Melvins Klage.« Sie tippte eine Antwort ein und lächelte Mars zu. »Es sieht gut aus, Melvin. Ich habe eine Freundin in der Staatsregierung, die mir bestätigt hat, dass unsere Forderung nach einer angemessenen Entschädigung intern für einigen Wirbel sorgt. Die wissen, dass wir gute Aussichten haben, mit unserer Forderung durchzukommen. Das heißt, sie werden großes Interesse haben, sich schnell mit uns zu einigen.«

»Na, wenn das kein Wunder ist!«, meinte Mars.

»Ich glaube, die öffentliche Meinung ist auf Ihrer Seite.«

»Das ist eine gute Nachricht«, sagte Decker, »aber wir sollten uns trotzdem auf das konzentrieren, was ansteht. Melvin, gibt es irgendeinen Platz im Haus, der als Versteck infrage kommt?«

»So auf die Schnelle fällt mir nichts ein«, sagte Mars. »Das Haus ist nicht groß, und ich hatte nie einen Grund, irgendwas zu verstecken.«

»Wie wär's mit der Garage?«

»Also, da war so ein loses Brett in der Wand, bei der Tür zur Küche. Als Kind hab ich da mal reingeschaut und eine alte Kaffeekanne gefunden. Ich weiß nicht, wer sie da reingetan hat. Ich glaube jedenfalls nicht, dass mein Dad eine alte Kaffeekanne versteckt hat.«

»Okay, es kann nicht schaden, einen Blick hineinzuwerfen. Melvin und ich können heute Abend noch rübergehen.«

»Todd soll euch begleiten, für alle Fälle«, warf Bogart ein. »Ich erwarte schon bald detaillierte Informationen über Montgomery. Alex, Mary und ich können das Material durchsehen, während Sie sich im Haus umschauen.«

»Klingt nach einem brauchbaren Plan«, bemerkte Mars.

53

Milligan führte die kleine Gruppe an, die sich durch das wuchernde Gestrüpp vor dem Haus kämpfte. Decker und Mars folgten dicht hinter ihm. Es hatte aufgehört zu regnen, doch am Himmel hingen immer noch dicke graue Wolken, die schon den nächsten Schauer ankündigten.

Sie gelangten zur Veranda, und Milligan drückte die Haustür auf, die andere Hand an seiner Pistole. Decker ebenfalls.

Sie traten ein und schauten sich um. Drinnen war es noch dunkler als draußen. Milligan ließ den Lichtstrahl seiner Taschenlampe durch den Raum wandern.

Decker ging mit seiner Taschenlampe voraus in die Küche und weiter zu der Tür, die in die kleine Garage führte. Er richtete den Lichtstrahl auf die Wand. Milligan ebenfalls.

»Es ist dort drüben.« Mars deutete auf eine Stelle bei der Tür. »Da, wo das Holz uneben ist.«

Im Licht von Milligans Taschenlampe sahen sie sich die Stelle genauer an.

Decker packte das Brett und zog daran. Es löste sich sofort. Dahinter trat eine kleine Nische zutage, etwa fünfzehn Zentimeter tief und einen halben Meter breit.

Das Fach war leer.

»Vielleicht war es das Versteck«, meinte Decker. »Es wäre jedenfalls groß genug für das, was in dem Schließfach war.«

»Aber es ist nicht mehr da«, betonte Milligan. »Also hilft es uns nicht weiter.« Er schwenkte die Taschenlampe hin und her und richtete den Lichtstrahl schließlich auf den Boden. Er war sauber, bis auf etwas feinen Staub, Späne und ein schmales Holzstück. »Das hat sich wahrscheinlich gelöst, als Sie das Brett herausgezogen haben«, meinte er.

»Ich habe mir den Boden angesehen, bevor ich das Brett herausgenommen habe. Der Staub und die Holzspäne waren schon da. Und wenn Sie sich das Brett ansehen – da fehlt ein Stück, genauso groß wie das hier. Als ich dran gezogen habe, hat es sich überraschend leicht gelöst. Bei einem alten Haus, das jahrelang leer gestanden hat, würden die Bretter normalerweise klemmen. Ich glaube, das Stück hier ist abgebrochen, als jemand anderes das Brett herausgerissen hat.«

»Das heißt, jemand war vor uns hier«, fügte Milligan hinzu.

Decker nickte. »Und das kann noch nicht lange her sein. Wir haben hier vor Kurzem alles abgesucht, und dabei ist mir dieses Holzstück auf dem Boden nicht aufgefallen.«

»Sie glauben also, mein Vater hatte das Zeug da drin versteckt?«, fragte Mars aufgeregt.

»Das lässt sich nicht mit Sicherheit sagen«, erwiderte Decker. »Aber irgendjemand muss hier reingeschaut haben. Vielleicht er, vielleicht jemand anderes.« Er drehte sich zu Mars um. »Und übrigens, die Initialen des richtigen Namens Ihres Vaters sind A und C.«

»Woher zum Teufel wissen Sie das?«

»Die Buchstaben sind in den Schrank geritzt und entsprechen auch dem Namen, unter dem er den Wagen in Alabama gemietet hat. Arthur Crandall.«

Milligan spannte sich an und fasste Decker am Arm. »Ich glaube, jemand ist gerade durch die Hintertür reingekommen.«

Sie standen regungslos da und lauschten.

»Da«, flüsterte Milligan.

»Das waren eindeutig Schritte«, stimmte Mars zu.

»Ja.« Decker blickte zum Garagentor. »Gehen wir hier raus?«

»Das Tor wurde wahrscheinlich zwanzig Jahre nicht mehr geöffnet«, entgegnete Milligan. »Es wird kreischen wie ein entgleisender Zug. Die Tür da drüben genauso. Außerdem sind alle Zugänge überwuchert. Wir würden ewig brauchen, um zu verschwinden, und wären ein leichtes Ziel für jemanden, der draußen wartet.«

»Aber sie müssen doch wissen, dass wir im Haus sind«, meinte Mars.

»Nicht, wenn sie von der Rückseite gekommen sind«, widersprach Milligan. »Und selbst wenn sie uns gesehen haben, können sie nicht wissen, dass wir in der Garage sind.«

»Sie glauben nicht, dass es Bogart ist?«, wandte Mars ein.

»Er hätte vorher angerufen«, erklärte Decker. »Er würde nicht einfach so hereinschleichen. Da kann zu leicht etwas passieren.«

»Stimmt«, pflichtete ihm Milligan bei.

»Wer ist es dann?«, fragte Mars.

Decker und Milligan zogen ihre Waffen.

»Bleiben Sie hinter uns, Melvin«, forderte Decker ihn auf.

»He, ich kann allein auf mich aufpassen.«

»Nicht, wenn die Kerle bewaffnet sind«, entgegnete Milligan.

Decker tippte auf seinem Handy eine Nummer ein und schaute auf das Display. »Kein Empfang.«

»Ist immer noch der Arsch der Welt hier«, bemerkte Mars. »Auch nach zwanzig Jahren.«

Milligan straffte die Schultern. »Na schön, wir warten hier und lassen sie reinkommen. Wir haben eine gute Schusslinie und können sie wahrscheinlich aufhalten, falls sie angreifen.«

»Hört sich nach einer guten Strategie an«, stimmte Decker zu.

»Aber wir müssen uns aufteilen. Ich übernehme diese Ecke, Todd, und Sie die andere. So haben es die Kerle mit Feuer aus zwei Richtungen zu tun. Melvin, gehen Sie da drüben bei der Werkbank in Deckung.«

»Hören Sie, ich will nicht, dass Sie für mich Ihren Arsch riskieren.«

»Diese Entscheidung haben wir in dem Moment getroffen, als wir den Fall übernommen haben«, erwiderte Decker. »Jetzt tun Sie, was ich sage – ich höre sie nämlich näher kommen.«

Alle drei gingen in Position. In den Ecken zu beiden Seiten des Garagentors kauerten Decker und Milligan und hielten ihre Pistolen auf die Tür gerichtet. Mars ging hinter der Werkbank in Deckung und behielt ebenfalls die Tür im Auge.

»Warten wir, bis sie zuerst schießen?«, fragte Milligan.

»Es ist zwar nicht sehr wahrscheinlich, aber es könnten auch ein paar Jungs sein, die sich das alte Haus ansehen, also müssen wir wohl warten«, flüsterte Decker. »Ich würde ihnen zurufen, wer wir sind, obwohl ich wirklich nicht glaube, dass es nur ein paar Jungs sind.«

»Ich auch nicht.«

»Wenn Sie feuern, rollen Sie sich nach links ab. Ich schieße nach Ihnen und rolle mich nach rechts ab. Zumindest versuch ich's.«

»Alles klar.«

In diesem Augenblick wurde die Tür zur Küche zugeknallt. Das Schloss klickte, und etwas Schweres krachte gegen die Tür.

Decker und Milligan wechselten einen Blick.

»Das gefällt mir gar nicht«, zischte Milligan. »Was haben die vor?«

»He, Leute«, flüsterte Mars ihnen zu. »Riecht ihr auch Rauch?«

54

Decker warf sich gegen die Seitentür, doch sie gab nicht nach. Er rüttelte am Türknauf, dann trat er einen Schritt zurück und feuerte mit seiner Pistole darauf. Er versuchte es noch einmal. Die Tür rührte sich keinen Millimeter.

»Die ist verriegelt oder zugenagelt«, rief er den anderen zu.

Milligan versuchte das Garagentor zu öffnen. »Das Tor klemmt auch.«

Durch die Tür zur Küche drang Rauch in die Garage.

Im Licht von Deckers Taschenlampe, das den Rauch und die Dunkelheit durchdrang, rannten er und Mars hustend und keuchend zur Tür.

Decker legte die Hand an die Tür und zuckte stöhnend zurück. »Glühend heiß. Jemand hat Feuer gelegt. Hier kommen wir nicht raus.«

»Einen anderen Weg haben wir nicht!«, rief Milligan zurück.

Mars drehte sich um und rannte los. Er warf sich mit solcher Wucht gegen die Seitentür, dass sie aus den Scharnieren brach. Das Haus war jedoch so dicht überwuchert, dass sich die Tür nicht öffnen ließ. Mars stemmte sich mit aller Kraft dagegen, doch die Tür hing im dichten Gestrüpp fest.

»Scheiße!«, rief er frustriert.

Deckers Lunge brannte. Er warf sich auf den Boden, da der Rauch nach oben stieg, und rief den anderen zu, es ihm gleichzutun. Mühsam robbte er zum Garagentor. Milligan kroch an seine Seite.

»Jemand muss das Feuer von der Straße aus sehen«, keuchte Milligan.

»Aber bis die Feuerwehr da ist, sind wir erstickt«, erwiderte Decker.

»Geht aus dem Weg«, rief Mars.

Als sie sich umdrehten, sprintete er in vollem Tempo auf das Tor zu. Die beiden Männer robbten rasch zur Seite, ehe er an ihnen vorbeischoss und sich mit der Schulter gegen das Garagentor warf. Es knirschte, gab aber nicht nach.

Nach Luft ringend, sank Mars auf den Betonboden.

»Jemand hat uns in eine Falle gelockt«, keuchte Milligan. »Sie haben erst alles verriegelt und dann Feuer gelegt.«

Decker wusste, dass Milligan recht hatte, aber woher hatte jemand wissen können, dass sie zum Haus kommen würden?

Er griff unter das schwere Tor und versuchte es hochzustemmen. Es rührte sich keinen Millimeter. Aus seiner Position war es ihm nicht möglich, seine Kraft und Masse voll zum Einsatz zu bringen.

Er ließ los und dachte zum ersten Mal –

Wir werden hier drin sterben.

Im nächsten Augenblick hörte er es.

Draußen krachten Schüsse. Instinktiv rollte er sich zur Seite, für den Fall, dass die Kugeln das Tor durchschlugen.

»Wer ist da draußen?«, rief Milligan.

Etwas krachte gegen das Tor. Wieder und wieder. Dann noch ein Schuss. Die Kugel schlug am seitlichen Rand des Tores ein. Decker wich noch weiter zur Seite und hielt seine Pistole im Anschlag.

Doch Milligan sprang nach vorn, packte die Unterseite des Tors und drückte nach oben.

Langsam begann sich das Tor zu heben.

»Helft mir!«, rief er.

Decker und Mars eilten hinzu und drückten ebenfalls.

Das Tor hob sich etwas schneller.

»Schnell, raus hier!«, rief Milligan.

Er schob Mars unter dem Tor nach vorn.

So wie die Seitentür der Garage war auch das Tor völlig überwuchert, zumal es keine betonierte Zufahrt gab.

Mars schlug mit Händen und Füßen um sich, bis er sich aus dem Gestrüpp befreit hatte. Decker folgte dicht hinter ihm.

Als Milligan ebenfalls ins Freie stolperte, blieb er zwischen einer Stechpalme mit ihren spitzen Blättern und dem Haus hängen. Er schrie auf, worauf Decker und Mars ihm zu Hilfe eilten und ihn mit vereinten Kräften aus seiner misslichen Lage befreiten. Die drei Männer taumelten vom Haus weg und brachen schließlich würgend und hustend zusammen.

Mars drehte sich auf den Rücken und sah sein altes Zuhause in Flammen aufgehen. Dunkler Rauch drang durch geborstene Fensterscheiben heraus.

Mars ließ den Kopf auf den Boden sinken und schloss die Augen. Decker hingegen sprang auf und schaute sich um. Er hatte ein Auto starten gehört, konnte es jedoch nicht sehen.

»Dort!« Milligan deutete nach links.

Als die beiden Männer die Straße erreichten, sahen sie gerade noch die Rücklichter des Autos in der Dunkelheit verschwinden.

»Verdammter Mist!«, schnaubte Milligan. Er zog sein Handy heraus, hatte jedoch auch hier draußen keinen Empfang. Er rannte hinter Decker her, der bereits bei ihrem Wagen war. Decker wuchtete sich hinters Lenkrad und schob den Schlüssel ins Zündschloss. Der Wagen sprang nicht an.

»Was zum Teufel!«, rief Decker frustriert.

Der Motor machte keinen Mucks.

»Schauen Sie mal unter die Motorhaube.«

Milligan tat es und leuchtete mit der Taschenlampe über den Motorblock. »Das Batteriekabel ist durchgeschnitten.«

Decker stieg aus dem Wagen, und Mars trat langsam zu ihnen. Das Haus stand nun zur Gänze in Flammen, doch Mars schaute nicht mehr zurück. Er lehnte sich ans Auto, verschränkte die Arme vor der Brust und schaute auf das durchtrennte Batteriekabel hinunter.

»Ich frage mich, wer das war«, sagte Milligan. »In dem Wagen.«

»Das war mein Vater«, verkündete Mars.

Decker sah ihn überrascht an. »Woher wissen Sie das?«

Mars deutete auf das durchgeschnittene Kabel. »Als ich siebzehn war, habe ich mich mit dem Auto überschlagen, das mir mein Dad geschenkt hatte. Eine Schrottkiste, die er fahrtauglich gemacht hat. Ich war leichtsinnig und zu schnell unterwegs. Zum Glück ist mir nichts passiert. Mein Vater hat den Wagen aus dem Graben geholt und repariert, und als ich wieder losfahren wollte, sprang der Motor nicht an. Ich habe unter die Motorhaube geschaut ...«

»Und das Batteriekabel war durchtrennt«, beendete Decker den Satz für ihn.

Mars nickte. »Er hat gesagt, er will mir damit eine Lektion erteilen. Wenn ich einen Fehler mache, hat es Konsequenzen. Ich musste ein halbes Jahr im Haus schuften, bis er das Kabel ersetzte.«

Decker starrte dem Auto nach, das längst über alle Berge war. »Er hat uns das Leben gerettet.«

»Wie kommen Sie darauf?«, erwiderte Milligan. »Ich habe eher den Eindruck, dass er uns beinahe umgebracht hat.«

»Jemand hat uns beinahe umgebracht«, stimmte Decker zu. »Aber nicht Roy Mars.«

»Sind Sie sicher?«

Statt einer Antwort ging Decker zurück zum offenen Garagentor und blieb in einigem Abstand zu den Rauchschwaden und Flammen stehen. Er deutete auf den Spalt zwischen Tor und Mauer.

»Sehen Sie, hier, da hatte jemand etwas in den Spalt geklemmt.« Er hob einige flache Holzstücke auf, die auf dem Boden herumlagen. »Wahrscheinlich die hier. Roy hat sie herausgezogen oder herausgeschossen, nach den Schüssen zu schließen, die wir gehört haben. Dadurch haben wir das Tor aufgekriegt.«

»Und die anderen Schüsse?«, fragte Mars.

»Ihr Vater wurde von den Leuten, die uns umbringen wollten, in einen Schusswechsel verwickelt.«

Milligan schaute sich um. »Glauben Sie, dass hier noch irgendwo Tote oder Verwundete liegen?«

»Ich weiß es nicht.«

Mars sah ihn an. »Dann hat mein Dad uns den Arsch gerettet?«

»Das hat er, ja.«

»Okay, dann bin ich froh, dass er heute hier war, sonst gäb's uns jetzt nicht mehr.«

Mars schaute in die Richtung, in die sein Vater geflüchtet war. »Wenn er zurückkommen und mit mir reden würde, vielleicht könnten wir dann zusammenarbeiten.«

»Das kann er nicht, Melvin.«

»Warum nicht?«

»Weil er Leute ermordet hat. Wenn er zurückkäme, bliebe uns nichts anderes übrig, als ihn festzunehmen.«

Mars nickte langsam. »Klar.«

»Machen Sie Ihren Vater nicht zu etwas, das er nicht ist.«

»Was zum Beispiel?«

»Ich glaube, das muss ich Ihnen nicht sagen«, antwortete Decker. »Und Sie dürfen nicht vergessen, dass ich hier bin, um die Wahrheit herauszufinden. Ich weiß, dass Sie unschuldig sind, aber genauso weiß ich, dass Ihr Vater es nicht ist. Nichts kann daran etwas ändern, auch wenn Sie sich noch so bemühen. Es ist, wie es ist. Sie müssen Ihr eigenes Leben leben. Ihr Vater wird Sie dabei nicht begleiten können.«

Decker ging zur Straße, während Mars mit gesenktem Kopf stehen blieb.

Milligan trat zu Decker. »Sie waren eben ein bisschen sehr direkt, Decker. War es wirklich nötig, mit der Dampfwalze drüberzufahren?«

»Hätte ich ihm vielleicht falsche Hoffnungen machen sollen?«

»Nein, aber ein bisschen Taktgefühl könnte nicht schaden.«

»So was hab ich nicht. Und Melvin hat schon zwanzig Jahre seines Lebens verloren. Ich will nicht, dass er auch nur eine Sekunde an eine verlorene Sache verschwendet.«

55

Kaution.

Ein Geldbetrag, den ein Angeklagter aufbringen muss, um nicht ins Gefängnis zu müssen.

Zumindest bis das Urteil über ihn gefällt ist.

Diese Praxis gab es beinahe so lange, wie es Gefängnisse gab, in denen Missetäter einsaßen.

In erster Linie war es eine Methode, um mit dem Unglück dieser Leute Geld einzunehmen. Das System hatte sich zu einem florierenden Geschäft entwickelt, weil es so viele gab, die nach diesem Strohhalm griffen.

Decker saß an dem Tisch in seinem Hotelzimmer.

Der Brand im alten Haus der Familie Mars war gelöscht worden, doch es war schwer beschädigt. Tatsächlich waren das Tor und die Seitentür der Garage von außen verklemmt worden. Die Tür zur Küche war mit einem langen Metallrohr blockiert gewesen. Die Polizei hatte einen Brandbeschleuniger in der Küche gefunden, was bewies, dass es sich um Brandstiftung handelte.

Sie hatten nach dem Auto gefahndet, in dem jemand vom Tatort geflüchtet war, doch es war bisher nirgends gesichtet worden. Decker war überzeugt, dass Roy Mars am Steuer gesessen hatte. Er hatte keine Ahnung, wer das Feuer gelegt hatte und wie die Täter entkommen waren.

In den Außenwänden des Hauses hatte man nahe der Garage mehrere Einschusslöcher gefunden. Allem Anschein nach war es tatsächlich zu einem Schusswechsel zwischen Roy Mars und den Tätern gekommen.

Inzwischen waren weitere FBI-Agenten nach Texas angereist, um bei den Ermittlungen zu helfen, nachdem beinahe einer der Ihren getötet worden wäre.

Was Decker nun vor sich liegen hatte, waren unvollständige Unterlagen. Es fehlte beispielsweise die Information, wer bei Charles Montgomerys erster Festnahme in den Sechzigerjahren die Kaution gestellt hatte.

In den Aufzeichnungen über die zweite Festnahme fand Decker hingegen den Namen des Kautionsstellers.

»Nathan Ryan«, murmelte er.

Ryan hatte den geforderten Betrag am Morgen des 22. Februar 1968 in Cain, Mississippi, bezahlt. Wer war dieser Ryan, und warum hatte er fünfhundert Dollar für Montgomery lockergemacht, was für damalige Verhältnisse eine beträchtliche Summe war?

Hatten sie sich gekannt? Waren sie Freunde gewesen? Montgomery konnte er jedenfalls nicht mehr fragen.

Decker schloss die Augen und ließ seinen Verstand nach einem neuen Ansatz suchen.

Er öffnete die Augen und seinen Laptop, der vor ihm auf dem Tisch stand.

11. Januar 1968, Tuscaloosa, Alabama. Trunkenheit am Steuer und Marihuanabesitz.

21. Februar 1968, Cain, Mississippi. Trunkenheit am Steuer und unerlaubter Waffenbesitz.

Montgomery hatte sich also innerhalb kurzer Zeit in den beiden Staaten im Süden aufgehalten.

In beiden Fällen hatte er betrunken ein Auto gelenkt.

Steckte dahinter ein Muster, oder handelte es sich bloß um

entschuldbare Dummheiten eines jungen, desillusionierten Exsoldaten, der aus Vietnam heimgekehrt war und sich irgendein Ventil für seinen Frust suchte?

Im März 1967 hatte Montgomery bei der Army den Dienst quittiert. Woran lag es, dass er sich zehn Monate lang nichts hatte zuschulden kommen lassen? Würde man unter diesen Umständen nicht annehmen, dass er seine kriminelle Laufbahn sofort nach dem Militärdienst eingeschlagen hatte?

Was hatte er in diesen zehn Monaten getrieben? Und nach der Festnahme in Mississippi hatte es den Anschein, als habe er sich gewandelt, bis er sich auf viel schwerwiegendere Verbrechen verlegte, die schließlich zu seiner Hinrichtung führten.

Erneut schloss Decker die Augen und ließ die Gedanken schweifen.

Ich frage mich, wie viele Cops es gebraucht hat, um Montgomery in diesen beiden Fällen zu stoppen und festzunehmen.

War es ein Streifenwagen, waren es zwei, vier oder sechs?

Nur um dann festzustellen, dass es sich lediglich um einen betrunkenen Autofahrer handelte?

Damals hatte man betrunkene Fahrer noch mit viel größerer Nachsicht behandelt. Mit einem Augenzwinkern hatte man den Betreffenden in eine Zelle gesteckt, damit er seinen Rausch ausschlief. Kaffee gab es als Draufgabe. Selbst eine Fahrt unter Alkoholeinfluss, durch die Menschen verletzt oder getötet wurden, hatte keine wirklich schwerwiegenden Konsequenzen nach sich gezogen. Und Montgomery hatte offensichtlich niemanden verletzt.

Tuscaloosa und Cain.

Beides im Jahr 1968.

Vielleicht gab es irgendeinen gemeinsamen Nenner.

Decker ging erneut online und setzte seine Suche fort.

Januar 1968, Tuscaloosa, Alabama.

Am 10. Januar war ein Bombenanschlag auf ein Büro der schwarzen Bürgerrechtsorganisation NAACP verübt worden. Vier Menschen waren dabei ums Leben gekommen. Drei Bürgerrechtsaktivisten und ein Anwalt aus New York. Alle schwarz.

Niemand war damals festgenommen worden.

Und Charles Montgomery hatte sich zu dem Zeitpunkt dort aufgehalten und war wegen Trunkenheit am Steuer und Marihuanabesitzes festgenommen worden. Und am nächsten Tag gegen Kaution freigekommen.

Decker suchte weiter.

Februar 1968, Cain, Mississippi.

In diesem Monat war dort viel passiert, doch ein Vorfall stach hervor. Er hatte damals für Schlagzeilen gesorgt und war auch heute, im elektronischen Zeitalter, noch nicht vergessen.

Am 21. Februar waren fünfzehn Angehörige einer afroamerikanischen Kirche, darunter der Pastor und vier junge Mädchen aus dem Chor, bei einem Bombenanschlag getötet worden.

Und am nächsten Morgen war Charles Montgomery gegen Kaution freigekommen, nachdem er wegen Trunkenheit am Steuer und unerlaubten Waffenbesitzes hinter Gittern gelandet war.

Was für ein unglaublicher Zufall, dass sich der Mann zum Zeitpunkt der beiden Verbrechen an diesen Orten aufgehalten hatte.

Wenn es denn Zufall war.

Er tippte den Namen »Nathan Ryan« ein, dazu »Cain, Mississippi«. Dann fügte er noch das Wort »Bombenanschlag« hinzu und drückte die Eingabetaste.

Er las die ersten Einträge, die er erhielt.

Der fünfte Eintrag ließ Decker wie gebannt auf den Bildschirm starren. Es war ein Nachruf auf Nathan Bedford Ryan aus Cain, Mississippi, der am 2. März 1999 »von uns gegangen« war.

Er war siebenunddreißig Jahre im politischen Leben seiner Stadt aktiv gewesen und hatte es bis zum stellvertretenden Bürgermeister gebracht. Er hatte an seinem Schreibtisch einen tödlichen Herzinfarkt erlitten. Das bedeutete, dass er zu der Zeit, als er die Kaution für Charles Montgomery gestellt hatte, bereits Stadtpolitiker gewesen war. Falls es sich um denselben Nathan Ryan handelte, wovon Decker ausging.

Er warf einen Blick in seine Unterlagen. Als Kautionssteller war ein gewisser Nathan B. Ryan angegeben.

Der Nachruf war für Nathan Bedford Ryan verfasst worden, benannt wahrscheinlich nach Nathan Bedford Forrest, einem General der Konföderierten im amerikanischen Bürgerkrieg.

Decker las den Nachruf und hielt bei einem Satz inne:

»Der Verstorbene war als einer der Ersten am Tatort gewesen, als bei einem Bombenanschlag auf eine Kirche fünfzehn Menschen ums Leben gekommen waren.«

Deshalb hatte Decker durch das Hinzufügen des Wortes »Bombenanschlag« auch diesen Nachruf erhalten.

Danke, Google.

Laut den Artikeln über den Anschlag hatte es damals keine Überlebenden gegeben. Decker fragte sich, was Ryan am Tatort getan haben mochte. Vielleicht hatte er einfach nur mitgeholfen, die Toten zu bergen.

Er fand ein körniges Foto von Ryan. Er war eindeutig weiß. Umso erstaunlicher fand Decker, dass sich der Mann zum Zeitpunkt der Tat offenbar in der Nähe dieser afroamerikanischen Kirche aufgehalten hatte. Anders wäre es nicht möglich gewesen, dass er als einer der Ersten am Tatort eingetroffen war. Vermutlich hatte 1968 in Cain strikte Rassentrennung geherrscht.

Und dann hatte Ryan die Kaution für Montgomery gestellt.

Ryan hatte im Büro des Bürgermeisters gearbeitet.

Ryan war als einer der Ersten am Tatort eingetroffen.

Fünfhundert Dollar waren damals für einen Lokalpolitiker in Cain kein Pappenstiel gewesen. Deshalb fragte sich Decker, ob das Geld nicht in Wahrheit aus einer anderen Quelle gekommen war.

Diese Vorfälle lagen jetzt fast fünfzig Jahre zurück. Wenn Decker hinfuhr, würde dann überhaupt noch jemand dort sein, der sich daran erinnerte?

Er erhob sich, um Bogart aufzusuchen.

Nachdem er dem FBI-Agenten kurz über die gefundenen Informationen berichtet hatte, fragte Bogart: »Was schlagen Sie vor?«

»Ich schlage vor, wir fahren überallhin, wo wir etwas erfahren können, das uns hilft, den Fall zu lösen.«

56

Decker, Bogart, Jamison und Mars nahmen eine Turboprop-Maschine nach Dallas und flogen anschließend nach Memphis weiter. Von dort würden sie mit dem Auto nach Cain, Mississippi, fahren. Milligan hatten sie in Texas zurückgelassen, damit er die Suche nach Davenport koordinieren und zusammen mit seinen Kollegen in dem Brandanschlag auf das alte Haus der Familie Mars ermitteln konnte. Mary Oliver hatte einige Arbeiten zu erledigen und würde später zu ihnen stoßen.

Die Fahrt nach Cain dauerte beinahe drei Stunden und führte unter anderem über die Stadt Tupelo.

»Der Geburtsort von Elvis«, verkündete Jamison, als sie am Ortsschild vorbeikamen.

Bogart schaute aus dem Fenster. »Wenigstens regnet es nicht«, stellte er mürrisch fest.

Als sie Cain erreichten, fuhren sie direkt zum Polizeirevier. Bogart hatte vorher angerufen, und eine Verwaltungsangestellte um die vierzig, die sich als Wanda Pierce vorstellte, erwartete sie bereits. Pierce trug eine Hose und eine dunkelgrüne Bluse und wirkte etwas nervös. Sie führte die Besucher in einen kleinen Konferenzraum mit einem abgenutzten Tisch und ebensolchen Stühlen.

»Wir … ähm, kriegen nicht oft Besuch vom FBI«, begann Pierce unsicher, nachdem sich alle gesetzt hatten.

»Wir wissen es zu schätzen, dass Sie sich Zeit für uns nehmen«, versicherte Bogart.

»Können Sie uns mehr über Nathan Ryan erzählen?«, kam Decker sofort zur Sache.

Sie nickte und öffnete den Aktenordner, den sie mitgebracht hatte. »Ich bin hier in Cain geboren und kenne einige Ryans. Aber als Agent Bogart angerufen hat, habe ich mich ein bisschen über Ryan informiert. Er war lange in der Stadtregierung und ist an seinem Schreibtisch gestorben. Das ist jetzt fast zwanzig Jahre her.«

»Er war stellvertretender Bürgermeister?«, hakte Bogart nach.

»Genau.« Ihr Blick sprang zu Mars. »Moment mal, sind Sie nicht …«

»Er ist es«, bestätigte Decker ungeduldig. »Wer war damals Bürgermeister?«

»Ich habe gedacht, Sie interessieren sich für seinen Stellvertreter?«, erwiderte Pierce.

»Ja. Aber jetzt interessiere ich mich zusätzlich für den Bürgermeister.«

»Warum?«

»Weil nach meiner Erfahrung ein stellvertretender Bürgermeister kaum etwas macht, ohne vorher seinen Chef zu fragen. In diesem Fall geht es um eine Kaution für einen betrunkenen Autofahrer namens Charles Montgomery.«

»Oh, also, der Bürgermeister wurde damals zum Kongressabgeordneten gewählt.«

»Sein Name?«

»Thurman Huey.«

»Den Namen kenne ich«, sagte Bogart sofort.

Pierce nickte. »Mr. Huey ist der Sohn von Travis Huey, dem früheren Gouverneur des Bundesstaates, der in den Fünfzigerjahren in den Senat wechselte. Er war ein sehr prominenter Politiker.«

»Und Thurman Huey ist kein einfacher Abgeordneter. Er ist Vorsitzender des Committee on Ways and Means, des vielleicht mächtigsten Ausschusses im Kongress.«

»Weil er großen Einfluss auf die Haushalts-, Finanz- und Steuerpolitik hat«, fügte Jamison hinzu.

»Ja«, bestätigte Pierce. »Thurman Huey hat angeblich beste Aussichten, Sprecher des Repräsentantenhauses und später vielleicht sogar Präsident der Vereinigten Staaten zu werden«, fügte sie stolz hinzu.

»Und Thurman ist hier in Cain aufgewachsen?«

»Ja. Er ist hier geboren und aufgewachsen. Die Hueys sind die herausragende Familie im politischen Leben von Mississippi. Und sie haben sich immer gut um uns gekümmert.«

»Das heißt, er sorgt dafür, dass Sie mit kräftigen Finanzspritzen aus Washington bedacht werden.«

»Wir kriegen das, was uns zusteht«, erwiderte Pierce steif.

»Wie alt ist er jetzt?«, fragte Decker.

»Ich glaube, Anfang siebzig.«

»Dann war er 1968 noch in den Zwanzigern?«

»Wahrscheinlich, ja.«

»Und er war damals schon Bürgermeister?«

»Ja, dafür hat schon sein Vater gesorgt. Als sein Sohn beschloss, für das Amt zu kandidieren, stand von vornherein fest, dass Thurman die Wahl gewinnen wird. Niemand würde sich gegen den alten Herrn stellen. Seine politischen Verbindungen waren zu stark. Thurman hätte die Wahl allein mit dem Namen Huey gewonnen.«

»Dieser Bombenanschlag auf die Kirche«, sagte Decker mit einem abrupten Schwenk. »Agent Bogart hat Ihnen sicher gesagt, dass wir uns auch dafür interessieren.«

»Ja, die Second Freeman's Baptist Church«, sagte Pierce. »Aber ich verstehe nicht, was die Tatsache, dass Mr. Ryan die Kaution für diesen Charles Montgomery gestellt hat, mit dem Bombenanschlag zu tun haben soll.«

»Da sind Sie nicht die Einzige«, erwiderte Decker. »Was können Sie uns über den Anschlag sagen?«

»Ich war noch nicht mal auf der Welt, als es passierte, aber es war eines der furchtbarsten Ereignisse in unserer Stadt. Fünfzehn Menschen, darunter kleine Kinder, sind dabei ums Leben kommen. Die Mädchen haben im Jugendchor gesungen. Ich stelle mir vor, wie sie da stehen und singen, und im nächsten Moment explodiert diese Bombe. Schrecklich.«

»Und die Täter wurden nie gefasst?«

»Nein, nie.«

»Hat es Verdächtige gegeben?«, fragte Bogart.

»Nach dem Anruf von Agent Bogart habe ich einen Blick in die Unterlagen geworfen. Dieser Montgomery war jedenfalls kein Verdächtiger, falls Sie darauf hinauswollen.«

»Sonst irgendjemand?«

»Na ja, damals war hier noch der Ku-Klux-Klan aktiv. Es hatte schon davor immer wieder Drohungen gegeben und in anderen Städten im Süden auch einige Anschläge, zum Beispiel 1963 auf eine Kirche in Birmingham. Damals erreichte die Bürgerrechtsbewegung gerade ihren Höhepunkt. Da sind schlimme Dinge passiert. Verdammt, allein in Birmingham gab es so viele Explosionen, dass die Stadt ›Bombingham‹ genannt wurde.«

»Wie wurde der Bombenanschlag hier durchgeführt?«, fragte Decker.

»Mit Dynamit.«

»Und es hat niemand gesehen, wie der Sprengsatz gelegt wurde?«, warf Jamison ein.

»Anscheinend nicht.«

»In den Informationen, die Ihr Büro an Agent Bogart übermittelt hat, steht, dass die Kirche von der Polizei bewacht wurde, weil es bereits Drohungen gegen den Pastor gegeben hatte, der gemeinsam mit Martin Luther King marschiert war«, sagte Decker. »Der Pastor hatte sich außerdem einer Klage gegen die Stadt Cain und den Bundesstaat Mississippi angeschlossen, wegen Diskriminierung nach dem Civil Rights Act.«

»Ja, das ist richtig.«

»Wie konnte dann jemand ungesehen eine Bombe legen, die groß genug war, um fünfzehn Menschen zu töten, wenn die Kirche unter ständiger Bewachung stand?«, hakte Decker nach.

Pierce schüttelte den Kopf. »Das weiß niemand.«

»Wir wollen es aber wissen«, beharrte Decker.

»Es ist so lange her. Ich wüsste nicht, wie man das heute noch feststellen soll.«

»In dem Fall in Birmingham wurden noch Jahre später einige der Täter ermittelt. Vielleicht können wir das auch in diesem Fall erreichen. Können Sie uns etwas über Thurmans Vater, Travis Huey, erzählen?«

»Was wollen Sie wissen?«

»Seine politischen Ansichten.«

»Er war ein guter Mann. Hat viel für unseren Bundesstaat getan.«

»Wie war seine Haltung zum Civil Rights Act?«

Pierce zog die Stirn in Falten. »Das weiß ich wirklich nicht.«

»Wenn er in den Fünfzigerjahren Gouverneur und Senator war, dann war er in seiner Einstellung bestimmt näher bei Gouverneur George Wallace als bei Hubert Humphrey, oder?«

»Das kann ich Ihnen wirklich nicht sagen. Ich habe ihn nicht gekannt.«

»Aber über einen so prominenten Mann ist doch sicher einiges geschrieben worden?«

»Hören Sie, wenn Sie mich fragen, ob Mr. Huey vielleicht Rassist war, dann kann ich mit meinem begrenzten Wissen nur sagen, er war eben ein Mann seiner Zeit. Und er hat darauf geachtet, dass im Bundesstaat Recht und Ordnung herrschen.«

»Teilt sein Sohn seine Ansichten?«

»Wir sind nicht mehr in den Fünfzigern«, erwiderte Pierce.

»Das scheinen aber nicht alle mitbekommen zu haben«, bemerkte Decker.

»Wenn Sie Thurman Hueys Ansichten kennenlernen wollen, sollten Sie mit ihm persönlich sprechen.«

»Wir kennen leider nur einen Teil von Mr. Montgomerys Festnahmebericht. Steht darin auch, *wo* er festgenommen wurde?«

Pierce blätterte in ihren Unterlagen. »Ja, hier steht es.«

»Wurde er in der Nähe der Kirche festgenommen?«

Sie schien einen Moment lang zu erstarren, als wäre ihr plötzlich etwas klar geworden. »Ähm … ja, es war nur ein paar Straßen von der Kirche entfernt.«

»Kann es sein, dass die Polizeibeamten, die die Kirche bewachten, auch Mr. Montgomery festgenommen haben?«

»Darüber ist mir nichts bekannt.«

»Im Festnahmebericht müssen doch die Namen der beteiligten Kollegen angeführt sein.«

»Ja, aber es lässt sich unmöglich feststellen, welche Beamten damals die Kirche bewacht haben.«

»Aber ist es möglich, dass es dieselben Männer waren?«

»Möglich ist vieles«, erwiderte sie schroff.

»Wie hat man sich damals erklärt, dass eine Bombe gelegt werden konnte, obwohl die Kirche unter Polizeischutz stand?«

»Ich weiß nicht, ob es je eine Erklärung gegeben hat, weil

ja auch niemand festgenommen wurde. Man hat wohl angenommen, dass sich der Täter irgendwie an den diensthabenden Beamten vorbeigeschlichen hat.«

»Was haben die zuständigen Polizeibeamten darüber ausgesagt, wo sie sich zu dem Zeitpunkt aufhielten?«

»Darüber steht nichts in den Akten.«

»Aber falls sie zu dem Zeitpunkt tatsächlich Charles Montgomery verfolgt und festgenommen haben, dann war die Kirche für einige Zeit unbewacht, oder?«

»Falls sie das getan haben sollten – was wir, wie gesagt, nicht wissen können –, dann wäre die Antwort Ja.«

»Mr. Montgomery wurde an dem Abend um zehn nach neun Uhr festgenommen – ist das richtig?«

»So steht es in den Akten, ja.«

»Und der Zeitpunkt des Anschlags?«

Pierce schaute erneut in ihre Unterlagen. Ihre Stimme zitterte leicht, als sie antwortete. »Um circa neun Uhr fünfzehn.«

»Interessanter Zufall«, bemerkte Bogart mit ernster Miene.

»Schauen Sie mich nicht so an. Wie gesagt, ich war damals noch gar nicht auf der Welt«, rechtfertigte sich Pierce unwirsch.

»In Nathan Ryans Nachruf steht, dass er als einer der Ersten am Tatort war«, fuhr Decker fort.

»Das habe ich auch gelesen, nachdem mich Agent Bogart angerufen hat. Ich habe das vorher nicht gewusst.«

»Die Kirche lag in einem hauptsächlich von Schwarzen bewohnten Viertel. Es war Nacht. Aus welchem Grund könnte sich Ryan in der Gegend aufgehalten haben? Hat er in der Nähe gewohnt?«

Pierce zuckte die Achseln. »Keine Ahnung.«

»Sie sagen, Sie kennen einige Ryans?«, warf Jamison ein.

»Ja.«

»Könnten Sie uns ihre Namen und Adressen geben?«, fragte Bogart.

Pierce funkelte Decker vorwurfsvoll an. »Wollen Sie allen Ernstes andeuten, dass dieser Montgomery als Ablenkungsmanöver benutzt wurde, damit die Polizei ihren Posten bei der Kirche verlässt? Und dass dadurch der Bombenanschlag erst möglich wurde?«

»Nein. Ich will damit sagen, dass die örtliche Polizei genau gewusst hat, was vor sich ging, und den Befehl erhielt, ihren Posten zu verlassen und Montgomery festzunehmen, damit die Bombe gelegt und gezündet werden konnte.«

Sie erbleichte. »Ein *Befehl?* Von wem?«

»Das werden wir herausfinden«, sagte Decker.

57

Nach mehreren Anrufen bei verschiedenen Ryans in der Stadt fuhren sie zu einem hübschen kleinen Bungalow in einer bescheidenen Vorortsiedlung. Die Häuser wurden von stattlichen Bäumen beschattet. Das Lachen von spielenden Kindern tönte zu ihnen herüber.

Mildred Ryan war Ende achtzig und hatte feines weißes Haar. Das Alter hatte ihren Rücken gebeugt und sie in sich zusammensinken lassen. Sie trug eine große, schwarz gerahmte Brille, hinter der ihr schmales Gesicht zu verschwinden schien. In ein Umhängetuch gehüllt, saß sie in einem bequemen Stuhl in einem Zimmer des Bungalows, der ihrer Tochter gehörte.

Die Tochter, Julie Smithers, beäugte Decker und die anderen misstrauisch, als sie vor der Tür zu dem Zimmer standen.

»Ich glaube nicht, dass Ihnen meine Mutter weiterhelfen kann. Das ist alles lange her, und ihr Gedächtnis ist nicht mehr das allerbeste.«

Julie Smithers war klein und hatte die Statur einer Bulldogge. Auch ihr Gesicht zeigte den mürrischen Ausdruck dieser Hunderasse.

»Wir möchten ihr nur ein paar Fragen stellen«, versicherte Bogart freundlich. »Wenn es ihr zu viel wird, gehen wir und kommen ein andermal wieder.«

Mildred Ryan schaute von ihrer Bibel auf, den Finger noch auf dem letzten Wort, das sie gelesen hatte. »Lass sie nur reinkommen und ihre Fragen stellen, Jules. Es macht mir nichts aus«, sagte sie mit der gedehnten Sprechweise, die ihre Wurzeln in Mississippi verrieten.

»Die Dame hat jedenfalls ein feines Gehör«, stellte Decker fest.

»Sie dürfen sie aber nicht überanstrengen«, mahnte Smithers.

Sie ließ Decker und die anderen eintreten und zog sich dann zurück. Mildred Ryan deutete auf zwei Stühle. Jamison setzte sich auf einen, den anderen überließ Bogart Decker. Der setzte sich und rückte seinen Stuhl näher zu der alten Frau. Bogart und Mars blieben hinter ihm stehen. Ryan betrachtete ihre Gäste einen nach dem anderen.

»So viele Besucher hatte ich schon seit Jahren nicht mehr«, bemerkte sie.

Bogart zückte seine Dienstmarke. »Mrs. Ryan, danke, dass Sie uns empfangen haben.«

»Gern geschehen. Worum geht es?«

»Um Ihren Mann Nathan«, erklärte Decker.

»Er ist tot. Schon lange.«

»Das wissen wir. Wir wollten Ihnen nur ein paar Fragen über ihn stellen. Es geht um den Bombenanschlag auf die Kirche. 1968 war das – erinnern Sie sich?«

Die gebeugte Frau schien noch weiter in sich zusammenzusinken. »Himmel, wer könnte das vergessen? Diese kleinen farbigen Kinder. Es … es war so furchtbar.« Sie schüttelte den Kopf. »Das ist das Werk des Teufels. Das hab ich damals schon gesagt, und ich sage es auch heute noch.«

»Wir haben gehört, dass Ihr Mann einer der Ersten am Tatort war. Das steht in seinem Nachruf.«

Sie erstarrte für einen Moment und schaute zu Decker auf. »Worum geht es hier eigentlich?«

»Sie wissen, dass die Täter von damals nie gefasst wurden?«

»Das weiß ich.«

»Also, wir wollen herauszufinden, wer dafür verantwortlich war.«

»Die Täter sind wahrscheinlich schon tot.«

»Vielleicht, vielleicht auch nicht. Wenn sie damals noch jung waren, dann könnten sie noch leben. So wie Sie«, fügte er hinzu.

Sie schüttelte den Kopf. »Ich weiß nichts darüber.«

»Vielleicht wissen Sie mehr, als Sie glauben«, warf Bogart ein.

Sie schaute auf, und ihr Blick fiel auf Mars. »Als ich vorhin von ›Farbigen‹ gesprochen habe, hab ich es nicht respektlos gemeint. So haben wir damals gesagt. Ich hätte vielleicht ›Afroamerikaner‹ sagen sollen, oder ›Schwarze‹. Entschuldigen Sie, junger Mann.«

»Ist schon in Ordnung«, versicherte Mars.

»Es war einfach eine andere Zeit damals«, murmelte Ryan. »Ganz anders.«

»Vielleicht können Sie uns trotzdem ein paar Fragen beantworten«, hakte Decker nach.

»Ich bin alt. Ich erinnere mich nicht mehr an alles. Es ist so lange her. Ich … ich möchte jetzt lieber allein sein.« Sie schaute in ihre Bibel, und ihr Finger schob sich von einem Wort zum nächsten, während sie lautlos zu lesen begann.

Decker schaute auffordernd zu Jamison, die sofort reagierte: »Lesen Sie jeden Tag in der Bibel, Mrs. Ryan?«

Die alte Frau nickte. »Heute im Deuteronomium. Das ist das fünfte Buch des jüdischen Tanach und auch unseres Alten Testaments. Kennen Sie es? Die jungen Leute lesen heute nicht mehr in der Bibel. Die spielen lieber am Computer oder schauen irgendwelchen Müll im Fernsehen.«

»Moses' drei Reden an die Israeliten«, bemerkte Jamison, worauf die drei Männer sie ebenso überrascht ansahen wie Ryan.

»Mein Onkel war Pastor«, erklärte Jamison. »Ich habe früher manchmal ausgeholfen und in der Sonntagsschule unterrichtet. Die Israeliten waren in der Ebene von Moab. In der ersten Rede geht es um die vierzig Jahre lange Wanderung durch die Wüste und in der zweiten um das Leben im verheißenen Land Kanaan.«

»Ich bin beeindruckt, junge Dame«, meinte Ryan.

»Wenn ich mich richtig erinnere«, fuhr Jamison fort, »dann geht es in der dritten Rede darum, welche Folgen es hat, wenn sie die Gesetze nicht befolgen, und dass alles gut werden kann, wenn sie reumütig umkehren und Gehorsam zeigen. Das muss ein großer Trost für die Israeliten gewesen sein.«

Mildred Ryan sah sie mit großen Augen an. »Warum?«, flüsterte sie atemlos.

»Na ja, weil die Israeliten so wie wir heute auch nur Menschen waren. Sie haben Fehler gemacht. Aber Gott hatte dafür Verständnis. Und wenn sie einen falschen Weg einschlugen, bekamen sie eine zweite Chance, es besser zu machen. Solange sie ihre Sünden bereuten und sich bemühten, das Richtige zu tun. Das verlangt wahre Stärke. Und einen tiefen Glauben.«

Jamison verstummte und musterte Ryan.

Die alte Frau schloss langsam die Bibel, legte sie auf den Tisch beim Bett und faltete die Hände im Schoß. »Welche Fragen haben Sie noch mal?«

Decker warf Jamison einen kurzen Blick zu und wandte sich an die alte Dame.

»Wissen Sie, warum Ihr Mann in jener Nacht so nahe bei der Kirche war, dass er als einer der Ersten am Tatort sein konnte? Bestimmt sind ja auch aus den Häusern in der Umgebung Leute auf die Straße gelaufen, um zu sehen, was geschehen war. Ist er aus einem bestimmten Grund vorbeigefahren? Hat er Ihnen davon erzählt?«

Ryan räusperte sich und nahm einen Schluck aus einem Wasserglas, das neben der Bibel stand. »Nathan war ein anständiger Mann. Das müssen Sie mir glauben. Er *war* ein anständiger Mann«, wiederholte sie mit Nachdruck.

»Da bin ich mir sicher«, sagte Decker.

»Mississippi ist damals regelrecht auseinandergefallen. Himmel, der ganze Süden war ein Pulverfass. Von den Vierzigern bis zu den Sechzigern und auch noch später. Unruhen, Lynchmobs, Schießereien, überall Explosionen und Brände. Und Morde. Ständig mussten die U.S. Marshals anrücken. Sogar die Nationalgarde. Die Farbigen …« Sie hielt inne und warf Mars einen Blick zu. »Ich meine, die Afroamerikaner haben alles Mögliche von den Weißen gefordert. Es hat uns alle zutiefst erschüttert. Dieser schwarze Anwalt Thurgood Marshall gewann einen Prozess nach dem anderen, und Dr. King marschierte umher wie Sherman auf seinem Marsch zum Meer. Viele sahen darin die Apokalypse.«

»Haben Sie es auch so gesehen?«, fragte Jamison.

»Ich hatte Angst«, gestand sie. »Die Welt, wie ich sie kannte, stand plötzlich kopf. Verstehen Sie mich nicht falsch, ich war nicht sonderlich überrascht. Ich an ihrer Stelle hätte die gleichen Dinge gefordert. Aber ich war eben nicht an ihrer Stelle, wenn Sie verstehen, was ich meine.« Sie schaute kurz zu Mars und wandte sich gleich wieder ab. »Ich wurde auf eine bestimmte Weise erzogen. Damals wurden Dinge gelehrt, die man heute zum Glück nicht mehr hört. Jedenfalls nicht offen«, fügte sie mit einem nervösen Blick zu Mars hinzu.

Sie verstummte, und niemand brach das Schweigen.

»Reverend Sidney Houston war damals Pastor in dieser Kirche«, fuhr sie schließlich fort. »Er konnte predigen wie kein anderer, das kann ich Ihnen sagen.«

»Woher wissen Sie das?«, fragte Decker. »Waren Sie einmal bei ihm in der Kirche?«

Ihre Augen weiteten sich hinter den Brillengläsern. »Du meine Güte, nein. Sie hätten mich geteert und gefedert aus der Stadt gejagt. Aber wissen Sie, Reverend Houston hat seine Predigt manchmal draußen auf dem Rasen vor der Kirche gehalten. Und er hatte eine kräftige Stimme. Manchmal gingen wir nahe genug heran, um ihn zu hören. Der Mann hat die Heilige Schrift wirklich gekannt und die Botschaft sehr eindrucksvoll verkündet. Dagegen kam mir die Kirche, in die ich ging, richtig langweilig vor.«

»Okay«, ermutigte Decker sie zum Weitersprechen.

Ryan sprach nun schneller und mit wachsender Sicherheit. »Der Mann war eine Naturgewalt, ein richtiger Feuerkopf. Er hat in Cain für einen Aufruhr gesorgt, wie ihn Martin Luther King in Selma verursacht hat. Und wie es diesem Thurgood Marshall an den Gerichten im Süden gelungen ist. Damit hat er sich hier in der Gegend mächtige Feinde gemacht.«

»Wissen Sie, wer diese Feinde waren?«, wollte Decker wissen.

»Nathan hat im Büro des Bürgermeisters gearbeitet. Er war damals sein Stellvertreter.«

»Und der Bürgermeister war Thurman Huey«, fügte Decker hinzu.

Sie machte eine wegwerfende Handbewegung. »Der hatte das Amt allein seinem Vater zu verdanken. Er war frisch vom College gekommen, war noch grün hinter den Ohren. Nathan hätte eigentlich Bürgermeister werden müssen, aber wenn Travis Huey etwas sagte, dann hatte das zu geschehen«, fügte sie mit einer gewissen Bitterkeit hinzu. »Wissen Sie, Travis Huey war damals für viele von uns ein Held. Wir haben ihn als unseren Beschützer gesehen.«

»Und jetzt?«, fragte Jamison.

Ryan deutete auf die Bibel. »Er war ein falscher Prophet, der Hass und Bosheit verbreitet hat. Und Gewalt«, setzte sie hinzu.

»Glauben Sie, dass er etwas mit dem Anschlag auf die Kirche zu tun hatte?«, fragte Decker.

»Nicht Travis Huey. Der hätte sich nie die Finger schmutzig gemacht.«

»Und sein Sohn?«

Mildred Ryan sank noch ein bisschen mehr in sich zusammen und schüttelte den Kopf. »Ich weiß es nicht.«

»Was ist mit Ihrem Mann?«

Sie stieß einen langen Seufzer aus. »Ich glaube … ich glaube, Nathan hatte so eine Ahnung. Eine …« Ihre Stimme verebbte, und sie hatte plötzlich einen panischen Ausdruck in den Augen, als würden die alten Erinnerungen sie heimsuchen und in einen Abgrund reißen.

»Er hat geahnt, dass etwas Schlimmes passieren würde?«, sprach Decker den Gedanken für sie aus. »War er deshalb in jener Nacht in der Nähe der Kirche?«

Sie nickte fast unmerklich, und ihre dürren Schultern begannen zu zittern.

Jamison legte ihr tröstend die Hand auf den Arm. »Ist schon gut, Mrs. Ryan. Ich glaube, Ihr Mann hat versucht, das Richtige zu tun.«

Die alte Frau schniefte, griff nach einem Taschentuch und putzte sich die Nase. »Er war ein anständiger Mann. Aber er hat mit weniger anständigen Leuten zusammengearbeitet.«

»Haben Sie gewusst, dass er eine Kaution von fünfhundert Dollar für einen gewissen Charles Montgomery gestellt hat?«

Sie wischte sich mit dem Taschentuch über die Nase. »Er hat es mir erzählt. Das Geld war aber nicht von ihm. Das hätten wir gar nicht aufbringen können. Schon gar nicht, um die Kaution für jemanden zu stellen, den wir gar nicht kannten.«

»Dann hat man ihn also dementsprechend angewiesen? Und ihm das Geld dafür gegeben?«

»Ja.«

»Wissen Sie, von wem die Anweisung kam?«

»Er war der Stellvertreter des Bürgermeisters. Man muss kein Genie sein, um draufzukommen, wer dahintersteckte.«

»Also Thurman Huey?«

»Vielleicht hat ihm sein Vater das Geld gegeben. Ich weiß es nicht. Travis war einer von den konservativen Südstaatendemokraten«, fügte Ryan hinzu. »Und er hat in Washington Verbündete gefunden. Fast wäre es ihm gelungen, Thurgood Marshalls Ernennung zum Richter am Obersten Gerichtshof zu verhindern. Haben Sie das gewusst?«

»Nein«, sagte Decker.

»Ich habe diese Dinge damals nicht so verfolgt, aber mein Mann. Er hat von den Hueys nicht viel gehalten. Aber er hat nun mal in Mississippi gelebt und seine Meinung lieber für sich behalten. In die Politik ist er gegangen, weil er etwas Positives bewirken wollte. Aber das war schwer damals in Mississippi, weil es bedeutet hätte, etwas Positives für die Schwarzen zu tun.«

»Mit dieser Haltung hätte er sich nicht sehr beliebt gemacht«, warf Bogart ein.

»Wenn man damals in Mississippi etwas werden wollte, war man gut beraten, nicht gegen den Strom zu schwimmen. Er musste an die Familie denken, aber das heißt nicht, dass er die Ansichten der anderen geteilt hat. Das hat er nicht.«

»Davon bin ich überzeugt«, versicherte Jamison.

»Er hat sogar da und dort Leuten geholfen, ohne es an die

große Glocke zu hängen.« Sie schaute Mars an. »Er hat Leute wie Sie unterstützt, soweit es ihm möglich war.«

»Dann war er seiner Zeit voraus«, sagte Mars anerkennend.

Sie nickte. »Lyndon B. Johnson hat den Süden verloren, als er den Civil Rights Act beschloss. Die Demokraten im Süden haben sich von ihm abgewandt. Travis Huey war außer sich vor Wut deswegen, hat mir Nathan erzählt.«

»Sie haben gesagt, Travis Huey hätte sich nie selbst die Finger mit einem Bombenanschlag schmutzig gemacht«, warf Decker ein. »Bei seinem Sohn waren Sie sich nicht so sicher. Glauben Sie, Thurman Huey könnte damit zu tun gehabt haben?«

Mildred Ryan schaute zu ihrer Bibel, griff danach und schlug sie an der Stelle auf, die sie zuvor gelesen hatte. Einen Moment lang dachte Decker, dass sie nicht mehr antworten würde.

»Der Apfel fällt nicht weit vom Stamm. Jedenfalls nicht bei den Hueys.«

Decker warf den anderen einen Blick zu, ehe er nachhakte. »Sie glauben also, Thurman Huey war in die Sache verwickelt?«

»Ich weiß es nicht, aber ich kann Ihnen sagen, dass Thurman zwei sehr gute Freunde hatte. Die drei Musketiere, so hat man sie genannt. Sie waren in der ganzen Stadt bekannt.«

»Wofür waren sie bekannt?«, fragte Bogart.

»Highschool-Football. Was sonst?«

Obwohl Decker noch mehrere Fragen stellte, blieben es die letzten Worte, die sie von der alten Frau zu hören bekamen.

58

Sie saßen im Wagen vor Julie Smithers' Haus und schauten aus dem Fenster.

Bogart brach schließlich das Schweigen. »Vorsitzender des Ways and Means Committee und vielleicht künftiger Sprecher des Repräsentantenhauses. Ich muss zugeben, das hätte ich nicht erwartet.«

»Er war einer der drei Musketiere. Ich frage mich, wer die zwei anderen waren«, sagte Jamison.

»Das lässt sich herausfinden«, stellte Decker fest.

»Wie?«, fragte Jamison.

»Sie galten als Stars im Highschool-Football«, warf Mars ein. »Warum fangen wir nicht damit an?«

Decker warf ihm einen Blick zu. »Aus Ihnen machen wir noch einen richtig guten Detective, Melvin.«

Die Highschool von Cain lag mitten im Stadtzentrum. Sie suchten das Schulbüro auf, erklärten ihr Anliegen und wurden umgehend in die Bibliothek gelotst. Dort empfing sie eine junge Frau in Hose und Sweater.

»Die drei Musketiere?«, antwortete sie nachdenklich auf Deckers Frage. »Das habe ich doch schon mal gehört. Es hat zu tun mit …«

»Football«, warf Mars ein. »In den Sechzigern. Thurman Huey?«

»Alles klar. Ich bin erst ein paar Jahre hier, aber ich kann Ihnen zeigen, wo die Jahrbücher stehen.«

Sie wurden zu einem Regal geführt, in dem alle Jahrbücher der Schule bis zurück zu den 1920er-Jahren aufgereiht standen. Sie hatten Thurman Hueys genaues Alter recherchiert und wussten deshalb, in welchem Jahr er höchstwahrscheinlich seinen Highschool-Abschluss gemacht hatte. Jamison fand den richtigen Band, die anderen scharten sich um sie und schauten ihr über die Schulter, während sie langsam umblätterte.

Mars sah es als Erster, wahrscheinlich weil sich die Erwähnung in dem Abschnitt über das Footballteam fand.

»Die drei Musketiere«, verkündete er.

Das Foto zeigte drei junge Männer in Footballausrüstung. Darunter stand: »Thurman Huey, Danny Eastland und Roger McClellan, die drei Musketiere.«

Mars nahm das Buch und deutete auf die drei jungen Sportler. »Sehen Sie, welche Aufstellung sie genommen haben? Huey ist der Quarterback, und die beiden anderen sind die Halfbacks. Sie haben sich für eine Variante der Veer Offense formiert, ein schnelles Laufspiel, bei dem der Runningback in die Lücken der Linemen läuft. Wir haben sie an der University of Texas manchmal so ähnlich gespielt.«

»Diese Formation gibt es seit den Sechzigerjahren, als die drei auf die Highschool gingen«, fügte Decker hinzu.

Bogart studierte die Fotos der jungen Männer. »Danny Eastland und Roger McClellan. Noch nie gehört.«

»Bin schon am Googeln«, sagte Jamison.

Sie tippte die Namen auf ihrem Handy ein, wartete einige Augenblicke und las das Suchergebnis. »Mal sehen, ob es auch wirklich der richtige Danny Eastland ist.« Sie tippte erneut etwas ein, und das Ergebnis kam postwendend.

»Verdammt!«, stieß sie aus.

»Was ist?«, fragte Decker.

»Danny Eastland hat es eindeutig zu was gebracht. Er ist der Gründer und CEO eines Unternehmens, das für das Verteidigungsministerium arbeitet. Hier steht, dass sie früher Waffen hergestellt haben, sich aber vor fünf Jahren mehr auf Informationsbeschaffung verlegt haben. Ein cleverer Schachzug, wie sich herausgestellt hat. Im vergangenen Jahr haben sie über fünf Milliarden Dollar Umsatz erwirtschaftet, das meiste davon mit Aufträgen vom Verteidigungsministerium. Das Unternehmen hat seinen Sitz in Georgia, aber es gibt, neben vielen anderen, auch eine Filiale in Jackson, Mississippi. In dem Artikel steht, dass sein Vermögen auf über eine Milliarde Dollar geschätzt wird. Sein Hauptwohnsitz ist in Atlanta.«

»Und der letzte der drei Musketiere?«, fragte Bogart.

Jamison suchte nach Informationen über Roger McClellan. »Heilige Scheiße!«, murmelte sie, als sie das Ergebnis erhielt.

Die drei Männer sahen sie neugierig an.

»Und?«, drängte Bogart.

Sie schaute zu ihm auf. »Roger McClellan ist heute Polizeichef von Cain, Mississippi.«

»Das hätte schon eine gewisse Ironie«, meinte Decker, »wenn er damals an einem Terroranschlag gegen eine Kirche in seiner eigenen Stadt beteiligt war.«

»Okay, wir müssen behutsam vorgehen«, mahnte Bogart. »Die Leute hier wissen, dass wir Nachforschungen über die Hueys anstellen. Und ich wette, Pierce vom Polizeirevier hat McClellan von unserem Gespräch berichtet.«

»Und der dürfte Huey und Eastland verständigt haben«, fügte Jamison hinzu.

»Das hat er bestimmt«, pflichtete ihr Bogart bei. »Darum

müssen wir sehr vorsichtig sein. Das Letzte, was wir jetzt gebrauchen können, ist, dass sie uns von dem Fall abziehen, weil der FBI-Direktor einen wütenden Anruf von Huey bekommt.«

»Mord verjährt nicht«, stellte Decker klar.

»Stimmt, aber in Washington ist Thurman Huey ein absolutes Schwergewicht.«

»Moment«, sagte Jamison. »Glauben Sie, dass die drei Davenport entführt haben? Das wäre eine sehr aktuelle Straftat.«

Bogart schüttelte den Kopf. »Ich kann mir nicht vorstellen, dass sich Thurman Huey auf so was einlassen würde.«

»Falls Roy Mars Beweise hat, dass Huey in den Anschlag auf die Kirche verwickelt ist«, sagte Decker, »und diese Beweise an die Öffentlichkeit kämen, dann wäre nicht nur Hueys politische Laufbahn am Ende, sondern er würde für den Rest seines Lebens im Gefängnis landen. Wenn man das bedenkt, muss man dem Mann so gut wie alles zutrauen.«

»Welche Beweise sollte mein Vater haben?«, fragte Mars.

»Das weiß ich nicht, aber er dürfte sie in dem Bankschließfach aufbewahrt haben«, mutmaßte Decker.

»Glauben Sie, *er* war in den Anschlag verwickelt?«, fragte Mars beklommen.

»Ich weiß es nicht, Melvin. Aber irgendwie ist er in den Besitz von Material gelangt, das einige sehr mächtige Männer zu Fall bringen würde. Kein Wunder, dass er untergetaucht ist.«

Mars wollte etwas sagen, schüttelte dann aber nur wortlos den Kopf.

Decker wollte das Jahrbuch gerade an seinen Platz zurückstellen, als ihm ein Gedanke kam. Während die anderen bereits zur Tür gingen, schlug er das Jahrbuch auf einer bestimmten Seite auf und überflog sie rasch. Dann riss er die Seite heraus und steckte sie in die Jackentasche. Dasselbe machte er mit einer anderen Seite, dann stellte er das Buch ins Regal und folgte den anderen zum Auto.

Sie stiegen ein, und Bogart ließ den Motor an. »Gut, wir haben eine Menge Arbeit vor uns. Aber wie gesagt, wir müssen die Sache sehr behutsam angehen. Ich will nicht, dass die Cops hier spitzkriegen, was wir vorhaben.«

»O Scheiße«, stöhnte Jamison, als sie durch die Heckscheibe blickte. »Ich glaube, dafür ist es zu spät.«

Alle drehten sich um.

Ein Streifenwagen hielt hinter ihnen an.

59

Zwei Polizeibeamte stiegen aus. Beide in den Vierzigern, mit leicht ergrauten Schläfen und reichlich Speck an den Hüften. Sie traten zu beiden Seiten ihres Wagens nach vorn.

Bogart ließ das Fenster hinunter und zückte seinen FBI-Ausweis.

Der uniformierte Beamte beugte sich zu ihm. »Wie geht's, Leute?«

»Gut, Officer«, antwortete Bogart.

Der Mann studierte den Ausweis. »In Ordnung. Wir haben gehört, dass Sie in der Stadt sind. Chief McClellan lässt fragen, ob wir Ihnen bei Ihren Ermittlungen irgendwie behilflich sein können.«

»Das wissen wir sehr zu schätzen«, versicherte Bogart. »Aber im Moment fällt mir nichts ein.«

Decker schaute aus dem Beifahrerfenster auf den Uniformierten, der ihn unverwandt anstarrte, mit einer Hand auf dem Griff seiner Dienstwaffe.

Decker nickte und lächelte.

Der Polizist erwiderte das Lächeln nicht.

Der Officer an Bogarts Fenster sagte: »Da Sie schon mal hier sind – können Sie es vielleicht einrichten, sich mit unserem Polizeichef zu treffen? Er weiß über alles Bescheid, was bei uns so vor sich geht. Sein Wissen könnte Ihnen bei der Sache helfen, die Sie in unsere schöne Stadt geführt hat.«

Es war als höfliche Anfrage formuliert, doch der Ton machte unmissverständlich klar, dass eine Ablehnung nicht gut aufgefasst würde.

»Gern«, versicherte Bogart.

Sie folgten dem Streifenwagen zum Polizeirevier – nicht dem, in dem sie sich mit Wanda Pierce getroffen hatten. Die beiden Uniformierten führten sie vom Parkplatz ins Gebäude und den Gang entlang zu einer Tür. Das Türschild trug die Aufschrift: *Roger McClellan, Polizeipräsident*. Ein Officer klopfte an.

»Herein«, rief eine feste Stimme.

Der Officer ließ die Besucher eintreten und schloss die Tür hinter ihnen.

Es war ein großes, edel getäfeltes Büro mit Regalen voller Auszeichnungen und Ehrenzeichen. Eine Wand war mit Fotos geschmückt, die McClellan mit Würdenträgern, Profisportlern und Countrysängern zeigten. In einer Ecke standen Lederstühle und eine bequeme Couch um einen Kaffeetisch, auf dem Zeitschriften vorrangig zu den Themen Polizei und Waffen lagen.

Die Flagge von Texas stand in einem Halter hinter dem riesigen, kunstvoll geschnitzten Schreibtisch.

Die Stars-and-Stripes-Flagge allerdings fehlte.

Hinter dem Schreibtisch saß ein hochgewachsener Mann, der trotz seines fortgeschrittenen Alters fit und athletisch wirkte. Er trug seine reich mit Orden dekorierte Ausgehuniform. Sein grauer Schnurrbart war präzise getrimmt, sein schütteres Haar glatt zurückgekämmt. Sein Gesicht wirkte wie ein Granitblock, der jahrhundertelang vom fließenden Wasser geformt worden war.

Er erhob sich und schüttelte jedem die Hand. »Chief McClellan. Bitte, setzen Sie sich.« Er ging um den Schreibtisch herum, führte sie zur Sitzecke und wartete, bis alle Platz genommen hatten, ehe er sich ihnen gegenübersetzte.

»Möchten Sie etwas trinken? Der Kaffee ist nicht übel, wir haben aber auch Mineralwasser.«

Sie lehnten dankend ab.

McClellan musterte sie aufmerksam. »Nett von Ihnen, dass Sie vorbeischauen. Sie werden verstehen, dass ich die Ohren spitze, wenn das FBI in unsere Stadt kommt.«

»Absolut«, versicherte Bogart. »Sie haben bestimmt mit Ms. Pierce gesprochen?«

»Ach, das war gar nicht nötig. In einer kleinen Stadt spricht sich so was schnell herum.« Er streckte seinen langen Arm zum Schreibtisch aus, griff sich seinen Kaffeebecher und nahm einen Schluck.

Decker sah, dass auf den Becher die Worte *Virtute et armis* aufgedruckt waren.

McClellan bemerkte sein Interesse an der Aufschrift. »Das Staatsmotto von Mississippi.«

»Mit Tugend und Waffen«, übersetzte Decker.

»Sie können Latein?«

»Nicht viel. Das hab ich irgendwo gelesen.«

McClellan stellte den Becher ab. »Also, was führt Sie zu uns?« Er schaute von einem zum anderen, bis sein Blick auf Mars haften blieb. »Sie kenne ich. Sie sind aber nicht vom FBI.«

»Nein, ich bin Melvin Mars.«

»Verdammt, genau. Ich habe Sie spielen sehen, als Sie noch auf dem College waren. Also, ich war auf der Ole Miss und habe auch Football gespielt. Aber ich bin froh, dass ich nie gegen Sie antreten musste. Sie waren wie ein Mack Truck mit einem Ferrari-Motor. Ein Riesenspieler, Mann.«

»Danke.«

Decker schloss die Augen, während McClellan sprach, und plötzlich machte es *klick* bei ihm.

Ole Miss.

Er öffnete die Augen.

»Ich habe von Ihrer … ähm … Situation gehört«, fuhr McClellan fort. »Freut mich, dass Sie es hinter sich haben. Soweit ich das mitbekommen habe, war es eine ziemliche Ungerechtigkeit.«

»Hab ich auch so gesehen«, sagte Mars knapp.

McClellan wandte sich wieder Bogart zu. »Also, können Sie mir etwas über Ihre Ermittlung sagen?«

»Wir überprüfen ein paar Dinge aus der Vergangenheit, die möglicherweise mit einem aktuellen Fall zu tun haben.«

McClellan nickte. »Hören Sie, wir wollen hier nicht unsere Zeit verschwenden, Agent Bogart. Ich hab viel zu tun und Sie auch. Ich weiß, dass Sie sich mit dem Bombenanschlag auf die Kirche beschäftigen, damals 1968. Wie Sie wissen, wurde nie jemand festgenommen. Verdammt frustrierend. Als junger Polizist hab ich mir den Fall auch vorgenommen, so wie wahrscheinlich jeder in der Polizeitruppe von Cain.«

»Und haben Sie etwas herausgefunden?«

»Kein bisschen, obwohl ich mich wirklich reingehängt habe. Es ist ein dunkler Fleck in der Geschichte unserer Stadt. Ich würde nichts lieber, als den Fall zu lösen. Aber nach so langer Zeit?« Er zuckte die Achseln. »Und? Haben Sie was Brauchbares gefunden?«

Bogart zuckte seinerseits mit den Schultern. »Wir stehen noch ganz am Anfang.«

McClellan wandte sich wieder Mars zu. »Da Mr. Mars hier ist, nehme ich an, dass er in irgendeiner Weise damit zu tun hat, oder?«

»Das wird sich zeigen. Wir haben noch einen langen Weg vor uns.«

»Hier in Mississippi?«, hakte McClellan nach.

»Nicht unbedingt. Die Ermittlungen erstrecken sich über mehrere Bundesstaaten. Falls wir in Ihrem Staat Hilfe brauchen, sind Sie der Erste, an den wir uns wenden.«

»Mehr kann man nicht verlangen.«

Er erhob sich, die anderen ebenfalls. Sie schüttelten einander die Hände.

Als er Mars gegenüberstand, hielt McClellan einen Augenblick inne. »Freut mich, dass Sie eine zweite Chance kriegen, junger Mann. Sie werden sie bestimmt nutzen. Ich hoffe, die Zukunft bringt Ihnen alles, was Sie verdienen. Schauen Sie nach vorn, nicht zurück, dann wird alles gut.«

Mars musterte ihn einen Moment lang und nickte schließlich.

Sie verließen das Polizeirevier und gingen zum Wagen.

»Also gut«, sagte Jamison schaudernd. »Er war ziemlich höflich. Trotzdem fühlt es sich irgendwie an, als hätte ich einem Soziopathen gegenübergesessen.«

»Und er gibt mir den Rat, mich auf die Zukunft zu konzentrieren, nicht auf die Vergangenheit«, fügte Mars hinzu.

»Ich glaube, diese Botschaft war für uns alle gedacht«, meinte Decker.

»Er hat uns ja klar zu verstehen gegeben, dass er alles mitkriegt, was in dieser Stadt vor sich geht«, warf Bogart ein.

»Pierce hat ihm bestimmt erzählt, was wir von ihr wissen wollten«, sagte Jamison. »Wahrscheinlich wird er ein paar von seinen Handlangern zu der armen Mrs. Ryan schicken, um ihr auf den Zahn zu fühlen. Sie wird ihnen verraten, dass sie uns von den drei Musketieren erzählt hat. Dann weiß er, dass wir ihn im Visier haben.«

»Ich glaube, ich werde noch ein paar Leute anfordern«, entschied Bogart. »Ich fühle mich wie in der Höhle des Löwen.«

»Wir hätten es ein bisschen behutsamer angehen sollen«,

meinte Jamison. »Andererseits konnten wir nicht wissen, dass einer der Hauptbeteiligten der verdammte Polizeichef ist.«

»Vielleicht können wir das zu unserem Vorteil nutzen«, warf Decker ein.

»Wie?«, wollte Bogart wissen.

»Lassen wir einfach mal den Hund von der Leine, damit er die Hühner aufscheucht.«

»Und wie stellen wir das an?«, fragte Bogart.

»Wir treffen uns im Hotel.« Decker drehte sich um und ging zurück ins Polizeirevier.

60

Einige Minuten später saß Decker erneut im Büro von Polizeipräsident McClellan.

Der Mann musterte ihn eingehend. »Nehmen Sie's mir nicht übel, aber Sie scheinen mir nicht ganz in der Verfassung zu sein, um beim FBI zu arbeiten.«

»Sie hätten mich mal sehen sollen, bevor ich abgenommen habe.«

»Gibt es noch etwas, über das Sie mit mir sprechen wollen?«, fragte McClellan. »Ihre Freunde sind ja schon gegangen, oder?«

»Die kümmern sich um andere Dinge. Aber ich hab mir gedacht, ich plaudere noch ein bisschen mit Ihnen.«

»Ach ja? Worüber?«

»Die vier Musketiere.«

»Wie bitte?«

»Die vier Musketiere.«

»Sie meinen die drei Musketiere, oder? So wie in der Geschichte? Oder verstehe ich da irgendwas falsch?«

»Ich habe gar nicht so weit gedacht, sondern mehr an Ihre Stadt hier. Und an Charles Montgomery, den vierten Musketier.«

»Wer?«

»Sie haben an der Ole Miss mit ihm Football gespielt, stimmt's? Er war zur selben Zeit im Team wie Sie.«

»Kann ich nicht sagen. Ist lange her. Man kann sich nicht alles merken.«

»Aber Sie brauchen sich wegen ihm keine Sorgen zu machen. Er ist ja tot. Vom Staat Alabama hingerichtet. Aber das wissen Sie bestimmt alles.«

»Nein, hab ich nicht gewusst.«

»Dann hab ich wohl was verwechselt.«

»So, so.«

»Die drei Musketiere, so steht es im Jahrbuch der Cain Highschool. Sie, Danny Eastland und Thurman Huey. Sie drei haben eine Veer Offense gebildet, zwei Halfbacks und ein Quarterback. Huey war der Quarterback, Sie und Eastland die Brecher. Waren Sie sehr erfolgreich damit?«

»Danny war mehr der flinke, wendige Typ, ich der Mann fürs Grobe. Wir haben immerhin zweimal hintereinander die Meisterschaft geholt. Und in Mississippi kommt Football in der allgemeinen Beliebtheit gleich nach der Kirche.«

»Kann ich mir vorstellen. Also, die drei Musketiere. Freunde fürs Leben.«

»Wollen Sie eigentlich auf irgendwas hinaus, das mir einleuchtet?«

»Aber sicher. War es Ihre Idee, Montgomery betrunken vorbeifahren zu lassen, damit die diensthabenden Cops einen Vorwand hatten, ihren Posten zu verlassen und ihn zu verfolgen? Damit Sie und Ihre Freunde Ihre schmutzige Sache durchziehen konnten? Oder hatte Huey, der Quarterback, das Sagen? Denn das war Montgomerys Rolle: Der betrunkene Fahrer, der die Cops von der Bewachung der NAACP in Tuscaloosa ablenkt, und später von der Kirche hier in Cain.«

McClellan sah ihn kopfschüttelnd an. »Sie reden wirres Zeug. Sollte ich vielleicht einen Alkoholtest anordnen?«

Decker lehnte sich zurück und nahm einen nachdenklichen Ausdruck an, obwohl er im Moment nicht viel nachzudenken hatte. Er wusste genau, was er tat.

»Es kann natürlich auch sein, dass dieser Roy Mars, oder wie immer sein richtiger Name ist, der vierte Musketier war, und nicht Montgomery, obwohl Chucky an beiden Tatorten für das Ablenkungsmanöver gesorgt hat. Bestimmt haben Sie Roy unter seinem richtigen Namen gekannt. Sein Vorname fängt mit A an, sein Nachname mit C. So viel weiß ich immerhin.« Decker hielt kurz inne, bevor er zum großen Schlag ausholte. »Er hat mir seinen richtigen Namen nicht verraten, als wir uns kürzlich trafen.«

Die einzige erkennbare Reaktion des Polizeichefs war ein leichtes Zucken im Gesicht.

Decker setzte ein erstauntes Gesicht auf. »Oh, sorry, vielleicht haben Sie ja gar nicht gewusst, dass er noch lebt. Der Vorfall damals in Texas? Das war nur Show und viel Rauch. Es hat Melvin zwanzig Jahre seines Lebens gekostet, für etwas, das er nicht getan hat.«

McClellan leckte sich über die Lippen. »Und dieser Roy ist also am Leben, sagen Sie?«

»Und wie. Er hat mir ein Messer an die Kehle gesetzt, während ich schlief. Ein Kerl, mit dem man sich besser nicht anlegt. Der bringt Sie um, ohne mit der Wimper zu zucken. Aber Ihnen war immer klar, dass er noch leben könnte. Damit mussten Sie spätestens rechnen, als Montgomery mit seinem falschen Geständnis Melvin aus dem Gefängnis geholt hat. Warum hätte er das tun sollen? Doch wohl nur, weil Roy ihm dafür Geld gegeben hat. Und wie hätte Roy das anstellen sollen, wenn er tot wäre? Die drei Musketiere hätten jedenfalls keinen müden Cent lockergemacht, um Melvin rauszuholen.«

»Wie ich schon sagte, ich habe beim besten Willen keine Ahnung, wovon Sie reden.«

»Keine Sorge, ich bin nicht verkabelt. Wäre wahrscheinlich sowieso illegal. Aber Sie haben nichts dagegen, dass ich weiterspreche, stimmt's?« Decker machte Anstalten, sich zu erheben. »Oder soll ich gehen? Ihre Entscheidung.«

McClellan breitete die Hände aus. »Nach meiner Erfahrung ist es immer besser, so viel wie möglich zu wissen.«

»Dachte ich mir, dass Sie das so sehen.« Decker setzte sich wieder. »Jedenfalls hat er das Material, Chief. Ich weiß, das hören Sie nicht gern, aber es ist so. Nach so vielen Jahren fliegt es Ihnen jetzt um die Ohren. Ist sicher nicht so leicht zu verkraften.«

»Welches Material?«

»Der Beweis. Sie wissen ja, Mord verjährt nicht.«

»Das weiß ich wohl, nur kann ich Ihnen leider überhaupt nicht folgen.« Er lachte leise. »Sie sind mir einfach zu schnell.«

»Ich bin nicht hier, um Ihnen ein Geständnis zu entlocken. Da könnte ich lange warten. Sie werden sich wahrscheinlich dumm stellen, bis man Ihnen die Giftspritze injiziert.«

McClellan nahm einen Schluck aus seinem Becher. »Ich kapiere immer noch nicht, wovon Sie reden, XXL-Mann. Wie heißen Sie noch gleich?«

»Amos Decker. Haben Sie gewusst, dass ich für die Ohio State Football gespielt habe? Melvin hat mich über den Haufen gerannt, als wir gegen die University of Texas spielten. Er war der beste Runningback, den ich je gesehen habe, und ich habe gegen ein paar richtig gute gespielt.« Er beugte sich vor. »Aber die Sache ist die, Chief: Mir ist Melvin allemal lieber als sein alter Herr, auch wenn er mich auf dem Platz fertiggemacht hat.«

»Ach ja? Und warum, wenn ich fragen darf?«

»Weil Melvin ein Gewissen hat und sein Vater nicht. Er denkt, dass ihr ihn beschissen habt. Und als ihr ihn in Texas aufgespürt und verfolgt habt, hat ihn das alles gekostet, was ihm wichtig war. Roy sah sich gezwungen, seiner Frau eine Schrotladung ins Gesicht zu feuern. Dem einzigen Menschen, den er je geliebt hat. Seinen Sohn musste er dafür in den Knast gehen lassen. Aber das war längst nicht so schlimm für ihn wie der Verlust seiner Frau. Und heute hat er nur noch einen Gedanken: Rache. Als er mir das Messer an die Kehle setzte, hat er mir verraten, was er mit euch machen wird.«

»Hat er das?«

»Ich habe Hyperthymesie. Wissen Sie, was das ist?«

McClellan schüttelte den Kopf. »Keine Ahnung. Klingt wie diese ADHS-Sache.«

»Es bedeutet, dass ich ein perfektes Gedächtnis habe. Ich kann nichts vergessen. Für mich gilt der Spruch nicht, dass die Zeit alle Wunden heilt. Weil ich mich an alles, was mir irgendwann zugestoßen ist, heute noch genau so erinnere wie an dem Tag, als es passiert ist. Egal, wie viel Zeit seither vergangen ist.«

»Klingt nicht so gut.«

»Es ist scheiße.«

»Und was wollen Sie mir damit sagen?«

»Roy Mars geht es vielleicht genauso wie mir, wenn auch nur mit einer Erinnerung, die ihn nie verlassen wird. Seine Frau. Die Zeit hat die Wunden des alten Mannes nicht geheilt. Er hat seine Frau verloren, und für ihn steht fest, wer daran die Schuld trägt. Ihr drei. Das könnte gravierende Folgen für Ihr Wohlbefinden haben.«

McClellan beugte sich vor. »Entschuldigen Sie, Freundchen, aber wollen Sie mir etwa drohen?«

»Okay, Sie sind Polizeichef, aber seien wir ehrlich: Das hier ist ein kleines Kaff. Roy kann Sie jederzeit ausknipsen. Wenn Sie in

Ihrer Kneipe ein Bier trinken oder ein paar Burger auf den Grill werfen. Danny Eastland ist vielleicht eine härtere Nuss, weil er Geld hat, aber am Ende wird es auch ihn erwischen, weil einen noch so viel Geld nicht vor einem Psychopathen wie Roy schützen kann. Und schließlich Thurman Huey, der mächtige Kongressabgeordnete. Aber auch er genießt keinen besonderen Schutz, solange er nicht Sprecher des Repräsentantenhauses ist. Also: *Peng!*, und aus. Wissen Sie, was Roy Mars' größter Vorteil ist? Es macht ihm nichts aus, wenn er dabei draufgeht. Ja, ich glaube, er will sogar sterben. Aber vorher will er das Spiel noch zu Ende bringen.«

»Für Sie ist das ein Spiel?«

Decker erhob sich. »Nein, im Gegenteil. Genauso wie es für diese Leute in der Kirche und im NAACP-Büro kein Spiel war, als ihr Drecksäcke sie ins Jenseits gebombt habt.«

»Das sind abenteuerliche Anschuldigungen, mit denen Sie da um sich werfen. Ich könnte Sie wegen Verleumdung verklagen.«

»Ja, aber bevor Sie Ihre Klage eingereicht haben, wird entweder Roy Mars Sie schon ins Leichenschauhaus befördert haben, oder wir haben genug Beweise gegen Sie in der Hand, damit aus der Verleumdungsklage gegen mich eine Mordanklage gegen *Sie* wird.«

Decker ging zur Tür, drehte sich aber noch einmal um.

»Oh, eins noch. Roy Mars hat Charles Montgomerys Frau ermordet. Sie müssen nicht wissen, warum. Nur dass er's getan hat. Und als Mordwaffe hat er einen Sprengsatz benutzt, der so raffiniert war, dass die Polizei nicht die kleinste Spur gefunden hat. Wie bei dem Anschlag auf die Kirche, stimmt's? Ich frage mich, ob er damals auch den Sprengsatz gebaut hat. Wenn ja, dann versteht der Mann sein Handwerk, das muss man ihm lassen.« Decker schaute sich um. »Vielleicht hat er hier schon eine Bombe versteckt. Oder in Ihrem Auto. Wer weiß, vielleicht in Ihrem Haus.«

»Was zum Teufel wollen Sie von mir?«, fragte McClellan.

»Das ist es eben, Chief. Ich will gar nichts von Ihnen. Überhaupt nichts.«

Decker öffnete die Tür und ging.

61

»Was wollten Sie eigentlich damit erreichen?«, fragte Bogart, als Decker ihm in seinem Hotelzimmer am Stadtplatz von Cain gegenübersaß.

Decker trank seine Coke aus und wischte sich über den Mund. »Ich habe ihm ein paar Dinge erzählt, die ihn interessieren dürften. Er wird nicht dasitzen und Däumchen drehen. Er wird aktiv werden. Jemanden anrufen. Eine Mail verschicken. Ins Auto steigen. Oder in ein Flugzeug.«

»Glauben Sie wirklich, er wird die Nerven verlieren? Er scheint mir ein ziemlich harter Bursche zu sein.«

»Ich habe ihm klargemacht, dass ein noch härterer Bursche als er hinter ihm her ist.«

»Roy Mars?«

Decker nickte. »Ist Ihnen übrigens in McClellans Büro etwas aufgefallen?«

»Was meinen Sie?«, fragte Bogart.

»An der Wand mit den Erinnerungsfotos.«

»Da waren viele. Ein altes Foto ist mir aufgefallen, von ihm und Thurman Huey.«

»Das meine ich nicht. Ich spreche von einem, das gefehlt hat.«

»Wie bitte?«, fragte Bogart verwirrt.

»Er muss ein Bild kurz vorher abgenommen haben. Da war eine dunklere Stelle an der Wand.«

»Warum hätte er ein Foto abnehmen sollen?«

»Dafür kann es nur einen Grund geben«, erklärte Decker. »Wir hätten den, der auf dem Bild war, erkannt.«

»Und wer sollte das sein?«

»Ich weiß es nicht.«

Bogart musterte ihn eindringlich. »Warum nehme ich Ihnen das nicht ab?«

»Es gibt da noch etwas. McClellan hat zwar ein überraschtes Gesicht gemacht, aber er hat gewusst, dass Roy lebt. Hundertprozentig. Nicht bloß vermutet.«

»Wie kann er es erfahren haben?«

»Keine Ahnung. Aber McClellan wird einen Fehler machen. Wir müssen nur da sein, wenn es passiert.«

»Und wenn er und seine Kumpel sich absprechen und dermaßen mauern, dass wir uns an denen die Zähne ausbeißen?«

»Das ist natürlich möglich.«

»Sie hätten Ihre Strategie mit mir absprechen sollen, bevor Sie zu ihm reinmarschiert sind.«

»Ich wollte die Gelegenheit beim Schopf packen. Was wissen wir bisher?«

»Ich lasse sein Telefon und seine Internetverbindung überwachen, und unsere Leute behalten ihn die ganze Zeit im Auge. Falls er wirklich die Nerven verliert und die anderen Musketiere kontaktiert, werden wir es mitbekommen. Aber bisher hält er still.«

Decker sah auf seine Uhr. Es war spät.

»Ich glaube, wir brauchen ein bisschen Schlaf.«

Melvin Mars wälzte sich im Bett hin und her, als um zwei Uhr nachts sein Handy summte. Er schnappte es sich vom Nachttisch und schaute aufs Display.

In zehn Minuten draußen beim Wagen. Wir müssen reden. Decker.

»Mist«, murmelte Mars.

Er zog sich an und verließ das Zimmer. Es waren nur ein paar Schritte bis zum Parkplatz. Beim Wagen blieb er stehen und sah sich um.

»Mellow?«

Mars erstarrte, als er die Stimme hörte. Langsam drehte er sich um.

Sein Vater stand drei Meter entfernt bei einem geparkten Auto.

»Wie hast du …«, begann Mars.

»Ich habe deine Nummer auf dem Handy deines Kumpels gefunden, als ich ihn in seinem Hotelzimmer besuchte. Er sollte ein Passwort benutzen. Du hast angenommen, die Nachricht wäre von ihm, weil ich sie unter seinem Namen abgeschickt habe.«

»Dad, was zum Teufel hast du vor?«

»Nicht hier. Fahren wir ein Stück.« Er deutete auf den Wagen.

Melvin trat einen Schritt zurück.

»Komm schon, Mellow. Wenn ich dir etwas tun wollte, hätte ich längst Gelegenheit dazu gehabt.«

»Wo fahren wir hin?«

»Nur ein Stück weg von hier. Ich bring dich wieder zurück. Versprochen.«

»Bringst du mich lebend zurück?«

»Ja, ich versprech's, Mellow. Ich werde dir nichts tun. Ich schätze, ich habe dir schon genug angetan.«

Melvin schaute sich um und ging dann auf seinen Vater zu. Sie stiegen in sein Auto, und Roy fuhr los, bog auf die Hauptstraße ein und trat aufs Gas.

Am Himmel waren keine Sterne zu sehen, dichte Wolken zogen herauf, und auf der Straße war weit und breit kein anderes Fahrzeug.

Melvin musterte seinen Vater. »Du hinkst?«

»Ja. Das Alter.« Er sah seinen Sohn von der Seite an. »Du musst mich hassen, Mellow. Du müsstest verrückt sein, wenn's anders wäre.«

»Ich würde gern verstehen, warum du das alles getan hast.«

»Ich habe dem Dicken ein paar Dinge verraten.«

»Ja, er hat mir ein bisschen was erzählt, aber sicher nicht alles. Wahrscheinlich aus Rücksicht auf meine Gefühle.«

Roy lachte. »Das Problem habe ich nicht.«

»Mit Mom schon.«

Das Lächeln schwand aus Roys Gesicht.

»Du hast sie umgebracht, oder? Hast ihr mit meiner Schrotflinte ins Gesicht geschossen.«

»Der Krebs hat ihr Gehirn aufgefressen. Wir hatten kein Geld für eine Behandlung. Die Ärzte haben gesagt …«

»Wo habt ihr die Diagnose bekommen?«

»In Mexiko. Deine Mom und ich sind hingefahren, aber helfen konnten sie ihr dort auch nicht. Wir wollten nicht, dass es jemand in der Stadt erfährt. Sicherheitshalber.«

»Decker meint, sie könnte als Sklavin in Cali gewesen sein. Und eine Teekanne gestohlen haben, als sie flüchtete.«

»Der Dicke ist verdammt schlau. Sie war nicht direkt eine Sklavin, aber frei war sie auch nicht. Diese Leute hatten einen Haufen Geld. Deine Mom hatte genug zu essen und ein Dach überm Kopf. Aber … frei war sie nicht. Und sie waren nicht gerade nett zu ihr.«

»Wie ist sie entkommen?«

»So haben wir uns kennengelernt. Ich hatte einen Job in der Gegend. Die Leute, die deine Mom festgehalten haben, kannten die Leute, für die ich gearbeitet habe. Sie hatten manchmal Probleme mit ihren Autos, und ich hab sie repariert. Sie haben in einem verdammten Schloss gewohnt, sind mit Rolls-Royce-Karossen und Bentleys durch die Gegend kutschiert und haben keinen Tag in ihrem Leben gearbeitet. Dort bin ich deiner Mutter begegnet. Wir haben geredet. Dann haben wir uns einen Plan ausgedacht, und ich hab sie von dort weggebracht.«

»Hast du die Kerle umgebracht?«

Roy sah ihn einen Moment lang an. »Wäre es schlimm, wenn's so wäre?«

Mars schaute aus dem Fenster.

»Wir haben die Teekanne mitgenommen«, fuhr Roy fort. »Aber nicht, um sie zu verkaufen. Du weißt ja, wir haben sie behalten. Deine Mom wollte etwas von ihnen haben, nach allem, was sie ihr angetan hatten.«

»Wie hast du sie nur töten können, Dad?«

Roy zuckte zusammen. Er fuhr rechts ran, hielt an und schaltete die Lichter aus.

»Glaubst du vielleicht, ich bin eines Morgens aufgewacht und habe beschlossen, deine Mom zu erschießen? Glaubst du das wirklich?«

»Was ich weiß, ist, dass du es sorgfältig geplant hast. Du hast irgendeinen Kerl umgebracht, damit es so aussieht, als wärst du auch tot. Und dann hast du mich ins offene Messer laufen lassen. Statt in der NFL zu spielen, habe ich mein halbes Leben hinter Gittern verbracht. Fast hätten sie mich hingerichtet.«

»Das hätte ich nie zugelassen, Mellow.«

Mars hämmerte mit der Faust so hart auf das Armaturenbrett, dass eine Delle zurückblieb.

»Mein Name ist Melvin, verflucht noch mal.«

Eine ganze Minute war nichts zu hören als das Atmen der beiden Männer.

»Okay, *Melvin*. Alles, was du sagst, ist wahr. Ich habe den Kerl umgebracht. Deine Mom hat die Zahnunterlagen vertauscht. Ich habe sie erschossen. Ich habe die Leichen angezündet. Ich habe das Mädchen und den Portier für ihre Falschaussagen bestochen. Ich habe deinen Wagen manipuliert und dir die Morde angehängt. Du bist wegen mir ins Gefängnis gegangen.«

»Warum? Warum hast du mir das angetan?«

»Es war der sicherste Ort für dich. Deine Mom hat es auch so gesehen.«

»Scheiße!«, brüllte Mars.

Roy zog seine Pistole. Doch statt sie auf Melvin zu richten, legte er sie zwischen sie beide auf den Sitz.

»Dann nimm diese Pistole, richte sie auf meinen Kopf und drück ab, *Mellow*. Wenn du den Mumm dazu hast.«

Mars starrte ungläubig auf die Waffe. Dann griff er langsam hinunter, hob sie auf und richtete sie auf seinen Vater.

»Verdammt, du weißt nicht mal, wie man eine Pistole richtig hält. Das ist keine Schrotflinte. Du bist Rechtshänder, also hältst du sie in der rechten Hand und stützt sie mit der linken. Egal, aus der Entfernung kannst du gar nicht danebenschießen. Nur wirst du buchstäblich mein Blut und mein Hirn an deinen Händen haben.«

Roy wandte sich langsam ab, starrte durch die Windschutzscheibe hinaus und pfiff eine leise Melodie vor sich hin.

»Ich glaube, du willst, dass ich dich erschieße«, sagte Melvin.

»Ein bisschen, ja. Dann wäre es vorbei. Ich bin müde, Melvin. Ich habe viel hinter mir. Und es war nicht gut.«

»Und die drei Musketiere?«

Roy lachte laut auf. »Ich hab gesehen, dass ihr mit McClellan gesprochen habt. Wie geht's dem alten Roger? Er läuft gern in seiner flotten Uniform herum, mit hundert Orden dekoriert. Nach ihrem Abschluss an der Ole Miss mussten sie nicht, wie so viele andere, nach Vietnam. Dafür haben ihre Väter gesorgt. Sie waren ja auch viel zu beschäftigt damit, Farbige umzubringen, als dass sie gegen den Vietcong hätten kämpfen können. Außerdem hat sich der Vietcong gewehrt, im Gegensatz zu den Schwarzen.«

»Warst du in Vietnam?«

»Erschießt du mich jetzt oder nicht?«

Mars ließ langsam die Waffe sinken und legte sie zwischen sie auf den Sitz.

Roy sah ihn verächtlich an und steckte die Pistole in sein Schulterhalfter.

»Du warst beim Haus. Hast uns vor dem Feuer gerettet.«

Roy zuckte die Achseln.

»Warum?«

»Warum nicht?«

»Dir scheint es nicht unbedingt viel auszumachen, wenn Leute sterben.«

»Das war *unser* Haus. Es hat mir und deiner Mutter gehört. Sie hatten kein Recht, sich dort herumzutreiben. Außerdem habe ich dem Dicken gesagt, dass ich auf dich aufpasse.«

»Deswegen hast du das alles getan, oder? Wegen dieser paar Minuten, wo du im Fernsehen zu sehen warst?«

Roy zuckte wieder die Achseln. »Du warst so berühmt, Mellow. Früher oder später musste es so kommen. Deine Mutter hat jeden Abend gebetet, dass es nicht passiert, aber tief im Inneren haben wir gewusst, dass ihre Gebete eines Tages nicht mehr erhört werden. Und dieser Tag ist gekommen.«

»Haben sie dich kontaktiert? Dich bedroht?«

»Sagen wir mal, sie haben keinen Moment gezögert.«

»Aber du hast durch eine Operation dein Gesicht verändern lassen, oder? Diese Narbe?«

Roy lachte. »Ich hatte keinen Cent in der Tasche. Wie hätte ich mir eine teure Gesichtsoperation leisten können? Nein, diese Narbe stammt von einem Kampf um ein Mädchen.«

»Welches Mädchen?«

»Deine Mutter. Du hast richtig vermutet – ich habe die Leute umgebracht, die sie gefangen hielten. Alle. Sie hatten es nicht anders verdient.«

»Und Mom ist trotzdem mit dir gegangen? Mit einem Mörder?«

»Das würdest du nicht sagen, wenn du wüsstest, was sie mit ihr gemacht haben.«

»Eben klang es so, als wäre es nicht so schlimm gewesen.«

»Das war gelogen. Es war die Hölle. Sie war nicht nur ihr Dienstmädchen, sondern die Nutte für alle. Sogar ihre Gäste ließen sie an sie ran.«

»Hast du Regina Montgomery umgebracht?«

»Sie war dumm. Sie hätte abhauen und sich ein schönes Leben machen können. Aber noch bevor ihr Mann auf dem elektrischen Stuhl brutzelte, musste sie sich schon teure Schuhe und Klamotten kaufen. Damit hat sie alles vermasselt.«

»Warum hast du die zwei bestochen?«

»Ist das nicht klar? Damit du nicht hingerichtet wirst.«

»Du hast mich zwanzig Jahre im Gefängnis sitzen lassen.«

»Aber ich hätte nicht zugelassen, dass sie dich umbringen.«

»Warum?«

»Weil ich es deiner Mutter versprochen habe.«

»Ich begreife das alles nicht. Ich habe das Gefühl, ich kenne dich überhaupt nicht mehr.«

Roy drehte sich zu ihm. »Alles, was du wissen musst, ist, dass ich deine Mutter über alles geliebt habe. Für sie habe ich alles geopfert, was ich hatte. Ich hätte alles für sie getan.«

»Du hast sie umgebracht!«

»Weil sie es von mir verlangt hat!«, schrie Roy.

Der Wagen schien auf einmal nicht mehr groß genug für sie beide zu sein. Melvin starrte benommen aus dem Fenster, unfähig, seinen Vater anzusehen.

»Und ich habe es getan«, presste Roy hervor. »So wie ich immer getan habe, was sie von mir wollte. Sogar das.« Er wandte sich Melvin zu. »Nicht nur sie ist in dieser Nacht gestorben. Ich auch.«

»Und mich hast du ins Gefängnis gehen lassen.«

Roy rieb sich das Gesicht. »Die hätten dich umgebracht, glaub mir.«

»Weil sie denken, dass ich das habe, was in dem Bankfach war.«

»Hast du das von Decker? Wirklich ein schlauer Hundesohn. Ich hätte ihm die Kehle durchschneiden sollen, als ich die Gelegenheit dazu hatte.«

»*Chucha*«, sagte Mars.

Roy sah ihn verständnislos an. »Was ist damit?«

»Das heißt ›Opossum‹, oder anders gesagt, ›sich tot stellen‹. Was du getan hast.«

»Wie gesagt, besser im Gefängnis als im Grab. Diese Kerle haben es verdammt ernst gemeint. Die bringen dich ohne die leisesten Skrupel um.«

»Hast du die Kirche in die Luft gesprengt? Und das NAACP-Büro? Warst du dabei?«

»Nicht so schnell, eins nach dem anderen.«

»Eine einfache Frage. Ja oder nein?«

»Was soll das? Willst du ein Geständnis von mir?«

»Das waren Kinder, Dad. In einem Chor.«

Roy blickte zur Seite. »Die hätten nicht dort sein sollen. Die Chorprobe fand später als vorgesehen statt.«

»Trotzdem hast du es getan.«

»Das war nicht meine Entscheidung.«

»Na schön, dann bist du völlig unschuldig?«

Roy lachte. »Das würde ich nie behaupten.«

»Decker hat zu McClellan gesagt, dass du es auf sie alle abgesehen hast. Er wollte ihnen Angst machen.«

»Im Ernst? Diese Kerle sind mir scheißegal.«

»Wirklich? Sind sie nicht der Grund, warum du Mom hast umbringen müssen? Das wäre alles nicht passiert, wenn sie nicht wären. Wenn du den Mumm gehabt hättest, sie damals fertigzumachen.«

Roy schaute auf seine Hände hinunter. »So einfach war das nicht.«

»Dann erklär's mir doch, Dad. Du hast mich herausgelockt, weil du mit mir reden wolltest. Verrat mir doch mal, wie ein Mann, der eine ›Farbige‹ geheiratet und über alles geliebt hat, sich einer Gruppe anschließen konnte, die schwarze Kinder in die Luft gesprengt hat? Erklär mir das, ich kapier's nämlich nicht!«

»Da gibt es nicht viel zu erklären. Ich war ein rassistisches Arschloch, so wie McClellan und seine Kumpel.«

»Du *warst?*«

»Bis ich deiner Mutter begegnete.«

»Was? Damit waren deine rassistischen Ansichten mit einem Schlag weggewischt?«

»Nein. Aber ich habe nie wieder solche Dinge getan.«

»Und was hast du *mir* angetan? Du hast mir mein Leben gestohlen. Deinem eigenen Sohn.«

Roy drehte sich zu ihm. »Die Sache ist die, Mellow, du bist nicht mein Sohn. Deine Mutter war schwanger, als ich sie befreit habe.«

Melvin starrte ihn ungläubig an. »Du bist nicht mein Vater?«, brachte er schließlich heraus.

»Nein. Bin ich nicht.«

»Wer dann?«

»Irgendein Scheißkerl, der deine Mutter immer wieder vergewaltigt hat. Bis er endlich damit aufgehört hat. Weil ich ihm die Kehle durchgeschnitten habe.«

62

Mars stand auf dem Parkplatz und sah die Rücklichter in der Ferne verschwinden, während es aufs Neue zu nieseln begann. Er hatte sich noch nie in seinem Leben so allein gefühlt. Es war, als wäre eine Seuche über die Welt hereingebrochen und hätte ihn als Einzigen verschont. Eine solche absolute Einsamkeit wäre ihm sogar willkommen gewesen. Er wollte nie mehr mit irgendjemandem sprechen. Als die Autolichter endgültig von der Dunkelheit verschluckt wurden, war es, als hätte ihm jemand die Fäden gekappt. Er sank auf die Knie und kippte nach vorn auf den Asphalt.

Gedankensplitter schossen ihm durch den Kopf, die er nicht verarbeiten konnte. Ihm war übel, seine Glieder versagten ihm den Dienst.

Eine Weile lag er so da, bis der Regen stärker wurde.

Schließlich rappelte er sich auf, taumelte in sein Zimmer und ließ sich aufs Bett fallen. Eine Stunde verstrich, dann richtete er sich langsam auf und setzte sich auf die Bettkante.

Sein Vater war nicht sein Vater.

Der Mann war ein Killer.

Er hatte ihm die Morde angehängt, ihn um zwanzig Jahre seines Lebens gebracht.

Sein ganzes Leben war ein Desaster.

Er verließ sein Zimmer und klopfte an Deckers Tür. Nach einigem Stöhnen und Murmeln wurde geöffnet.

»Warum sind Sie so früh auf?«, fragte Decker. Dann sah er Mars' Gesicht und bat ihn sofort herein.

Mars setzte sich und erzählte Decker, was geschehen war.

Decker schwieg, bis Mars geendet hatte.

»Das tut mir leid, Melvin.«

»Ich will Ihr verdammtes Mitleid nicht. Ich will einfach nur der Sache auf den Grund gehen.«

»Okay, ich arbeite daran«, versicherte Decker.

Mars hob langsam den Kopf. »Haben Sie gewusst, dass er nicht mein Vater ist?«

»Warum fragen Sie mich das?«

»Sie scheinen ja so gut wie alles zu wissen, darum frage ich. Also, haben Sie's gewusst?«

Decker schwieg.

»Decker!«

»Ist das wirklich wichtig?«

»Ja.«

»Na schön, ich hab's vermutet.«

»Wieso?«

»Weil der Kerl anscheinend nie eine besondere Zuneigung gezeigt hat, nie gesagt hat, dass er Sie lieb hat oder so was.«

»Woher zum Teufel wissen Sie das?«

»Sie haben es uns erzählt. Unter Hypnose. Außerdem hat er Ihnen den Mord angehängt, Melvin. Ich kenne nicht viele Väter, die dazu fähig wären. Das mit Montgomery hat er für Ihre Mom getan. Und als er mir gesagt hat, er habe seinem Sohn nicht den Mord angehängt, war das wörtlich zu verstehen. Weil Sie eben nicht sein Sohn sind. Aber das ist alles nicht Ihr Problem. Es ist seins.«

»Es fühlt sich aber nicht so an.«

»Vielleicht im Moment noch nicht.« Decker verlagerte sein

Gewicht auf dem Stuhl und wechselte das Thema. »Haben Sie eine Ahnung, wo er hingefahren ist?«

»Darüber habe ich mir wirklich keine Gedanken gemacht.«

»Was können Sie mir sonst noch sagen?«

»Ich habe ihm erzählt, dass Sie McClellan damit gedroht haben, dass mein Va… ich meine, dass Roy hinter ihnen her ist.«

»Und was hat er gesagt?«

»Dass ihm diese Typen scheißegal sind.«

»Und Sie glauben ihm?«

»Wenn man bedenkt, dass er in so gut wie allem gelogen hat, bin ich mir nicht sicher.«

»Ich für meinen Teil nehme es ihm nicht ab. Vielleicht war es früher so, wie er sagt. Aber ich glaube, jetzt hat er es auf sie abgesehen.«

»Warum?«, fragte Mars.

»Er scheint mir der Typ zu sein, der nicht gern verliert. Die drei Musketiere wollen das, was Roy hat. Und sie sind zu allem bereit, um es sich zu holen. Sie würden keine Sekunde zögern, Roy zu töten. Und Sie. Uns alle. So sieht's aus. Und ich glaube nicht, dass sich Roy kampflos geschlagen gibt. Hat er erwähnt, was er gegen diese Leute in der Hand hat?«

Mars schüttelte den Kopf. »Aber es muss das sein, was er in dem Bankfach aufbewahrt hat. Da bin ich mir sicher.«

»Hat er bei dem Bombenanschlag auf die Kirche mitgemacht?«

»Das hat er nicht direkt gesagt. Aber er hat zugegeben, dass er ein rassistisches Arschloch war wie die anderen.«

»Bis er Ihrer Mutter begegnete?«

»Scheiße, Decker, können Sie Gedanken lesen oder was?«

»Es liegt doch auf der Hand, Melvin. Ein Kerl, der immer noch Rassist ist, würde nie eine schwarze Frau heiraten.«

»Okay, stimmt«, pflichtete ihm Mars bei. »Er hat … er hat gesagt, dass er meinen richtigen Vater umgebracht hat. Der war ein Vergewaltiger.«

»Verstehe.«

»Das heißt, mein Vater ist ein Vergewaltiger und mein Stiefvater ein Mörder.«

»Was hat das mit Ihnen persönlich zu tun? Sie haben sich das alles nicht ausgesucht.«

»Aber ich stecke mittendrin.«

»Wir werden unser Bestes versuchen, dass Sie da rauskommen, Melvin.«

Mars schüttelte den Kopf. »Ich glaube, nicht einmal Sie können das schaffen. Ich bin am Arsch, Mann. Wahrscheinlich findet der Staat Texas irgendeinen Weg, mich wieder hinter Gitter zu bringen. Vielleicht ist es sogar besser so.«

»Wenn Sie das wirklich glauben, gehen Sie hin und stellen Sie sich.«

»Was?«

»Ich halte nichts von Selbstmitleid, Melvin. Ich hatte dafür nie Zeit. Und Sie auch nicht. Sie haben gesagt, Sie sind mit an Bord. Wenn Sie jetzt anfangen zu zweifeln, ist das pure Zeitverschwendung. Für uns beide.«

»Sie nehmen kein Blatt vor den Mund, was?«

»So tickt mein Gehirn nun mal nicht.«

»Ein Glück für Sie.«

»Es wird Sie vielleicht wundern, aber oft empfinde ich es überhaupt nicht so.«

»Es kommt mir vor, als hätte ich all die Jahre mit einem Fremden unter einem Dach gelebt. Ich habe den Mann überhaupt nicht gekannt.«

»Aber Ihre Mutter haben Sie gekannt, Melvin. Und sie hat Sie geliebt. Das war keine Lüge. Ihre Liebe hat sogar einen Kerl wie Roy zu Dingen veranlasst, die er sonst nie im Leben getan hätte. Zum Beispiel, Sie vor der Hinrichtung zu bewahren. Okay, er hat Sie vielleicht nie geliebt. Okay, er war nicht Ihr Vater. Aber Ihre Mutter hatte genug Liebe für Sie, um das alles wettzumachen.«

Mars schwieg einen Moment. »Ich hab gedacht, Sie hätten seit dem Zusammenstoß beim Football keinen Sinn mehr für so was.«

»Ich verstehe Liebe und zu was sie die Menschen treibt, Melvin. Im Guten wie im Schlechten. Auch wenn sich mein Gehirn noch so sehr verändert hat – das werde ich immer verstehen.«

63

Decker saß auf der Bettkante. Draußen war es immer noch dunkel. Mars war auf sein Zimmer zurückgekehrt. Decker hatte ihn gebeten, vorerst niemandem zu erzählen, was vorgefallen war.

Decker wusste selbst nicht genau, warum er es nicht wollte. Es war nur so ein Gefühl, dass irgendwas nicht stimmte.

Sollten sie nach Tuscaloosa weiterfahren und ihre Ermittlungen dort fortsetzen? Irgendetwas sagte ihm, dass die Lösung des Rätsels hier zu finden war.

Die drei Musketiere.

McClellan, Eastland, Huey.

Decker glaubte die Wahrheit im Grunde zu kennen. Was er brauchte, waren Beweise, um die Schuldigen zu überführen. Roy Mars hatte offenbar genügend Beweismaterial in der Hand. Das Problem war, dass er nicht an Roy Mars herankam. Und selbst wenn er ihn aufspürte, müsste er ihn erst dazu bringen, ihm das Material zu überlassen. Mars war ebenfalls ein Killer. Er hatte Regina Montgomery ermordet und so gut wie gestanden, damals an den Bombenanschlägen beteiligt gewesen zu sein. Wenn sie ihn erwischten, würde er für den Rest seines Lebens ins Gefängnis wandern. Vielleicht drohte ihm die Todesstrafe.

Der Mann hatte keinen Grund zu kooperieren. Selbst wenn sie ihm einen strafrechtlichen Deal anboten, war eine lange

Haftstrafe unumgänglich. In Anbetracht seines Alters lief das auf lebenslänglich hinaus. Das würde Roy mit allen Mitteln zu verhindern trachten.

Somit wurden aus den drei Musketieren die drei »Unantastbaren«.

Doch damit konnte sich Decker überhaupt nicht abfinden. Die Täter mussten zur Verantwortung gezogen werden. Auch wenn es Jahre dauerte, sie zur Strecke zu bringen. Durch ihre Schuld waren Menschen gestorben. Die Mörder hatten glänzende Karrieren gemacht, Eastland hatte sogar ein riesiges Vermögen angehäuft.

Deckers Gedanken wanderten zum Inhalt des Schließfachs zurück. Bestimmt trug Roy das Material nicht mit sich herum. Dann wäre es weg, sollte er gefasst werden.

Aus dem gleichen Grund würde er es auch nicht an irgendeinem Ort aufbewahren, an dem er sich selbst aufhielt.

Andererseits musste er jederzeit an das Material herankommen.

Das engte die Möglichkeiten zwar etwas ein, war aber immer noch kein klarer Hinweis.

Es gab immer noch genug mögliche Verstecke.

In seinem alten Haus hatte er es nicht aufbewahrt. Das wäre zu riskant gewesen. Bestimmt war das Haus überwacht worden, und dann hatte es auch noch den Brand gegeben.

Also wo?

Decker rief sich seine Begegnung mit Roy Mars ins Gedächtnis, jede kleinste Beobachtung, jedes Wort, das gesprochen worden war. Anschließend checkte er in Gedanken den Bericht, den ihm Melvin von seinem Gespräch mit Roy gegeben hatte.

Er nahm nicht an, dass Roy absichtlich mit irgendeiner kleinen Bemerkung auf den Aufbewahrungsort hingewiesen hatte.

Aber vielleicht hatte er es unbewusst getan.

War da irgendwas?

Decker konnte jedenfalls nichts finden.

Außerdem hatten sie immer noch nichts von Davenports Entführern gehört. War es denkbar, dass jemand ohne Grund entführt wurde?

Nein, es musste einen Grund geben. Aber wenn es den Tätern nicht um Lösegeld ging und auch nicht darum, ein Druckmittel in der Hand zu haben – was dann?

Auch darauf fand Decker keine Antwort.

Also zurück zur ursprünglichen Frage: Sollten sie die Ermittlungen in Tuscaloosa fortsetzen? Sie konnten sich den Tatort ansehen, das ehemalige Büro der NAACP. Montgomery hatte sich zur Tatzeit dort aufgehalten.

Hatte ein Komplize oder ein Handlanger der drei Musketiere die Kaution für ihn gestellt?

Die Aufzeichnungen darüber waren längst vernichtet.

Sie hatten absolut nichts in der Hand, was sie dem Gericht hätten vorlegen können. Nicht einmal einen Durchsuchungsbeschluss würden sie bekommen. Außerdem, wonach hätten sie überhaupt suchen sollen?

Drei Mörder würden mit hoher Wahrscheinlichkeit nie für ihre Taten belangt werden.

Decker ließ sich aufs Bett zurückfallen und fühlte sich so deprimiert wie schon lange nicht mehr.

Sein Handy klingelte. Er sah auf die Uhr.

Fünf nach sechs.

Es war Bogart. Seine Stimme klang angespannt.

»Sie beordern mich und mein ganzes Team nach D.C. zurück.«

»Warum?«

»Das FBI braucht ein neues Hauptquartier. Das Hoover Building fällt langsam auseinander.«

»Was hat das mit Ihnen zu tun?«

»Anscheinend hat man im Kongress Nachforschungen angestellt und ist zur Auffassung gelangt, dass das Bureau zwar ein neues Zuhause will, aber gleichzeitig – ich zitiere – ›Steuergelder für sinnlose Ermittlungen verschwendet‹. Deshalb pfeifen sie mich zurück, damit ich vor einem Ausschuss aussage. Die Ermittlung ist damit beendet.«

»Lassen Sie mich raten. Sie werden vom Ways and Means Committee vorgeladen.«

»Thurman Huey hat es ein bisschen raffinierter eingefädelt. Es war einer der vielen Unterausschüsse, die es anscheinend gibt. Er selbst tritt dabei überhaupt nicht in Erscheinung. Seine Hände bleiben sauber. Aber ich muss jetzt los.«

»Alles klar.«

»Gibt es noch irgendwas, das ich wissen sollte, bevor ich abreise?«

Decker rang mit sich, ob er ihm von Melvins Begegnung mit Roy Mars erzählen sollte. Aber was hätte Bogart damit anfangen sollen? Er musste ohnehin nach Washington, um seine Laufbahn zu retten. Sollte er sich darauf konzentrieren.

»Nein. Viel Glück.«

»Ich glaube, Sie werden mehr Glück brauchen als ich, Decker. Tut mir leid, dass es so gelaufen ist. Ich würde den Fall wirklich gern aufklären, aber irgendwie soll es nicht sein.«

»So ist es nun mal.«

Decker beendete das Gespräch und legte sich wieder aufs Bett.

Die drei Musketiere waren zum Gegenangriff übergegangen.

Huey hatte eine erste Salve abgefeuert.

Decker fragte sich, was McClellan und Eastland vorhaben mochten.

Sein Plan, sie aus der Reserve zu locken und zu einem Fehler zu verleiten, war nach hinten losgegangen.

Und zwar gewaltig.

64

»Weg?«

Jamison starrte Decker verständnislos an, während sie im Speisesaal des Motels beim Frühstück saßen.

Decker nickte. Mars saß neben ihm.

»Das war Hueys Werk.« Decker sah Mars an. »Erzählen Sie ihr, was letzte Nacht vorgefallen ist.«

Mars berichtete es ihr in knappen Worten.

»Na schön«, sagte Jamison, nachdem er geendet hatte, »Roy wird uns also nicht helfen. Das FBI stellt die Ermittlungen ein. Wir haben nicht den kleinsten Beweis. Das heißt, wir sitzen in der Höhle des Löwen und sind ganz auf uns allein gestellt.«

»Wollen Sie auch zurückfahren?«, fragte Decker.

»Ich weiß es nicht. Was haben Sie vor? Und sagen Sie jetzt nicht, die Wahrheit herausfinden – das ist mir schon klar. Mich interessiert mehr, was wir heute machen sollen, hier und jetzt. Und ich schätze, am Leben zu bleiben wäre schon mal ein guter Vorsatz.«

»Wo sie recht hat, hat sie recht«, pflichtete Mars ihr bei.

»Wenn wir das Material finden könnten, das Roy in der Hand hat …«, sagte Decker nachdenklich. Plötzlich hellte sich sein Gesicht auf. »Melvin, wo ist Ihre Mutter begraben?«

»Es gibt kein Grab. Sie wurde eingeäschert und die Asche verstreut.«

»Sind Sie sicher?«

»Ich war dabei, Decker. Ich habe die Asche verstreut. Kurz danach haben sie mich festgenommen. Das Gleiche habe ich mit meinem Dad … also, mit dem Kerl gemacht, von dem ich angenommen hatte, dass er mein Dad war. Heute wissen wir, dass er es nicht war. Dass es die Asche des Mannes war, den er umgebracht hat.«

Mars verstummte und schaute auf seinen Teller hinunter. Er hatte sein Frühstück nicht angerührt.

Decker rieb sich das Kinn, während Jamison ihn beobachtete.

»Also, ihr beide sprüht ja geradezu vor Optimismus.«

Sie schauten auf und sahen Mary Oliver auf sich zukommen, einen Rollkoffer hinter sich herziehend. Sie setzte sich auf den vierten Stuhl und rieb sich müde das Gesicht.

»Ich bin noch vor Sonnenaufgang aufgebrochen, dreimal umgestiegen und endlich hier. Wie man sieht, habe ich noch nicht mal eingecheckt.« Sie schaute sich um. »Wo ist Agent Bogart?«

»Er und sein Team wurden nach Washington zurückbeordert«, erklärte Jamison.

»Nicht schon wieder. Ist das ein Scherz?«

Jamison schüttelte den Kopf. »Leider nicht.«

»Gibt es etwas Neues von Davenport?«, fragte Oliver.

»Keine Lösegeldforderung, nichts«, antwortete Decker.

Oliver nahm sich eine Scheibe Toast von einem Teller in der Mitte des Tisches und bestrich sie mit Butter. »Sorry, aber die hatten nicht mal Erdnüsse im Flugzeug.« Sie biss in den Toast und seufzte.

»Wie sieht es juristisch aus?«, fragte Mars nervös.

Sie schaute ihn mitfühlend an. »Ich glaube nicht, dass Sie sich Sorgen machen müssen, Melvin. Die Staatsanwaltschaft von Texas scheint zur Auffassung gekommen zu sein, dass ihr so gefährlich wie Giftschlangen seid und es besser ist, sich von euch fernzuhalten. Zumindest vorläufig. Falls sie einen neuen Versuch starten, muss ich davon erfahren.«

Mars seufzte erleichtert. »Das ist immerhin eine gute Nachricht.«

Oliver musterte ihn beunruhigt. »Melvin, was ist los?«

Er schaute zu ihr auf. »Was meinen Sie?«

»Ich kenne Sie lange genug. Ich sehe Ihnen doch an, dass Sie etwas bedrückt.«

»Letzte Nacht hat ihn sein Vater besucht«, erklärte Jamison.

»Nur, dass er gar nicht mein Vater ist.«

Oliver verschluckte sich beinahe an ihrem Toast. »Was?«

Mars berichtete ihr in aller Kürze, was sich zugetragen hatte.

Oliver wirkte aufrichtig entsetzt. »Mein Gott. Ich hätte nie gedacht …« Sie berührte Mars' Hand. »Das ist schlimm.«

»Es bedeutet auch, dass Roy kein großes Interesse hat, uns zu helfen«, fügte Decker hinzu.

»Moment mal. Ich glaube, ich habe einiges verpasst. Was haben Sie bisher herausgefunden?«

Mars und Jamison schauten Decker an. Er räusperte sich. »Wir haben ein paar Verdächtige, aber absolut nichts gegen sie in der Hand.«

»Wer sind die Verdächtigen?«

»Einer ist der Polizeipräsident dieser Stadt«, sagte Jamison. »Roger McClellan.«

»Der Polizeipräsident! Sagen Sie mal, um welches Verbrechen geht es überhaupt?«

»Um Bombenanschläge in den Sechzigerjahren«, erklärte Jamison.

Oliver war einen Moment lang perplex. »Das verstehe ich nicht. Bombenanschläge?«

»Wir sind bestimmten Spuren gefolgt«, erklärte Decker. »Und

wir haben einiges herausgefunden. Aber was wir brauchen, sind Beweise.«

Die Kellnerin kam und fragte Oliver, ob sie Kaffee wolle. »Ja«, sagte sie. »Extra stark, bitte.«

Die Kellnerin lächelte und nahm die Tasse, die vor Oliver auf dem Tisch stand. »Die ist nicht ganz sauber. Ich tausche sie gleich aus.«

»Danke.«

Decker zuckte zusammen, als hätte ihn jemand geschlagen. Seine Lippen formten ein Wort: *Austausch.*

Oliver wandte sich ihm zu, und er schob den Gedanken schnell beiseite. »Glauben Sie, Sie können Beweise finden?«

»Wir haben die eine oder andere Spur. Aber leicht wird es nicht.«

Die Kellnerin kam mit frischem Kaffee zurück und schenkte Oliver und den anderen ein. Als sie weg war, sagte Oliver: »Kann ich Ihnen irgendwie helfen? Wenn es um rechtliche Fragen geht, lässt sich sicher etwas machen.«

Decker nickte. »Danke. Kann gut sein, dass wir darauf zurückkommen.«

»Es gibt einen Punkt, auf den wir uns besonders konzentrieren«, warf Jamison ein. »Wir müssen den Inhalt dieses Schließfachs finden. Das wäre wahrscheinlich Beweis genug, um sie zu überführen.«

»Er hat sich mit Melvin getroffen, also wissen wir, dass er in der Nähe ist«, schlussfolgerte Oliver.

»In der Nähe *war*«, berichtigte Decker. »Er könnte längst über alle Berge sein. Vor allem, wenn er ein Flugzeug genommen hat.«

Mars blickte in die Runde. »Ich bin mir nicht sicher, ob wir die Sache weiterverfolgen sollten.«

Sie schauten ihn überrascht an.

»Wir *müssen*, Melvin«, beteuerte Oliver.

»Warum? Als Wiedergutmachung für die Verbrechen der Vergangenheit? So wie ich das sehe, musste aufgrund unserer Ermittlungen eine Mutter sterben, und ihr Sohn steht jetzt völlig allein da. Der Kerl, den ich für meinen Vater gehalten habe, ist ein kaltblütiger Mörder. Meine Mutter wäre an einem Gehirntumor gestorben, hätte er ihr nicht das Gesicht weggeschossen. Decker, Milligan und ich wären beinahe verbrannt, als diese Drecksäcke das Haus angezündet haben. Und diese Attentate aus den Sechzigerjahren? Okay, ich fände es auch gut, wenn diese Verbrecher zur Verantwortung gezogen würden. Aber um welchen Preis? Wollen Sie als Nächste sterben, Mary? Oder Sie, Alex? Decker?«

»Wir haben gewusst, worauf wir uns einlassen«, erwiderte Decker.

»Mag sein. Aber ich für meinen Teil würde gern ein normales Leben führen, soweit das noch geht.« Bevor jemand etwas einwenden konnte, stand Melvin auf und ging.

»Er ist wütend und frustriert«, meinte Oliver. »Ich rede mit ihm.«

»Geben Sie ihm ein bisschen Zeit«, riet Decker. »Er muss einiges verdauen. Es überrascht mich, dass er sich überhaupt so gut hält.«

»Er ist zäh«, versicherte Oliver.

»Muss er auch«, erwiderte Decker. »Genau wie wir.«

65

Einmal mehr wurde Decker mitten in der Nacht aus dem Schlaf gerissen.

Diesmal trug der Mann eine Maske. Eine behandschuhte Hand hielt ihm den Mund zu. Die andere hielt eine halbautomatische Pistole. Decker spürte die Mündung an der Schläfe.

Eine beschissene Art aufzuwachen.

»Hören Sie mir gut zu«, sagte der Mann leise. »Nicken Sie, wenn Sie mich verstehen.«

Decker nickte.

»Sie haben zwei Möglichkeiten. Die erste: Sie brechen das, was Sie hier tun, sofort ab und fliegen nach Hause. Ihr Kumpel ist aus dem Gefängnis raus, und das bleibt auch so. Dafür sorgen wir. Sie verfolgen die Sache nicht weiter. Haben Sie verstanden?«

Decker nickte.

»Die zweite Möglichkeit: Sie ermitteln weiter. Die Konsequenz wird sein, dass Sie Leute aus Ihrem Umfeld verlieren. Zuerst Jamison, dann Oliver. Es wird nicht schön, das können Sie mir glauben. Eine zweite Chance wird es nicht geben. Noch einen Schritt weiter, und diese Leute sterben. Und am Ende Sie selbst. Haben Sie das auch verstanden?«

Decker nickte erneut.

Dann spürte er einen Stich am Hals, er verdrehte die Augen und verlor das Bewusstsein.

Einige Zeit später öffnete er wieder die Augen.

Er setzte sich so ruckartig auf, dass ihm übel wurde. Einen Moment lang glaubte er, sich übergeben zu müssen, doch nach ein paar tiefen Atemzügen beruhigte sich sein Magen wieder. Er rieb sich den Hals, wo die Nadel eingedrungen war. Der Kerl musste ihm etwas extrem Starkes injiziert haben. Er war sofort weg gewesen.

Langsam schwang er die Beine aus dem Bett und stand auf. Etwas zittrig zuerst, doch sein Gleichgewichtssinn setzte schnell ein, und er ging ins Badezimmer und spritzte sich kaltes Wasser ins Gesicht.

Er schaute auf seine Uhr.

Sechs Uhr früh.

Er hatte keine Ahnung, wie lange er außer Gefecht gewesen war.

Der nächtliche Besucher war sicher längst verschwunden.

Er ging zurück ins Zimmer und setzte sich auf die Bettkante.

Zwei Möglichkeiten. Zwei völlig unterschiedliche Möglichkeiten.

Er stöhnte und bedeckte die Augen mit seiner großen Hand.

Eine Weile saß er einfach nur da, bis er eine Entscheidung traf.

Er zog sich an, ging zu Mars' Zimmer hinüber und klopfte an die Tür.

»Ja?«, hörte er fast augenblicklich Mars' Stimme.

Er war offenbar schon auf. Vielleicht war er gar nicht ins Bett gegangen.

»Ich bin's, Decker. Wir müssen reden.«

Mars öffnete die Tür, und Decker trat ein. Nachdem Mars die Tür geschlossen hatte, standen die beiden wuchtigen Männer sich mitten im Zimmer gegenüber.

»Hören Sie«, begann Mars. »Ich weiß, was ich Ihnen versprochen habe, aber das war, bevor der Fall diese Wendung in die Sechzigerjahre genommen hat. Es geht nicht mehr nur um Roy. Er allein ist schon schlimm genug. Aber jetzt sind noch gefährlichere Killer hinter uns her, Decker.«

»Ich weiß. Einer war gerade bei mir im Zimmer.«

Mars starrte ihn entsetzt an. »Was?«

Decker berichtete ihm von der Wahl, vor die er gestellt worden war.

»Heißt das, Sie geben die Ermittlung auf?«

»Nein, aber ich will, dass ihr drei so schnell wie möglich die Stadt verlasst. Ich rufe Bogart an und sage ihm, was passiert ist. Er kann euch schützen, bis alles vorbei ist.«

»Sie meinen, bis Sie tot sind.«

»Ich kann nicht in die Zukunft schauen, Melvin.«

»Mir scheint es ziemlich klar zu sein, wie es ausgeht. Wenn Sie den Fall weiterverfolgen, bringen die Sie um.«

»Mag sein. Trotzdem ist es meine Entscheidung.«

»Warum setzen Sie dafür Ihr Leben aufs Spiel? Das Ganze ist doch nicht Ihr Problem.«

»Doch, weil ich es zu meinem Problem mache.«

»Ich versteh Sie nicht, Mann. Echt nicht.«

Decker setzte sich auf einen Stuhl und schaute zu ihm auf. »Manchmal entscheidet sich alles in einem Moment, in dem man das Radio einschaltet, Melvin.«

Mars ließ sich auf die Bettkante sinken. »Okay, Mann, dann ist ja alles klar.«

»Ich war unterwegs von Ohio zu meinem neuen Job in Virginia. Aus irgendeinem Grund schalte ich das Radio ein, und genau in diesem Moment bringen sie die Geschichte.«

»Welche Geschichte?«

»*Ihre* Geschichte, Melvin. Eine Minute früher oder später, und ich hätte sie wahrscheinlich nie gehört. Und alles, was danach kam, wäre nie passiert.«

»Sie glauben also an Schicksal?«

»Nein. Ich glaube daran, dass ich etwas, das mir begegnet, nicht ignorieren kann.«

»Die drohen damit, Sie zu töten.«

»Und das gibt mir Hoffnung.«

»Sind Sie jetzt völlig durchgedreht?«

»Dass sie mir drohen, bedeutet, dass sie Angst haben.«

»*Sie* sollten Angst haben.«

»Hab ich auch. Ich hatte jedes Mal Angst, wenn ich auf den Footballplatz ging. Oder wenn ich als Cop auf Streife war. Trotzdem hat es mich nie davon abgehalten, meinen Job zu machen.«

»Das heißt, Sie bleiben?«

»Ja.«

Mars seufzte und sah sich in dem kleinen Zimmer um, als lägen hier die Antworten auf alle Fragen verborgen.

»Na schön, dann bleibe ich auch.«

»Nein, Melvin, das werden Sie nicht. Sie haben zwanzig Jahre Ihres Lebens verloren. Ich will nicht schuld daran sein, dass Sie auch den Rest verlieren.«

»Wie Sie gesagt haben, das muss jeder für sich entscheiden. Die haben schon mal versucht, uns zu töten. Und das macht mich wirklich wütend. Auf dem Footballfeld habe ich meine besten Spiele gemacht, wenn ich so richtig angepisst war. Kontrolliertes Chaos, hab ich es genannt.«

»So müssen Sie in dem Spiel gegen uns drauf gewesen sein.«

»War ich auch. Im zweiten Play hat euer Nose Tackle zu mir gesagt, ich laufe wie ein Mädchen.«

»Er war schon immer ein Idiot.«

»Ich bleibe, Decker. Wenn ich jetzt gehe und Ihnen passiert was, müsste ich für immer damit leben.«

»Und? Es ist ja nicht so, dass wir alte Freunde wären.«

»Aber Sie setzen Ihr Leben für mich aufs Spiel. Sie haben Dinge über meine Vergangenheit herausgefunden, die ich sonst nie erfahren hätte. Ich kann Sie jetzt nicht im Stich lassen.«

Decker nickte langsam. »Jamison und Oliver werden nicht erfreut sein.«

»Sagen Sie ihnen, Bogart braucht sie in Washington, damit sie von dort aus an dem Fall arbeiten, während wir hier weitersuchen.«

»Und Sie glauben, das kaufen sie uns ab?«

»Wenn Sie Bogart erzählen, was Ihnen heute Nacht passiert ist, wird er es ihnen sehr überzeugend verklickern. Mary wird vielleicht nach Texas zurückfahren, um meine Sache dort voranzubringen. Das ist absolut naheliegend. Und Jamison kehrt nach D.C. zurück. Wir können sie sogar begleiten, damit sie nicht misstrauisch wird.«

»Klingt nach einer brauchbaren Strategie. Und wenn es brenzlig wird, wenden Sie die Taktik des kontrollierten Chaos an.«

»Jederzeit.«

»Wir sind im vierten Quarter, Melvin.«

»Da hatte ich schon immer meine besten Aktionen.«

»Die werden wir verdammt nötig haben«, betonte Decker.

»Und es ist ja nicht so, dass irgendjemand mit mir tauschen will. Nicht einmal Sie.«

Decker starrte ihn nachdenklich an.

»Was ist?«, fragte Mars.

»Dieses Wort schon wieder. Die Kellnerin im Restaurant hat es auch benutzt.«

»Welches Wort?«

»Tauschen.«

»*Tauschen?* Was hat das mit unserer Sache hier zu tun?«

»Sehr viel, das können Sie mir glauben. Ich würde sogar sagen, es ändert alles.«

66

»Was zum Teufel machen wir hier, Decker?«, fragte Jamison.

Sie waren nach D.C. geflogen und saßen in einem freien Büro im Hauptquartier des FBI.

Er deutete auf die Mappen, die auf dem Schreibtisch ausgebreitet lagen. »Wir nehmen uns einen neuen Fall vor«, erklärte er.

»Aber warum?«

»Weil wir mit dem anderen Fall in einer Sackgasse stecken. Vielleicht nehmen wir ihn später wieder auf, aber im Moment konzentrieren wir uns auf etwas anderes.«

»Wo ist Mary Oliver?«

»Sie kümmert sich in Texas um Melvins Forderungen. Damit hat sie genug zu tun. Er braucht das Geld dringend.«

»Und Melvin? Wo ist er?«

»Er ist in der Nähe an einem sicheren Ort.«

Jamison ließ sich in ihren Stuhl zurücksinken und verschränkte trotzig die Arme vor der Brust. »Ich kann's nicht fassen, dass Sie einfach so aufgeben.«

»Ich gebe nicht auf.« Er zögerte einen Moment und sah sie resigniert an. »Jemand ist in mein Hotelzimmer in Mississippi eingedrungen und hat mir gedroht. Ein maskierter Kerl mit einer Pistole. Er hat gesagt, wenn wir die Sache nicht fallen lassen, werden sie jeden von uns umbringen. Sie, mich, Melvin, Davenport, Oliver. Alle.«

Jamison beugte sich vor. »Heilige Scheiße. Das heißt, diese Leute haben Davenport. Haben Sie es Bogart erzählt?«

»Ja, aber ihm sind die Hände gebunden. Dafür hat Huey gesorgt. Er kann im Moment nichts unternehmen.«

»Das heißt, wir tun … was? Nichts?«

»Im Moment bleibt uns nichts anderes übrig. Aber das kann sich bald wieder ändern.«

Sie schaute auf die Fallakten auf dem Tisch. »Nichts davon ist so interessant wie der Fall, an dem wir gearbeitet haben.«

»Das sehe ich auch so. Aber wir müssen jetzt schlau vorgehen.«

Sie warf ihm einen Blick zu. »Falls Sie sich wegen mir Sorgen machen – ich kann auf mich aufpassen. Ich habe eine Waffe.«

»Ehrlich gesagt mache ich mir mehr Sorgen um Melvin und Mary Oliver.«

»Das heißt, die Verbrecher gewinnen. Läuft es darauf hinaus?«

»Vorläufig. Aber das Spiel ist noch nicht vorbei, Jamison. Man muss einen langen Atem haben und auf seine Chance warten können.«

Etwas später traf sich Decker mit Bogart.

»Ich werde in den nächsten Wochen damit zu tun haben, unsere Leute auf ihre Aussage im Kongress vorzubereiten. Für diese Zeit bin ich offiziell von allen aktuellen Fällen entbunden«, erzählte Bogart.

»Huey ist also nervös geworden?«

»Ja, und das ist nicht gut für uns.«

»Vielleicht doch. Huey und Eastland halten es anscheinend für möglich, dass wir sie des Mordes überführen könnten.«

»Die Kerle haben Sie in Ihrem Hotelzimmer bedroht, Decker. Die meinen es verdammt ernst.«

»Mag sein, aber wir brauchen trotzdem Beweise.«

»Es kann sein, dass wir ganz einfach keine finden.«

»Doch, wenn wir an Roy Mars herankommen.«

»Wahrscheinlich hat er sich schon in ein Land abgesetzt, das kein Auslieferungsabkommen mit uns hat.«

»Wir haben trotzdem noch eine Chance.«

»Die Wahrscheinlichkeit, bei dem Versuch zu sterben, würde ich deutlich höher einschätzen. Ich rate Ihnen, abzuwarten, bis sich die Wogen etwas geglättet haben. Ich kann Ihnen keinen Schutz mehr bieten.« Bogart musterte Decker eindringlich. »Natürlich werden Sie meinen Rat nicht beherzigen.«

»Aber nicht, weil es kein guter Rat ist. Er ist gut, und dafür bin ich Ihnen dankbar. Trotzdem kann ich nicht danach handeln. Diese Leute sind Mörder. Deshalb müssen sie zur Rechenschaft gezogen werden. So einfach ist das.«

»Und wenn Sie dabei draufgehen?«

»Mit dieser Frage ist jeder Streifenpolizist jeden Tag konfrontiert. Trotzdem zieht er immer wieder die Uniform an und geht raus.«

»Aber Sie sind kein Cop mehr.«

»Ich fühle mich aber noch so.«

»Und Mars?«

»Er ist dabei.«

»Halten Sie das für klug?«

»Er ist ein großer Junge. Ich kann ihn nicht aufhalten. Und zu zweit sind wir wahrscheinlich sicherer als allein. Zwei alte Haudegen, die einander den Rücken freihalten.«

»Ihr ursprünglicher Plan, McClellans Spur zu folgen, falls er versucht, die anderen zu kontaktieren, funktioniert nicht mehr. Jetzt, da sie uns von dem Fall abgezogen haben.«

»Ich weiß. Wir müssen es mit einem anderen Ansatz versuchen.«

»Und Sie wollen, dass ich Jamison hierbehalte?«

»Das wäre hilfreich. Sie weiß nichts von dem, was ich vorhabe.«

»Während ihr zwei Helden in den Kampf zieht? Klingt irgendwie verdammt nach Fünfzigerjahre. Jamison ist doch kein hilfloses Mädchen.«

»Nein, sie kann auf sich aufpassen.«

»Also?«

»Ich hab mich nun mal entschieden, es so durchzuziehen. Jamison ist zwar eine überaus fähige Frau, aber sie ist kein Cop.«

»Das ist Mars auch nicht.«

»Aber er ist taffer als wir zwei zusammen. Ich muss zugeben, ich fühle mich bedeutend wohler mit ihm an meiner Seite. Außerdem geht ihn die Sache mehr an als jeden anderen. Und er ist fest entschlossen, es durchzuziehen.«

»Muskeln gegen Waffen? Was gewinnt, was glauben Sie?«

»Muskeln gegen Köpfchen? Was gewinnt?«

»Sie haben also einen Plan?«

»Den habe ich.«

»Wollen Sie ihn mir verraten, nur für den Fall, dass was schiefgeht?«

»Das kann ich nicht.«

»Wieso, verdammt noch mal?«

»Weil es nicht ganz legal ist, und ich will Sie nicht in Schwierigkeiten bringen.«

»Können Sie mir wenigstens verraten, worauf Ihr Plan aufbaut?«

»Ja. Auf einem Austausch, der stattgefunden hat.«

Bogart musterte ihn argwöhnisch. »Was genau heißt das?«

»Genau *das.*«

67

Die drei Musketiere saßen standesgemäß in einem Privatflugzeug beisammen.

Es gehörte Danny Eastland – genauer gesagt, dem Unternehmen, das er mit Aufträgen des Verteidigungsministeriums aufgebaut hatte.

Es waren äußerst lukrative Geschäfte, bei denen für ein paar Flügelmuttern schon einmal tausend Dollar verrechnet werden konnten und für ein paar Reifen eine Million. Heute ging es eher um Software zur Spionageabwehr, für die das Ministerium jederzeit eine Milliarde Dollar hinblätterte.

Nachdem er von Schusswaffen auf Cyberwaffen umgesattelt war, hatte sich Eastland ein größeres Flugzeug angeschafft. Seine Herstellungskosten waren nun deutlich geringer – umso größer dafür seine Möglichkeiten, Uncle Sam mit tonnenweise Cyber-Bullshit zu schröpfen.

Die drei Männer waren heute in den Siebzigern. Einst waren sie in Cain Superstars gewesen, die bekanntesten Bürger der Stadt.

Eastland, der Mega-Kapitalist.

Huey, der Kandidat für höchste politische Ämter.

McClellan, der knallharte Cop und Polizeichef.

Sie waren die einzigen Passagiere an Bord der G5. Die beiden Piloten saßen hinter der geschlossenen Tür des Cockpits.

McClellan schenkte ihnen Drinks ein, während sie sich in

siebenunddreißigtausend Fuß Höhe an dem polierten Mahagonitisch gegenübersaßen.

Ihre Gesichter waren vom Alter gezeichnet, und an ihren Körpern machten sich unvermeidbare Verfallserscheinungen bemerkbar. Sie konnten sich die teuerste medizinische Versorgung leisten, sodass sie vielleicht noch zehn oder gar zwanzig Jahre vor sich hatten – aber möglicherweise nicht alle davon bei bester Gesundheit, was ihnen durchaus bewusst war.

Nach wie vor waren jüngere Frauen hinter Eastland her, wenn auch nur noch wegen seines Geldes. Seine dritte Frau hatte ihn ein Vermögen gekostet, sodass er wenig Lust verspürte, ein viertes Mal zu heiraten. Er konzentrierte sich ganz auf seine Geschäfte, und wenn er Sex wollte, wurde eine Frau dafür bezahlt, die er danach nie wiedersah. Das funktionierte gut. Er hatte drei Kinder von drei verschiedenen Frauen, die ihn allesamt enttäuscht hatten. Sie waren mit dem goldenen Löffel im Mund geboren worden, da Eastland schon früh zu Reichtum gekommen war. Enkelkinder hatte er keine, da sein nichtsnutziger Nachwuchs nicht mal das zustande brachte. Er fragte sich immer öfter, wem er einmal sein Vermögen hinterlassen sollte.

Thurman Huey war Witwer, seit seine Frau, mit der er über vierzig Jahre verheiratet gewesen war, letzten Sommer ihren langen Kampf gegen den Brustkrebs verloren hatte. Trost spendeten ihm seine vier Kinder und zwölf Enkelkinder sowie eine einflussreiche Kollegin in der Washingtoner Politik, die kürzlich ihren Ehemann verloren hatte. Doch seine verstorbene Frau war für ihn unersetzlich. Ohne sie fühlte er sich verloren, aber er hatte die Haushalts- und Finanzpolitik des Landes zu verwalten. Eine Aufgabe, die immer schwerer wurde, da mit jeder neuen Wahl Leute in den Kongress entsandt wurden, denen mehr daran gelegen war, zu blockieren, als zu gestalten. Er hätte schon vor

Jahren aus der Politik aussteigen und als einflussreicher Lobbyist oder Berater ein Vermögen verdienen können. Dann hätte er nicht viel mehr zu tun gehabt, als Telefongespräche zu führen und sich mit Leuten zum Essen zu treffen, während seine jüngeren Mitarbeiter die eigentliche Arbeit erledigten. Doch er hatte sich nicht dazu durchringen können. Wahrscheinlich würde er in seinem jetzigen Amt bleiben, bis er starb. Er war überzeugt, gute Arbeit für sein Land zu leisten. Im Grunde war es das Einzige, was er hatte.

Roger McClellan war in Zivil gekleidet. Er war bei Weitem nicht so reich wie seine beiden Freunde. Als Cop in einer kleinen Stadt verdiente man nun mal kein Vermögen. Die Frau, die er vor vierzig Jahren geheiratet hatte, lebte noch, hatte sich jedoch schon vor fünfzehn Jahren von ihm scheiden lassen. Der offizielle Scheidungsgrund waren »unüberbrückbare Differenzen« gewesen, wie bei so vielen Trennungen heutzutage. Hätte seine Exfrau in ihren Scheidungspapieren von jahrelanger körperlicher Misshandlung gesprochen, wäre es zutreffender gewesen. Das Gleiche galt für die Kinder. Sie waren inzwischen erwachsen und in alle Winde zerstreut. Nach Cain waren sie nie wieder zurückgekehrt. Warum sollten sie?

McClellan hatte schon immer zu Wut- und Gewaltausbrüchen geneigt. Wenn sie in der Highschool oder auf dem College ein Footballspiel verloren hatten – die drei waren auch auf der Ole Miss zusammen im Team gewesen –, hatten ihn die beiden anderen Musketiere oft zurückhalten müssen, damit er nicht irgendeinen Spieler des siegreichen Teams attackierte.

Huey nippte an seinem Drink. Eastland nahm einen großzügigeren Schluck.

McClellan leerte sein Glas in einem Zug und stand auf, um sich nachzuschenken.

Als er sich wieder setzte, räusperte sich Huey, ehe er zu sprechen begann. »Ich glaube, das Schlimmste haben wir hinter uns. Das FBI hat die Ermittlungen eingestellt und ist nach D.C. zurückgekehrt.«

Eastland nickte, doch McClellan starrte seine Freunde an, als hätten sie ihm gerade erzählt, dass die Erde eine Scheibe sei.

»Das ist Bockmist, Hugh«, erwiderte er. »Hugh« war der Spitzname, mit dem ihn nur diese beiden Männer ansprachen.

Eastland schüttelte den Kopf. »Das sehe ich nicht so, Mac. Sie sind mit eingezogenem Schwanz nach D.C. abgerauscht.«

»Da täuschst du dich gewaltig. Der Dicke war bei mir im Büro und hat …«

»Decker«, warf Huey ein.

»Der Dicke war bei mir«, fuhr McClellan unbeirrt fort, »und hat mir klipp und klar erklärt, dass er alles über uns weiß und drauf und dran ist, uns hinter Gitter zu bringen. Ihr hättet ihn hören sollen. Der Mann hat es auf uns abgesehen. Ich habe schon vielen schweren Jungs in die Augen geschaut. Ihr zwei nicht. Ich kenne diesen Blick. Der Mann hat es auf uns abgesehen.«

»Das ist reines Wunschdenken von ihm«, betonte Huey. »Ich weiß aus sicherer Quelle, dass die Ermittlungen eingestellt sind.«

»Aus sicherer Quelle!«, rief McClellan ungläubig. »Ich glaube nicht, dass es so was in D.C. überhaupt gibt.«

»Ich habe meine Spezialisten für Informationsbeschaffung damit befasst – natürlich ohne ihnen die Umstände zu erläutern –, und sie sind zum gleichen Ergebnis gelangt«, versicherte Eastland.

»Sind das dieselben Spezialisten, die damals feststellten, dass der Irak Massenvernichtungswaffen besitzt?«, schoss McClellan zurück. »Wenn ja, würde ich auf eure verdammten ›Informationen‹ nicht unbedingt mein Haus verwetten.«

Hueys Miene verfinsterte sich. »Mac, du siehst Probleme, wo es keine gibt. Sie haben keine Beweise. Und sie werden auch keine finden.«

»Du vergisst Aaron Callahan alias Roy Mars. Er hat die Beweise. Und der Scheißkerl lebt.«

»Angeblich, ja, aber bisher hat ihn keiner von uns zu Gesicht bekommen«, betonte Huey.

»Wer sonst hätte den Schwarzen aus dem Gefängnis holen sollen, wenn nicht sein alter Herr? Was hat Callahan bloß geritten, eine Farbige zu heiraten? Ich kapier's einfach nicht. Er war doch einer von uns.«

»Einer von uns war er *nie*«, erwiderte Eastland. »Wir haben ihn für seine Dienste bezahlt und fertig. Er hat nie an die Sache geglaubt. Ihm ist es nur ums Geld gegangen.«

»Er hat genauso gedacht wie wir«, beharrte McClellan. »Wie ein weißer Mann denken sollte. Das ist meine Meinung.«

»Und wenn du ihm nicht gedroht hättest, nachdem du ihn im Fernsehen gesehen hattest, wären wir jetzt nicht in dieser brenzligen Lage«, blaffte Eastland. »Schlafende Hunde soll man nicht wecken, heißt es, und da ist was Wahres dran. Callahan hat unsere Geheimnisse jahrzehntelang für sich behalten, Mac. Aber du musstest ja unbedingt ins Wespennest stechen. Jetzt siehst du, was du uns damit eingebrockt hast.«

»Ich werde nicht tatenlos zusehen, wie dieses Damoklesschwert über meinem Kopf hängt«, polterte McClellan. »Ihr habt jede Menge Kohle und schlaue Anwälte. Wenn er ausplaudert, was er weiß, könnt ihr euch dagegen juristisch wehren. Ich nicht. Ich habe mein Leben dem Schutz der Bevölkerung gewidmet, Danny, während du steinreich geworden bist und Hugh in das größte Büro in D.C. eingezogen ist. Du wirst schon entschuldigen, dass ich meinen Arsch retten will.« McClellan war so aufgebracht, dass es einen Moment lang so aussah, als würde er sich über den Tisch hinweg auf Eastland stürzen.

Huey spürte die Anspannung, die in der Luft lag. »Okay, jetzt beruhigen wir uns erst mal und denken nach, was zu tun ist. Wir dürfen jetzt nicht die Nerven verlieren. Komm schon, Mac. Wir sind nicht deine Feinde.«

McClellan funkelte Eastland noch einen Moment lang an, dann lehnte er sich auf seinem Sitz zurück.

»Angenommen, Callahan ist wirklich noch am Leben«, fuhr Huey fort, »warum sollte er dann jetzt damit an die Öffentlichkeit gehen? Er würde genauso in den Knast wandern.«

»Herrgott, seid ihr noch zu retten!«, rief McClellan aus. »Ihr seid so erfolgreich, dass ihr euch einbildet, ihr seid schlauer als alle anderen. Callahan braucht sich überhaupt nicht aus der Deckung zu wagen. Es genügt, wenn er das Material an die *New York Times* schickt. An CNN. Oder ans Justizministerium. Ihr wisst verdammt gut, was er in der Hand hat. Weil er es uns gestohlen hat. Es war dumm von uns, das ganze beschissene Beweismaterial herumliegen zu lassen.«

»Das hätte er in den letzten vierzig Jahren jederzeit machen können«, erklärte Eastland geduldig. »Hat er aber nicht.«

»Wenn wir also die schlafenden Hunde nicht wecken, wie Danny vorschlägt, dann wird uns auch jetzt nichts passieren«, bemerkte Huey.

»Und alles läuft weiter wie immer«, fügte Eastland hinzu.

McClellan schüttelte den Kopf. »Ihr kapiert es einfach nicht. Ihr habt Deckers Blick nicht gesehen. Ich hab mich ein bisschen über ihn schlaugemacht. Er war ein verdammt fähiger Cop in Ohio und hat sich einer neuen Spezialeinheit des FBI angeschlossen. Aber das ist nicht das Entscheidende. Ich habe seinen Blick gelesen, wie ich früher den Blick des Quarterbacks gelesen habe. Wer hat damals auf der Highschool mehr gegnerische Bälle abgefangen als ich? Wer? Sag's mir!«

»Niemand«, bestätigte Eastland müde. »So hast du eine Menge Angriffe eingeleitet.«

»Genau. Und ich sage euch, dieser Decker gibt sich nicht so leicht geschlagen.«

»Okay, das haben wir jetzt verstanden«, erwiderte Huey.

»Und was schlägst du vor, Mac?«, fragte Eastland. »Erklär's uns einfach.«

McClellan leerte sein Glas und überlegte einen Moment, wie er es ausdrücken sollte.

»In den alten Zeiten wäre die Antwort klar gewesen.«

Eastland schaute Huey an. Der hielt seinen Blick auf McClellan gerichtet.

»Schlägst du jetzt vor, dass wir ihn … was? In die Luft jagen?«

»Das war vor fünfzig Jahren, Mac«, fügte Huey hinzu. »Die Zeiten haben sich geändert. Die Welt ist nicht mehr dieselbe.«

McClellan knallte die Faust auf den Tisch. »Damals war unsere Lebensweise bedroht, und wir haben gehandelt. Wir haben nicht auf schlafende Hunde Rücksicht genommen. Jetzt werden wir wieder bedroht. Und ich sage euch, wir müssen etwas unternehmen. Die Welt hat sich nicht so sehr verändert. Ich würde sogar sagen, das Pendel schwingt in die richtige Richtung zurück. Ihr könnt es überall sehen. Die Leute wollen ihr Land zurück. Die Politiker sprechen es wieder laut aus. Es gibt auch schon Gesetze in diese Richtung. Verdammt, Hugh, das musst du doch sehen von deiner Position aus. Die Leute wollen sich diese Scheiße nicht mehr bieten lassen. Und es ist verdammt noch mal höchste Zeit. Wenn wir's schon nicht für uns tun, dann wenigstens für die zukünftigen Generationen von Amerikanern.«

Huey schaute aus dem Fenster des Jets auf die weißen Wolken unter ihnen. »Was wir damals getan haben, war dumm. Wir waren junge Hitzköpfe. Es war ein Fehler.«

»Das glaubst du doch nicht wirklich«, schnaubte McClellan.

Huey schaute ihn an. »Natürlich glaube ich das. Ich bin Anwalt. Ich gehöre seit dreißig Jahren dem Kongress an. Ich bin Vorsitzender des vielleicht wichtigsten Ausschusses dort.«

»Leeres Geschwätz«, spottete McClellan und winkte mit seinem leeren Glas ab. »Das hat im Moment überhaupt keine Bedeutung. Also verschone mich bitte mit dem Scheiß, Mr. Großkotz.«

»Ich bin CEO eines börsennotierten Unternehmens, Mac«, warf Eastland ein. »Wir leben nicht mehr in den Sechzigern. Hugh hat recht. Wir sind keine jungen Rabauken mehr, die sich jede Dummheit leisten können.«

McClellan zeigte mit dem Finger auf ihn. »Genau diese Einstellung hat unser Land so verkommen lassen. Wenn die guten Leute nicht mehr bereit sind, etwas zu tun, geht alles den Bach runter.«

Eastland wechselte erneut einen Blick mit Huey.

»Wenn früher eine Entscheidung zu treffen war, haben wir abgestimmt, oder?«, schlug Huey vor.

»So ist es«, pflichtete ihm Eastland bei.

»Ich stimme dafür, dass wir abwarten und nichts unternehmen, solange sich die Situation nicht ändert«, verkündete Huey.

»Dafür bin ich auch«, schloss sich Eastland an.

McClellan funkelte beide einen Moment lang an. »Ihr zwei seid richtige Weicheier geworden.«

»Wir denken nur praktisch, Mac«, entgegnete Huey. »Und wir haben abgestimmt. Akzeptierst du das Ergebnis?«

»Ja«, sagte McClellan zähneknirschend. »Aber wenn sich die

Lage ändert, werdet ihr dann genauso akzeptieren, dass wir diese Hurensöhne beseitigen müssen?« Die beiden Männer schwiegen, und McClellan wurde lauter. »Werdet ihr das akzeptieren? Oder wollt ihr dann wieder abstimmen und kneifen?«

»Wenn sich die Situation ändert, werden wir handeln«, versicherte Eastland. Huey nickte zustimmend.

»Das heißt, wir werden *töten*«, präzisierte McClellan.

»Wenn es notwendig sein sollte«, stimmte Eastland zu. »Ich werde deswegen nicht ins Gefängnis gehen. Die Sache ist so lange her, und ich glaube, ich habe es längst wiedergutgemacht. Wir haben eine Menge Gutes getan in der Welt.«

»Ein wahres Wort«, pflichtete ihm Huey bei. »Wir haben unsere Pflicht erfüllt. Das gleicht einiges aus, sogar die Dinge, die wir getan haben. Wir führen seit fünfzig Jahren ein vorbildliches Leben. Das wiegt mehr als ein paar unüberlegte Taten, die wir heute bedauern. Ich habe in all den Jahren vielen Menschen geholfen. Ich habe ein reines Gewissen. Gott hat mir vergeben, das glaube ich wirklich.«

»Ich seh das genauso«, stimmte Eastland zu. »Ich habe Millionen für wohltätige Zwecke gespendet. Ich habe sogar Initiativen für schwarze Kinder und Mexikaner unterstützt. Ihnen einen guten Start ins Leben ermöglicht. Diese Kinder wachsen oft ohne Vater auf, weil der im Gefängnis sitzt. Traurige Geschichte. Aber ich habe meinen Frieden mit der Vergangenheit gemacht. Ich bin zufrieden mit dem, was ich geworden bin. Wenn man jung ist, macht man eben Fehler. Wir auch. Aber wir haben unsere Schuld zurückgezahlt.«

»Ihr bereut es vielleicht, was wir getan haben, aber ich sicherlich nicht«, versetzte McClellan gereizt.

»So darfst du nicht reden«, mahnte Eastland. »Die Stimmung hat sich geändert. Solche Ansichten kannst du dir als Polizeichef nicht leisten, nicht mal in Mississippi. Du kannst es dir meinetwegen denken, aber behalt es um Himmels willen für dich.«

»Na klar, der Political-Correctness-Terror«, knurrte McClellan. »Sag nicht, du gehörst jetzt auch schon zu diesen Arschlöchern.«

»Ich sage nur, dass sich die Zeiten geändert haben«, erwiderte Eastland. »Ich habe heute mit schwarzen Generälen zu tun. Mein kaufmännischer Geschäftsführer ist schwarz. Ich habe sogar einen guten Freund, der schwarz ist.«

»Und bei mir sitzen Schwarze im Ausschuss«, fügte Huey hinzu. »Und als Vertreter von Mississippi habe ich viele schwarze Wähler. Ich lehne zwar viele ihrer Forderungen ab, aber sie sind nun mal da und gehen nicht mehr weg.«

»Scheiße, ich wette, sie sind dir schon richtig ans Herz gewachsen«, polterte McClellan. »So als wären sie Weiße.«

»Das stimmt natürlich nicht«, wandte Eastland ein. »Aber wir müssen nun mal mit ihnen leben. Darum geht es. Um nichts anderes.«

»Wir haben damals für die richtige Sache gekämpft«, versicherte Huey, »aber wir haben verloren. Damit müssen wir uns abfinden. Es ändert nichts an unseren Ansichten, aber es beeinflusst natürlich alles, was wir tun. Ansonsten würde ich meinen Sitz im Kongress verlieren und Danny sein Unternehmen. Heute ist alles viel komplizierter, Mac. Das weißt du genau. Wir müssen uns danach richten. Aber dass damals Leute gestorben sind, tut mir wirklich leid. Es hätte andere Wege gegeben, unseren Standpunkt klarzumachen. Wir hätten niemanden umbringen müssen, jedenfalls nicht die Kinder. Daran muss ich immer noch denken.«

»Wenn dich dein alter Herr hören könnte«, sagte McClellan angewidert. »Im Grab würde er sich umdrehen. Das war ein Mann, den nichts von seiner Überzeugung abbringen konnte.

Der wusste, dass man nicht weich werden darf. Gib ihnen den kleinen Finger, und sie nehmen die ganze Hand. Und aus kleinen Farbigen werden große Farbige. Aber das ist ja noch nicht alles. Jetzt sollen wir auch noch Homos und Lesben akzeptieren. Und diese Trans-Freaks. Ist das noch Amerika? Sag's mir. Ist das unser Amerika?«

»Wenn sich die Situation ändert«, wiederholte Eastland, »werden wir etwas unternehmen. Versprochen. Ich habe die nötigen Ressourcen. Die werde ich einsetzen.«

»Ich werde die Sache selbst in die Hand nehmen, wenn es so weit ist.« McClellan wandte sich Huey zu. »Unser furchtloser Herr Abgeordneter wird das Ganze wahrscheinlich aus der Ferne beobachten. Er hat zu viel zu verlieren, um sich dem gerechten Kampf anzuschließen, stimmt's, Hugh?«

McClellan goss sich noch einen Drink ein, während Huey und Eastland wie versteinert in ihren Sitzen saßen. Er hob sein gefülltes Glas. »Verdammt, Jungs, tun wir wenigstens so, als wäre alles in Ordnung. Auf die drei verdammten Musketiere!«

Die beiden anderen hoben widerstrebend ihre Gläser.

McClellan kippte seinen Drink hinunter und ließ das leere Glas auf den Teppichboden fallen. »Und auf das Ende der guten alten Vereinigten Staaten von Amerika«, murmelte er.

Er deutete mit dem Finger auf Eastland. »Wenn sich die Situation ändert – und das wird sie –, gehört der Dicke mir. Er hat mir in meinem eigenen verdammten Büro gedroht. Das lasse ich niemandem durchgehen. Um Decker kümmere ich mich höchstpersönlich. Verstanden?«

Eastland nickte. »Glaub mir, den überlassen wir dir.«

68

»Sind Sie sicher, dass er nicht zu Hause ist?«, fragte Mars.

Sie blickten zu Roger McClellans bescheidenem Haus hinüber, das für sich allein auf einem baumbestandenen Grundstück nahe einer Schotterstraße stand, etwa zwanzig Minuten vom Stadtzentrum von Cain entfernt.

»Er ist auf einer Konferenz von Polizeipräsidenten in Jackson. Er kommt erst morgen zurück.«

»Woher wissen Sie das so genau?«

»Ich kann immer noch auf die Mittel des FBI zurückgreifen.«

»Alarmanlage?«, fragte Mars nervös.

»Nein. Der Typ ist der Polizeichef. Wer würde schon bei ihm einbrechen?«

»Na, wir zum Beispiel.«

»Ich kann es allein machen. Sie können im Auto warten.«

»Nein, zu zweit geht es schneller.«

»Sind Sie sicher?«

»Nein, aber wir machen es trotzdem«, entschied Mars.

Sie stiegen aus dem Wagen, überquerten die Schotterstraße und eilten zur Rückseite des Hauses. Decker richtete seine Taschenlampe auf das Schloss. »Das sollte kein Problem sein. Einen Moment.«

Er schob einen Dietrich ins Schloss und drehte ihn behutsam, bis die Tür aufschwang.

Sie traten ein, und Decker schloss die Tür.

»Was genau suchen wir eigentlich?«, fragte Mars.

»In McClellans Büro hat ein Foto gefehlt.«

»Okay.«

»Das suchen wir.«

»Aber was kann das schon beweisen?«

»Es würde beweisen, dass wirklich ein Austausch stattgefunden hat.«

»Ja, aber was bedeutet das eigentlich?«

Decker warf ihm einen hintergründigen Blick zu. »Finden wir es zuerst, danach unterhalten wir uns darüber.«

»Aber warum sollte es hier sein?«

»McClellan verfolgt einen bestimmten Plan. Als er hörte, dass wir in der Stadt waren, hat er uns zu sich eingeladen. Deshalb hat er das Foto vorher abgenommen. Und ich glaube nicht, dass er es wieder aufgehängt hat.«

»Warum? Glaubt er, wir könnten in sein Polizeirevier einbrechen und es stehlen? Das ist doch verrückt.«

»Das nicht, aber der Typ ist paranoid. Er traut nicht mal seinen eigenen Leuten. Und vernichten würde er es auch nicht. Das wäre für ihn so etwas wie eine Niederlage. Nein, ich glaube, dass er das Foto zu Hause aufbewahrt.«

Sie durchsuchten das Erdgeschoss des zweistöckigen Hauses.

»Verdammt«, brummte Mars, nachdem sie die Bücher in einem Regal durchgesehen hatten. »Der Kerl lebt eindeutig in der Vergangenheit. In diesen Büchern geht es um nichts anderes als die Überlegenheit der weißen Rasse, die Unterdrückung von Leuten wie mir und die Bewaffnung der Weißen, damit sie sich ihr Land zurückholen.«

»Ist mir gar nicht aufgefallen, dass wir es verloren haben«, bemerkte Decker.

»Sagen Sie das ihm.«

»Das wird wenig nützen. Viele dieser Bücher wurden in den letzten fünf Jahren geschrieben. Es gibt anscheinend immer noch eine Leserschaft, die sich nach den alten Zeiten zurücksehnt.«

Mars schüttelte den Kopf. »Hört das denn nie auf?«

»Da fragen Sie mich zu viel. Ich will einfach nur das Foto. Gehen wir nach oben.«

Im ersten Stock gab es nur drei Räume: ein Badezimmer, ein Schlafzimmer und McClellans Arbeitszimmer. Letzteres war etwa fünf mal fünf Meter groß. Auf einem alten Kiefernholzschreibtisch stand ein Computer, neben dem ein schwarzes Tagebuch lag. Die Regale waren vollgestopft mit Büchern und Zeitschriften. Auf einer Seite des Schreibtisches stand ein Globus, daneben waren ein Festnetztelefon, ein Tintenlöscher und ein silberner Brieföffner angeordnet.

Decker sah sich den Computer an, während Mars das Tagebuch durchblätterte.

»Irgendwas Interessantes?«, fragte Decker.

»Glauben Sie vielleicht, dass er ein Geständnis reingeschrieben hat? Nein. Es ist eigentlich nur gequirlte Scheiße. Seine Gedanken darüber, wie die Welt aussehen sollte. Und wissen Sie, was? Menschen mit meiner Hautfarbe haben darin keinen Platz.« Er legte das Tagebuch weg und begann die Schubladen zu durchsuchen.

Decker setzte sich an den Computer und tippte auf ein paar Tasten. »Das Ding ist passwortgeschützt. Verständlich.«

Er tippte einige mögliche Passwörter ein. Keines funktionierte.

Decker lehnte sich zurück und überlegte einen Moment, während Mars das Regal durchsah.

»Gehen Sie Seite für Seite durch, Melvin, so wie wir es unten gemacht haben. Vielleicht hat er das Foto aus dem Rahmen genommen und in eine Zeitschrift gesteckt.«

Decker versuchte weiter, das Passwort zu knacken. »Ich hab's«, sagte er schließlich.

Mars trat zu ihm und blickte ihm über die Schulter. »Was war's?«

»Der König der Rassentrennung, ›George Wallace‹, in Großbuchstaben.«

»Sie machen Witze.«

»Mal sehen, was unser braver Polizeichef online treibt.«

Decker öffnete den Browser und sah die Chronik durch.

»Er besucht Gruppen, die für die Überlegenheit der weißen Rasse eintreten oder sich mit Selbstjustiz beschäftigen.«

»Was für eine Scheiße.«

»Sehen wir uns mal seine Mails an.«

Decker wurde enttäuscht. »Okay, der Kerl ist entweder sehr schlau oder einfach nur altmodisch. Keine Mails. Er hat nicht mal einen Account.«

»Sonst noch was?«

»Die Festplatte ist ziemlich leer. Er benutzt den Computer anscheinend nur, um irgendwelchen Dreck von seinen rassistischen Freunden runterzuladen.«

Decker fuhr den Computer runter und half Mars, die Bücher und Zeitschriften zu durchsuchen. Eine Stunde später hatten sie jede Seite umgeblättert und absolut nichts gefunden.

»Ich hoffe, wir sind nicht völlig umsonst in ein Privathaus eingebrochen. Weil ich nämlich sofort wieder im Knast lande, falls sie uns erwischen. Sie übrigens auch.«

»Falls uns McClellan hier ertappt, wäre das Gefängnis ein Kindergeburtstag gegen das, was er mit uns machen würde.«

»Auch wieder wahr.«

Decker sah sich im Zimmer um. »Wir haben alles durchsucht.«

»Vielleicht ist es doch nicht hier. Er könnte genauso gut ein anderes Versteck haben.«

»Schon möglich«, räumte Decker ein. »Trotzdem habe ich so ein Gefühl, dass der Kerl die Dinge gern in seiner Nähe hat.«

»Wir haben überall nachgesehen, wo man ein Foto verstecken kann.«

Decker warf ihm einen nachdenklichen Blick zu. »Okay, Sie können nicht etwas Dreidimensionales in einem flachen Behälter aufbewahren. Umgekehrt funktioniert es schon eher.«

»Wovon reden Sie?«

Decker deutete auf den Globus.

»Ich kann Ihnen nicht folgen.«

»McClellan scheint mir nicht der Typ zu sein, der sich für die Welt als Ganzes interessiert. Diese Vielfalt muss ihm gegen den Strich gehen. Warum also hat er das Ding hier auf seinem Schreibtisch stehen? Damit er nachsehen kann, wo die andere Hälfte lebt? Das glaube ich nicht.«

Decker beugte sich hinunter und untersuchte die Oberfläche des Globus. Er fuhr mit dem Finger den Äquator entlang und suchte mit dem Fingernagel nach einem feinen Spalt. Dann setzte er am nördlichen Polarkreis an und fuhr in Richtung Süden. Sein Finger stoppte an einer Stelle im Süden Grönlands.

»Geben Sie mir mal den Brieföffner.«

Mars reichte ihm die silberne Klinge.

Decker schob den Brieföffner vorsichtig in einen feinen Spalt im Globus. Behutsam bewegte er die Klinge vor und zurück.

»Das Ding klappt auseinander«, rief Mars aus.

Tatsächlich öffnete sich der Globus in zwei Hälften aus Metall.

Darin lag ein zusammengerolltes Foto.

Decker nahm es heraus. »Mir ist aufgefallen, dass die Ränder nicht hundertprozentig ineinandergegriffen haben. Er wurde vor Kurzem geöffnet. Wir fotografieren das Bild, legen es zurück und klappen den Globus wieder zu. Er darf nicht wissen, dass wir es gefunden haben.«

Mars starrte auf das zusammengerollte Foto, als wäre es eine Klapperschlange, die jeden Moment angreifen konnte.

»Decker, wissen Sie, wer auf dem Foto ist?«

»Ich habe eine starke Vermutung.«

Langsam rollte er das Bild auseinander und betrachtete es.

»Liegen Sie mit Ihrer Vermutung richtig?«, fragte Mars gespannt.

Decker hielt ihm das Foto hin. »Ja.«

Als Mars die beiden Leute auf dem Bild erkannte, begannen seine Knie zu zittern. Decker musste ihn mit seiner freien Hand stützen.

»Heilige Scheiße, ich kann's einfach nicht glauben«, stöhnte Mars und hielt sich an der Schreibtischkante fest.

»Das erklärt einiges«, bemerkte Decker.

»Was zum Teufel soll das heißen?«

»Das heißt, wir haben endlich eine echte Chance.«

69

Sechs Leute saßen in einem kleinen Konferenzzimmer im FBI-Büro in Washington: Decker, Mars, Bogart, Milligan, Jamison und Oliver.

»Wie Sie wissen, hat man uns von dem Fall abgezogen«, begann Bogart, »damit wir uns … äh, um andere Dinge kümmern. Trotzdem suchen wir weiter rund um die Uhr nach Davenport.«

»Gibt es schon irgendwelche Spuren?«, fragte Jamison.

»Die zwei, die wir hatten, sind im Sand verlaufen«, antwortete Milligan. »Es gibt immer noch keine Lösegeldforderung und keine Kontaktaufnahme. Es ist bizarr.«

Mars sah Oliver an. »Wie geht es mit der Entschädigungsforderung in Texas voran?«

»Da habe ich eine gute und eine schlechte Nachricht. Die gute ist, dass der Staat Texas anscheinend nicht versucht, Sie wieder hinter Gitter zu bringen.«

»Das ist eine *tolle* Neuigkeit«, sagte Jamison.

»Die schlechte Nachricht ist, dass sie sich mit Zähnen und Klauen gegen eine Entschädigungszahlung wegen des Vorfalls im Gefängnis wehren.«

»Das überrascht mich nicht«, meinte Decker. »So wollen sie wenigstens das Gesicht wahren.«

»Decker hat uns von Melvins Begegnung mit Roy Mars erzählt«, erklärte Bogart. »Und dass Roy nicht Melvins Vater ist. Ich glaube zwar, dass es einen Zusammenhang zwischen Roy

Mars' Geschichte, den ›drei Musketieren‹ und Davenports Verschwinden gibt, aber ohne hieb- und stichfeste Beweise sind mir die Hände gebunden.«

Decker beugte sich vor. »Roy hat unsere Theorie mehr oder weniger bestätigt, dass er auf der Flucht war, nachdem er sich mit seinen rassistischen Kumpanen überworfen hatte. Aber er hat Beweismaterial gegen sie in der Hand, das er in dem Schließfach aufbewahrt hatte. Damit könnte er einige sehr mächtige Leute zu Fall bringen, für Verbrechen, die sie vor fünfzig Jahren begangen haben.«

»Hat er gesagt, wer diese Männer sind?«, fragte Mary Oliver. »Sie haben den Polizeichef erwähnt.«

»Ja, das hat er. Unsere Aufgabe ist es jetzt, Roy zu finden und an das Beweismaterial heranzukommen.«

»Decker, das versuchen wir doch schon die ganze Zeit«, wandte Jamison frustriert ein.

»Ich weiß, Alex. Nur habe ich das Gefühl, dass unsere Aussichten jetzt etwas besser sind.«

»Warum?«

»Wir haben möglicherweise ein Ass im Ärmel.«

»Könnten Sie das ein bisschen näher erklären?«, fragte Milligan.

»Melvin und ich haben Nachforschungen angestellt und dabei etwas gefunden, das sich als Schlüssel zur Lösung des Falles erweisen könnte.«

»Machen Sie's nicht so spannend, Decker«, drängte Jamison.

»Es beweist, dass tatsächlich ein *Austausch* stattgefunden hat.«

»Ein Austausch?«, fragte Milligan verwirrt. »Was meinen Sie damit?«

»Im Lauf unserer Ermittlungen wurde eine Person gegen eine andere ausgetauscht.« Er zog etwas aus seiner Tasche hervor.

»Und hier ist der Beweis.« Er hielt ihnen die Kopie des Fotos hin.

Ein Stuhl wurde umgeworfen. Schnelle Schritte in Richtung Tür.

Die verschlossen war.

Mary Oliver drehte sich zu ihnen um, das Gesicht zu einer hässlichen Fratze verzerrt.

»Sie Mistkerl!«, fuhr sie Decker an und stürzte sich auf ihn, doch Bogart packte sie am Arm und warf sie zurück zur Wand.

Milligan und Jamison betrachteten sie völlig perplex.

»Was geht hier vor?«, fragte Milligan.

Decker betrachtete das Foto in seiner Hand. »Dieses Bild zeigt den Polizeichef von Cain, Roger McClellan.« Er hielt einen Moment lang inne. »Und Mary Oliver.«

Bogart stellte den umgeworfenen Stuhl auf und deutete auf Oliver. »Setzen Sie sich.«

»Sie haben mir gar nichts zu befehlen«, blaffte Oliver außer sich. »Lassen Sie mich gehen. Sie halten mich widerrechtlich fest.«

»Aber das sind doch Sie da auf dem Foto«, stellte Jamison fest. »Mit McClellan!«

»Na und? Gibt es ein Gesetz, das es einem verbietet, fotografiert zu werden?« Sie wirbelte zu Bogart herum. »Wenn Sie mich nicht sofort gehen lassen, hänge ich dem Bureau eine Klage an den Hals, und Sie können sich einen neuen Job suchen.«

»Das glaube ich nicht«, erwiderte Decker. »Wie ich Agent Bogart bereits erklärt habe, werden Sie festgenommen und wegen der Entführung von Lisa Davenport angeklagt.«

»Davenport? Sind Sie verrückt? Sie haben nicht den geringsten Beweis, dass ich irgendwas damit zu tun habe.«

»Sie hätte sicher nicht mitten in der Nacht die Tür geöffnet, wenn sie den oder die Betreffende nicht gekannt hätte. Die Täter haben es so aussehen lassen, als hätte ein erbitterter Kampf stattgefunden. Aber so war es nicht.«

»Dann verraten Sie mir doch, welchen Grund ich haben sollte, sie zu entführen?«

»Der *Austausch.* Nachdem Davenport weg war, haben Sie angeboten, uns bei den Ermittlungen zu helfen. Das Mitgefühl haben Sie fabelhaft gespielt. Jedenfalls war Davenport weg und Sie mittendrin im Geschehen. Die Ergebnisse unserer Ermittlungen haben Sie direkt an McClellan weitergeleitet, der wahrscheinlich ein paar Leute in Texas hatte. Als wir beschlossen, Melvins Haus zu durchsuchen, haben Sie sofort zum Handy gegriffen. Sie haben gesagt, eine Freundin hätte sich gemeldet, um Ihnen über Melvins Klage zu berichten. Tatsache war aber, dass ich neben Ihnen gesessen und kein Klingeln gehört habe. Es hat auch nicht gesummt oder vibriert. Es war nur ein Vorwand, um Ihren Komplizen mitzuteilen, was wir vorhatten, damit sie vor uns dort sein und das Haus durchsuchen konnten. Danach haben Sie ihnen bestimmt noch eine Nachricht über das Versteck in der Garage zukommen lassen, von dem uns Melvin erzählt hat. Deshalb war es bereits durchsucht, als wir hinkamen.«

»Und dann wollten uns die Kerle umbringen!«, warf Milligan wütend ein.

»Sie sind ja verrückt. Ich kenne McClellan gar nicht. Das Foto wurde bei irgendeiner Veranstaltung geknipst. Da werden jede Menge Fotos geschossen.«

»Okay, kommen wir zum Kern der Sache«, fuhr Decker fort. »Sie haben nicht von sich aus beschlossen, Melvins Fall zu übernehmen. Man hat Ihnen die Anweisung dazu gegeben.«

Mars sah sie eindringlich an. »Die ganzen Fragen über meine Familie, meinen Vater, oder den Mann, den ich für meinen Vater gehalten habe. Sie wollten möglichst viel aus mir herauskriegen, bevor ich hingerichtet werde. Vor allem hat Sie interessiert, ob ich weiß, wo das Zeug aus dem Bankfach steckt.«

»Ich hab mir ein Bein ausgerissen für Sie.«

»Ich habe ein paar Nachforschungen angestellt, nachdem Decker mir das Foto gezeigt hat«, erklärte Bogart. »Ihre Arbeit als Anwältin war ziemlich nachlässig. Und als Melvin kürzlich wieder festgenommen wurde, war es Decker, der ihn vor Gericht gerettet hat, nicht Sie. Ich habe mich auch nach der ›Klage‹ erkundigt, die Sie angeblich gegen den Staat Texas eingereicht haben. Ist nie passiert.«

»Als Anhängerin eines Rassisten wie McClellan dürfte es Ihnen widerstreben, einem Schwarzen zu helfen«, fügte Decker hinzu. »Aber das ist alles nicht so wichtig. Entscheidend ist, dass wir Sie wegen Entführung drankriegen. Dafür bekommen Sie mindestens zwanzig Jahre, wenn nicht mehr. Und falls Davenport tot sein sollte, droht Ihnen sogar die Todesstrafe.«

»Sie haben keinerlei Beweise! Und die Klage in Texas? Es ist ja nicht so, dass mir der Typ hier was bezahlt.« Sie deutete mit dem Daumen auf Mars. »Wahrscheinlich ist die Klage irgendwo im System verloren gegangen. Ich kümmere mich darum«, fügte sie mit einem höhnischen Lächeln hinzu.

Decker wandte sich Bogart zu. »Ich glaube, sie hat immer noch nicht begriffen, wie es um sie steht.«

»Wir haben uns einen Durchsuchungsbeschluss besorgt und uns Ihr Handy und Ihre Online-Accounts angesehen.«

»Auf welcher Grundlage?«, schrie Oliver empört.

»Aufgrund der Tatsache, dass Sie eine enge Vertraute eines Hauptverdächtigen sind. Solche Zufälle gibt es nicht. Der Richter hat sich unserer Argumentation angeschlossen.«

»Es gibt vier längere Mails zwischen Ihnen und McClellan«,

fuhr Decker fort. »Sie haben ihn über unsere Ermittlungen auf dem Laufenden gehalten. Das allein ist Behinderung der Justiz. In einer Nachricht verwenden Sie die Initialen LD und erkundigen sich nach dem Zustand der Person.« Decker beugte sich vor. »Glauben Sie immer noch, dass wir nichts gegen Sie in der Hand haben?«

»Ich will einen Anwalt.«

»Noch haben wir nichts gegen Sie unternommen«, warf Bogart ein. »Also gibt es keinen Grund für einen Anwalt.«

Oliver blickte einen Moment lang in die Runde, dann ließ sie sich auf den Stuhl sinken und funkelte Decker wütend an. »Was zum Teufel wollen Sie?«

»Ich will, dass Lisa Davenport wohlbehalten zurückkommt. Wenn Sie uns dabei helfen und mit uns kooperieren, damit wir McClellan und seine Kumpane für ihre Verbrechen drankriegen, dann können Sie, glaube ich, mit einem günstigen Deal rechnen.«

Oliver schwieg.

Decker beugte sich noch ein Stück weiter vor. »Ist Lisa Davenport noch am Leben?«

Oliver blieb stumm.

Decker stand abrupt auf. »Okay, Agent Bogart, ich würde sagen, nehmen Sie sie fest. Wir kriegen die Musketiere auch ohne ihre Hilfe, dann wandern sie alle lebenslänglich in den Knast oder kriegen die Giftspritze, einschließlich ihr.«

»Klingt nach einem guten Plan«, bestätigte Bogart und nickte Milligan zu.

Milligan fasste Oliver am Arm. »Stehen Sie bitte auf.«

Da sie keine Reaktion zeigte, zog er sie hoch. »Mary Oliver, ich nehme Sie hiermit …«

»Warten Sie, warten Sie«, keuchte sie atemlos.

Alle sahen sie erwartungsvoll an.

»Ich … ich weiß nicht, ob sie noch am Leben ist.«

»Dann schlage ich vor, Sie finden es heraus«, sagte Bogart. »Und dann sagen Sie uns, wo sie festgehalten wird.«

»Ich … ich weiß nicht, wohin sie sie gebracht haben. Das haben sie mir nicht gesagt.«

»Dann müssen Sie sich eben ein bisschen mehr Mühe geben«, stellte Decker klar. »Wenn Sie einen Deal mit der Staatsanwaltschaft wollen, müssen Sie ihn sich verdienen. Finden Sie heraus, wo sie ist.«

»Wir werden Sie auf Schritt und Tritt beobachten und jedes Wort mithören«, mahnte Bogart. »Wenn Sie auch nur daran denken, Ihre Komplizen zu warnen, werde ich dafür sorgen, dass Sie für immer hinter Gittern landen.«

Oliver ließ den Kopf sinken und fing an, leise zu schluchzen.

»Dafür haben wir jetzt keine Zeit«, sagte Decker. »Falls sie Davenport noch nicht umgebracht haben, könnten sie es jederzeit. Sie müssen handeln. Sofort.«

»Aber wie soll ich es herausfinden?«, wimmerte sie.

»Das kann ich Ihnen sagen.«

70

»Warum erzählen Sie mir das verdammt noch mal erst jetzt?«, brüllte McClellan ins Telefon.

»Ich habe es eben erst erfahren, Roger«, rechtfertigte sich Mary Oliver. »Ich habe Sie sofort angerufen.«

»Sie hat Mars hypnotisiert? Und er hat ihr alles erzählt?«

»Ja, das hat Decker gesagt.«

»Sie haben die Sachen aus dem Schließfach erwähnt. Hat Mars auch darüber gesprochen?«

»Ich glaube schon. Decker wollte sich mit Davenport treffen, um mehr von ihr zu erfahren, doch da hatten wir sie schon entführt.«

»Scheiße. Ich hatte sie die ganze Zeit hier, und sie weiß, wo das Zeug ist?«

»Das kann durchaus sein. Sie müssen mit ihr sprechen.« Oliver hielt einen Moment inne. »Bitte sagen Sie mir, dass sie noch …«

»Ich kümmere mich darum«, blaffte McClellan und legte auf. Er eilte aus dem Gebäude und sprang in seinen Wagen.

Es war eine einstündige Fahrt bis zu dem Farmhaus, das McClellan von seinem Vater geerbt hatte. Direkt vor dem Holzrahmenhaus mit der brüchigen Veranda kam der Wagen schlitternd zum Stehen. Ein zweites Auto war davor geparkt.

Als McClellan zur Tür stürmte, trat ein Mann heraus. »Ich hab die Nachricht bekommen«, sagte er. Er war klein und breitschultrig und hatte kräftige Hände. In seinem Hosenbund steckte eine Pistole.

McClellan stürmte an ihm vorbei ins Haus. Mit drei schnellen Schritten war er bei der Tür zu einem kleinen Schlafzimmer und öffnete sie.

Lisa Davenport saß gefesselt auf einem Stuhl. Man hatte sie geknebelt und ihr die Augen verbunden. McClellan griff sich einen Stuhl und setzte sich ihr gegenüber.

Sie war nur kurz zusammengezuckt, als er die Tür geöffnet hatte. Wie erstarrt saß sie auf dem Holzstuhl.

McClellan hob die Hand und nahm ihr den Knebel aus dem Mund. »Wir müssen reden.«

Davenport leckte sich über die Lippen und schluckte mehrmals. »Ich brauche Wasser.«

McClellan schnappte sich eine Plastikflasche vom Tisch, schraubte den Verschluss ab und hielt sie ihr an die Lippen. Sie nahm einen Schluck, hustete und trank etwas mehr.

»Sie haben Melvin Mars hypnotisiert?«

Sie nickte langsam. »Ja.«

»Was hat er Ihnen erzählt?«

»Nicht viel.«

»Das will ich genauer wissen. Alle Einzelheiten.«

»Ich muss nachdenken. Ich bin so müde.«

Er fasste sie an der Schulter und schüttelte sie. »Denken Sie schneller.«

Er hörte Schritte, drehte sich um und sah den Mann, der Davenport bewachte, in der Tür stehen. Er wandte sich wieder der Frau zu. Ihre Kleider waren schmutzig, ihr Gesicht ebenso. Sie hatte einen blauen Fleck an der Wange und eine Schnittwunde an der Stirn. Sie wirkte abgemagert und blass, ihre Stimme klang heiser.

»Warum tun Sie das?«, brachte sie heraus. »Bitte, ich weiß nichts. Lassen Sie mich gehen.«

McClellan zog seine Dienstwaffe und setzte sie ihr an die Schläfe. Sie erstarrte, als sie das kalte Metall auf der Haut spürte.

»Beruhigen Sie sich und sagen Sie mir, was er Ihnen erzählt hat. Dann reden wir über Ihre Zukunft.«

Zitternd berichtete ihm Davenport, was Mars unter Hypnose gesagt hatte.

»Das ist alles?«, fragte er, als sie geendet hatte.

»Ja.«

»Und Sie verschweigen mir nichts?« Er drückte ihr den Lauf der Pistole fester an die Schläfe.

»Das war alles. Ich schwöre es!«

McClellan nahm die Pistole herunter und schob sie zurück ins Halfter. Er musterte sie eindringlich, während er über seine nächsten Schritte nachdachte.

Er hörte, wie sich der Mann hinter ihm bewegte.

»Okay, wir müssen das hier beenden«, entschied McClellan. »Sofort.«

»Das übernehmen wir«, sagte die Stimme hinter ihm.

McClellan wirbelte herum und sah Agent Bogart mit der Pistole in der Hand in der Tür stehen.

Milligan legte McClellans Helfer Handschellen an.

Decker, Mars und Jamison traten ins Zimmer.

»Aufstehen und Hände über den Kopf«, forderte Bogart den Polizeichef auf. »Wenn Sie auch nur daran denken, zur Waffe zu greifen, erschieße ich Sie auf der Stelle. Mit Vergnügen.«

McClellan stand langsam auf und hob die Hände über den Kopf.

»Agent Bogart!«, rief Davenport aus.

Mars und Jamison eilten zu ihr, lösten ihre Fesseln und nahmen ihr die Augenbinde ab. Ihre Augen waren verquollen, und sie blinzelte einige Male, um sich an das Licht zu gewöhnen. Von Mars gestützt, stand sie mit zittrigen Beinen auf.

McClellans Blick war auf Decker gerichtet, während Milligan zu ihm trat und ihm Handschellen anlegte. »Du fetter Hurensohn!«, brüllte der Polizeichef. »Du hast Oliver benutzt, um mich auszutricksen.«

»Stimmt«, bestätigte Decker. »Dafür wird ihr ein Deal angeboten. Den können Sie auch haben, wenn Sie uns die zwei anderen Musketiere liefern.«

McClellan wollte sich auf Decker stürzen, doch Milligan packte ihn unsanft und hielt ihn zurück.

»Sie verletzen sich nur, McClellan«, sagte Bogart. »Wir haben schon einen Wagen herbestellt, der Sie und Ihren Freund hier abholt.«

Sie traten ins Sonnenlicht hinaus. Während sie auf die Ankunft des FBI-Transporters warteten, wandte sich Decker an den Polizeichef. »Die beiden würden Sie ans Messer liefern, ohne mit der Wimper zu zucken. Das ist Ihnen doch klar, oder? Wissen die überhaupt, dass Sie Davenport entführt haben?«

McClellan drehte sich zu ihm um. »Was zum Teufel wissen Sie schon?«

»Ich weiß, dass Sie und Ihre Freunde eine Kirche und ein NAACP-Büro in die Luft gejagt haben.«

McClellan grinste höhnisch. »Keinen blassen Schimmer haben Sie.« Er spuckte vor Decker auf den Boden.

»Wenn Sie gegen die zwei aussagen, fällt Ihre Strafe sicher kürzer aus. Vielleicht nicht viel, aber immerhin. Und warum sollen Eastland und Huey ungeschoren davonkommen?«

»Ich weiß nicht, wovon Sie reden. Das sind absolut untadelige Männer.«

»Sie sind also wirklich bereit, allein dafür ins Gefängnis zu gehen?«

»Wieso Gefängnis? Ich bin mit meinem Freund herübergefahren, um nach meinem Haus zu sehen, und da finde ich die Lady gefesselt hier drin.« Er deutete auf Davenport. »Ich wollte sie gerade losbinden, als ihr aufgekreuzt seid.«

»Da wird sie uns aber etwas anderes erzählen.«

»Dann steht ihre Aussage gegen unsere.«

»Sie wissen genau, dass Ihnen niemand den Mist abkaufen wird«, bemerkte Bogart.

»Und wir haben Oliver«, fügte Milligan hinzu. »Sie hat schon gegen Sie ausgesagt.«

»Keine Ahnung, was sie Ihnen erzählt hat, aber es ist alles Blödsinn.«

»Wir haben ihr Telefonat mit Ihnen aufgezeichnet. Bevor Sie hierhergekommen sind.«

»Dafür gibt es Gerichtsverfahren, schätze ich. Um die Wahrheit herauszufinden. Und in Cain glaubt man mir, wenn ich etwas sage.«

»Ich gehe nicht davon aus, dass die Sache in Cain verhandelt wird«, erwiderte Bogart.

»Dafür gibt es wiederum Anwälte. Ich werde die Kaution stellen, aber keine Sorge, ich werde zur Verhandlung erscheinen. Ich bin ein hochdekorierter Polizeipräsident und bestens vernetzt in unserer Stadt. Sie werden nicht den kleinsten Fleck auf meiner Weste finden. Es besteht also keine Fluchtgefahr«, fügte er mit einem spöttischen Lächeln hinzu.

»Er gibt sich nicht so leicht geschlagen, das muss man dem Drecksack lassen«, bemerkte Milligan.

»Machen Sie sich nichts vor, Chief McClellan«, sagte Decker. »Wir kriegen Sie hundertprozentig wegen Entführung dran. Sie gehen für den Rest Ihres Lebens in den Knast. Jetzt können Sie noch dafür sorgen, dass es Ihren Freunden nicht besser ergeht als Ihnen. Ich bin sicher, das FBI kann irgendwie arrangieren, dass Sie und die beiden anderen im selben Gefängnis landen. Die drei Musketiere im orangefarbenen Overall. Was für ein schönes Bild.«

Der FBI-Transporter tauchte auf der Hügelkuppe auf und hielt wenig später beim Haus an.

»Gehen wir«, sagte Bogart.

Er fasste McClellan am Arm.

Die Kugel traf McClellan mitten in die Stirn und brannte ihm ein drittes Auge in den Schädel. Er wurde gegen Bogart geschleudert und sackte zu Boden.

Milligan zog seine Pistole. Mars packte Jamison und Davenport und warf sie zu Boden.

Decker blickte auf den toten McClellan hinunter, der in seinem Blut lag, das aus der Schusswunde strömte. Dann sprang er auf McClellans Helfer zu, der wie erstarrt dastand.

Die zweite Kugel traf den mit Handschellen gefesselten Mann in die Brust und trat zwischen den Schulterblättern wieder aus. Er wurde zurückgerissen und prallte gegen Decker, der den heißen Atem der austretenden Kugel spürte, die sich einige Meter hinter ihm in die Erde bohrte.

McClellans Helfer sackte zu Boden. Er war sofort tot gewesen, als das Projektil sein Herz durchbohrt hatte.

Zwei Tote lagen auf dem Boden. Und neben ihnen sechs, die noch lebten, zumindest vorläufig.

Zwei FBI-Agenten sprangen aus dem Transporter und gingen dahinter in Deckung. »Die Schüsse sind von dort gekommen«, rief einer und deutete nach Osten.

»Ruft Verstärkung«, wies ihn Bogart an. »Sie sollen einen

Hubschrauber herschicken und versuchen, die Schützen aufzuspüren.«

Doch während Decker im Dreck lag, mit dem Toten auf ihm, wusste er bereits, dass es zu spät war.

71

Davenport war direkt ins Krankenhaus gebracht worden, wo man sie gründlich untersuchte. Was ihren körperlichen Zustand betraf, würde sie wahrscheinlich schnell wieder auf den Beinen sein. Die Verarbeitung auf der psychischen und emotionalen Ebene würde allerdings eine Weile dauern.

Jamison und Milligan waren bei ihr im Zimmer. Zudem wurde sie von mehreren Agenten rund um die Uhr bewacht.

McClellan und sein Helfer lagen im örtlichen Leichenschauhaus.

Ihr Mörder war entkommen. Wahrscheinlich hätte er, so dachte Decker, zu Fuß bis Tennessee laufen können, bevor die angeforderte Verstärkung in diese abgelegene Gegend in Mississippi gelangt war.

Nun saßen er, Bogart und Mars an einem Tisch in einem Büroraum des Leichenschauhauses und berieten darüber, welche Folgen der Verlust ihres Hauptzeugen für die weitere Ermittlung hatte.

»Oliver weiß absolut nichts, das Huey und Eastland belasten könnte«, hielt Bogart fest. »Sie ist ihnen nie begegnet und hatte keinerlei Kontakt zu ihnen. Es ist alles über McClellan gelaufen.«

»Das war wohl so beabsichtigt«, meinte Decker. »Eastland und Huey haben viel mehr zu verlieren. Und sie sind ein bisschen schlauer als der verblichene Polizeichef. Er war ihr Kampfhund, nicht mehr.«

»Wir sehen seine Sachen durch, aber auf dem Computer war so gut wie nichts. Auch sonst hat er nichts Belastendes aufbewahrt. Für die Kommunikation mit den beiden anderen Musketieren muss er sich mit ihnen getroffen haben.«

»Wir haben noch einen langen, holprigen Weg vor uns, bis wir die einzelnen Punkte zusammenfügen können«, fügte Decker hinzu. »Vor allem, da die Verbrechen, um die es hier geht, fünfzig Jahre zurückliegen.«

Mars nickte gedankenversunken, schwieg jedoch.

»Natürlich waren sie es, die McClellan und seinen Partner beseitigen haben lassen«, fuhr Decker fort. »Sie müssen ihn ständig im Auge behalten haben – oder uns. Als McClellan sein Büro verließ, sind sie ihm zu dem Farmhaus gefolgt. Vielleicht haben Eastland und Huey das Haus auch gekannt. Vielleicht hat er den beiden sogar gesagt, dass er Davenport dort festhält.«

»*Ich* weiß es, *Sie* wissen es, aber beweisen können wir es nicht«, stellte Bogart frustriert fest. »Wir haben die abgefeuerten Kugeln, aber wir werden nie eine Waffe dazu finden. Wahrscheinlich hat Eastland einen Profi dafür angeheuert. Seine Arbeit für das Verteidigungsministerium liefert ihm die idealen Voraussetzungen. Der Killer ist längst untergetaucht. Wahrscheinlich lässt er es sich mit dem Geld, das er mit dem Job verdient, auf irgendeiner Insel gut gehen. Und wir haben nicht mal genug in der Hand, um einen Blick in Eastlands Finanzen zu rechtfertigen und vielleicht die Überweisung an den Täter zu finden. Außerdem kennt der Kerl wahrscheinlich alle Buchhaltungstricks. Das ist eine Nadel im Heuhaufen, die wir nie finden werden.«

»Immerhin ist Lisa wieder da«, stellte Mars fest.

»Gott sei Dank«, pflichtete ihm Bogart bei.

Decker nickte ebenfalls. »Und jetzt müssen wir dafür sorgen, dass *alle* Schuldigen zur Rechenschaft gezogen werden.«

»Mit Vergnügen«, sagte Bogart. »Aber wie? McClellan ist tot. Ohne ihn haben wir nichts gegen Huey oder Eastland in der Hand.«

»Dann gibt es eigentlich nur einen Weg«, erklärte Decker.

»Welchen?«, fragte Bogart.

Es war Melvin, der die Frage beantwortete. »Roy Mars.«

Decker nickte. »Er hat die Beweise, die wir brauchen.«

»Na großartig, Decker. Geben Sie mir nur seine Adresse, dann fahre ich gleich zu ihm«, bemerkte Bogart sarkastisch.

»Vielleicht müssen wir dafür sorgen, dass er zu *uns* kommt.«

»Und wie? Wir haben keine Möglichkeit, ihn zu kontaktieren.«

»Eine haben wir.«

Mars sah ihn überrascht an. »Wirklich?«

»Senden Sie ihm eine Antwort auf die Nachricht, die er Ihnen unter meinem Namen geschickt hat.«

Mars zog sein Handy hervor. »Verdammt, die habe ich ganz vergessen.«

Bogart sah Decker an. »Okay, aber wie locken wir ihn aus der Reserve?«

»Den Köder haben wir immer schon gehabt. Wir haben ihn nur nicht richtig eingesetzt.«

»Danke, dass Sie das klargestellt haben«, bemerkte Bogart trocken. »Aber könnten Sie es auch für die nicht ganz so Genialen unter uns erklären?«

»Seine Frau«, sagte Decker.

»Was hat meine Mutter damit zu tun?«, fragte Mars.

Decker setzte sich hin, schrieb etwas auf ein Blatt Papier und reichte es Melvin. »Schicken Sie ihm das. Mal sehen, was passiert.«

Bogart trat zu ihm und las die Nachricht über Mars' Schulter hinweg. Er sah Decker an. »Glauben Sie wirklich, das funktioniert?«

»Wenn nicht, dann weiß ich auch nicht weiter.«

Bogart rieb sich nervös das Kinn und nickte Mars schließlich zu. »Einverstanden, schicken Sie ihm das. Wie Decker gesagt hat, wir haben nichts zu verlieren.«

Mars tippte die Nachricht sorgfältig in sein Handy und zögerte einen Moment mit dem Finger über der Sendetaste. Sein Blick ging zu Bogart, dann zu Decker. »Er hat sie wirklich geliebt«, sagte er. »So sehr, dass er sie sogar getötet hat, als sie es von ihm verlangte.«

»Und genau darauf zähle ich, Melvin. Nur darauf.«

Mars drückte die Sendetaste, und die Nachricht machte sich auf den Weg.

Bogart atmete tief durch.

»Dann hoffen wir, dass es funktioniert. Ich glaube nämlich nicht, dass wir einen Plan B haben.«

72

Du hast Mumm. Das muss ich dir lassen.

Die Nachricht kam drei Tage später um zwei Uhr nachts. Der Piepton ließ Melvin aus dem Halbschlaf hochschrecken. Er stand auf, las die Nachricht zweimal, rief Decker an und las sie ihm vor.

Sie hatten sich inzwischen in einem Hotel in D.C. einquartiert. Fünf Minuten später stand Decker vor Melvins Tür.

Mars sah den voll angekleideten Decker an. »Waren Sie gar nicht im Bett?«

»Ich konnte nicht einschlafen.«

»Ich auch nicht.«

Decker las die Nachricht und klopfte nachdenklich mit dem Handy gegen seine Handfläche. »Er ist neugierig und zugleich sauer. Aber ich wette, mehr neugierig als sauer.«

Er tippte eine Nachricht ein und zeigte sie Melvin.

Sehe ich auch so. Und wie geht es jetzt weiter?

Mars nickte, und Decker drückte die Sendetaste.

Sie warteten. Und warteten.

Es war fünf Uhr morgens, als eine Antwort kam.

»Er scheint auch nicht zu schlafen«, meinte Decker.

Wenn du mich verschaukelst, bist du tot. Und Decker ebenfalls. Ich melde mich wieder.

»Es gefällt mir, wenn jemand Klartext spricht und nicht um den heißen Brei herumredet«, bemerkte Decker.

In der darauffolgenden Nacht kam die angekündigte Nachricht.

Tuscaloosa. Übermorgen um Mitternacht. Nur du und Decker. Wenn ich innerhalb von fünf Meilen irgendjemanden sehe, bin ich für immer weg.

Darunter war eine Adresse angegeben.

Decker schloss die Augen und ließ seinen inneren Festplattenrekorder zur richtigen Stelle zurücklaufen. »Das ist die Adresse des NAACP-Büros, in dem damals die Bombe hochging.«

»Glauben Sie, er will sich dort mit uns treffen?«

»Ich weiß nicht. Er wird es jedenfalls sehr sorgfältig planen.«

»Er hat gesagt, nur Sie und ich.«

»Und das meint er auch so.«

»Was ist mit Bogart und dem FBI?«

»Ich nehme das sehr ernst, was Roy sagt. Wenn sie auch nur in die Nähe kommen, ist er fort. Und wir können den Fall vergessen.«

»Immerhin haben wir Oliver und McClellan. Ist das nicht genug?«

»Nicht für mich. Es gibt da noch einen Dreckskerl im Kongress, der über eine unglaubliche Macht verfügt, und einen milliardenschweren Unternehmer. Die beiden haben unschuldige Leute ermordet. Kinder. Nein, ich gebe jetzt nicht auf.«

»Gut, ich auch nicht. Wie gehen wir es an?«

»Es wird nicht einfach, Bogart abzuschütteln, aber es ist möglich. Es *muss* sein.«

»Wenn wir hinkommen, kann es gut sein, dass er uns einfach erschießt. Der Kerl ist verrückt, Decker. Das wissen Sie genauso gut wie ich.«

»Ich würde das nicht tun, wenn es einen anderen Weg gäbe. Nur sehe ich keinen.«

»Okay, alles klar. Die Frage ist nur, wie wir es anstellen.«

»Flugzeug und Mietwagen scheiden schon mal aus. Dazu müssten wir die Kreditkarte verwenden. Das heißt, Bogart könnte uns aufspüren.«

»Was dann?«

»Ich habe genug Geld für eine Busfahrt. Sind Sie dabei?«

Mars sah ihn an und schüttelte den Kopf. »Ein Buckeye und ein Longhorn im selben Bus? Wie verrückt ist das denn?«

Sie mussten zweimal umsteigen und benötigten insgesamt vierundzwanzig Stunden von Washington nach Tuscaloosa. Die Reise führte über Virginia und Tennessee in den Norden von Georgia und schließlich nach Alabama, das sie diagonal durchquerten. Um sieben Uhr abends trafen sie in Tuscaloosa ein.

Sie hatten beide ihr Handy ausgeschaltet, damit Bogart sie nicht auf diesem Weg aufspüren konnte.

Unterwegs schliefen sie immer wieder eine Weile, zwei stattliche Männer in Sitzen, die viel zu klein für sie waren. Decker hatte eine Tüte mit Proviant und ein paar Flaschen Wasser mitgenommen.

Sie redeten viel und betrachteten zwischendurch die vorbeiziehende Landschaft. Die Busse waren gut gefüllt, deshalb mussten sie leise sprechen.

Als sie in Tuscaloosa aus dem dritten Bus stiegen, streckten sie sich erst einmal ausgiebig.

»Das erinnert mich an die längeren Fahrten in der Footballzeit«, meinte Decker.

Mars sah ihn überrascht an. »Ihr Jungs von der Ohio State seid nicht geflogen?«

»Doch. Ich habe von der Highschool gesprochen.«

»Ja, stimmt. He, Sie hätten in Texas spielen sollen. Manchmal sind wir genauso weit wie jetzt zu einem Spiel gefahren und waren immer noch im selben Staat.«

Sie schauten sich um. »Wir haben ein bisschen Zeit«, sagte Decker mit einem Blick auf die Uhr. »Wie wär's mit einem Hotelzimmer und einem ordentlichen Essen?«

»Klingt nicht schlecht. Ich kann keine Müsliriegel und kein Studentenfutter mehr sehen. Ich will ein Steak mit Kartoffeln.«

»Sagen Sie das Jamison. Sie will eine Bohnenstange aus mir machen.«

Ein paar Blocks weiter fanden sie ein Hotel, in dem sie bar bezahlen konnten. Sie brachten ihr Gepäck auf die Zimmer und machten sich auf die Suche nach einem Restaurant.

Fünf Minuten später wurden sie fündig, setzten sich an einen Tisch und bestellten.

Mars schaute aus dem Fenster. »Waren Sie mal hier, um gegen Alabama zu spielen?«

»Ein Mal. Die haben uns kräftig in den Arsch getreten.«

»Wir haben hier auch verloren, aber daheim haben wir sie geschlagen.«

Die Männer verstummten.

»Vermissen Sie es manchmal?«, fragte Mars.

»Was, Football?«

»Was sonst?«

»Ich war nicht in Ihrer Liga, Melvin.«

»He, Mann, sagen Sie das nicht. Sie haben es in die NFL geschafft. Ich nicht.«

»So würde ich das nicht sehen. Was Ihre Footballkarriere betrifft, da gelten eindeutig mildernde Umstände. Außerdem war meine NFL-Laufbahn nach einem Spiel wieder vorbei.«

Das Essen kam, doch bevor sie anfingen, fragte Mars: »Wie war es?«

Decker faltete seine Serviette auseinander. »Wie war was?«

»Raus aufs Spielfeld zu gehen. Die – wie viel waren es? – achtzigtausend Leute auf der Tribüne zu sehen. Mit den Besten der Welt auf dem Platz zu stehen?«

Decker sah Melvins ernsten Gesichtsausdruck und verstand plötzlich, wie wichtig ihm das war.

»Es war unbeschreiblich, Melvin. Als ich aus dem Tunnel auf den Rasen hinauslief, schlug mein Herz so schnell, dass ich glaubte, ich krieg einen Schlaganfall, noch bevor das Spiel angepfiffen ist. Ich habe nie zuvor und danach nie wieder einen solchen Gänsehautmoment erlebt. Es fühlte sich an, als würden sie mir persönlich zujubeln, obwohl ich natürlich wusste, dass es nicht so war. Es … es war eine der absolut größten Erfahrungen in meinem Leben.«

Mars lächelte, steckte sich die Serviette ins Hemd und griff nach Messer und Gabel. »Das verstehe ich gut, Mann, wirklich.« In fast sehnsüchtigem Ton fügte er hinzu: »Das muss schon was gewesen sein.«

»Wissen Sie, Melvin, Sie wären einer der Besten aller Zeiten gewesen.«

Mars schüttelte den Kopf. »Das können Sie nicht wissen. Ich war ein Runningback, Mann, da kann mit einer einzigen Verletzung alles aus sein. Es hat schon viele Jungs wie mich gegeben, die im College-Football überragend waren und dann feststellen mussten, dass sie sich gegen die großen Kerle in der NFL nicht durchsetzen konnten. Oder du verletzt dich einmal am Knie und bist danach immer um den Sekundenbruchteil zu langsam oder zu unentschlossen, um in die Lücke vorzustoßen. Dann bist du ziemlich schnell weg vom Fenster, und der Nächste nimmt deinen Platz ein.«

»Ich hätte einiges darauf gewettet, dass aus Ihnen ein Spieler wie Barry Sanders oder Emmitt Smith wird und keine Eintagsfliege.«

Mars lachte. »Danke für das Vertrauen, Decker.«

»Das ist keine Schmeichelei. Ich habe viele Runningbacks spielen sehen, aber in unserer Generation gab es keinen, der Ihnen das Wasser reichen konnte.«

Mars hob das Messer von seinem Steak. Er wollte schon eine sarkastische Bemerkung machen, doch dann sah er Deckers ernstes Gesicht.

Die beiden Männer schauten einander einen Moment lang an.

»Danke«, sagte Mars schließlich. »Das … bedeutet mir eine Menge.«

Danach aßen sie eine Weile schweigend.

Als sie fertig waren, bestellte Decker Bier für sie beide. Sie stießen mit ihren Gläsern an.

Decker nahm einen Schluck und stellte das Glas ab. Er fühlte sich plötzlich unsicher und trommelte mit den Fingern auf den Tisch. Er wollte etwas sagen, wusste aber nicht, wie er es ausdrücken sollte.

Mars bemerkte es. »He, Mann, alles okay?«

Decker atmete tief durch. Als er Melvins besorgtes Gesicht sah, fielen ihm endlich die richtigen Worte ein. »Wie immer das heute Nacht ausgeht, Sie sollen wissen, dass es mir viel bedeutet, Sie kennengelernt zu haben, Melvin.«

Mars schien zu verstehen, wie schwer es Decker gefallen sein musste, ihm das zu sagen. »Verdammt«, gab er lächelnd zurück, »ich bin bloß froh, dass Sie im richtigen Moment das Radio eingeschaltet haben.«

Sie tranken ihr Bier, und Mars fragte schließlich: »Was glauben Sie, wie das heute Nacht ablaufen wird?«

»Roy wird da sein, weil wir uns an seine Spielregeln halten

und allein kommen. Trotzdem glaube ich, dass wir uns auf Überraschungen gefasst machen müssen. Er wird uns ein paar tückische Kurvenbälle zuwerfen. So ist er nun mal gestrickt.«

»Was für Kurvenbälle?«

»Woher soll ich das wissen? Ich habe Football gespielt, nicht Baseball.«

73

Sie gingen zu Fuß zu der Adresse, die Roy angegeben hatte, und kamen eine Minute vor Mitternacht an. Die Straßen waren leer, die Nacht kalt und der Himmel klar. Decker hatte Mars das Handy wieder einschalten lassen, für den Fall, dass Roy eine weitere Nachricht schickte.

Decker schaute sich um. »Das gefällt mir.«

»Was?« Mars folgte Deckers Blick.

»Wo damals das NAACP-Büro war, ist heute die öffentliche Bibliothek. Wissen Sie, Leute, die lesen, sind viel toleranter und aufgeschlossener als solche, die nie ein Buch zur Hand nehmen.«

»Toll, dann drücken wir einfach allen einen Bibliotheksausweis in die Hand.«

Sie warteten etwa fünf Minuten, bis Melvins Handy summte. Roy hatte eine Nachricht geschickt:

Geht eine halbe Meile nach Westen. Ihr findet einen schwarzen Ford am Straßenrand. Der Schlüssel ist unter dem Fahrersitz. Auf dem Beifahrersitz steht, wo ihr hinfahren sollt. Ich behalte euch im Auge. Falls euch jemand folgt, bin ich weg.

»Jetzt geht's los«, sagte Decker düster.

»Haben Sie Ihre Pistole dabei?«

Decker nickte. »Ich hoffe nur, dass ich sie nicht brauchen werde. Das würde nämlich bedeuten, dass jemand auf uns schießt.«

Sie gingen Richtung Westen, bis sie den schwarzen Ford am Straßenrand sahen. Sie stiegen ein. Decker schnappte sich den

Schlüssel, während Mars bereits die Anweisung las, die er auf dem Beifahrersitz gefunden hatte.

»Wir folgen dieser Straße bis zur Route 82 und fahren Richtung Westen. Dann sage ich Ihnen, wie es weitergeht.«

Sie gelangten zur Route 82, folgten ihr ein Stück weit und fuhren wieder ab.

»Sieht so aus, als würde er uns in die Pampa lotsen«, bemerkte Decker.

»In der Pampa sind wir längst, Decker«, gab Mars zurück. »Schauen Sie sich um, da ist absolut nichts.« Er wirkte plötzlich beunruhigt. »Glauben Sie, dass er uns in einen Hinterhalt lockt? Dass er uns umbringen will?«

»Dazu hätte er längst Gelegenheit gehabt, Melvin.«

»Ja, da haben Sie vermutlich recht.«

»Vielleicht aber auch nicht. Wie Sie gesagt haben, der Kerl ist ziemlich verrückt.«

»Danke für die Aufmunterung.«

Decker blickte immer wieder in den Rückspiegel. »Er hat gesagt, er behält uns im Auge, aber ich sehe niemanden hinter uns.«

»Vielleicht blufft er nur.«

»Der Typ scheint er mir nicht zu sein.«

Mars schaute sich ebenfalls um. »Er könnte mit ausgeschalteten Lichtern fahren.«

»Ja, vielleicht.«

Mars lotste ihn über mehrere Abzweigungen zu einem baufälligen Gebäude, ein gutes Stück von der Straße entfernt. Im Umkreis von einer Meile schien es keine Nachbarn zu geben.

»Also, abgelegener und unheimlicher geht es kaum noch«, bemerkte Mars, als sie vor dem Haus anhielten.

»Ich sehe nirgends ein Auto.«

Augenblicke später leuchteten von der anderen Seite des Hauses Autoscheinwerfer auf.

Decker und Mars stiegen aus.

Die Fahrertür des anderen Wagens wurde geöffnet, und Roy Mars stieg aus.

Er trat ins Mondlicht, und sie sahen nun, dass er eine ausgeblichene Jeans, ein Flanellhemd, einen Mantel und Arbeitsstiefel trug. Die Pistole in seiner rechten Hand hielt er auf sie gerichtet.

Decker trat ihm entgegen. »Ich glaube, das ist nicht notwendig.«

»Und die Waffe in Ihrem Hosenbund, Decker? Ich sehe die Ausbuchtung von Weitem. Trotz Ihres Bauchs.«

»Der war schon mal größer.«

»Gratuliere. Nehmen Sie die Pistole am Lauf und ziehen Sie sie heraus.«

Decker befolgte die Aufforderung und reichte Roy die Waffe.

»Ins Haus«, befahl Roy.

Er folgte ihnen ins Innere.

Sie gelangten in einen kleinen, modrig riechenden Raum. Roy schaltete eine Campingleuchte auf einer umgedrehten Packkiste ein. Das Licht warf bizarre Schatten in den Raum.

Roy steckte Deckers Pistole ein und lehnte sich an die Wand. »Ihr habt die Frau also wieder.«

»Woher wissen Sie das von Davenport?«, fragte Decker.

»Ich hab's mir zusammengereimt, nachdem ich hörte, dass Sheriff Roger McClellan vor seiner Farm umgenietet wurde. Von einer toten Frau war nicht die Rede. Also, ist sie wieder da?«

»Ja.«

»Mac ist tot. Sie haben also Ihr Ziel erreicht. Was wollen Sie noch von mir?«

»Zwei andere laufen noch frei herum«, sagte Decker. »Dafür brauchen wir Sie.«

»Man kann nicht alles haben im Leben. So läuft das nun mal nicht. Fragen Sie Mellow.«

»Warum warst du dann bereit, dich mit uns zu treffen?«, fragte Melvin.

»Wahrscheinlich war ich neugierig.«

»Ich glaube, es ist nicht nur Neugier«, erwiderte Decker. »Sie haben einmal zum Team gehört, waren vielleicht der inoffizielle vierte Musketier, aber dann haben Sie sich gegen sie gewandt.«

»Ich weiß nicht, wovon Sie reden.«

Decker zog die Seite hervor, die er aus dem Jahrbuch der Cain Highschool gerissen hatte.

»Sie sind der Vierte von links, Aaron Callahan.«

»Was?«, rief Melvin aus und starrte auf die Seite.

»Roy Mars ist in Wahrheit Aaron Callahan. Sie haben sich natürlich verändert, sind aber gut zu erkennen. Sie waren zusammen mit den drei Musketieren auf der Highschool.«

»Wirklich gut, Decker. Wie haben Sie das herausgefunden?«

»Wir haben Initialen in Ihrem Schlafzimmerschrank in Texas gefunden: AC und RB. Ich habe aus dem Jahrbuch die Seiten mit den Nachnamen rausgerissen, die mit den Buchstaben C und B anfangen. Von den Leuten mit B hat mir keiner ausgesehen wie Sie. Aber bei C bin ich fündig geworden. Also müssen RB die Initialen von Lucindas richtigem Namen sein.«

»Roxanne Barrett.« Roy schaute Melvin an. »So hat deine Mutter in Wahrheit geheißen. Aber Lucinda hat ihr besser gefallen.«

»Wie sind Sie auf den Namen ›Mars‹ gekommen?«, hakte Decker nach.

Roy lächelte. »Den Roten Planeten hab ich schon immer gemocht, schon als kleiner Junge. Der Name hatte was, fand ich.«

Decker nickte. »Sie haben zusammen mit den anderen Football gespielt. Als linker Tackle haben Sie Hueys Blind Side geschützt. Er war euer Quarterback.«

»Der Kerl war ein mittelmäßiger Spielmacher, den wir gut aussehen ließen. McClellan war als Fullback der Mann fürs Grobe. Im Getümmel war der Kerl wie ein bissiger Hund. Eastland hingegen war der flinke, wendige Typ, der jedem Zweikampf aus dem Weg ging. Der Kerl war ein Weichei, aber weil er gut aussah und aus einer reichen Familie kam, waren alle Mädchen hinter ihm her. Er und Thurman waren die Stars. Bei Thurman war es sein alter Herr, der ihm die Türen geöffnet hat. Der war ein großes Tier in Mississippi. Jeder hat ihn gekannt.«

»Huey senior war ein eingefleischter Rassist«, sagte Decker. »Rassentrennung jetzt, Rassentrennung morgen, Rassentrennung für immer, wie George Wallace gesagt hat.«

»So haben damals in Mississippi die meisten gedacht. Vielleicht sehen es viele immer noch so.«

»Du bist mit diesen Arschlöchern aufgewachsen?«, fragte Melvin.

»Jeder wächst irgendwo auf. Aber ich habe mich nie in ihren Kreisen bewegt. Dazu hatte ich auch gar nicht die richtige Herkunft.«

»Aber du hast ihnen bei den beiden Bombenanschlägen geholfen?«

»Ich hab's dir ja schon gesagt, Mellow.«

»Aber Sie haben die Beweise, um die zwei zu Fall zu bringen«, betonte Decker. »Deshalb sind Sie nach den beiden Anschlägen untergetaucht.«

»Es war in dem Moment besser, von der Bildfläche zu verschwinden.«

»Warum?«

»Ich hatte meine Gründe. Das geht Sie nichts an.«

»Waren es die Kinder? Die in der Kirche ums Leben gekommen sind?«

»Wie kommen Sie darauf, dass mir so viel an ein paar farbigen Kindern liegen könnte?«

»Du hast gesagt, die Kinder hätten gar nicht dort sein sollen. Das sei nicht vorgesehen gewesen«, warf Melvin ein.

»Und Sie haben eine schwarze Frau geheiratet«, fügte Decker hinzu.

Roy zuckte nur die Achseln.

»Sie können dafür sorgen, dass diese Drecksäcke das kriegen, was sie verdienen, Roy. Fast fünfzig Jahre später. Es geht um Gerechtigkeit.«

»Warum sollte mir daran etwas liegen? Ich will einfach nur überleben.«

»Eastlands Killer haben McClellan beseitigt. Und Huey hat im Hintergrund dafür gesorgt, dass das FBI seine Ermittlungen einstellen musste.«

»Das überrascht mich nicht. Die zwei waren immer schon die Drahtzieher. McClellan war nur der Kampfhund. Darum wurde er ja auch Polizist. Ich frage mich, wie viele Schädel der alte Mac eingeschlagen hat, als er noch die Uniform trug.«

»Sicher einige«, stimmte Decker zu. »Und ich würde behaupten, es waren vor allem schwarze Schädel.«

»Aber warum die Bombenanschläge?«, warf Melvin ein. »Wie du gesagt hast, die zwei hatten große Karrieren vor sich. Huey hatte die Beziehungen seines Vaters. Warum diese Morde?«

»Ich glaube, dafür war noch Huey senior verantwortlich. Ich kann es nicht beweisen, aber ich habe den starken Verdacht, dass er sie dazu angestiftet hat.«

»Aber warum haben sie mitgemacht? Ihnen musste doch klar sein, dass ihnen das irgendwann zum Verhängnis werden könnte.«

»Sie waren jung und hielten sich für unverwundbar. Sie haben sich wirklich wie die drei Musketiere gefühlt, die ihr Weltbild verteidigen. Ihre Vorrechte als Weiße. Ihr hättet sie sehen sollen. Sie haben sich immer so nobel gegeben, als würden sie Gottes Werk ausführen oder so einen Scheiß. Verdammt, sie haben sich aufgeführt, als würden sie im Jahr 1860 leben.«

»Sie haben also für ihr Ideal gekämpft? Für einen Süden, wie Gott ihn haben wollte?«, hakte Melvin nach.

»So was in der Art. Mir persönlich ging es nur ums Geld.«

»Wie *nobel* von dir«, schnaubte Melvin angewidert.

»Scheiße, glaubst du, das war die einzige Kirche oder das einzige NAACP-Büro, auf die Anschläge verübt wurden? In den Fünfzigern und Sechzigern ist es im Süden zugegangen wie im Nahen Osten. Hast du nie die alten Wochenschau-Aufnahmen gesehen? Da flogen immer wieder Häuser in die Luft, Leute wurden in Imbissstuben verprügelt oder am nächsten Baum aufgeknüpft. Überall wurde geschossen.«

»Ich bin vor über dreißig Jahren in Texas aufgewachsen und hatte einen weißen Vater und eine schwarze Mutter, also habe ich natürlich keine Ahnung, was Rassismus heißt«, konterte Melvin sarkastisch.

Roy lächelte und neigte den Kopf. »Jedenfalls hat sich der Sohn immer bemüht, den Vater zu beeindrucken. Thurman sollte in seine Fußstapfen treten und es auf der politischen Bühne ganz nach oben schaffen. Ich weiß das, weil er schon auf der Highschool von nichts anderem gesprochen hat. Und Eastland wollte ein großer Unternehmer werden. Irgendwie hat sich der Typ wie Gott gefühlt, wahrscheinlich weil seine Familie im Geld schwamm. Er und Huey, die Ritter in der schimmernden Rüstung, die das blütenweiße Königreich verteidigen. Ein zukünftiger Spitzenpolitiker und ein zukünftiger Großunternehmer, eine logische Verbindung. Und Mac hat mitgemacht, weil er … na ja, wie ihr selbst rausgefunden habt, mochte er keine Leute, die anders aussahen als er.«

»Und Sie?«, hakte Decker nach. »Was hat Sie bewogen mitzumachen?«

»Ich glaube, Sie hören mir nicht zu. Ich hab's doch schon gesagt: Geld! Und ich muss zugeben, damals war ich ein Mitläufer. Ich hab mich an die Mehrheit gehalten. Die Hueys hatten Macht. Die Eastlands hatten Geld. Vielleicht hat mich diese Welt ein bisschen fasziniert, weil meine eigene so schäbig war. Meine Eltern hatten eine Farm gepachtet, waren aber bettelarm. Die einzige Toilette, die ich als Kind gekannt habe, war die in der Schule. Um das Essen musste ich mich oft selber kümmern, meistens nur das, was draußen gewachsen ist. Meine Eltern haben hart gearbeitet, das schon, aber sie waren immer arm.«

»Also haben Sie mitgemacht?«

»Ja, verdammt. Sie haben gut gezahlt, mehr, als ich je auf irgendeine andere Art hätte verdienen können. Ich konnte immer schon gut Sachen reparieren und basteln. Motoren, Geräte, alles Mögliche.«

»Sprengsätze«, fügte Decker hinzu.

»In der Highschool-Zeit fing ich an, kleine Rohrbomben zu basteln. Später waren es dann größere Sachen. Sie haben mir das Material besorgt, und ich habe Sprengsätze mit Zeitzünder gebaut.«

»Und Charles Montgomery hat für das Ablenkungsmanöver gesorgt.«

»Verdammt, die örtlichen Cops wussten sowieso, was passieren würde. Aber es stimmt – Chuck hat den betrunkenen Autofahrer gemacht, damit sie einen Vorwand hatten, ihren Posten bei der Kirche zu verlassen.«

»Genauso lief es beim NAACP-Büro in Tuscaloosa, oder?«, fragte Decker. »Montgomery hat seine Show abgezogen, damit ihr ungestört die Bombe legen konntet.«

»Ich war nicht dort, aber vermutlich war es so. Huey hat mir später erzählt, dass die Cops dort waren, weil es Drohungen gegeben hatte.«

»Wer hat Montgomery ins Boot geholt?«

»McClellan und Eastland.«

Decker nickte. »Er hat mit ihnen an der Ole Miss Football gespielt.«

»Genau. Aber er hat das College geschmissen, ging nach Vietnam und kam mit schweren Problemen zurück. Er brauchte Geld, und sie hatten Geld. Mit der gleichen Masche habe ich ihn dazu überredet, ein falsches Geständnis abzulegen, damit Mellow aus dem Gefängnis kommt. Ich habe mir gedacht, für einen Kerl, der sowieso hingerichtet wird, spielt es keine Rolle mehr. Er hat es auch für seinen Sohn getan. Jedenfalls hat das Regina gesagt.«

»Und dann?«, hakte Decker nach. »Warum sind Sie unter falschem Namen untergetaucht? Warum die Flucht?«

Roy schwieg einen Moment. »Ich bin nicht gekommen, um bei Ihrem Frage-und-Antwort-Spiel mitzumachen.«

»Okay, aber Sie *sind* gekommen. Also, hatten Sie Streit mit den anderen?«

»Wie kommen Sie darauf?«

»Weil Sie etwas haben, das diese Kerle wollen. Etwas, das Sie all die Jahre in einem Bankschließfach aufbewahrt hatten. Die wissen, dass Sie am Leben sind, Roy. Sie werden nie aufhören, Sie zu jagen.«

»Glauben Sie, das macht mir Angst?«

»Weiß ich nicht. Warum geben Sie mir nicht einfach das Beweismaterial, und wir bringen die Kerle damit hinter Gitter?«

»Und dann? Lassen Sie mich laufen?« Er schüttelte den Kopf.

»Es war Ihr Druckmittel gegen die Bande, oder? Falls die Kerle Sie verfolgen, übergeben Sie das Material den Behörden.«

»Verdammt richtig.«

»Hat Mom gewusst, dass du an den Bombenanschlägen beteiligt warst?«, fragte Melvin.

»Glaubst du wirklich, sie hätte mich geheiratet, wenn sie das gewusst hätte?« Roy sah Decker an. »Nach dem Fernsehbericht über Melvins Ehrung bekam ich einen Brief.«

»Eine Drohung?«

»Ja. Und dann erfuhren wir, dass Lucinda nicht mehr lange zu leben hatte. Höchstens ein paar Monate. Ich saß in der Klemme.«

»Aber Sie hatten das Beweismaterial all die Jahre nur aufbewahrt und nicht den Behörden übergeben«, erwiderte Decker. »Warum hatten die es auf einmal auf Sie abgesehen? Damit hätten sie ja genau das Gegenteil bewirken können – dass Sie damit an die Öffentlichkeit gehen.«

»Das war McClellans Werk. Ich bin mir sicher, dass er es war, der mir gedroht hat. Huey und Eastland hätten nur abgewartet, aber das war nicht Rogers Art. Bestimmt hat es den Hundesohn immer gewurmt, was ich getan habe. Für ihn war das ein Verrat an seinen Idealen. Außerdem konnte er es nicht ertragen, wenn jemand etwas gegen ihn in der Hand hat. Ich bin mir sicher, dass er die beiden anderen überredet hat, mich zu verfolgen.«

Decker nickte. »Das kann ich mir gut vorstellen. Aber woher hatten Sie das Geld für das ganze Zeug, das sich Regina Montgomery gekauft hat? Sie selbst hatten damals kein Geld für Lucindas Behandlung.«

»Ein paar Einbrüche, Betrugsgeschichten, ein bewaffneter Raubüberfall. Es hat eine Weile gedauert, aber dann hatte ich das Geld beisammen. Aber diese blöde Kuh musste ja unbedingt auf große Shoppingtour gehen. Ich habe ihr gesagt, sie soll warten, bis sie in einer anderen Stadt lebt, aber nicht mal das bisschen Geduld hat sie aufgebracht. Zu dumm. Mir blieb nichts übrig, als dieses Problem zu lösen.«

»Und der Kerl, der an Ihrer Stelle gestorben ist, damit Sie untertauchen konnten? Dan Reardon.«

»Dem musste man keine Träne nachweinen. Wissen Sie, was Reardon war? Ein pädophiler Mörder. Wahrscheinlich hat er ein halbes Dutzend Kinder bei seinem Haus verscharrt.«

»Und Sie haben es niemandem gesagt?«, hakte Decker nach.

»Nein. Ich hab mich damit begnügt, ihm den Kopf wegzuschießen. Dadurch hat der Staat viel Zeit und Geld gespart.«

»Aber die wissen jetzt, dass Sie am Leben sind, Roy. Und sie sind hinter Ihnen und Melvin her.«

»Also, ich bin sicher viel schwerer zu finden als Mellow.«

»Und das ist in Ordnung für Sie?«

»Ich kann mit vielem leben, das für Sie nicht okay wäre.«

»Auch wenn Lucinda das ganz anders sehen würde?«

Roy hielt sein Handy hoch. »*Sie* haben diese Nachricht geschrieben, stimmt's? Ich glaube nicht, dass Mellow es so ausgedrückt hätte.«

Auf dem Display stand: *Hätte Lucinda das gewollt, Roy? Es geht um ihren Sohn, das einzig Lebendige, das von ihr noch da ist. Was würde Lucinda von ihrem Roy erwarten*?

»Eine berechtigte Frage«, meinte Decker.

»Hab ich nie bestritten.«

»Also, *was* würde sie von Ihnen erwarten? Nicht nur für Melvin. Auch für die anderen, die damals bei den Anschlägen ums Leben gekommen sind. Für diese Mädchen, denen man die Chance genommen hat, ihr Leben zu leben.«

»Sie müssen jetzt nicht versuchen, auf die Tränendrüse zu drücken. So was zieht bei mir nicht.«

»Das glaube ich Ihnen nicht. Immerhin haben Sie Melvin aus dem Gefängnis geholt. Sie haben ihm das Leben gerettet.«

»Und trotzdem verlangen Sie jetzt noch mehr.«

»Weil der Job noch nicht erledigt ist.«

»*Ihr* Job vielleicht, nicht meiner.«

»Wir können uns die ganze Nacht mit solchen Haarspaltereien aufhalten. Das bringt uns nicht weiter.«

Die beiden Männer sahen einander einen Moment lang an.

»Es würde mich wirklich interessieren, wie Sie ticken, Decker«, sagte Roy schließlich.

»Vielleicht sind wir uns ähnlicher, als Sie denken.«

»Oh, ich glaube, wir sind uns sogar sehr ähnlich.« Roy senkte den Blick. »Und wenn ich Ihnen das Material gebe? Würden Sie mich laufen lassen?«

»Wenn wir Beweismaterial hätten, mit dem wir Eastland und Huey ins Gefängnis bringen, dann würde ich sicher nicht viel Zeit dafür aufwenden, nach Ihnen zu suchen.«

»Das FBI sieht das vielleicht anders.«

»Kann sein. Aber wie Sie gesagt haben, Sie sind sicher nicht leicht aufzuspüren.«

Roy überlegte einen Moment und wollte etwas sagen – da erstarrte er, und sein Blick sprang an ihnen vorbei. Sein Gesicht verhärtete sich.

»Das war ein mieser Trick. Sie haben das FBI mitgebracht.«

Decker sah sich um und wandte sich wieder Roy zu. »Nein, habe ich nicht. Das da draußen müssen die von der anderen Seite sein.«

74

Roy schaltete die Campingleuchte aus, sodass es völlig dunkel im Haus war.

»Geben Sie mir meine Waffe«, sagte Decker.

»Woher weiß ich, dass das nicht das FBI ist? Vielleicht haben Sie mich doch in die Falle laufen lassen«, erwiderte Roy.

Eine Kugel zertrümmerte das Fenster, und sie warfen sich auf den Boden.

»Weil das FBI sich normalerweise zu erkennen gibt und nicht einfach in Häuser schießt, in denen sich Leute aufhalten.«

Im nächsten Augenblick meldete sich eine elektronisch verstärkte Stimme. »Wir wissen, dass du da drin bist, Callahan! Komm raus und bring das Material mit!«

»Scheiße«, murmelte Roy. Er zog Deckers Pistole hervor und gab sie ihm.

»Gibt es noch einen anderen Ausgang?«, fragte Decker.

»Die Hintertür, aber ich nehme an, dass sie die auch bewachen.«

Wie zur Bestätigung krachte ein Schuss von der Rückseite des Hauses.

»Okay, das können wir vergessen«, meinte Decker.

»Wir sitzen hier fest. Jetzt brauchen sie nur noch zu warten.«

Decker zog sein Handy hervor.

Roy schüttelte den Kopf. »Zwecklos. In dieser Gegend gibt es keinen Empfang. Hier lebt niemand. Darum hab ich es als Treffpunkt ausgesucht.«

»Das heißt, wir sind im Arsch«, bemerkte Melvin.

»Das warst du schon in dem Moment, als sie im Fernsehen über deine Ehrung berichtet haben, Mellow.«

»Heißt das, es ist meine Schuld?«

»Es ist ein bisschen spät für Schuldzuweisungen«, mischte sich Decker ein.

Er kroch zum Fenster und spähte hinaus.

»Ich sehe nichts. Aber das hat sich jedenfalls so angehört wie ein Hochleistungsgewehr. Wie das Geschoss, das McClellan getötet hat.« Er kroch zurück zu den anderen. »Glauben die wirklich, dass Sie das Material bei sich haben?«

»Nein, sie wollen, dass ich sie hinführe.«

»Wo ist es?«

»Keine Chance. Ich brauche ein Ass im Ärmel.«

»Die bringen uns um, Roy«, sagte Decker.

»Sie müssen euch gefolgt sein. Anders hätten sie mich nie gefunden.«

»Uns ist niemand gefolgt.«

»Glauben Sie. Eastlands Firma ist auf Geheimdienstarbeit spezialisiert. Die wissen, wie man Leute überwacht.«

Decker wandte sich Melvin zu. »Er könnte recht haben.«

»Natürlich habe ich recht. Ich hätte mich nie darauf einlassen sollen, mich mit euch Idioten zu treffen.«

»Es ist ja nicht so, dass wir uns zum Vergnügen mit dir treffen wollten«, schoss Melvin zurück. »Schließlich haben wir dir das hier alles zu verdanken.«

»Ich hab Sie das schon gefragt, aber keine Antwort bekommen, Roy«, sagte Decker. »Warum sind Sie mit dem Beweismaterial geflüchtet?«

»Ist das jetzt der richtige Moment, um darüber zu sprechen?«

»Ich glaube nicht, dass wir noch mal Gelegenheit dazu haben werden.«

Roy schaute aus dem Fenster, als dieselbe Stimme wie zuvor hereinrief: »Ihr habt eine Minute, dann eröffnen wir das Feuer. Mit Brandmunition.«

»Verdammte Scheiße«, murmelte Roy und wandte sich Decker zu. »Okay, Sie haben recht. Kinder umzubringen war nicht vorgesehen, auch wenn es den drei Musketieren im Grunde scheißegal war. Danach wollte ich raus. Aber sie wollten mich nicht gehen lassen, das haben sie mir deutlich zu verstehen gegeben.«

»Was haben Sie getan?«

»Ich habe das Material aus dem Tresor des alten Huey geklaut. Der Kerl war stolz auf ihre Taten, aber er war nicht so dumm, in der Öffentlichkeit damit zu prahlen. Ich habe sie dabei gefilmt, wie sie sich zu den Attentaten bekannt haben. Huey senior habe ich ein paarmal beim Öffnen seines Tresors beobachtet, so habe ich mir die Kombination eingeprägt. Ich dachte mir schon, dass er das Material da drin aufbewahrt. Als ich es rausholte, hinterließ ich ihnen eine Nachricht und machte, dass ich wegkam.«

»Und dann hast du dich in eine schwarze Frau verliebt«, sagte Melvin tonlos. »Was für eine Ironie.«

Roy wirkte plötzlich zerknirscht. »So ist das mit der Liebe. Du … du kannst es nicht steuern. Ich habe deine Mom geliebt. Und sie mich. Von dem Moment an, als wir uns zum ersten Mal sahen.«

»Aber mich nicht«, fügte Mars hinzu. »Für mich hattest du nie irgendwelche Gefühle.«

»Ich war *stolz* auf dich, Mellow. Auf das, was du auf dem Footballfeld geleistet hast. Aber dass du schwarz warst, war nicht der Grund, warum es mir so schwergefallen ist, dich zu lieben.«

»Was dann?«

»Jedes Mal, wenn ich dich anschaute, habe ich den Hurensohn gesehen, der dem einzigen Menschen wehgetan hat, den ich je wirklich geliebt habe. Du kannst nichts dafür. Ich weiß, es klingt vollkommen irr, und das ist es auch, aber so habe ich es nun mal empfunden.« Er hielt inne. »Verdammt, ich kann dir auch gleich die ganze Wahrheit sagen. Dein Vater? Das war gelogen. Ich habe ihn nicht umgebracht für das, was er deiner Mutter angetan hat.«

»Was?«, rief Melvin aus.

»Oh, ich hab's versucht, wirklich. Aber er war zu reich und zu gut geschützt. Seine Schläger hätten mich beinahe fertiggemacht.« Er deutete auf seine Narbe. »Die hier hab ich von ihnen, dazu ein paar bleibende Verletzungen. Das Schwein führt immer noch ein Luxusleben irgendwo in Kolumbien. Ich könnte kotzen, wenn ich nur daran denke.«

»Warum erzählst du mir das?«, wollte Melvin wissen.

Roy wirkte zum ersten Mal unsicher. »Weil das der wahre Grund ist, warum ich dich ins Gefängnis habe gehen lassen, Mellow. Nicht um dich zu schützen. Und deine Mom hat auch nichts davon gewusst. Sie wäre nie im Leben damit einverstanden gewesen. Sie hat gedacht, ich würde einfach nur untertauchen und fertig. Dass du deswegen ins Gefängnis musst, hätte sie nie zugelassen. Eher hätte sie mich umgebracht.«

»Warum dann?«, drängte Mars.

»Musst du das wirklich fragen?«

»Ja.«

»Weil sie dich mehr als alles andere auf der Welt geliebt hat, obwohl du einen Verbrecher als Vater hattest, der ihr Gewalt angetan hat.« Er zögerte einen Moment und fügte bedrückt hinzu: »Sie hat dich mehr geliebt als mich.«

Melvin schaute Roy an, bis dieser den Blick senkte. »Dir die Morde anzuhängen war meine Rache an dem Dreckskerl, der ihr das angetan hat. Obwohl du ihm wahrscheinlich scheißegal warst, habe ich immer ihn in dir gesehen. Und anders bin ich nicht an ihn herangekommen als über dich. Also hab ich dich ins Gefängnis gehen lassen, um es ihm heimzuzahlen.«

Einen langen Moment herrschte Schweigen.

»Das ist ziemlich krank, Roy«, bemerkte Decker, während Melvin den Mann anstarrte, den er für seinen Vater gehalten hatte. »Sie haben den Falschen bestraft.«

Roy zuckte mit den Schultern. »Wie ich schon sagte, Decker, das Leben ist nicht perfekt, und ich auch nicht. Ich hab's nun mal getan, und ich muss mich nicht dafür rechtfertigen, weder vor Ihnen noch vor sonst jemandem.«

»Callahan«, rief die Stimme von draußen. »Deine Zeit läuft ab!«

Decker blickte zur Tür. »Was tun wir jetzt?«

»Ich hab da vielleicht einen Ausweg. Wenn ich ihnen gebe, was sie wollen.«

»Und Sie glauben, die lassen uns einfach so gehen?«

»Mich vielleicht schon. Ihr zwei seid auf euch allein gestellt.«

»Du Scheißkerl!«, rief Mars aus. Er wollte sich auf Roy stürzen, doch der richtete seine Pistole auf ihn.

»Zwing mich nicht, auf dich zu schießen, Mellow.«

»Dann erschieße ich *Sie*«, drohte Decker.

»Nein«, sagte Roy. »*Ich* würde vielleicht jemandem in den Rücken schießen. Sie wahrscheinlich nicht. Wenn ihr mich jetzt entschuldigt, ich muss los.«

Während er zur Tür ging, stieß er in der Dunkelheit gegen

Decker. Roy fasste ihn am Arm, um sich abzustützen. »Sie haben wirklich abgenommen, Decker. Wenn Sie glauben, dass es Ihnen was bringt.«

Er ließ ihn los und trat ans Fenster. »Ich komme raus! Wenn ihr wissen wollt, wo das Material ist, können wir uns auf einen Deal einigen. Aber wenn ihr auf mich schießt, könnt ihr sicher sein, dass das Material bei jemand anderem landet. Und das wird euch nicht gefallen«, rief er nach draußen.

»Was ist mit den Leuten, die bei dir sind?«, fragte die Stimme.

Roy sah die beiden gar nicht an. »Nicht mein Problem«, rief er zurück.

»Du Scheißkerl!«, brüllte Melvin, doch Decker hielt ihn zurück.

»Lassen Sie ihn gehen, Melvin.«

»Warum? Soll er überleben, während wir sterben?«

»Sei nicht so ein Jammerlappen, Mellow«, spottete Roy. »Vielleicht kommst du ja lebend raus. Wenn nicht, sehen wir uns drüben.«

»Das glaube ich nicht«, schnaubte Melvin. »Ich werde bei Mom sein. Und du weißt, wo du sein wirst.«

»Ich komme jetzt raus.« Roy trat ins Freie und hielt seine Pistole in die Höhe.

Decker schaute aus dem Fenster und sah drei Männer in Tarnanzügen und Schusswesten auf ihn zueilen, jeder mit einem Gewehr in der Hand. Sie umringten Roy.

»Wo ist es?«, fragte einer der drei.

Roy drehte sich zu dem kleinen Haus um.

»He, Mellow, sag deiner Mom …« Seine Stimme brach, und Tränen traten ihm in die Augen. »Sag ihr, ich liebe sie, *Melvin*. Ich werde sie immer lieben, egal was kommt.«

»O Scheiße«, rief Decker. Er packte Melvin und warf ihn nach hinten. Mars schlitterte über den Boden und krachte gegen die Rückwand des Hauses. Decker warf sich schützend auf ihn.

Draußen öffnete Roy seinen Mantel. Der Sprenggürtel um seine Taille war mit einem Auslöser versehen.

Die drei Männer drehten sich um und rannten los.

Vergeblich.

Roy Mars drückte den Auslöser.

Und dann waren die vier Männer einfach nicht mehr da.

75

Decker sah Mars an, der ihm gegenübersaß.

Sie befanden sich in einem Hotelzimmer in Tuscaloosa.

Bogart stand etwas abseits und beobachtete die zwei. Seine Miene verriet, dass er nicht sehr erfreut über die jüngste Entwicklung war.

Das Haus, in dem sie sich mit Roy Mars getroffen hatten, war teilweise eingestürzt, als der Sprengsatz gezündet worden war. Decker und Melvin Mars waren ohne ernste Verletzungen davongekommen, doch es war ziemlich knapp gewesen.

Mit dem Truck der drei Angreifer waren sie weit genug gefahren, um das Handy benutzen zu können. Die Polizei war gekommen, und Bogart war mit einem Team hergeflogen. Decker und Mars waren über Nacht im Krankenhaus geblieben und am nächsten Tag von Bogart abgeholt worden.

Jamison, die zusammen mit Bogart gekommen war, stand neben ihm im Hotelzimmer. Sie wirkte nicht weniger frustriert als der FBI-Agent.

»Ist Ihnen nicht der Gedanke gekommen, mich vielleicht einzuweihen?«, fragte Bogart zu Decker gewandt.

Der zuckte die Achseln. »Sie hatten offiziell nichts mehr mit dem Fall zu tun, Ross. Ich wollte Ihnen keine Schwierigkeiten machen. Außerdem hat Roy darauf bestanden, dass wir allein kommen.«

»Was er sagt, zählt also mehr als das, was ich sage!«

»Ich habe keine andere Möglichkeit gesehen«, rechtfertigte sich Decker.

»Und was ist mit mir?«, fauchte Jamison, die Hände in die Hüften gestemmt.

»Tut mir leid, Alex«, war alles, was Decker einfiel.

»Roy ist also tot«, fuhr Bogart fort. »Die drei Angreifer ebenso. Und wir haben am Tatort nichts gefunden, was beweisen könnte, dass sie im Auftrag von Eastland oder Huey gehandelt haben.«

Mars schüttelte den Kopf. »Ich kann es immer noch nicht glauben, dass er sich einfach … in die Luft gesprengt hat.«

»Er hat uns gerettet, Melvin. Eigentlich mehr Sie. Ob ich überlebe, war ihm wahrscheinlich egal.«

»Aber warum? Nach der ganzen Scheiße, die er mir angetan hat? Hat er es für meine Mom getan?«

»Ich glaube, diesmal ging es ihm wirklich um Sie.«

»Der Typ hat mich gehasst. Er hat mir die Morde angehängt. Und mit der Bombe am Schluss hat er dafür gesorgt, dass man ihn nicht zur Rechenschaft ziehen kann. Sehr einfach.«

»Sich selbst in die Luft zu sprengen stelle ich mir nicht gerade einfach vor«, gab Jamison zu bedenken.

»Warum ist er überhaupt mit einer Bombe gekommen?«, fragte Mars.

»Er ist auf Nummer sicher gegangen«, erklärte Decker. »Er wusste genau, über welche Möglichkeiten Eastland verfügt. Vielleicht hat er auch befürchtet, dass uns jemand folgen würde.«

»Wie auch immer, wir haben nichts in der Hand«, stellte Bogart fest. »Roy war unsere letzte Hoffnung. Und jetzt ist er tot. Also sind Eastland und Huey aus dem Schneider.«

»Nicht ganz«, erwiderte Decker.

Alle wandten sich ihm zu.

Er zog etwas aus der Jackentasche. Die Bewegung schmerzte etwas, da ihn bei der Explosion ein Pfosten am Arm getroffen hatte. Er hielt einen kleinen Gegenstand hoch.

»Ihre Brieftasche?«, fragte Bogart.

»Roys Brieftasche.«

»Wie haben Sie ihm die abgenommen?«, fragte Mars verwundert.

»Hab ich gar nicht. Er hat sie mir ›versehentlich‹ in die Tasche gesteckt, bevor er rausging und die Bombe gezündet hat.«

»Warum hat er das getan?«, fragte Bogart.

Decker öffnete die Brieftasche und zog das Einzige heraus, das sich darin befand.

»Was ist das?«, fragte Jamison. »Eine Kreditkarte?«

»Nein, ein Bibliotheksausweis.«

»Ein Bibliotheksausweis?« Bogart sah Mars an. »Hat er viel gelesen?«

»Ich habe ihn nie mit einem Buch in der Hand gesehen.«

»Außer dem einen, das er Ihnen abends oft vorgelesen hat«, sagte Decker.

»Stimmt. Dass Sie sich daran erinn…« Mars brach mitten im Satz ab.

»Warum ein Bibliotheksausweis?«, wollte Jamison wissen.

»Ich glaube, er wollte uns damit einen Hinweis geben.« Decker erhob sich. »Gehen wir?«

Die Fahrt zu der Bibliothek, die auf dem Gelände des einstigen NAACP-Büros stand, dauerte nur zehn Minuten. Sie nahmen Bogarts Mietwagen. Er hielt vor dem Gebäude an und stellte das Auto ab. Decker führte sie hinein.

Am Tresen saß eine Frau mittleren Alters, die einen Stapel Bücher vor sich liegen hatte.

»Ich habe ein Buch reservieren lassen«, sagte Decker und reichte ihr den Ausweis.

Sie nahm die Karte und sah im Computer nach. »Es ist vermutlich nicht für Sie?«, sagte sie, als der Titel auf dem Bildschirm erschien.

»Nein, für meinen Neffen. Er lernt gerade lesen.«

Sie lächelte. »Wer früh mit dem Lesen anfängt, liest ein Leben lang. Ich bin gleich wieder da.« Sie stand auf und verschwand hinter den Bücherstapeln.

»Wollen Sie uns nicht verraten, was das zu bedeuten hat, Amos?«, fragte Jamison gespannt.

»Welches Buch hat er reservieren lassen?«, wollte Mars wissen.

»*Die drei kleinen Schweinchen*«, sagte die Bibliothekarin, die soeben zurückkam. »Wie ich sehe, haben Sie es schon einmal ausgeliehen«, sagte sie zu Decker.

»Stimmt. Mein Neffe mag es besonders gern.«

»Ja, es ist ein echter Klassiker. Ich habe es meinen Enkelkindern vorgelesen und kriege immer noch ein mulmiges Gefühl, wenn der große böse Wolf in der Geschichte auftritt. Und die Illustrationen sind wirklich unglaublich.« Sie reichte Decker das Buch und gab ihm den Bibliotheksausweis zurück.

»Danke.«

Sie gingen zum Wagen hinaus.

»Was soll das Ganze?«, fragte Bogart erneut.

»Das ist das Buch, das mir mein Dad … ich meine, Roy, ich meine, Callahan vorgelesen hat.«

»Der Wolf hat ihm besonders gefallen«, fügte Decker hinzu. »Ich glaube, das ist die Rolle, in der er sich selbst gesehen hat.«

»Moment«, warf Jamison ein. »Und die drei Schweinchen?«

»Das sind natürlich die drei Musketiere«, erklärte Decker. »Für Roy waren sie aber nicht die Helden der Geschichte, sondern richtige Schweine. Und er war der Wolf, der sie fressen wollte.«

»Aber der Wolf hat es nicht geschafft«, setzte Bogart hinzu.

»In der Geschichte, ja. Mal sehen, wie es im wirklichen Leben ausgeht.«

Decker setzte sich auf den Rücksitz und drehte das Buch hin und her. Er blätterte eine Seite nach der anderen um, ohne etwas zu finden.

»Decker«, sagte Jamison plötzlich, »schauen Sie sich den Buchrücken an. Der hat sich oben ein bisschen gelöst.«

Decker untersuchte die Stelle und versuchte, einen Finger in den Spalt zwischen Buchrücken und Seiten zu schieben, doch sein Finger war zu dick.

»Hat jemand eine Taschenlampe?«, fragte er.

Bogart zog eine Stablampe aus der Jackentasche und gab sie ihm.

Decker leuchtete in den Spalt. »Da steckt etwas drin.«

»Reißen Sie einfach den Buchrücken herunter«, schlug Bogart vor.

»Ich zerreiße ungern ein Buch«, erwiderte Decker.

»Du meine Güte«, stöhnte Bogart. »Okay, einen Moment.« Er ging zum Kofferraum des Mietwagens und nahm seinen Koffer heraus. »Ich habe noch nicht mal eingecheckt«, erklärte er. Aus einem Kleidersack nahm er einen Drahtbügel, an dem ein Anzug hing, und reichte ihn Decker durch das hintere Fenster. »Hier. Versuchen Sie es damit.«

Decker bog den Haken des Bügels so, dass er in den Spalt passte, und schob ihn hinein. »Da ist was.« Er schob den Draht einige Minuten auf und ab. »Okay, jetzt hab ich's«, verkündete er. Langsam zog er den Draht hoch, bis das obere Ende eines Schlüssels zum Vorschein kam.

Jamison, die die schmalsten Finger hatte, griff vorsichtig in den Spalt und zog den Schlüssel heraus. Etwas Klebriges haftete daran.

»Wahrscheinlich hat Roy den Schlüssel mit dem Kleber in den Buchrücken gesteckt, damit er nicht herausrutscht«, meinte Decker.

»Wofür ist der Schlüssel?«, fragte Bogart.

Jamison hielt ihn hoch.

»Wenn ich raten müsste«, sagte Decker, »dann würde ich sagen, er gehört zu einem Bankschließfach.«

»Okay, welche Bank? In Tuscaloosa gibt es mehr als eine. Falls es überhaupt eine in Tuscaloosa ist.«

Jamison schaute aus dem Fenster. »Na ja, warum versuchen wir es nicht einfach mit der neben der Bibliothek?«

Bogart stutzte einen Moment. »Okay, hört sich nach einer guten Idee an.«

Sie betraten die Bank, wo man sich dank Bogarts FBI-Ausweis sofort um ihr Anliegen kümmerte. Der Schlüssel war tatsächlich von dieser Bank ausgegeben worden.

Als der Bankdirektor andeutete, dass ein Durchsuchungsbeschluss nötig sei, sagte Bogart: »Den kann ich natürlich beschaffen, aber dann könnte es sein, dass zwei Mörder ungeschoren davonkommen.«

»Trotzdem hat der Inhaber des Schließfachs gewisse Rechte«, betonte der Direktor.

Decker zeigte ihm ein körniges Foto von Roy Mars. »Ist das der Inhaber?«

Der Direktor besah sich das Foto. »Ja, ich glaube schon.«

»Ihm wird es nichts ausmachen. Er ist tot.«

Der Direktor führte sie in den Tresorraum. Er steckte den Schlüssel, mit dem sie gekommen waren, ins Schloss, dazu den zweiten, den die Bank aufbewahrte. Die Kassette wurde herausgezogen, und der Direktor ließ sie allein, damit sie sich den Inhalt ansehen konnten.

Decker schaute Mars an. »Sind Sie bereit dafür?«

»Auf diesen Moment warte ich schon lange, Decker.«

Er öffnete die Kassette, und sie betrachteten einen Moment lang den Inhalt.

Decker nahm etwas heraus. Ein Foto.

Bogart griff nach einem Brief und begann sofort zu lesen.

Mars zog einen Stadtplan und mehrere beschriebene Blätter aus der Kassette.

Jamison nahm eine DVD heraus. »Die hat es in den Sechzigerjahren noch nicht gegeben. Roy – ich meine, Callahan – muss später etwas darauf gespeichert haben.«

Sie brauchten etwa eine Stunde, um das gesamte Material durchzugehen, einschließlich der DVD, deren Inhalt sie sich auf einem Laptop ansahen. Die Aufnahmen waren ursprünglich mit einer Filmkamera angefertigt und nachträglich auf DVD gespeichert worden.

Als sie fertig waren, blickte Decker zu den anderen auf.

Sie sahen ihn staunend an.

Der große böse Wolf hatte die Schweine am Ende doch erwischt.

Decker schaute nach oben. »Danke, Aaron Callahan, wo immer du bist.«

76

»Callahans Beweismaterial ist so unwiderlegbar, dass Eastland und Huey der Staatsanwaltschaft einen Deal anbieten werden, um vielleicht der Todesstrafe zu entgehen«, erklärte Bogart.

Sie hatten sich in dem Konferenzzimmer in Quantico versammelt, in dem sie sich zum ersten Mal mit Melvin Mars' Fall befasst hatten. Sie waren vollzählig anwesend, auch Davenport und Milligan. Mars ebenso.

»Die drei Musketiere haben ihre Taten ausführlich dokumentiert«, erklärte Milligan. »Fotos, auf denen sie selbst mit den Bomben zu sehen sind. Handschriftliche Briefe, in denen sie sich über ihre Pläne austauschen und hinterher auch darüber, wie sie die Anschläge ausgeführt haben. Es gibt sogar Filmaufnahmen, auf denen sie mit ihren Taten prahlen. Sie waren richtig stolz drauf. Auf Stadtplänen sind das NAACP-Büro und die Kirche markiert. Sie hatten eine Liste der Opfer, auf der sie die Namen abgehakt haben. Und so weiter. Unglaublich.«

»Sie zeigen sich sogar in den weißen Kutten des Ku-Klux-Klans, mit Galgenstricken und Schildern mit rassistischen Sprüchen in der Hand. Dümmer geht's kaum noch«, fügte Bogart hinzu.

»Sie haben sich eben für unantastbar gehalten«, erklärte Decker. »Hueys Vater war ein Held in Mississippi, und Eastlands Eltern waren extrem wohlhabend. Und McClellan war der scharfe Hund, der überall gefürchtet war. Sie haben wirklich geglaubt, dass sie nach Gottes Willen handeln.«

»Es war wohl mehr das Geschäft des Teufels«, warf Jamison ein.

»Aber jetzt ist McClellan tot, und die beiden anderen wandern ins Gefängnis. Doch nicht so unantastbar«, bemerkte Bogart.

Mars lächelte.

Decker sah ihn fragend an. »Was ist?«

»Ich habe mir gerade vorgestellt, wie die zwei Drecksäcke im orangen Overall den Boden aufwischen und den Rest ihres Lebens in einer winzigen Zelle hocken. Schöner Gedanke.«

»Apropos, was ist eigentlich mit Mary Oliver?«

»Sie hat sich ebenfalls auf einen strafrechtlichen Deal eingelassen«, erklärte Bogart. »Trotzdem kann sie mit einer längeren Haftstrafe rechnen.«

»Gut«, meinte Davenport. »Als sie bei mir angeklopft hat, hab ich mir nichts dabei gedacht, sie reinzulassen. Im nächsten Moment packt mich ein Kerl und drückt mir etwas an die Nase. Dann war alles schwarz. Ich hab gedacht, das ist das Ende.«

»Das wäre es auch gewesen, wenn wir Sie nicht gefunden hätten«, betonte Bogart. »Dafür können Sie sich bei Decker bedanken.«

Davenport sah ihn mit einem dankbaren Lächeln an, was Decker gar nicht zu bemerken schien.

»Was ist mit Melvin?«, fragte Jamison.

Bogart richtete sich auf seinem Stuhl auf. »Melvin, Sie gehen sicher nicht mehr ins Gefängnis. Nachdem das alles hier herausgekommen ist und alle Medien Ihren Beitrag zum Auffinden der Wahrheit hervorgehoben haben, hat Texas kein Interesse mehr, Sie wieder hinter Gitter zu bringen.«

»Und was wird aus seiner Klage auf Entschädigung?«, fragte Decker.

»Gut, dass Sie das erwähnen«, sagte Bogart. »Wir haben die

Anwälte des Justizministeriums eingeschaltet. Da Sie nun ein Held sind, Melvin, will sich Texas nicht lumpen lassen. Sie wollen nicht diejenigen sein, die Ihnen eine gerechte Entschädigung verweigern. Schließlich waren Sie zwanzig Jahre zu Unrecht im Gefängnis und wären beinahe getötet worden, weil es ein paar Wärter auf Sie abgesehen hatten. Deshalb unterbreiten die Ihnen ein Angebot, das ich Ihnen jetzt vorlegen kann. Übrigens haben die Anwälte dem Staat Texas geraten, sich großzügig zu zeigen und zu berücksichtigen, wie viel Sie in der NFL hätten verdienen können.«

Bogart zog ein zusammengefaltetes Blatt Papier heraus und reichte es Mars. Der betrachtete es einige Sekunden lang, ohne es zu öffnen.

»Sie können es sich ja wenigstens mal ansehen«, meinte Decker.

»Nun machen Sie es nicht so spannend!«, sagte Jamison.

Langsam faltete Mars das Papier auseinander und starrte auf die Zahl, die darauf geschrieben stand. Lautlos zählte er die Nullen.

»Heilige Scheiße«, murmelte Decker, der ihm über die Schulter blickte.

Jamison sprang auf, um ihrerseits einen Blick auf den Zettel zu erhaschen. »Heilige Mutter Gottes!«, rief sie.

Mars schaute Bogart an. »So viel hätte ich auch in der NFL nicht verdient, selbst wenn ich zwanzig Jahre gespielt hätte.«

»Ich muss sagen, dass Washington auch noch was draufgelegt hat. Alles steuerfrei. Eine Geste des guten Willens von Uncle Sam. Sie können alles behalten.«

Decker klopfte ihm auf die Schulter. »Was ist das für ein Gefühl, auf einmal so viel Geld zu haben, *Mellow*?«

Mars grinste einen Moment, dann fing er an zu lachen und

konnte gar nicht mehr aufhören. Die anderen ließen sich anstecken und stimmten in sein Lachen ein. Draußen auf dem Gang blieben Leute, die mit ernsten Angelegenheiten beschäftigt waren, einen Moment stehen und fragten sich, was hier plötzlich so verdammt lustig sein sollte.

Eine Woche später fuhr Decker Mars zum Flughafen Washington. Melvin war neu eingekleidet und hatte zwei Koffer mit neuer Kleidung gefüllt, die er sich für seine imposante Statur hatte maßschneidern lassen.

»Ich kann's immer noch nicht glauben, dass mir das passiert, Decker.«

»Du kannst dich schon mal dran gewöhnen. Wenn du morgen die Augen aufmachst, ist immer noch alles da.«

»Ich möchte trotzdem, dass du einen Teil von dem Geld annimmst. Verdient hast du es dir allemal. Ohne dich wäre ich immer noch im Knast.«

»Melvin, ich hab kein Händchen fürs Geld. Wahrscheinlich wäre in ein paar Tagen alles weg.«

»Dann lege ich einen Teil für dich an. Ich werd's investieren. Im Gefängnis habe ich die Finanzmärkte ein bisschen verfolgt. Außerdem habe ich Betriebswirtschaft studiert. Ich mach das für dich.«

»Was immer du tust, ich weiß es zu schätzen.«

Sie fuhren einige Minuten schweigend, während Decker den Wagen durch den dichten Berufsverkehr manövrierte.

»Du gehst also erst mal zurück nach Texas. Was dann?«

»Ich weiß, unser altes Haus ist ziemlich niedergebrannt, aber ich wollte es noch mal sehen.« Er hielt einen Moment inne. »Danach gehe ich vielleicht nach Alabama.«

»Nach Tuscaloosa?«

»Nein. Wo die Montgomerys gelebt haben.«

Decker sah ihn überrascht an. »Okay. Warum das?«

»Ich habe ein bisschen herumtelefoniert. Wie's aussieht, brauchen die Howling Cougars einen Coach für die Runningbacks.«

»Tommy Montgomerys Team?«

Mars nickte. »Er hat seine Eltern verloren. Callahan hat seine Mutter umgebracht. Ich fühle mich ein bisschen verantwortlich.«

»Das bist du aber nicht.«

»Ich will es trotzdem machen. Und ich habe genug Geld, um Tommy zu helfen. Ich werde einen Treuhandfonds für ihn einrichten. Er soll wenigstens abgesichert sein.«

»Eine gute Idee. Das ist sehr nett von dir, Melvin.«

»Glaubst du, ich werde ein guter Coach?«

Decker sah ihn einen Moment lang an und blickte zur Seite. Er wusste, Mars wollte einfach nur ein paar ermutigende Worte hören. Der »alte« Decker hätte kein Problem damit gehabt, ihm zu sagen, was er hören wollte. Dem »neuen« Decker fiel das um einiges schwerer. Sein Gedächtnis war nahezu perfekt, doch der Rest seines Gehirns – vor allem die Teile, die für das Verständnis der vielen kleinen Notwendigkeiten des sozialen Umgangs zuständig waren – war alles andere als perfekt. Doch als er sich wieder Mars zuwandte, drängte sich eine starke Erinnerung in den Vordergrund. Er sah vor sich, wie Melvin Mars, der herausragende Runningback der Longhorns, an Amos Decker von den Buckeyes vorbeistürmte und einen weiteren großartigen Touchdown erzielte. Die Erinnerung half ihm, einen Gedanken zu fassen und ihn in die richtigen Worte zu kleiden.

»Mal sehen. Einer der größten Runningbacks in der Geschichte des College-Footballs. Anwärter auf die Heisman Trophy. Ein Kerl, der es in die Hall of Fame der NFL geschafft hätte. Ich frage mich, was ein Highschool-Footballteam mit ihm anfangen soll.«

Mars lachte verlegen. »Ich weiß, was auf dem Platz zu tun ist, Decker. Ich weiß nur nicht, ob ich anderen vermitteln kann, wie man's macht.«

»Ich glaube, Tommy ist in guten Händen.«

Sie kamen beim Flughafen an, und Decker half Mars mit seinem Gepäck. Vor dem Terminal sahen die beiden Männer einander an.

»Okay, dann muss ich mich wohl verabschieden. Zumindest für eine Weile«, sagte Mars.

»Ich hoffe schwer, wir laufen uns bald mal wieder über den Weg.«

»Komm einfach runter nach Alabama und sieh dir ein Spiel der Howling Cougars an. Und nimm Jamison und Bogart mit.«

»Mach ich.«

Sie standen etwas verlegen herum, dann zog Mars ihn in eine kräftige Umarmung, die Decker zögernd erwiderte.

»Ich weiß gar nicht, wie ich dir danken soll, Mann«, sagte Mars. »Ich hatte nie einen besseren Freund, in meinem ganzen Leben nicht.«

»Das will was heißen, wenn das ein Longhorn zu einem Buckeye sagt.«

»Du weißt, was ich meine.«

Diesmal zögerte Decker keine Sekunde. Mit der Erinnerung an ihre Begegnung auf dem Footballfeld im Kopf sagte er: »Ich weiß, was du meinst, Melvin. Mir geht's genauso.«

»Wer weiß, vielleicht haben wir ja wieder mal miteinander zu tun. Ich fand das Ermitteln nach und nach ziemlich interessant.«

»Du hast dich auch ziemlich clever angestellt.«

»Pass auf dich auf.« Mit einem Lächeln fügte Mars hinzu: »Und werd nicht zu dünn.«

»Mach dir da mal keine Sorgen.«

Sie umarmten sich noch mal, dann nahm Mars seine Koffer und trat ins Flughafenterminal.

Decker sah ihm nach, bis Mars in der Menge verschwand.

Dann stieg er in sein Auto, fuhr jedoch nicht sofort los.

Er schaltete das Radio ein. Es war auf NPR eingestellt.

Er dachte an den Silvestertag, als er das Gleiche getan hatte. Als er im Radio einen Bericht gehört hatte, der sein Leben und das vieler anderer verändern sollte. Vor allem das Leben von Melvin Mars.

Er schaute noch einmal zum Terminal zurück und rief sich den Moment in Erinnerung, als Melvin Mars gesagt hatte, dass er nie einen besseren Freund gehabt habe als ihn.

Plötzlich überkam ihn ein Gefühl wie an jenem Tag, als er zu seinem ersten und einzigen Spiel in der NFL auf den Platz gelaufen war. Als ihm achtzigtausend Leute zugejubelt hatten. Ihm, Amos Decker – so hatte er es zumindest empfunden.

Abgesehen von seiner Hochzeit und der Geburt seiner Tochter war es der größte Moment seines Lebens gewesen.

Nun wurde dieses sensationelle Erlebnis aus seiner kurzen NFL-Karriere auf den vierten Platz verdrängt.

Ab heute gab es für ihn etwas noch Größeres: Melvin Mars war sein bester Freund.

DANK

An Michelle, die alles andere schaukelt, während ich das hier mache!

An Mitch Hoffman, einen erstklassigen Lektor und jetzt auch Agenten.

An Michael Pietsch, der immer weiß, wo's langgeht.

An Jamie Raab, eine wunderbare Fürsprecherin.

An Lindsey Rose, Karen Torres, Anthony Goff, Bob Castillo, Michele McGonigle, Andrew Duncan, Christopher Murphy, Dave Epstein, Tracy Dowd, Brian McLendon, Andy Dodds, Matthew Ballast, Lukas Fauset, Deb Futter, Beth deGuzman, Jessica Krueger, Oscar Stern, Michele Karas, Stephanie Sirabian und an alle anderen bei Grand Central Publishing für eure großartige Arbeit.

An Aaron und Arleen Priest, Lucy Childs Baker, Lisa Erbach Vance, Frances Jalet-Miller, John Richmond und Melissa Edwards. Ihr seid die Besten! Und viel Spaß in der neuen Bleibe!

An Anthony Forbes Watson, Jeremy Trevathan, Trisha Jackson, Katie James, Alex Saunders, Sara Lloyd, Jodie Mullish, Stuart Dwyer, Geoff Duffield, Jonathan Atkins, Anna Bond, Sarah Willcox, Leanne Williams, Sarah McLean, Charlotte Williams und Neil Lang von Pan Macmillan. Ihr gebt mir das tolle Gefühl, etwas Besonderes zu sein.

An Praveen Naidoo und sein Team bei Pan Macmillan in Australien, weil ihr euch so unglaublich für mich einsetzt.

An Caspian Dennis und Sandy Violette, zwei wirklich coole Freunde.

An Kyf Brewer und Orlagh Cassidy für die großartigen Hörbücher.

An Steven Maat und das gesamte Team bei Bruna, weil ihr euch in Holland so wunderbar um mich kümmert.

An Bob Schule für das Lesen eines weiteren Manuskripts.

An Roland Ottewell für das erstklassige Korrektorat.

An Patricia Bray. Ich hoffe, du hattest Spaß an deiner Figur. Danke, dass du eine wunderbare Organisation unterstützt.

An Kristen und Natasha, weil ihr Columbus Rose auf Kurs haltet.

Und an Michelle Butler. Willkommen im Team!